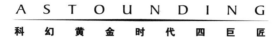

科 幻 黄 金 时 代 四 巨 匠

Alec Nevala-Lee

［美］亚历克·内瓦拉-李 著

孙亚南 译

北京理工大学出版社
BEIJING INSTITUTE OF TECHNOLOGY PRESS

版权专有　侵权必究

图书在版编目（CIP）数据

惊奇：科幻黄金时代四巨匠 /（美）亚历克·内瓦拉-李著；孙亚南译. — 北京：北京理工大学出版社，2020.7
　书名原文：Astounding: John W. Campbell, Isaac Asimov, Robert A. Heinlein, L. Ron Hubbard, and the Golden Age of Science Fiction
　ISBN 978-7-5682-8388-5

　Ⅰ. ①惊… Ⅱ. ①亚… ②孙… Ⅲ. ①科学幻想小说－小说研究－美国－现代 Ⅳ. ①I712.074

中国版本图书馆CIP数据核字(2020)第062458号

北京市版权局著作权合同登记号　图字：01-2020-1377

Copyright © 2018 by Alec Nevala-Lee
Published by arrangement with The Robbins Office, Inc. and Aitken Alexander Associates Ltd.

出版发行 /	北京理工大学出版社有限责任公司
社　　址 /	北京市海淀区中关村南大街5号
邮　　编 /	100081
电　　话 /	（010）68914775（总编室）
	（010）82562903（教材售后服务热线）
	（010）68948351（其他图书服务热线）
网　　址 /	http://www.bitpress.com.cn
经　　销 /	全国各地新华书店
印　　刷 /	三河市华骏印务包装有限公司
开　　本 /	880毫米×1230毫米　1/32
印　　张 /	16.75
字　　数 /	400千字
版　　次 /	2020年7月第1版　2020年7月第1次印刷
定　　价 /	98.00元

责任编辑/徐艳君
文案编辑/徐艳君
责任校对/周瑞红
责任印制/施胜娟

图书出现印装质量问题，请拨打售后服务热线，本社负责调换

献给我的女儿比阿特丽克斯（Beatrix）

我以为我是为你们而来。显而易见，我是孤身一人，很容易受到攻击，所以我本身构不成任何威胁，也无法改变任何平衡：我只是一个信使，而非入侵者。此外，我孤身一人，无法改变你们的世界，却可以被你们的世界改变。正因我是孤身一人，所以我不但要说出自己的想法，同时也必须聆听他人的看法……那么，他们派我独自前来，究竟是为了你们，还是为了我自己呢？

——摘自厄休拉·勒古恩的小说《黑暗的左手》

我们就是自己假装成的那种人，所以我们必须注意自己要假装成怎样的人。

——摘自库尔特·冯内古特的小说《黑夜母亲》

名家赞誉

《惊奇——科幻黄金时代四巨匠》这部译著，用文字复活了那些最了不起的科幻大师，讲述了人类历史上辨识度最高的科幻小说是怎么产生的，以及科幻最纯真的魅力在哪里和它为现代人创造了什么样的新神话和新信仰。这本书是科幻国度一场无法错过的盛宴。

——韩松

众所周知，现代科幻的黄金时代就是坎贝尔和他的作者的时代。《惊奇——科幻黄金时代四巨匠》以丰富的第一手资料将这段令人神往的历史完完本本地呈现。几位黄金时代的标杆人物从未如此生动，如此可亲，如此触手可及。无论他们的初心为何，他们真真正正地改变了历史，影响了后世，缔造了一段不朽的传奇。

——三丰

谈论科幻，绕不过去的话题是黄金时代。谈论黄金时代，绕不过去的是《惊奇——科幻黄金时代四巨匠》这本杂志，它是推动黄金时代的主引擎。这段科幻史，注定跌宕起伏，光彩照人。

——江波

放眼望去，中国当今科幻中坚力量都是从美国黄金时代汲取精神养分的一代人，这本书让我们得以更加真切地回到风云激荡的历史现场，去深刻理解一种关于科技与未来的文学想象如何萌芽、生长并发展成为形塑世界精神格局的力量，对于当下的中国文化发展尤为重要。

——陈楸帆

科幻文学的四位伟人为我们带来了无数故事，而他们本身的故事也同样精彩。只不过这一次，不是虚构的。

——马伯庸

《惊奇——科幻黄金时代四巨匠》以之前从未收集过的海量原始资料构筑了一条时光隧道，带我们重返科幻历史上最激动人心的流金岁月，见证那些伟大作品背后的光辉，黑暗与暧昧纷争。这也许不尽是正统科幻史所乐意讲述的故事，但却更真实，更值得聆听和记取。

——宝树

这本书是一片星空,那些伟大的名字,在书中重新闪耀。这是关于科幻大师们的全景介绍,翔实生动,最重要的是——它是如此有趣。

——阿缺

如果你对黄金时代的科幻感兴趣,这本书将是帮助你深入了解的一台时光机,它将活生生的人性重新赋予了那些高高在上的神明,连同他们的作品一起,将有血有肉的灵魂实质展现在读者面前。同时,它也是一面镜子,通过对那段历史的深入解读,我们可以进而去深思,科幻在当今时代应当承担着怎样的责任。

——付强

这是我第一次如此完整地了解阿西莫夫、海因莱因这些科幻作家的生平和事迹,其中很多都出乎我的意料,比如阿西莫夫在家里的杂货店帮忙的那一段,尤其让我印象深刻。正是这些经历塑造了作家的人格和作品。如果你想要深入地了解黄金时代的科幻作家和他们的作品,这本书正是一个绝好的切入点。

——刘洋

序言一

一部令人激动的科幻史

姚海军

在随团赴都柏林开展申办世界科幻大会工作前的那个周末,我收到这本书稿。编辑希望我为之作序。《惊奇——科幻黄金时代四巨匠》,只是这样一个书名,便让人产生了深厚的兴趣。随后,我几乎是一口气读完了它。掩卷之余,就如同完成了一次时间旅行,回到了那个群星璀璨的科幻大时代。特别感谢张海龙编辑让我在那样一个时间点读到这样一本特别的书。张海龙是一位从科幻迷中成长起来的科幻编辑,我觉得他与这本书中所写的那些美国科幻黄金时代的科幻迷一样,正在成就自己的科幻梦想。

在所有类型小说中,科幻是最为独特的一种。它所滋养出的科幻迷群体有着强大的内聚力。他们自发形成一个个活跃群落,推动着科幻文学的发展,甚至不断"变身"为他们所景仰的"科幻英雄"——新的阿西莫夫、新的海因莱因或新的坎贝尔。作为科幻迷中的一员,我能够充分体会这一过程的奇妙。事实上,对于每一个热爱科幻的人来说,阅读这本书也是一种奇妙的自我审视,审视我们普通人在历史中所扮演的角色、所发挥的作用和所做出的选择。对于正处于快速发展中的中国科幻来说,这具有特别的意义。

中国科幻迷对美国科幻的历史并不陌生,很多人都读过阿西莫夫、海因莱因，包括哈伯德的作品，甚至"认识"坎贝尔这样创造了美国科幻黄金时代的编辑家。但这些了解基本上都是粗线条的。这本书的价值之一，正在于提供了足够丰富的历史细节。诸如坎贝尔对待科学的态度，哈伯德在"二战"中的荒唐表现，海因莱因的爱国主义情怀，阿西莫夫机器人三定律背后的秘密，大为丰富了我们对这些科幻名家以及整个美国科幻的认知。

不论是"黄金时代"四巨匠中的哪一位，身上都蕴含着惊人的天赋与能量。在科幻创作方面，阿西莫夫的《基地》和海因莱因的《异乡异客》早已经成为科幻经典中的经典。其中的《异乡异客》不仅曾一度代表美国文化的潮流，被誉为"嬉皮士的《圣经》"，更开启了美国科幻畅销书时代，而《基地》在今天的中国，仍然是最畅销的外国科幻小说。哈伯德的科幻小说在商业上也同样取得了巨大的成功，他的大部头科幻巨著《地球杀场》不仅被翻译成中文出版，更被好莱坞搬上大屏幕。即便是以科幻编辑闻名世界的坎贝尔，他早年创作的《有谁去那里》数十年来也一直是科幻迷的必读经典。

在科幻创作之外，通过《惊奇科幻》杂志完成对科幻文学的再塑造，进而打造出科幻文学的黄金时代，才是坎贝尔真正的高光时刻。他是个强大的存在，一度掌控科幻这一文类存在的方式。而哈伯德则在发明出"戴尼提精神疗法"的基础上，建立了所谓的科学教。尽管科学教在国际社会存在较大争议，但一些公众人物，比如好莱坞明星汤姆·克鲁斯和约翰·特拉沃尔塔都是这一新兴"宗教"的教徒，特拉沃尔塔后来还作为主角出演了根据哈伯德科幻小说《地球杀场》改编的同名电影。

坎贝尔、阿西莫夫、海因莱因和哈伯德的人生之路有很多相似之处：他们都曾是天才少年，心怀梦想，并努力建构未来。尽管他们的成长之路并非一帆风顺,但他们身上都洋溢着一种生命的执拗与对冒险的渴求,一种与科幻相符合的精神气质。他们接触科幻或早或晚,但他们都紧紧抓住了科幻,凭借才华与努力成就了科幻,也成就了自己。

这本书英文版出版后好评如潮,其中的主要原因,是作者尽可能客观地还原了历史原貌,成功再现了历史人物的多面性。不论是坎贝尔,还是阿西莫夫、海因莱因、哈伯德,书中呈现了他们值得尊敬的一面,也再现了他们的局限,比如坎贝尔的自负。作为美国科幻黄金时代的缔造者,坎贝尔发掘了一大批科幻新秀,他麾下不仅有阿西莫夫、海因莱因、哈伯德,还有弗兰克·赫伯特、波尔·安德森、阿瑟·克拉拉等众多科幻史无法忽视的明星作家。可以说,正是他们与坎贝尔一起支撑起了美国科幻的黄金时代。在这些作家的成长之路上,坎贝尔鲜明的科幻观念和编辑风格发挥了决定性作用。但也恰恰是这样的观念与风格,让他错失了雷·布拉德伯里、厄休拉·勒古恩和菲利普·迪克这样风格独特的一流科幻作家。甚至在他编辑生涯的后期,因为固执与保守,也失去了一些像海因莱因这样的他曾拥有的王牌作家。正是这种客观,让四巨匠的形象丰满而鲜活。读者会感受到,他们是实实在在的人,而不是某种虚构。

美国科幻史上也存在一些谜团,其中最为著名的就是"原子弹泄密案"。"二战"过程中,美国旨在抢先制造出原子弹的绝密工程"曼哈顿计划"却被一本科幻杂志上的一篇科幻小说泄密。今天,这已经成为科幻小说预见未来的绝佳注脚。而在当时,安全人员对坎贝尔和小说作者克利米·卡特米尔等人的调查,却差点葬送了美国科幻黄金时代的发动机《惊奇科幻》杂志。本书作者内瓦拉-李详细披露了这一带有惊险小说色彩的案件的调查过程。内瓦拉-李显然支持整个"泄密"过程完全出于坎贝尔的精心策划的说法。但以现有的证据,我们却并不能排除

"原子弹泄密案"不是一次"偶然中的必然"。作者有自己的判断，但为读者留下思考的空间，这是本书的有趣之处。当然，就"原子弹泄密案"本身来说，坎贝尔的确通过它极大地扩展了科幻的声名。

美国科幻史枝蔓丛生，本书作者巧妙地抓住了黄金时代的核心，他从坎贝尔的核心圈子入手，徐徐展开一幅生动的画卷。读者不仅能够近距离观察坎贝尔与另外三巨匠生命轨迹的交错与深刻的相互影响（他们的友谊后来的演变尤其令人唏嘘），还可以看到他与几乎整个科幻界的互动。坎贝尔一度主宰科幻世界，又很快失去了那种控制力。但主宰与失控，都可以理解为科幻文学的进步。

本书从四巨匠的出生一直写到他们离去。纵观他们的一生，你会感叹生命所蕴含的巨大能量。每一个人都应该尽力开发这种生命能量，因此，生命每一秒都值得珍惜。

坎贝尔的葬礼说不上隆重，曾与他关系最亲密的三位巨匠中，只有在写作之路起始阶段遭到坎贝尔"无情"对待的阿西莫夫参加。当然，德坎普、德尔雷伊等另外一些重要科幻作家出席了追悼会。科幻作家与科幻迷们后来才意识到他们失去了什么——他们从此失去了中心。

坎贝尔如同一枚完成了使命的火箭，科幻正是在他的推动下进入转道，并在今天发展成为世界性的流行文化。

这是一本令人激动的科幻史，它会对得起你阅读所花的时间成本。衷心希望你喜爱它。阅读愉快！

序言二

还原黄金时代

吴 岩

20世纪70年代末到80年代初，西方科幻文学开始逐渐为我们所熟悉。海洋出版社出版了《魔鬼三角与UFO》和《科幻海洋》杂志，地质出版社出版了《探索者丛书》，江苏科技出版社出版了《科学文艺译丛》，广东科技出版社出版了《科幻小说译丛》。除此之外，还有大量出版社翻译出版外国科幻小说。此前，中国人仅仅知道苏联科幻小说，此时，发现在苏联和中国的版图之外，还有一个更大的科幻空间。1979年7月，王逢振在《光明日报》发表《西方科学小说浅谈》。1980年，中国科普作协科学文艺委员会主任郑公盾邀请加拿大多伦多大学图书馆系魏金逊教授编制了《欧美科学幻想小说述评》在内部印行。此后，上海外语学院吴定柏、上海译文出版社陈渊、杭州大学郭建中等开始在报刊上发表文章，介绍西方科幻文学发展的历史。1981年3月，《魅力》杂志创刊。这本刊物试图将当时全国雨后春笋般产生的科普杂志进行一个高端统领，成为科普期刊的理论核心刊物。在创刊号上，就发表了一系列介绍英美科幻的文章，其中有一篇专门谈及黄金时代。从那个时代起，中国的科幻界开始知道有关西方科幻的黄金时代，以及雨果·根斯巴克和小约翰·坎贝尔。但有关黄金时代的作品，特别是其中几位大师——阿西莫夫、海因莱因、范·沃格特、西奥多·斯特金等人的情况，以及坎贝尔到底怎么影响了这些大师，我们确实知之不多。

很快，这个局面开始有所改变。随着中国之门的打开，一些外国作家开始出现在我们的媒体视野中。布里安·奥尔迪斯，新浪潮作家到访中国，还跟邓小平会见，引起更多西方作家对中国的向往。紧接着波尔、海因莱因等逐渐找到机会访华。1983年，一个外国科幻作家代表团访问上海，由上海市科协负责接待。叶永烈主持了相关活动。来自上海和苏州等地的科幻作家参加了这次见面。我头一年刚刚考上大学，玩心正浓，恰好去上海、杭州、无锡、南京、黄山旅游，顺便探望在我创作上一直手把手指导的叶永烈老师和发表我作品的《少年科学》杂志，恰巧赶上那次活动。这是我第一次跟黄金时代的重要人物弗雷德里克·波尔和他太太伊丽莎白·霍尔博士的见面。后来，他们几次来中国访问，还带上太空剧大师杰克·威廉森。

波尔和老杰克都是从十几岁开始写作，一直坚持到九十多岁。我组织翻译过一篇回忆录里面说，杰克小时候生活在农村，那时候正是大萧条，人们忧郁得很。但他从邻居家里看到了《惊奇科幻》，一下子就看到了阳光。他就这么追逐阳光一辈子。杰克最后送我的一本作品叫《桥头堡》，仍然保持他那种精妙的故事线索以及活灵活现的人物。波尔跟杰克的生活差异很大。他是神奇的科幻俱乐部的成员，还当过阿西莫夫的代理人。他跟后来的妻子伊丽莎白在一起，恰好是去中国访问的那回。回去之后，他就在《轨迹》杂志上登出整版广告，向伊丽莎白求婚。黄金时代的人总是这么浪漫。2012年我听说他已经住院，但世界科幻大会还要给他开一个研讨会，我死活也赶过去参加。我的整个箱子里面，带着一幅大照片，是我从电脑上拼接的他们夫妇几次到中国访问时候的照片，还有我的祝福。会后伊丽莎白请我吃饭，说波尔现在躺在医院中但仍然天天写博客。哈，这群追逐科幻的人终生就是这么一种状况。

1991年我开始在北师大教授科幻小说。此时，采用科幻史方法来授课成了我第一、也是唯一的选择。我是这么想的，在我们那个资源匮乏的时期，要想全面介绍科幻文学的面貌，唯有通过科幻史方式。我把科幻史分成萌芽和草创、黄金时代、新浪潮和新浪潮之后四个时期。此时，能找到让学生去阅读的作品，已经有阿西莫夫的《我是机器人》《钢窟》，海因莱因的《双星》《傀儡主人》，范·沃格特的一个短篇集《飞向半人马座》。斯特金仍然一本都没有。接下来，根斯巴克的小说《大科学家拉尔夫124C.41+》也出版了。坎贝尔嘛，似乎有个短篇小说被翻译。行了，有这些，已经能让学生感受一些黄金时代的零星片段，已经可以让他们跟我一样去崇拜大师了。我甚至推测性地写过这个时段的评价，在《名作欣赏》1991年第五期《西方科幻小说发展的四个时期》上我写道：第一，出现了一批科幻活动家；第二，出现了大量作家和优质作品；第三，对科幻小说的认识逐步统一；第四，对科幻小说的定义也开始趋于一致。对我的这些推测，我其实没有底气。在那样的年代，我一直希望有一本扎扎实实讲述黄金时代历史的作品，能让我们感性地认识这个有意义的时期。

没想到我的渴望到今天才能实现。

摆在大家面前的这本《惊奇——科幻黄金时代四巨匠》，是我看到的国内第一本全面展示黄金时代美国科幻领域到底发生了怎样事情的译著。拿到译稿，我就怀着极大的热情读完了这本书。

我必须说，这本书让我重新评估了黄金时代。大师仍然是那些大师，作品也仍然是那些作品，但真正的人和作品背后的故事一旦被呈现，你马上会去掉了那个时代的光环，所有的大神一下子还原成了普通人。原来黄金时代完全不是一群奥林匹斯山巅的大聚会，却更像是一群热血青年理想迸发的真实写照。这些人一个个充满矛盾，优点和缺点同样明显，但正因如此又让我们感觉满是喜欢。要说我最感到惊讶的，是过去只知道坎贝尔是黄金时代的缔造者，但根本不知道大部分作品竟然是他创意的，那些大师作家只是他的写手而已。他就像一个乐队指挥，或者充满构思的创意木桶，不断向周围的作家们发射出新的想法，然后根据作家的特点一个个分配出这些想法，让他们去完成。恰恰是他的这种群体性工业化生产，展现了他自己的创造才能，同时把整个黄金时代塑造成创意时代。好神奇的万神之神！

书中第二个让我惊奇的，是哈伯德。我们的科幻课堂常常只是提到他一下，完全不把他当成重要人物描写。但我发现就是这位被我们称为"科学教教主"的人，竟然在黄金时代起到了如此重要作用。

讲到坎贝尔和哈伯德，我不得不提到最近几年北京大学王洪喆和戴锦华教授在文章和谈话中的推测：有关那个时代的美国是把科幻当成一种应用文来写，即用科幻唤起人们科学热情，助长国家发展的观点。读了此书，我发现他们的推测竟然都是对的！坎贝尔应该算是这种应用文的大力推崇者。让科幻促进科学发展，在他看来不单单是用作品，而是用作品中的创意。他甚至根据作品中的科幻点制作新的机器，想要用这个提升美国的实力，推进科学的发展。哈伯德的科学教，自然也是坎贝尔中意的东西。我不想再剧透内容了。其实，科学教也渗透了坎贝尔的思想。

再讲个故事。20世纪90年代中期，来自湖南的一批出版人找我评估哈伯德的《地球杀场》系列小说，问我有没有出版价值。我大致看了一下，反馈他们说，书其实不值得出。但可能因为对方给的报价太有诱惑力了，他们还是找了个翻译把第一本译出来发表了。没想到这本书第一版销售了40万册，这还没有算盗版的印数。这次读《惊奇——科幻黄金时代四巨匠》，我才知道这套书的来龙去脉。跟我判断一样，这是哈伯德事业衰颓时候的作品，但恰恰是名字《地球杀场》对青年人有吸引力，才导致了第一册的成功。不过大家也知道，这套书的后续作品在市场投放后，很快以失败告终。如果当时我有这本书，拿去给那些书商看，就可以很有底气地告诉他们应该怎么做了。

  拉拉杂杂说了太多掌故，还是回到本书内容上来。我觉得对于跟我一样曾经崇拜西方科幻大师，喜欢阿西莫夫、海因莱因等人作品的读者，一定要看看这些他们喜欢的作品是如何产生的。弄不好多数情况下跟您想象得非常不同，甚至让您大跌眼镜。但恰恰是这种反差，会让您更好地估价作家的天才和作品的意义。对于希望从事科幻创作的人，这本书提供了一个真实的学校，让我们从别人的过程中观察学习。相信创作者一定受益良多。对于研究科幻历史的学生，我特别推荐这本书。作者是完全按照论文的写法写的这本历史，所有的故事都有出处，作者取证严谨、内容客观，要能学到作者的创作方法，我觉得对同学们是一件特别好的事。

  最后，我觉得黄金时代的发展对我们中国今天的科幻创作和产业发展，具有非常好的借鉴作用。我们的科幻之路到底想怎么走？怎么避免少走弯路？这本书提供了许多良好的借鉴。他山之石可以攻玉，期待正在从事科幻产业发展的人都看看。

  是为序。

2020年3月25日于南方科技大学

（吴岩，科幻作家，南方科技大学教授，科学与人类想象力研究中心主任）

目 录

前　言　阿西莫夫之剑　　　　　　　　　　　　　001

第一章　有谁去那里（1907—1937）
第 1 节　来自另一个世界的男孩（1910—1931）　　021
第 2 节　三个与神为敌者（1907—1935）　　　　　044
第 3 节　两个迷失的人（1931—1937）　　　　　　064

第二章　黄金时代（1937—1941）
第 4 节　基本实情（1937—1939）　　　　　　　　087
第 5 节　分析试验室（1938—1940）　　　　　　　118
第 6 节　未来（1939—1941）　　　　　　　　　　151

第三章　侵略者（1941—1945）
第 7 节　怒火中烧（1941—1944）　　　　　　　　181
第 8 节　发明之战（1942—1944）　　　　　　　　207
第 9 节　从《生死界线》到广岛（1944—1945）　　226

第四章　双脑人（1945—1951）
第 10 节　黑魔法与原子弹（1945—1949）　　　　257
第 11 节　现代心理健康科学（1945—1950）　　　285
第 12 节　戴尼提的盛行（1950—1951）　　　　　316

第五章　最后的进化（1951—1971）
第 13 节　根本解决方案（1951—1960）　　　　　353
第 14 节　异乡诸异客（1951—1969）　　　　　　388
第 15 节　黄昏（1960—1971）　　　　　　　　　422

后　　记　地平线之外　　　　　　　　　　　　459
致　　谢　　　　　　　　　　　　　　　　　　492

出版后记　每页都是重生　　　　　　　　　　　496
注　　释　　　　　　　　　　　　　　　　　　499
参考书目　　　　　　　　　　　　　　　　　　500

前　言　阿西莫夫之剑

> 我觉得就创造力而言[1]，孤独是必要条件……然而，有创造力的人也需要集会，可能并不是为了创造本身……在集会中，如果有一个人……性格明显比其他人强势，那么他就很可能会主导这场集会，而其他人只能被动地服从……每次集会所需的最佳人数大概不会很多，我想应该不会超过五个。——摘自艾萨克·阿西莫夫的文章《论创造力》(*On Creativity*)

1963年7月13日，上百位科学家到纽约大学参加科学创造力教育会议[2]（The Conference on Education for Creativity in the Sciences）。此次会议为期三天，组织者是当时的美国总统约翰·F.肯尼迪的科学顾问，此人曾于两年前承诺要送人上月球。当时的美国人对未来既感到焦虑又充满期待，此种复杂的心情似乎与这个国家的命运密不可分。正如会议组织者在开场白中所言，未来的挑战显而易见："未来的世界将会比现在

---

[1] 《论创造力》是阿西莫夫于1959年私下为一个由美国国防部高级研究计划局（the Advanced Research Projects Agency）资助的团体撰写并供其传阅的文章，首次发表于《麻省理工科技评论》(*MIT Technology Review*) 2015年1～2月刊。https://www.technologyreview.com/s/531911/isaac-asimov-asks-how-do-people-get-new-ideas（2017年12月引用）。——原注

[2] 参见《创意聊天》(*Creative Chat*)，载于《纽约客》"城中话题"（The Talk of the Town），1963年6月15日，第24-25页。——原注

更加复杂[1]，变化的速度也会比现在快。"

艾萨克·阿西莫夫作为波士顿大学的生物化学副教授，也出席了此次会议[2]。当时他34岁，名气还不像后来那么大，尚未留起他那标志性的鬓角，但已经成为仍然在世的最著名的科幻作家。他在科幻界备受尊崇，代表作有《基地》三部曲及短片小说集《我，机器人》，而其纪实作品则更为普通读者所熟知。1957年，苏联发射了人类第一颗人造卫星——伴侣号后，阿西莫夫意识到了培养下一代科学家的重要性。他写了三十余本科学著作，同时也将自己塑造成世界上最优秀的诠释者。

会议前一天，阿西莫夫从波士顿乘巴士前往纽约。那是四个多小时的车程，可他不敢坐飞机，所以只能乘车。同时，他也很高兴可以借这次机会走出家门——因为他当时的婚姻生活不是很顺利。在他动身的那天上午，报纸上刊登了越南僧人释广德在西贡（现称胡志明市）自焚而亡的照片，报道了当时的阿拉巴马州州长乔治·华莱士（George Wallace）堵住阿拉巴马大学一间教室的门阻止两名黑人学生入学的事件。7月12日刚过零点，民权活动家梅加·埃弗斯（Medgar Evers）在密西西比州遭到枪击，他遇害的消息在当日下午才被广泛报道。

阿西莫夫密切关注着这些新闻。不过在他抵达纽约后发生了一件事，使他再无心关注新闻。他随身携带的200美元应急钱不见了——"肯定是掉在什么地方了"[3]。因为丢了钱，阿西莫夫在整个会议期间都有些心不在焉，几乎什么会议内容也没记住。他记得最清楚的就是关

---

[1] 参见杰罗姆·B.威斯纳（Jerome B. Wiesner）《科学创造力教育》（*Education for Creativity in the Sciences*），载于《代达罗斯》（*Daedalus*），1965年夏，第537页。——原注
[2] 参见阿西莫夫《欢乐如故》（*In Joy Still Felt*），第313-314页。——原注
[3] 参见阿西莫夫《欢乐如故》，第313页。——原注

于一个基本问题的讨论,当时汇聚一堂的科学家都面临着这个问题:如何识别那些有可能影响未来的孩子?如果能找出这种有前途的学生,就可以在他们年纪尚轻时给予他们所需的关注——但前提是必须先找到他们才行。

这显然是一个很重要的问题,阿西莫夫对此颇有同感。步入中年后,他百感交集,曾提到"40岁的人根本无法假装自己还年轻"[①]。阿西莫夫在过去一直自诩为神童,有一位导师在正确的时间找到了他,彻底改变了他的人生。在会议中,他提出以实践测试的方法找出那些有创造力的年轻人,可是并没有引起其他人的重视。

阿西莫夫从纽约回到马萨诸塞州西牛顿。两天后,他受邀为《原子科学家公报》(*The Bulletin of the Atomic Scientists*)撰写一篇文章。这本期刊最著名的末日时钟(Doomsday Clock)标示着核战风险程度,当时指向11点53分。阿西莫夫对核武器问题深感担忧,决定重提他在纽约提过的想法。他开始着手写这篇文章,在自己的阁楼办公室不停地打字。这间阁楼成了阿西莫夫的避难所,让他得以暂时逃避自己不甚愉快的私人生活——妻子公开说要离婚;儿子戴维(David)跟他这位名人父亲似乎毫无共同之处,这也让阿西莫夫感到忧心。

阿西莫夫将这篇文章命名为《阿喀琉斯之剑》(*The Sword of Achilles*),开头引用了特洛伊战争中的一个片段。希腊人迫切地想要招募勇士阿喀琉斯,但阿喀琉斯的母亲忒提斯怕他会死在特洛伊。她为了保护自己的儿子,让他去斯库罗斯岛,打扮成女人的样子藏身在宫廷贵女中。聪明的奥德修斯扮作商人来到岛上,摆出衣服和珠宝首饰供少女们欣赏。他还在这些货物中藏了一把剑,阿喀琉斯拿起剑来

---

① 参见阿西莫夫《欢乐如故》,第185页。——原注

挥舞，暴露了身份。就这样，奥德修斯认出了阿喀琉斯，然后说服他去参战。

"如今的战争不一样了①，"阿西莫夫继续写道，"不管要对抗的敌人是人类还是大自然，现在至关重要的勇士都是我们的创造型科学家。"这是阿西莫夫在第二次世界大战中就确立的关于美国霸权的技术愿景，该愿景即将在越南得到检验。然而在此时，他只是提到，虽然有必要为有天赋的学生提供培养创造力的途径，但不加区分地在每个人身上滥用资源这种做法太不切实际，而且过于昂贵。

"我们需要的是简单的测试②，如阿喀琉斯之剑般的简单方法。"阿西莫夫写道，"要设定一种衡量标准，以便可以快速准确地从普通大众里甄选出有创造潜力的人。"然后，他概述了在他看来寻找未来创新者的有用方法。这个方法既简单又巧妙，阿西莫夫在自己非凡的人生中亲身见证了它的影响力："我提议采用这样的阿喀琉斯之剑，也就是看他们是否对好科幻③感兴趣。"

半个世纪后，科幻小说征服了全世界。就在阿西莫夫乘巴士南下纽约的当天，一大群人聚集在百老汇的里沃利大剧院（Rivoli Theatre），观看《埃及艳后》的首映式。伊丽莎白·泰勒这部史诗般的作品成为1963年票房收入最高的电影。如今，好莱坞影片已经发生了变化。过去的20年中，无论哪年最成功的影片几乎都有科幻或奇幻元素，经常通过漫画的相关媒

---

① 参见阿西莫夫《阿喀琉斯之剑》，第17页。——原注
② 同上。
③ 好科幻：即十年后阿西莫夫所说的"硬科幻"，指强调技术准确性的科幻作品，与之相对的是"软科幻"。该词在20世纪70年代流行起来，首次出现于P. 斯凯勒·米勒（P. Schuyler Miller）在《惊奇科幻》1957年2月刊发表的对坎贝尔所著《星空之岛》的评论中，有时可与"坎贝尔式科幻"互换，但坎贝尔实际发表的小说并不能如此归类。——原注

介进行折射,形成一种可以吸引或娱乐全世界观众的通用语言。

文学作品和电视节目也是如此。到20世纪60年代早期,阿西莫夫的著作销量达几十万册,却从未登上过畅销书榜单。现如今,科幻小说和奇幻作品在连锁书店中大量售出,在年轻人阅读的书目中占很大比例。阿西莫夫在《阿喀琉斯之剑》中提到了这些年轻人。在这篇文章发表三年后,《星际迷航》问世,该书的作者吉恩·罗登贝瑞(Gene Roddenberry)后来与阿西莫夫成了朋友。《星际迷航》系列现在依然盛行,其衍生作品出现在网络、有线电视和流媒体上,在文化对话中占据主要地位。

近年来,《星际穿越》(*Interstellar*)和《火星救援》等影片有意识地回归阿西莫夫所说的"好科幻"价值观念,但是他在写下这个词时,根本无法想到这些影片会如此成功。阿西莫夫以自己的著作销量为指标,估算出每450个美国人中只有一个人对科幻小说感兴趣。如今,科幻作品大量涌现,很难找到不受其影响的人。科幻体裁已经完全融入主流,它的存在很容易被视为理所当然。人们很容易忘记,辨识度最高的典型科幻小说兴起于20世纪30年代一个特定的转折点,它在当时抓住了读者的想象力,此后就再也没有放开过。

尽管科幻小说有点沉重的反乌托邦倾向,却构筑了一个幻想的世界,至今仍有许多科幻迷渴望遁入其中。科幻小说在一个经济萧条和战事不断的时代达到成熟。在这样的时代,没有人能保证未来一定会是光明的,而科幻小说的独特定位就是为美国这个国家提供所需的新神话或者信仰。该结果的产生离不开几位杰出人士的巨大影响,本书试图通过研究他们的生平来弄清楚这个结果究竟是如何产生的,及其对今天的我们有何意义。

在某些定义中,科幻小说像阿喀琉斯这个神话人物一样历史悠久。

即便我们如阿西莫夫般将其限定为"一个探讨人类对科技变革的反应的文学分支[①]",科幻小说的存在仍然可以追溯到玛丽·雪莱的《弗兰肯斯坦》。埃德加·爱伦·坡、儒勒·凡尔纳、阿瑟·柯南·道尔、拉迪亚德·吉卜林以及H. G. 威尔斯（H. G. Wells）等作家也做出了重要的标志性贡献。科幻小说能够成为一种有生机的文学体裁，在很大程度上要归功于一位名叫雨果·根斯巴克的卢森堡移民。他先是在当时被称为纸浆杂志的廉价杂志上发表科幻小说，最终于1926年创办了第一本真正的科幻杂志《惊异故事》（*Amazing Stories*）。

早期的科幻小说虽然粗糙，却点燃了读者的想象力。一种充满活力的迷文化就此诞生，其活力酷似现代的网络社区。20世纪30年代末，那些看着科幻小说长大的科幻迷到了可以自己创作的年纪。与早期那些为了金钱而创作的科幻作家不同的是，他们写科幻小说不是为了钱财，而是出于对科幻小说的热爱。他们以前辈们的发现为基础不断地摸索，逐渐将科幻领域推入谁也无法预见的方向。

这种发展总会以某种方式产生，最终却集中在《惊奇科幻》（*Astounding Science Fiction*）这本杂志上，特别集中在该杂志的主编身上。这位主编恰恰是阿西莫夫的启蒙老师。到20世纪60年代，阿西莫夫已经同他这位良师益友渐渐疏远，但他后来还是称其为"科幻界有史以来最有影响力的人[②]"。他从未忘记过这位主编对他的知遇之恩，因为正是此人将阿喀琉斯之剑塞到了他的手中。这位主编名为约翰·W. 坎贝尔。

坎贝尔曾经刊登过很多作家的作品。虽然他始终未能与那些作家齐名，但是影响了数百万人的梦想生活。三十余年间，一系列对未来的空

[①] 参见阿西莫夫《阿西莫夫论科幻》（*Asimov on Science Fiction*），第76页。——原注

[②] 参见阿西莫夫《艾萨克·阿西莫夫》（*I. Asimov*），第73页。——原注

前构想通过他位于纽约的小办公室传播开来。正是在这间办公室中，坎贝尔开创了科幻小说的主序，贯穿从《2001》到《西部世界》的科幻作品。尽管坎贝尔有些缺点，但他依然有资格跻身20世纪的重要文化名人之列。迄今为止，他那非凡的职业生涯始终未被写成完整的传记，成了一段鲜为人知的故事。

1910年，坎贝尔出生在纽瓦克，后来就读于麻省理工学院。他成了当时最受欢迎的超科学或太空歌剧（Space Opera）作家之一，创作了大量跨越整个银河系的低俗科幻冒险小说。为了纪念自己的第一任妻子，坎贝尔开始用唐·A. 斯图尔特（Don A. Stuart）的笔名进行创作。此时，他的小说逐渐成熟，预示着科幻体裁开始进入现代时期。坎贝尔最著名的作品是《有谁去那里》（*Who Goes There*）。这部中篇小说后来被改编成多部名为《怪形》（*The Thing*）的影片，这就已经足以确保他在科幻界的不朽地位。

《有谁去那里》出版时，坎贝尔早就已经封笔了。几乎是出于偶然，他在27岁时成为《惊奇故事》的主编，开始掌管这本杂志。与此同时，科幻迷正逐渐形成一股强大的力量。坎贝尔承担起了守门人的角色，控制着通往科幻顶峰的唯一门径——纸浆杂志。在他的冲动偏见与私生活的影响下，当时尚未定型的科幻体裁发生了彻底的改变。三十余年间，坎贝尔不断地向数百位作家邀稿，而他们也没令他失望。从阿西莫夫的《日暮》（*Nightfall*）到弗兰克·赫伯特（Frank Herbert）的《沙丘》（*Dune*），这些科幻小说家为坎贝尔创作了无数篇小说。

他们的巅峰时期被称为科幻小说的黄金时代，时间大致是从1939年到1950年。其中最杰出的人物当属坎贝尔，阿西莫夫称他为"科幻界超个体的主脑"①，而作家哈伦·埃利森（Harlan Ellison）作为他最苛刻的评论家之一，也承认他在现代科幻小说界是"最具影响力的人"②。坎贝尔成了科幻小说的代名词。他于1971年去世，而他的影响却经久不衰。20世纪70年代，尼尔·盖曼③（Neil Gaiman）还是一个十几岁的少年，虽然并没有那么多钱，但他还是买了一箱旧《惊奇科幻》杂志④。几十年后，当被问到《权力的游戏》的创作灵感是否源自神话学者约瑟夫·坎贝尔时，乔治·R. R. 马丁⑤（George R. R. Martin）是这样回答的："给我启发的人⑥不是约瑟夫·坎贝尔（Joseph Campbell），而是约翰·W. 坎贝尔。"

  如果说坎贝尔在读者的想象中是一个形象高大的人，他本人其实更加令人望而生畏。坎贝尔身高六英尺一英寸，体重有200多磅。他长着一双敏锐的蓝眼睛，从不离手的黑色烟嘴里装着一根斯特菲尔德香烟。在青年时期，坎贝尔将一头淡棕色的头发梳成大背头，凸显出他的鹰钩鼻。他常说⑦这样的自己酷似赫尔曼·戈林⑧和魅影

---

① 参见阿西莫夫《阿西莫夫论科幻》，第196页。——原注
② 参见埃利森《危险影像续篇》（*Again Dangerous Visions*），第9页。——原注
③ 尼尔·盖曼是一位获奖无数的英国畅销作家，代表作为《美国众神》。——译注
④ 参见尼尔·盖曼著，多克托罗（Doctorow）的《信息不想免费》（*Information Doesn't Want to Be Free*）序言，第 viii 页。——原注
⑤ 乔治·R.R. 马丁，即乔治·雷蒙德·理查德·马丁，美国作家、编辑、编剧及制片人，擅长科幻、奇幻和恐怖小说。——译注
⑥ 参见乔治·R.R. 马丁对博文《明年的雨果》（*Next Year's Hugos*）的评论，2015 年 8 月 31 日。https://grrm.livejournal.com/440444.html（2017 年 12 月引用）。——原注
⑦ 参见坎贝尔写给罗伯特·斯威舍（Robert Swisher）的信，1937年2月11日。——原注
⑧ 赫尔曼·戈林是纳粹德国的一位政军领袖，在纳粹党内极有影响力。——译注

奇侠[1]（The Shadow）。步入中年后，坎贝尔戴上了眉线框眼镜，留起了平头，但他始终给人魁梧的印象。在坎贝尔的大部分职业生涯中，人们对他又爱又恨[2]，连他曾经忽视的作家都是如此。其中包括雷·布拉德伯里[3]（Ray Bradbury），他曾经反复尝试打入《惊奇科幻》杂志，却都以失败告终。

可能不管有没有坎贝尔，科幻小说都会发展成一种有生机的艺术形式。但是他的存在意味着这种发展在关键时期发生，而他留下的真正遗产就在于科幻小说在他的监管下所形成的具体形态。坎贝尔原本想当发明家或科学家，结果却成了杂志主编。他将纸浆杂志重新定义为创意的试验室——可以提高写作水平，开发创作人才，提供完整的小说情节。很明显，美国前途未卜，变化速度只增不减，在准备应对这即将到来的加速变革时，他将科幻小说从一种逃避现实的文学变成了创造类似作品的机器。也正是因此，他在20世纪60年代将《惊奇科幻》杂志更名为《类比》（Analog）。

同时，坎贝尔还扩大了科幻体裁的内容范围。在他担任主编之前，科幻小说大多都围绕着物理和工程展开。德国纳粹崛起后，他开始思考是否可以逐步完善对文明本身的研究，进而形成一门独立的学科。后

---

[1] 参见迪克森·哈特韦尔（Dickson Hartwell）《原子先生》（Mister Atomic），载于《画报》（Pic）1946年2月刊，第20页。1951年5月27日，坎贝尔在给海因莱因的一封信中称他与沃尔特·B.吉布森（Walter B. Gibson）和约翰·内诺维克（John Nanovic）合作设计了《魅影奇侠》的故事情节。——原注
[2] 金斯利·艾米斯（Kinsley Amis）说坎贝尔是"一个异常凶狠的人"，而作家约·拉弗蒂则认为他是"科幻界有史以来最大的灾难"。参见艾米斯《地狱新地图》（New Maps of Hell），第98页；拉弗蒂（Lafferty）《虫蛀的魔术师》（The Case of the Moth-Eaten Magician），载于格林伯格（Greenberg）《奇幻人生》（Fantastic Lives），第68页。——原注
[3] 雷·布拉德伯里是美国科幻、奇幻、恐怖小说作家。——译注

来，坎贝尔与阿西莫夫携手创立了小说领域的心理历史学。这门学科可以预测几千年后发生的事。坎贝尔还公开表示他希望心理学领域也会发生类似的变革。

广岛原子弹事件发生后，科幻小说似乎快赶不上历史的变化了。读者们期待着坎贝尔给出这个问题的解决方法，而坎贝尔觉得接下来要做的事非常明确。他的终极目标是要将作家和读者变成一种新型人类，比如"能人"，然后再变成超人。随着原子时代的降临，人类的生存似乎变得危如累卵，坎贝尔与他手下的作家L. 罗恩·哈伯德合作，想要在现实世界中实现这种人类到超人的转变，结果却远不尽如人意。

坎贝尔有三位最重要的合作者，相识之时，他们都还很年轻，其中一位就是哈伯德。起初，他并不像会与坎贝尔合作的人。1938年，哈伯德还是一位对科幻小说毫无兴趣的成功纸浆小说家，他与坎贝尔主编合作几乎是迫不得已的，但两人还是成了朋友。十年后，哈伯德带着一种新型心理疗法来找坎贝尔，声称这种疗法会将心理学变成一门精密科学。他恰好说出了科幻界的心声——许多科幻迷一直希望科幻界能有一个重要的科学发现。就这样，坎贝尔开始热心推广这种心理疗法，主编了《戴尼提[①]：现代心理健康科学》（*Dianetics: The Modern Science of Mental Health*）这本畅销书。

一年后，两人的合作关系就破裂了。虽然不在一起，但他们仍然影响着彼此。坎贝尔每天晚上都会花几个小时的时间探索戴尼提未能解释的心理奥秘，而哈伯德也从《惊奇科幻》的读者中获得了最初的追随者。哈伯德不是科幻迷，可他的信徒是。哈伯德向他现有的读者阐释自

[①] 戴尼提，即排除有害印象精神治疗法，科学教教义，20世纪50年代初由L. 罗恩·哈伯德创建。——译注

己的理论,创建了科学教(Church of Scientology)。科学教的教义与最极端的太空歌剧不相上下。坎贝尔看不起科学教,却又忍不住嫉妒哈伯德创建的这个异教团体。科学教至今仍有数以万计的信徒将其创始人誉为有史以来最重要的人。

坎贝尔付出了种种努力,也未能像哈伯德一样成功地发起一场持久的社会运动,虽然心有不甘,但他也只能满足于自己对读者的影响。在他的众多科幻迷中,有一个典型代表是艾萨克·阿西莫夫。十几岁的阿西莫夫慢步走入这位主编的办公室,来提交自己创作的第一篇小说。这位艺术家在《阿喀琉斯之剑》中提到一个聪明的孩子,其原型正是他本人——他是一个腼腆的神童,只能在科幻小说中逃避现实。坎贝尔把他当作实验对象,从零开始培养一位作家。正是在这种前提下,阿西莫夫写出了具有里程碑意义的小说《日暮》,创立了《基地》系列中的心理历史学,提出了革命性的机器人三定律。

阿西莫夫逐渐成长起来,终于不再需要坎贝尔的指导。两人的友情也因坎贝尔对灵力的痴迷而变得紧张。阿西莫夫是一个谨慎而又理智的人,他不想效仿这位主编,可又无法强迫自己摆脱他。就这样,阿西莫夫转而开始写纪实作品,并因此获得了其他科幻小说家都无法望其项背的认可。他完成了四百多本著作,成为美国历史上最多产的作家。这是非常不可思议的成就。但是他从未忘记过坎贝尔对他的知遇之恩:"他是我的文学导师,具有令我相形见绌的基本特质[①]。"

坎贝尔有一个最有趣的合作者,此人后来成了同辈中首屈一指的科幻小说家,经常创作出无与伦比的作品,连哈伯德和阿西莫夫都拍马不及。他就是罗伯特·A. 海因莱因,曾经有一位杰出的评论家称之为"将

[①] 参见阿西莫夫《记忆犹新》(*In Memory Yet Green*),第 201 页。——原注

约翰·坎贝尔的想法付诸笔端的手"①。不过,他在首次投稿时就已经是位大才子了,而坎贝尔的主要贡献就是给予赏识。海因莱因文笔老练,兴趣爱好极其广泛,正是坎贝尔梦寐以求的那种作家。他借此机会来表达自己的想法,吸引了庞大的读者群。

虽然他们生活在美国的两端,但两人都从对方所痴迷的事物中汲取能量。海因莱因的妻子后来回忆道:"他们的关系里早就埋下了自我毁灭的种子②。"即便如此,两人的友情还是变得十分炽热,令人惊讶不已。虽然这段友谊持续了不到四年就开始降温了,但是它比任何作品都更能界定科幻小说的黄金时代。20世纪50年代初,海因莱因与坎贝尔闹翻后,又创作了《星船伞兵》(Starship Troopers)、《异乡异客》(Stranger in a Strange Land)和《严厉的月亮》(The Moon is a Harsh Mistress)等经典小说,吸引着迥然不同的读者群,成了他们心中的知识英雄。他绝对不是第一位对读者的生活方式提供建议的科幻小说家,却是做得最有效的。

虽然坎贝尔的名望始终没有哈伯德、阿西莫夫和海因莱因高,但他反过来给他们每个人都产生了深远的影响。他们从对手身上汲取能量,从对方的成功和失误中吸取经验,还有极为相似的经历。他们都是天才儿童,在二十出头时承受着职业或学业上的挫折。三人都在各自事业的转折点再婚,在即将迎来新局面的时候抛弃了他们的糟糠之妻。他们都是通才,都将科幻小说看作一种教育工具,但是结局迥然

---

① 奥基斯·巴崔斯(Algis Budrys)转引自博瓦《约翰·坎贝尔与现代科幻表现风格》(John Campbell and the Modern SF Idiom)。——原注
② 参见弗吉尼亚·海因莱因(Virginia Heinlein)《科幻小说与约翰·W.坎贝尔》(Science Fiction and John W. Campbell),传记文章,收录于加州大学圣克鲁兹分校海因莱因档案室(the RAH Archives)。——原注

不同。他们都体现了坎贝尔始终坚持的信念：科幻小说是可以改变生活的。

同时，他们也改变了成千上万个读者的生活。阿西莫夫在《阿喀琉斯之剑》中提到，大多数科幻迷之所以在很小的时候就喜欢上这种体裁，是因为它吸引了通俗大众。科幻小说里有关于逃避和控制的幻想情境，智商高而情商低的儿童或青少年也可以阅读，它往往会在读者特别乐于接受新思想的时期吸引他们。有一位科幻迷曾经说过一个著名观点："看科幻小说的黄金年龄其实是12岁。"①

这种影响有利也有弊。1963年，据阿西莫夫估计，创造型科学家中有一半对科幻小说感兴趣，他表示这可能只是保守的估计。阿尔伯特·爱因斯坦②和贝尔实验室的科学家们③也订阅坎贝尔的杂志，该杂志给这些科幻迷留下了难忘的印象，其中包括年轻的卡尔·萨根④。他是无意中在一家糖果店发现这本杂志的："我看了一眼封面⑤，然后快速翻阅了一下里面的内容，结果发现这就是我一直在找的杂志……我完全被它迷住了，每个月都眼巴巴地等着新一期的《惊奇科幻》出版。"保

---

① 参见哈特韦尔《奇迹时代》（*Age of Wonders*），第13页。这句话最早的版本来自科幻迷彼得·格雷厄姆（Peter Graham）。——原注
② "根本没必要给爱因斯坦博士寄《惊奇科幻》12月刊的重印本，因为他早就订了这本杂志。"参见坎贝尔写给医学博士罗伯特·D. 杜利（Robert D. Dooley）的信，1953年1月5日。——原注
③ "当时在贝尔实验室，我们所做的事情之一就是看《惊奇科幻》，还有人给这本杂志投过稿。"参见莉莲·霍德森（Lillian Hoddeson）对菲利普·W. 安德森（Philip W. Anderson）的口述历史采访，1988年5月10日。https://www.aip.org/history-programs/niels-bohr-library/oral-histories/30430（2017年12月引用）。——原注
④ 卡尔·萨根是美国天文学家、天体物理学家、宇宙学家、科幻作家。——译注
⑤ 参见萨根《布鲁卡的脑》（*Broca's Brain*），第161页。——原注

罗·克鲁格曼①、埃隆·马斯克②和纽特·金里奇③等各个政治派别的公众人物也都承认这本杂志中的小说对他们产生过影响。

坎贝尔及其手下的作家完全是在构筑对未来的共同愿景，这必然会告诉我们该如何对待当下。毫无疑问，科幻小说中的预言有好有坏。但是在最好的时候，它成了某些领域的试验场，而这些领域在几十年后才会产生，比如人工智能，经常援引机器人三定律。不过，它也鼓励我们将所有问题都看作属于工程学的范围，而科学则是工程学难题的解决方案。当我们提出用技术手段解决气候变化的问题时，当我们寄希望于少数有远见的富豪的善意时，恰恰说明我们在不知不觉中认可了《惊奇科幻》杂志中所表达的世界观。

这些观点是通过"能人"这个人物表达出来的，他的名字表明了科幻小说对某些假设的鼓励。坎贝尔这样的主编往往青睐那些与自己类似的作家，而且在科幻迷中，从一开始就是男性占绝大多数。女性经常受到质疑，即便受欢迎，也会遭到恶劣的对待。阿西莫夫自称是女权主

---

① 保罗·克鲁格曼是美国经济学家。——译注
"我从小就想成为哈里·谢顿（Hari Seldon）那样的人。"在《基地》系列中，谢顿创立了心理历史学。参见保罗·克鲁格曼著：《阿西莫夫的〈基地〉小说为我奠定了经济学基础》（Asimov's Foundation Novels Grounded My Economics），载于《卫报》，2012 年 12 月 4 日。——原注

② 埃隆·马斯克是美国企业家、工程师、慈善家。——译注
"艾萨克·阿西莫夫的《基地》系列对马斯克有过影响。在这部科幻传奇中，银河帝国土崩瓦解，迎来一个黑暗的时代。"参见洛里·卡洛尔（Rory Carroll）《埃隆·马斯克的火星任务》（Elon Musk's mission to Mars），载于《卫报》，2013 年 7 月 17 日。——原注

③ 纽特·金里奇是美国政治家。——译注
"当时，汤因比（Toynbee）的文明史给我留下了深刻的印象，而艾萨克·阿西莫夫以同样深刻的方式塑造着我的未来观……对于热爱历史的中学生来说，阿西莫夫最令人振奋的发明就是'心理历史学家'哈里·谢顿。"参见金里奇《复兴美国》（To Renew America），第 24 页。——原注

义者,也曾在多年间若无其事地猥亵女性书迷。唐娜·坎贝尔(Do·a Campbell)、莱斯琳·海因莱因(Leslyn Heinlein)和坎贝尔的副主编凯·塔兰特(Kay Tarrant)等女性已经淡出了科幻小说的历史,而哈伯德的官方传记中则抹掉了关于他的前两任妻子的内容。现在的女性也面临着同样的遭遇。

其中有许多因素也适用于种族。坎贝尔手下的作家以及那些作家所塑造的人物几乎无一例外都是白人,因此,他要为限制科幻小说的多元化而承担部分责任。在最好的情况下,这也是错失了一个大好机会。《惊奇科幻》质疑过那么多的正统观念和权力体系,却很少着眼于种族不平等的问题。此外,缺乏历史上没有得到充分代表的声音,这点也严重限制了该杂志所刊载的小说。在最严重的时候,坎贝尔还表达过不可原谅的种族主义观点。甚至在今天,现代科幻迷中最反动的运动也极度不信任女性和少数民族,他们曾经公然说:"我们呼吁在科幻界展开坎贝尔式革命①。"

本书并非全面介绍科幻小说的历史②,而是侧重于坎贝尔的圈子,这就意味着还有很多作家未得到应有的关注。我之所以有了编写本书的想法,是因为我发现阿西莫夫之剑的性质已经变了。1963年,阿西莫夫

---

① 参见沃克斯·戴(Vox Day)的《种族主义者与儿童强奸犯》(*Racists vs. Child Rapists*),2015年5月21日。http://voxday.blogspot.sk/2015/05/the-campbell-delany-divide.html(2017年12月引用)。——原注
② 虽然还有很多艺术家的作品也是《惊奇科幻》的重要组成部分,但本书并未对其进行任何探讨,其中包括H.W.韦瑟(H. W. Wesso)、霍华德·V.布朗(Howard V. Brown)、查尔斯·施内曼(Charles Schneeman)、休伯特·罗杰斯(Hubert Rogers)、威廉·蒂明斯(William Timmins)和弗兰克·凯利·弗里亚斯(Frank Kelly Freas)。弗里亚斯曾经说过:"坎贝尔手下的艺术家故事比较少,那是因为艺术家的数量一直都不多——作为艺术家,要有一定的弹性才能经得住坎贝尔才华砂轮的打磨。"参见弗兰克·凯利·弗里亚斯的文章,载于《轨迹》(*Locus*),1971年7月12日,第9页。——原注

说科幻小说会吸引那种好奇心比较强的现有读者，但是如今，科幻小说似乎更有可能会微妙地改变我们所有人的思维方式和感受，而这更接近坎贝尔的初衷。要理解其中的含义，就必须仔细想一下科幻小说为什么会沿着那些轨迹发展演变。科幻小说的形成看似是必然的，其实是运气、特定决策及其创造者在特定时期的经历共同作用的结果。他们的亚文化如今已经成了我们的全球性文化，而且这种文化的模式与他们的生活模式出奇地相似。

这些故事本身就很吸引人，阐释了如今依然很重要的包容性和代表性问题。现在的科幻小说规模庞大，单靠一个人的力量根本无法指导或界定。但是在本书集中探讨的那个时期，有一个人被认为是科幻小说的监管者①，虽然后来有很多读者都脱离了他的掌控。坎贝尔常说，科幻小说真正的主角是全人类，但他眼中的主角是英雄人物，首先就是他自己。颇具矛盾性的是，如果读者最终拒绝效仿他的做法，反而会得到他想要的结果。科幻小说成了作家和科幻迷不断合作的结果。坎贝尔成功了，最有力的证据就是他失去了对科幻小说的掌控。

坎贝尔可能像一个悲剧人物，他人生中的最后一幕生动地说明了企图将科幻小说中的理想付诸实践会带来怎样的风险。坎贝尔想要将心理学和历史学变成精密科学，但是他的职业轨迹如此荒诞，充分证明了任何人都难以预见自己的命运。坎贝尔梦想着他的杂志中会浮现一个重大发现。为了追求这个梦想，他早已做好了牺牲一切的准备，其中包括他的友情、他的家庭，乃至科学本身。不过有一点他是对的，未来确实需

---

① 坎贝尔曾经说过一句话，有时会被人引用，他说："科幻小说由我说了算。"与之最接近的就是他在自己发表的作品中提出的科幻小说"一般定义"："科幻小说就是我个人喜欢看的那种小说。"参见约翰·坎贝尔编"基本实情"栏目（Brass Tacks），载于《惊奇科幻》，1952年8月，第132页。——原注

要新的思维方式,虽然结果仍然是个未知数。机器人三定律和科学教的来源相同,这就意味着阿喀琉斯之剑是一把双刃剑。

阿西莫夫自己可能也感觉到了。这个在布鲁克林长大的男孩明知道勇士或超人可能会以悲剧收场,却始终坚信他可以给自己的英雄想象出一个更美好的未来:"我甚至给自己讲故事,从荷马停下的地方续写《伊利亚特》[①]。我就是阿喀琉斯。虽然荷马明确指出,阿喀琉斯注定要早逝,但他永远都活在我的幻想中。"

[①] 参见阿西莫夫《记忆犹新》,第102页。——原注

CHAPTER ONE

第一章

有谁去那里

（1907—1937）

你有一堆麻烦[1]，可能是因为你是犹太人；而我也有一堆麻烦，却是因为我是约翰·W.坎贝尔。你觉得你受到了大群体的孤立与排斥；朋友，我却受到了全人类的孤立！——摘自约翰·W.坎贝尔写给艾萨克·阿西莫夫的一封信

---

[1] 参见坎贝尔写给阿西莫夫的信，1955年12月2日。——原注

第 1 节　来自另一个世界的男孩（1910—1931）

> 如果可以避免，千万不要找与其父或其母同名的人当你的第一个患者①。如果这位患者与他的父亲同名，当心你可能会遇到麻烦。
>
> ——摘自 L. 罗恩·哈伯德的著作《戴尼提》

《惊奇科幻》的主编约翰·W. 坎贝尔有大半生的时间都想不起自己的童年生活②。他的故事里充斥着大量图像，但是他没有视觉记忆③，连自己的妻子和孩子长什么样都想不起来。所以当他手下最多产的作家之一 L. 罗恩·哈伯德带着一种有望成为新型心理学的疗法来找他时，他会非常感兴趣也是可以理解的。尤其吸引他的是，这种疗法可能会让他想起早已忘记或者压抑着的事件。

1949 年夏，坎贝尔年满 39 岁。在他的邀请下，比他小一岁的哈伯德及其妻子搬到了新泽西州伊丽莎白市，就住在《惊奇科幻》杂志社所在的那条路上。坎贝尔几乎是哈伯德所能找到的最愿意接受他的疗法的实验对象。前者一直在公开寻找一种心理科学，希望这种科学可以使人类免于核战争，也可以让他看透自己那摇摇欲坠的婚姻。在这个世界上，

---

① 参见哈伯德《戴尼提》，第 305 页。——原注
② 参见坎贝尔写给 W. 格雷·沃尔特博士（Dr. W. Grey Walter）的信，未寄出，1953 年 5 月 1 日。——原注
③ 参见坎贝尔写给海因莱因的信，1949 年 11 月 4 日。——原注

只有他才是哈伯德急需说服的人。不过很快就清楚了,哈伯德的疗法对此人不起作用。

这种疗法被称为戴尼提,旨在减轻由潜抑记忆造成的心理压力。哈伯德在后来写道:"在戴尼提疗法中,最棘手的情况[1]就是患者与其父或其母同名。"他说,实验对象与其父亲或母亲同名会导致此人在出生前就受到潜意识创伤。因为母亲在说父亲的坏话时,胎儿会认为她是在说自己不好。

坎贝尔当然是与他的父亲同名。结果证明,他在其他方面也是一位棘手的患者。戴尼提在最初就是一种催眠术。哈伯德是一位催眠高手,喜欢在各种聚会中卖弄。而坎贝尔主编却是一个非常顽固的人,拒绝接受任何建议。坎贝尔说这是一种防御机制,他过去就用这种机制应付自己的母亲,结果给自己留下了"永久却有用的伤疤"[2]。但是这种防御机制也使他无法回想起任何记忆,导致哈伯德的疗法进行不下去。

他们决定用药物试试看[3]。坎贝尔在家连酒都不喝,却同意服用镇静安眠剂苯巴比妥,随后又吃了臭名昭著的吐实药东莨菪碱。在服用后者的一个疗程中,他发现此药会导致脱水、混乱、精神萎靡。这让他厌恶不已,因而拒绝再次尝试,但他愿意考虑其他方法。而哈伯德知道这位主编是他最大的希望,可以将他的想法传达给更多的读者,所以他也同样决心要继续下去。

所有迹象都表明他们走进了死胡同,但哈伯德还有最后一个办

---

[1] 参见哈伯德《戴尼提》,第343页。——原注
[2] 参见坎贝尔写给小威廉·R. 伯克特(William R. Burkett, Jr.)的信,1968年7月7日。——原注
[3] 坎贝尔在给两个人的信中描述过他们使用药物的事:G. 哈里·斯泰恩(G. Harry Stine),1953年3月1日;埃里克·弗兰克·拉塞尔(Eric Frank Russell),1953年7月11日。——原注

法。他说,神经学家让-马丁·沙可(Jean-Martin Charcot)教过西格蒙德·弗洛伊德催眠术,而这个办法正是基于沙可曾经描述过的一种装置。哈伯德将四面镜子放在一台留声机上[①],摆成棱锥台的形状,然后在附近放一支点燃的蜡烛。让转盘以最高速度旋转,使得烛光以每分钟300多次的速度闪动起来。

坎贝尔在留声机对面坐下后,他们打开了留声机。他几乎立刻就感觉到一股纯粹的恐惧感铺天盖地地袭来,随后是一波他已经深藏在心中的记忆。这位主编说道:"我以前也有过害怕的感觉[②],但是从来没有这么怕过。在倾吐心中的某种恐惧时,我必须要握着罗恩的手才行。罗恩是一个相当魁梧的人,但是有两次,当某种强烈的恐惧感袭来时,我差点把他那只手捏碎。"

最后,坎贝尔像受惊的孩子一样说了六个小时,将自己的恐惧感传给了哈伯德。据说,哈伯德对这种技术深感震惊,他们再也没有用过[③]。坎贝尔进而相信这些镜子恰巧与他的阿尔法脑电波相合[④],还将其效果比作利用电击或者药物诱使精神病患者癫痫发作的疗法[⑤]。

几个月后,坎贝尔才记起自己当时说过什么。哈伯德可能抹掉了他关于那些经历的记忆,只留下了关于那段治疗的记忆,不过,这就足够了。在那个夏天,坎贝尔还接受了别的疗法。他在事后写信给两人共

---

① 坎贝尔在给几个人的信中叙述过这段经历:G.哈里·斯泰恩,1953年3月1日;雷蒙德·F.琼斯(Raymond F. Jones),1953年4月29日;埃里克·弗兰克·拉塞尔,1953年7月11日;比尔·鲍尔斯(Bill Powers),1953年11月4日;吉布·霍金(Gib Hocking),1954年2月24日。——原注
② 参见坎贝尔写给雷蒙德·F.琼斯的信,1953年4月29日。——原注
③ 参见坎贝尔写给吉布·霍金的信,1954年2月24日。——原注
④ 同上。
⑤ 参见坎贝尔写给W.格雷·沃尔特博士的信,未寄出,1953年5月1日。——原注

同的朋友罗伯特·A. 海因莱因："我现在才知道家里有些事我是知道的[1]！……鲍勃，改天来我们这里吧，我教你怎么狠狠地敲诈父母。狠狠地敲诈他们，让他们放下自己那趾高气扬的完美形象，变得像个正常人。"

实际上，坎贝尔记起的事件中有很多都是围绕着家人的，包括他出生时的创伤性记忆。据坎贝尔说，当时接生的医生带着德国口音对他的母亲喊："脐带缠住了他的脖子[2]，快把他勒死了。不要再挣扎了，你会害死他的。放松！你再挣扎，他就没命了。你必须自己想办法！"镊子把他的脸划破了。后来，一名护士在给他滴眼药水时说道："他对人毫无兴趣！"

坎贝尔最后说，这些言语影响了他的性格，他后来过得不幸福，很大程度上都是由此造成的。还有些记忆也同样令人感到不安。他说在他六岁时，有一次他母亲想去参加一个聚会，就给他喝盐水，让他生病[3]，因为这样就有借口把他留给祖母照顾了。三岁时，他差点被淹死。几个月后，他吞了几片吗啡[4]，差点过量。

或许只是坎贝尔自己这么想。事实上，这些事可能大部分都是想象的，可能是哈伯德故意灌输给他的，也可能是他确实认为自己身上发生过这些事，但后者似乎更合理一些。不过可以确定的是，它们反映了坎贝尔对家人的看法，特别是对他生活中出现的那些女性的看法。

人们都认为坎贝尔的外祖母劳拉·哈里森（Laura Harrison）是个

---

[1] 参见坎贝尔写给海因莱因的信，1949 年 11 月 4 日。——原注
[2] 参见坎贝尔写给海因莱因的信，1949 年 9 月 15 日。——原注
[3] 参见坎贝尔写给海因莱因的信，1949 年 11 月 4 日。——原注
[4] 参见坎贝尔写给海因莱因的信，1949 年 9 月 15 日。——原注

"泼妇"①。她的第一任丈夫是坎贝尔的外祖父哈里·斯特拉霍恩②（Harry Strahorn）。1888年，劳拉给哈里生了一对同卵双胞胎女儿，分别取名为多萝西（Dorothy）和约瑟芬（Josephine）。后来由于家暴，她跟哈里离婚，嫁给了约瑟夫·克尔（Joseph Kerr）。后者的钱花光后，她也与之离婚了。劳拉的第三任丈夫采取了不同的做法，他利用劳拉的内疚感让她变得柔顺。她的最后一任丈夫是坎贝尔的祖父威廉·W. 坎贝尔（William W. Campbell），这成了一个家族传奇，坎贝尔听过关于这件事的各种说法。谈起自己的家史时，坎贝尔常以其特有的轻描淡写口吻说"有所涉及"③。威廉·W. 坎贝尔的第一任妻子是一位名叫弗洛伦斯·范坎彭（Florence van Campen）的女士，她是坎贝尔的父亲约翰的生母。与弗洛伦斯离婚后，威廉娶了劳拉·哈里森·斯特拉霍恩（Laura Harrison Strahorn）。几年后，约翰娶了继母在第一段婚姻中生的女儿多萝西·斯特拉霍恩。也就是说，坎贝尔的祖母和外祖母实际上是同一个人，这就将其父母双方的世系合并成了一个庞大的谱系。

---

① 参见坎贝尔写给苏珊·道格拉斯（Susan Douglas）的信，1954年11月9日。苏珊是坎贝尔的姨母约瑟芬和塞缪尔·B. 帕滕吉尔（Samuel B. Pettengill）的女儿。——原注
② 1888年2月17日的《芝加哥论坛报》上刊登了一篇题为《海德帕克震惊：克利福德·斯特拉霍恩的隐婚之举得到原谅》（Hyde Park Society Astonished: Clifford Strahorn's Secret Marriage All Forgiven）的文章，暗指劳拉·哈里森"在斯特拉霍恩宅邸过冬"后，与至少比她大六岁的斯特拉霍恩私奔了。后来，坎贝尔对他的表妹苏珊说他们的外祖母嫁得"很匆忙"。参见坎贝尔写给苏珊·道格拉斯的信，1954年11月9日。——原注
③ 参见坎贝尔写给德怀特·韦恩·巴特奥（Dwight Wayne Batteau）的信，1954年11月20日。——原注

坎贝尔的祖先①可追溯到"五月花"事件、美国独立战争和塞勒姆女巫审判案的双方②，其中有爱尔兰人、荷兰人、匈牙利人、英格兰人③，还有其他民族的人，但坎贝尔一直认为自己是苏格兰人。坎贝尔的祖父威廉在佛蒙特州切斯特市长大。取得法学学位后，威廉在华盛顿担任了一届共和党国会议员，之后到俄亥俄州拿破仑市成为衡平法院的一名主事官，后来又成为法官。1887年，他的儿子约翰·伍德·坎贝尔在拿破仑市出生。

约翰曾在密歇根大学攻读电气工程专业，后来回家与多萝西·斯特拉霍恩结婚。虽然两人的合并家族在当时管理着拿破仑市，但他们并没有留在那个地方，而是搬到了纽瓦克。1910年6月8日，他们的长子约翰·伍德·坎贝尔在特里西大道④（Treacy Avenue）16号的一座木屋里

---

① "威廉·W.坎贝尔的苏格兰祖先在殖民时期移民到新英格兰，其中有很多参加过北美殖民地战争和美国独立战争。他有一位祖先在伯戈因率军入侵萨拉托加时阵亡，一位死在爱德华兹堡，还有几位在邦克山战役中牺牲……他的祖父霍勒斯·坎贝尔（Horace Campbell）出生于康涅狄格州，后来与萨莉·马丁（Sallie Martin）结婚，她是"五月花号"移民的直系后裔。"参见温特（Winter）《俄亥俄州西北部历史》（*A History of Northwest Ohio*），第1201页。1969年5月1日，坎贝尔在给罗恩·斯托洛夫（Ron Stoloff）的信中补充道："我有一位曾祖父在联邦军中当军医，一位是当时还没离开德国，一位是佛蒙特州立法者和积极的废奴主义者，还有一位是"地下铁路"（Underground Railway）某个站点的站长。"——原注
② "我父亲很喜欢研究家谱，他欣喜地发现我们有一位祖先被当成女巫。她在塞勒姆遭到审判和谴责，而当时的法官是我们一个旁支的祖先！"参见坎贝尔编"基本实情"栏目，载于《类比》，1965年2月，第92页。——原注
③ "我的家世是典型的美国世系——融合了多个民族的人：爱尔兰人、荷兰人、匈牙利人、英格兰人、法国人、德国人，还有一些无法确定的北欧血统。"参见坎贝尔写给斯滕·达尔斯科格（Sten Dahlskog）的信，1956年2月14日。——原注
④ 参见萨姆·莫斯科维茨（Sam Moskowitz）《明日探求者》（*Seekers of Tomorrow*），第36页。莫斯科维茨将这条街道的名字误写为"特蕾西"（Tracey），还说它邻接"时尚街区克林顿希尔（Clinton Hill）"，其实是西区的一部分。——原注

出生，此地与墓地只隔着一个街区。几十年后，坎贝尔在给海因莱因的信中写道："每个人在开启自己的人生时都有一个基本目标[①]，而我的目标是理解和解释。"他要面对的第一个谜团就是他的父母。

坎贝尔的父亲是一个非常理性的人，这对他的职业生涯非常有利。他曾就职于纽瓦克的贝尔电话公司[②]（Bell Telephone），十年后升职，到公司的纽约总部担任商业方法专家，晋升为美国电话电报公司（American Telephone and Telegraph）的生产总工程师。私下里，他是一个非常严格的人，从不轻易表露感情。作为宗教保守主义者[③]，他不允许自己的孩子在周日看电影。他在家里不苟言笑，但是在公共场合却表现得富有魅力。

他总是与妻子争吵，通常都是为了钱。他的父亲驯服了他妻子的母亲，可他并没有驯服他的妻子，而是跟她吵得不可开交。他们的儿子夹在中间受着折磨，"从精神上来说，我是在一个水深火热、地震频发的地方长大的[④]"，只能到别处寻找感情。坎贝尔小时候只有两个朋友，那是住在附近的两个女人[⑤]，一个法国人，一个德国人。他认真听她们的话。比起他从父母那里得到的观点，这两个人的观点更好理解。

坎贝尔六岁时，他们从纽瓦克搬到了附近的梅普尔伍德。1917年9月2日，坎贝尔的妹妹劳拉（Laura）在梅普尔伍德出生。他的生活渐渐地没那么痛苦了，因为父亲学会了在母亲发脾气时躲出家门[⑥]，他们不

---

① 参见坎贝尔写给海因莱因的信，1949年11月4日。——原注
② 老约翰·W.坎贝尔的职业详情参见《密歇根大学校友》（*The Michigan Alumnus*），1949年1月29日，第232页。——原注
③ 参见坎贝尔写给戈特哈德·冈瑟（Gotthard Gunther）的信，1953年6月11日。——原注
④ 参见坎贝尔写给雷蒙德·F.琼斯的信，1953年8月13日。——原注
⑤ 参见坎贝尔写给吉布·霍金的信，1954年5月8日。——原注
⑥ 参见坎贝尔写给劳拉·克里格（Laura Krieg）的信，1952年10月20日。——原注

再争吵不休,而是相敬如宾。他和妹妹的关系很好,夏天有大半时间都在俄亥俄州的祖父母家度过。坎贝尔的祖父是一位大名鼎鼎的法庭雄辩家[1],他告诉坎贝尔,法律是一种游戏,那些能够做到在诚实的同时又有所偏袒的人会得到奖励。

父母给坎贝尔带来不同的挑战。在坎贝尔眼中,父亲是一个傲慢的人,却自以为拥有谦逊宽容的美好品德。他很少对自己的孩子表露感情,总是毫无人情味地发号施令:"这是必须的"[2],"必须这样","应该这样"。他没完没了地制定规矩,突然就增加几条。他还会颇为赞许地念一首诗,开头是"一个男孩站在燃烧的甲板上"[3]。这首诗讲的是一个孩子宁死也不违抗父命的故事。

坎贝尔偶尔也会想起父亲的好,特别是上了年纪后,他跟父亲越来越像。坎贝尔曾经说他父亲是"一个真诚善良的人"[4]。在他三岁时,父亲使他初次接触到科学,也只有通过科学,他们才能亲近彼此。坎贝尔六岁时,父亲将一根铁撬棍挂在一条线上[5]。看到撬棍在磁力的作用下向北转动时,坎贝尔惊叹不已。后来,他一本正经地说:"我觉得,肯定是有一个聪明的创造者[6]对这个宇宙进行过规划。钢铁和混凝土的热膨胀系数如此接近,这不可能只是巧合。"

坎贝尔开始上学后,父亲会给他检查作业[7],只要有不满意的地方就叫他修改。就这样,坎贝尔学会了一个有用的技巧——在空白处重

---

[1] 参见坎贝尔写给詹姆斯·C.沃夫(James C. Warf)的信,1954年7月29日。——原注
[2] 参见莫斯科维茨《明日探求者》,第37页。——原注
[3] 参见坎贝尔写给劳拉·克格的信,1952年10月20日。——原注
[4] 参见坎贝尔写给德怀特·韦恩·巴特奥的信,1955年7月27日。——原注
[5] 参见坎贝尔写给劳拉·克里格的信,1957年11月12日。——原注
[6] 同上。
[7] 参见莫斯科维茨《明日探求者》,第38页。——原注

写。父亲还鼓励坎贝尔用两种不同的方法解数学题①，他指出，模拟近似在前几位通常是正确的，而数字计算非常容易弄错单位，两者可以互相检验。有时候，他会批评坎贝尔"有始无终"②，半途而废。坎贝尔经常有理由去回忆父亲最爱说的话："约翰，这个想法不错③，就是没什么用。赶快收拾干净。"

相比之下，母亲说过很多前后矛盾的话，弄得坎贝尔不知道哪句可信哪句不可信。后来，他对母亲不予理睬，认为她想当唯美主义者④，还是一个偏执的施虐狂。从小接受的圣公会教养⑤告诉她，她在生活中的作用就是发号施令——命令男人们，命令仆人们，也命令自己的家人。她说话会前后矛盾，还会在大发雷霆后眼泪汪汪地道歉，这种事周而复始，无止无休。坎贝尔将这样的循环比作洗脑⑥，他和妹妹各自找到了应对方法。劳拉学会了独立核实母亲说的每件事⑦，而坎贝尔从很小的时候就成了不可知论者⑧，开始怀疑大人们的所有说法。

这些往事有很多都是坎贝尔在多年后所写的信件中提及的。有时候，坎贝尔也会想起母亲的好："她是一位才女⑨，知识广博，智商很

---

① 参见坎贝尔写给佩里·沙普德莱纳（Perry Chapdelaine）的信，1970 年 2 月 24 日。——原注
② 参见坎贝尔写给老约翰·W. 坎贝尔的信，1953 年 6 月 11 日。——原注
③ 参见坎贝尔写给伯纳德·I. 卡恩（Bernard I. Kahn）的信，1957 年 12 月 15 日。——原注
④ 同上
⑤ 参见莫斯科维茨为《明日探求者》手写的注释，收录于《萨姆·莫斯科维茨文集》（*Sam Moskowitz Collection*），得州农工大学系列八：主题档案 3-150 号箱，"约翰·W. 坎贝尔"。——原注
⑥ 参见坎贝尔写给伯纳德·I. 卡恩的信，1957 年 8 月 6 日。——原注
⑦ 参见坎贝尔写给老约翰·W. 坎贝尔的信，1954 年 11 月 28 日。——原注
⑧ 参见坎贝尔写给"皮斯"（Pease）的信，1953 年 2 月 10 日。——原注
⑨ 参见坎贝尔写给"斯普林"（Spring）的信，1957 年 6 月 19 日。——原注

高,人格魅力颇大……她年轻时非常漂亮,总是表现出大方周到的样子。"他曾经说父亲是"人类生活中的失败者[①],差点毁掉我享受生活的能力",接着又不加解释地补充道:"母亲帮我保住了这种能力。"

坎贝尔母亲的双胞胎妹妹也给他留下了深远的影响。多萝西和约瑟芬很难区分开来,她们从小就不断地竞争。她们的母亲曾就读于韦尔斯利学院,而她们也如母亲般绝顶聪明。多萝西和约瑟芬互相鄙视:"55年来,她们一直用所能想象到的最巧妙恶毒的贬低言辞攻击对方[②],就像糖加马钱子碱酱汁。她们是不会用氰化物的,因为不想让对方死得太痛快。"坎贝尔认为姨母"非常厌恶"[③]他,因为她每次来做客都对他很粗鲁。直到坎贝尔发现她怕爬行动物[④],这种情况才结束。他会在口袋里装一条花纹蛇或者一只蟾蜍,从此,姨母就开始躲着他了。

在坎贝尔的童年时期有一件最著名的趣闻逸事[⑤],主角就是他母亲及其双胞胎妹妹。坎贝尔说,小时候从学校飞奔回家后,他会看到一个女人。他以为那是他的母亲,结果却发现迎接他的是那位冷漠的姨母,她把他当陌生人一样对待。这个故事还有些令人难以置信的版本:这对姐妹会故意穿同样的衣服来愚弄坎贝尔。但是他最后总会说,他永远都分不清那个跟他母亲长得一样的人究竟是敌是友。

许久之后,坎贝尔说正是受到这段记忆的启发,他写出了自己或许也是任何科幻作家都能写出的最著名的小说——一个外星人能够变成任何生物的样子,让你弄不清自己面对的究竟是一位盟友还是一个凶残的

---

① 参见坎贝尔写给戈特哈德·冈瑟的信,1953年9月29日。——原注
② 参见坎贝尔写给伯纳德·I.卡恩的信,1954年10月8日。——原注
③ 参见坎贝尔写给肯尼思·皮查斯基(Kenneth Pecharsky)的信,1971年4月12日。——原注
④ 参见坎贝尔写给苏珊·道格拉斯的信,1954年11月9日。——原注
⑤ 参见莫斯科维茨《明日探求者》,第37页。——原注

冒牌货。其实，这件事半真半假。坎贝尔多次表示，他真正的敌人并不是他的姨母，而是他的母亲。他对母亲怀有一种矛盾心理，他余生都活在这种心理阴影下。

如果有什么事应该归功于他的母亲，那就是在她的影响下，坎贝尔初次接触到了科幻和奇幻小说[1]。为了逃避现实，他开始读书[2]，如饥似渴地阅读科普作品、希腊神话和北欧神话以及《天方夜谭》。神话和科学都可能给他想要的答案，所以他照单全收，同时也看儒勒·凡尔纳、拉迪亚德·吉卜林和埃德加·赖斯·巴勒斯（Edgar Rice Burroughs）等臆想小说先驱的作品。

坎贝尔没什么朋友，所以只能从阅读中寻求慰藉。他的幼儿园老师深信他长大后不是天才就是罪犯[3]。上小学时，他非常令人讨厌，"我就是那个该死的蠢货[4]，才上一年级就给三年级的学生讲地球的自转和公转。天啊，我真是太聪明了！"几年后，他在给海因莱因的信中谈及他从自己的辛酸经历中体会到了早熟的代价：

> 如果小孩不会生气[5]，就会遭到嘲笑。如果青少年自由自在地思考核物理学和宇宙飞船的问题，如痴如醉地琢磨太阳系的问题，就会飞快地失去朋友。他们会遭到群体的戏弄和排斥，直到他们吸取教训，不再思考。如果他们坚持思考，就会彻底

---

[1] 参见布莱特诺（Bretnor）《现代科幻小说》（*Modern Science Fiction*），第 3 页。——原注
[2] 参见莫斯科维茨《明日探求者》，第 38 页。——原注
[3] 参见坎贝尔写给约翰·斯科特·坎贝尔（John Scott Campbell）的信，1964 年 3 月 2 日。——原注
[4] 参见坎贝尔写给雷蒙德·F. 琼斯的信，1953 年 10 月 28 日。——原注
[5] 参见坎贝尔写给海因莱因的信，1951 年 10 月 5 日。——原注

地被排斥。直到他们成功找到一个超人群体，逐渐了解到问题所在。

"我在当地的孩子中不受欢迎①，因为我会破解游戏。"坎贝尔在别处如此写道，然后解释说他找到了在捉迷藏中获胜的方法："有一次，我教给那些孩子一个公式（基于一种标准的海军搜索模式，呈螺旋状从中心向外移动），结果附近的孩子们再也不玩捉迷藏了。"他是个大块头，可还是会遭人欺凌。虽然他会追赶欺负自己的人，"一心想肢解他们"②，但还是在走回家的路上请友善的大人保护自己更容易些。他断定天赋是最大的障碍，因此，他后来并不太同情那些由于其他原因而遭到排斥的人。

坎贝尔在作坊里是最快乐的。上小学时，他用一根铁管当杠杆臂在自家院子里造了一台石弩③，结果砰的一声击中了他的脑袋。他非常喜欢自己那套麦卡诺玩具④，还用它组装了一台起重机模型，赢了由一家百货公司赞助的比赛。13岁时，他用铅矿和一根钢铁唱针组装了一台无线电接收机⑤，还用两节电池和一台斯图贝克（Studebaker）起动机给自己造了第一辆汽车⑥。他炸毁过自己的地下室化学实验室⑦，修理过自行

---

① 参见坎贝尔写给埃里克·弗兰克·拉塞尔的信，1958年5月9日。——原注
② 参见坎贝尔写给戈特哈德·冈瑟的信，1954年11月24日。——原注
③ 参见坎贝尔《作家介绍》（Meet the Authors），载于《空路画报》（Air Trails Pictorial），1946年12月，第17页。——原注
④ 参见迪克森·哈特韦尔《原子先生》，载于《画报》，1946年2月，第21页。——原注
⑤ 参见坎贝尔《很久以前的事》（It's been a long, long time），载于《类比》，1966年2月，第158页——原注。
⑥ 参见坎贝尔写给G.哈里·斯泰恩的信，1953年10月11日。——原注
⑦ 参见莫斯科维茨《明日探求者》，第38页。——原注

车和家用电器，还制造过一个窃听器①，可以隔着一个街区的距离听到人们交谈的内容。

渐渐地，坎贝尔也找到了对付父母的方法。他喜欢通过严格遵从他们的指示来歪曲规定。他热爱科学，因为科学让他得以用事实反驳自己的父亲："老家伙②再也不能增加新规定了。"至于他的母亲，他完善了一种"心理打击法"③。这种方法之所以奏效，是因为他的注意力的持续时间比他母亲的长："童年时期跟她做斗争的经历④在很大程度上帮助我培养了一种能力，使我能够在说出下一句话前将一组特定的事实用16种未知的新方式进行组合。她是这方面的高手，所以我必须超过她才行。"

坎贝尔12岁时，父母分居了，母亲带着他们兄妹搬到了加利福尼亚州好莱坞的莱蒙格罗韦大道⑤（Lemon Grove Avenue），最终在一年后与他父亲离婚。由于他父亲不在，当时长得又高又瘦的坎贝尔使母亲感觉受到了威胁，她以前用过的伎俩全都失灵了，儿子终于"彻底让她害怕了⑥，她不想让我跟她待在同一座房子里。"

父母离婚后，坎贝尔兄妹跟母亲搬回了美国东海岸。母亲把他送到纽约巴里维尔（Barryville）基塔廷尼营地⑦（Kittatinny Campground）过暑假，随后又将他送到新泽西州布莱尔斯敦（Blairstown）的寄宿制男

---

① 参见坎贝尔写给韦尔斯福德·帕克（Welsford Parker）的信，1954年7月27日。——原注
② 参见坎贝尔写给约瑟夫·温特（Joseph Winter）的信，1953年1月27日。——原注
③ 参见坎贝尔写给苏珊·道格拉斯的信，1954年11月29日。——原注
④ 参见坎贝尔写给戈特哈德·冈瑟的信，1954年10月12日。——原注
⑤ 参见坎贝尔写给海因莱因的信，1940年2月26日。——原注
⑥ 参见坎贝尔写给苏珊·道格拉斯的信，1954年11月9日。——原注
⑦ 参见坎贝尔写给多萝西·（坎贝尔）米德尔顿［Dorothy（Campbell）Middleton］的信，1954年10月9日。——原注

校——布莱尔学院。坎贝尔试着以一种积极的心态面对这种情况。他没有像母亲那样认为每个人都在针对自己，而是尝试采用相反的观点："每个人都在努力对我好。"①

结果不太理想。在布莱尔学院，坎贝尔确实交到了几个朋友，但是总的来说，他跟谁都合不来，真是令人惊异不已。他的智商测试结果是145，"如果不是懂得太多了，我的分数还会更高②。"但是他的学习成绩平平无奇，物理成绩优异，英语却差点不及格。坎贝尔专心致志地学习自己感兴趣的科目，不感兴趣的就置之不理。他在课堂上从不放过任何一个纠正老师的机会③。他不参加任何团队或社团④，在他每周的活动列表中有一项是"远足"⑤，可能是因为远足的时候，他可以独自思考很长时间。

在社交方面，坎贝尔一如既往地令人无法忍受。他的个子很高，在足球这样的体育运动中占优势，但是他往往会毁掉比赛。打网球时，他自学了几招挥拍的鬼把戏，将球扣死在地上，或者把球打到球网上缘，让球刚好擦网而过。跟学校里最厉害的棋手下国际象棋时⑥，他疯狂地跟对方互杀，直到两人各剩四枚棋子使游戏简化，进而连赢三盘。坎贝尔一心想结束比赛，就像要为将来更大的挑战养精蓄锐似的。

---

① 参见坎贝尔写给多萝西·（坎贝尔）米德尔顿的信，1954年10月9日。——原注
② 参见坎贝尔写给"麦考密克夫人"（Mrs. McCormick）的信，1955年9月18日。——原注
③ 参见莫斯科维茨《明日探求者》，第38页。——原注
④ 参见布莱尔学院的安·威廉斯（Ann Williams）发给本书作者的电子邮件，2017年10月31日。——原注
⑤ 参见布莱尔学院的安·威廉斯发给本书作者的电子邮件，2017年11月1日。——原注
⑥ 参见坎贝尔写给戈特哈德·冈瑟的信，1954年11月24日。——原注

坎贝尔根本没拿到毕业证书。作为学生，要修够所选大学要求的学分才能毕业，可他没有法语和三角学成绩。不过，一个诱人的机会向他招手了。父亲建议他申请麻省理工学院，还许诺帮他支付全部学费。坎贝尔只用一个夏天就学完了两年的法语课程①。他只在考试的前一天晚上快速看了一遍三角学课本，结果却得了很高的分数。就这样，坎贝尔朝坎布里奇去了。

对坎贝尔而言，这简直太及时了。多年后，他写道："我一直觉得自己极其缺爱，非常需要感情②，可又完全没有能力走出去寻找那些必要的人际交往来满足自己的需求。"他觉得只有在大学里才能找到他渴望的那种情感联系，就用他的大脑去寻找。在新泽西州奥兰治（Orange），坎贝尔告别了母亲，还有她的第二任丈夫詹姆斯·A. 米德尔顿（James A. Middleton）——一位谦逊安静的家用电器推销员③。然后，他就怀着终于可以逃离童年困境的希望头也不回地离开了。

但是童年对他造成的影响是他永远都无法克服的。几十年后，他对父亲说："我夹在你和妈妈中间④，对很多事都产生了免疫力，你们两个

约翰·W. 坎贝尔，摄于1928年左右，莱斯琳·兰达佐（Leslyn Randazzo）提供

---

① 参见坎贝尔写给约翰·阿诺德（John Arnold）的信，1953年4月21日。——原注
② 参见坎贝尔写给约瑟夫·温特的信，1953年6月21日。——原注
③ 参见坎贝尔写给苏珊·道格拉斯的信，1954年11月9日。——原注
④ 参见坎贝尔写给老约翰·W. 坎贝尔的信，1955年6月18日。——原注

都不会有的免疫力；你们随便一个人都有可能让我变成废人……当然，我当时感觉太不公平了；现在也不能原谅你们，因为原谅也无济于事，而且听起来很傲慢。"

1928年，坎贝尔上大学后，立刻就感觉到了不同。他说坎布里奇①是"一个肮脏的小镇"②，但是在整个职业生涯中，他始终都在怀念这个地方，尤其想念教过他的教授们。他写道，中学老师一副对什么都很笃定的样子，而在麻省理工学院，"我发现了一群迷惘之人"③，他们承认自己并非无所不知。坎贝尔将质疑他人当成自己毕生的工作，所以这个地方让他如鱼得水。

大学一年级时，坎贝尔就读于物理系④。在学期初，他通读了自己的课本，宛如读小说般，仅用三天的时间就看完了。就像在布莱尔学院一样，有时候，他无法给人留下好印象。有一次上分析化学课时⑤，老师让他辨认一种不明物质的样本，他没有采用书本上的方法，而是看着那些发红的晶体猜测说是硝酸铁，还做了两个实验来证实他凭直觉猜测的结果，不料却惹得老师大为光火。还有一次，他将一整套实验装置带

---

① 坎贝尔曾经给《惊异故事》写过一封信，信中所列的地址是坎布里奇比奇洛街（Bigelow Street）38号。这封信载于《惊异故事》1930年5月，第89页。当时，他的室友是罗萨里奥·奥诺雷·特伦布莱（Rosario Honore Trembley）和理查德·拉什·默里（Richard Rush Murray），后者在《惊异故事》上发表过几篇小说。参见莫斯科维茨《明日探求者》，第38页；布莱勒（Bleiler）《科幻小说》（Science-Fiction），第304页。——原注
② 参见坎贝尔《无限世界的入侵者》，载于《惊异故事季刊》（Amazing Stories Quarterly），1932年春/夏，第193页。——原注
③ 参见坎贝尔写给约翰·阿诺德的信，1952年11月29日。——原注
④ 参见麻省理工学院注册办公室的纳撒尼尔·哈吉（Nathaniel Hagee）发给本书作者的电子邮件，2016年9月2日。——原注
⑤ 参见坎贝尔写给戈特哈德·冈瑟的信，1954年11月24日。——原注

到教室里，就为了证明那位教授是错的①。

对坎贝尔影响最大的是数学副教授诺伯特·维纳，此人后来成为举世闻名的控制论创始人。像坎贝尔一样，维纳曾经也是一位与父亲关系复杂的神童，他称父亲为"最敬爱的对手"②。坎贝尔后来说维纳是他见过的最不称职的老师③，因为他会在黑板上写一个复杂的表达式，只说一句"结果显而易见"就接着往下讲，不做任何解释。

但是不可否认，维纳是个天才。他是坎贝尔的榜样，给坎贝尔产生了深刻的影响。几十年后，坎贝尔怀念起大学时光。在他的记忆中，大学是下流的五行打油诗④诞生的地方；为了恶作剧，学生们会在更衣室长凳上洒化学品⑤；宿舍里的手写标语会强调菲纳格定律："会出错的终将会出错⑥，而且是在最坏的时刻。"他划船、打网球⑦，开始每天抽两包烟。在接下来的40年中，他始终保持着抽烟的习惯。

几乎是出于偶然，坎贝尔也开始写科幻小说。他从中学开始就成了纸浆杂志迷⑧，买过《阿尔格西》（*Argosy*）和《诡丽幻谭》（*Weird Tales*），还买了雨果·根斯巴克的《惊异故事》创刊号。可能就是考

---

① 参见坎贝尔写给戈特哈德·冈瑟的信，1959年4月10日。——原注
② 参见维纳给《人有人的用处》（*The Human Use of Human Beings*）的献辞。——原注
③ 参见坎贝尔写给两个人的信：尼尔斯·奥尔·巴里切利（Nils Aall Barricelli），1970年4月16日；巴德·赫尔曼（Bud Herrmann），1971年1月21日。——原注
④ 参见坎贝尔写给吉布·霍金的信，1954年2月24日。——原注
⑤ 参见坎贝尔写给乔·波耶（Joe Poyer）的信，1966年4月27日。——原注
⑥ 参见坎贝尔写给冈瑟·科恩（Gunther Cohn）的信，1969年8月11日。——原注
⑦ 参见坎贝尔写给阿西莫夫的信，1958年7月24日。麻省理工学院年鉴的队伍名单里根本没有他的名字。——原注
⑧ 参见莫斯科维茨《明日探求者》，第39页。——原注

虑到像坎贝尔这样的人,根斯巴克才有了创办《惊异故事》的想法。这本杂志是从一群关系密切的电子爱好者中兴起的。在杂志上刊载的故事中,智慧所得到的回报不是排斥,而是无穷的力量。特别是在1928年,根斯巴克刊登了一篇小说,一下子将科幻体裁扩展到比以往任何时候都要大的范围。这篇小说里提到一艘原子飞船,据其中一个人物大略估计,它的速度能够达到"每秒741300万英里"。

坎贝尔被《太空云雀》(*The Skylark of Space*)迷住了。在E. E. 史密斯博士(E. E. "Doc" Smith)和李·霍金斯·加尔比(Lee Hawkins Garby)创作的这篇连载小说中,英俊潇洒的反派人物盗走了主人公的飞船,导致主人公必须离开家乡,踏上跨越六千万亿英里的追逐之旅。它开创了超科学或者太空歌剧领域的先河,引得人们无休无止地模仿。也是在这篇小说的影响下,坎贝尔决定攻读物理学专业[①]。他觉得原子能会成为他这辈子最大的独家新闻,但是他的教授中几乎没人这么想。不过,直到大学一年级,他才有了创作的想法,其原因可能连云雀号(The Skylark)的船长都会赞成——他想要一辆新车。

买一辆福特A型车要500美元。父亲对他说:"我有义务让你接受良好的教育[②],但是买奢侈品要靠你自己。"《惊异故事》的稿费是每个字半分钱。坎贝尔需要这笔钱,所以他尽可能快地写完了《无限世界的入侵者》(*Invaders from the Infinite*),然后拿给父亲过目。他父亲非常喜欢这篇小说,把它寄给了T. 奥康纳·斯隆主编(T. O'Conor Sloane),结果竟然被录用了[③]。他写的第二篇小说《当原子失灵的时

---

① 参见坎贝尔《作家介绍》,载于《空路画报》,1946年12月,第17页。——原注
② 参见坎贝尔《纪念》(*In Memoriam*),载于《类比》,1968年8月,第177页。——原注
③ 参见莫斯科维茨《明日探求者》,第39页。——原注

候》(*When the Atoms Failed*)也被录用了。

然而，几个月过去了，两篇小说都没有出版，而这家出版社要在杂志出版后才付稿费。大学一年级结束后的那年暑假，坎贝尔决定亲自去找这位主编①。到达出版社位于纽约第四大道的办公室后，他被人领进去见斯隆。斯隆的名声不太好，原因有二：一是他古板守旧，根本不相信人类能进入太空；二是他往往会紧紧抓着收到的稿件，直到纸面碎裂。而且他已经80岁了。

坎贝尔当时才19岁。在他眼中，白须飘逸的斯隆看起来肯定很老。两人谁都不怀疑这次会面就像在传递火炬。斯隆对坎贝尔很和蔼，他承认自己把《无限世界的入侵者》的稿子弄丢了。坎贝尔也没有副本，所以这篇小说彻底消失了。后来，他只记得里面提出了一个在太空中给飞船供暖的问题，主人公利用的物质能量②大小是原子能的一千倍③。

不过，不难猜到那篇小说好不好看。1930年1月，坎贝尔的第二篇小说《当原子失灵的时候》出现在《惊异故事》的封面上，感觉就像删掉了刺激元素、恋爱角色和反派人物的E. E. 史密斯的作品。在这篇小说中，主人公利用积分仪这种做微积分的机器开发原子能，挡住了火星人的入侵。但是与动作相比，作者更感兴趣的是描绘飞船——六英寸铱钨合金外壳，还有没完没了的技术讲座，可能都是直接从他的课本上抄下来的。

---

① 参见莫斯科维茨《明日探求者》，第39-40页。——原注
② 参见莫斯科维茨《明日探求者》，第40页。——原注
③ 参见莫斯科维茨为《明日探求者》手写的注释，收录于《萨姆·莫斯科维茨文集》，得州农工大学系列八：主题档案3-150号箱，"约翰·W. 坎贝尔"。——原注

他父亲肯定很高兴，同时也引起了科幻迷的共鸣。当时仅有几位作家具备大学水平的理论物理学知识，而坎贝尔是其中之一。他使用的科学术语让读者觉得自己好像知道发生了什么事，其中的现实主义元素也足以带来不止如此的错觉。比如，积分仪在麻省理工学院是一种用来解微分方程的真实仪器，坎贝尔在自己的小说中引入这种仪器，成为科幻小说中最早关于计算机的描述之一。

他开始快速创作，在暑期班的课间完成了多篇小说，反复使用相同的套路。一旦他想出重组这些作品的方法，创作也就变成了可以破解的游戏。如今，他在早期创作的小说全都不值一读。《太空云雀》是怀着真正的热情写出来的，所以如今还能让读者咧嘴傻笑。而在《当原子失灵的时候》中，几乎看不出任何写作能力，也感受不到丝毫对科幻小说的热爱之情。它的续篇《金属部落》（*The Metal Horde*）中出现了一种可以自我复制的机器，导致这篇小说里有无数飞船，却没有任何可识别的人类。

在他的下一篇小说《强盗优先》（*Piracy Preferred*）中，冒险三人组阿科特（Arcot）、莫里（Morey）和韦德（Wade）首次出场。他们会抽着烟斗展开长篇大论，全都没有类似精神生活的东西，包括阿科特。如果有精神生活，阿科特可能就是作者想要变成的样子——身高六英尺，父亲是一位著名的科学家，但是也有迹象表明未来会有所发展。其中一个人物在旁白中说道："你们是在一个心理医学技术真正起作用的世界里长大的。我小时候，心理医学技术完全就是经验法则，医生们对此一窍不通。"

接下来是《虚空之声》（*The Voice of the Void*），坎贝尔仅用一个下午就写完了这篇小说。然后是阿科特故事系列的《星空之岛》（*Islands of Space*）、《黑星坠落》（*The Black Star Passes*）和《太阳石》（Solarite），从太阳系向外扩展到了整个银河系。坎贝尔塑造的外星人常常比他塑造的人类有趣。外星人可能会有缺陷，而他笔下的人类主角无一例外都是高大强壮的英雄，代表着他想成为的那种天才发明家。读这些作品的时候，感觉作者就像一个聪明而又孤独的孩子，他对化学无所不知，对人类却一无所知。在他的小说里也看不见女性角色。

坎贝尔很快就成了人气仅次于史密斯博士的小说家。在《惊异故事》的"读者来信"专栏中，坎贝尔直接挑战史密斯博士，指出对方写的小说中有些错误，同时也激励所有人对自己做同样的事："我正在焦急地等着大家来评论我的小说[1]，谁都可以，特别是史密斯博士。"然而，他似乎从未想过投稿给《超科学惊奇故事》（Astounding Stories of Super-Science），虽然早在1929年年底，这本杂志就出现在报摊上了。

教过坎贝尔的教授都持怀疑态度，其中有一位说坎贝尔在滥用自己的才能[2]。坎贝尔在大学一年级的英语老师小威廉·蔡斯·格林[3]（William Chace Greene, Jr.）不喜欢科幻小说，所以当他写了一篇故事说光也有质量时，这位老师给了他一个很低的分数。坎贝尔从物理系开了一张有签名的证明，但格林还是判他不及格。诺伯特·维纳是唯一帮助过坎贝尔的教授[4]，还给他的《星空之岛》提过建议。至于他父亲，听到他的第一篇小说被《惊异故事》录用后，只说了一句："又不是《星

---

[1] 参见坎贝尔写给《惊异故事》的信，载于《惊异故事》，1930年11月，第764页。——原注
[2] 参见坎贝尔写给戈特哈德·冈瑟的信，1959年4月10日。——原注
[3] 参见坎贝尔写给马克·克利夫顿（Mark Clifton）的信，1952年10月3日。莫斯科维茨为《明日探求者》写的注释中提到了"格林"。——原注
[4] 参见莫斯科维茨为《明日探求者》手写的注释，收录于《萨姆·莫斯科维茨文集》，得州农工大学系列八：主题档案3-150号箱，"约翰·W.坎贝尔"。——原注

期六晚邮报》①。"

但是坎贝尔最终买车了,一辆福特A型跑车。他对这辆车进行了彻底的改造,就像他塑造的主人公中有一位会造飞船一样。从母亲在奥兰治的家中开车到坎布里奇时,坎贝尔在那些曲折的道路上全速行驶,跑了八个小时②也没出什么车毁人亡的意外,他对此颇感骄傲。每次受到考验,坎贝尔最后都过关了。他似乎马上就要在现实生活中实现其小说中的理想了,后来却遭遇了莫名其妙的失败。

坎贝尔的学习成绩还不错,但是谈不上特别出色③。他的物理和化学成绩很高,微积分的成绩也不错,虽然他"本质上是反对数学的"④。作为国际研究用语,德语也是他的必修课,可他考了三次也没及格⑤。坎贝尔在后来显然将其归咎于关于一位医生的潜抑记忆⑥,因为那位医生在给他接生时,曾经用德国口音大声喊叫。同时,他发现自己就是很难在意名词变格这种琐事:"只要das Haus的意思是房子⑦不就行了吗?"

这都不重要。在大学三年级的上半年,坎贝尔成了麻省理工学院的

---

① 参见莫斯科维茨为《明日探求者》手写的注释,收录于《萨姆·莫斯科维茨文集》,得州农工大学系列八:主题档案3-150号箱,"约翰·W. 坎贝尔"。——原注
② 参见巴崔斯《基准的延续》(*Benchmarks Continued*),第62页。——原注
③ 参见坎贝尔写给约翰·阿诺德的信,1953年4月21日。——原注
④ 参见坎贝尔写给吉布·霍金的信,1953年10月20日。——原注
⑤ 参见坎贝尔写给约翰·阿诺德的信,1953年4月21日。——原注
⑥ "你在德语学习中遇到了麻烦,我依稀记得一点关于德语的印迹。"参见杰西·布鲁斯·霍普金斯(Jesse Bruce Hopkins)写给坎贝尔的信,1958年9月12日。——原注
⑦ 参见坎贝尔写给简·卡尼(Jane Kearney)的信,1954年5月4日。——原注

无类别生①，学校要求他退学。1931年2月7日是他在麻省理工学院的最后一天。20岁时，坎贝尔退学了，这似乎证明父亲说对了：他的确是做什么事都不能坚持到底。坎贝尔寻找归属地的梦想就这样破碎了。最糟糕的是，他的头脑也让他失望了。这是唯一一个他无法破解的游戏。坎贝尔溜回了他母亲在新泽西州的家，根本不知道自己的未来会怎样。

---

① 参见麻省理工学院注册办公室的纳撒尼尔·哈吉发给本书作者的电子邮件，2016年9月2日。——原注

第 2 节　三个与神为敌者（1907—1935）

> 这位冒险家像一名逃犯[①]，因为要冒险就必须先离家出走。
> ——摘自威廉·博莱索（William Bolitho）所著《12个与神为敌者》（*Twelve Against the Gods*）

1931年，坎贝尔灰心丧气地离开了麻省理工学院，之后不久就乘船到达欧洲，在欧洲独自旅行了两个月。此行是坎贝尔故意为之，根本不符合他的性格。虽然他的小说跨越整个宇宙，但他并不是天生喜欢漂泊的人。他的父亲比较有钱，可能没有给予他情感上的安全感，但给了他物质上的安全感。在人生中的大部分时间，他很少去距离自己的生长地车程超过一天的地方。

相比之下，坎贝尔那三位最重要的合作者最后都远离家乡。他们从很小的时候就给自己创造了身份，有的是出于自愿，有的是迫不得已。旅行给他们留下了深刻的影响。一位将漂泊当作解决问题的实用方法；一位是为了追求自己的梦想；还有一位走得最远，从小就离开家乡移民美国。

罗伯特·A.海因莱因常常想起一件事。那是1912年的一天，密苏里

[①] 参见博莱索《12个与神为敌者》，第4页。——原注

州堪萨斯城有一对年轻夫妇正在斯沃普公园（Swope Park）里散步[①]。过铁道时，妻子的鞋跟被转辙器（一对引导车厢的锥形轨条）卡住了。此时，他们听到火车的汽笛声渐渐逼近。一位经过的路人停下来帮忙——后来的新闻中说他是一名流浪汉，但是两个男人还没将她的鞋跟弄出来，火车就开过来了。女人和那位陌生人当场被撞死了。

海因莱因记得自己当时才5岁，那天正好跟家人在那个公园里。这件事成了他最早的记忆之一，他从来没有忘记过。最让他困扰的是第二个男人，因为在最后一刻，他本来是可以自救的，结果却死了。在这件事的影响下，海因莱因不断地在这个由死亡定义的世界中寻找生命的意义。正如那名流浪汉在铁轨上留下的信息："人就这样活着[②]，然后就这样死去。"

这只是海因莱因的说法。实际上，这件事发生时，海因莱因并非5岁，而是12岁。事发地在四百多英里外的伊利诺伊州温内特卡镇。1919年9月1日，威廉·坦纳（William Tanner）为了救自己的妻子，被迎面而来的火车撞死了[③]。第二个男人并不是海因莱因所说的流浪汉，而是一位名叫约翰·米勒（John Miller）的铁道司旗员，他在援救过程中失去了一条腿，并没有丧命。海因莱因曾经聚精会神地听父亲大声念《堪萨斯城明星报》（*Kansas City Star*）上的报道，后来默默地将其写

[①] 1961年在第19届世界科幻大会（World Science Fiction Convention）上，海因莱因在《回到未来》（*The Future Revisited*）的演讲中讲过这个故事，转载于近藤（Kondo）《安魂曲》（*Requiem*），第178-180页。1973年在安纳波利斯的一次演讲中，他也叙述过这个故事，以《爱国主义的语用学》（*The Pragmatics of Patriotism*）转载于《衍生宇宙》（*Expanded Universe*），第469-470页。——原注
[②] 参见海因莱因《回到未来》，转载于近藤《安魂曲》，第180页。——原注
[③] 参见哈格多恩（Hagedorn）《野蛮的和平》（*Savage Peace*），第335-336页。——原注

进了自己的传记里，这件事本身就透露了一些信息。

1907年6月7日，罗伯特·安森·海因莱因在密苏里州巴特勒（Butler）出生，此地在堪萨斯城东南80英里处。他的父亲雷克斯·伊瓦尔·海因莱因（Rex Ivar Heinlein）和母亲巴姆·莱尔（Bam Lyle）在中学时就相恋了。雷克斯是参加过美西战争的退伍军人，在家里的农具公司工作，同时也是万国收割机公司（International Harvester）的出纳员。海因莱因的父母生了七个孩子，而他排行第三。海因莱因口吃，但学习成绩优异。他小时候还有过神秘经历，其中包括前世的记忆。在学校里，他曾经看到一个小霸王，非常确定自己和那个男生就是同一个人的不同化身，这个发现让他感到不知所措。

他从来没有对父母说过这些，因为他们有更为紧迫的事要考虑。由于孩子太多了，他们一直都很穷，曾经连续吃了三个月的土豆汤。他们的房子里很拥挤，海因莱因只能将床垫铺在地板上睡觉。夏天的晚上，他会偷偷溜出家门，到公园里像泰山一样光着身体玩。他会卖《星期六晚邮报》挣零花钱，会在有轨电车上看作业。爱德华·贝拉米（Edward Bellamy）、H. G. 威尔斯和威尔·杜兰特（Will Durant）等作家的作品将他变成了崭露头角的社会主义者。

晚上，他就躺在被子里就着烛光翻阅吉卜林的小说、巴勒斯的小说、汤姆·斯威夫特系列（The Tom Swift Series）、霍雷肖·阿尔杰的小说和根斯巴克的科幻小说杂志。这些作品让他决心克服自身的局限。为了克服口吃，他还选修了辩论术。在一场关于运输规程的辩论中[①]，他引用英国殖民地船务局（The British Colonial Shipping Board）的年度报告来支持自己的论点。一周后，对方辩手意识到英国殖民地船务局这个组

---

① 参见坎贝尔写给劳拉·克里格的信，1954年9月25日。——原注

织根本不存在,但是不管怎样,海因莱因已经赢了。晚上,他会在广告牌顶研究星星,思量着以后要当天文学家。

海因莱因的家人更关注这个世界,他家有根深蒂固的军人传统。据说,他们的祖先参加过美国的所有战争。海因莱因的父亲利用赞助工作将他的哥哥送进了马里兰州安纳波利斯市的美国海军学院。可是等海因莱因到了那个年纪时,父亲却没有为他争取海军学院的名额。他决定自己争取。他写了几十封信才捞到一个机会,然后就开始做准备,设法提高自己的视力。海因莱因的眼睛一直都不好,所以他决定用贝茨视力训练恢复法(Bates Method)改善自己的视力。

1925年6月16日,海因莱因在安纳波利斯宣誓成为海军学院的学生。作为一年级新生,他遭到高年级生的欺凌,他们逼他在食堂里回答问题。海因莱因身高六英尺,本来就骨瘦如柴,结果在那段时间又减了十磅。他经常梦到自己挨打,这样的噩梦持续了几十年[①]。海因莱因被航空吸引,他觉得自己可能会成为一名飞行员。因此,他开始学习击剑和跳舞,将其视为协调身心的方法。有序的学院生活似乎改善了海因莱因总是很难克服的性格缺陷——冲动、脾气暴躁、对他人不耐烦。

1926年5月,海因莱因最喜欢的妹妹,才7岁的罗斯·伊丽莎白(Rose Elizabeth)从家里的汽车上掉下来摔死了。当时是他们的父亲在开车,他始终都没有原谅自己。海因莱因悲痛欲绝,但是他必须回学院,因为他希望加入学院的航空队。然而,即便做了视力恢复训练,他的立体视觉还是很差,结果他没有通过资格考试,只好转修工程学。虽然海因莱因依然对飞机着迷,但是他永远都成不了飞行员。

---

① 参见弗吉尼亚·海因莱因《在海军学院的岁月》(*The Years at the Naval Academy*),这篇传记文章收录于加州大学圣克鲁兹分校海因莱因档案室。——原注

第二年，他乘俄克拉荷马号到巴拿马运河进行巡航演习。海因莱因是个梦想家，但也知道细节最重要，所以他拿着自己的速写本走过战舰的每个角落，熟记战舰上的系统，而且乐在其中。然而，生活又给他带来了毁灭性的打击。在休假期间，海因莱因和他的中学同学艾丽斯·麦克比（Alice McBee）相恋了，他一直有向她求婚的打算。1928年，麦克比死于阑尾炎。收到她的死讯后，海因莱因有了自杀的念头。

1929年6月6日，海因莱因被任命为海军少尉，但是他并没有参加毕业典礼。在回家的火车上，他遇到一个叫玛丽·布里格斯（Mary Briggs）的女人，并和她发生了关系。当时，布里格斯正要去圣路易斯找她的未婚夫。海因莱因爬上她的床时，并非完全没有经验，早在五年前，他就已经把自己的童贞给了"一位祖母"①。但这是第一次让他感到满足的性接触，他从中意识到性行为也是身心相互作用的结果。几十年后，海因莱因在给布里格斯的信中写道："我们相遇时，如果你没有订婚的话②，我们大概用不了几周就会结婚，也有可能连几天都用不了。"

像坎贝尔一样，海因莱因也对《太空云雀》这篇小说印象深刻，但他对精神世界同样感兴趣。他的同学卡

罗伯特·A.海因莱因在安纳波利斯的海军学院，摄于1929年，乔·鲁尔（Geo Rule）提供

---

① 参见海因莱因写给波尔·安德森（Poul Anderson）的信，1961年9月6日。——原注
② 参见海因莱因写给玛丽·（布里格斯）科林［Mary（Briggs）Collin］的信，1962年8月6日。——原注

尔·拉宁（Cal Laning）曾经教过他催眠术，他们和另一个朋友一起做过"探索"项目（The Quest）——如果其中一个人死了，他保证会在死后联系另外两个人。他们还按照社会主义作家厄普顿·辛克莱所写的一本书中的说明做过心灵感应实验。为了寻找接近神秘主义的方法，海因莱因甚至考虑过加入共济会。

不过，在火车上遇到的那个女孩让海因莱因有了意外的发现，所以他一反常态地冒险了。在堪萨斯城，他与中学时的朋友埃莉诺·柯里（Elinor Curry）重逢，后来还瞒着父母和她结婚了。埃莉诺"在性行为中很大胆"①，而海因莱因想要深入探索性行为，所以就冲动地娶了她。但是在他们度蜜月时，埃莉诺有了外遇，这让海因莱因感到心烦意乱。海因莱因也算是玛丽·布里格斯的外遇，因为布里格斯当时已经跟别人订婚了。可是当妻子对自己不忠时，海因莱因显然有些手足无措。

为了这段婚姻，海因莱因也做出了一些牺牲。那年早些时候，海因莱因申请了罗德奖学金（Rhodes Scholarship）。他的学习成绩平平，所以申请成功的机会并不大，但是貌似也算得上一个通往天文学的途径。然而，罗德学者（Rhodes Scholars）不能结婚，所以他撤销了申请，为了性生活放弃了这个机会。可还不到一年，他们的婚姻就破裂了。他说埃莉诺"有毒，就像槲寄生一样"②。1930年，埃莉诺申请离婚。

当时，海因莱因正在加利福尼亚州圣佩德罗的航空母舰列克星敦号（USS Lexington）上服役。1932年，他重新联系上卡尔·拉宁时，拉

---

① 参见帕特森（Patterson）《学习曲线》（*Learning Curve*），第113页。——原注
② 参见海因莱因写给卡尔·拉宁的信，1930年8月1日，转引自帕特森《学习曲线》，第129页。——原注

莱斯琳·麦克唐纳，摄于1926年，加州大学洛杉矶分校图书馆特色馆藏

宁迷恋上了一个叫莱斯琳·麦克唐纳①（Leslyn MacDonald）的女人。莱斯琳于1904年8月29日在波士顿出生，后来在洛杉矶地区长大。她母亲一心扑在神智学②上——海因莱因也学过这种神秘哲学。从加利福尼亚大学洛杉矶分校毕业后，莱斯琳就职于哥伦比亚电影公司的音乐部。她比海因莱因大三岁，身高刚过五英尺，惊艳之姿不可否认。

海因莱因深深地意识到埃莉诺也是在类似的情形下背叛了他。他明知道拉宁爱上了莱斯琳，可还是在他们见面的当天晚上就跟莱斯琳发生了关系。第二天早上，他向莱斯琳求婚了，连他自己都感到震惊。这是一向自律的海因莱因第二次一反常态地仓促成婚。但是作为伴侣，莱斯琳远比埃莉诺适合海因莱因。她的智商比海因莱因高，也对神秘主义感兴趣，还暗示她愿意接受一种开放式的关系。

1932年3月28日，两人完婚了。海因莱因身穿军礼服，腰悬佩剑；而莱斯琳则穿着一身借来的礼服。新郎身材修长，长相英俊，胡须整洁，摆出一副故作老练的神气。拉宁颇有雅量地参加了这场婚礼。几个月后，海因莱因晋升为海军中尉，生活似乎就快完整了；但他绝不会知

---

① 参见帕特森《学习曲线》，第144—146页。关于莱斯琳的早期生活，最全面的记载参见詹姆斯《莱斯琳记事》（Regarding Leslyn）和《莱斯琳记事续》（More Regarding Leslyn）。——原注
② 海因莱因的《失落的遗产》（Lost Legacy）中提及的神智学，参见帕特森《神秘的海因莱因》（The Hermetic Heinlein）。——原注

道,自己的生活即将分崩离析。

那年夏天,海因莱因被调到罗珀号(USS Roper)驱逐舰上,内定担任枪炮官的职务。罗珀号比他以前去过的所有军舰都小,行驶时不是很稳,所以他晕船晕得要命。由于体重骤减,胃也痛得厉害,海因莱因住进了圣迭戈(San Diego)的海军医院。前几年,他一直有些小病小痛——他的眼睛不好,一只手腕有问题,还有尿道炎,这些都会妨碍他跟莱斯琳的性关系。现在,他与自己的身体之战公开化了,诊断结果是肺结核。

起初,他恢复得很快,可是后来转到了丹佛的一家医院,这家医院的护理质量远远不如圣迭戈的海军医院,海因莱因生了褥疮,这促使他设计出了早期的水床;同时还有感染,结果误诊了。海因莱因面临着非自愿退役,由于肺部受损,他再也不能去海上服役了。他开始寻找新的职业,在科罗拉多州投资开采银矿,结果却发现赞助人是一名匪徒,交易还没达成,赞助人就遭到枪杀身亡,海因莱因血本无归。

1934年8月1日,海因莱因"彻底成了终身残疾"[①]。他才27岁,职业生涯就到头了。海因莱因原本希望继承家族传统,当一名海军。他什么都没做错,却还是失败了。海因莱因一生中的大部分时间都在设法控制自己的身体,现在身体背叛了他,他只好去别的地方寻找答案。

L. 罗恩·哈伯德经常说他小时候遇到过一位叫老汤姆·马德费瑟斯[②](Old Tom Madfeathers)的巫医。老汤姆和一小群黑脚族印第安人住在蒙大拿州赫勒拿市(Helena)郊区的一个营地里,离哈伯德的祖父经营的大牧场不远。他能坐着跳15英尺高,从地上跳到他的帐篷顶上——

---

① 参见帕特森《学习曲线》,第170页。——原注
② 参见赖特(Wright)《拨开迷雾》(*Going Clear*),第25-26页。——原注

这似乎让我们明白了现实可能会远远超出人的想象。

据哈伯德说,黑脚族人把他当同道中人。他在蹒跚学步的时候,就闯进了黑脚族的部落舞蹈,从而博得他们的青睐。当父亲要带他走时,那些勇士甚至举起战斧来威胁他父亲。哈伯德夸口说,他还没学会走路就会骑马了①,说他3岁半就开始训马了,还说他6岁就与黑脚族人歃血为盟结拜了——不过这种习俗未经证实。

当然,这些故事几乎都是假的。哈伯德的祖父经营的并不是牧场,而是饲养游行用马的农场,占地几百英亩,离最近的保留地也有好几英里远。如果哈伯德真遇到过黑脚族,他会把他们当同道中人,而不是反过来。在一生中的大部分时光里,哈伯德都把黑脚族人所代表的自由理想化了。跟黑脚族人结拜的梦想也是一种观念的变体,他反复提到这种观念——平凡之人也可以变得不平凡。

哈伯德通常是以一点点事实为基础,在其上添枝加叶,但是最终只有一个结果,就是轻视原本丰富多彩的童年。他的母亲利奥多拉·梅·沃特伯里(Leodora May Waterbury)于1885年在内布拉斯加州蒂尔登(Tilden)出生。她是一个聪明的女人。为了成为一名教师,她还去奥马哈市学习过,后来嫁给比她小一岁的海军征兵员哈里·罗斯·哈伯德(Harry Ross Hubbard)。怀孕后,梅带着丈夫回到了她的家乡蒂尔登。1911年3月13日,他们的儿子拉斐特·罗纳德·哈伯德②在蒂尔登出生。

哈伯德的头发是橘红色的,眼睛是灰色的,非常迷人。他喜欢讲故事,也喜欢发明游戏。搬到赫勒拿后,亲戚们把他宠坏了,以至于他认

---

① 参见阿塔克(Atack)《一片蓝天》(*A Piece of Blue Sky*),第48页。——原注
② 即L.罗恩·哈伯德。——译注

为所有人都该宠着他。哈伯德上小学时,学校就在圣海伦娜大教堂(the Cathedral of Saint Helena)附近,他几乎每天都经过大教堂的哥特式尖顶。第一次世界大战期间,他父亲回到海军中担任出纳助理,最终被派遣到俄克拉荷马号上。后来,海因莱因在这艘船上进行过巡航演习。

当父亲被调到华盛顿特区时,哈伯德和母亲乘船去找他。在船上,哈伯德结识了古怪的"蛇"——约瑟夫·C.汤普森(Joseph C. "Snake" Thompson)。汤普森是一位爬虫学家,也是精神分析学家,以前还做过间谍。哈伯德认为是汤普森让他初次接触到了心理学原理。毋庸置疑,他被汤普森深深地吸引了。据说,到华盛顿后,13岁的哈伯德成了美国年龄最小的鹰级童子军(Eagle Scout)。其实,根本没有这样的年龄记录,不过他确实提升得很快。

后来,哈伯德的父亲晋升为海军中尉,携妻子和儿子前往普吉特海湾(Puget Sound)担任出纳主管。1926年,哈伯德的父亲被任命为美国关岛海军基地的军资供应负责人。哈伯德原本以为他也要去关岛,可是他的父母对当地的女孩有所顾忌,他们决定将他留在赫勒拿的祖父母家。哈伯德感觉被父母抛弃了。后来,他绕道日本、中国和菲律宾去关岛看望他们,被抛弃的伤心感才略有减轻。他在关岛待了六周,教当地的小孩学英语。不过,比起英语来,那些孩子对他的红头发更感兴趣:"每当我坐在某户人家的门外时①,孩子们就会围拢过来,脸上一副目瞪口呆的表情。"

1927年7月,哈伯德从关岛回到赫勒拿,开始上中学,还谎报年龄加入了国民警卫队。次年5月,哈伯德和朋友们化装成海盗参加一年一度的治安日游行(Vigilante Day Parade)——他总是会受海盗形象吸引。

---

① 参见哈伯德《早年历险》(*Early Years of Adventure*),第39页。——原注

游行过后,哈伯德突然消失,登上了前往西雅图的火车。后来,他在一条登山步道上摔了一跤,流了很多血,然后就决定去关岛。像很多年轻人一样,哈伯德也在寻找答案,可是平凡的生活并不能给他想要的答案,所以他只好自己杜撰。哈伯德不是第一个也不是最后一个这么做的人。

哈伯德到达关岛时,父母对他离开学校的行为感到失望,但还是决定让他留在关岛,在母亲的辅导下准备参加安纳波利斯的入学考试。哈伯德还找时间又去了一趟中国,他在日记中写道:"当地人不爱洗澡,身上有股难闻的味道①。中国的问题就是中国佬太多了。"他一直在笔记本上写着短篇小说的构思,偶尔做点代数作业。那些小说都围绕白人主角在远东地区的英勇事迹展开。

然而,写作生活不够刺激,哈伯德想要真正的冒险。由于缺乏必要的实践技能,哈伯德没有通过安纳波利斯的数学考试。他又试了一次,结果由于视力不好丧失了入学资格。哈伯德在后来表示他"不想去海军学院"②,所以利用视力问题达到了自己的目的。哈伯德与海因莱因形成鲜明的对比:为了去海军学院,海因莱因勤勤恳恳地做视力恢复训练,而哈伯德则欣然将视力问题当成不去海军学院的借口。他对细节没什么耐心,还是幻想更容易一些。

1930年夏,哈伯德在父亲的敦促下注册成为乔治·华盛顿大学的学生,"他说我应该学工程学③和数学,所以我乖乖地学了。"他喜欢

---

① 参见米勒(Miller)《裸面弥赛亚》(*Bare-Faced Messiah*),第47页。——原注
② 参见哈伯德《肯定法》(*Affirmations*),全文见 http://www.lermanet.com/reference/Admissions.pdf(2017年12月引用)。——原注
③ 参见阿塔克《一片蓝天》,第59页。——原注

称自己为核物理学家,还说他上过"美国最早的原子现象和分子现象课"①。其实,他这门课根本没及格。相比之下,他对滑翔社团更感兴趣,还说他在空中发现了守护灵——一个"面带笑容的女人"②——在他有危险的时候出现在他的滑翔翼上。几年后,哈伯德开始叫她弗拉维娅·朱莉娅③(Flavia Julia)——圣海伦娜(Saint Helena)的别称,她的大教堂赫然耸立于哈伯德在蒙大拿州的家乡。

哈伯德不滑翔的时候就写作。他为《运动飞行员》(*Sportsman Pilot*)写过一篇短篇小说,讲的是他那些令人兴奋的冒险故事,随后又为校园文学评论杂志写过几篇小说,但是大海还在呼唤着他。1932年春,哈伯德听说巴尔的摩有一艘纵帆船可以包租,他随即构想出一个探险计划,美其名曰加勒比电影探险(The Caribbean Motion Picture Expedition)。他说服50名学生报名参加,对他们说要去拍"南美洲北岸的要塞和露营地"④,收集样本,还要为电影院创作关于海盗的电影。

6月23日,哈伯德的船扬帆起航了。当天没什么风,他们只得请人

---

① 参见《L. 罗恩·哈伯德是谁》(*Who Was L. Ron Hubbard*),国际科学教派(Church of Scientology International),http://www.scientology.org/faq/scientology-founder/who-was-lronhubbard.html(2017年12月引用)。——原注
② "当我想穿过雷暴的中心着陆却又害怕坠亡时,如果看到一个面带笑容的女人坐在我的滑翔翼上,我就知道我会渡过难关了。每当我知道自己有大麻烦时,总会看到她在那里。"参见伯克斯(Burks)《监督员》(*Monitors*),第99页。——原注
③ "只有弗拉维娅·朱莉娅和万能之主的意见值得一顾。"参见哈伯德《肯定法》。杰克·帕森斯(Jack Parsons)后来说哈伯德称他的守护者为皇太后,这点也指向圣海伦娜,她是君士坦丁大帝的母亲,参见米勒《裸面弥赛亚》,第120页。——原注
④ 参见米勒《裸面弥赛亚》,第56页。——原注

将船从切萨皮克湾拖出来。后来遇到暴风雨天气,船上的水箱也漏了,他们被迫在百慕大群岛停下来补水。这次探险之旅的成员中有11位立刻就离开了。新补的水渐渐用完后,又有几个人离开了。哈伯德一行人被困在马尾藻海数日,船上众人将哈伯德的画像吊起来泄愤[1],同时命令船长返航。"尽管困难重重[2],但我们还是度过了一个美妙的夏天。"哈伯德圆滑地写道。他始终都在幻想着自己从一个停靠港扬帆前往另一个停靠港。

大学二年级时,哈伯德的学习成绩依然不高,所以他退学了。父亲为他做了最后的努力,安排他去波多黎各的红十字会做志愿者。可他并未听从父亲的安排,而是选择去勘探金矿,后者更符合他的感觉。哈伯德在一家矿业公司短暂地工作了一段时间。在内心深处,他知道自己让家人失望了。后来,他将自己的母亲视为"淫妇"[3],宣称他撞见她跟别的女人上床了。哈伯德将自己的生活变成一连串杜撰的事件,对于真心爱他的父母来说,这就是一个小小的报复。

1933年2月,哈伯德回到华盛顿特区。只是这一次,他心里有了明确的目标。一年前,他在启程前往圣胡安之前遇到了一个叫玛格丽特·路易丝·格拉布(Margaret Louise Grubb)的女人,朋友们都叫她波莉(Polly)。两人在一个滑翔场相遇——波莉想考飞行执照,她将自己的一头金发剪成了像美国女飞行员阿梅莉亚·埃尔哈特(Amelia Earhart)那样的短发。波莉觉得哈伯德更加迷人,而哈伯德也被波莉所吸引。

起初,波莉的父母对他们的关系持反对态度,因为哈伯德比波莉小

---

[1] 参见赖特《拨开迷雾》,第31页。——原注
[2] 参见米勒《裸面弥赛亚》,第59页。——原注
[3] 参见米勒《裸面弥赛亚》,第170页。——原注

6岁,而且前途暗淡。但两人还是在4月13日结婚了。哈伯德似乎一如既往地漫无目的。他夸口说他在新婚妻子家的农场上发现了金矿,可是当他的滑翔机飞行员执照过期时,他都没钱完成续期必需的飞行时间。在过去的一年里,哈伯德当自由撰稿人所得的收入还不到100美元。

此时,哈伯德才意识到答案自始至终都在眼前。他一直都有一种不容置疑的天赋,那就是讲故事。1933年年底,哈伯德去一个报摊上用他剩下的一些钱将各种打折的小说杂志都买了几份。他以前从未对纸浆杂志产生过兴趣,但是现在,他认为这些杂志有可能成为他发挥才能的媒介。哈伯德仔细阅读杂志上的小说,想看看那些主编想要什么样的故事。此时,波莉怀孕了,哈伯德感觉这是他最好的机会,他可以用自己的方式赚钱糊口了。

《惊奇故事》(*Astounding Stories*)之前的所有者宣布破产,该杂志于近日被斯特里特与史密斯出版社(Street & Smith)收购,所以我们并不清楚哈伯德所买的杂志中是否有《惊奇故事》。不过,有没有都无所谓。22岁的哈伯德即将开启一段卓越的职业生涯,但是他对科幻小说毫无兴趣。

在俄罗斯的一个小村庄里,由于没有医生,一位母亲只能在助产士的帮助下产子。她当时25岁,身材娇小,有一双蓝色的眼睛和一头浅色的秀发。在分娩的三天两夜中,她靠着丈夫走来走去,最终产下一个男孩。这个男孩永远都不会知道自己确切的出生日期,最后定在1920年1月2日。

母亲给他起名叫艾萨克·阿西莫夫,与他的外祖父同名。他的出生地是彼得罗维奇(Petrovichi),位于大俄罗斯,也就是俄罗斯苏维埃联邦社会主义共和国。这个地方太小了,大多数地图上都找不到。几十年后，在第二次世界大战期间，阿西莫夫用大头针在一张欧洲地图上标记军队的调动情况[1]。他仔细一看，惊讶地发现了彼得罗维奇，这是他第一次在地图上看到自己的出生地，所以在那里插了一根特别的大头针。在整个非常时期内，他发现自己的出生地比往常好解释了："在斯摩棱斯克以南几英里的地方。"[2]

阿西莫夫的父亲朱达（Judah Asimov）于1886年在彼得罗维奇出生，他的妻子安娜·伯曼（Anna Berman）比他大一岁。他们的儿子猜测，安娜嫁给朱达是因为"只有这样才能摆脱他"[3]。他们形影不离，却从不当众表露感情。朱达很少展露笑颜，而安娜则会在听到笑话时哈哈大笑。她极力保护自己的儿子，还有女儿马尼亚（Manya）——后来改名为马西娅（Marcia）。两岁的时候，阿西莫夫差点死于肺炎。据他母亲说，当地有16个孩子染上了肺炎，只有阿西莫夫活了下来。

阿西莫夫的父亲心满意足地在他们的村子里经营着一个食品合作社。要不是有个意想不到的机会，他们可能永远都不会离开那里。安娜同父异母的兄弟移民到了布鲁克林。听到俄国革命的消息后，他来信说，如果他们移民到美国，他愿意当他们的担保人。他们决定接受这个建议，想着在美国可以变成有钱人，但是风险也不小。通过必要的贿赂拿到护照后，阿西莫夫一家在1922年的平安夜离开家乡。当时，阿西莫夫才3岁。莫斯科的天气寒冷刺骨，母亲只好将他裹在自己的外套里。他们冒着暴风雨漂洋过海，于1923年2月3日到达埃利斯岛。那是移民比较顺畅的最后一年，如果他们拖得再久一点，可能就无法入境了。他们

---

[1] 参见阿西莫夫《记忆犹新》，第5页。——原注
[2] 参见坎贝尔《分析试验室》（*The Analytical Laboratory*），载于《惊奇科幻》，1941年11月，第58页。——原注
[3] 参见阿西莫夫《记忆犹新》，第24页。——原注

在布鲁克林的犹太人和意大利人聚居区东纽约（East New York）安顿下来，住在一套用柴火炉取暖的公寓里。阿西莫夫的父母只懂俄语和依地语，在家里就说依地语。他们靠自己努力打拼，因为自尊心太强了，所以从不向亲戚们求助。阿西莫夫很难适应当地的生活——要是有人说他，他才不会往排水沟里撒尿——但是他已经开始展露特别的光芒了。他从一首跳绳歌中学会了全部英文字母①，5岁就识字了。等他可以上幼儿园时，母亲说他是1919年9月7日出生的，就这样让他上了一年级。后来，老师又让他跳级，结果使他更添孤立之感。阿西莫夫不像坎贝尔、海因莱因和哈伯德，他不必为自己创造各种各样的漂泊经历，反而学会了珍惜稳定的生活。

　　阿西莫夫从未有过亲密的朋友，而且即将跟他人更加疏远。1926年，他父亲买下一家糖果店，店里有一个汽水柜台，还有一部供街坊四邻使用的电话。阿西莫夫必须帮忙跑腿。但实际上，这家店使他变得像孤儿一样。除了犹太节日，店里一周七天都营业，他很少与父亲一起吃晚饭——母亲和孩子们会先吃，迅速吃完，这样朱达就能单独吃饭了。也是因此，阿西莫夫养成了伴随他终生的狼吞虎咽的习惯。

　　由于孤独，阿西莫夫对阅读产生了兴趣。有一个阅读材料的来源显而易见，除糖果和香烟之外，他们的店里也卖《尼克·卡特》（*Nick Carter*）这样的纸浆杂志。阿西莫夫想看那些杂志，可父亲却说："都是垃圾！根本没有可读性②。无业游民才看那样的杂志。"

　　阿西莫夫显然有异议，他反驳道："你卖给别的男孩了。"

　　"我得维持生计。如果他们的父亲都不阻止，我又怎么能阻

---

① 参见阿西莫夫《黄金时代之前》（*Before the Golden Age*），第5页。——原注
② 参见阿西莫夫《记忆犹新》，第71页。——原注

止呢？"

虽然明知没希望了，阿西莫夫还想最后一搏："你也看，爸爸。"

他父亲最后说道："我是为了学英语。你可以在学校里学英语，我又不上学，只能从这些杂志上学。"

最终，父亲给了阿西莫夫一张借书证，阿西莫夫马上就开始了阅读，且对书上的内容过目不忘。他并不想隐藏自己的才智。为了不受人欺负，他帮助一个大男孩写作业，让那个男孩保护他。他就这样利用自己的神童身份进行先发制人的自卫。上三年级时，阿西莫夫坚持说他真正的生日是1920年1月2日，相关记录都进行了更正。许久之后，这个看似微不足道的变更造成了重大影响。

像坎贝尔一样，阿西莫夫在年初就读完了他的课本。他只得过几次差评，都是因为在课堂上随便讲话，结果也都挨打了。父亲从不动手打孩子，可母亲却有一根晾衣绳，她一边抽阿西莫夫，一边骂他是讨厌鬼①。阿西莫夫家并没有谨守犹太教规，阿西莫夫只受过极少的宗教教育，尽管犹太教堂显然是适合他发挥才能的地方。他从未行过受戒礼，很早就成了无神论者。

他们在埃塞克斯街（Essex Street）买了一家新的糖果店，然后搬到了糖果店楼上的公寓里。从此以后，阿西莫夫就得将自己所有的闲暇时间都交给店里。他不是在上学就是在工作，似乎注定了要因自己的犹太性、年少、才智和家里的生意而与人疏离。1928年，母亲又意外地怀孕了，他只得增加在店里工作的时间。

那些杂志还在吸引着阿西莫夫。1929年7月2日，学校难得地组织

---

① 参见阿西莫夫《阿西莫夫又笑了》（*Asimov Laughs Again*），第93页。——原注

了一次去参观自由女神像的旅行,旅行结束后,阿西莫夫又下了一个决心。他拿了一份根斯巴克的《科学奇异故事》(Science Wonder Stories)给父亲看,里面有未来派机械的图片。阿西莫夫争辩说这本杂志是有教育意义的,毕竟名字里有"科学"二字。父亲表示怀疑:"科幻小说?像儒勒·凡尔纳?"①

父亲用标准的法语说出了这位作家的名字。当时才9岁的阿西莫夫并没有听出来,结果父亲恼了:"他写过登月和去地心的故事,对了,还写过一个人用80天环游世界的故事。"

阿西莫夫听着父亲的话,面露喜色:"啊!你说的是儒勒·凡尔纳!"

最后,父亲同意了,很可能是因为他根本没心情和阿西莫夫争论——次子斯坦利(Stanley)还有三周就要出生了。他说阿西莫夫可以看杂志,但是《魅影奇侠》除外。一天下午,趁父亲小睡之时,阿西莫夫马上开始偷看《魅影奇侠》,结果被父亲当场抓住。父亲疲倦地看着他说:"艾萨克②,我不想让你偷偷摸摸学匪徒的做派,你可以光明正大地看那些杂志了。"

阿西莫夫每个月都数着日子等他最喜欢的杂志出版。阅读的时候,他轻拿轻放,因为还要卖,得放回去。要是没有糖果店的话,他就看不到这些杂志了。然而,阿西莫夫快10岁了,他开始思考一些更为紧迫的问题。父母想让他当医生,可当时还存在限额制度,他必须成为一所好中学的毕业生,才能从所有犹太申请者中脱颖而出。布鲁克林男子中学(Boys High of Brooklyn)是最好的选择,可是入学后,阿西莫夫感觉自

---

① 参见阿西莫夫《幽默宝库》(Treasury of Humor),第245页。——原注
② 参见阿西莫夫《记忆犹新》,第96页。——原注

已比以前更孤独了。这所学校里自然没有女生,而且他每天都要匆匆赶回店里。

不过也有一些小小的慰藉。他可以从图书馆里借三本书,边走边看,一本放在眼前,两本夹在胳膊下。后来,阿西莫夫成功地说服父亲花10美元买了一台二手打字机,第一次尝试写科幻小说。科幻小说是他的理想媒介:"刚好可以摆脱束缚①,获得自由,却又不会显得愚蠢混乱。"阿西莫夫在《惊奇故事》上看到唐·A.斯图尔特所著的《黄昏》(*Twilight*),他不喜欢这篇自省小说②,后来还写信给主编:

> 《惊奇故事》总体来说③是市场上最好的杂志,如果有人说不是,就说明他们没品位了……我发现你的小说往往会喋喋不休地讲一些陈腐的主题,比如摧毁地球的战争……星际小说开始变得极其罕见,我真希望不久的将来会出现几篇星际小说。

接下来的几年,阿西莫夫都不会再发表读者来信了,因为他有了别的心事。阿西莫夫该去上大学了,而且必须在纽约。即便他想去别的地方生活也不行,不能离家里的糖果店太远。城市学院(City College)是最实际的选择,但是它的医学院声望不够大,所以他决定申请哥伦比亚大学。

阿西莫夫的面试安排在1935年4月10日。当时他15岁,从未独自去

---

① 参见阿西莫夫《记忆犹新》,第169页。——原注
② 参见阿西莫夫《黄金时代之前》,第794页。——原注
③ 参见阿西莫夫写给《惊奇故事》的信,载于《惊奇故事》,1935年2月,第157—158页。——原注

过曼哈顿,所以是父亲陪他去的,在外面等到他的面试结束。他还是像平常一样难为情,显得过于热切,没有给面试官留下好印象。同情他的面试官建议他申请布鲁克林的塞斯·洛专科学校(Seth Low Junior College),大学三、四年级可以在哥伦比亚大学上课。塞斯·洛专科学校的学生主要是犹太人,这绝不是巧合。

阿西莫夫出来后,将面试官的建议告诉了父亲,父亲也说塞斯·洛与哥伦比亚大学一样好,但是两人心里都不这么想。那天晚些时候,他们去了一家博物馆,看到了被一群崇拜者包围着的阿尔伯特·爱因斯坦。就算这是一个征兆,也没有让阿西莫夫得到些安慰。光是神童还不够,没有奖学金的话,他连塞斯·洛都上不起,最后只得去城市学院。

不管最后去哪所学校,阿西莫夫都必须离开他为自己营造的安全圈。他喜欢没有窗户的封闭空间,比如糖果店后面的厨房,还会幻想自己在地铁上摆报摊[①]。他也喜欢独处,带着最新版的《惊奇故事》去墓地里长时间地散步[②]。有一天,墓地管理员不得不制止他,因为他一直在吹口哨,可能会打扰到去扫墓的人。

现在,阿西莫夫的前途未卜。和家人离开俄罗斯时,他已经3岁了,那段漂洋过海的记忆以及父母的担忧导致他总是待在尽可能离家近的地方,虽然他会在想象中穿越整个银河系。他一生中的大部分时间都住在乘火车只要很短的时间就能到科尼岛(Coney Island)的地方,而且第一次横渡过后,他就再也没见过海洋。

---

① 参见阿西莫夫《记忆犹新》,第124页。——原注
② 参见阿西莫夫《记忆犹新》,第131页。——原注

第 3 节　两个迷失的人（1931—1937）

> 天生有责任心的人不该当自由撰稿人①……要保证妻儿三餐都有可口的食物吃，要有像样的房子住，还要有合身的衣服穿——如果你觉得这些条件重要……那你就不适合当自由撰稿人。
>
> ——摘自约翰·W. 坎贝尔写给本·博瓦（Ben Bova）的一封信

1933 年，住在北卡罗来纳州达勒姆②的约翰·W. 坎贝尔跟未知世界有了第一次近距离接触③。当时，他坐在家中的门廊里看着雷暴在马路对面的田野里肆虐。炸雷响起，一道闪电直接劈在他前面的潮湿地面上，晃得他的眼睛片刻之后才能视物，接着他就看见一个发光的小球体正在草地上飘移。

这个球体有保龄球大小，直径大概 10 英寸，颜色发绿，表观温度像汞蒸灯。它沿着秸秆的顶部弹跳三次，以大约每小时 10 英里的速度移动了 50 英尺。接着在一个旧谷仓的侧面反弹，突然改道飘向路边的一棵橡树，撞在树干上离地三英尺高的地方爆炸了。

那棵树咔嚓一声碎裂倒地。后来，坎贝尔去查看了那棵树的残骸，

---

① 参见坎贝尔写给本·博瓦的信，1965 年 1 月 18 日。——原注
② 唐娜·坎贝尔未发表的小说《在那道门后》封面页上所给的地址是沃茨街（Watts Street）1501 号。参见哈佛大学霍顿图书馆（Houghton Library）约翰·W. 坎贝尔作品集《在那道门后》文件夹。——原注
③ 参见坎贝尔写给卡尔·拉宁的信，1959 年 7 月 21 日。——原注

发现木头上有像绳子末端一样的奇怪断茬儿,却没有烧焦的痕迹,就像里面的水突然膨胀蒸发了似的。这整件事只持续了十秒,房子里还有四个人也看见了。后来,其中两个人将这棵倒在地上的树劈成了木柴。

坎贝尔11岁的时候在俄亥俄州的祖母家也见过类似的现象[1],他将这件事告诉了麻省理工学院的一位物理学教授[2]。让坎贝尔懊恼的是,教过他的那位老师说他描述的现象根本不可能发生,还说那个球体只不过是闪电在他的视网膜上残留的余像而已,根本没有合格的观察者亲眼见过球状闪电。球状闪电的存在在几十年后才得到广泛认同。

教授的反应激怒了坎贝尔——余像是无法将一棵树劈成牙签的。坎贝尔心中越来越大的怀疑在此时得到了印证。在他的印象中,大学教师很少将所有事视作理所当然。可实际上并非如此,科学家可能也像其他人一样不愿接受新观念。坎贝尔最后说道,要挑战正统观念时,他只能孤军奋战。

坎贝尔离开麻省理工学院后,他的人生有了短暂的停顿。他回到母亲的家中,不久就离开前往欧洲。两个月间,他探索了西班牙、法国、瑞士和德国,经由荷兰回到巴黎,然后乘飞机越过英吉利海峡到伦敦。多年后,坎贝尔对海因莱因说他一直在寻找社会模式:"我有一个优势[3],20岁的时候,我的体格非常好,对任何事都有极大的兴趣,加上生性反对把时间浪费在睡觉上,所以我能够吸收至少两年的数据……当时吸收的东西到现在还没整理完!"

实际上,他的观察力跟二十几岁的普通美国男子差不多。他发现西

---

[1] 参见坎贝尔写给阿西莫夫的信,1958年2月17日。——原注
[2] 参见坎贝尔写给西奥多·科格斯韦尔(Theodore Cogswell)的信,1962年1月3日。——原注
[3] 参见坎贝尔写给海因莱因的信,1955年1月11日。——原注

班牙人幼稚又"愚蠢"①,不过很友善;还说巴黎的"皮条客②最少都会说六种不同的语言",他连续三天都没拿过照相机、手表和钢笔。与哈伯德对中国的描述相似,坎贝尔总结道:"巴黎本身很好③,就是法国人太多了。"

坎贝尔在寻找传统的替代品,他大半辈子都在设法逃避传统。不过,家族的地位也给他带来很大的好处,因此,他的选择比大部分辍学的人都多。从欧洲回来后,坎贝尔被杜克大学录取,他说他想要从事的工作是"物理研究"④。像以前一样,父亲还会为他承担全部教育费用。

在北卡罗来纳州威尔逊(Wilson)短暂停留后,坎贝尔于1932年注册成为杜克大学的学生,但次年春天才搬到达勒姆。第一学期主要是数学课和物理课,他的表现并不突出⑤——得了一个B、两个C,还有一个D。不过在暑期强化班结束后,坎贝尔终于通过了德语考试,再也不用为语言要求担心,可以自由地追求自己感兴趣的事了。

他在寻找方向,自然而然地受约瑟夫·B. 莱因⑥(Joseph B. Rhine)吸引。莱因是坎贝尔在当时所见到的最执着于质疑的人,他在杜克大学建了一个超心理学实验室,最著名的是心灵感应的统计研究。莱因利用心理学家卡尔·齐纳(Karl Zener)设计的卡片测试心灵感应,那些卡片上分别画着一个圆形、一个十字、一组波浪线、一个正方形、一个五

---

① 参见坎贝尔写给小威廉·H. 伯克特(William H. Burkett, Jr.)的信,1966年3月30日。——原注
② 同上。
③ 同上。
④ 参见坎贝尔在杜克大学的注册记录。——原注
⑤ 同上。
⑥ 参见坎贝尔写给约瑟夫·B. 莱因的信,1953年11月23日。——原注

角星。坎贝尔到来时，据说莱因已经从两名学生身上获得了非常好的结果，但是他的研究结果从未得到过令人信服的验证。

坎贝尔接受过几次齐纳卡片测试[①]，都没有展示出任何心灵感应能力，但他确实开始相信"凶眼"的存在[②]。坎贝尔与莱因的关系始终不如他跟诺伯特·维纳的关系密切，但是两人都给他的作品产生了深刻的影响。坎贝尔自己创作的小说中以及经他之手出版的其他作家创作的小说中经常提及莱因。他在读本科时接触到了超自然现象，这对整个科幻体裁的形成都有细微的影响。

除此之外，坎贝尔就漫无目的。北卡罗来纳州给他的感觉很复杂，不是那种让他感到如鱼得水的地方，但他还是像探索欧洲一样对此地进行了彻底的探索。他去过几家家庭农场——"还没看到那些农场就闻见农场的气味了"[③]，还去过几个小镇。他也关注种族关系，与新泽西州或马萨诸塞州相比，这里的种族关系更明显，所以对种族关系的看法开始在他的心里悄悄形成。

坎贝尔与物理学渐行渐远。后来，他说自己是胸怀大志却未能在大萧条时期找到工作的物理学家，但他的成绩单呈现的却是截然不同的情况。在杜克大学的最后一年，坎贝尔根本没有选科学课[④]，他选的是英语、哲学和宗教。除了哲学得过两个A，他的其他成绩都很一般。这完全就像一个学生在质疑自己的优先事项时所做出的安排。

别的作家可能会在自己的小说中解决这些问题，坎贝尔最终也这

---

① 参见坎贝尔写给约瑟夫·B.莱因的信，1953年11月23日。——原注
② 参见坎贝尔写给《惊异故事》的信，载于《惊异故事》，1933年5月，第182页。——原注
③ 参见坎贝尔写给A.斯珀林（A. Spurling）的信，1970年5月18日。——原注
④ 参见坎贝尔在杜克大学的注册记录。——原注

么做了，但他的做法并不是立竿见影的。离开麻省理工学院后，在去杜克大学前的空当年，他依然在写作，发表的作品有《木卫三的流浪者》（The Derelicts of Ganymede）和《无限世界的入侵者》——用的是被斯隆弄丢的那篇小说的名字，还有《电子围攻》（The Electronic Siege），全都没有脱离他建立的那些简易公式，他似乎主要是想让自己的名字印成铅字以及赚钱。

坎贝尔在这个时期创作的小说只有一篇令人难忘，就是《最后的进化》（The Last Evolution）。在这篇小说中，人类为抵挡外星人的入侵创造了一支庞大的智能机器人大军，结果失败了。人类遭到灭绝，但机器人却幸免于难，打败了外星人。现在主人们都不在了，机器人作为人类的继承者散布在宇宙的各个角落。这篇在《惊异故事》上连载的小说是坎贝尔以本名发表的最有影响力的作品，其中涉及的主题在后来将成为科幻小说的中心主题。

进入杜克后，坎贝尔在写作上还是一如既往地唯利是图，他迅速写出了《超越太空的尽头》（Beyond the End of Space）和《仇恨的电池》（The Battery of Hate），还有《宇宙》（Cosmos）中的一个章节，《宇宙》是17位作家合力为一本爱好者杂志撰写的小说。他在《科学奇异故事》中刊登的《太空射线》（Space Rays）内容牵强，致使主编雨果·根斯巴克发表文章谴责他[1]。坎贝尔对此始终耿耿于怀，但不可否认的是，这些小说大部分都很低劣。他的心根本不在创作上，正如他无

---

[1] "即便坎贝尔遗漏了任何彩色射线或者任何不能立即创造奇迹的神奇射线，我们也看不出这篇小说的缺点……我们忍不住想将这篇小说的名字改为《射线！射线！》，但是又改变了主意。"参见雨果·根斯巴克《科幻小说的合理性》（Reasonableness in Science Fiction），载于《奇异故事》，1932年12月，第585页。——原注

心于学业一样。获得物理学学士学位及数学辅修学位时，他连毕业典礼都没参加①。

1934年，坎贝尔在大学毕业后进入了对应届毕业生来说最恶劣的一个经济时期。富兰克林·D. 罗斯福于1933年开始了他的第一个总统任期，他施行的政策给坎贝尔留下了深刻的印象。然而，有一次回家时②，坎贝尔错误地向父亲提及了他的观点，不出三分钟，父亲就驳倒了他那些看法。那是他最后一次怀有哪怕有一点点进步的政治信念，从那之后他鄙视罗斯福③，尽管他和罗斯福都爱用黑色的烟嘴。

坎贝尔似乎依旧没有着落，但是有了一个重要的变化，他不再是孤身一人了。在两年前他从麻省理工学院逃走后的那个夏天，他迎娶了一位年轻女子，此人将成为他最重要的盟友。她会在坎贝尔的职业生涯中扮演一个关键角色，进而在科幻小说的历史中发挥关键作用。如今在坎贝尔的生平中，她在很多方面依然是最有趣的人物。

唐娜·路易丝·斯图尔特·斯特宾斯④（Do a Louise Stewart Stebbins）于1913年在俄亥俄州出生。她的父亲乔治·斯特宾斯（George Stebbins）和母亲莫莉·斯特宾斯（Molly Stebbins）在她出生不久后就离婚了，她跟着母亲搬到了波士顿地区。唐娜的母亲是加拿大公民。童年时期的唐娜似乎很孤独，其中的大部分时光，母亲就是她最亲密的朋友和闺蜜，父亲这个角色并没有出现在她的生活中。唐娜的聪明才智显而

---

① 参见坎贝尔写给老约翰·W. 坎贝尔的信，1953年6月11日。——原注
② 参见坎贝尔写给雷蒙德·F. 琼斯的信，1953年8月13日。——原注
③ 在1936年11月12日写给罗伯特·斯威舍的一封信中，坎贝尔称罗斯福为"傻瓜、笨蛋、蛊惑民心的政客"。——原注
④ 唐娜的出生日期和出生地出现在她儿子道格·史密斯（Doug Smith）的出生证明上。2016年9月9日，他在寄给本书作者的电子邮件中确认了她的全名及其父母的名字。

唐娜·斯特宾斯，摄于其十八九岁时，莱斯琳·兰达佐提供

易见，加上喜欢讽刺人，她从小就被同龄人孤立。

唐娜很迷人，但她并不是传统意义上的美女。虽然像坎贝尔一样，她的祖先主要是苏格兰人和英格兰人，但是她的鼻子很长，肤色也很深。唐娜第一次遇到她未来的丈夫坎贝尔是在沃尔瑟姆的一所拉丁中学里[1]，但是连他们的孩子都不知道两人是如何相识的。唐娜显然是坎贝尔爱过的第一个女人，她对自己的女儿说："我们是两个迷失的人[2]，都在寻找爱。"1931年，唐娜毕业后，两人就结婚了。她从一开始就没有在法律上改为夫姓，所以坎贝尔在向众人介绍她时都是唐娜·斯图尔特。

几十年后，坎贝尔后知后觉地写道："21岁的时候，我从麻省理工学院退学[3]，还娶了一个不适合我的女孩。唐娜很好，从根本上来说，是个可爱的姑娘。她没有什么不对，但是就像左脚的鞋子穿在右脚上，做工再好也不合适。"坎贝尔还说唐娜反对他写作[4]，想让他从事体面的研究工作。但是他说这些话的时候，正想要将唐娜对他职业的影响减到最小。两人的婚姻生活中有过无数的苦难辛酸，而且很多都是由

---

[1] 参见莫斯科维茨《明日探求者》，第44页。——原注
[2] 参见莱斯琳·兰达佐寄给本书作者的电子邮件，2016年7月21日。——原注
[3] 参见坎贝尔写给阿西莫夫的信，1957年5月5日。——原注
[4] 参见坎贝尔写给苏珊·道格拉斯的信，1954年11月9日。——原注

坎贝尔造成的，唐娜在此期间表现出了极大的耐心，可是坎贝尔却忽略了这点。

他们在很大程度上相互依靠。除了坎贝尔的妹妹，无论从什么标准看，唐娜都是第一个在他的生活中具有积极影响的女性。尽管两人间存在差异，但是会满足对方的需求。唐娜在艺术和戏剧方面的特质吸引着坎贝尔，而坎贝尔则成了唐娜一直想要的那种智慧伴侣。唐娜聪明又富有创造力，而且涉猎广泛，坎贝尔则是最能激发她兴趣的人。有一位朋友曾经回忆道："当他的妻子唐娜感到新鲜时①，会坐在他脚边的坐垫上，像崇拜他的小狗一样听他讲那些宇宙问题。"

然而，唐娜在许多方面都跟坎贝尔不相上下，还充当着坎贝尔在这个世界中的使者。坎贝尔有多内向，唐娜就有多外向。她有一副不错的歌喉，所写的信件中透着幽默感。作为家庭主妇，她颇有才能，还上过波士顿烹饪学校②（The Boston School of Cooking）；作为聚会的女主人，她活泼开朗，而她的丈夫却只能勉强忍受那些聚会。唐娜也喜欢在晚上喝一杯啤酒，坎贝尔却说他很少喝酒，因为酒精会让他感觉自己的大脑像"走在大约两英尺深的水里"③。

他们也有分歧。坎贝尔说唐娜无法直接面对矛盾，她不会长时间保持平静，不能真正地交谈，所以他们无法解决任何潜在的问题："她认为处理问题的正确方式就是把问题都抛诸脑后，假装它们不存在。"④

---

① 参见凯瑟琳·德坎普（Catherine de Camp）转引自莫斯科维茨《约翰·W. 坎贝尔的内心世界》（*Inside John W. Campbell*），第113页。——原注
② 参见莱斯琳·兰达佐寄给本书作者的电子邮件，2016年7月31日。——原注
③ 参见坎贝尔写给柯蒂斯·厄普顿（Curtis Upton）的信，1957年7月19日。——原注
④ 参见坎贝尔写给约翰·克拉克（John Clark）的信，1963年5月14日。——原注

但是坎贝尔忠实地护着唐娜,连面对他的家人时也是如此。他母亲会左右很多人,在她也想控制唐娜时,坎贝尔残忍地提醒她安分守己[①]。

唐娜在20岁的时候至少写过一篇小说,名为《在那道门后》[②](Beyond the Door),但是并没有发表。最重要的是,她改变了坎贝尔的写作风格,所造成的影响在多年后才完全显现出来。坎贝尔在打字时会有很多拼写错误,唐娜主动帮助他,将他写的小说重新打一遍[③],默默地改正其中的拼写和语法错误。她代替坎贝尔的父亲成了他的第一位读者,坎贝尔也会拿自己的构思和开篇请她指正。据一位后来对两人都非常熟悉的朋友说,唐娜是坎贝尔的参谋,提醒他"科幻小说是写给人看的"[④]。说此话的人正是L. 罗恩·哈伯德。

1932年,他们住在北卡罗来纳州威尔逊时,坎贝尔还在为根斯巴克对《太空射线》的否定感到难过,所以开始写一篇新的小说。他在此前不久读了C. E. 斯科金斯(C. E. Scoggins)的冒险小说《红神召唤》[⑤](The Red Gods Call),对写作基调有了新的认识。坎贝尔构思了一篇小说,开篇风格与《红神召唤》类似。在这篇小说中,故事的讲述者遇到一个搭便车的人,此人是从700万年后的未来穿越回来的,在那个时代,满足人类各种需求的机器彻底夺走了人类的主动权。

---

① 参见坎贝尔写给苏珊·道格拉斯的信,1954年11月9日。——原注
② 这篇小说的篇幅为10页,围绕着起死回生的方法展开,其发明者被迫对溺亡的女朋友使用这种方法。参见哈佛大学霍顿图书馆约翰·W. 坎贝尔作品集《在那道门后》文件夹。——原注
③ 参见坎贝尔写给罗伯特·斯威舍的信,1937年4月2日。——原注
④ 参见哈伯德《科幻小说导论》(An Introduction to Science Fiction),转载于哈伯德《作家:通俗小说的形成》(Writer: The Shaping of Popular Fiction),第154页。——原注
⑤ 参见奥基斯·巴崔斯《天堂地图》(Paradise Charted),载于哈特韦尔与沃尔夫(Wolff)《奇景》(Visions of Wonder),第313页。——原注

这篇小说重现了"人类在黄昏时期残存的余光",看之令人难忘,令人激动,完全不像坎贝尔之前写过的那些小说。《黑星坠落》的开篇中已经有了相关的迹象,它哀婉地描述了一个外星文明的衰落。关键是,这篇小说描述了人类的衰落,虽然在某种程度上,只不过是重提H. G. 威尔斯已经探讨过的主题,却重新将忧郁意识引入纸浆杂志,独力迎来科幻小说的现代时期。

然而在最初,被坎贝尔称为《黄昏》的这篇小说似乎根本不会有什么影响。他在《黄昏》上所花的时间比平常都长,结果却处处碰壁,连《惊异故事》都拒不录用。坎贝尔将这篇小说抛于脑后,同时专注于设法将他未售出的手稿[①]倾销给《科学奇异故事》,但是并没有成功。如果没有F·奥林·特里梅因(F. Orlin Tremaine)主编的鼓励,坎贝尔的努力根本不会有任何结果。

1933年,强大的纸浆杂志集团斯特里特与史密斯出版社从破产的出版商威廉·克莱顿(William Clayton)手里收购了《惊奇故事》,特里梅因成为这本杂志的掌舵人。他对科幻小说并不是特别感兴趣,但他是一位经验丰富的专业人士,知道应该如何建立读者群,他首先按部就班地争取科幻界的顶级作家。特里梅因大力拉拢E. E. 史密斯,其次就是坎贝尔。

特里梅因向坎贝尔邀稿时,坎贝尔正好有一篇可以发表的小说。他

[①] "1934年……坎贝尔带着一堆滞销的短篇小说来找我,板着脸告诉我他想卖每个字一美分,这是我们平常的稿酬的两倍。我将此事告诉给根斯巴克,还指出这些小说肯定是他童年时期写的残次品,因为没有一篇是好的。很不幸,我得把这些小说退还给约翰·W. 坎贝尔。从此以后,他就恨上我了。"参见查尔斯·霍尼格(Charles Hornig)的采访,载于《伽利略》(*Galileo*),1979年11月,第23页。——原注

已经将《最强大的机器》①（*The Mightiest Machine*）这篇连载小说寄给《惊异故事》，可《惊异故事》考虑了整整一年都没有录用。坎贝尔将这篇小说撤回，然后寄给了特里梅因，后者立刻就录用了。令坎贝尔高兴的是，他发现这位主编是在稿件录用后付稿费，而不是要等到出版后才付。从1934年12月刊开始，《最强大的机器》计划分五期连载。杂志社将这篇小说的发表视为重大事件，还在杂志中发文宣布："坎贝尔来了！"②不论好坏，《最强大的机器》成了超科学体裁的典型。在这篇小说中，主人公阿恩·芒罗（Aarn Munro）出生在木星上，天生神力，智力不凡。他和朋友们偶然发现两个外星文明在交战时，单单根据一个种族的外表是否邪恶来选择站在哪一方——亚瑟·C. 克拉克（Arthur C. Clarke）稍后也会在《童年的终结》（*Childhood's End*）中借鉴这个概念③，他们还利用整个月球当武器。这篇小说的内容比较紧凑，但是可读性只比平常略强一点，而且欣然接受整个星球范围内的种族灭绝。

特里梅因也喜欢《黄昏》，但是他担心与《最强大的机器》同时出版会使读者感到混乱，因为这篇小说与坎贝尔之前的作品截然不同。他要求坎贝尔用一个笔名④，坎贝尔照办了，他选择了一个笔名，同时也借此私下向他生命中最重要的人致敬。当《黄昏》于11月出版时，所署的名字是唐·A. 斯图尔特，以此名发表的第二篇小说《原子能》（*Atomic Power*）也于次月出版。不久以后，特里梅因就在杂志中写道，斯图尔特"几乎在一夜之间"⑤成为读者最喜欢的作家。

---

① 参见莫斯科维茨《明日探求者》，第46页。——原注
② 参见《惊奇故事》，F. 奥林·特里梅因，1934年10月，第38页。——原注
③ 参见克拉克《惊奇年代》（*Astounding Days*），第103页。——原注
④ 参见莫斯科维茨《明日探求者》，第47页。——原注
⑤ 参见《惊奇故事》，F. 奥林·特里梅因，1935年2月，第106页。——原注

之后的几年，坎贝尔一反常态，不再乐于重复利用他储备的小说情节。作为一名作家，他成长得相当快。坎贝尔将这种转变归功于两个人。一个是唐娜，虽然不太可能，但她还是认为坎贝尔的超科学小说特别有趣。后来，唐娜取代坎贝尔的父亲成为他的特别读者，她提醒坎贝尔在创作小说时注意风格和主题。他们的关系可能算不上合作，但是非常有意义。他们经常将两台打字机并排放在一起，边吸烟边打字。另一个对坎贝尔有重大影响的人是特里梅因。他把某些途径封死，同时鼓励另一些途径，迫使坎贝尔逐步发展。特里梅因个人偏爱斯图尔特名下的作品，他拒绝了坎贝尔写的所有超科学小说，包括《最强大的机器》续篇，在主编的引导作用上做了一个榜样。坎贝尔对此气愤不已，始终耿耿于怀。他偶尔会写一篇引起轰动的噱头小说，比如，他以笔名卡尔·范坎彭（Karl Van Kampen）发表了一篇名为《不相干》（*The Irrelevant*）的小说，使得读者们在"读者来信"专栏展开了持续数月的科学辩论。但是坎贝尔写得最成功的是注重意境与氛围的小说。

这使得他发表的作品产生了一个深刻的变化。他的超科学小说本来是为父亲而写，基本情节经常雷同。一个孤独的天才利用有钱人提供的无限资源开发原子能，用来建造太空船。先是对太空船进行精心描述，然后写这位天才偶然碰见两个外星种族在交战，他毫不犹豫地选择一方，凭借超群的武器获得胜利。科技被描绘得有益无害，而英勇的科学家或工程师作为20世纪30年代初专家治国运动的化身，则被提升至神的地位。

在唐·A.斯图尔特名下的小说中，坎贝尔对他以前的设想提出质疑，其强烈程度让人想起他小时候曾被迫质疑母亲所说的每句话。他把这些小说描述成"一种肮脏卑劣的尝试[1]，试图打破科幻小说的虚夸，

---

[1] 参见坎贝尔《亚萨神族的斗篷》（*Cloak of Aesir*）引言，第10–11页。——原注

而且用的是接受度最高的科幻术语"。此类小说意识到了科技的局限性,即科技会使人类丧失最宝贵的特质——好奇心和主动性。人们经常把这种基调的转变解释成坎贝尔对大萧条所做出的回应,但是事实上,他在同时用两种模式进行创作,有所偏爱的人是特里梅因。

读者对斯图尔特小说中的矛盾情绪反响强烈,因为这些小说让人联想起个人安全和文化安全问题。恰在此时,坎贝尔即将进入他人生中最挫败的时期。他曾经为《不相干》在杂志上发文辩护,其中一篇所在的页面上还刊登了艾萨克·阿西莫夫这位科幻迷寄来的第一封信。坎贝尔在这次辩护中随口提道:"我正在做①跟汽车有关的工作。"这么说也没错,但是并不完整。坎贝尔曾经在麻省理工学院学过物理,此时却在马萨诸塞州布莱顿(Brighton)的麦肯齐汽车公司②(MacKenzie Motors)当汽车推销员。

1934年,坎贝尔从杜克大学毕业后,和唐娜搬到波士顿,跟著名的科幻迷罗伯特·斯威舍③及其妻子弗朗西丝(Frances)成了朋友。他们住在坎布里奇的一套公寓④里,步行很快就能到麻省理工学院;但是坎贝尔此时的境遇跟他上大学时的志向有着天壤之别。他想转行从事研究工作,可是找不到工作,最后成了福特V8的推销员,却买不起一辆新车。

不过,坎贝尔是天生的推销员,大半辈子都在推销各种构思,他也把推销当成一个需要破解的游戏。后来,他离开这家汽车销售公司,去了波士顿的一家空调公司。他说服一个餐馆购买风扇,同时开着餐馆的

---

① 参见坎贝尔以卡尔·范坎彭之名写给《惊奇故事》的信,载于《惊奇故事》,1935年2月,第157页。——原注
② 参见莫斯科维茨《约翰·W.坎贝尔的内心世界》,第3页。——原注
③ 参见莫斯科维茨《约翰·W.坎贝尔的内心世界》,第7—8页。——原注
④ 这栋建筑在阿加西斯街(Agassiz Street)6号,参见莫斯科维茨《约翰·W.坎贝尔的内心世界》,第7页。——原注

窗户，形成宜人的气流。坎贝尔还在他那年所写的稿酬最丰厚的作品中宣传这个结果："微风常在。"① 在另一个销售职位中，坎贝尔推销出许多煤气加热器，订单多到做不完，结果他又失业了。

他父亲也给过他们一些钱，但坎贝尔还是要靠写作平衡收支。在《机器》（*The Machine*）、《入侵者》（*The Invaders*）和《叛乱》（*Rebellion*）中，他回归自己最喜欢的主题——主动性消亡，还创作出三篇异常阴郁的小说，分别为《盲》（*Blindness*）、《逃》（*The Escape*）、《夜》（*Night*），署名均为唐·A. 斯图尔特。同时，他也继续使用早期的模式，创作了《星球征服》（*Conquest of the Planets*），还有未发表过的《全部》（*All*），设想亚洲入侵美国。坎贝尔最具野心的作品为《月球是地狱》②（*The Moon is Hell*），这篇真正的硬科幻小说讲述的是一支探险队被困在月球背面的故事，虽然并未卖出去，却留在了坎贝尔的脑海里，在他心里形成了这种体裁该有的样子。

最后，他以自己本名创作的小说再也未能卖给特里梅因，特里梅因反而要求他撰写一系列关于太阳系的文章③。该科普作品颇有影响力，给阿西莫夫和海因莱因等众多读者留下了深刻的印象，使坎贝尔的署名得以继续出现在杂志上，同时也给他带来急需的收入。1936年2月，他

---

① 参见莫斯科维茨《明日探求者》，第45页。——原注
② 《月球是地狱》写于1935年左右，现代化程度较小，出版前经过改写。参见坎贝尔写给亚瑟·C. 克拉克的信，1951年7月2日。哈佛大学约翰·W. 坎贝尔作品集中保存的草稿与出版的版本几乎完全相同，只有几处较小的改动。原名《寒冰地狱》在手稿中画掉了，后来坎贝尔又将此名作为《有谁去那里》这篇小说的名字。——原注
③ 1936年6月到1937年11月在《惊奇故事》上连载的文章。阿西莫夫曾经在写给《惊奇科幻》的一封信中赞许地提到这些文章，参见《惊奇科幻》，1938年7月，第158页。海因莱因也曾于1941年在丹佛第三届世界科幻大会发表演讲时推荐这些文章，转载于近藤《安魂曲》，第165页。——原注
1937年年底，《惊奇故事》改名为《惊奇科幻》。——译注

和唐娜动身前往新泽西州,他们的车一路上都有抛锚的危险。他们去奥兰治他母亲家里暂住了一段时间,然后前往霍博肯,最后在新不伦瑞克安顿下来。

唐娜说新不伦瑞克是"一个工厂城""一个可怕的洞"[1]。他们的公寓极小,里面的红木家具极其难看,而两人的财务状况也同样惨淡。斯特里特与史密斯出版社要剔除某些杂志。为免引人注意,特里梅因不得不降低成本,停止支付任何稿酬。坎贝尔试图在《科学奇异故事》杂志社找一份工作,结果没有成功。他到处寻找科技写作职位,最后收到了万国汽车公司(International Motors),也就是马克卡车公司(Mack Truck)的聘用通知。坎贝尔骄傲地宣布他的职位是"技术研究工程师"[2]。

实际上,坎贝尔只是给一位主管起草简报的秘书。看到他替主管写一封信就要花两天时间时,唐娜忍不住说道:"可怜的约翰[3],本来一个词就够了,却要想办法用两个词。他都这么做了七年了。"坎贝尔还在梦想着成为发明家,他希望转到研究职位,可是根本没有这样的机会。由于工作过于劳累,他晚上根本无法进行自己的创作。两人一直都在为金钱发愁。在新不伦瑞克,这对夫妻经常向房东抱怨供暖的问题,结果被房东赶了出来[4]。他们只剩下最后五美元了,整天都在找新的住处,唐娜的精神也越来越低落。当他们偷偷回到原来的住处时,奇迹般地发现特里梅因寄来了《摩擦损失》(Frictional Losses)的稿酬。这篇小说讲述的是外星人入侵的故事,最值得注意的是其中关于日本神风特

---

[1] 参见唐娜·坎贝尔写给罗伯特·斯威舍和弗朗西丝·斯威舍(Frances Swisher)的信,1936年4月1日。——原注
[2] 参见坎贝尔写给罗伯特·斯威舍的信,1936年3月26日。——原注
[3] 参见唐娜·坎贝尔写给罗伯特·斯威舍和弗朗西丝·斯威舍的信,1936年4月1日。——原注
[4] 参见坎贝尔写给罗伯特·斯威舍的信,1936年4月9日。——原注

攻队发动自杀性袭击的预测。

他们的情况只是暂时得到缓解。马克卡车公司要减少开销，4月下旬，坎贝尔下岗了。在这段黑暗时期，他写出了自己最好的两篇小说：在《淘汰》（*Elimination*）中，有一台机器可以让使用者预先看到自己在未来的决定点；在《健忘》（*Forgetfulness*）中，人类为了精神生活遗弃了科技。坎贝尔后来写道，《健忘》的出现有一个直接原因，就是他"抛弃了自己在此之前一直想要成为大发明家的想法"[1]。那个梦想成了幻想，似乎越来越遥不可及了。

坎贝尔放下自己的骄傲，决定利用家里的人脉，请父亲和姨夫塞缪尔·B. 帕滕吉尔帮忙[2]，后者是印第安纳州议员，娶了他母亲的双胞胎妹妹。同时，他和唐娜尽可能地省吃俭用。那是一个炎热的夏天，他们在纽约的一个啤酒花园里过夜[3]。唐娜点了一杯酒，而坎贝尔就喝水。他们还请歌手表演《罗蕾莱》（*Die Lorelei*）。特里梅因"语带嘲讽地"[4]退回了坎贝尔寄给他的所有小说，但是唐娜依然保持着她的幽默感："我开始感到不安了[5]。都一个月了，我们还没进去。"

6月，在姨夫的帮助下，坎贝尔在先锋仪器公司[6]（Pioneer Instrument Company）找到了工作，那是一家制造船用电子设备的公司。随后，他们搬回了霍博肯，坎贝尔开始打卡上班。名义上，他做的是研究工作，实际上，就是走70条街去取机器，或者将压力计放进用干冰保持温度在冰点以下的煤油里。这工作痛苦又枯燥，跟坎贝尔经常在小说中描述的

---

[1] 参见坎贝尔写给雷金纳德·布莱特诺的信，1953年6月6日。——原注
[2] 参见坎贝尔写给罗伯特·斯威舍的信，1936年4月23日。——原注
[3] 参见坎贝尔写给罗伯特·斯威舍的信，1936年6月11日。——原注
[4] 参见坎贝尔写给罗伯特·斯威舍的信，1936年7月29日。——原注
[5] 参见唐娜·坎贝尔写给罗伯特·斯威舍的信，1936年6月1日。——原注
[6] 参见坎贝尔写给罗伯特·斯威舍的信，1936年7月29日。——原注

工程理想相去甚远。

坎贝尔"用镊子不够灵巧"①，雇主们不是很满意，两个月后，他就辞职了。不可思议的是，他立刻就在卡尔顿·埃利斯化学公司②（Carleton Ellis）找到了新的工作，为《石油衍生物化学》（The Chemistry of Petroleum Derivatives）第二卷改写成堆的摘要。有了这份工作，他们在奥兰治搬到了一个比较好的住处。后来，坎贝尔厌倦了这份工作。他想找一个教学职位，却没有找到，但还是在1937年2月辞职了③。坎贝尔还在写作，还在卖《不确定》（Uncertainty）这篇平平无奇的小说，但是经济困难也使他开始相信靠小说是无法谋生的。到后来，坎贝尔也将这个观点告诉了他手下那些作家。

不过作为一名文学艺术家，坎贝尔在不断地成长。在跟一位化学家谈过之后，他想出了一种生物可以变身成任何生物的构思。结果创作了《模仿》（Imitation），这是他第一次尝试写幽默小说。在这篇小说中，逃亡者彭顿（Penton）和布莱克（Blake）跟一种会变形的外星生物争论不休。《激动人心的奇异故事》（Thrilling Wonder Stories）主编莫特·韦辛格（Mort Weisinger）买下《模仿》，改名为《火星窃脑贼》（Brain Stealers of Mars）。坎贝尔后来又写了三个续篇，分别为《双脑人》（The Double Minds）、《长生术》（The Immortality Seekers）和《第十世界》（The Tenth World），这些小说成了他以本名发表的最受读者喜爱的作品。

《双脑人》中也有对未来的预测，描述了一种可以让左右脑协同工作的心理学。在一篇较早的小说中，坎贝尔曾经写道："有史以来人

---

① 参见坎贝尔写给海因莱因的信，1942年7月21日。——原注
② 参见坎贝尔写给罗伯特·斯威舍的信，1936年9月11日。——原注
③ 参见坎贝尔写给罗伯特·斯威舍的信，1937年3月1日。——原注

类[1]对大脑思考区域的利用连一半都不到。"在作者附言中,坎贝尔还详细阐述了这个令他"钟爱的想法":"即便是现在,大脑的思维能力也是极大的[2],可以达成各种意图和目标。若能将全套设备接入一个正常运转的单元,所产生的智慧应该能轻而易举地征服世界。"

坎贝尔抽时间完成了《逃离暗夜》(*Out of Night*),这篇优秀的中篇小说描述的是人类被一个外星母系氏族征服的故事。但是有一篇作品以一种不同的外星人为基础,将给坎贝尔带来持久的名声,甚至有可能使他后来的成就都黯然失色。坎贝尔突然想到可以把《火星窃脑贼》改写成恐怖小说[3],以地球为背景,强调原作中隐含的观点——谁也不能相信。坎贝尔说,他将故事发生的地点置于南极洲,一旦完成第一个场景,后面的内容就好写了。

实际上,坎贝尔在这篇被他称为《寒冰地狱》[4](*Frozen Hell*)的小说上下了很多功夫,光开头就写了六次,开篇还删掉了40多页的内容。他是根据探险家理查德·伯德[5](Richard Byrd)的一本著作设置背景的,可能也受到了H. P. 洛夫克拉夫特[6](H. P. Lovecraft)在《惊奇故事》上连载的小说《疯狂山脉》(*At the Mountains of Madness*)的启

---

[1] 参见坎贝尔《无限世界的入侵者》,载于《惊异故事季刊》,1932年春/夏,第216页。——原注
[2] 参见坎贝尔《小说背后的故事》(*The Story Behind the Story*),载于《激动人心的奇异故事》,1937年8月。——原注
[3] 参见坎贝尔写给罗伯特·斯威舍的信,1937年5月15日。——原注
[4] 坎贝尔也曾考虑将这篇小说命名为《潘朵拉》(*Pandora*)。本书作者在哈佛大学霍顿图书馆约翰·W. 坎贝尔作品集《未命名》和《潘朵拉》文件夹中发现了《寒冰地狱》五个失败的开端及其原版手稿,删掉的开篇部分叙述了外星太空船的发现。——原注
[5] 参见坎贝尔写给罗伯特·斯威舍的信,1937年5月15日。——原注
[6] H.P. 洛夫克拉夫特:全名为霍华德·菲利普·洛夫克拉夫特(Howard Phillips Lovecraft),美国恐怖、科幻与奇幻小说作家,尤以怪奇小说著称。——译注。

发。坎贝尔并不喜欢洛夫克拉夫特的作品，特别是洛夫克拉夫特暗示恐怖的把戏，"别提了，太可怕了。"[1]但是他又被这个挑战吸引着，想要去描绘其他作家尚未描述过的恐怖场景。这篇小说给他带来的快感超过他以前写过的任何一篇小说："唐娜说我成功了。"[2]

他确实成功了。这篇小说最终以《有谁去那里》为名在《惊奇故事》上出版，如今依然是有史以来最优秀的科幻推理小说，其中，那些人物与他们当中的外星杀手对峙时的标志性场景始终都很有感染力。这个条件太好了，坎贝尔根本无法拒绝。不过很明显，他并不想探讨其中的哲学含义，可能是因为那会让他想起自己的童年。多年后，他引用了这句话："有怪物，有疯子，有杀人犯。你还能想到什么类似的人吗？"然后讽刺地补充道，"还有母亲，朋友[3]，母亲也属于那类人。"

但那都是将来才会发生的事。1937年7月，坎贝尔还在对这篇小说进行修改润色，突然阑尾炎发作，病倒了[4]。手术持续了好几个小时。中途，麻醉剂的药效提前消失，坎贝尔听见医生们在讨论他那无助的身体。这是一段不算愉快的经历，促使他在后来开始对戴尼提感兴趣。目前，他只是感到抑郁，每天最多只能爬一次楼梯，债务比以前还要多了。

斯特里特与史密斯出版社的传闻弄得坎贝尔心烦意乱[5]。1933年，

---

① 参见坎贝尔写给罗伯特·斯威舍的信，1936年5月26日。——原注
② 参见坎贝尔写给罗伯特·斯威舍的信，1937年5月15日。在6月21日给斯威舍的一封信中，坎贝尔写道：他希望能将这篇小说提交给《阿尔格西》。——原注
③ 参见坎贝尔写给雷金纳德·布莱特诺的信，1953年6月6日。——原注
④ 参见唐娜·坎贝尔写给罗伯特·斯威舍的信，1937年7月2日。——原注
⑤ 参见坎贝尔写给罗伯特·斯威舍的信，1937年9月15日。——原注

这家出版社的社长去世，引发了一系列遗产纠纷。9月，有10本杂志被剔除。次月，特里梅因晋升为编辑主任，监管多本杂志，这表明可能还会有不同的发展。10月4日，坎贝尔给他的朋友罗伯特·斯威舍写信道："特里梅因能够悉心看顾他钟爱的《惊奇故事》，却不是这本杂志的直接负责人[①]。我还不知道谁会成为《惊奇故事》的主编。"

此时，坎贝尔对杂志社的工作还没有什么明显的兴趣。他跟特里梅因的关系很好，用六天时间完成了长篇小说《死去的知识》（Dead Knowledge），填补了存稿中的缺口[②]，还打算尽快提交《寒冰地狱》。不过，坎贝尔还是把重点放在寻找科技写作职位上。如果他还有过别的期望，也只有他自己知道。

接下来发生的事出乎所有人的预料。虽然不太可能，但是特里梅因确实成了坎贝尔的恩人。10月5日，坎贝尔用印有《惊奇故事》抬头的信纸给斯威舍写了一封信。信中只有一句话："你好，鲍勃！"[③]署名是"约翰·W.坎贝尔主编"。

虽然难以置信，但坎贝尔确实在无意中找到了他天生就该做的工作。他的才华不可否认，更重要的是，他当时还没找到工作，他总是在杂志社附近闲晃。他是一位可靠的作家，有一批忠实的追随者，而且马上就能开始工作。他的科技写作和编辑背景可能也起了作用，但最重要的是运气来了，而且远远不是最后一次。若非如此，科幻小说的历史可能就会沿着迥然不同的轨迹展开了。

27岁时，坎贝尔不可能知道这些，可他知道《惊奇故事》能给他带来什么。这本杂志成了他宣泄失意之情的完美途径，此时的他思如泉

---

① 参见坎贝尔写给罗伯特·斯威舍的信，1937年10月4日。——原注
② 同上。
③ 参见坎贝尔写给罗伯特·斯威舍的信，1937年10月5日。——原注

涌。目前，坎贝尔有些抱负还是无法实现，因为特里梅因保留了编辑控制权，而且有一批积压的小说要出版。但是有一个变化几乎是立竿见影的。几个月后，1938年3月刊送到了布鲁克林的一家糖果店。艾萨克·阿西莫夫看到①这本杂志的名字不再是《惊奇故事》，成了《惊奇科幻》②，他对这一变化表示赞许。

---

① 参见阿西莫夫《记忆犹新》，第189页。——原注
② 严格来说，这本杂志的名字是《惊奇科-幻》，直到1946年11月才去掉连字符。为了保持一致，本书从头到尾都将省略这个连字符。

CHAPTER TWO

第二章

黄金时代

(1937—1941)

　　阅读和写作之时,虽无人陪伴,可我并不孤独。若有人想要孤独,就让他仰望繁星吧……从城市的街头看去,它们是多么地伟大!倘若繁星千年一现,人类必将世代坚信、崇拜并铭记关于上帝之城曾经显现的记忆!

　　——摘自拉尔夫·沃尔多·爱默生的哲学著作《论自然》

第4节 基本实情（1937—1939）

> 有进化压力的时代①极大地加快了发展速度。我认为现在就是这样的时代，而且以后依然是。
>
> ——摘自阿瑟·麦卡恩（Arthur McCann）于1938年4月写给《惊奇科幻》的一封信

20世纪30年代末的《惊奇科幻》读者肯定都很熟悉阿瑟·麦卡恩这个名字。在他人的描述中，麦卡恩是一位在哈佛受过教育的内分泌学家，老家在美国中西部，"身材修长②，性情温和，平易近人"。他为《惊奇科幻》杂志撰写纪实性文章和补白文字，后来成了读者来信专栏"基本实情"的常客，经常回应新主编坎贝尔发表的观点。

实际上，根本没有麦卡恩这个人。麦卡恩就是坎贝尔，他借用了母亲娘家一位祖先的名字③。每当坎贝尔想要写一篇非官方社论或者将对话推向某个方向，他就用这个名字。1938年4月，他以此名写的一封信成了一种原则宣言，而他将会在之后的几十年里持续遵循这些原则："人想要适应环境④，可环境是会变的，变化速度如此之快。实际上，

---

① 参见坎贝尔以阿瑟·麦卡恩之名写给《惊奇科幻》的信，载于《惊奇科幻》，1938年4月，第152页。——原注
② 参见坎贝尔写给罗伯特·斯威舍的信，1939年8月9日。——原注
③ 参见坎贝尔写给埃里克·弗兰克·拉塞尔的信，1957年6月20日。——原注
④ 参见坎贝尔以阿瑟·麦卡恩之名写给《惊奇科幻》的信，载于《惊奇科幻》，1938年4月，第151页。——原注

他永远都无法适应给定的环境,所以就得改变适应的方式:要适应变化的环境。"

还有很重要的一点尚未言明,那就是这种改变的对象将会是《惊奇科幻》杂志的读者。这是一个极其宏大的目标,其基础绝不可能是坎贝尔独自奠定的。在《惊奇科幻》的实力达到空前强大后,坎贝尔无意中成了这本杂志的主编。即便没有他,接下来发生的很多事依旧会发生,只不过发生的形式可能会截然不同。已经有人奠定了基础,而坎贝尔接管这本杂志,就像是在一艘太空船准备跃入未知世界的时刻受人所托接管了它。

对于大部分局外人来说,坎贝尔的新工作毫不光鲜。斯特里特与史密斯出版社的办公室所在的大楼风化破败——其实就是几栋较旧的建筑组合而成的[①],位于第七大道和西17街交叉口,离一座女子监狱不远。坎贝尔从新泽西州奥兰治乘火车和渡船上班,到办公楼下后,他得从一个侧门进去打卡,脚下的地板随着印刷机的运转而颤动。坎贝尔走向一部古老的电梯,他猛地一拉绳子,电梯就将他带到了一个满是巨大纸卷的储物楼层。

在后方,《萨维奇博士》(*Doc Savage*)主编约翰·内诺维克[②]的办公室旁边有一个小房间,里面有两张办公桌,还有一把为访客准备的椅子。坎贝尔将会在这里工作很多年。由于这层楼有很多纸,所以吸烟是被明令禁止的。消防检查员一过来,坎贝尔就把铜烟灰缸[③]藏在他的

---

① 参见弗雷德里克·波尔《惊奇:坎贝尔时代》(*Astounding: The Campbell Years*),2009 年 12 月 3 日。http://www.thewaythefutureblogs.com/2009/12/astounding-campbell-years(2017 年 12 月引用)。——原注
② 参见阿什利(Ashley)《时间机器》(*The Time Machines*),第 83 页。——原注
③ 参见波尔《未来的样子》(*The Way the Future Was*),第 43 页。——原注

翻盖办公桌里。他还患有慢性鼻窦炎，总是"不断地轻轻吸鼻子"[①]，所以他开始把雾化器放在手边，时常用来喷他的鼻孔。

《惊奇科幻》在此之前的大部分时间都处于一种过渡状态，坎贝尔正在其中摸索着。这本杂志的创始人威廉·克莱顿是一位出版商，他的公司出版了13本关于爱情小说、冒险小说、西部小说和侦探小说等体裁的杂志。纸浆杂志得名于其所用纸价格低廉、粗糙，是一种非常成功的大众娱乐形式，最受欢迎的纸浆杂志月销量达上百万份，而一位多产的作家靠写小说就能维持生计。克莱顿出版的杂志都有花哨的封面，包括《空中冒险》（*Air Adventures*）和《危险踪迹》（*Danger Trail*）也是如此。花哨的封面已经成了纸浆杂志界的代名词。

为了节省开支，13本杂志的封面[②]每个月都在同一张巨大的纸上印制，总共四行四列，所以还有三块空白。1929年，克莱顿在办公室里看校样时，意识到那些本来会被浪费掉的空白区域可以再印三个封面，也就是以最小的成本印制最贵的部分。他向哈里·贝茨（Harry Bates）主编提出了这个想法，后者力荐《超科学惊奇故事》。1931年，这本杂志在发行一年后改名为《惊奇故事》。

市场已经有了。1908年，雨果·根斯巴克刚从卢森堡移民到美国就创办了《现代电气学》（*Modern Electrics*），目的是要利用描述未来发明的小说为他的无线电供应业务培养潜在客户，他后来称这种小

---

① 参见坎贝尔写给罗伯特·斯威舍的信，1938年3月25日。——原注
② 参见罗杰斯《〈惊奇故事〉安魂曲》（*A Requiem for Astounding*），第 ix–xi 页。在回答本书作者的问题时，出版生产总监理查德·菲德扎克（Richard Fidczuk）表明，在过去印数较小的杂志会直接将多余的封面丢掉。2017年11月10日，希拉·威廉斯（Sheila Williams）主编在一封电子邮件中证实了德尔杂志社（Dell）直到最近才废止这种做法。——原注

说为"科幻小说"①。18年后，他推出了第一本纯科幻小说杂志《惊异故事》。这本杂志吸引人的地方主要是弗兰克·R. 保罗（Frank R. Paul）绘制的封面图片，这位画家定义了整个科幻体裁的外观。不过，其中的内容大多都平平无奇。正如美国作家西奥多·斯特金（Theodore Sturgeon）在几十年后所说："百分之九十的科幻小说都是糟粕②。不过在当时，什么东西都有百分之九十是糟粕。"

《惊异故事》杂志确实是这样的，但也有几篇值得注意的作品，其中包括《太空云雀》和巴克·罗杰斯（Buck Rogers）系列，其发行量高达10万份，可杂志社的财务状况还是十分糟糕。最终，根斯巴克被迫离开了自己的公司，他后来凭借一系列统称为"奇异故事"的杂志东山再起。毋庸置疑，《惊异故事》的巅峰之作是科幻小说家斯坦利·温鲍姆（Stanley Weinbaum）所著《火星奥德赛》（*A Martian Odyssey*）。1935年，温鲍姆英年早逝，阿西莫夫在后来写道："如果温鲍姆没有去世③……就不会有什么坎贝尔式革命，而是温鲍姆式革命，这是毋庸置疑的。坎贝尔所做的事情都将是对温鲍姆式革命的补充。"与此同时，《惊奇故事》也问世了，其创刊号于1930年1月发行。该杂志的价格是20美分，比《惊异故事》和《科学奇异故事》便宜五分钱。其竞争者都采用"通俗杂志"的大尺寸篇幅，而《惊奇故事》却与同一张校样上的其他杂志一样采用小尺寸篇幅，其文学质量也与那些杂志相同。哈

---

① 该词最早见于雨果·根斯巴克《火星传心术》（*Thought Transmission on Mars*），载于《电学实验者》（*The Electrical Experimenter*），1916年1月，第474页。——原注
② 该法则最早的印刷版参见西奥多·斯特金《手头：一本书》（*On Hand: A Book*），载于《冒险科幻小说》（*Venture Science Fiction*），1958年3月。——原注
③ 参见阿西莫夫《阿西莫夫论科幻》，第211-212页。——原注

里·贝茨并不是科幻迷,而是一位想要吸引现有读者的专业主编。尽管和根斯巴克一样,《惊奇故事》也以培养读者为目标,但它是纯粹的纸浆杂志,其作家就直接将他们的西部小说或战争小说存稿转化成太空小说,其创刊号的封面上是一位身穿飞行服的主人公挥拳砸向一只巨大的虫子。

40年后,阿西莫夫在回顾这个时期的时候想不起一篇值得记住的小说①。假以时日,贝茨也许就能将其变成特别的杂志——《惊奇故事》稿酬丰厚,而且支付速度快,自然会吸引最优秀的作家,可是却搭在克莱顿这艘正在下沉的船上——克莱顿的财务问题与任何一本杂志的业绩都没有关系。贝茨看到时间紧迫,发疯似的进行了一系列创新②。针对读者的需求,他写过科学社论,发表过纪实作品,发起过投票评定小说等级的活动,还承诺要多关注创意,少关注动作。

这些都无关紧要。1933年3月,《惊奇故事》停止出版,沉寂了半年的时间。后来,纸浆杂志出版社斯特里特与史密斯③在克莱顿资产的拍卖会上买下该杂志,使其得以复苏,也让科幻迷们松了一口气。新东家们主要是对《线索》(*Clues*)和《牛仔故事》(*Cowboy Stories*)等杂志感兴趣,10月重新开始发行的《惊奇故事》只不过是附带购买的。幸运的是,该杂志的负责人是颇有才能的F. 奥林·特里梅因及其副主编德斯蒙德·霍尔④(Desmond Hall)。不出六个月,他们就彻底改变了这本杂志。

---

① 参见阿西莫夫《黄金时代之前》,第16页。——原注
② 这些特色大部分都出现在克莱顿于1933年1月出版的最后一期《超科学惊奇故事》中。
③ 参见阿什利《时间机器》,第82页。——原注
④ 1934年,霍尔离开《惊奇故事》,出任斯特里特与史密斯出版社的《小姐》(*Mademoiselle*)杂志主编,继任副主编为R.W. 哈佩尔(R.W. Happel)。参见阿什利《时间机器》,第105页。——原注

特里梅因并不是特别喜欢科幻小说，主要是依赖霍尔的建议。但他开启了一项计划，有目的地进行转变。他推出的"思想转化"①小说在将来会形成某种极其新颖的创意，也找到了 E. E. 史密斯和坎贝尔这样的明星作家。他还做过一些颇具吸引力的试验，其中包括连载美国作家查尔斯·福特（Charles Fort）创作的《瞧》（*Lo!*），那是一部关于青蛙雨和吵闹鬼等超自然现象的作品集。特里梅因最大的发现是 H. P. 洛夫克拉夫特所著的《疯狂山脉》和《超越时间之影》（*The Shadow Out of Time*），在那个时代的作品中，只有这两部是如今的非铁杆科幻迷有可能读过的。

到1935年，《惊奇故事》的发行量达到了五万份②，是与之最接近的竞争对手的两倍多。然而总体来说，该杂志的小说质量并非明显高于竞争对手。它最终获得业内最佳的声誉，部分是由于市场结构。20世纪30年代末，这三本杂志各自填补了一块市场缺口——《惊异故事》针对青少年，《科学奇异故事》针对青少年，《惊奇故事》针对成年人。前两本充当第三本必不可少的桥梁，三者都有真正的读者群。

坎贝尔到来时，《惊奇故事》杂志正在连载 E. E. 史密斯的《银河战士》（*Galactic Patrol*），这是透镜人系列（The Lensman Series）的第一部小说，在阿西莫夫的记忆中也是他最为迷恋的科幻小说③。在这部最接近纯动作小说的作品中，激动人心的高潮接连不断。它代表传统模式下科幻小说的顶峰。坎贝尔将会带着《惊奇故事》更上一层楼，但他必须慢慢来，因为编辑主任特里梅因还握有小说的最终决定权。到1938年3月，坎贝尔掌握了这本杂志的实际控制权，但是除了杂志名改为《惊

---

① 参见《惊奇故事》，F. 奥林·特里梅因，1933年12月，第69页。——原注
② 参见阿什利《时间机器》，第85页。——原注
③ 参见阿西莫夫《记忆犹新》，第198页。——原注

奇科幻》外，大多数读者可能都没注意到这种转变。

　　从一开始，坎贝尔的工作量就非常大，相当消耗体力。他在后来说他读过的劣质科幻小说比任何在世的人都多[①]，每天单在手稿上所花的时间就多达12小时[②]。他能够成功地坚持下来，同时还没忘记自己的总体目标，这在很大程度上要归功于两位女士。一位是唐娜，她在私下里成了坎贝尔的第一位读者，把最好的稿件拿给他看，还给那些作家写注释[③]。这样做一段时间后，唐娜写道："我在家里看了那么多差劲至极的稿子，看得我的眼睛[④]都觉得难受了。"

　　坎贝尔还有一位很重要的搭档——凯瑟琳·塔兰特[⑤]（Catherine Tarrant），有人称她为凯，但更多的是叫她塔兰特小姐。坎贝尔受聘成为《惊奇故事》的主编半年后，三十出头外表普通的塔兰特开始在他旁边的办公桌上工作。接下来的30年中，她将会一直在那个位置上。塔兰特来自霍博肯，是一名虔诚的天主教徒。她终身未嫁，必然会成为老姑娘。在两人的关系中，坎贝尔公事公办，从未亲昵地叫过她的名字，也没请她吃过饭。多年来，坎贝尔都说塔兰特是他的秘书。塔兰特在前

[①] 参见坎贝尔写给特里·卡尔（Terry Carr）的信，1968年6月17日。——原注
[②] 参见博瓦《坎贝尔与现代科幻表现风格》。——原注
[③] "1938年后，我再也没有给坎贝尔寄过一篇小说，因为还要修改那篇。首先要合约翰的意，其次还要合他妻子的意。这有点难办，所以我再也没给约翰寄过任何小说。"参见戴夫·特鲁斯代尔（Dave Truesdale）和保罗·麦圭尔三世（Paul McGuire Ⅲ）对埃德蒙·汉密尔顿（Edmond Hamilton）的采访，1976年4月。https://www.tangentonline.com/interviews-columnsmenu-166/1270-classic-leigh-brackett-a-edmond-hamilton-interview（2017年12月引用）。——原注
[④] 参见唐娜·坎贝尔写给罗伯特·斯威舍的信，1939年4月18日。——原注
[⑤] 关于塔兰特的描述主要是依据罗伯特·西尔弗伯格（Robert Silverberg）于2016年9月20日发给本书作者的电子邮件。马尔兹伯格（Malzberg）称其聘用时间为1938年，参见《夜之引擎》（*The Engines of the Night*），第72页。——原注

任副主编R. W. 哈佩尔①（R. W. Happel）离职不久后入职，实际上负责《惊奇科幻》杂志的全部实务和行政管理工作。

两人的分工很快就明了了。坎贝尔负责甄选小说和艺术品，而塔兰特则负责校对、编辑和出版。塔兰特这个人幽默风趣，偶尔也负责删掉小说里的粗鄙之言。她为人拘谨的名声也成了坎贝尔的挡箭牌，每当有作家对小说中的改动表示反对时，坎贝尔就会推塔兰特出来。在两人合作期间，塔兰特始终称他为"坎贝尔"。在她眼中，坎贝尔就是一个大男孩，凭他自己根本无法出版杂志。在那些年的所有趣闻逸事中，塔兰特都是这间办公室里未受到关注的存在。她坐在离主编几英尺远的地方，看着他将那些作家变成他喜欢的类型。

坎贝尔就职的消息在科幻迷中迅速传开，经纪人朱利叶斯·施瓦茨（Julius Schwartz）还提醒他的委托人们多加注意小说中的科学性："坎贝尔成了《惊奇故事》的主编。"②坎贝尔先将收到的稿件分为两堆③，然后给质量低劣的稿件作者寄送印制的退稿通知，给那些有希望的稿件作者寄送修订意见函，告诉他们如何修改才能符合新标准。坎贝尔也直接给作家写信，告诉他们《惊奇科幻》杂志针对的是成熟的读者，扩展了特里梅因"大约在14个月前"④制定的方针政策。

---

① 哈佩尔担任副主编至少到1937年10月底，他在当时作为贵宾出席了于费城举办的第三届东部科幻大会（Eastern Science Fiction Convention）。参见莫斯科维茨《永生的风暴》（*The Immortal Storm*），第117页。坎贝尔也称哈佩尔为他的普通读者——还有唐娜、罗伯特·斯威舍、L. 斯普拉格·德坎普（L. Sprague Decamp）和约翰·克拉克。参见坎贝尔写给斯威舍的信，1938年11月8日。——原注
② 参见坎贝尔写给罗伯特·斯威舍的信，1937年10月30日。——原注
③ 参见弗雷德里克·波尔《坎贝尔成为杂志主编》（*Campbell Gets the Magazine*），2011年10月24日。http://www.thewaythefutureblogs.com/2011/10/campbell-gets-the-magazine（2017年12月引用）。——原注
④ 参见坎贝尔写给罗伯特·斯威舍的信，1938年2月11日。——原注

坎贝尔的任务变得复杂了，他即将失去唐·A.斯图尔特的身份。坎贝尔正在修订《有谁去那里》和《逃离暗夜》的续篇《亚萨神族的斗篷》，此时，他之前售出的小说《大脑盗贼》(*The Brain Pirates*)和《永夜星球》(*Planet of Eternal Night*)开始在《激动人心的奇异故事》上连载了。虽然现在将作品卖给自己毫无阻碍[1]，但坎贝尔再也没有时间写新的小说了。有一位读者故作无知地问斯图尔特去哪儿了，坎贝尔暗示道："由于圈外工作的压力，斯图尔特恐怕要封笔了[2]。"

与其说是封笔，不如说是换个头衔。坎贝尔在后来表示，《惊奇》的主编其实就是唐·A.斯图尔特[3]，开始源源不断地为其他作家提供小说情节。他在给罗伯特·斯威舍的信中写道："我现在思如泉涌[4]，要把我的构思告诉其他作家。"作为主编，他想要优秀的文笔、准确的科学、可信的人物以及在逻辑上可以解释多种变量的小说："未来是多种因素同时作用的结果。"[5]这并非易事，他学会了将相同的故事前提告诉给多位作家[6]，相信他们会写出迥然不同的小说。

坎贝尔在寻找新的人才。此时，他的第一位常客来自布鲁克林，17岁，是一位科幻迷，同时也是一位有抱负的作家。弗雷德里克·波尔（Frederik Pohl）生于1919年，曾经亲手将他写的小说交给特里梅因，

---

[1] 1938年11月8日，坎贝尔在写给罗伯特·斯威舍的信中提到，他正在修订以前写的小说《帝国》（*Empire*），想要在《惊奇科幻》上发表，还有几篇被退回的小说想在英格兰试着发表。
[2] 参见坎贝尔"基本实情"栏目，载于《惊奇科幻》，1939年5月，第157页。——原注
[3] 参见坎贝尔写给杰克·威廉森的信，1941年10月7日，转引自威廉森《奇迹之子》（*Wonder's Child*），第134页。——原注
[4] 参见坎贝尔写给罗伯特·斯威舍的信，1937年10月30日。——原注
[5] 参见希瑟斯（Scithers）《论科幻小说创作》（*On Writing Science Fiction*），第117页。——原注
[6] 参见波尔《未来的样子》，第87页。——原注

因为乘地铁比买邮票便宜。坎贝尔受聘成为新任主编后,他来拜访坎贝尔,并不确定自己会得到怎样的待遇。

波尔来到杂志社时,坎贝尔靠在椅背上,将一支香烟插入烟嘴,然后开门见山地说道:"电视在家里永远都无法取代广播[①],我敢打赌你并不知道这是为什么。"

"哎呀,坎贝尔先生,我确实不知道。"波尔迟疑地回答道,"我从来没有想过这个问题。"

"没错,波尔,其他人也没有想过。可无线电广播的听众是什么人呢?主要是感到无聊的家庭主妇。她们会打开收音机,边听广播边洗碗。"

波尔努力想插一句话:"是的,我猜是这样没错……"

"关键是,电视要看才行,"坎贝尔得意扬扬地说完,"必须用眼睛看。"

波尔推断坎贝尔会在他看见的每个人身上测试一种令人吃惊的新观点,通过这种方法来探讨他的社论,但是也可以说他的社论正是其谈话内容的延伸。坎贝尔生性腼腆,最自在的时候是在只容他一人的小空间里,所以身材高大的他在自己的小办公室里感觉很舒服。他还喜欢跟波尔这样旗鼓相当的对手争论,经常跟他辩论共产主义的优点。坎贝尔主编天生尊重商业,而波尔则是一名共青团员。

塔兰特不喜欢波尔。她后来在给坎贝尔的信中写道:"我从来都没

[①] 参见波尔《未来的样子》,第86—87页。坎贝尔于1945年6月发表了关于电视的社论《通讯与非通讯》(*Communication and Noncommunication*),表明他第一次与波尔交谈时,谈的肯定不是这个话题,不过,两人的互动很可能与之相仿。——原注

喜欢过他①。回想一下，他来的时候，我从来没有跟他聊过天。我的第六感总是告诉我要小心此人。"而坎贝尔似乎对这个年轻人的活力存有戒心，偶尔还会表现出反感——当坎贝尔得知波尔在发行部门有一位朋友免费给他杂志时②，他制止了那个人。不过，他也很重视波尔。一代看着纸浆杂志长大的科幻迷已经到了可以自己当作家的年纪，而波尔正是他们当中第一位来找《惊奇科幻》的使者。

波尔的梦想是有朝一日能够成为主编。坎贝尔对主编的工作了解不多，他自己也还在其中摸索着，但还是将他所知道的全都告诉了波尔。坎贝尔很幸运，他入职的时候，这家出版社正在改组，所以比平时有活力。他还请教了《激动人心的奇异故事》主编莫特·韦辛格③。为了吸引更多见多识广的读者，坎贝尔设法提高艺术水平，再后来会要求那些作家围绕他托人所作的油画撰写小说④。同时，他还希望将杂志名改成⑤更加精确的"科幻小说"。次年，一本以此为名的纸浆杂志开始发行，坎贝尔感到很懊丧，但也只能慢慢接受"惊奇"这个名字。

《惊奇科幻》在编辑上有几个显著的变化。坎贝尔引入了一个"读者投票"专栏，还有一个名为"未来"（In Times to Come）的版块用来讨论即将出版的一期杂志。主编之页就这样空了出来，成了坎贝尔发表创意观点的主要途径。科学进步使这个平台显得越发重要，核物理学是

---

① 参见凯瑟琳·塔兰特写给坎贝尔的简报，1951年6月8日。——原注
② 参见凯瑟琳·塔兰特写给坎贝尔的简报，1951年6月8日，第88页。——原注
③ 参见巴崔斯《重提基准》（Benchmarks Revisited），第242页。——原注
④ 比如，《登月记》（Lunar Landing）就是莱斯特·德尔雷伊（Lester del Rey）受坎贝尔委托，根据A.冯蒙克豪森（A. von Munchhausen）的一幅画创作而成。参见德尔雷伊《德尔雷伊早期作品》（Early Del Rey），第270页。——原注
⑤ 参见阿什利《时间机器》，第146页。——原注

坎贝尔最喜欢的话题，他在1938年宣布："原子能秘密的发现者[1]如今就活在地球上。"坎贝尔后来表示，他当时并不知道他说的那个人是物理学家恩里科·费米[2]（Enrico Fermi）。

在小说方面，坎贝尔已经有了一个重大发现。杰克·威廉森（Jack Williamson）生于1908年，这位新墨西哥作家多年前就已成为颇受欢迎的纸浆小说家。他提交的一份创意推销围绕着两种可能的未来展开，一种是乌托邦式未来，另一种是末日式未来，其出现取决于现在发生的某件事的结果。更复杂的是，男主人公分别爱上了来自两条时间线的两个女人，他的心可能属于善良的莱托妮（Lethonee），同时又受阴险的索雷恩雅（Sorainya）吸引。

《时间军团》（*The Legion of Time*）于1938年5月开始在《惊奇科幻》杂志上连载，这是坎贝尔获得的第一篇精彩小说。其中，两个平行世界及其中的女主人公最后融合到一起时，效果难以置信地令人满意。这篇连载小说本身就像科幻体裁可能会有的两种未来叠加而成的结果，既有纸浆杂志的各种基本乐趣，又体现了对创意和人物塑造的敬意。坎贝尔告诉读者，这篇小说为科幻界指出了一个新的方向。他还以描述封面或整期杂志时才会用的揭示性措辞，称其为他当主编期间遇到的第一篇"变异"小说[3]。

坎贝尔也将故事创意外包出去。早期的参与者有阿瑟·J. 伯克斯（Arthur J. Burks），此人由于产量颇丰而被《纽约客》称为"纸浆杂

---

[1] 参见坎贝尔"奇幻小说"，载于《惊奇科幻》，1938年6月，第21页。——原注
[2] 参见坎贝尔写给老约翰·W. 坎贝尔的信，1953年8月29日。——原注
[3] 参见坎贝尔"未来"栏目，载于《惊奇科幻》，1938年3月，第4页。——原注

志的王牌作家"①。坎贝尔并不喜欢伯克斯的作品，可是他给了这位作家一个关于复制机器的故事前提②，后者只用三天就写成了一篇连载小说。虽然他写的小说远远称不上经典之作，但是坎贝尔需要他这样的作家。入职后，坎贝尔曾经问过总编辑弗兰克·布莱克韦尔（Frank Blackwell）如果找不齐一期杂志的小说会怎样，布莱克韦尔回答道："是主编就能找齐。"③

然而，到1938年年初，坎贝尔的存稿少得令人担忧。他怪作家们都把稿件投给被新出版社收购后东山再起的《惊异故事》④，其实也该怪他自己的标准偏高。每15份稿件中，坎贝尔只买下一份⑤，这样确实能得到几篇优秀的小说，可是却达不到他所需的数量。

1938年春，就是在这种情况下，坎贝尔被叫出办公室去见特里梅因和布莱克韦尔⑥。他到那里后，发现有两位作家已经到了。听到特里梅因和布莱克韦尔命令他买下这两位作家的所有作品时，他简直不敢相信自己的耳朵。其中一位作家是伯克斯；另一位27岁，身材高大，仪表堂堂，长着一头红发，皮肤白皙，几近透明，此人是L.罗恩·哈伯德。

哈伯德作为职业作家卖出的第一篇小说《绿神》（*The Green God*）于1934年2月发表在《心惊胆颤的冒险故事》（*Thrilling Adventure*）上。

---

① 参见《纸浆杂志作家伯克斯》（*Burks of the Pulps*），载于《纽约客》"城中话题"专栏，1936年2月15日，第12页。——原注
② 参见坎贝尔写给罗伯特·斯威舍的信，1937年12月4日。这篇连载小说名为《贾森·索斯》（*Jason Sows Again*），参见《惊奇科幻》，1938年3月和4月。——原注
③ 参见潘兴（Panshin）《山丘外的世界》（*The World Beyond the Hill*），第257页。——原注
④ 参见坎贝尔写给罗伯特·斯威舍的信，1938年2月11日。——原注
⑤ 参见坎贝尔写给罗伯特·斯威舍的信，1938年2月7日。——原注
⑥ 参见哈伯德《科幻小说导论》，转载于哈伯德《作家：通俗小说的形成》，第151页。——原注

这篇小说也是以疯狂的速度完成的，就像他所有的早期作品一样。起初，哈伯德连续六周每天都写一篇小说。他会在上床睡觉前迅速翻阅一本杂志，在睡眠中想出故事情节①，然后在第二天早上写成小说，接着就直接将它寄出去，不会费事地再读一遍。这种做法几乎立刻就有了结果。哈伯德收到的前两笔稿费共计300美元，他以前从未一下子见过这么多钱。

许久之后，他写道："如果极为详尽地描述主人公对反派人物做了什么以及反派人物对主人公做了什么，其中充斥着②拳头、刀枪、炸弹、机枪、套索桩、刺刀、毒气、马钱子碱、牙齿、膝盖和尖铁，那么这篇小说读起来几乎就像国会议事录一样无趣，其枯燥程度是国会议事录的两倍。"他说的可能是自己的处女作，那篇小说讲述的是发生在天津的一场大屠杀，完全漠视准确性。就是因为这种态度，他甚至在另一篇小说中称中国是"一个跟美国差不多大的国家"③。

为了庆祝自己的小说卖出去了，哈伯德带怀孕的妻子波莉去加利福尼亚州恩西尼塔斯度假。波莉在那里早产了。1934年5月7日，小L. 罗恩·哈伯德（L. Ron Hubbard, Jr.）出生，体重只有两磅多一点。他们管儿子叫尼布斯（Nibs）。尼布斯的身体刚变得健康起来，哈伯德就动身去纽约了。他没有什么当父亲的兴趣，还有新世界要去征服。

平生第一次，他做了一份值得称道的工作。到曼哈顿后，哈伯德入住了一家被称为作家港湾的破旧旅馆。他在这家旅馆里只看到一位作

---

① 参见哈伯德写给吉姆·希金斯（Jim Higgins）的信，转载于哈伯德《文学信函》（*Literary Correspondence*），第63页。——原注
② 参见哈伯德《悬念》（*Suspense*），转载于哈伯德《作家：通俗小说的形成》，第78页。——原注
③ 参见哈伯德《五个墨西哥人一百万》（*Five Mex for a Million*），载于《第一流》，1935年11月。——原注

家,就是一个叫弗兰克·格鲁伯(Frank Gruber)的人。格鲁伯并不是什么成功人士。在自动贩卖式餐馆,他告诉哈伯德往碗里装热水、番茄酱和波脆饼干,这样就有免费的番茄汤午餐了。

哈伯德请格鲁伯吃饭,作为交换,格鲁伯带哈伯德参加了一场美国小说协会(The American Fiction Guild)的会议。美国小说协会是纸浆小说作家的协会,当时的会长阿瑟·J. 伯克斯很喜欢哈伯德这个新来的人,所以哈伯德很快就有了突破。《心惊胆颤的冒险故事》中有这样一则按语:"我猜L. 罗恩·哈伯德[1]就无须介绍了。从大家的来信中可以看出,他的故事是我们刊登过的最受欢迎的作品。有几位读者还感到疑惑,他写的关于遥远之地的小说为何总是如此绚烂多彩。答案就是,他去过那些地方,兄弟们。他亲身去过那些地方,亲眼见过那些场景,亲自做过那些事。他见多识广,阅历丰富。"

哈伯德知道,把精力花在将自己培养成名人上比用来改善自己的写作能力更能带来利益。1935年,他当选为美国小说协会的会长,为每周的午餐会安排发言人,其中包括一位纽约验尸官。他对哈伯德说:"停尸房的大门随时为你敞开[2],哈伯德。"哈伯德的产量也很出名,他会分析卖给每家杂志的小说比例[3],然后集中为那些稿酬最高的杂志供稿。哈伯德夸口说他只写初稿,但是偶尔也能多写几稿,小说的背景离他所钟爱的大海越近,他写得越好。

然而这在很大程度上只是一份工作。哈伯德花钱买了一台本身就

---

[1] 参见利奥·马古利斯(Leo Margulies)编《心惊胆颤的冒险故事》,1934年10月。——原注
[2] 参见威德(Widder)《故事大师》(*Master Storyteller*),第36页。——原注
[3] 参见哈伯德《手稿工厂》(*The Manuscript Factory*),转载于《作家:通俗小说的形成》,第19-21页。——原注

很罕见的电动打字机,还有传言说他在一卷包肉纸上进行创作。他说自己每个月能写十万字,说得有点太夸张了。像往常一样,哈伯德会装成他心中能给其他人留下深刻印象的样子,不管他们是飞行员、探险家,还是作家。既然成不了最优秀的作家,他就满足于成为业内最多产的作家,毕竟这个领域是由巨大的生产力定义的。

1936年1月15日,哈伯德的第二个孩子凯瑟琳(Catherine)出生。后来,他们搬到了华盛顿的南科尔比(South Colby)。波莉开始觉得哈伯德对她不忠了。有一次,她发现了哈伯德分别写给两位女朋友的信,然后调换了两封信的信封①,以此来报复他。哈伯德在后来写道:"她冷淡②而又做作,我觉得自己都快成太监了。后来发现我对别的女人很有吸引力,所以就有了很多风流韵事。"

家庭生活可能没有满足哈伯德的期望,但他在别的地方取得了进展。他结识了H. P. 洛夫克拉夫特,后者说他是"一位了不起的年轻人"③。他将一部未发表的中篇小说改编成连载小说《金银岛的秘密》④(*The Secret of Treasure Island*),其中有一座正在喷发的火山,还有一位被迫制造"死亡炸弹"的科学家。哥伦比亚电影公司买下了这部小说的版权。1937年,哈伯德有十周的时间都在好莱坞进行无署名的改写,他在后来说他当时改写的是《关山飞渡》(*Stagecoach*)、《俯冲轰炸机》(*Dive Bomber*)和《乱世英杰》(*The Plainsman*),但是并没有任何证据。

---

① 参见赖特《拨开迷雾》,第40页。——原注
② 参见哈伯德《肯定法》。——原注
③ 参见德坎普《黄铜之城的罗恩》(*El-Ron of the City of Brass*),载于《奇幻》(*Fantastic*),1975年8月。——原注
④ 该描述的依据是YouTube视频网站上的场景。https://www.youtube.com/watch・v=FxjHf4Af_tY(2017年12月引用)。——原注

实际上，哈伯德完成了一种不同的西部小说，后来被出版商麦考利（Macaulay）以2500美元的预付款收购。哈伯德用这笔钱买了一条船，不过《鹿皮军》（*Buckskin Brigades*）这部小说的交易本身就值得关注，当时很少有纸浆小说作家的作品能被制成精装书。值得一提的是，事实证明这是一部真正的小说。主人公黄毛（Yellow Hair）是一个普通的白人救世主形象，故事情节却大力支持美洲原住民，从哈伯德对主人公的同情中汲取能量。这位主人公属于一种人物类型最早的版本，哈伯德在后来经常会塑造这种人物——无知的世界中最后一位可敬之人。

虽然关注度很高，但是《鹿皮军》第一次印刷的版本并没有销售一空。此后不久，哈伯德受邀到斯特里特与史密斯出版社参加了他一生中最重要的会议——他曾经为这家出版社的《第一流》（*Top-Notch*）和《西部故事》（*Western Story*）等杂志供过稿。据他自己说，他和伯克斯见到了特里梅因，还有"一位叫布莱克的主管"[①]——可能是弗兰克·布莱克韦尔。两人请他和伯克斯为《惊奇科幻》供稿。哈伯德回忆道，他们对这本杂志的业绩感到不满，同时让他们不满的还有一点，就是这本杂志"当时刊载的主要是关于机器和机械的小说"[②]。

哈伯德记得，两位主管说出了他们的忧虑，然后将坎贝尔叫过来，告诉他要买下哈伯德和伯克斯这两位作家提交的所有稿件："他的小说中会有人类[③]，不会只有机器。"只有哈伯德本人说过此事，这就足以让人去怀疑它的真实性了。但是时间基本上没错，似乎确实发生过一场跟他所述差不多的会议。

[①] 参见哈伯德《科幻小说导论》，转载于哈伯德《作家：通俗小说的形成》，第151页。——原注
[②] 同上。
[③] 同上。

《惊奇科幻》在当时还是业内领先的杂志，所以十有八九，最后通牒的出现并非由于销量不好，而是想要补充这本杂志的存稿。哈伯德和伯克斯以按需创作出名，两人都当过美国小说协会的会长，都跟其他作家建立了有用的联系。几个月后，坎贝尔在一则"编者按"中肯定了哈伯德的处女作也属于"可找到的最优秀的作家所创作的最优秀的科幻类小说"①。

　　然而开始的时候，两人的合作似乎并不是很顺利。在1938年4月5日的一封信中，坎贝尔称他这位新作家为"哈伯德·斯纳巴德②（Hubbard Snubbard）"，指责哈伯德故意躲着他，而哈伯德也有自己的疑虑。他并不是科幻迷，后来还写道，他"对科幻小说一窍不通③，其实有点缺乏自信"。除了《金银岛的秘密》，他的臆想作品就只有《死亡列车》（The Death Flyer），这是他随手写下的一篇关于幽灵列车的小说。但是只要有工作，哈伯德就乐意去做。不出几周，他就寄来了第一篇稿件。

　　起初，坎贝尔并不确定该怎么看待《危险向度》（The Dangerous Dimension）。这篇作品勉强算得上是奇幻小说，讲的是一位科学家发现一个方程可以将他传送到他心里所想的任何地方，不管他愿意与否。这篇小说非常有趣，但也只是有趣而已，所以坎贝尔主编不太放心，反复询问朋友和家人④对这篇小说的看法。在关于下一期杂志的"编者按"中⑤，他提到了所有作家，就是没提哈伯德。不过，读者的反应是积极

---

① 参见坎贝尔编"未来"栏目，载于《惊奇科幻》，1938年8月，第124页。——原注
② 参见坎贝尔写给哈伯德的信，1938年4月5日。——原注
③ 参见哈伯德《科幻小说导论》，转载于哈伯德《作家：通俗小说的形成》，第151页。——原注
④ 参见坎贝尔写给罗伯特·斯威舍的信，1938年6月19日。——原注
⑤ 参见坎贝尔编"未来"栏目，载于《惊奇科幻》，1938年6月，第135页。——原注

的。《危险向度》引入了一种受欢迎的幽默感，在每月的读者投票专栏"分析试验室"中位列小说类第一[①]，超过了《时间军团》的末篇。

最重要的是，这种反响使坎贝尔接受了哈伯德。两个月后，哈伯德的名字随着《流浪汉》（*The Tramp*）出现在封面上。类似于《危险向度》，这篇小说的主人公弱小而又怯懦，跟哈伯德在冒险小说中塑造的主人公大相径庭，这也许暗示了他心里对读者的看法。不过，两人的关系缓和得正是时候。出版社完成改组，于5月解雇了布莱克韦尔和特里梅因，所以坎贝尔全权控制了《惊奇科幻》杂志。如果还想弃用哈伯德，坎贝尔早就弃用了，但是他并没有那么做。

坎贝尔发现哈伯德有一个更好的用武之地，这点也是有帮助的。特里梅因曾经考虑要创立一本奇幻杂志作为《惊奇科幻》的姐妹刊，他提到可以创办"一本怪异或神秘的杂志"[②]。1938年，坎贝尔开始认真地行动起来，准备发行这本杂志。他写信给作家们，请他们创作奇幻小说。不过，他没有提到这本新杂志，反而散播谣言[③]说由于《危险向度》大获成功，所以要继续采用这样的小说。正是因此，哈伯德认为《未知》（*Unknown*）这本杂志是专门为他创办的[④]。

实际上，这本杂志真正的催化剂是利物浦作家埃里克·弗兰克·拉塞尔的优秀小说《禁地》（*Forbidden Acres*）。这是一篇天马行空的奇幻小说，灵感源自查尔斯·福特的作品。它提出那些数不清的无法解释

---

① 参见《分析试验室》，载于《惊奇科幻》，1938年9月，第87页。总体排名第一的是L.斯普拉格·德坎普的纪实文章《时间旅行者的语言》（*Language for Time Travelers*）。——原注
② 参见坎贝尔写给罗伯特·斯威舍的信，1937年11月15日。——原注
③ 参见坎贝尔写给罗伯特·斯威舍的信，1938年10月25日。——原注
④ "坎贝尔将我写的奇幻小说从《惊奇科幻》中抽出来，为之创办了一本全新的杂志——《未知》。"参见哈伯德的采访，载于普拉特（Platt）《梦想家》第二卷（*Dream Makers Volume II*），第182页。——原注

的事件都是由维顿族（The Vitons）造成的，他们化身为球状闪电，以人类的恐惧为食。收到按要求改写过的稿件后①，坎贝尔认为这是他十年来读过的最好的小说②——如今依然有资格跻身有史以来写得最好的科幻小说之列。1939年3月，这篇小说以《险障》（Sinister Barrier）为名刊登在《未知》的创刊号上。

次月，在显著位置刊载的小说是哈伯德的《极境冒险》（The Ultimate Adventure），这篇小说引入了一种哈伯德在后来会经常利用的公式——一个普通人神奇地进入了《天方夜谭》的故事情境中。主人公来自现实世界，这样更容易进行阐述，同时也反映了哈伯德和坎贝尔都怀有对个人蜕变的痴迷。哈伯德的作品在很大程度上模仿关于改变的幻想，这种幻想即将成为科幻小说的核心。但是，如果不是跟《未知》的主编有如此多的共同之处，哈伯德就不会自然而然地喜欢上这本杂志了。

哈伯德想要结交坎贝尔，正如他结交其他有用的人一样。他开始去坎贝尔主编的家里拜访③，给他讲自己驾驶游轮去加勒比海以及随美国海军陆战队在中国服役的故事。"罗恩几乎无所不能④，而且能做得非常好。"坎贝尔在给斯威舍的信中如此写道。两人都越来越尊重对方。有一次，哈伯德到了一所大学的科学系⑤，发现那里的人全都想向他打听坎贝尔的事。

不过，哈伯德的生活中有一个方面是保密的。那是1938年的元

---

① 参见莫斯科维茨《明日探求者》，第137–138页。——原注
② 参见坎贝尔《未知》，载于《惊奇科幻》，1939年2月，第72页。——原注
③ 参见坎贝尔写给罗伯特·斯威舍的信，1939年10月4日。——原注
④ 参见坎贝尔写给罗伯特·斯威舍的信，1939年11月。——原注
⑤ 参见哈伯德《科幻小说导论》，转载于哈伯德《作家：通俗小说的形成》，第154页。——原注

旦①，哈伯德打了麻醉剂在做牙科手术，他感觉自己好像灵魂出窍了。他的灵魂从椅子上飘起来，飘向一扇大门，门后是人类所有疑问的答案，但是他还没看到那些答案就被拉回来了。哈伯德睁开眼睛，问道："我刚才死了，是不是？"②据说，对方告诉他，他的心脏确实停止了跳动。

那个幻象逐渐消失了，哈伯德用了好几天的时间都没能想起来。最终在一天清晨睡醒时，他想起了当时所见的景象。哈伯德开始像疯了一样拼命创作，写出了一份200多页的草稿。这篇小说采用的是寓言形式，讲的是《天方夜谭》时期有一位智者想要将人类的所有智慧整理成一本书，他将这本书的篇幅减到原来的十分之一，然后又减到一句话，最后只剩下一个词：生存。

手稿完成后，哈伯德将之命名为《王者之剑》（*Excalibur*）或《一个命令》③（*The One Command*），然后给出版社发电报，叫他们到纽约宾州车站④接他，竞拍这部小说的版权。哈伯德在后来说他撤回了这本书，因为前六个人读过后都发疯了⑤，还有一个人从一栋办公大厦的窗户里跳了出去。他在写给波莉的信中提到了自己的理想：

> 这样可能很傻⑥，但我依然坚定地抱有厚望，希望即便所有的书都被销毁了，我也能作为传奇人物而青史留名……比如，我确定自己可以建立一个政治平台，可以一举获得失业者、实

---

① 参见赖特《拨开迷雾》，第35页。——原注
② 参见米勒《裸面弥赛亚》，第137页。——原注
③ 哈伯德指的是《肯定法》中以此为名的手稿。——原注
④ 参见赖特《拨开迷雾》，第37页。——原注
⑤ 同上。
⑥ 参见米勒《裸面弥赛亚》，第85页。——原注

业家和职员以及散工的支持。

哈伯德将这本书拿给阿瑟·J. 伯克斯看，后者回忆道："这是我读过的最奇怪的书[1]。读过这本书后再看之后遇到的人，就会发现他们的身上似乎都打开了奇怪的窗口。这本书令人不安，令人自我暴露。"不过，哈伯德没有向坎贝尔提过这本书，可能是因为他怀疑这位主编会设法控制这个项目——后来证明哈伯德的直觉还是挺准的。

多年后，哈伯德暗示《危险向度》等小说反映了他对哲学的兴趣："我没有告诉约翰[2]这个创意其实像佛陀一样古老。"实际上，哈伯德发表的小说表明他极少顾及创意，而且满足于在纸浆杂志上发表作品，后来在科幻迷中颇受欢迎。其中一位读者在给《未知》的信中写道："不管什么时候给我看L. 罗恩·哈伯德的童话[3]，我都很开心。"紧接着在下一期杂志中，他又补充道："由于哈伯德……我认为只有完美的小说[4]才不会令人失望。"写这些话的读者正是艾萨克·阿西莫夫。

1935年秋，阿西莫夫在到达城市学院的第一天接受了两项测验。首先是体检，由于肤色不好，加上骨瘦如柴，阿西莫夫被归类为"发育不良"——同组的学生里只有他被归于此类。其次是智力测验，他的分数高得不得了，学院吃惊地写了一封信，叫他回来接受进一步的测试。此时，阿西莫夫早就走了。他在那里总共待了三天。

阿西莫夫认为自己上不起哥伦比亚大学在布鲁克林的附属学

---

[1] 参见伯克斯《监督员》，第99页。——原注
[2] 参见哈伯德《科幻小说和讽刺文学》（*Science Fiction and Satire*）。——原注
[3] 参见阿西莫夫写给《未知》的信，载于《未知》，1939年8月，第140页。——原注
[4] 参见阿西莫夫写给《未知》的信，载于《未知》，1939年9月，第143页。——原注

校塞斯·洛专科学校，但是他得到了全美青年总署（National Youth Administration）的奖学金，还在那里找到了一份工作。阿西莫夫入学一年后，塞斯·洛关闭，他被转到了哥伦比亚大学在晨边高地（Morningside Heights）的主校区。然而，他还是得在每天下午回糖果店干活，也没交到什么朋友。

1936年12月，他父亲在公园坡（Park Slope）买了一家新店。阿西莫夫家搬到了街对面的一栋铁路公寓里，他们的房间排成一行：首先是阿西莫夫的卧室，旁边是他妹妹马西娅的卧室——阿西莫夫经常说俏皮话来烦她①，然后是他母亲和他弟弟斯坦利合住的卧室。店里的生意很好，阿西莫夫不用为暑期工作发愁，而且有连续的时间段，所以他又想写小说了。他开始写《宇宙瓶塞钻》（*Cosmic Corkscrew*），这是一篇关于时间旅行的小说，但是他写到一半就放弃了。

同时，阿西莫夫每个月都给"基本实情"写信。他在一封信中写道："我们想要科幻小说②，不想要让人神魂颠倒的美女。"他从来没有约会过，在女孩身边会感到紧张。这种紧张可能会表现为敌意，整个科幻迷社群都是如此。后来在一期杂志中，他又补充道："我要指出的是，女人从未直接影响过这个世界，她们总是控制着某个单纯可怜的男人，对他施展阴险的诡计……然后通过他来影响历史。"阿西莫夫最后说，他应该就此打住，免得招来全国女科幻迷的"怨恨"："至少有20个人！"

《惊奇科幻》在每月第三个周二到店里，阿西莫夫时刻准备着，等成捆的杂志一到就把它打开。1938年5月10日，《惊奇科幻》没有出

---

① 参见莫斯科维茨《明日探求者》，第253页。——原注
② 参见阿西莫夫写给《惊奇科幻》的信，载于《惊奇科幻》，1938年9月，第161页。——原注

版。阿西莫夫担心这本杂志被取消了，所以给斯特里特与史密斯出版社打了个电话。接电话的人告诉他《惊奇科幻》还在出版中，但是接下来的一周，他都盯着杂志架，心里极为担心。又一个周二到了，不出所料，还是没有这本杂志的影子。

阿西莫夫做了一个重大决定。他跟母亲请了两个小时的假，然后乘火车前往曼哈顿。他当时18岁，除了上学，这是他第一次鼓起勇气独自来这座城市。要是住得再远一点，就算是在斯塔顿岛（Staten Island），他可能也不会想来这里。到杂志社确定了现在的出版日期是每月第三个周五，他马上就回家了。

这个小插曲似乎不是什么大事，但是在阿西莫夫的想象里，他感觉自己离这本杂志更近了。他意识到自己并不满足于只当个科幻迷，他想当作家。此时，大学三年级结束，阿西莫夫迎来了暑假。他把《宇宙瓶塞钻》拿出来，发现其中有部分内容会让人联想到唐·A.斯图尔特所著的《死去的知识》。不过，他觉得不用担心雷同的问题，所以最终完成了这篇小说。

像波尔一样，阿西莫夫也想过亲自去交稿是不是更好。巧合的是，这期杂志又出晚了，因此，他有借口再去一趟了。他请教了父亲，父亲也建议他直接将稿子交到坎贝尔手上，还建议他把胡子刮干净，换上一身好衣服。阿西莫夫决定听父亲的话，他刮了胡子，却没有换衣服，然后就去赶火车了。那是1938年6月21日。

到斯特里特与史密斯出版社后，有人告诉阿西莫夫这期的《惊奇科幻》杂志定于本月的第四个周五出版。然后，阿西莫夫去找主编，他惊讶地听到接待员说："坎贝尔先生要见你。"[1]

---

[1] 参见阿西莫夫《记忆犹新》，第194页。——原注

阿西莫夫按照接待员的指示穿过一个堆满杂志和纸卷的储物室，终于在后面的办公室里第一次见到了坎贝尔，可能还有塔兰特。

坎贝尔很亲切。他喜欢有读者来拜访，还从"基本实情"中认出了这位骨瘦如柴、满脸粉刺的科幻迷的名字。阿西莫夫有两封信分别刊登在7月刊和8月刊上，他急切地从主编办公桌上的预印本中找到这两封信，坎贝尔只是笑道："我知道。"

他们谈了一个多小时。坎贝尔透露说他就是唐·A. 斯图尔特，虽然阿西莫夫并不喜欢斯图尔特的小说。他还承诺会看《宇宙瓶塞钻》。两天后，阿西莫夫收到了措辞礼貌的退稿通知，理由是开篇发展过慢，对话也不太好。但阿西莫夫感到欣喜若狂，他又开始写新的小说，主要是为了有借口可以再次去拜访坎贝尔。

7月22日，阿西莫夫带着《偷渡者》（*Stowaway*）再次来到坎贝尔的办公室。这篇小说讲的是外星虫子利用磁场杀人的故事。阿西莫夫迟疑地问坎贝尔他是否可以继续亲自来交稿，后者说只要他不选在他们给杂志排版的时候来就行。然而，坎贝尔不愿告诉他那是什么时候，所以阿西莫夫怀疑这位主编只是在找借口拒绝见他。第二篇小说也被退回来了，但是阿西莫夫却在日记中写道："这是你能想象到的最令人愉快的退稿通知。"①

7月底，阿西莫夫完成了《灶神星受困记》（*Marooned Off Vesta*）。这是一篇关于科学问题的小说，讲的是宇航员处理受损飞船的故事。此类小说后来成了《惊奇科幻》杂志的主流内容。阿西莫夫是一个理性的人，他受神秘事件和谜题吸引，本能地抓着这类小说不放。考虑到每个月提交一篇稿子就够了，阿西莫夫等到8月才去交这篇小说。

---

① 参见阿西莫夫《记忆犹新》，第 201 页。——原注

在办公室里,刚度假回来的坎贝尔指着一堆手稿说:"我得浏览这些稿件①,把没有希望的放到一边,然后发退稿通知。"

阿西莫夫想知道他的话是否有什么言外之意:"您是说我吗?"

坎贝尔亲切地看着这个年轻人说:"不是,我并不认为你没有希望。"

但是不久,《灶神星受困记》就回到了阿西莫夫手上。坎贝尔后来写道,他认为这是"一篇相当不错的作品②,只是缺乏人性"。这种草率的退稿动摇了阿西莫夫的信心。虽然认为《惊异故事》是"垃圾"③,但他还是把《灶神星受困记》寄给了这本杂志。阿西莫夫觉得拜访坎贝尔是他坚持下来的唯一动力。

10月17日,阿西莫夫放学回家,发现母亲和妹妹都在笑。他上楼后才得知有他的一封信,已经被父亲随手打开了。这封信是《惊异故事》主编雷蒙德·帕尔默(Raymond Palmer)寄来的,他要买下《灶神星受困记》。

这是阿西莫夫卖出的第一篇小说,稿费是64美元,足以支付一整个月的学费。阿西莫夫骄傲地写信将此事告诉他的笔友作家克利福德·西马克④(Clifford Simak)。西马克对阿西莫夫表示祝贺,同时还透露他刚卖给坎贝尔一篇连载小说,稿费有500多美元。阿西莫夫明白了,《惊奇科幻》仍然站在市场顶端。

可他的小说还是无法进入这本杂志。有一次,坎贝尔说他有一篇小说过于"老套"⑤,阿西莫夫回信表达歉意。还有一次,坎贝尔提到

---

① 参见阿西莫夫《记忆犹新》,第206页。——原注
② 参见坎贝尔写给罗伯特·斯威舍的信,1938年10月25日。——原注
③ 参见阿西莫夫《黄金时代之前》,第883页。——原注
④ 参见坎贝尔写给罗伯特·斯威舍的信,1938年10月25日。——原注
⑤ 参见阿西莫夫《记忆犹新》,第223页。——原注

他的作品"确实有进步①，尤其是你不为效果而牵强附会的地方"，但是同时还说他的作品缺乏一种不可名状的"吸引力"。阿西莫夫依然每个月都去拜访坎贝尔，他跟坎贝尔交谈的时间比跟他父亲交谈的时间都长，但他还是有点泄气。

在全美青年总署，阿西莫夫被指派给了社会学家伯恩哈德·J. 斯特恩（Bernhard J. Stern），斯特恩让他把书籍中描述反对技术变革的片段打出来。阿西莫夫突然想到同样的反应可能也适用于太空飞行，他在圣诞节前提交了小说《星际探索》（Ad Astra）。一周后，坎贝尔邀请他在节后去谈谈这篇小说。阿西莫夫进入了一种疯狂的期待状态，过完节后的第一天，也就是1939年1月5日，他就去见坎贝尔了。

坎贝尔并不想立刻买下《星际探索》，但是他对抵制太空旅行的概念很感兴趣，所以要求阿西莫夫以此为主题进行改写。阿西莫夫很紧张，不过，《灶神星受困记》在《惊异故事》上的发表给了他很大的鼓励，他在一则"作者按语"中是这样形容自己的："我是中等身材②，母亲认为我很帅……我衷心地希望这第一篇小说不会是昙花一现。"

阿西莫夫用了三周时间才完成对《星际探索》的改写，因为中途被打断了，他跟当地一个小孩打了人生中的第一场架，结果"伤得不轻"③。像他所有的早期作品一样，这篇小说中的对话和人物仍平平无奇，但是反科学的创意及其遵循历史循环的含意正是坎贝尔喜欢探索的那种概念。阿西莫夫还让其中一个人物就欧洲日益紧张的局势表达了他的忧虑："这是一个政治混乱、国际无政府状态的时代，一个自取灭亡

---

① 参见阿西莫夫《记忆犹新》，第224页。——原注
② 参见阿西莫夫《作家介绍》，载于《惊异故事》，1939年3月，第126页。——原注
③ 参见阿西莫夫《记忆犹新》，第382页。——原注

的愚蠢而又疯狂的时期——以第二次世界大战告终。"

这就够了。阿西莫夫将改写后的稿件交给了坎贝尔。一周后，他父亲在楼下喊道："艾萨克，你的支票！"[1]没有任何信件，坎贝尔买下小说后会单独寄送稿费。阿西莫夫提交的第九篇小说《星际探索》卖了69美元，他当时才19岁。

许久之后，阿西莫夫问坎贝尔为什么鼓励他，还说这似乎是不可能的事。坎贝尔表示赞同："确实是不可能的事[2]。不过，我在你身上看到了特别的东西。你充满热忱，愿意倾听，而且我知道不管我给你多少次退稿通知，你都不会放弃。"每个人都看得出阿西莫夫的热忱，包括塔兰特。她记得年轻的阿西莫夫"坐在那里，崇拜地[3]看着坎贝尔，认真聆听他说的每一个字"。

坎贝尔之所以会鼓励阿西莫夫，还因为阿西莫夫本身所代表的东西。坎贝尔主编成功地将故事创意交给了那些资深作家，但是他想知道能否从头开始培养一位作家，而阿西莫夫恰好在此时出现，成了他的实验对象。坎贝尔在一封信中称阿西莫夫为"想当作家的科幻迷"[4]，这正是他对阿西莫夫的看法。在坎贝尔眼中，阿西莫夫代表看着《惊奇科幻》杂志长大正在崛起的一代科幻迷，而且他住得离出版社不远，很方便。

坎贝尔没有想过也给波尔同样的关注，后者始终未能卖给坎贝尔一篇他自己写的小说。波尔像阿西莫夫一样有空，可能比阿西莫夫更有前途，但是他也急于求成、咄咄逼人，迫切地想要坐到主编的位置上。阿

---

① 参见阿西莫夫《记忆犹新》，第229页。——原注
② 参见阿西莫夫《记忆犹新》，第202页。——原注
③ 参见阿西莫夫《记忆犹新》，第290页。——原注
④ 参见坎贝尔写给罗伯特·斯威舍的信，1938年10月25日。——原注

西莫夫则比较谦恭,他回忆道:"我能容忍坎贝尔①……幸运的是,他在某些方面跟我父亲非常像。"阿西莫夫甘愿成为学徒,这是职业作家所无法忍受的。坎贝尔主编开始思考阿西莫夫在其他方面的用武之地。

同时,坎贝尔退回了阿西莫夫首次尝试创作的机器人小说《罗比》(Robbie)。此外,阿西莫夫的名字也有点问题。阿西莫夫听说坎贝尔要求已经卖给他两篇小说的科幻迷米尔顿·A. 罗思曼(Milton A. Rothman)使用笔名李·格雷戈尔(Lee Gregor),因为这个名字更容易让读者接受。在两人的交流中,阿西莫夫并未感到坎贝尔反犹,但是很明显,坎贝尔认为非犹太人的名字及其拥有者优于犹太人的名字及其拥有者。

坎贝尔终于向阿西莫夫提出了使用笔名的可能性。"在这点上,"②阿西莫夫回忆道,"我明确表示不会妥协。我的名字就是我的名字,我的小说就要署我的名字。"坎贝尔并没有坚持,十有八九是因为这对他的总体规划来说不是什么重要的事。

那个月晚些时候——距他首次拜访坎贝尔正好过了一年的时间,他来送一篇新的小说,在离开的时候,路过一堆1939年7月的杂志。他知道这期杂志里有《星际探索》,所以就自己拿了一份。在上一期杂志中,坎贝尔写道:"下个月,《惊奇科幻》要介绍一位新作家③,一位前途无量的作家。"这位作家并不是阿西莫夫——根本没有提到他的名字,而是A. E. 范沃格特(A. E. van Vogt),他的处女作《黑色毁灭者》

---

① 参见冈恩(Gunn)《艾萨克·阿西莫夫》,第21页。——原注
② 参见阿西莫夫《阿西莫夫早期作品》(The Early Asimov),第78页。——原注
③ 参见坎贝尔编"未来"栏目,载于《惊奇科幻》,1939年6月,第44页。——原注

（*Black Destroyer*）出现在杂志封面上。

翻阅这期杂志的时候，阿西莫夫看到《星际探索》的名字改成了《潮流》（*Trends*），他觉得改得很好。这期杂志上刊载了范沃格特、纳特·沙赫内尔（Nat Schachner）、纳尔逊·S. 邦德（Nelson S. Bond）、罗斯·罗克林恩（Ross Rocklynne）、阿米莉亚·雷诺兹·朗（Amelia Reynolds Long）和凯瑟琳·L. 穆尔（Catherine L. Moore）的小说，一篇名为《大脑工具》（*Tools for Brains*）的文章，还有一篇关于铀裂变的社论。坎贝尔在这篇社论中写道："某所大学配备有[①]必需的回旋加速器，已经安排购买一立方英尺的氧化铀。"

阿西莫夫并不知道这所大学是哥伦比亚大学[②]，坎贝尔在以后将会亲自去看这台回旋加速器[③]。该社论本身就和这期杂志上的任何小说同等重要。原子能即将成为现实，预测未来不再只是根斯巴克的培养策略，也不再是其他杂志刊登老套的冒险故事的借口，而是更为紧迫的事情。

一个月前，阿西莫夫拿到了理学学士学位，但他没有心情庆祝，因为他申请的医学院都拒绝了他。当他带着那本《惊奇科幻》回家时，根本没有想到它会被视为科幻小说黄金时代的第一期杂志，在很大程度上是由于他的存在。不过，已经有迹可循了。阿西莫夫曾经鼓起勇气问道："坎贝尔先生，您怎么能忍受不写小说呢？"[④]

---

① 参见坎贝尔编"附录"栏目（*Addenda*），载于《惊奇科幻》，1939年7月，第7页。——原注
② 关于哥伦比亚大学进行的这项重要工作的介绍参见罗兹（Rhodes）《原子弹诞生记》（*The Making of the Atomic Bomb*），第268-271页。——原注
③ 参见坎贝尔以阿瑟·麦卡恩之名写给《惊奇科幻》的信，载于《惊奇科幻》，1940年3月，第160-162页。——原注
④ 参见阿西莫夫《阿西莫夫论科幻》，第194页。——原注

"我发现了更好的事情，阿西莫夫，"坎贝尔回答道，"我现在是主编了。当作家的时候，我一次只能写一篇小说，现在，我一次能写50篇小说。有50位作家正在撰写他们跟我讨论过的小说。"还有一次，坎贝尔解释道："我会把某个创意给某位作家[①]，如果返回来的小说创意完全是我给他时的样子，那么我就再也不会给这位作家任何创意了。我不希望他按照我的方式围绕着我的创意进行创作，如果是那样的话，我可以自己写。我希望他以自己的方式围绕着我的创意进行创作。"

阿西莫夫记得："他就是这么看我们这些作家的[②]。我们都是他的延伸，是他在文学上的复制体。我们每个人都以自己的方式做坎贝尔觉得需要做的事情。那些事情他也可以自己做，但是无法用我们的方式去做。我们去做的话，就有了50种不同的做法。"

这个作家团队马上就要扩大了。在1939年9月的杂志中，坎贝尔预言："明年，《惊奇科幻》至少会找到并培养[③]四位现在还不出名的顶级新作家。"范沃格特显然是其中的一位，还有几位正蓄势待发。在这个夏季结束前，有一位作家将会成为黄金时代的化身，他的生活将会出乎预料地和坎贝尔及阿西莫夫的生活交织在一起。

---

① 参见阿西莫夫《阿西莫夫论科幻》，第194页。——原注
② 同上。
③ 参见坎贝尔编"未来"栏目，载于《惊奇科幻》，1939年9月，第32页。——原注

第 5 节　分析试验室（1938—1940）

科幻作家[①]面对极其严重的问题时，可能会自怨自艾，更有可能会在耀眼的即兴创作中爆发。他们拥有匈牙利裔英籍作家亚瑟·库斯勒（Arthur Koestler）所说的"懦夫的勇气"。

——摘自戴蒙·耐特（Damon Knight）的著作《未来派》（*The Futurians*）

阿西莫夫每个月都去拜访坎贝尔。同时，他还有一种生活也一度显得同等重要。一切始于1938年8月2日，杰克·鲁宾逊（Jack Rubinson）寄来一张明信片。此人是阿西莫夫的中学同学，从阿西莫夫写给《惊奇科幻》的信中认出了他的名字。收到明信片后，阿西莫夫热切地回信了。一个月后，鲁宾逊寄来一个大包裹，大到邮费都多了一美分。

里面是一种科幻迷杂志，总共有三期。阿西莫夫发现这本杂志"相当有趣"[②]。让他更感兴趣的是，在第二周收到的明信片上，鲁宾逊提到他是皇后区（Queens）大纽约科幻联盟（the Greater New York Science Fiction League）成员。一听说这个组织，阿西莫夫就迫切地想要加入，虽然去那里需要"双倍的车费"[③]，但他还是请鲁宾逊在下次开会时通知他。

[①]　参见耐特《未来派》，第240页。——原注
[②]　参见耐特《未来派》，第30页。——原注
[③]　参见阿西莫夫《记忆犹新》，第208页。——原注

三天后，阿西莫夫收到了弗雷德里克·波尔寄来的明信片。波尔根本没有提大纽约科幻联盟的事，反而邀请他去布鲁克林参加未来科学文学协会（The Futurian Science Literary Society）的第一次会议。阿西莫夫不清楚为什么会有这种改变，但他很高兴，因为布鲁克林离他家比较近。阿西莫夫在回信中问波尔开会地点是住宅还是公寓——其实是共青团所用的会堂。他在最后写道："没关系[①]，我会设法找到那里的，还会带着你寄给我的明信片当信物。"

阿西莫夫并不知道他即将卷入一出戏，这出戏已经在他周围上演好几年了。科幻迷[②]社群的形成几乎是出于偶然的。雨果·根斯巴克在《惊异故事》上刊登了几封读者来信，还附上了他们的地址，使他们能够在私下与志同道合的科幻迷通信。在纽约、费城和洛杉矶这样的城市中，科幻爱好者的数量极大，他们聚集在一起，形成几个小团体。这些团体出版的油印科幻迷杂志上满是圈内玩笑，成了一些富有创造力的青少年相互结识的平台，比如克利夫兰的杰里·西格尔（Jerry Siegel）和乔·舒斯特（Joe Shuster），两人在后来塑造了超人这个人物。

第一个获得官方认可的俱乐部是科幻联盟（The Science Fiction League），1934年5月由《科学奇异故事》的根斯巴克和查尔斯·霍尼格建立。《科学奇异故事》杂志免费为科幻联盟进行报道。但是这个俱乐部在后来也被视为出版商的工具，因而招致激进派科幻迷的攻击。激进分子中的关键人物是唐纳德·A.沃尔海姆（Donald A. Wollheim），此人

[①] 参见阿西莫夫写给弗雷德里克·波尔的信，1938年9月15日。波尔和阿西莫夫往来的信件可在雪城大学特色馆藏研究中心弗雷德里克·波尔文件1号箱中找到。——原注

[②] 关于该时期最全面的描述见于莫斯科维茨《永生的风暴》，其后的资料很多都以此为基础。——原注

在后来凭自己的实力成为科幻界的重要人物。不过，十八九岁的沃尔海姆更像我们如今所说的"投饵"人，还夸口说凭他一己之力就能将"任何科幻迷赶出科幻界"①。

这个圈子不大，据某人估计，活跃的科幻迷不超过50人，却放大了某些人格特征。最忠实的成员通常都很年轻，痴迷科幻，还有对抗性。俱乐部间的纷争通常都是由个人恩怨挑起的，像沃尔海姆这样的人凭他自己就能造成极大的影响。其动态很像现代那些网络社区，只不过速度要慢得多。先是创建一种模式，以这种模式建立一个俱乐部，坚持一段时间，然后就瓦解，可能是由于内部的关系紧张，也可能是由于沃尔海姆介入将其解散了。

不久，纽约的科幻迷大致分成了两派。一派以萨姆·莫斯科维茨为首。18岁的莫斯科维茨体格健壮，他对政治纷争不是很感兴趣，更喜欢组织会议和结识圈内人。还有一派聚集在沃尔海姆及其朋友约翰·米歇尔（John Michel）周围。他们在左派宣言《不变即亡》（*Mutation or Death*）中表达了自己的观点，主张科幻迷应该奋发图强，争取实现自己最喜欢的小说里所描述的那种社会变革。

次年5月，莫斯科维茨和科幻迷威廉·西科拉（William Sykora）早已结盟对抗沃尔海姆，两人在纽瓦克组织举办第一届全国科幻大会（National Science Fiction Convention）。坎贝尔跟作家约翰·克拉克和L. 斯普拉格·德坎普一起到达会场，结果发现只有15个人出席这场大会。这位主编看着那些人，面无表情地说："比我想象的要好。"②

到坎贝尔上台发言时，出席的科幻迷已经增加到了100多人。这

---

① 参见莫斯科维茨《永生的风暴》，第126页。——原注
② 参见莫斯科维茨《永生的风暴》，第146页。——原注

位主编大谈特谈科幻迷的重要性，说科幻迷在他的读者群中占核心地位，然后对计划于明年夏天举办的世界科幻大会（World Science Fiction Convention）——也称"Worldcon"——表示支持。沃尔海姆也要求发言，却遭到拒绝。因为他在准备的发言稿中提出了一个疑问：拥有大学理学学士学位的人为什么会想去当纸浆杂志的主编？主办方担心这会冒犯坎贝尔。

在应该由谁组织世界科幻大会的问题上，科幻迷分裂成了几派。1938年7月，坎贝尔和《激动人心的奇异故事》主编利奥·马古利斯邀西科拉和沃尔海姆共进午餐①，想要解决这个问题。席间，坎贝尔一反常态地静默不语，主要是马古利斯在说话，最后裁定由沃尔海姆负责。莫斯科维茨建立了敌对组织新科幻迷（New Fandom），想要夺回控制权。两人针锋相对，情况变得极为紧张，马古利斯被迫解散了大纽约科幻联盟，而沃尔海姆和米歇尔则创立了后来被称为未来派的团体。

9月18日，阿西莫夫来参加成立大会，他在当时根本不知道这些。与会者中还有沃尔海姆、米歇尔、波尔、鲁宾逊、迪克·威尔逊（Dick Wilson）、罗伯特·朗兹（Robert Lowndes）和西里尔·科恩布鲁斯（Cyril Kornbluth）。其中有很多犹太人，大多数都是狂热的共产主义者，他们更多是为参加这项运动感到兴奋，而非出于某种深刻的意识形态信念。阿西莫夫尤其对他们的科幻迷杂志感兴趣，他在日记中写道："我想为这本杂志供稿②，可是那些文章极为激进，可能还宣扬无神论，我不愿意把自己的名字放在上面。不知道他们会不会允许我用笔名。"

会议结束后，他们去吃香蕉船和三明治。不过，阿西莫夫还在为25

---

① 参见莫斯科维茨《永生的风暴》，第175-176页。——原注
② 参见耐特《未来派》，第31页。——原注

美分的入会费难过，所以什么都没吃。他被沃尔海姆深深吸引，此人斗志旺盛，而其他人似乎都是圈外人。沃尔海姆得过小儿麻痹症，米歇尔小时候因患白喉而瘫痪，口吃使他无法当众讲话，波尔曾经因猩红热而休学一年，朗兹有一只脚是畸形的，科恩布鲁斯的牙齿是绿色的，而且他们都很穷。

阿西莫夫把他们看成志趣相投的人。有些科幻迷本就处于边缘，经济大萧条导致他们的发展可能大大降低，但科幻小说告诉他们这都是有道理的——虽然导致他们被隔离的因素大多都可以通过时间或努力克服，一旦他们成长起来，就没什么能阻止他们成为对社会有用的人了。

未来派成员，摄于1939年左右。第一排：哈里·多克韦勒（Harry Dockweiler）、约翰·米歇尔、艾萨克·阿西莫夫、唐纳德·沃尔海姆、赫伯特·利万特曼（Herbert Levantman）。第二排：切斯特·科恩（Chester Cohen）、沃尔特·库比利斯（Walter Kubilis）、弗雷德里克·波尔、理查德·威尔逊（Richard Wilson）。第三排：西里尔·科恩布鲁斯、杰克·吉莱斯皮（Jack Gillespie）、杰克·鲁宾逊。雪城大学图书馆（Syracuse University Libraries）特色馆藏研究中心理查德·威尔逊遗产和戴蒙·耐特文件部提供

有些人觉得自己被排除在外的原因是无法克服的，对于这些人，科幻小说所能提供的东西就比较少。几乎毫无例外的是，科幻迷大多都是白种男人。

阿西莫夫根本不会想到这些。终于找到了让他有归属感的圈子，他感到非常高兴。不过，即便走入的是敌对组织的阵营，他可能也会同样高兴。总之，阿西莫夫被他们的热情感染了。9月28日，他去出版社见坎贝尔，向他讲述了自己新接受的未来派理想，却惊讶地得知这位主编是保守派，所以他担心自己可能冒犯了坎贝尔。

到第三届会议时，沃尔海姆和米歇尔照例感到越来越无聊。他们提议俱乐部沿用新的路线，阿西莫夫"十分"反对这项提议[1]。10月30日，水星剧院（The Mercury Theatre）播出了其改编的《星际战争》（The War of the Worlds），作旁白的是奥森·韦尔斯（Orson Welles）。坎贝尔似乎对韦尔斯侵占他的地盘感到不满[2]，未来派却很喜欢这部作品。在接下来的集会中，他们就外星人入侵的前景展开了辩论，其中，沃尔海姆代表火星人，而阿西莫夫则代表人类，结果输了。不过，他在钢琴上弹奏了《国际歌》进行弥补[3]。

阿西莫夫很喜欢这种轻微叛逆的氛围，竟然还在下一届会议中吸了两根烟[4]。不过，其他成员却对他的出席怀有复杂的感受。有一次，阿

---

[1] 参见耐特《未来派》，第33页。——原注
[2] "幸好我们没有赞助《星际战争》！哥伦比亚广播公司要为这东西花很多钱，因为需要服装什么的。我们还是不赞助比较好。"参见坎贝尔写给罗伯特·斯威舍的信，1938年11月8日。后来，他又写道，他觉得这件事恰恰说明"需要扩大科幻小说的欣赏范围"。参见坎贝尔《各种事情》（A Variety of Things），载于《惊奇科幻》，1939年1月，第6页。——原注
[3] 参见耐特《未来派》，第35页。——原注
[4] 参见耐特《未来派》，第36页。——原注

西莫夫因说话声音太大而被赶了出来①。接下来的两次会议都没有邀请他，所以他在给波尔的信中写道："我是不是被排斥了？"②有一次，阿西莫夫带上了妹妹马西娅，结果那些人跟他开了个玩笑，将马西娅拉进去后就把门锁上了。"我当时被吓慌了③，总感觉他们可能会对她做些什么，那我就永远都没法跟父母解释了。"

有时候，阿西莫夫感觉自己格格不入，朋友们都是胸怀大志的人，但只有他卖给过坎贝尔一篇小说。他甚至还参加过敌对组织皇后区科幻联盟（Queens Science Fiction League）的会议，当时，他是这样介绍自己的："现在你们见到世界上最差劲的科幻作家了！"④在未来派中，阿西莫夫跟波尔的关系最近。波尔想当他的经纪人，提出可以"按照坎贝尔、韦辛格和特里梅因从前给的建议"⑤帮他改写那些没有卖掉的小说。作为交换，所得的稿费大部分都要归波尔。阿西莫夫拒绝了："坎贝尔是我的好朋友。"⑥

两人经常在通信中提到坎贝尔，就像两兄弟在争夺父亲的爱一样。波尔写道："坎贝尔曾经对我说过⑦，他可以从一篇小说中找出某个具体的缺陷，让这位作家可以轻松地进行改正；但是，如果这篇小说本身写得就不好，那么他就无能为力了。"还有一次，他在信中补充道：

---

① 参见耐特《未来派》，第32页。——原注
② 参见阿西莫夫写给弗雷德里克·波尔的信，1938年12月19日。——原注
③ 参见耐特《未来派》，第32页。——原注
④ 参见L.斯普拉格·德坎普《我和艾萨克》（*Isaac and I*），载于《艾萨克·阿西莫夫科幻小说》（*Isaac Asimov's Science Fiction*），1992年11月，第5页。——原注
⑤ 参见弗雷德里克·波尔写给阿西莫夫的信，1939年2月3日。——原注
⑥ 参见阿西莫夫写给弗雷德里克·波尔的信，1939年2月6日。——原注
⑦ 参见弗雷德里克·波尔写给阿西莫夫的信，1939年2月7日。——原注

"你跟坎贝尔相熟①,比大部分新手乃至老牌作家都占优势。"

阿西莫夫在后来会称自己对马克思一无所知②,但是十八九岁的时候,他的政治观点迥然不同。波尔在同一封信中写道:"你自称是共产主义者③。如果你愿意让我帮你处理一些手稿,然后将所得稿酬全都捐给共产党,我就不要佣金了。我确实需要这笔钱……你可能不缺钱,但共产党肯定缺钱。"阿西莫夫在回信中写道,他可能不缺钱④,但是也不会拒绝。最终,他同意⑤请波尔当三个月的经纪人。

同时,世界科幻大会预定于7月的第四个周末与世界博览会同期举办,而关于这场大会的争论也越发激烈。新科幻迷夺回了大会主办权,人们普遍认为部分原因是坎贝尔站在新科幻迷这边。这位主编成了新科幻迷的分支——皇后区科幻联盟的常客,他还拖着"非常不情愿的"⑥唐娜去参加过一场会议。

坎贝尔几乎没有支持未来派的理由:他们的政治观点截然不同;他对波尔的态度很矛盾;以前还跟沃尔海姆发生过争执。一年前,沃尔海姆发表了一封公开信,批评坎贝尔不该刊登托马斯·麦克拉里(Thomas McClary)的《三千年》(*Three Thousand Years*)。他大肆抨击这篇连载小说——波尔也写信抱怨过⑦,说它"宣扬法西斯主义","是一篇骇

---

① 参见弗雷德里克·波尔写给阿西莫夫的信,1939年3月20日。——原注
② 参见阿西莫夫《阿西莫夫自我导读》(*Asimov's Guide to Asimov*),载于奥兰德(Olander)与格林伯格《艾萨克·阿西莫夫》(*Isaac Asimov*),第203页。——原注
③ 参见弗雷德里克·波尔写给阿西莫夫的信,1939年3月20日。——原注
④ 参见阿西莫夫写给弗雷德里克·波尔的信,1939年3月31日。——原注
⑤ 参见阿西莫夫《记忆犹新》,第237页。——原注
⑥ 参见坎贝尔写给罗伯特·斯威舍的信,1939年3月18日。——原注
⑦ 参见弗雷德里克·波尔写给坎贝尔的信,1938年6月23日。波尔和坎贝尔往来的信件可在雪城大学特色馆藏研究中心弗雷德里克·波尔文件2号箱中找到。——原注

人听闻的小说"。坎贝尔将他的评论转给了罗伯特·斯威舍,还在信中挪揄道:"他可能不喜欢这篇小说吧?"①

然而,一般来讲,坎贝尔主编愿意任科幻迷自然发展。他对这个社群的兴趣很务实,偶尔会跟H·C.凯尼格(H. C. Koenig)抛硬币②决定由谁招待外地来的客人,但是他从来都没有在这些圈子里积极过,而且他比其中最直言不讳的成员大十岁。坎贝尔希望利用科幻迷队伍的壮大,同时也知道他们可能很快就会转而反对他,所以他通常都与之保持距离。

1939年7月2日,第一届世界科幻大会③的大门终于打开了。早上10点,在东59街,有一群人开始聚集到卡拉万会所(The Caravan Hall)装饰着纸浆杂志封面画的四楼。科幻迷福里斯特·J.阿克曼(Forrest J Ackerman)④和雷·布拉德伯里从洛杉矶远道而来,出席此次会议的圈内人中有杰克·威廉森、L.斯普拉格·德坎普和坎贝尔本人。

阿西莫夫刚刮过胡子,还穿着一身新西装⑤。到达会场的时候,他感觉很紧张。有传言说未来派成员全都不能入内,而且莫斯科维茨知道他发表过小说,所以他不确定此人是否会禁止他入内。阿西莫夫在街对面的自动贩卖式餐馆里找到了藏身其中的朋友们,然后跟他们一起朝楼上走去。

到四楼时,他们遇到了莫斯科维茨的密友詹姆斯·陶拉西(James Taurasi)。新科幻迷已经决定了,未来派成员只要发誓会守规矩就可以

---

① 参见坎贝尔写给罗伯特·斯威舍的信,1938年6月21日。——原注
② 参见沃纳(Warner)《忆往昔》(*All Our Yesterdays*),第20页。——原注
③ 以下描述主要基于莫斯科维茨《永生的风暴》,第213-224页;阿西莫夫《记忆犹新》,第243-245页。——原注
④ 阿克曼喜欢省略中间名首字母后面的点。——原注
⑤ 参见阿西莫夫《阿西莫夫论科幻》,第230页。——原注

入内。但是莫斯科维茨和西科拉还没到，未经他们批准，陶拉西不想放未来派的人进去。

莫斯科维茨露面时，陶拉西还在电梯旁跟未来派成员争论着。沃尔海姆问莫斯科维茨他们能否入内，后者还没回答，一位名叫路易斯·库斯兰（Louis Kuslan）的科幻迷就递给他一张在外面收到的传单。传单上称新科幻迷为"冷酷无情的恶棍"①，大标题是"谨防独裁"。

莫斯科维茨把传单拿给沃尔海姆看。他和陶拉西都是大块头，都有近200磅重。莫斯科维茨还是业余拳击手，体形比未来派的大部分成员都大。"你刚才好像说过②你们不会做任何对大会有害的事。"

"不是我印的。"沃尔海姆如此回道。其实是一位名叫戴维·凯尔（David Kyle）的科幻迷做的，这位未来派成员在纽约州北部用他哥哥的报社印刷机印制了这些传单。

"可发传单的是他的人。"库斯兰高声说道。听到此话后，莫斯科维茨下楼去找西科拉，结果却看到了警察。原来，陶拉西觉得会有麻烦，所以报警了。他还找到成堆的传单，应该是未来派打算派发的。

莫斯科维茨叫警察过一个小时再来，然后又上楼去见沃尔海姆。"如果我们让你们进去，你们能以自己的名誉担保不会做任何扰乱大会进程的事吗？"

"如果我们做任何扰乱大会的事，"沃尔海姆说道，"你们可以把我们赶出来。"

"我们不想赶你们，"莫斯科维茨回道，"只想要你们以名誉保证不会做对大会有害的事。"

---

① 参见莫斯科维茨《永生的风暴》，第215页。——原注
② 参见莫斯科维茨《永生的风暴》，第216-217页。——原注

沃尔海姆拒绝了，莫斯科维茨转而去问其他人，其中包括阿西莫夫和杰克·鲁宾逊，两人都保证不会捣乱。他后来回忆道："但是这群人的核心①……还是不愿意做出保证。"

在阿西莫夫的记忆中，情况却不是这样的："根本没人阻止我②。我直接就走进去了。"一到里面，他就后悔了，不知道是不是应该离开以示团结。然而，他在会场里看到了坎贝尔、艺术家弗兰克·R. 保罗、德坎普和那年夏天早些时候结识的威廉森③。虽然心怀愧疚，但他还是决定留下来。

上午的时间逐渐流逝，未来派成员一直试图成对进入会场，却一次次被挡回。威廉森出来见他们④，坎贝尔也想劝西科拉⑤让他们进去，结果遭到拒绝。午餐时间，阿西莫夫偷偷溜出来买咖啡和鸡肉三明治。其他人没有像他所担心的那样当他是叛徒，反而把他看成了卧底。他们缠着他让他讲里面的详细情况，波尔的女朋友莱斯利·佩里（Leslie Perri）后来还跟他一起进去了。

下午两点，莫斯科维茨宣布大会开始，接着放映了《大都会》（*Metropolis*）。阿西莫夫不喜欢这部电影。然后，坎贝尔就科幻小说的发展做了讲话⑥，以这部电影为例讲述了科幻体裁能够取得的成就。他说他们的目标应该是不断提高的，还宣布他的杂志准备打头阵。

晚上七点左右，西科拉上台介绍出席大会的各位重要人物。作家约

---

① 参见莫斯科维茨《永生的风暴》，第 217 页。——原注
② 参见阿西莫夫《记忆犹新》，第 244 页。——原注
③ 参见威廉森《奇迹之子》，第 117 页。——原注
④ 参见威廉森《奇迹之子》，第 118 页。——原注
⑤ 参见里奇（Rich）《C.M. 科恩布鲁斯》（*C.M. Kornbluth*），第 387 页。——原注
⑥ 参见莫斯科维茨《永生的风暴》，第 220-221 页。——原注

翰·克拉克喊道:"阿西莫夫呢?"① 人们都大声表示赞同。阿西莫夫在大家的喊声中站了起来,然后欣喜而又不知所措地走上前去。他从坎贝尔身边经过时,这位主编友好地推了他一把,差点把他推倒。

阿西莫夫走到台上,看到佩里在疯狂地打着手势,但是并不清楚她想干什么。他简短地讲了几句,自称是"还没被处死的最差劲的科幻作家"②,然后就如释重负地下台归座了。后来,阿西莫夫才得知佩里当时是想让他发言支持被赶走的未来派成员,但他从来没有想过要这么做。

会后,人们普遍认为第一届世界科幻大会取得圆满成功,预示着科幻迷和圈内人的关系将更加紧密,也为以后的大会开创了先例。大会召开时,《惊奇科幻》的1939年7月刊正好开启了科幻小说的黄金时代,这并非巧合——科幻迷和《惊奇科幻》杂志一起达到了新的成熟度。

从短期来看,后来所说的《大排斥条例》(*The Great Exclusion Act*)有稳定科幻迷社群的作用。新科幻迷及其后继者将会主办大会,而未来派与其说是一个真正的俱乐部,倒不如说是对沃尔海姆和米歇尔的个人崇拜,将会退而培养作家和编辑。他们都有科幻小说带来的认同感。其中有很多都是即将被战争吞噬的年轻人,科幻小说使他们懂得圈外人才是创造未来的人,他们的生命是有价值的。

具有讽刺意味的是,虽然坎贝尔主编最有责任使未来派成员认识到科幻领域的发展潜力,但其中大多数人永远都无法在他这里有所突破。他甚至带着怀疑的眼光看待他们所有人,而他们也刻意博取这位主编的喜爱。在一次会议中,波尔带来了西里尔·科恩布鲁斯,后者公然对坎

---

① 参见阿西莫夫《记忆犹新》,第245页。——原注
② 参见阿西莫夫《记忆犹新》,第245页。——原注

贝尔不敬。后来,科恩布鲁斯是这样解释的:"我想让他记住我。"①

久而久之,未来派形成了一种反主流文化,对抗坎贝尔所代表的当权派,而阿西莫夫则被夹在中间。比起愿意为科幻小说受苦的科幻迷,坎贝尔更感兴趣的是那些有科技头脑的兼职作家,他们更善于接受他的意见;还有那些可以雇用的可靠作家。在坎贝尔眼中,哈伯德属于后者。他即将获得自己最大的发现,一位退役海军军人和政治活动家几乎在一夜之间满足了他的奢望。

未来派满口激进主义,却只是在打乒乓球和吃香蕉船的时候讨论政治问题。而罗伯特·A. 海因莱因则踏足政界,他在后来称政治为唯一适合成年人的游戏②。海因莱因进入政界是出于对厄普顿·辛克莱的敬佩。辛克莱是《屠场》的作者,曾于1933年被选派竞选加利福尼亚州州长。作为社会进步主义者,他的施政纲领以加州贫困终结计划(End Poverty in California/EPIC)为基础,呼吁州政府为100多万名失业工人提供就业机会。

海因莱因与妻子莱斯琳已经在南加州定居,靠他的海军津贴生活。辛克莱的政治观点反映了他的坚定信念——经济自由是所有自由的基础,所以海因莱因深受其吸引,他还成了加州贫困终结计划的志愿者,负责监督七个选区。虽然最终一败涂地,但海因莱因依然留在该团体的报社中,还与克利夫·卡特米尔(Cleve Cartmill)成了朋友。卡特米尔是一位记者,同时也是一位有抱负的科幻作家。

在1935年4月的市政选举中,海因莱因担任一个区的主席,他开始看到与激进运动有所牵连的危险。5月,海因莱因受到海军部长的警

---

① 参见耐特《未来派》,第116页。——原注
② 参见帕特森《学习曲线》,第194页。——原注

告,因为他给《好莱坞公民新闻报》(*Hollywood Citizen-News*)写了一封信,在信中谴责警方对学生暴动的反应,还在署名时写了他的军衔。海因莱因对此事负责,同时也警惕起来,以防被打成极端分子。未来派中有很多人对莫斯科持有乐观的看法,可他却认为苏联"极为恐怖"①。

那年夏天晚些时候,他和莱斯琳在月桂谷(Laurel Canyon)的卢考特山大道(Lookout Mountain Avenue)买了一栋房子。大选即将再次举行,他每天花好几个小时亲自参加竞选活动,每周都为区内的工人们提供早餐,莱斯琳则帮忙做饼干。两人十分协调,总能把对方要讲的话说出来,同时也都感到了政治的压力以及资金的紧缺。海因莱因曾尝试做房地产生意,但是没有成功。1938年,他试图在加利福尼亚州议会(The California State Assembly)中谋得一席之地,结果失败了。

海因莱因也对普通语义学产生了兴趣,该学科的创建者是波兰哲学家艾尔弗雷德·科日布斯基(Alfred Korzybski)。在其不朽的著作《科学与理智》(*Alfred Korzybski*)中,科日布斯基警告人们混淆言语及其下层对象的做法是一种谬误,正如他在那句将被人铭记的格言中所述:"地图不等于疆域。"②普通语义学是一门心理工程课,可以训练其使用者避免此类错误。海因莱因对"时限性"格外着迷,这个概念表明人类是唯一能够在前人所创抽象概念的基础上继续发展的动物,但前提是要知道怎么发展。

---

① 参见海因莱因写给罗伯特·布洛克(Robert Bloch)的信,1949年3月18日。转引自帕特森《学习曲线》,第198页。——原注
② 这种说法最早见于科日布斯基在1931年12月28日发表的论文《非亚里斯多德体系及其对于数学和物理严谨性的必要性》(*A Non-Aristotelian System and Its Necessity for Rigor in Mathematics and Physics*)。海因莱因和莱斯琳于1939年结识科日布斯基。参见帕特森《学习曲线》,第236页。——原注

无论如何,海因莱因都需要找一份真正的工作。在权衡自己的选择时,他看到了《激动人心的奇异故事》1938年10月刊上的征稿启事,突然就想尝试着写一下。莱斯琳因为要切除阑尾而住院,此时,海因莱因开始写自己构思出来的小说,借此来推广自己的政治观点。他喜爱的作家中有很多都利用小说宣扬自己的观点,比如爱德华·贝拉米和H. G. 威尔斯。正如坎贝尔通过科幻小说沉湎于自己是大发明家的幻想中,海因莱因将科幻小说看作他那些未能实行的政治信仰的载体。

海因莱因决定围绕着他感兴趣的全民基本收入提议来构建《献给生存者》(*For Us, the Living*),然后勤勤恳恳地创作这篇小说,到圣诞节才完成。莱斯琳出院回家后,海因莱因和她一起坐在厨房里,征求她的建议,寻找"情节转折和高潮"[①]。结果发现这篇小说不是很好。在海因莱因眼中,与其说《献给生存者》是关于人类的故事,倒不如说是他就货币理论展开长篇大论的借口。除了他将会在数十年间持续挖掘的未来历史元素,其中还有零星的迹象表明希望的存在。

这篇小说对出版商没有任何吸引力,但是《未知》的出现给了海因莱因一些启发,所以他转向了短篇小说。海因莱因将自己的创意讲给莱斯琳听,并最终决定写一篇关于人类死亡预测机的故事——其灵感源自艾丽斯·麦克比的死亡,海因莱因曾经希望与这个女人结婚。这篇小说最吸引人的部分是对个体生命形状的生动描述:"将这种时空事件……想象成一条长长的粉红色的虫子,持续不断地钻过数年岁月……我们看到其横断面是一个独立体,但那都是错觉。"

1939年4月,海因莱因用四天时间完成了这篇小说。他不确定《生

[①] 参见莱斯琳·(海因莱因)莫卡比 [Leslyn(Heinlein)Mocabee] 写给弗雷德里克·波尔的信,1953年5月8日。转引自帕特森《学习曲线》,第228页。——原注

命线》（*Life-Line*）究竟是科幻小说还是奇幻小说，所以将其寄给唯一一位这两种体裁的杂志都有的主编，还附上了退稿所需的邮费："我希望您不会用到这些邮费。"①两周后，坎贝尔寄来一封短信，提出以70美元的价格买下这篇小说。收到这封信后，海因莱因问道："这行存在多久了？②怎么不早点告诉我呢？"

不难看出，海因莱因很快就成功了。不像阿西莫夫在投稿时都是首次创作，海因莱因在31岁时已经写过一部长篇小说，《献给生存者》虽然由于他想要说教的志向而失败，却也使他得以私下练笔创作了数十万字。如果没有威尔斯或贝拉米的事例，海因莱因绝不会想到从事创作，因为科幻书籍在当时根本没有市场。如果不是海因莱因从他的体系中摒除了很多恶习，《生命线》也就远远不会如此优秀了。

如果坎贝尔对海因莱因像对阿西莫夫一样无情，海因莱因可能就彻底放弃写作了。不像阿西莫夫痴迷于科幻小说，海因莱因只是将其看作一种普通的职业，要不是有外来的鼓励，他可能早就不写了。幸亏坎贝尔喜欢《生命线》，而且海因莱因在回信中所述的简历正是坎贝尔主编认为有吸引力的那种："我是一名退役海军军官③，在舰队中的专业是弹道学，侧重于火控机电一体化装置。"

坎贝尔确实很感兴趣，但是不代表他会照单全收。这位主编退回了海因莱因寄来的第二篇小说，他说其中有一个反派人物不太自然："如果把它删掉④，这篇故事可能就会好很多了。"海因莱因完全照办了，他删掉了那个人物，并使前后衔接起来。坎贝尔买下了修改后的版本，

---

① 参见海因莱因写给坎贝尔的信，1939年4月10日。——原注
② 参见帕特森《学习曲线》，第231页。——原注
③ 参见海因莱因写给坎贝尔的信，1939年5月1日。——原注
④ 参见坎贝尔写给海因莱因的信，1939年5月16日。——原注

以《不合群的人》(*Misfit*)为名刊载了这篇小说。海因莱因接下来提交的两篇稿件均未得到录用，但坎贝尔主编仍然在鼓励他："你的作品很好①。就算被退回去了，这也是一篇不错的小说。"

辛克莱·刘易斯在创作《巴比特》②这篇小说时准备了相关事件的时间表。海因莱因效仿他的做法，将一幅旧航海图挂起来，开始设计未来史。他非常依赖莱斯琳："我的速度很慢③。刚开始的时候，每天只能写三到六页，跟我夫人讨论的时间要比实际创作的时间多很多。虽然实际下笔的人是我，但我的小说其实都是跟她合作完成的。我们仔细探讨，直到两人对其中的每个概念都满意了，我才将其付诸笔端。"

8月，海因莱因费劲地完成了最终命名为《如果这样下去》(*If This Goes On—*)的中篇小说。这是他创作的第一篇堪称精彩的小说，讲述的是在反乌托邦式的美国展开的一场反对假先知的革命。其结构另类，在随后的作品他经常利用这种结构——开篇引人入胜，然后在后半部分仔细分析文中提出的假设。他在这篇小说中展现了一种无与伦比的能力，可以沿着出人意料的副线展开故事，同时又紧紧抓着读者的注意力。坎贝尔称赞其中的逻辑极为出色，特别是"有大量小细节④使之显得很逼真"，并在几十年后认定这是海因莱因对科幻体裁的主要贡献：

> 文化模式会改变⑤；海因莱因有一项"发明"就是利用这

---

① 参见坎贝尔写给海因莱因的信，1939年5月31日。——原注
② 参见詹姆斯·H.哈奇森(James H. Hutchisson)《辛克莱·刘易斯的崛起》(*The Rise of Sinclair Lewis*)，第53页。——原注
③ 参见海因莱因写给坎贝尔的信，1940年3月2日。——原注
④ 参见坎贝尔写给海因莱因的信，1939年8月25日。——原注
⑤ 参见坎贝尔《出卖月亮的人》引言，第 ix-x 页。——原注

个事实……像技艺精湛的杂志演员一样,他使自己的绝技显得自然、轻松又简单,但是当你欣赏完他的一篇小说后……就会发现他只用两分钟的时间就将当时的文化技术模式讲述清楚了,这种讲述随处可见,却又不露痕迹。

坎贝尔主编说"这是我见过最有力的科幻小说之一"[1],会将其作为"新星"(Nova)小说进行刊载——"新星"是专为杰出作品而设的称号。这篇小说有两点是他特别喜欢的:意识到了社会是会发展演变的,同时还暗示心理学可以变成一门科学。其中有一个人物阴郁地指出:"美国人自幼就受最聪明最彻头彻尾的心理技术员影响,相信并信任他们所受的独裁统治……如果没有充分的心理准备,即便你解放了他们,他们也会回到自己习惯的地方。就像马棚着火后,即便你把里面的马牵出来,它们也还是会回去。"

坎贝尔有点担心其中的宗教问题——这"绝对是一个略微敏感的主题"[2]。他建议做几点改变,阐明文中的邪教是假的,海因莱因则表示他会更加谨慎。他们正在互相试探,双方都有细微的改变。坎贝尔主编认为海因莱因"钟爱的"[3]《安魂曲》是一篇煽情的小说,但他还是将其买下来[4],想看看读者是否会接受。听到海因莱因正在考虑以同一段未来史为背景进行系列创作时,他很感兴趣。

海因莱因迅速成为一位深受科幻迷喜爱的作家。阿西莫夫在写给《惊奇科幻》杂志的一封信中对《生命线》称赞有加,还直接给海因

---

[1] 参见坎贝尔编"未来"栏目,载于《惊奇科幻》,1940年1月,第29页。——原注
[2] 参见坎贝尔写给海因莱因的信,1939年8月25日。——原注
[3] 参见海因莱因写给坎贝尔的信,1939年8月29日。——原注
[4] 参见坎贝尔写给海因莱因的信,1939年9月11日。——原注

莱因写信了①。波尔在19岁时凭自己的口才成为纸浆杂志《惊心动魄》（Astonishing）和《超科学故事》（Super Science Stories）的主编，他买下了海因莱因以莱尔·门罗（Lyle Monroe）之名发表的小故事《要有光》（Let There Be Light）。海因莱因将自己的真名留给坎贝尔，给他寄去了耗时耗力完成的《失落的遗产》，其灵感源自这位主编在《未知》中发表的一篇文章——关于大脑中似乎未得到利用的结构②。

结果被坎贝尔退回来了："这篇小说不错，但是还不够好。"③他将《失落的遗产》看成一篇超人小说，开始认为此类故事根本无法讲述，还建议海因莱因避免强行叙事："在我看来，L. 罗恩·哈伯德既是职业作家又是艺术家，他不愿意写任何难写的小说。如果一位作家难以写出自己的小说，那不是因为懒惰，而是因为缺少一种激励原则。"

坎贝尔在退稿通知中写了很多，但海因莱因觉得他没有抓住重点——《失落的遗产》讲的并不是超人，而是每个人与生俱来的能力。这位主编还给《安魂曲》的最终版本④增添了一个结局，破坏了该小说的基调，这点也让海因莱因感到恼火。不过，海因莱因知道《惊奇科幻》是他发表观点的最佳平台，只要有足够的自由来表达自己的观点，他就打算或多或少地满足坎贝尔的要求。

海因莱因决定集中创作纯粹的科幻小说，因为到目前为止，他只卖出过此类作品。坎贝尔录用了《道路滚滚向前》（The Roads Must

---

① 阿西莫夫在一封现已丢失的早期信件中开玩笑地写道，优秀的媒体经纪人都归上帝所有，而撒旦则"没有得到公平的待遇"。几十年后，海因莱因称他从中获得灵感，创作了小说《约伯大梦》（Job A Comedy of Justice）。参见海因莱因写给阿西莫夫的信，1984年8月8日。——原注
② 参见海因莱因写给坎贝尔的信，1939年12月1日。参见《未知》，1939年4月，第124页。——原注
③ 参见坎贝尔写给海因莱因的信，1939年12月6日。——原注
④ 参见莱斯琳·海因莱因写给坎贝尔的信，1941年1月27日。——原注

Roll），然后给了海因莱因一个前提。在看过哥伦比亚大学的回旋加速器后，他想出了这个关于原子工程师的前提："从事这项工作十年左右，他们几乎都会发疯[1]。"这是他首次明确提出心理学与核能的联系。海因莱因根据该前提写成了《爆炸总会发生》（Blowups Happen），其投稿信表明他们的关系越来越亲近："希望唐·A.斯图尔特[2]和唐娜·斯图尔特都会喜欢这篇小说。"

与此同时，海因莱因也在洛杉矶结识了别的作家。他为选区工人举办的早餐会发展成了一个名为来日文学社（The Mañana Literary Society）的作家团体。海因莱因在其中担任领导角色，这很符合他的个性——但莱斯琳也毫不逊色。他将坎贝尔的想法传递给来日文学社的成员，其中包括充满激情的雷·布拉德伯里。布拉德伯里当时19岁，尚未发表过作品。多年后，他怀着感激的心情回想起海因莱因对他的指导："海因莱因教我懂得何以为人。"[3]

海因莱因无疑是来日文学社的主角。收到《爆炸总会发生》的稿费后，他还清了贷款，打算少写一些小说。因此，坎贝尔对波尔叹息道："鲍勃·海因莱因的问题[4]就是他不写小说也行。"当海因莱因提到可能要去纽约时，坎贝尔说他会重新安排休假时间[5]，这样他们就能见面了。海因莱因和莱斯琳利用他的中篇小说《魔法公司》（Magic, Inc.）所得的稿酬，开车穿越美国，于1940年5月18日抵达纽约。

---

[1] 参见坎贝尔写给海因莱因的信，1940年1月15日。——原注
[2] 参见海因莱因写给坎贝尔的信，1940年1月20日。——原注
[3] 参见韦勒（Weller）《布拉德伯里纪事》（The Bradbury Chronicles），第99页。——原注
[4] 参见波尔《未来的样子》，第87页。——原注
[5] 参见坎贝尔写给海因莱因的信，1940年3月5日。——原注

但是坎贝尔并不在纽约。5月19日是个周日,唐娜的母亲因病[1]去世,所以他和唐娜去波士顿了。接下来的一周,他们解决了遗产问题,然后于周五返回纽约,参加了作家弗莱彻·普拉特(Fletcher Pratt)举办的战争游戏。在每周的战役中,参与者根据一套复杂的规则在地板上移动木船。该游戏地点成了科幻作家定期聚会的场所,坎贝尔夫妇就在那里见到了海因莱因夫妇。坎贝尔告诉斯威舍:"海因莱因有点安纳波利斯的仪态[2],他的夫人则天生内敛。不过,他们很快就放松了,两人都非常有意思。"

四人在外面待到凌晨两点——因为唐娜不想独自回家,且他们一见如故。唐娜与母亲的关系很好,后者刚刚去世了。而且唐娜还怀了她和坎贝尔的第三个孩子,这使她比平常更容易接受新朋友。坎贝尔反而对海因莱因的海军故事着迷,后来还邀请海因莱因夫妇到新泽西州共进晚餐,两人讨论了一个并未成文的故事:

> 噱头就是两三代人之前,有一位疯狂的科学家[3]往海洋里撒了一种催化剂,结果形成了一种尚未编号的冰。这种冰比水重,在常温下也很稳定。海洋"冻"结实了,很多人都死了。剩下为数不多的人建立了一种文化,在这种文化中,淡水是半珍贵物品。

这个故事基于当时在科幻界流行的一种观点。该观点最初是由化学

---

[1] 参见坎贝尔写给罗伯特·斯威舍的信,1940年6月12日。——原注
[2] 参见坎贝尔写给罗伯特·斯威舍的信,1940年6月12日。——原注
[3] 参见海因莱因写给坎贝尔的信,1940年11月2日。——原注

家欧文·兰米尔①（Irving Langmuir）提出的。几十年后，库尔特·冯内古特以该观点为前提创作了小说《猫的摇篮》。

有一天晚上，坎贝尔夫妇到海因莱因的朋友约翰·阿维尼（John Arwine）的公寓去参加聚会，海因莱因夫妇当时正好住在那里。莱斯琳端上来一份玉米粉蒸肉派，而唐娜则请海因莱因说一下他的政治信仰。海因莱因还没开口，他们就聊起了别的话题。但是他很重视唐娜的问题，熬夜到凌晨三点将他的回答打了出来。后来，海因莱因告诉唐娜，他之所以花时间把它写出来，是因为"你和约翰属于那一小群人②，我要有你们的认可和理解才会感到开心。"

哈伯德当时也在场。海因莱因因其创作的一部连载小说而对这位比他年轻的作家大为折服，他对坎贝尔说："你给L. 罗恩·哈伯德写信的时候③，请帮我转告他，我认为《物竞天择》属于最接近完美的文学艺术范例，能够读到这部小说是我的荣幸。关于现役职业军人这个人物，他的理解和刻画能力令人吃惊。我一心想知道他是否也是这样一个人，或者他是否是一位观察力异常敏锐的艺术家。"

第一次见面的时候，哈伯德给海因莱因留下的印象就是一个和他有许多相同见解的"红发男孩"："他跟我们完全就是一类人。"④在聚会上，哈伯德和坎贝尔一起讨论出一个情节，但坎贝尔主编最后说道："不，我了解你⑤。一旦你把故事讲出来就完了，你再也不会管它了。"哈伯德决定证明他说错了。那天晚上，从阿维尼的公寓出来后，

---

① 参见斯特兰德（Strand）《冯内古特兄弟》（*The Brothers Vonnegut*），第160页。——原注
② 参见海因莱因写给唐娜·坎贝尔的信，1940年"周日上午"。——原注
③ 参见海因莱因写给坎贝尔的信，1940年5月4日。——原注
④ 参见海因莱因写给约翰·阿维尼的信，1945年1月1日。——原注
⑤ 参见威德《故事大师》，第33页。——原注

他去纽约宾州车站坐火车，在回华盛顿的路上写完了整篇小说——可能是《固执的人》(*One Was Stubborn*)，然后从芝加哥寄出了前半部分，从西雅图寄出了后半部分。

6月2日，海因莱因出席了皇后区科幻联盟的一场会议，还招待了未来派的成员们。不过，阿西莫夫并未参加此次会议，他当时正为大学迷恋对象的离开而闷闷不乐①。一周后，坎贝尔建议海因莱因改写《全部》。这是一篇他尚未发表的小说，讲的是美国被亚洲某个帝国征服的故事。这篇小说不适合放到海因莱因的未来史系列中，所以坎贝尔建议他使用笔名安森·麦克唐纳（Anson MacDonald）——部分采用莱斯琳的娘家姓，正如坎贝尔主编曾经用唐·A.斯图尔特的笔名进行创作一样。

海因莱因同意了，还送给坎贝尔一本《献给生存者》。6月14日，他和莱斯琳离开了纽约。才几周的时间，他们就跟坎贝尔夫妇建立了一种强有力的联系，双方都觉得他们之间进行了意义重大的交流。许久之后，唐娜在给海因莱因夫妇的信中写道："我们两家见面的时间②如此短暂，但不管是作为个人还是夫妻两人，我们都对你们有非常强烈的感觉，这是为什么呢？究竟是怎么回事呢？"

1940年8月23日上午，独自在家的唐娜羊水破了③。当时，她已经怀孕七个月了。他们最近才搬到新泽西州斯科奇普莱恩斯（Scotch Plains）的住宅开发区枫山农场④（Maple Hill Farms）。这是他们买的第一栋房

---

① 参见阿西莫夫《记忆犹新》，第267页。——原注
② 参见唐娜·坎贝尔写给海因莱因的信，1941年12月13日。——原注
③ 参见唐娜·坎贝尔写给海因莱因的信，1940年9月11日。——原注
④ 他们的邮寄地址是新泽西州韦斯特菲尔德（Westfield）山顶路（Hill Top Road）2065号。1940年7月25日，坎贝尔写信向海因莱因解释道："从法律上来说，我们住在斯科奇普莱恩斯镇，所以要写这个地址才对。可事实是……所有邮件都要寄到韦斯特菲尔德。"

子，从封闭式门廊往上走半层是两间卧室，还有一个地下室。由于坎贝尔的电子爱好，地下室里很快就杂七杂八地堆满了他的用具——他正在改进燃料电池。

搬到这里后的几个月，他们一直都在种植花木、修整家具，准备将家人接过来。但是，他们没有交到任何朋友。坎贝尔在给海因莱因的信中写道："我的性格太冷了[①]……跟我做朋友似乎需要相互尊重、彼此友善，我只能跟有限的几类人建立这种关系……唐娜不适合参加女子桥牌俱乐部（The Ladies Bridge Club），那会令她极为厌烦。在我看来，无论面对何种紧张的氛围，正常人都不会开心，都会感到不舒服。"

坎贝尔可能一直影响着唐娜。唐娜远远比他善于交际，但是当她感觉自己的羊水破了，"吓得要命"[②]时，却没有熟识的邻居可以求助。幸好坎贝尔有一位表亲住在附近，开车将唐娜送到了奥兰治纪念医院（Orange Memorial Hospital）。唐娜在怀孕前得过病——一年前，她做过子宫囊肿手术[③]，然后住了几周院。现在是假临产，他们夫妻都怕孩子会出事。

住院四天后，唐娜还是没有分娩，所以周二被送回家了。周三午夜时分，她感到持续性阵痛。坎贝尔送她去医院时，开车开得非常小心，他们用了40分钟才到医院。一小时后，活跃分娩就开始了。医生给唐娜服用苯巴比妥当麻醉剂，她对这种药产生了异常反应——她的骨盆肌肉完全放松，孩子直接滑了出来。

---

① 参见坎贝尔写给海因莱因和莱斯琳·海因莱因的信，1942年1月8日。——原注
② 参见唐娜·坎贝尔写给海因莱因的信，1940年9月11日。——原注
③ 参见坎贝尔写给罗伯特·斯威舍和弗朗西丝·斯威舍的信，1939年9月9日。——原注

8月29日清晨，菲林达·杜安·坎贝尔（Philinda Duane Campbell），也就是皮迪（Peedee）出生了。她似乎能活下来，但是器官发育不完全，所以要在保育箱里长到五磅重才能出来。医生给了唐娜一个吸奶器，用来每天给孩子吸奶。每次去医院看女儿，他们都得戴上手套。

海因莱因在他的贺信中提到，菲林达的生日跟莱斯琳相同："应该让她当菲林达的保护人[1]或者教母之类的。"坎贝尔在回信中写道，莱斯琳可以当菲林达的仙女教母[2]，希望她能使其鼻子上的诅咒消失，因为这个孩子遗传了他的鼻子。10月末，菲林达终于回家了。坎贝尔告诉海因莱因，唐娜还是很想请他们当菲林达的教父和教母："你们是认真的吗？"[3]

海因莱因说他们确实是认真的，坎贝尔在回信中写道："在我们同辈的朋友中[4]，你们两个是最好的……我们正在尽可能将这些事情安排得实际又合法。"坎贝尔的父亲娶了一个名叫海伦·帕特南（Helen Putnam）的女人，他要求当菲林达的教父，而海因莱因和莱斯琳则排在他后面，结果大家都把菲林达当成自己的教女。坎贝尔写道："你和莱斯琳是那种人[5]，凡是我们可能会有的孩子都想请你们当监护人。"

这些交流说明，他们见面的次数屈指可数，关系却非常紧密。海因莱因改写了《全部》，并更名为《第六纵队》（Sixth Column）。他在这个新版本中阐明了以假宗教的形式反抗亚洲侵略者的原因——"南加

---

[1] 参见海因莱因写给坎贝尔的信，1940年9月14日。——原注
[2] 参见坎贝尔写给海因莱因的信，1940年9月14日。——原注
[3] 参见坎贝尔写给海因莱因的信，1940年10月29日。——原注
[4] 参见坎贝尔写给海因莱因的信，1940年11月6日。——原注
[5] 参见坎贝尔写给海因莱因的信，1940年11月23日。——原注

州会在一夜之间出现六种荒唐的邪教,而这就像其中之一",同时还试图减轻其中的种族主义。海因莱因并没有完全成功,部分是由于他是一位比较有实力的作家。当他塑造的人物提到"我们的斜眼统治者"时,他忍不住赋予他们修辞的活力。

两人很快就开始讨论别的小说。海因莱因寄给坎贝尔主编一份情节列表①,其中有一个讲的是一栋可以折叠成超正方体的房子,还有一个讲的是极端长寿的故事。这两个情节分别写成了《他盖了一所怪房子》(And He Built a Crooked House)和《玛士撒拉之子》。坎贝尔也提出一个创意,讲的是一艘世代星际飞船②的故事——这艘太空船的设计目的是要进行长达几个世纪的太空之旅,结果却忘了自己最初的任务。海因莱因将这个创意写成了经典小说《宇宙》(Universe)。

凯·塔兰特表示怀疑,她认为海因莱因"差劲透了"③,可他却成了最得坎贝尔心的作家。虽然在政治上存在分歧,但他和坎贝尔的共同之处比他或坎贝尔跟其他任何人的共同之处都多。两人都喜欢好论点;莱斯琳和唐娜在他们的事业中所起的作用类似;海因莱因感激坎贝尔对他平等相待,而他完全就是坎贝尔主编想要的那种作家。在由大男孩主宰的科幻界,他们将对方看成大人,而且都相信科幻小说可以改变生活。

但并非只有海因莱因一个人。《惊奇科幻》正在刊载一些具有里程碑意义的作品,比如哈里·贝茨的《告别神主》(Farewell to the Master),后来被改编成《地球停转之日》(The Day the Earth Stood Still)。同时,《未知》也在创作上蓬勃发展。阿瑟·J. 伯克斯提交的

---

① 参见海因莱因写给坎贝尔的信,1940年8月11日。——原注
② 参见坎贝尔写给海因莱因的信,1940年9月20日。——原注
③ 参见帕特森《学习曲线》,第581页。——原注

《上古神》[①]（*The Elder Gods*）没有可读性，但坎贝尔将其改写成了一篇小杰作。同时，他主编的两本杂志也给他带来了全面放纵自我个性的空间[②]。这在关键时刻净化了科幻小说和奇幻小说，如果继续混在同一本杂志中刊载，这两种体裁的发展轨迹可能就会截然不同了。

坎贝尔正在创建自己的研究团队，总是有空间来容纳更多的作家。斯特里特与史密斯出版社财力雄厚，所以他能够在录用后支付最高的稿费，像哈伯德这样受欢迎的作家，每个字的价格给到了一分半。再加上两本杂志的读者都比较成熟，坎贝尔成了最有才、最具创新精神的作家都想选择的主编。纸浆杂志可能是文学中的贫民窟，但在这个封闭的世界中，科幻迷会迅速给出反馈。这种环境使坎贝尔能够调动并测试新的创意，而不会受到多少干扰。

坎贝尔主编想要的是乐于接受挑战的作家，其中有很多都跟他成了朋友。L. 斯普拉格·德坎普也是其中之一，他出生于1907年，毕业于加州理工学院。坎贝尔喜欢德坎普的背景——他是发明和专利法专家，而且两人还有很多共同的兴趣。1938年2月，他们去看了奥森·韦尔斯的著名舞台剧《恺撒大帝》（*Julius Caesar*）。看到演员们穿着现代服装演出，坎贝尔不禁说道："这部剧在某种程度上展现了[③]我想在杂志中所做的事。虽然两千年前的服装与现在迥然不同，但他们的思维方式和行为方式与我们现在并没有什么不同。"

[①] 阿瑟·J. 伯克斯根据坎贝尔提供的详细梗概创作了这篇小说，但是他提交的稿件并不可用。后来，伯克斯威胁说要起诉，所以坎贝尔对其进行了改写，使他得以拿到大部分稿费。参见坎贝尔写给罗伯特·斯威舍的信，1939年3月18日和1939年4月18日。坎贝尔的故事大纲可在哈佛大学霍顿图书馆约翰·W. 坎贝尔作品集《上古神》文件夹中找到。——原注

[②] "《惊奇科幻》需要既合乎逻辑又合乎事实的优秀小说，《未知》需要合乎逻辑的优秀小说。"坎贝尔，转引自潘兴《山丘外的世界》，第294页。——原注

[③] 参见坎贝尔写给罗伯特·斯威舍的信，1938年2月28日。——原注

这次演出还有一点也留在了坎贝尔的脑海中。几个月后，他问德坎普、约翰·克拉克和维利·莱（Willy Ley）——这位火箭专家兼科学作家最近刚从纳粹德国逃到美国：如果置身古罗马，他们会做什么[①]。坎贝尔原本打算将他们的回答写成一篇社论[②]，德坎普却以此为前提创作出《唯恐黑暗降临》（*Lest Darkness Fall*）在《未知》上发表。这是一篇穿越时空的小说，读起来就像在一厢情愿地歌颂主人公的绝对能力——他会蒸馏白兰地，制造了第一台印刷机，还凭一己之力拯救欧洲，阻止黑暗时代的到来。

莱斯特·德尔雷伊也是坎贝尔的重要门生，他身材矮小，还戴眼镜。第一次见面时，坎贝尔是这样对他说的："你跟我想象的完全不一样。"[③]德尔雷伊起初是一位忠实的科幻迷，但是不像阿西莫夫，他第一次投稿就卖出去了。当时，他22岁，在女朋友的刺激下完成了首次投稿[④]。坎贝尔希望德尔雷伊继续创作，所以他又写了机器人爱情小说《海伦》（*Helen O'Loy*）和《无力回天》（*The Day is Done*）。《无力回天》改编自坎贝尔主编的创意：尼安德特人死于心碎[⑤]。后来，德尔雷伊因缺钱而无力创作。作为摄影爱好者，坎贝尔出钱请他扩印照片[⑥]。

德尔雷伊的杰作是《神经》（*Nerves*），这是一篇关于核事故的惊悚小说。坎贝尔主编推销的"不仅是这篇小说的创意[⑦]，还有其中的观

[①] 参见坎贝尔写给罗伯特·斯威舍的信，1938年7月28日。——原注
[②] 参见哈佛大学霍顿图书馆约翰·W.坎贝尔作品集《未命名》文件夹。——原注
[③] 参见德尔雷伊《德尔雷伊早期作品》，第147页。——原注
[④] 参见德尔雷伊《德尔雷伊早期作品》，第6页。——原注
[⑤] 参见德尔雷伊《德尔雷伊早期作品》，第27页。——原注
[⑥] 参见坎贝尔写给罗伯特·斯威舍的信，1941年3月3日。——原注
[⑦] 莱斯特·德尔雷伊，载于《轨迹》，1971年7月12日，第2页。——原注

点和创作手法"。像《唯恐黑暗降临》一样,《神经》也表明坎贝尔希望塑造一种新型主人公——一位英雄,拥有工程师的敏感性,面临只有科学才能解决的难题。这种人物后来被称为"能人"。几十年后,海因莱因写过这样一段令人难忘的文字:

> 人应该能够换尿布①、制订侵略计划、宰猪、驶船、设计建筑、创作十四行诗、算账、砌墙、接骨、安慰垂死之人、接受命令、下命令、与人合作、单独行动、解方程、分析新问题、扬粪、编制电脑程序、烹饪美味佳肴、有效作战、英勇牺牲。不能像昆虫,只有一项专长。

接下来就是超人,这种智慧超群的人可能会通过变异从人类内部诞生。坎贝尔开始努力"找人创作新型超人小说"②。

他从一个不太可能的方向找到了答案。如果说海因莱因是坎贝尔一直希望找到的作家,A. E. 范沃格特则给坎贝尔带来他以前并不知道自己想要的东西。范沃格特是加拿大人,出生于1912年。《有谁去那里》发表后,他站在报摊旁读完这篇小说的一半内容③,从中受到很大激励。他有很多幻想情节都是根据自己的梦创作出来的。当年那些小说可能大部分都是海因莱因的作品,此人似乎有无限的才能——而范沃格特则是无与伦比的小说家。

其巅峰之作是《斯兰》(*Slan*),这篇引起轰动的小说于1939年9

---

① 参见海因莱因《幕间休息:拉撒路·龙的笔记本内容摘录》,载于《时间足够你爱》。——原注
② 参见坎贝尔写给克利福德·西马克的信,1953年6月18日。——原注
③ 参见潘兴《山丘外的世界》,第455页。——原注

月开始连载。坎贝尔曾经说过,要想使超人可信①,只有两种方法:要么别将他搬上舞台,要么就展现他拥有超能力之前的样子。范沃格特采用的是后一种方法,虚构了一个拥有心灵感应能力的变异年轻人,也就是斯兰——有人正在追捕屠戮他的种族,这样的情节旨在让读者想起犹太人的处境。读者们欣然接受了这篇小说,他们自视为遭到迫害的天才,从而产生了一个广为流传的口号:"科幻迷即斯兰。"②

很快就有作家相继效仿。1939年年末,坎贝尔在一周内买下了莉·布拉克特(Leigh Brackett)的两篇稿件。布拉克特22岁时,她的第一篇作品得到录用。她后来回忆道:"不管接下来会发生什么③,每位作家卖出第一篇小说的日子都是其一生中难忘的日子。因为在那天,他可以不再说'我希望成为……',改为说'我是……'。约翰·坎贝尔给我带来了这样的日子。我将永远心存感激。"后来,布拉克特对自己早年得志表示意外:"那些小说并不太好。"④但是在坎贝尔眼中,她无疑是一个重大发现。坎贝尔显然还非常高兴地纠正过一位读者:"是莉·布拉克特⑤,不是利·布拉克特。"

布拉克特住在加利福尼亚州威尼斯。加入来日文学社后,她经常参加海因莱因夫妇主持的聚会,还跟十几岁的雷·布拉德伯里成了密友。她会跟布拉德伯里一起躺在海滩上,看他写的草稿。布拉克特有一

---

① 参见坎贝尔写给克利福德·西马克的信,1953年6月18日。——原注
② 参见沃纳《忆往昔》,第42页。——原注
③ 莉·布拉克特,载于《轨迹》,1971年7月22日。——原注
④ 参见戴夫·特鲁斯代尔和保罗·麦圭尔三世对莉·布拉克特的采访,1976年4月。https://www.tangenton line.com/interviews-columnsmenu-166/1270-classic-leigh-brackett-a-edmond-hamilton-interview(2017年12月引用)。——原注
⑤ 参见坎贝尔编"基本实情"栏目,载于《惊奇科幻》,1940年7月,第155页。——原注

种罕见的能力，可以将西部小说和战争小说等体裁的套路转化成科幻小说。但是她缺乏科学背景，所以感到不安。有一次，坎贝尔"非常恶毒地"①退回了布拉克特写的一篇小说。然后，她就转向别的市场，开始了成功的小说家和编剧职业生涯。其巅峰之作是在几十年后问世的《帝国反击战》。

坎贝尔根据每位作家的长处分别将他们引向《惊奇科幻》或《未知》，而西奥多·斯特金在这两个圈子里都得心应手。斯特金生于1918年，他对坎贝尔主编给作家们提出的挑战很着迷，其中包括"请写一篇关于一种生物的小说②，这种生物可以像人一样思考，但是长得不像人"。后来，他说坎贝尔是"我最好的朋友，也是我最大的敌人"③，因为这位主编将他称作评论家眼中的科幻作家。但是他坚持到底了："我欠他的比欠世界上任何一个人都多④。"《微观宇宙之神》（*Microcosmic God*）是斯特金最好的作品，可能也是坎贝尔在担任主编期间刊载的最引人入胜的一篇小说。该小说于1941年4月发表，主人公是一位名叫基德尔（Kidder）的生物化学家，就像伪装得不够巧妙的坎贝尔本人：

---

① 参见戴夫·特鲁斯代尔和保罗·麦圭尔三世对莉·布拉克特的采访，1976 年 4 月。https://www.tangentonline.com/interviews-columnsmenu-166/1270-classic-leigh-brackett-a-edmond-hamilton-interview（2017 年 12 月引用）。——原注
② 参见斯特金《路边野餐》（*Roadside Picnic*）引言。某些版本中还有"或者优于人类"，但坎贝尔主编不喜欢优于人类的外星人，所以他是不可能这么说的。——原注
③ 参见西奥多·斯特金的采访，载于普拉特《梦想家》第二卷，第 75 页。——原注
④ 参见西奥多·斯特金的演讲，密歇根州罗穆卢斯（Romulus）第三次秘密会议（Conclave Ⅲ）"约翰·W. 坎贝尔"讨论组，1978 年 11 月 4 日，录音由科幻口述历史协会档案室（the SFOHA Archives）提供。——原注

他总是问个不停，也不管对方是否会感到尴尬……如果对方有知识，他就打破砂锅问到底，令其感到窒息。如果他已经掌握了对方拥有的知识，他就反复问："你怎么知道？"

由于科学研究进展缓慢，基德尔感到挫败，所以就在他的实验室里创造了一种文明。该文明中都是微小的生物，其生活节奏和思考速度比人类快数百倍。基德尔假装成他们的神，给他们制造难题，他们只用200天的时间就复制了所有已知的科学，随后做出了史无前例的发现。

这篇小说完全就是暗喻《惊奇科幻》。坎贝尔将之看作一种时间绑定——作家和科幻迷逐渐加强合作，以惊人的速度形成创意。坎贝尔鼓励他手下的作家展开竞争，甚至在聚会中分发手稿供人阅读。他的终极目标是要在杂志和读者中创造一种人——可能会给未来的超人铺平道路的能人。坎贝尔在吸引读者的同时也在教他们思考未来。

其中的赌注很快就会显得巨大。坎贝尔始终想着欧洲的战争——他妹妹劳拉上过斯沃斯莫尔学院（Swarthmore College），巴黎沦陷时[1]，她正跟丈夫在那里的美国大使馆工作。这种情况也影响到纸浆杂志，他们剩余的杂志[2]有很多都在英格兰卖掉了，那些杂志是作为货船的压舱物运过去的。这个收入来源没了，出版商还无法讨回现有的债务。销量下降，《惊奇科幻》的发行量也减到了[3]五万份左右。

但是坎贝尔在展望下一个阶段，他觉得科幻小说将会在其中起关键

---

[1] 参见坎贝尔写给罗伯特·斯威舍的信，1940年9月30日。——原注
[2] 参见莫斯科维茨《明日探求者》，第125页。——原注
[3] 参见坎贝尔写给罗伯特·斯威舍的信，1940年3月6日。——原注

作用。他写道，从机械化在冲突中所起的作用来看，纳粹肯定是"科幻迷"①："机器人之战已经打响。"②坎贝尔在他于德国入侵波兰后发表的第一篇社论中写道："铀原子中锁着超乎想象的巨大能量。在欧洲内战结束前，我们是否可以期待③这些能量的释放根本不会达到有用的规模？"

---

① 参见坎贝尔《征集：瞬时计》（*Wanted: A Chronoscope*），载于《惊奇科幻》，1940年8月，第6页。——原注
② 同上。
③ 参见坎贝尔编"未来"栏目，载于《惊奇科幻》，1939年11月，第78页。——原注

第 6 节　未来（1939—1941）

> 1939 年和 1940 年[①]，为了缓和情感冲击，我故意晚一个月再看《时代周刊》杂志上的战争新闻，不然我根本无法专心写小说。我很难做到情感抽离，所以每当某种情况超出我的掌控时，我就想方设法避免这种情况对我造成过大的情感冲击。
> ——摘自罗伯特·A.海因莱因写给约翰·W.坎贝尔的一封信

早在1940年，哈伯德就决定去阿拉斯加州。他在纸浆杂志中属于收入最高的作家——他创作的《睡眠的奴隶》卖给了《未知》，成为这本杂志短暂的历史中稿酬最高的小说[②]。他经常向坎贝尔投稿，既用自己的本名也用勒内·拉斐特（René Lafayette）、库尔特·冯雷切恩（Kurt von Rachen）和弗雷德里克·恩格尔哈特（Frederick Engelhardt）等笔名。坎贝尔的市场很可靠，所以哈伯德非常乐意采用这位主编的创意。不过，他自己也有些期望是写作生活无法满足的。

哈伯德往返于华盛顿州南科尔比和纽约。夏天的时候，他会去南科尔比；同时他又在纽约的环河路（Riverside Drive）上租了一套过冬的公寓，在那里安排了一个打字的小角落，用帘子和蓝色的电灯泡减少纸上的反光。他对科幻小说还是不太上心，但是喜欢奇幻小说。虽然关注者

[①] 参见海因莱因写给坎贝尔的信，1941 年 12 月 21 日。——原注
[②] 参见坎贝尔写给哈伯德的信，1939 年 3 月 21 日。——原注

众多,但是他极少与科幻迷联系,因为那些人跟他没什么共同点,也不能立刻帮上他什么忙。

哈伯德对扩展自己的职业圈更感兴趣。在坎贝尔的邀请下,他经常去弗莱彻·普拉特的公寓,成了那些战争游戏的固定玩家。坎贝尔主编在给他的信中写道:"你很可能会对那些战争游戏感兴趣,如果是这样的话①,大家可能会张开双臂欢迎你的加入。"在这些每周都举行的聚会中,哈伯德结识了约翰·克拉克和德坎普,还跟他们打过扑克。他即兴表演的伏都教鼓曲②给众人留下了深刻的印象。当时,他用力地击打出节奏,双手都发青发肿了。

哈伯德投给《惊奇科幻》的作品已经有了固定的模式,在几种体裁中交替轮换:有时是幽默的奇幻小说,有时是背景在表面上颇具未来主义的战争或冒险故事,有时像太空歌剧却又具有可以预见的转折。这些作品的质量都因他对科学毫无兴趣而大打折扣。哈伯德为自己凭空编造了一种有趣的形象,他看透了坎贝尔标榜的能人,塑造了很多明显无能的主人公,连奉上一位比较传统的主角时都带着一丝轻蔑。

不过,哈伯德投给《未知》的小说就有趣得多了。他在《极境冒险》中建立了一种基本公式,那是由于他对英国探险家、间谍及学者理查德·弗朗西斯·伯顿爵士③(Sir Richard Francis Burton)很着迷。在所有历史人物中,此人最接近哈伯德想成为的那种人,所以他经常提及此

---

① 参见坎贝尔写给哈伯德的信,1939年6月26日。——原注
② 参见哈伯德于1940年3月10日写的一封信,转载于哈伯德《文学信函》,第136—137页。——原注
③ 在《睡眠的奴隶》(《未知》,1939年7月)中,哈伯德建议这位读者去纽约公共图书馆(New York Public Library)寻找伯顿翻译的《天方夜谭》,而《食尸鬼》(*The Ghoul*)(《未知》,1939年8月)的故事则发生在虚构的伯顿酒店(Hotel Burton)。——原注

人的名字。坎贝尔鼓励他发挥自己的长处:"我相信你确实很喜欢奇幻小说①,你乐在其中。你在奇幻小说上的天赋几乎比其他任何类型小说上的都大……所以我将《天方夜谭》系列全部留给你来写。"

关于将来会发生的事情,偶尔会有些暗示。哈伯德的笔名勒内·拉斐特出现在两篇小说中,其身份是一位精神病学家。《固执的人》描述的是一位邪教领袖计划使他的信徒相信世界只存在于大脑中,从而达到统治世界的目的,这隐隐反映了作者哈伯德在后来所从事的事业。《难消化的特里同》(*The Indigestible Triton*)则反映了一个坎贝尔越来越感兴趣的问题:"精神病学只成功治愈了一小部分已知的心理疾病,这个事实在某种程度上表明精神病学尚不能跻身科学之列。"

有时,哈伯德会对坎贝尔感到厌烦。在一篇名为《如何把作家逼疯》(*How to Drive a Writer Crazy*)的文章中,他列举了主编的哪些做法会激怒其手下的作家:"当他开始构思故事大纲时②,要立刻拿几篇类似的小说给他看,还要告诉他三个不同的情节……如果一位主编向某位作家表明他在某个领域的知识广博——尤其在那些什么都不知道的问题上,那位作家通常会被吓到精神瘫痪。"不过,两人的关系依然密切。1939年,坎贝尔夫妇邀请哈伯德到他们家过感恩节③。哈伯德很喜欢唐娜,因为她能"缓和气氛"④,还能让他放声大笑⑤。

哈伯德的小说对阿西莫夫和雷·布拉德伯里等科幻迷很有吸引

---

① 参见坎贝尔写给哈伯德的信,1939年1月23日。——原注
② 参见哈伯德《如何把作家逼疯》,转载于哈伯德《作家:通俗小说的形成》,第101—103页。——原注
③ 参见坎贝尔写给罗伯特·斯威舍的信,1939年11月11日。——原注
④ 参见哈伯德《科幻小说导论》,转载于哈伯德《作家:通俗小说的形成》,第151页。——原注
⑤ 参见唐娜·坎贝尔写给弗朗西丝·斯威舍的信,1939年12月14日。——原注

力,但是大部分都难以让人记住。不过也有几篇例外:《死亡代理人》(Death's Deputy)可能是他写得最好的小说,这是他和坎贝尔几次交谈的产物,讲的是"一个人非常不情愿地为毁灭之神充当司祭①"的故事;《物竞天择》②是一篇后核时代的战争小说,给海因莱因留下了深刻的印象;《恐惧》是一篇纯恐怖小说,是在坎贝尔主编家烤牛排的时候构思出来的③。布拉德伯里称《恐惧》"在我的人生中具有里程碑意义④",他对这篇小说非常感兴趣,私下里还将其录成了一部剧⑤。

这三篇小说相继发表,前后相隔不超过六个月,全都得益于哈伯德额外用了点心。哈伯德的创作速度越来越慢,部分是由于他在寻找施展才能的新领域。与海因莱因不同的是,他并不将纸浆杂志看成一种教育工具——因为掌舵人还是坎贝尔,这些小说的读者并不是他想要吸引的人。哈伯德心中有一个更大的舞台。欧洲爆发战争当天,他在给美国陆军部的信中写道:"我希望尽我所能为政府服务⑥。"结果,他的请求并未得到答复。

哈伯德渴望突破自己的局限,他将注意力转向了探险俱乐部(The Explorers Club)。这个社团位于东70街(East Seventieth Street),其创立是为了推进探险事业。哈伯德想成为公认的探险家。他的加勒比海和

---

① 参见哈伯德于1939年9月14日写的一封信,转载于哈伯德《文学信函》,第123页。——原注
② 这篇小说据说含有军国主义或法西斯主义主题,引得读者在"基本实情"中展开了一场辩论,特别是那些支持共产主义的读者。参见卡特(Carter)《创造明天》(The Creation of Tomorrow),第237-240页。——原注
③ 参见哈伯德《作家:通俗小说的形成》,第114页。——原注
④ 参见威德《故事大师》,第84页。——原注
⑤ 参见福里斯特·J.阿克曼对《恐惧》和《太空打字员》的评论,载于《惊奇科幻》,1951年8月,第143页。——原注
⑥ 参见米勒《裸面弥赛亚》,第87页。——原注

波多黎各之行并不起眼,但他还是在1939年12月凭这些经历得到了会员资格推荐。次年2月,他被接纳为探险俱乐部会员,这是一件让他余生都引以为傲的事。

1940年,哈伯德开始为远航做准备。他已经用《鹿皮军》的预付款买下了魔术师号(Magician),将要首次挂起探险俱乐部的旗帜,驾驶这艘船从华盛顿到阿拉斯加州。据说,此行是为了更新航海指南,同时测试无线电和摄像装置的新型号。哈伯德也以此为借口,免费为自己的船配置设备,给制造商写信时用的是俱乐部专用信纸。

这可能也是哈伯德最后一次努力挽救他和波莉的关系。大约就是在这个时候,哈伯德的儿子尼布斯有一天晚上被尖叫声惊醒[1]。六岁的尼布斯偷偷朝父母的房间里看,结果发现母亲躺在床上,而父亲正坐在她身上,手里还拿着一个扭曲的衣架。尼布斯又回去睡觉了,第二天在垃圾桶里发现一件染有血迹的床单。后来,哈伯德说波莉在他们结婚后"流过五次产"[2]。

7月,哈伯德向坎贝尔提交了几篇小说,把孩子们交给他的姨母照顾,然后就带着波莉从育空港(Yukon Harbor)启航了。在后来关于此行的描述中,波莉被称为"甲板水手"[3]。第二天,他们的发动机在一场大雾中出了故障,而且又是在卑诗省(British Columbia)附近的海面上。最后在8月30日,他们到了地处阿拉斯加州狭长地带的渔村社区凯奇坎(Ketchikan)。此时,发动机的曲轴断了。哈伯德在他的航行日志

---

[1] 参见科里登(Corydon)《弥赛亚抑或疯子》(*Messiah or Madman·*),第291页;赖特《拨开迷雾》,第84页。——原注
[2] 参见哈伯德《肯定法》。——原注
[3] 参见哈伯德《船长》(*Master Mariner*),第27页。——原注

中写道:"我抛锚把船拴好[1]。虽然在下雨,但是镇上的人还醒着。凯奇坎,我们成功了。我们到了阿拉斯加州,也许明天还要上岸。"他们困在那里好几个月。哈伯德没有钱修魔术师号,只好给包括坎贝尔在内的朋友们写信,还给华盛顿特区的水文局邮寄了胶卷和航海笔记。他和地方广播电台的老板成了朋友,经常在广播中讲述他那些荒诞不经的冒险故事。有一个故事是这样的:据说哈伯德曾经在海上用套索套住一只正在游泳的棕熊[2]。这只棕熊爬到船上,迫使他逃进了船舱里。船自己搁浅后,棕熊吃掉货舱里的鲑鱼,然后就笨拙地离开了。

船一修好,他们就离开了凯奇坎,在圣诞节前不久回到家中。哈伯德习惯性地将这次经历编成了那种精彩的故事,使他显得非同凡响。坎贝尔在《未知》中刊登了他那些旅行的最新消息,说哈伯德遭遇了"小小的海难"[3],还在给斯威舍的信中写道:"罗恩再来东部时,肯定会有人跟他开玩笑。"[4]回到纽约后,哈伯德接到一通电话,对方开口就问:"船长,你喜欢跟熊跳土风舞吗?"[5]在接下来的战争游戏中,克拉克、普拉特和德坎普为他唱了一首讽刺歌曲[6],但这是他喜欢的那种充满感情的玩笑。

哈伯德又开始创作了。他不在的时候,有几篇小说发表了,特别是《太空打字员》(*Typewriter in the Sky*)这篇超小说。他还联系了几位

---

① 参见哈伯德《船长》,第48页。——原注
② 参见哈伯德《可以讲述》(*It Bears Telling*),转载于哈伯德《冒险家/探险家》(*Adventurer/Explorer*),第105–109页。——原注
③ 参见坎贝尔《在远方》(*Of Things Beyond*),载于《未知》,1940年12月,第5页。——原注
④ 参见坎贝尔写给罗伯特·斯威舍的信,1941年1月7日。——原注
⑤ 参见哈伯德《可以讲述》,转载于哈伯德《冒险家/探险家》,第105页。——原注
⑥ 参见坎贝尔写给海因莱因的信,1941年2月19日。——原注

作家，其中包括波尔。在波尔的印象中，哈伯德派头一足①，凡是能听到他说话的人都会被他吸引。不过，还有些让他分心的事就没那么受欢迎了。他在纽约有过一次外遇，对象是一个名叫海伦的女人，此人也对他不忠。从阿拉斯加州回来后不久，哈伯德就发现了这件事。当时，他差点动粗："我拿着一把枪在楼梯上等着②，但就等了一会儿。然后，我说他们是苍蝇。我意识到了自己的身份，接着就离开了。"

无论如何，哈伯德的心都不在写小说上。他相信日本人迟早会袭击美国，所以仍然希望加入海军。他到处请人写推荐信，凡是能找的人都找了。有一位州议员给了哈伯德一张空白的信纸，叫他自己写推荐信。哈伯德照办了，他在这封信的开头写道："这封信推荐的对象③是我认识的最杰出的人之一。"坎贝尔代表哈伯德给海军中校卢修斯·C. 邓恩（Commander Lucius C. Dunn）写了一封信，提到哈伯德会按时写出很好的小说，最后还写道："在私人关系中④，我认为哈伯德非常好，他是一位十足的美国绅士。"

然而，哈伯德并没有通过海军预备役的体检——之前由于眼睛问题，他没能进入安纳波利斯，现在他的视力依旧没有任何提升。此后不久，由于纳粹的崛起，罗斯福总统宣布全国进入紧急状态，视力测试的结果也不予考虑了。1941年7月，哈伯德被委任为海军中尉。有一次，他在坎贝尔的办公室中遇到了唐娜。唐娜说哈伯德为他的蓝金军装感到高兴："他当时很帅⑤。听人们叫他L·罗恩，他很高兴。"

---

① 参见波尔《未来的样子》，第119页。——原注
② 参见哈伯德《肯定法》。——原注
③ 参见米勒《裸面弥赛亚》，第97页。——原注
④ 参见阿塔克《一片蓝天》，第69页。——原注
⑤ 参见唐娜·坎贝尔写给海因莱因的信，1941年11月9日。——原注

哈伯德加入了纽约的一个公关部门，负责征兵，同时也为杂志文章提供创意，但是全都没有发表。他还去了一趟华盛顿特区的水文局，去给他在阿拉斯加州拍的照片作注释。回到纽约后，他开始在海军第三军区（The Third Naval District）受训。哈伯德认为自己要去菲律宾群岛，他知道那里要开战了，所以要准备参战。

哈伯德从阿拉斯加州回到纽约时，他在坎贝尔的圈子里无疑位列最有价值的作家。坎贝尔主编在给海因莱因的信中写道："业内大约有五位始终如一的成人内容科幻作家[1]：德坎普、海因莱因、哈伯德、范沃格特，还有德尔雷伊，他只要努力一点，就能跻身此列。"值得注意的是，坎贝尔并没有提到阿西莫夫的名字。但是他在杂志上的隐隐赞美之词中总结了他对自己手下这位最年轻的作家的态度："阿西莫夫属于那种作家[2]，他要长时间地埋头创作才能写出自己的小说，等到他喘息休憩时，便会拿出有价值的作品。"

阿西莫夫跟坎贝尔发现的许多作家只有很少的相似之处，坎贝尔觉得大部分作家都没有"努力提升自己"[3]。阿西莫夫认为自己并不是什么能人，他只是想在杂志中发表作品，可是连这个愿望似乎都经常遥不可及。在《潮流》之后，坎贝尔主编退回了他接下来提交的两篇小说，其中第二篇小说《朝圣》（Pilgrimage）是过了整整一个月才退回的。后来，阿西莫夫得知，坎贝尔当时一直在等海因莱因的《如果这样下去》，因为他不想同时刊登两篇宗教主题过于接近的作品。如果有一篇

---

[1] 参见坎贝尔写给海因莱因的信，1941 年 2 月 13 日。——原注
[2] 参见坎贝尔编"基本实情"栏目，载于《惊奇科幻》，1940 年 11 月，第 115 页。——原注
[3] 参见坎贝尔《邀请》（Invitation），载于《惊奇科幻》，1941 年 2 月，第 6 页。——原注

是杰作，他就将另一篇退回去。

又几次被退稿后，阿西莫夫有三个月什么都没写，因战争和学校里的麻烦事而意志消沉。1939年7月，哥伦比亚大学拒绝了阿西莫夫的研究生申请，因为他没有物理化学这门必修课的成绩。但是阿西莫夫无论如何都想注册，结果差点被系主任——诺贝尔奖得主哈罗德·尤里（Harold Urey）从大楼里赶出来。阿西莫夫最终找到一个可以让他注册的漏洞。虽然并不确定自己是否想要当医生，但他还是悄悄申请了医学院。

他跟未来派的关系依然很密切，但他们的生活越来越不同。他的朋友大部分都是失业者，想要在杂志中发表作品却没有成功。有几位搬到了贝德福德大道（Bedford Avenue）上的一栋公寓里，此地后来被称为象牙塔（Ivory Tower）。未来派成员也开始到阿西莫夫家的糖果店转悠。出人意料的是，阿西莫夫的母亲很喜欢波尔[①]。为了鼓励阿西莫夫，波尔从他手上买下了几篇被坎贝尔退回的小说。12月，阿西莫夫想出了一个故事前提：地球具备了航天能力后，有人建议地球加入银河联邦（The Galactic Federation），但是遭到拒绝。出人意料的是，坎贝尔竟然很喜欢这个故事。他随意地假设欧洲人优于其他种族，所以在创作出的小说中，人类要优于外星人。阿西莫夫的创意完全符合这个主题。

1940年1月4日，阿西莫夫来送《金乌人》（*Homo Sol*）的稿子。他在坎贝尔的办公室里遇到了斯特金、维利·莱和哈伯德，这是他第一次见到这三位作家。看到气宇轩昂的哈伯德，阿西莫夫颇感意外，因为哈伯德塑造的小说主人公大多数都是弱小之人。结果，阿西莫夫脱口而出："你一点都不像你写的那些小说。"[②]

[①] "她对你的喜爱之情最近都过度了（原本就够喜欢你了）。"参见阿西莫夫写给弗雷德里克·波尔的信，1939 年 11 月 29 日。——原注
[②] 参见阿西莫夫《记忆犹新》，第 262 页。——原注

哈伯德似乎被这位比他年轻的作家逗乐了:"此话何来?我的小说怎么样?"

"好极了。"阿西莫夫如此说道。在场的人全都笑了起来,阿西莫夫笨拙地解释他并不是说哈伯德不好。离开的时候,他还在为这次偶遇感到尴尬。

坎贝尔最终买下了《金乌人》,但是阿西莫夫却在续写的时候遇到了困难。他完成的续篇中没有人类卓越的主题,所以坎贝尔主编并没有买下这篇小说。阿西莫夫在给《惊奇科幻》杂志的一封信中写道:"我发现当坎贝尔主编要对我那些废话连篇的所谓小说发表意见时,他脸上会露出那种恶魔般的表情[1]。"不过,这显然让他感到困扰。当坎贝尔赞扬其他作家的作品时,阿西莫夫的脸就会沉下来。此时,这位主编就会轻声说:"阿西莫夫,你觉得[2]我喜欢他的小说会妨碍我喜欢你的作品吗?"

《金乌人》在杂志上发表的版本也让阿西莫夫感到不快。坎贝尔在其中插入了一段新的讲话[3]和一个结尾,但阿西莫夫并不喜欢这位主编添加的内容。他在之前已经不情愿地加了一段对比非洲人、亚洲人和欧洲人不同反应的内容,因为坎贝尔对群众心理感兴趣,这个主题在《惊奇科幻》中占重要地位。坎贝尔在《如果这样下去》的编者按中写道:

> 罗伯特·海因莱因……提出一种文明[4],在这种文明中,

---

[1] 参见阿西莫夫写给《惊奇科幻》的信,载于《惊奇科幻》,1940年4月,第159页。——原注
[2] 参见阿西莫夫《阿西莫夫论科幻》,第196页。——原注
[3] 参见佩特鲁什(Patrouch)《艾萨克·阿西莫夫的科幻小说》(The Science Fiction of Isaac Asimov),第16页。——原注
[4] 参见坎贝尔《现在还不是科学》(The Science Fiction of Isaac Asimov),载于《惊奇科幻》,1940年2月,第164页。——原注

群众心理学和宣传已经成了科学，但在现实中还不是……如果一位训练有素的心理学家说"没有人知道一个人会对给定的刺激做出怎样的反应"，如果他必须这样说，那么心理学就不算是一门科学。但是如果发展得当的话，心理学是可以找出那个答案的。

坎贝尔患有复发性恐慌症①，还为此去看了心理医生，所以他渴望探索这个学科。由于原子能的开发，他们又可以写发明核能的故事了，而且需要一种新型探索故事。他退出广阔的银河系，专注于心理和社会，读者们也察觉了这一点。1940年年末，一位名叫林恩·布里奇斯（Lynn Bridges）的科幻迷在一封有先见之明的信中写道：

> 《惊奇科幻》在过去的一年中②发表了一种新型小说，最佳说法可能是"社会"科幻小说……阿西莫夫的《金乌人》和海因莱因都将心理学当成一门精密科学，可以用在公式里，也有确定的结果。我觉得有必要提出抗议。由于其本身的性质，心理学根本无法达到数学的精确性。

布里奇斯接着表达了他的担忧：如果心理学成为一门真正的科学，可能会成为人类进步终止的标志。针对布里奇斯的担忧，坎贝尔在回信

---

① "据我所知，如果心理医生和精神病医生发现某位患者出现在陆海军的名单上，那么这位患者的咨询内容均应进行汇报。我的医生可能不会这么做，不然的话，我可能很快就会被淘汰了。我猜海军医疗队（The Navy Medical）应该不喜欢病历上有'恐惧综合征'。"参见坎贝尔写给海因莱因的信，1942年7月21日。——原注
② 参见林恩·布里奇斯写给《惊奇科幻》的信，载于《惊奇科幻》，1940年11月，第115–116页。——原注

中写道："不过，心理学可以大大改善①，而不会造成危险的压迫！"

《金乌人》是一个早期的实例，表明坎贝尔喜欢将无谓的心理元素融入小说中，阿西莫夫对此感到不快。坎贝尔还添加了几行文字来阐述地球的作战能力，阿西莫夫认为其中的军国主义基调不合时宜。这段经历给阿西莫夫留下了不好的印象，他决定彻底避开外星人，这个选择将会对他的职业生涯产生重要影响。

那年夏天晚些时候，阿西莫夫第一次去了海边。作为一位作家，他也将到达一个里程碑。波尔为《超科学故事》买下了《罗比》。在他所有的作品中，这是阿西莫夫个人最喜欢的一篇小说。他意识到写机器人的故事可以彻底避开人类和外星人的问题。阿西莫夫想起坎贝尔对宗教主题感兴趣，所以向其推销了一篇关于机器人的故事，这个机器人不相信自己是由人类创造的。坎贝尔很感兴趣。在阿西莫夫离开时，这位主编说道："别忘了，我想看到这篇小说。"②

阿西莫夫感到了压力，他试了四次才找到合适的开篇。后来，他坦白地将自己遇到的问题告诉了坎贝尔，坎贝尔提出了一些有用的建议："阿西莫夫，你在小说的开篇遇到麻烦③，是因为起点不对，几乎可以肯定，你开始得太早了。在小说中找一个比较靠后的点，然后重新开始。"这是坎贝尔主编从自己的亲身经历中发现的规律，他自己的小说中有很多都被他无情地删掉了④原来的开篇。这种做法还真起作用了。阿西莫夫提交了《推理》（*Reason*），其中有两个人物的灵感源自坎贝

---

① 参见坎贝尔编"基本实情"栏目，载于《惊奇科幻》，1940 年 11 月，第 115 页。——原注
② 参见阿西莫夫《记忆犹新》，第 281 页。——原注
③ 同上。
④ 参见哈佛大学霍顿图书馆约翰·W.坎贝尔作品集《黑暗》（*Dark*）、《死语言》（*Dead Language*）和《潘朵拉》文件夹。——原注

尔塑造的彭顿和布莱克①。不出一周,他就收到了这篇小说的稿酬。

还有一个转折点也即将到来。12月23日,阿西莫夫提出要写一个有关读心机器人的续篇。坎贝尔喜欢这个创意。他们反复讨论过后,这位主编说道:"阿西莫夫,在写这篇小说时②,你必须明白机器人需要遵守三大定律:第一,它们不能做任何伤害人类的事情;第二,它们必须在不造成任何伤害的情况下服从命令;第三,它们必须在不造成伤害也不违反命令的情况下保护自己。"

后来经过一些完善,上述定律成了我们所说的机器人三定律,其影响将会不断地出现在阿西莫夫的小说中,出现在其他作家的小说中,出现在机器人学领域中——阿西莫夫在不知不觉中创造了"机器人学"这个词,也出现在人工智能领域中。后来,阿西莫夫想要将此归功于坎贝尔,这位主编却说:"不,阿西莫夫,这三条定律是我从你的小说以及跟你进行的讨论中提炼出来的③。虽然你并没有明确地说出来,但是它们就在那里。"阿西莫夫觉得坎贝尔只是在客气,其实,在他早期写的那些小说中只能看到第一定律的雏形。

机器人三定律也反映了坎贝尔对心理的痴迷。这位主编后来写道,这三条定律是"一个小孩的基本欲望"④,预示着他随后会努力确定人类行为准则。阿西莫夫将机器人三定律比作"世界上许多道德体系"⑤的原则,他对这个问题也很感兴趣。他在《想象》(*The Imaginary*)这

---

① 参见阿西莫夫《黄金时代之前》,第795页。——原注
② 参见阿西莫夫《记忆犹新》,第286页。——原注
③ 参见阿西莫夫《记忆犹新》,第286-287页。——原注
④ 参见坎贝尔写给艾萨·D.里德(Isa D. Reed)的信,1951年7月2日。——原注
⑤ 参见阿西莫夫《证据》(*Evidence*),载于《惊奇科幻》,1946年9月,第121-140页。——原注

篇小说中提出了"数学心理学"的方程,还在写给《惊奇科幻》杂志的一封信中表示,希望它可以使世间少一些希特勒,多一些爱因斯坦①。坎贝尔在回信中写道:"心理学现在不是一门精密科学②,但是可以成为精密科学。"

阿西莫夫的机器人小说《理智》和《骗子》(*Liar!*)相继发表,在读者的眼中成为一个系列。在《骗子》中,机器人心理学家苏珊·卡尔文博士(*Dr. Susan Calvin*)首次亮相。不过,坎贝尔告诫他不要拘泥于一个公式。1941年3月17日,阿西莫夫来拜访坎贝尔,这位主编想要跟他讨论自己构思的一个创意。坎贝尔从拉尔夫·沃尔多·爱默生的一篇文章中选了一句话读给他听:"倘若繁星千年一现,人类必将世代坚信、崇拜并铭记关于上帝之城曾经显现的记忆!"

坎贝尔将手上的书放到一边,然后问道:"阿西莫夫,如果人类在一千年中第一次看到繁星,你觉得会发生什么事?"③

阿西莫夫从来没读过这篇文章④,后来去找也没有找到。他怯怯地回答道:"我不知道。"

"我觉得他们会发疯,"坎贝尔说道,"我想让你就此写一篇小说。"

继《爆炸总会发生》之后,这是坎贝尔主编提出的第二个以人类发疯为主题的情节,直接出自他对心理学的兴趣。坎贝尔以前从来没有给过阿西莫夫创意,所以阿西莫夫不确定这位主编是专门将该创意留给他

---

① 参见阿西莫夫写给《惊奇科幻》的信,载于《惊奇科幻》,1941年1月,第158-159页。——原注
② 参见坎贝尔"基本实情"栏目,载于《惊奇科幻》,1941年1月,第158页。——原注
③ 参见阿西莫夫《记忆犹新》,第295页。——原注
④ 参见阿西莫夫《阿西莫夫早期作品》,第337页。——原注

的,还是只是因为他恰巧是那天最早到其办公室的作家。这感觉就像一个考验。目前,他们用头脑风暴法讨论了其他时候看不见繁星的原因。坎贝尔主编最后说道:"回家去写这篇小说吧。"

两人商定称其为《日暮》,这篇小说很快就完成了。阿西莫夫在日记中写道:"我从未写得如此得心应手过。"[1]他去提交这篇稿件时,坎贝尔要求他做几处修改,还趁机给"骨瘦如柴[2]、脸上长满粉刺,留着小胡子"的阿西莫夫拍了几张照片。新的稿子很快就送来了。当时,维利·莱要在斯科奇普莱恩斯过夜,读过这篇稿件后,他这样说道:"听你跟我说过后[3],我就知道这会是一篇好小说,但是没想到会这么好。"

收到稿酬后,阿西莫夫给坎贝尔打电话说他的稿酬给多了,结果发现坎贝尔给了他一笔奖金。《日暮》在后来会被选为有史以来最优秀的科幻小说之一[4],但是其中的主题——文明周期性衰落、灾难警告得不到重视、基地科学家为即将到来的黑暗时代保存知识——将会在别处得到更充分的发展。在表明人类将会毫无准备地面对自己在宇宙中无足轻重的事实时,这篇小说隐约预测未来可能会出现一种解决方案,尽管最后一句话显得惨淡无望:"漫漫长夜再次来临。"

阿西莫夫每个月都去拜访坎贝尔。8月1日,他在途中决定试着再

---

[1] 参见阿西莫夫《记忆犹新》,第297页。——原注
[2] 参见坎贝尔写给杰伊·凯·克莱因(Jay Kay Klein)的信,1971年5月6日。——原注
[3] 参见阿西莫夫《记忆犹新》,第297页。——原注
[4] 美国科幻作家协会(The Science Fiction Writers of America)在西尔弗伯格的《科幻名人堂第一卷(1929—1964)》(*The Science Fiction Hall of Fame Volume One, 1929—1964*)中将其排在第一位。2012年,在《轨迹》的投票中降至第二名,仅次于丹尼尔·凯斯《献给阿尔吉侬的花束》。http://www.locusmag.com/2012/AllCenturyPollsResults.html(2017年12月引用)。——原注

构思一个故事创意。他随意将手中的吉尔伯特与沙利文（Gilbert and Sullivan）歌词集翻开，看到了喜歌剧《贵族与仙女》①（*Iolanthe*）中的一个场景插图。他的眼睛跳过显得过于娇柔的仙后（Fairy Queen），看向谦逊安静的列兵威利斯（Private Willis），从而想到了士兵和帝国。到坎贝尔的办公室后，阿西莫夫对这位主编说他想要像海因莱因那样写一篇未来史小说，按时间顺序描写银河帝国的瓦解，其灵感源自英国杰出历史学家吉本所著《罗马帝国衰亡史》。

坎贝尔听后感到兴奋不已。两人合作构思出一个故事前提：一个基地的心理历史学家将人类行为研究变成了一门科学，可以准确地预测某个文明在遥远的未来的命运。同时还利用了坎贝尔的另一个兴趣："在我们的讨论中，他觉得②符号逻辑在得到进一步发展后，就能破解人类心理的奥秘，使人类活动变得可以预测。"

坎贝尔主编早就开始沿着这些思路思考了，他的杂志曾经刊载过德坎普所写的一篇文章。这篇文章论述的是从斯宾格勒到汤因比的史学理论③，在欧洲的危机中获得一种新的共鸣。更重要的是，1941年4月16日，也就是在他与阿西莫夫此次会面三个多月之前，杰克·威廉森曾经在给他的信中写道："我对文明的发展和衰落理论很感兴趣④……将这个过程的逻辑高潮放在某个星际文明中应该会很有意思。"

到阿西莫夫推销自己的创意时，威廉森的《反冲》（*Backlash*）已

---

① 阿西莫夫的描述与《W.S. 吉尔伯特的戏剧与诗歌》（*lays and Poems of W. S. Gilbert*）（纽约：兰登书屋，1934年）第272页中 W. S. Gilbert 亲手画的一幅插画相符，他那天带的可能就是这本书。——原注
② 参见弗里德曼（Freedman）《与艾萨克·阿西莫夫的对话》（*Conversations with Isaac Asimov*），第40页。——原注
③ 参见 L. 斯普拉格·德坎普《衰落的科学》（*The Science of Whithering*），载于《惊奇科幻》，1940年7月和8月。——原注
④ 参见杰克·威廉森写给坎贝尔的信，1941年4月16日。——原注

经在报摊上出售近两周了,其中提出"一个科学的香格里拉①在将来是渡过黑暗时代的文化明灯"。后来,此人又在他发表的小说《崩溃》(*Breakdown*)中提到"政治技术理论"②会"使人类文明兴衰的规律成为一门精密科学。"为了更加积极地推行这个概念,坎贝尔决定将威廉森换成阿西莫夫,主要是因为阿西莫夫比威廉森年轻、顺从,而且就住在附近。他做出了选择:"这个主题太大了③,不适合写成短篇小说。"

今生仅此一次,阿西莫夫胸有成竹地回答道:"我想写成中篇小说。"

"也不适合写成中篇小说,"坎贝尔说道,"要写成开放式结局的系列小说。"

这超出了阿西莫夫的预料,他不知说什么好:"什么?"

"短篇小说、中篇小说和连载小说都适合特定的未来史,包括银河第一帝国(The First Galactic Empire)的衰落、随后的封建时期以及银河第二帝国(The Second Galactic Empire)的兴起。"坎贝尔主编建议阿西莫夫再在银河系的对面建立一个秘密基地:"以后可能会用到这个基地④。"最后,他以命令的口吻说道:"我想要你写一个未来史的大纲。回家去写大纲吧。"

阿西莫夫想要照坎贝尔说的去做,但是开始编写大事年表时,他感觉自己被卡住了。所以他把年表撕碎,开始写第一篇小说《基地》,

---

① 参见杰克·威廉森《反冲》,载于《惊奇科幻》,1941年8月,第150页。——原注
② 参见杰克·威廉森《崩溃》,载于《惊奇科幻》,1942年1月,第21页。——原注
③ 参见阿西莫夫《记忆犹新》,第311页。——原注
④ 参见潘兴《山丘外的世界》,第535页。——原注

其故事背景将会设在一个完全由人类占据的银河系，彻底避开外星人的问题。坎贝尔买下了这篇小说，但是没有给奖金，因为这篇小说的吸引力还不如其中一带而过的心理历史学概念。这篇小说的结尾是这样的："这第一次危机的解决方法显而易见。非常明显！"但是阿西莫夫自己都不知道有什么解决方法，而且他还得赶快交一个续篇。

10月27日，两人见面时，坎贝尔一上来就说："我想要那篇《基地》小说。"①这就足以使阿西莫夫原本进展顺利的创作停下来了。阿西莫夫感到绝望，所以跟波尔一起去布鲁克林大桥上散步。波尔提了几个建议，使这个系列得以继续下去。阿西莫夫甚为感激，尽管后来得知，他们之所以去散步，主要是因为波尔的女朋友莱斯利·佩里非常不喜欢他。

阿西莫夫渐渐疏远了未来派。他看腻了那些闹剧，而且跟其他人格格不入，因为他不喝酒，不抽烟，也没有性生活。而他跟同行作家的关系却越来越近，有一次甚至还参加了普拉特的战争游戏。当时，阿西莫夫有三艘驱逐舰，全都被一艘巡洋舰击沉了。然后，他就坐等游戏结束，吃了些花生，还喝了两瓶啤酒。哈伯德当时也在场，但是他根本没有想过要结交阿西莫夫，因为阿西莫夫明显不值得他去花那个时间。

这位年轻的作家心里惦记着别的事情。那年早些时候，坎贝尔告诉他哥伦比亚大学天文物理系所在的普平大楼（Pupin Hall）里有一立方英尺铀，那是阿西莫夫第一次听说核裂变。他对此表示担忧，坎贝尔回道："为什么？如果那些铀爆炸了，你觉得在布鲁克林会更安全吗？"②

---

① 参见阿西莫夫《记忆犹新》，第318页。——原注
② 参见阿西莫夫《记忆犹新》，第300页。——原注

事实上，根本没有爆炸的危险，但这件事还是压在阿西莫夫的心上，因为他刚刚获得了硕士学位。后来，阿西莫夫听了他的老对手哈罗德·尤里教授的一场关于热力学的讲座，尤里哀叹物理系中只有他没做什么有趣的战争工作。阿西莫夫高声说道："尤里教授[①]，您这是什么话？普平大楼里不是有一立方英尺的铀吗？那不是您的研究领域吗？"

尤里的脸涨得通红。最后，他勉强说道："有些人就是话太多了。"

阿西莫夫十分清楚是怎么回事。几个月后，他报名参军。由于他还没有毕业，所以对他的分配推后了。但是在更广阔的世界里，事态正在无情地向前推进。

1941年6月22日，纳粹侵入了俄罗斯。这个消息传来后，坎贝尔跟莱斯特·德尔雷伊争论了[②]四个小时，他坚持认为俄罗斯撑不过六周。然后，在两人乘车去新泽西州时，德尔雷伊惊异地看着坎贝尔对另一位乘客说纳粹毫无胜算。同时，坎贝尔还补充了几点他自己的新见解。他不仅改变了想法，甚至还对他们争论的内容加以改善。

阿西莫夫对入侵事件的反应截然不同。当纳粹攻占斯摩棱斯克地区的消息传来时，他十分清楚留在彼得罗维奇的村民会有什么样的遭遇。在内心深处，阿西莫夫想要相信心理历史学说的希特勒必然会战败[③]，但是如果战争照这个速度发展下去，他又害怕等待自己的只有一个结果，就是英年早逝。德坎普问阿西莫夫何出此言，阿西莫夫只是简单地回答："因为我是犹太人。"[④]

---

① 参见阿西莫夫《记忆犹新》，第300页。——原注
② 莱斯特·德尔雷伊，载于《轨迹》，1971年7月12日，第3页。——原注
③ 参见弗里德曼《与艾萨克·阿西莫夫的对话》，第46页。——原注
④ 参见L.斯普拉格·德坎普《我和艾萨克》，载于《艾萨克·阿西莫夫科幻小说》，1992年11月，第5页。——原注

到1941年，海因莱因即将成为最受尊敬的科幻作家，其高潮是《惊奇科幻》的5月刊中刊登了他创造的未来史的完整年表。对一位作家来说，这是一种史无前例的慷慨行为，同时也是首次暗示他的小说中有一个隐含的主题——在他塑造的未来中，最有能力的人进入太空，然后地球就瓦解了。坎贝尔在一篇"编者按"中对读者写道：

> 大家可能会非常感兴趣①，可以在这种未来中勾勒自己的生命线。我想，我自己的生命线可以延伸到1980年左右，比《道路滚滚向前》和《爆炸总会发生》中的时间久一点。我的孩子们可能会见到《帝国逻辑》（*The Logic of Empire*）中的岁月。

这期《惊奇科幻》中还刊登了海因莱因的《宇宙》，这篇小说的基础是坎贝尔提供的故事前提，讲的是一艘迷失的世代星际飞船。海因莱因原本并不确定自己是不是《宇宙》的合适人选："范沃格特可能会写得更好。"②结果，这篇小说却成了他最受欢迎的作品之一。像《日暮》一样，其中有一个情节开启了初见繁星的心理冲击。

不过，这期《惊奇科幻》中最有趣的小说是海因莱因以安森·麦克唐纳之名发表的一篇作品。在冷战爆发数年前，坎贝尔提出这样一个创意：有一种基于放射性尘埃的超级武器引发了一场毁灭性的军备竞赛。他提议，在转折式的结局中揭露讲述者属于一个因变异而产生的高级新物种③，可海因莱因并不喜欢这样："太容易让人联想到《斯兰》④，

---

① 参见坎贝尔《未来的历史》（*History to Come*），载于《惊奇科幻》，1941年5月，第6页。——原注
② 参见海因莱因写给坎贝尔的信，1940年9月27日。——原注
③ 参见坎贝尔写给海因莱因的信，1940年12月16日。——原注
④ 参见海因莱因写给坎贝尔的信，1940年12月17日。——原注

而且太像从帽子里抓兔子的戏法了。"但是他也没有想出更好的点子。在完成的小说中,结局是创建了一支全球警察部队,他们对这种武器拥有垄断权,实际上劫持了世界其他各国。

读过这篇小说后,坎贝尔说道:"这个故事没有吸引力①,因为解决方法明显是合成的,差强人意。但是如果推介得当的话,这点也能成为小说中最有吸引力的地方。"这是一次巧妙的

约翰·W.坎贝尔,摄于1942年左右,莱斯琳·兰达佐提供

编辑,《差强人意的办法》(*Solution Unsatisfactory*)以这样的按语收尾:"是否有什么办法②能够防御这种不可抗拒的武器,可以保护人类,而不必求助于阿里斯超人(Arisian super-beings)"——阿里斯超人是E.E.史密斯在透镜人故事中塑造的外星人。多年后,这位主编在戴尼提中找到了答案,结果还是要依靠某种超人。

坎贝尔和海因莱因接着开始踌躇满志地创作一篇关于极端长寿的小说,其主人公拉撒路·龙非常有趣,已经200多岁了。海因莱因先把第一部分寄给坎贝尔征求他的意见③,然后再继续往下写。他们在通信中详细地讨论了这篇小说。结果证明,《玛士撒拉之子》可能肤浅,却是

---

① 参见坎贝尔写给海因莱因的信,1940年12月27日。——原注
② 参见坎贝尔《差强人意的办法》注释,载于《惊奇科幻》,1941年5月,第86页。——原注
③ 参见海因莱因写给坎贝尔的信,1941年3月5日。——原注

一篇辞藻华丽的杰作。坎贝尔主编甚至取代莱斯琳成为海因莱因的特别读者。随后的《作茧自缚》(*By His Bootstraps*)充分实现了利用时间旅行悖论的尝试。海因莱因认为这篇小说像"棉花糖"[1],而坎贝尔却很喜欢。

过去一直有个潜在的问题:如果被坎贝尔退稿会怎样?海因莱因曾经说过,他非常重视与坎贝尔的友谊,不想因为工作而失去这份友情:"如果有朝一日你觉得必须[2]开始退回我的稿件,我想尝试一下别的体裁。"在当时,这似乎还是很遥远的事。当坎贝尔主编随口将海因莱因列为他手下最好的作家时,海因莱因很感动:"你为《惊奇科幻》招来的作家那么优秀,而我能被视为其中之一[3],对于我来说是一件十分开心的事。"

坎贝尔对海因莱因的称赞完全是有理由的——虽然科幻体裁在当时依然局限于纸浆小说,但在这个封闭的圈子里,海因莱因是自E. E. 史密斯以来激起最大科幻热情的作家。海因莱因曾作为贵宾出席丹佛召开的第三届世界科幻大会,在一群未来派成员的纠缠下,他在发言中说道:"我和我的夫人[4]几乎凡事都通力合作。虽然她从不在我写的小说上署名,但是有她在,我会写得更好。"一从丹佛回来,海因莱因就提交了《八天创世纪》(*Creation Took Eight Days*)——这篇小说的灵感源自查尔斯·福特对超自然现象的研究。他完全有理由认为坎贝尔照旧会录用他的稿件。

可是在8月21日,坎贝尔给海因莱因寄来了退稿信。这封信异乎寻

---

① 参见海因莱因写给坎贝尔的信,1941年10月4日。——原注
② 参见海因莱因写给坎贝尔的信,1940年11月2日。——原注
③ 参见海因莱因写给坎贝尔的信,1941年2月19日。——原注
④ 参见詹姆斯《莱斯琳记事》,第22页。——原注

常,一副公事公办的语气,称呼用的是"海因莱因先生",而不是常用的"鲍勃",还签上了坎贝尔主编的全名。信内没有写惯常的详细评论,而是简明扼要地指出这篇小说晦涩难懂:"基本问题[①]是缺乏要点;小说没什么特别有力的重点。恐怕根本没有吸引力。"坎贝尔没有进一步细说,虽然这篇小说与埃里克·弗兰克·拉塞尔的《险障》有些类似的地方可能也让他有所顾虑。

收到退稿信后,海因莱因感到一阵懊悔,但是想到不用再写下去了,他心里又如释重负。几天后,海因莱因写信请坎贝尔主编给来日文学社寄一封信——他后来成了来日文学社的"非正式星探"[②]。在信中,他对《日暮》及其作者不吝赞美之词:"看到阿西莫夫登上杂志封面,我们很高兴[③]……你自己也曾是个神童,所以我想你肯定会承认艾萨克目前的作品比你十年前的作品更微妙,更敏感,也更成熟。"

一周后,坎贝尔回信了,他又恢复了好友的语气。坎贝尔说他希望海因莱因不久就能再给他寄一篇小说,还说:"阿西莫夫是我亲自找到的作家之一[④];他有创意,对文字敏感,但是第一次交稿时,他连讣告都写不好。"坎贝尔没有在信中提到封笔的事,所以海因莱因在回信中更为明确地陈述了当时的情况:

> 你貌似认为[⑤]我还在写作。诚然,我没有发表声明说"我今天封笔"。我不能那么做——因为在这种情况下宣布封笔,看起来就像小孩子闹脾气似的。不过,我确定自己要封笔,也

[①] 参见坎贝尔写给海因莱因的信,1941年8月21日。——原注
[②] 参见海因莱因写给坎贝尔的信,1941年8月27日。——原注
[③] 同上。
[④] 参见坎贝尔写给海因莱因的信,1941年9月3日。——原注
[⑤] 参见海因莱因写给坎贝尔的信,1941年9月6日。——原注

清楚具体的时间和原因。几个月前,我给你寄过一封信,信中陈述了我要封笔的意图和原因。你肯定记得吧?

信中散发着自尊心受伤的感觉。海因莱因在写这封信时,肯定也受其所扰。他在信尾软化了威胁的语气,提出可以把写作当成一种业余爱好,有创意了就写:"我在第二页说要封笔,却又在第五页提出写一篇连载小说,这似乎有点可笑。"

坎贝尔在回信中向海因莱因道歉,说那封退稿信是在他得流感的时候写的。他补充说那是由办公室"压力和不安"[①]造成的,同时暗示这篇小说也许还有救。当海因莱因回信说他会偶尔尝试写作时,坎贝尔主编如释重负:"如果你此时突然封笔[②],对《惊奇科幻》的影响差不多就像一颗牙齿刚被拔掉后给舌头留下的感觉一样。"

海因莱因按照坎贝尔主编的要求对那篇稿件做了修改,然后就以《金鱼缸》(*Goldfish Bowl*)为名发表了。这件事看似是一段没有结果的插曲,却标志着一个根本性的转变。在最坏的情况下,海因莱因也只是削减创作量,并没有彻底封笔,但是他将其变成了一种最后通牒。坎贝尔先做出让步的原因跟他没有强迫阿西莫夫使用笔名的原因大同小异——从长远来看,这件事在他心里的重要性比不上其他事情。

实际上,两人因此而站到了平等的地位上。不出几周,他们就开始像以往一样热切地交换想法。海因莱因构思出一篇连载小说,讲的是一个社会利用选择性繁殖来创造超人,但是他拿不准怎么写好。坎贝尔建

---

① 参见坎贝尔写给海因莱因的信,1941 年 9 月 13 日。——原注
② 参见坎贝尔写给海因莱因的信,1941 年 9 月 17 日。——原注

议他写成两种对立哲学之间的冲突,而非纯粹的乌托邦。在这封信中,坎贝尔还惊人地表达了他对海因莱因的赞赏:

> 你对科幻小说的贡献[1]就是直接表达出了我一直依稀摸索的东西——带有感情色彩的个性化科幻小说,而非理性化的科幻小说。你有两大优势——逼真的人物,他们会做出合理的情绪反应;逼真的技术,政治社会文化,他们可以反抗这种文化。

这段文字所承认的内容两人都知道,却从来没有大声说出来过。坎贝尔在寻找那种100年后可以在"通俗"杂志上发表的小说[2],海因莱因完全实现了那些他自己想做却无力完成的事情。

坎贝尔的建议让海因莱因茅塞顿开。他将这篇小说的背景设在一种咄咄逼人的决斗文化中,还为这种文化杜撰了一句有问题的格言:"一个武装起来的社会才是文明的社会。"坎贝尔建议海因莱因[3]到新泽西州来创作这篇小说,但是海因莱因说太迟了,有人请他去圣佩德罗当志愿者,为商船选定路线。这明显是他为了保证自己能随时去参战而找的托词。11月的最后一周,海因莱因给坎贝尔打电话说:"日本似乎打算跟我们开战,如果真开战的话[4],应该就是这个周末了,很可能是周日。"

结果证明,海因莱因说的日子差了几天。他突然十分积极地写完

---

[1] 参见坎贝尔写给海因莱因的信,1941年10月27日。——原注
[2] 参见波尔《未来的样子》,第87-88页。——原注
[3] 参见帕特森《学习曲线》,第292页。——原注
[4] 参见海因莱因写给T.B.比尔(T.B. Buell)的信,1973年10月4日,转引自帕特森《学习曲线》,第292页。——原注

《地平线之外》(Beyond This Horizon),并在12月1日寄了出来。这篇小说中含有"百科全书式综合者"的最早定义——此人能够融合多种学科的知识。唐娜给海因莱因写信说他自己就像这样的人,但是海因莱因表示反对:"我很想成为综合者①,可是我强烈地意识到自己有很多地方都不够好……不要认为我这是在假谦虚;能让我放心说实话的人非常少(不超过六个),而你们两位就在其中。"

《地平线之外》像《失落的遗产》一样令人费解又怪诞,深受莱斯琳影响。她随口提起这篇小说,就好像他们一起写的似的②。如果不是之前有过冲突,坎贝尔可能就不会买下《地平线之外》了,但这篇小说是在他们合作后期来到他的办公桌上的。像哈伯德和阿西莫夫一样,海因莱因也是通过他跟坎贝尔的关系把自己定义为作家。如果后来没有因干扰而暂停创作,这四个人的职业发展可能就会截然不同了。

坎贝尔在给海因莱因的一封信中提到他想在《惊奇科幻》杂志中推出"零概率"(Probability Zero)版块。构成这个新版块的将会是短小的"荒诞故事",它们依赖不可能存在却很有趣的科学:"比如有一篇故事讲的是老爷钟③太老了,钟摆的影子在后面磨出了一个洞。"他希望这个版块能充当新晋作家的切入点,但是需要先找那些比较成熟的作家写几篇稿件把它填上,还请海因莱因把这个消息散布出去④。

坎贝尔也向阿西莫夫邀稿了。阿西莫夫写了两篇小说,但是立刻

---

① 参见海因莱因写给坎贝尔和唐娜·坎贝尔的信,1941年12月21日。——原注
② "你可能还记得《地平线之外》,我们没有你那种悲观的看法。"参见莱斯琳·海因莱因写给福里斯特·J.阿克曼的信,1944年,转引自詹姆斯《莱斯琳记事》,第25页。——原注
③ 参见坎贝尔编"未来"栏目,载于《惊奇科幻》,1942年3月,第76页。——原注
④ 参见坎贝尔写给海因莱因的信,1941年11月24日。——原注

就被退回来了。这让阿西莫夫感到恼火，他决定再试最后一次。没用多长时间，他就写完了《时间猫》(*Time Pussy*)这篇小说。当时刚到下午，阿西莫夫在公寓里打开收音机。他把音量调得很低，以免打扰到正在隔壁房间睡午觉的父亲。就在三点钟之前，音乐突然被切断，换成新闻报道。那是1941年12月7日。

CHAPTER THREE

第三章

侵略者

（1941—1945）

在一场短暂的战争中[1]，发明根本没有时间充分施展它的影响力；而在长期冲突中，创新智慧所起的作用即便不具备最终决定性，也是强大的。我们现在居住的世界如此可恶，但是其中确实有一种安慰元素：美国人是一个具有创新能力的民族，在迫不得已的情况下，这个民族会使自己成为最可怕的敌人。

——摘自约翰·W.坎贝尔主编的《惊奇科幻》1941年1月刊

---

[1] 参见坎贝尔《发明》（Invention），载于《惊奇科幻》，1941年1月，第6页。——原注

第 7 节　怒火中烧（1941—1944）

你说我是你手下最好的作家①，可我也是略显过时但训练有素的枪炮官，就该去装那些略显陈旧的枪炮。我们可以冒险一试，看枪炮的作用是否会比我写的小说大一点。

——摘自罗伯特·A.海因莱因写给约翰·W.坎贝尔的一封信

坎贝尔是从海因莱因打来的电话中听说了珍珠港遇袭的消息。当家里的电话响起时②，他从铃声中听出这是一通长途电话，所以在接电话之前就料到接下来会听到什么了。因此，他对珍珠港遇袭的消息表现得有些无动于衷，以至于海因莱因觉得有必要说一句："要知道，我并不是在开玩笑③。"

听到海因莱因说他和莱斯琳不能来过节了，坎贝尔将电话交给了唐娜。海因莱因夫妇来不了，唐娜很难过；同时，作为一个美国人，她也为珍珠港遇袭的消息而震惊。唐娜说她都分不清这两件事中哪件对她的影响最大了。约翰在第二天也表达了相同的感受。他写道，听说海因莱因夫妇不来了，他"沮丧得要命"④。唐娜也写道："请两位一定要好

---

① 参见海因莱因写给坎贝尔的信，1942 年 1 月 4 日。——原注
② 参见坎贝尔写给海因莱因和莱斯琳·海因莱因的信，1941 年 12 月 8 日。——原注
③ 同上。
④ 同上。

好保重自己①，你们是我女儿唯一的教父和教母，对我们三个来说都是非常珍贵的人。"

海因莱因给坎贝尔所打的电话是他打的第二通电话，第一通打给了圣迭戈的海军人事处，要求回到现役部队。珍珠港遇袭的军舰中有一艘是俄克拉荷马号，哈伯德的父亲在上面担任过副枪炮官，而海因莱因也曾于1927年在上面进行巡航演习。人们曾认为这艘战舰永远都不会沉没，但它却在珍珠港被五颗鱼雷击中，上面有400多人或阵亡或失踪。海因莱因在给坎贝尔的信中写道：

> 珍珠港对我来说并不是地板游戏中的某个点②，因为我去过那里。俄克拉荷马号对我来说并不是六英寸长的木制小模型，而是一个人……瓦胡岛（Oahu）的伤亡名单对我来说并不是报纸上刊登的名字，他们是我的朋友、我的同学。这件事给我带来前所未有的巨大悲痛，给我留下一种出乎意料的个人荣誉丧失感。

海因莱因拥有强烈的爱国主义情怀。当战争爆发时，他为自己当时并非军人而满怀愧疚。他的感情很快就变成了对日本人的"怒火中烧"③："我不只希望他们战败，我想要消灭他们。我要让他们受到至少百倍的惩罚，烧毁他们的城市，搞垮他们的工业，摧毁他们的舰队，最后夺走他们的主权。"海因莱因得过肺结核，手术后在肺部留下了疤

---

① 参见唐娜·坎贝尔写给海因莱因和莱斯琳·海因莱因的信，1941年12月7日。——原注
② 参见海因莱因写给坎贝尔的信，1942年1月4日。——原注
③ 参见海因莱因写给坎贝尔的信，1941年12月9日。——原注

痕，所以他很清楚自己不能出海，但还是渴望在岸上服役。坎贝尔在杂志中写道，安森·麦克唐纳（海因莱因的笔名）"正在太平洋中的某个地方"①，但这只是他一厢情愿的想法。雷·布拉德伯里开玩笑说②，如果有被征兵的危险，他就假装自己是同性恋。海因莱因听后非常生气，有好几年都不愿意跟他说话。

有一个人随时准备上战场，那就是哈伯德，他一直在积极地做准备。在第八大道（Eighth Avenue）的一家雪茄店里，他从一个"流浪汉"③那里听说了轰炸的事，并于12月被派往菲律宾群岛。哈伯德充分利用自己家的海军传统，说他父亲曾经于1939年担任阿斯托里亚号（USS Astoria）巡洋舰的指挥官④（其实是军需官），曾将驻美大使斋藤博的骨灰送回日本。唐娜钦佩万分地在给海因莱因夫妇的信中写道："罗恩可能会以他一贯的风格出现在格陵兰。"⑤

阿西莫夫并没有那么急切。海因莱因、哈伯德和坎贝尔都将这场战争看作他们完成使命的机会——这是可以证明他们与自己在小说中塑造的能人不相上下的重大事件，而阿西莫夫则认为这场战争会使他偏离已经选好的道路。不像那三个人，阿西莫夫很年轻，符合征兵的条件，所以他不用为自己捏造身份。战争爆发后，他自然会被征召入伍。

---

① 参见坎贝尔编"未来"栏目，载于《惊奇科幻》，1942年3月，第76页。——原注
② 参见弗吉尼亚·海因莱因写给小威廉·H.帕特森（William H. Patterson, Jr.）的信，1999年8月15日。还有一种完全不同的说法，参见韦勒《布拉德伯里纪事》，第114-115页。——原注
③ 参见哈伯德《戴尼提奇迹》（*Miracles in Dianetics*），发表于1951年12月12日。——原注
④ 参见坎贝尔写给罗伯特·斯威舍的信，1939年11月；唐娜·坎贝尔写给海因莱因的信，1941年12月13日。——原注
⑤ 参见唐娜·坎贝尔写给海因莱因的信，1941年12月13日。——原注

但阿西莫夫的情绪还是受到了影响。袭击事件发生的第二天,他带着《时间猫》去找坎贝尔,坎贝尔"一点也不热情地"[1]收下了这篇小说。两人见面时,阿西莫夫对坎贝尔主编说他对日本人大为光火[2],连对希特勒的怒气都没了。听到一个俄罗斯犹太人说这种话,坎贝尔隐隐觉得有点好笑。接下来两个月,阿西莫夫什么都没写,大部分时间都在全神贯注地听收音机。

纽约进行防空演习时,坎贝尔在自家地下室里准备了一个防空洞[3],全家人都为战争做好了准备。几年前,他父亲晋升为美国电话电报公司运营工程部的外部设备工程师[4],负责应急物资储备以及防止破坏的准备工作。他妹妹劳拉[5]已经从巴黎回到美国,正准备去找她那在尼日利亚出任外交职务的新丈夫。唐娜则在他们的街区里组织红十字妇女班[6]。

似乎只有坎贝尔还没弄清自己的位置。他在给海因莱因的信中写道:"我现在有点弄不清自己的身份[7]。我的最佳用武之地似乎是宣传部门,但是宣传部门是出了名的人满为患。在我看来,我目前的工作似乎是一种间接的宣传,其用处大概就跟随处可见的站点差不多。"不像海因莱因心里有适合自己的职位,坎贝尔虽然早就思考过自己在战争中

---

[1] 参见阿西莫夫《记忆犹新》,第 323 页。——原注
[2] 参见坎贝尔写给海因莱因的信,1941 年 12 月 17 日。——原注
[3] 同上。
[4] 参见坎贝尔写给罗伯特·斯威舍的信,1941 年 12 月 12 日。老约翰·W. 坎贝尔和莱纳斯·E. 基特里奇(Linus E. Kittredge)创作的文章《贝尔系统中的战时应急储备》(*War Emergency Stocks in the Bell System*),载于《贝尔电话杂志》(*Bell Telephone Magazine*),1943 年 9 月,第 178-187 页。——原注
[5] 参见坎贝尔写给罗伯特·斯威舍的信,1941 年 12 月 12 日。——原注
[6] 参见唐娜·坎贝尔写给海因莱因的信,1942 年 1 月 8 日。——原注
[7] 参见坎贝尔写给海因莱因的信,1941 年 12 月 17 日。——原注

的角色,但是根本没得出什么结论。

起初,海因莱因对坎贝尔的迟疑表示理解。考虑到坎贝尔的年龄和病史,海因莱因也认为坎贝尔不适合去当炮灰,但是他早就想出了一个提议:"我猜你早就想过[①]国家研究项目中会有适合你的位置。虽然你已经好几年都没做过实验室工作了,但那应该是你能发挥最大作用的地方。我听说他们现在人手不足。"

坎贝尔也认为他能做出的最大贡献可能就是当一名研究主管——成为一种百科全书式的综合者。不过,他很清楚自己资历不足,知道自己根本没机会得到这样的职位。除了在先锋仪器公司工作过一段时间,坎贝尔几乎没有任何实验室经验。他在《惊奇科幻》构思创意所利用的技能达不到在军队内管理一个项目的必要条件。

同时,坎贝尔也担心如果他不在的话,《惊奇科幻》和《未知》可能会停刊。海因莱因对此提出了一个不同寻常的建议:"如果你去做研究之类的,对斯特里特与史密斯出版社来说肯定会有点难以接受[②],但是我很久以前就指出过一点,要是让唐娜去当主编的话,她做得不会比你差。在这个非常时期,请一个女佣煮饭做家务,她就能将这两本杂志维持下去,保证高质量,而且还赚钱。"

海因莱因接着提议让莱斯琳和唐娜一起打理这两本杂志。值得注意的是,一直以来两位女士在各自丈夫的职业中扮演着无名角色,海因莱因的提议则是对其作用的一种承认。坎贝尔并没有那么乐观,他在给海因莱因的信中写道:"我怀疑出版社根本不会请唐娜当主编[③]。不然,他们就太糊涂了。她什么都没写过,在业内没有声望,也没有什么

[①] 参见海因莱因写给坎贝尔的信,1941年12月21日。——原注
[②] 同上。
[③] 参见坎贝尔写给海因莱因的信,1941年12月24日。——原注

官方证据能证明她在这方面的能力。我们知道她的能力，但他们可能不知道。"唐娜在这封信的空白处写道："哈！这就是爱的力量。"[①]不过，她也指出，找人看孩子并不像说的那么容易。

一种新的紧张气氛很快出现了。战争爆发后，坎贝尔任命自己为办公室里的常驻专家[②]，拿出地图给同事们讲解当前的局势。在这个过程中，他听到有人批评军队准备不足，其中包括弗莱彻·普拉特。普拉特说"英军中曾经有一位海军上将因玩忽职守而被枪毙[③]，但他的失职程度根本不及"珍珠港守军。坎贝尔将普拉特说的话传给了海因莱因。海因莱因听后非常生气，他说这种言论"很危险，简直是在为敌人提供援助和方便[④]"。

坎贝尔主编没有看出海因莱因的暗示[⑤]，他在回信中重复了同样的观点，还补充了几点自己的看法。对此，海因莱因写了两封措辞强烈的回信，不幸是唐娜先打开的。海因莱因告诉坎贝尔，他写了一封很长的回信来"激励你开始行动"[⑥]，但是并没寄出来。在寄出来的那封信中，措辞力度依旧不减："只要不是你的专长，你就蠢得出奇。"他希望坎贝尔别对正在服役的人说那种话："不要用这种口吻给罗恩写信。罗恩没有受过我所受的教导，他已经上战场了。"

写这封信的时候，海因莱因哭了起来。冷静下来后，他恢复了比较温和的口吻。坎贝尔说他正在考虑储备工厂检查员的职位，海因莱因听

---

① 参见唐娜·坎贝尔在坎贝尔给海因莱因的信中所写的边注，1941年12月24日。——原注
② 参见坎贝尔写给海因莱因的信，1942年1月8日。——原注
③ 参见坎贝尔写给海因莱因的信，1941年12月17日。——原注
④ 参见海因莱因写给坎贝尔的信，1941年12月21日。——原注
⑤ 参见坎贝尔写给海因莱因的信，1941年12月24日。——原注
⑥ 参见海因莱因写给坎贝尔的信，1942年1月4日。——原注

说后很高兴，但是也透露了他在早些时候的疑虑：

> 说实话……我一直有点担心你可能不会全力投入战争，只是继续当《惊奇科幻》和《未知》的主编。不过，你显然和我一样认识到了，只要我们能保持自己的生活方式不被天皇和纳粹那些浑蛋破坏，即便你失去自己的工作，即便我失去自己的小说市场也无所谓。

海因莱因补充道，如果有必要用科幻小说来鼓舞民众士气，可以凑合着用质量较差的纸浆杂志所发表的内容。他最后写道："对了，阿西莫夫想去打仗，你找那个小傻瓜谈谈吧，物理化学硕士可不是炮灰。"

莱斯琳就没这么好说话了，她在一封信中充分展示了自己的智慧，指责坎贝尔不该把普拉特那群人说得就好像他们不是普通百姓一样，还利用强有力的类比来说明自己的观点："约翰，你不知道那是群什么人吗①？那是有组织的科幻迷俱乐部。"她指出坎贝尔绝不会允许某个科幻迷对他管理杂志的方式指手画脚，还提到那群人中实际成为职业作家的人很少，而哈伯德是其中之一。

这是一个无可辩驳的论点，暗指坎贝尔不过就是个"有组织的科学迷"。坎贝尔主编回信致歉，称自己是"笨蛋"②，只会胡言乱语。他还向海因莱因夫妇保证自己做梦都不会对哈伯德说这种话。海因莱因接受了道歉，还说这些书信往来成了他宣泄情感的地方③，他需要这种宣泄。

---

① 参见莱斯琳·海因莱因写给坎贝尔的信，1942年1月4日。——原注
② 参见坎贝尔写给海因莱因的信，1942年1月8日。——原注
③ 参见海因莱因写给坎贝尔的信，1942年1月17日。——原注

海因莱因还有更重要的消息要告诉坎贝尔。他在安纳波利斯结识的海军少校艾伯特·巴迪·斯科尔斯（Albert "Buddy" Scoles）是费城海军飞机厂（Naval Aircraft Factory）（俗称海军工厂/Navy Yard）的材料副总工程师。斯科尔斯是一名科幻迷，他写信问海因莱因《惊奇科幻》是否会有兴趣发表一篇关于军队试图解决那些技术问题的文章。他在附言中补充道："顺便问一下，你想不想回到现役部队[①]，来飞机厂工作？"

虽然是后来才想到的，但这正是海因莱因等待已久的召唤。他回了一张明信片说自己感兴趣，还和斯科尔斯在电话中就此事进行了商谈。然后，海因莱因联系了坎贝尔。他在信中写道，斯科尔斯是为了他的小说才跟他联系的，还说其中可能也有坎贝尔的事："你可能和我的工作有很大关系[②]，可能通过交谈来帮助我，也可能担任与我同级或级别比我高的军官。"

坎贝尔回信说他"极为殷切地"希望海因莱因能达成所愿，更加让他感到宽慰的是，两人没有断绝联系："你上次寄来的两封信让我深感不安[③]，我是真的非常怕自己破坏了一段友谊。对我们自己的安全感来说，这段友谊可能比任何一段友谊都要重要。"唐娜也有这种想法："我就怕[④]……这段对我们来说非常珍贵的友情会彻底破裂。都怪可怜的约翰在不知情的情况下表达了不妥的想法，而且措辞不当。"

海因莱因飞到费城去拜访斯科尔斯，得知如果这份工作落实的话，工作内容就会包括招聘工程师。他推荐了申请加入海军预备役的德坎

---

① 参见巴迪·斯科尔斯写给海因莱因的信，1942年1月14日，转引自帕特森《学习曲线》，第299页。——原注
② 参见海因莱因写给坎贝尔的信，1942年1月17日。——原注
③ 参见坎贝尔写给海因莱因的信，1942年1月22日。——原注
④ 参见唐娜·坎贝尔写给海因莱因的信，1942年1月23日。——原注

普，似乎还想到了阿西莫夫。2月，海因莱因夫妇搬到坎贝尔家住了两个月。莱斯琳想去一家工厂工作，但是她得了胆结石，同时还担心着自己的妹妹基思（Keith）。日军入侵时，基思正好在菲律宾群岛的吕宋岛上。

海因莱因和斯科尔斯、坎贝尔以及德坎普约定在他的朋友约翰·阿维尼的公寓里会面。德坎普迫不及待地想加入他们。坎贝尔的情况则不太明朗。他担心自己无法通过体检，所以决定通过他父亲的一位朋友申请加入国防研究委员会①（National Defense Research Committee）。他不想去海军工厂，仍然希望找到一个他认为更有意义的职位。此外，搬迁也是一个问题。他妻子刚刚难产，而且有两本脆弱的杂志，所以他不愿意离开纽约去费城。

因此，他们换了一个招募对象。当月早些时候，坎贝尔对阿西莫夫说海因莱因在城里②，还神秘地补充道，如果有被征兵的危险，阿西莫夫应该先来找他。1942年3月2日，阿西莫夫来办公室见为《日暮》画封面的休伯特·罗杰斯，结果惊讶地发现海因莱因也在。那是他们第一次见面。

一周后，坎贝尔邀请阿西莫夫来他的家里。3月11日，阿西莫夫先乘地铁到渡口，接着乘火车到斯科奇普莱恩斯。按照他的标准来看，这是一段相当长的旅程。到目的地后，他向站长询问坎贝尔主编所在的街区有多远。站长说："非常远。"③

阿西莫夫以他最快的速度走了半个小时。到坎贝尔家时，他为自己迟到了而道歉，解释说他没想到要走那么长时间。坎贝尔吃惊地说道：

---

① 参见坎贝尔写给海因莱因的信，1942年5月13日。——原注
② 同上。
③ 参见阿西莫夫《记忆犹新》，第337页。——原注

"你怎么不给我打电话呢？①我会开车去接你的。"阿西莫夫尴尬地承认他连想都没想过。

除了坎贝尔夫妇和海因莱因夫妇，当天晚上的客人还有维利·莱、休伯特·罗杰斯和他们的妻子。在某一时刻，海因莱因递给阿西莫夫一杯看起来像可乐的东西，当阿西莫夫问那是什么时，海因莱因答道："这是可口可乐②。快喝吧。"

阿西莫夫喝过后，发现那是海因莱因所选的鸡尾酒自由古巴，他的脸变红了。阿西莫夫不善饮酒，他曾经在德坎普的公寓喝过"一盎司的混合黑麦威士忌"③，结果乘火车绕着曼哈顿跑了三圈才相信自己能走回家。这次，他坐在角落里醒酒。在那之前，他一直大声地说着话。海因莱因笑道："难怪艾萨克不喝酒④，酒能让他清醒起来。"

后来，海因莱因将灯调暗，在幻灯片上放映他拍的几张裸照⑤，阿西莫夫饶有兴趣，看得很仔细。他感觉到他们在测试他的成熟度，因为他比海因莱因和坎贝尔都小十岁。结果，阿西莫夫显然通过测试了。那个月月末，他收到了斯科尔斯寄来的聘书。

海因莱因夫妇和坎贝尔夫妇相处得极为愉快。坎贝尔提到自己的女

---

① 参见阿西莫夫《记忆犹新》，第338页。——原注
② 同上。
③ 参见凯瑟琳·德坎普《给我们亲爱的朋友艾萨克·阿西莫夫的一封不成文的信》（*An Unwritten Letter to Our Dear Friend Isaac Asimov*），载于《阿西莫夫科幻小说》，1992年11月，第8页。——原注
④ 参见阿西莫夫《记忆犹新》，第338页。——原注
⑤ 阿西莫夫后来开始相信这些是L.斯普拉格·德坎普的妻子凯瑟琳的相片，参见《记忆犹新》，第503页。然而，德坎普在别处说她是在海因莱因夫妇搬到费城后才认识他们的，参见凯瑟琳·德坎普吉福德（Gifford）《罗伯特·A.海因莱因：读者的伴侣》（*Robert A. Heinlein: A Reader's Companion*）序言，第vi页。——原注

儿:"菲林达从鲍勃来的那天就开始对他抛媚眼①,一直在研究他。实际上,她也同莱斯琳打情骂俏。"海因莱因夫妇和坎贝尔夫妇去城里玩时,坎贝尔感到手头拮据:"他们带我们去看表演②。该死的,打车、吃饭、坐火车、雇人陪皮迪,这么做六次或八次可是要花不少钱的。这些该死的自由作家,他们竟然有那么多钱。"

但并非事事如意。海因莱因的申请进度停滞不前,莱斯琳也因健康问题而无法得到她想要的工厂职位。两人都很紧张。很久以后,莱斯琳对海因莱因说她莫名其妙地认为海因莱因想要毒死她。海因莱因则在小说中逃避现实。在斯科奇普莱恩斯,他根据坎贝尔的建议写出了《沃尔多》(Waldo)和《乔纳森·霍格的讨厌职业》(The Unpleasant Profession of Jonathan Hoag),后者的结构围绕着对一对夫妻的深情描绘展开,这对夫妻酷似海因莱因夫妇。在战争结束前,这将是海因莱因创作的最后两篇小说。

4月,阿维尼加入海岸警卫队,海因莱因夫妇搬到了他的公寓里。海因莱因发现他的纪律文件中有一个问题源自他在几年前给《公民新闻报》写的那封措辞激烈的信,这意味着他无法被分配到现役职务,所以他是以平民身份参军的。5月2日,海因莱因被任命为机械副工程师,他和莱斯琳在海军工厂附近租了一个住处。

还有一位海军军官也出人意料地回来了。坎贝尔告诉海因莱因:"L. 罗恩·哈伯德在城里③,暂时住在军官病房(Sick Officer's Quarters)。他感到愤愤不平,同时也很害怕,怕他会被分配到文职岗位。"哈伯德现在跛了,他说自己在埃德索尔号(USS Edsall)沉没时

---

① 参见坎贝尔写给罗伯特·斯威舍的信,1942年4月14日。——原注
② 参见坎贝尔写给罗伯特·斯威舍的信,1942年5月8日。——原注
③ 参见坎贝尔写给海因莱因的信,1942年5月13日。——原注

活了下来:"在爪哇海战役中,他的大腿被一枚日本炸弹击中①……盟军的空军力量覆盖范围不够大。"

事实远没有那么刺激。哈伯德于1月在澳大利亚布里斯班上岸,等着被运往马尼拉。到达后,他在海军武官那儿遇到了麻烦,这位海军武官指责他不该在权限不足的情况下改变补给舰唐伊西德罗号②(Don Isidro)的航线。这艘汽轮要给道格拉斯·麦克阿瑟将军被围困在菲律宾群岛的部队运送食物和弹药,哈伯德使其沿澳大利亚海岸绕路前往,结果在途中遭到日军袭击,导致12人阵亡。

2月,哈伯德奉命回国,"由于僭越权限③,越俎代庖,他造成了许多麻烦。"在回国的路上,他从船梯上跌落,这显然就是造成他跛腿的原因。但他并没有受到纪律处分,而是被分配到了电报审查办公室(Office of the Cable Censor)。哈伯德本来是他们几个中职位最好的,结果却被他搞砸了。

5月11日,海因莱因正式开始在海军工厂上班,要求停止给他发津贴。同一天,阿西莫夫被任命为初级化学师,不久就登上了前往费城的火车。他在给波尔的信中写道:"坦白说,想到要开始一个人生活了,我都害怕死了④。"

然而不久,阿西莫夫的感觉就变了。5月底,他告诉波尔:"我的工作简直就像人间天堂一样⑤。工作内容很有趣,环境完美,同事投

---

① 参见坎贝尔写给海因莱因的信,1942年5月13日。——原注
② 该事件的详细描述见克里斯·欧文(Chris Owen)《战争英雄罗恩》(*Ron the War Hero*),本书作者查阅了这篇著作的手稿。——原注
③ 参见《美国海军武官致澳大利亚第十二海军军区司令备忘录》(*Memorandum from US Naval Attaché to Australia to Commandant, Twelfth Naval District*),1942年2月14日。——原注
④ 参见阿西莫夫写给弗雷德里克·波尔的信,1942年5月13日。——原注
⑤ 参见阿西莫夫写给弗雷德里克·波尔的信,1942年5月29日。——原注

契,我的房间很好,精神状态也不错。"

他还有一个消息要告诉波尔:"弗雷迪(Freddie),兄弟,伙计,哥们,科幻界的黄金单身汉订婚了。"

1942年早些时候,阿西莫夫受邀加入布鲁克林的一个作家团体。让他有点吃惊的是,自己乐在其中,所以经常去参加。其中有一位成员是一个名叫乔·戈德伯格(Joe Goldberger)的年轻人,在一次集会结束后,他向阿西莫夫提议:"下周六晚上,我们一起出去玩吧[①]。我带着我的女朋友,你也带上你的。"

阿西莫夫只能如此回答:"抱歉,乔,我没有女朋友。"

"没关系,"戈德伯格说道,"我女朋友会给你带个女孩的。"

阿西莫夫有些不安地答应了。他约会的次数越来越频繁,还在给波尔的信中提到一种社交活动:"晚上要去跳舞时[②],我自然得用大半个下午的时间洗漱、刮胡子、梳头、擦洗、刷洗、擦亮、刷净、精心打扮,更不必说除虱和脱臭,没有简单的技巧。"但是实际上,从他的小说中没有女性角色这一点就可以看出,他根本没有恋爱经验。

阿西莫夫鼓起勇气去阿斯特酒店(Astor Hotel)见戈德伯格,后来他才意识到当天是情人节。在此之前,阿西莫夫决定坚持读研究生,而不是攻读医学学位。他刚刚通过资格考试,所以心情很好。但是那天晚上的开端并不是很好。戈德伯格说阿西莫夫是"一位有胡子的俄罗斯化学师[③]"。结果,他的女朋友看到阿西莫夫后,吓得赶紧向她带来的那位朋友道歉。

那个女孩叫格特鲁德·布鲁洁曼(Gertrude Blugerman),父母是乌

---

① 参见阿西莫夫《记忆犹新》,第329页。——原注
② 参见阿西莫夫写给弗雷德里克·波尔的信,1941年6月24日。——原注
③ 参见阿西莫夫《记忆犹新》,第330页。——原注

克兰人。她比阿西莫夫大几岁，于1917年出生于多伦多，还是加拿大公民。格特鲁德身高五英尺多一点，身材匀称。在阿西莫夫眼中，她长得酷似演员奥利维亚·德哈维兰（Olivia de Havilland）。

他整晚都盯着她看。他们先去了一家酒吧，阿西莫夫在那里感到无力，但他还是试着抽烟喝酒。格特鲁德注意到他似乎很不自在，他解释说："我不想扫兴。"①

"你不会扫兴的。"格特鲁德温柔地说道。阿西莫夫听后如释重负，踩灭了自己的香烟。当晚结束时，他起身要离开，说他第二天还得到糖果店去送报纸。后来，格特鲁德说在她见过的人中，只有阿西莫夫让她感觉极好。

他们见面的次数多了起来。第三次约会时，阿西莫夫带她去参加普拉特的战争游戏。在他看来，那显然是一段美好的时光。"如果一股不可抗拒的力量遇到一个不可移动的物体会发生什么？"这是一个古老的问题。阿西莫夫对这个问题的回答也令格特鲁德感到佩服。他解释说那是自相矛盾的，格特鲁德听后说道："天啊，你真聪明。"②他还跟她吻别了。

阿西莫夫开始认真考虑求婚的事。像坎贝尔一样，他也准备和第一个对自己感兴趣的女人结婚，结婚的可能性也是他接受海军工厂那份工作的重要因素。4月3日，他向格特鲁德提出了这个想法，甚至还给她看了他的存折。格特鲁德起初并不愿意。一周半后，他们去木板路上散步时，阿西莫夫尽他最大的热情为自己说话。事后，他希望格特鲁德不要将其放在心上。到阿西莫夫动身去费城时，她确实那么做了。

---

① 参见阿西莫夫《记忆犹新》，第331页。——原注
② 参见阿西莫夫《记忆犹新》，第336页。——原注

阿西莫夫到海军工厂的第一天是1942年5月14日。实验室里的员工们每周连续工作六天，周日休息。他希望大部分周末都回纽约陪格特鲁德。由于工作日不能出来，所以他根本没机会去见坎贝尔，反正他也不打算写小说。阿西莫夫一直将小说看作业余爱好或者挣学费的途径，现在他不缺钱了，所以就不再写了。

阿西莫夫已经够忙的了。海军工厂建在斯古吉尔河（Schuylkill River）附近的一片沼泽地上，有一系列巨大的建筑，比如机库，配备有自行车架。停车场正在重新铺砌，所以大家得把车停在半英里外，然后步行穿过一片下雨时会变得泥泞的土地。

材料实验室（Materials Lab）的一楼是一个开放式车间，里面满是起重机，工作人员就在这里对飞机进行嘈杂的应力测试。阿西莫夫的办公桌在二楼，他在办公桌旁挂了一张欧洲地图，用来跟踪部队动向，还在彼得罗维奇的位置插了一根特殊的大头针。就像上大学时一样，他只待在自己的地方，不去探索别的地方，但是他每天都能见到海因莱因。

实验室里的人大部分都是平民工程师，他们检查封缝剂、清洁剂和肥皂，确保那些材料符合规格。阿西莫夫的时间很多都花在"阿西莫夫妈妈的馅饼"上——用几盘氯化钙检测塑料的防水性。有一次，他不小心烧了一种物质，闻起来像臭鼬喷出的液体一样恶臭，导致实验室不得不进行疏散[①]。阿西莫夫欣然接受这种刻板的生活。在他认识的所有作家中，在战争期间最知足的人就是他，部分是由于他没有被自己的期望压得喘不过气来。

阿西莫夫在家里感到快乐，这对他有帮助。7月24日，他和格特鲁

[①] 参见威索基（Wysocki）《惊人的战争》（*An Astounding War*），第175页。——原注

德在布鲁洁曼家的客厅里结婚了。阿西莫夫当时22岁,格特鲁德25岁。他们离开时,她母亲大声喊道:"吉特尔(Gittel),别忘了①,要是过不下去的话,你随时都可以回到我身边来。"新婚之夜,他们在中城区(Midtown)租了一个酒店房间。两人都是第一次,所以都很紧张,圆房的时候不太顺利。他们的婚姻暂时会很美满,但是有一件事他们始终都做不好,那就是性生活总是不尽如人意。

他们在费城的公寓窄小闷热。由于格特鲁德是加拿大公民,所以她找不到战争工作,大部分时间都独自度过。阿西莫夫怕她会回纽约,但是她从来没有回去过。两人都远离社交场合。阿西莫夫试着参加扑克牌游戏,但是他在输了16美分后就不玩了。他父亲得知后说道:"我大大松了一口气②。如果你赢了16美分,可能就会赌博成瘾,一辈子都戒不掉了。"

阿西莫夫在工作单位只有两个朋友,一个是他的上司伯纳德·齐廷(Bernard Zitin),另一个是跟他们拼车的数学家伦纳德·迈泽尔(Leonard Meisel)。三人都察觉到一种轻微的反犹太主义氛围。有些人担心如果战事不顺的话,这种氛围会恶化。阿西莫夫发现人们经常将恶作剧的事怪到他头上,但是他根本没有做过那些事。有人要求他在实验室里低调一点,但是他觉得无须改变自己的喧闹行为。

9月到了紧要关头。在过去,犹太员工可以在犹太新年和赎罪日休假。但是新规定只允许过一个节假日,那就是圣诞节。有人准备了一份请愿书,提出犹太员工可以在赎罪日休假,然后在圣诞节那天工作。阿西莫夫得知只有他们都签字才能有效时,他不情愿地签上了自己的

---

① 参见阿西莫夫《艾萨克·阿西莫夫》,第111页。——原注
② 参见阿西莫夫《艾萨克·阿西莫夫敬上》(*Yours, Isaac Asimov*),第204页。——原注

名字。

海因莱因立刻就来找阿西莫夫了:"艾萨克,我听说[1]你要在赎罪日休息。这是怎么回事?"

阿西莫夫不知道他为什么要这么问。"我在请愿书上签字了,赎罪日休息,圣诞节工作。"

海因莱因并不想就此打住:"你并不信教,不是吗?"

"我确实不信教。"阿西莫夫说道,他承认自己并不打算去犹太教堂。当海因莱因进一步追问时,阿西莫夫恼了:"我也不会在圣诞节去教堂做礼拜。反正都不是为了什么宗教休假,我在哪天休息又有什么区别呢?"

海因莱因抓住这点不放:"确实没什么区别。那你为什么不跟其他人一起在圣诞节休假呢?"

"因为我不签字会很难看,他们对我说……"

海因莱因迅速打断他:"你是说他们逼你签字了?"

阿西莫夫发现海因莱因给他设了个套,但是不清楚他为什么要这样。"不是,他们没逼我,是我自己签的,因为我想签字。既然我坦率地承认我不打算参加什么宗教仪式,所以如果让我在赎罪日上班,我也会同意,但前提是不能妨碍请愿的事。"

海因莱因离开的时候似乎很满意。在赎罪日,阿西莫夫是唯一来上班的犹太员工。后来,他写道:"这并不是什么大困难[2],但是我必须承认我讨厌海因莱因对我的为难。我相信他是好意,我们一直是好朋友。但是我永远都无法抹掉他将我逼到死角的这段记忆。"

---

[1] 参见阿西莫夫《记忆犹新》,第372页。——原注
[2] 同上。

如果有什么问题的话，就是阿西莫夫过于宽厚了。海因莱因又在进行测试，就像给阿西莫夫一杯自由古巴或者在坎贝尔退回他的稿件后威胁说要停止写科幻小说一样。这两种情况都是他在画地盘。放在几年前，阿西莫夫可能就会不假思索地接受了。但是在杂志中，他们彼此的距离已经很近了。目前，海因莱因确立了尊卑秩序，可阿西莫夫却对此类轻视耿耿于怀几十年，他发现自己所钦佩的人也有"卑劣的一面"。

10月26日，阿西莫夫难得地在周一休息，这是他六个月来第一次去拜访坎贝尔。格特鲁德也一起去了。阿西莫夫回忆道："我觉得他们合不来[①]。在我看来，坎贝尔跟女人相处时总是不在最佳状态。至少我从来没有听他在女人面前说过一句能表明他注意到她是个女人的话……我觉得这很奇怪，可能只是因为我从来不在女人面前说一句能表明我暂时忘记她是个女人的话。"

其实，这是阿西莫夫性格中的一面。他的家庭生活让他在异性周围更安全，所以他在这方面的问题将会越来越大。他喜欢隔着衬衫扯开她们的胸罩[②]，有一次还弄断了肩带。阿西莫夫承认这是他始终都没有改掉的坏习惯。就是在海军工厂，他开始任自己的手指更加自由地游走。

阿西莫夫和波尔保持着联系，波尔说他觉得格特鲁德"文静又迷人"[③]。1943年1月2日，波尔在信中提到了他要跟自己的妻子莱斯利·佩里离婚的消息——莱斯利以前很讨厌阿西莫夫。他还补充道："艾萨克，看在上帝的分儿上[④]，千万不要跟你的新娘离婚，总得有人保住科幻界的好名声啊。"

---

① 参见阿西莫夫《记忆犹新》，第375页。——原注
② 参见阿西莫夫《记忆犹新》，第430页。——原注
③ 参见弗雷德里克·波尔写给阿西莫夫的信，1942年7月13日。——原注
④ 参见弗雷德里克·波尔写给阿西莫夫的信，1942年1月2日。——原注

阿西莫夫在回信中写道:"作为一个结婚还不到半年的人,我不知道自己的话有什么权威性①。但是眼下,我敢充满自信地说我能保住科幻界的好名声。"

这次通信促使阿西莫夫又开始考虑创作的事。他一直想卖给《未知》一篇作品,因为他对这本杂志的喜爱超过《惊奇科幻》。因此,他写了一篇小说,讲的是一位推理小说家所虚构的侦探来到现实世界中的故事。4月,阿西莫夫将《作家!作家!》(Author! Author!)寄给了坎贝尔。这是他第一次没有亲自去送稿件。坎贝尔非常喜欢这篇小说,给了阿西莫夫自《日暮》以来的第一笔奖金。

阿西莫夫意识到他可以在战争结束后再用这笔钱。月底,他去拜访坎贝尔,说他想再写一篇《基地》系列的小说。坎贝尔请他也写一篇关于机器人的小说。此时,阿西莫夫惊讶地认识到是这位主编需要他,而不是他需要这位主编。这是一个深刻的变化。一年前离开时,他还是一个心怀感激的门生,现在,他出师了。

在战争期间,有一个问题从未远离过任何人的脑海,那就是配给制的问题。格特鲁德抽烟,但是她和阿西莫夫都不喝酒,所以习惯了朋友问他们有没有多余的酒票。他们对饮酒不感兴趣,这也是使他们与社会隔离的品质之一。搬到费城后,阿西莫夫心中的自我放纵就是独自喝一大瓶苏打水,那只会让他生病。格特鲁德在给波尔的信中写道:"我已竭尽所能②,我肯定是命中注定规矩又迟钝。"

定量配给的还有汽油。在海军工厂,首选的交通方式就是骑自行车。人们经常看到海因莱因西装革履地骑着自行车在大楼之间穿梭。有

---

① 参见阿西莫夫写给弗雷德里克·波尔的信,1942年1月5日。——原注
② 参见格特鲁德·阿西莫夫写给弗雷德里克·波尔的信,1942年1月左右。——原注

一天,某位同事跟海因莱因开玩笑,他把几个茶包上的标签扯下来,然后在走廊里拦住海因莱因,说要卖给他几张非法汽油票。检查过后,海因莱因冷冷地将那几张纸条递了回去:"这些票都是假的,算你走运。"①

海因莱因不愿轻视战时的牺牲,有时候似乎连他小心翼翼戴着的温文尔雅的假面具都撕裂了。到海军工厂后,他被分配到了高空模拟室与低温室(Altitude Chamber and Cold Room),在低压低温的条件下对材料进行测试。他监督制造那些材料,然后交给德坎普。德坎普成了海军预备役上尉。

海因莱因的老毛病又犯了,他的背部和肾脏都有问题。同时,文书工作也让他忙得透不过气来。斯科尔斯很欣赏他的能力,给他加派了行政职责,他违心地接受了。海因莱因在给坎贝尔的信中写道:"我讨厌我的工作②。这里有人正在做着很多重要的工作,可我并不是其中之一。我做的是不重要的工作,这样的话,那些真正做重要工作的人可能就不用为这种事烦恼了。"

海因莱因自嘲地说自己是"完美的私人秘书"③,但他在这方面确实做得不错。平民和军官之间的紧张关系经常升级,但是这两群人都很尊敬海因莱因。德坎普缺乏经验,可能会激怒别人,所以海因莱因建议他"不要老是皱眉头"④。德坎普回忆道:"海因莱因的身份是平民,而我这个没什么经验的海军新兵袖子上却有金色条带。看着我这样走来

---

① 参见乔尔·查尔斯(Joel Charles)写给海因莱因的信,1988年4月5日,转引自帕特森《学习曲线》,第306页。——原注
② 参见海因莱因写给坎贝尔的信,1942年7月18日。——原注
③ 同上。
④ 参见帕特森《学习曲线》,第312页。——原注

走去,他肯定感到气愤①,但是他很有风度。我相信他的建议确实救了我,不然我可能会出更大的洋相。"

海因莱因有个基本问题,哈伯德也有这种问题,而且比他更加严重。那就是他的想象力过于丰富,即便是担心他们会输掉这场战争的时候都无法全身心地投入必须做的工作中去。他学会了如何应对这个问题,那就是有意识地让自己变得耐心起来,而这种耐心对阿西莫夫来说却是自然而然的。"战争需要服从②,"海因莱因在给坎贝尔的信中写道:"我将自己置于次要地位,对此感到苦涩而又骄傲。"

这句话是直接针对坎贝尔主编说的。跟斯科尔斯会面的事都过去好几个月了,坎贝尔的情况还是不确定。早些时候,他对海军工厂充满热情,还在信中向罗伯特·斯威舍提到斯科尔斯正在招募科幻作家,他们是"当今真正的研究所需要的那种人"③。这位主编还补充道:"我对进攻路线提出一个建议,已经成功地在某个项目上取得成果,所以有一种满足感。"他甚至还联系了德尔雷伊④,请此人在他被卷入战争工作的时候接管《惊奇科幻》杂志。

然而,坎贝尔仍然不确定自己是否能得到一个储备职位,因为他有些毛病,其中包括左眼视力不好、阑尾切除术疤痕愈合不良、心律不齐,他的精神病病历中还有他所说的"恐惧综合征"⑤。到最后,他连体检都没做。坎贝尔想在国防研究委员会找一个职位,但是他那个熟人经常不在城里,所以这个尝试也失败了。很明显,坎贝尔的实验室经验

---

① 参见德坎普《时间与机遇》(*Time and Chance*),第189页。——原注
② 参见海因莱因写给坎贝尔的信,1942年7月18日。——原注
③ 参见坎贝尔写给罗伯特·斯威舍的信,1942年3月30日。——原注
④ 参见德尔雷伊《德尔雷伊早期作品》,第340页。——原注
⑤ 参见坎贝尔写给海因莱因的信,1942年7月21日。——原注

有限，所以他根本比不上最新一批工科毕业生。

海因莱因对坎贝尔说，如果钱的方面有问题的话，他和莱斯琳很乐意为皮迪提供助学金。同时他也承认："说实话，我们不缺人手[①]，没有可推荐的职位。"但是他也提了个建议：

> 为了你现在和将来能够心安，同时也是为你的朋友们做个榜样，我强烈建议你找一份志愿者的工作……我想这份工作可能会显得极其乏味，组织混乱，基本上没什么用……我现在每天都面临着这种僵局，快被逼疯了。

海因莱因预先想到了很多坎贝尔会提出的反对理由："记住，不必是你想做的工作，也不必是你赞成的工作，只要当权者认为是战争所必须的工作就行了。"他在最后尖锐地说道："总之，去找份工作吧，约翰。不然的话，你余生都会活在自我辩解中。"

坎贝尔根本没有照办。他发现很难让自己屈从于无法让他施展才华的工作，不愿意去做海因莱因忍痛接受的那种牺牲。最后，他决定继续当他的杂志主编。由于其在鼓舞士气中的重要性，这个平民角色的优先级别很高。海因莱因始终都不肯原谅坎贝尔，还在多年后说："我在战争期间竭尽全力[②]，连自己的健康都毁了，而他却在出版《惊奇科幻》。"

[①] 参见海因莱因写给坎贝尔的信，1942年7月18日。——原注
[②] 参见海因莱因写给G.哈里·斯泰恩的信，1954年7月27日。弗吉尼亚·海因莱因后来在《科幻小说与约翰·W.坎贝尔》（*Science Fiction and John W. Campbell, Jr.*）这篇文章中写道："我个人认为，约翰在战争期间没有为自己的祖国服务这件事也是造成他和海因莱因的友情破裂的一个主要原因。"收录于加州大学圣克鲁兹分校海因莱因档案室。——原注

海因莱因夫妇表面上对坎贝尔夫妇依然很友好,对德坎普夫妇也是。他们偶尔会走两英里的路去拜访阿西莫夫和格特鲁德。在上班时,他们的社交生活集中在海军工厂的食堂,那里被毫无感情地称为胃溃疡峡谷(Ulcer Gulch)。莱斯琳找到了一份初级无线电检查员的工作。她和海因莱因在不同的大楼里上班,但是他们每天下午都在一起。格特鲁德去澄清她的移民身份时,阿西莫夫开始跟他们一起吃午餐。格特鲁德回来后,海因莱因依然不让阿西莫夫离开。阿西莫夫厌恶这种压力,但最终还是"不情愿地"[1]答应了。

L.斯普拉格·德坎普、艾萨克·阿西莫夫和罗伯特·A.海因莱因在费城海军工厂,摄于1944年,约翰·塞尔策(John Seltzer)和乔·鲁尔提供

食堂里的饭菜很难吃,阿西莫夫和莱斯琳的关系也不太好。他觉得莱斯琳冷淡、易怒。她老是抽烟,还用自己的盘子当烟灰缸,弄得阿西莫夫始终都对香烟没有好感。莱斯琳也不喜欢阿西莫夫。他在糖果店工作过很多年,养成了吃饭时默不作声地狼吞虎咽的习惯。看到他将半颗煮鸡蛋塞进嘴里时,莱斯琳忍不住厌恶地说道:"别这样[2],你让我反胃。"

---

[1] 参见阿西莫夫《记忆犹新》,第392页。——原注
[2] 参见阿西莫夫《记忆犹新》,第393页。——原注

阿西莫夫以为她是对别人说的："莱斯琳，你在跟我说话吗？"

听到她说"是"的时候，阿西莫夫问他做错了什么，然后把剩下的那半颗鸡蛋也吞下去了。莱斯琳尖叫道："你又那么做了！"

阿西莫夫对那些饭菜的评论激怒了海因莱因，所以他规定所有抱怨的人都必须为战时公债捐献五美分。阿西莫夫知道这是给他的信息。因此，他说道："那好，如果我想出①一种不算抱怨的方式来抱怨这些饭菜，你能取消这个规定吗？"

听到海因莱因说"可以"后，阿西莫夫开始想办法绕过去。有一天，他边切盘子上的黑线鳕边假装天真地问道："有硬鱼这种东西吗？"

这又是一场意志的较量，海因莱因不打算让步："五美分，艾萨克。"

这次，阿西莫夫也没有让步："鲍勃，我只是问问而已。"

"五美分，艾萨克。"海因莱因重复道，"你的言外之意显而易见。"

后来阿西莫夫得救了。有一位员工不知道这个规定，他咬了一口火腿，然后说道："天啊，这也太难吃了。"

阿西莫夫站起来说道："先生们，这位朋友刚才说的每一个字我都不同意，但我愿意用自己的生命捍卫他说话的权利。"海因莱因取消了罚款制度。这是一次胜利，但只是一个小小的胜利。

1943年9月25日，苏军回到斯摩棱斯克。两天后，一份公报称他们夺回了被德国统治多年的彼得罗维奇。听到这个消息后，海因莱因严肃地握着阿西莫夫的手对他表示祝贺。至少在此刻他们是平等的。

莱斯琳远在菲律宾群岛的亲人终于有了消息。她妹妹基思和两个儿子被扣押在马尼拉，可她的妹夫马克·哈伯德（Mark Hubbard）却失

---

① 参见阿西莫夫《记忆犹新》，第393页。——原注

踪了。在此之前,莱斯琳也很喜欢自己的工作。现在,她开始拼命工作,连健康状况都受到了影响。"她在尽她所能[1]地缩短妹妹受苦的日子。"一位朋友如此回忆道。莱斯琳成了一个拥有600名员工的机械车间的人事经理。她很适合这个职位,是唯一一位强调要和女员工穿相同制服的管理人员[2]。但是这份工作也导致她喝酒喝得更多了。

海因莱因也感到了压力,有时候想要回到小说中去。当他对坎贝尔提起时,坎贝尔主编觉得这意味着他的工作要么很顺利,要么"很糟糕"[3],"一直都很糟糕,糟糕得无可救药"。实际情况比较接近后者。结果,海因莱因根本没写什么小说。他得了痔疮,医生给他注射治疗,导致某个部位形成脓肿,"我看不见那个位置[4],但是很清楚它在哪里。"海军显然无意让他重返现役,所以他决定去商船队(Merchant Marine)试一下,同时做手术解决他的健康问题。他将这场手术比作"用苹果去芯机挖掉肛门"[5]。

做完手术后,海因莱因"没有直肠了"[6]。1944年1月,他还在医院里修养。此时,红十字会联系了莱斯琳。马克·哈伯德不见了,但是基思和她的儿子登上了瑞典的慈善船格利普霍姆号(MS Gripsholm)——

---

[1] 参见罗伯特·詹姆斯(Robert James)对福里斯特·J. 阿克曼的采访,2000年6月9日,转引自帕特森《学习曲线》,第313页。——原注
[2] 参见莱斯琳·海因莱因《每个雇员都是自己的人事经理》(Each Employee His Own Personnel Manager),转载于詹姆斯《莱斯琳记事》,第32页。——原注
[3] 参见坎贝尔写给海因莱因的信,1943年1月1日。——原注
[4] 参见海因莱因写给E.J.特德·卡内尔(E.J. "Ted" Carnell)的信,1943年12月31日,转引自帕特森《学习曲线》,第319页。——原注
[5] 参见海因莱因写给约翰·阿维尼的信,1944年1月8日,转引自帕特森《学习曲线》,第319页——原注。
[6] 参见海因莱因写给霍勒斯·戈尔德(Horace Gold)的信,1952年10月27日,转引自帕特森《学习曲线》,第321页。——原注

莱斯琳寄钱帮他们支付了安全通行费。70天后，他们才从果阿（Goa）到达纽约。然后，两个男孩被送到了新泽西州的坎贝尔家①。他们在那里住了两个月，等他们的母亲痊愈后才离开。由于压力过大，莱斯琳的体重降到了90磅以下，她开始每天睡12个小时。

1月下旬，海因莱因又做了一次手术，结果他不得不开始穿一件看起来像尿布的衣服。养病期间可能是他重新开始写作的好时机，但是他只能连续坐20分钟，而且得借助充气圈。很明显，他根本不能上前线："我只会无聊得心烦意乱②，被迫在我讨厌的城市里拼命做着我不想做的事情。"

他试图让自己安于现状，但还是羡慕那些见过军事行动的人，其中也包括L. 罗恩·哈伯德，有传言说他是一艘船的指挥官。哈伯德一直自诩为英雄，在他们所有人中，似乎就他有机会证明自己是个英雄。坎贝尔在杂志中深情地写道："哈伯德一生都是冒险家③，还接受过一种更直接适用的特殊训练——他曾经是一名战士，也在自己的船上当过船长。"坎贝尔还对海因莱因说：

> 我猜真正符合哈伯德性格的事④……就是有机会指挥着一艘潜水艇去袭击东京港。如果我是海军指挥官，就不会允许他那么做。他可能会在船上用他的甲板炮轰击裕仁的小破屋，只是为了捣乱。

---

① 参见海因莱因写给坎贝尔的信，1944 年 10 月 23 日。——原注
② 参见海因莱因写给约翰·阿维尼的信，1944 年 1 月 8 日，转引自帕特森《学习曲线》，第 324 页——原注。
③ 参见坎贝尔编"未来"栏目，载于《惊奇科幻》，1942 年 11 月，第 42 页。——原注
④ 参见坎贝尔写给海因莱因的信，1942 年 8 月 11 日。——原注

第 8 节　发明之战（1942—1944）

> 美国的地位①在二十四小时内发生了剧烈的变化。我们这个科幻小团体的组成，即便不重要，也是值得关注的……L. 罗恩·哈伯德是一位美国海军上尉。我们手上有他几篇小说，至于他现在是否有时间再写几篇，我就不得而知了。
>
> ——摘自约翰·W. 坎贝尔主编《惊奇科幻》1942 年 2 月刊

1942年5月4日，哈伯德开始去纽约电报审查办公室工作。起初，他做得很好，受到了上司的赞赏："自向本单位报到以来②，这位军官的表现表明他充分认识到了任务分配的严肃性，他表现出的责任感越来越强，在工作中也有了显著的进步。"但实际上，几乎从他到达的那一刻起，他就急于离开此地，到别的地方去。

回国后不久，哈伯德见到了坎贝尔。坎贝尔请海因莱因帮哈伯德在海军工厂找份工作："哈伯德觉得③他在日本武器、方法和策略方面的直接经验可能是他的主要优势。"哈伯德的腿基本上不跛了，但他依然感到愤慨："他们竟然拐骗他去做文职工作④，他在爪哇遭到惨败，非常想再去那边一试身手。"

---

① 参见坎贝尔编"未来"栏目，载于《惊奇科幻》，1942 年 2 月，第 35 页。——原注
② 转引自欧文《战争英雄罗恩》。——原注
③ 参见坎贝尔写给海因莱因的信，1942 年 5 月 19 日。——原注
④ 参见坎贝尔写给罗伯特·斯威舍的信，1942 年左右"周五"。——原注

哈伯德真正想做的事是去海上。他要求分配到加勒比海或阿拉斯加州，特别是后者："我了解那里的民族、语言和习俗[1]，拥有相关的领航知识。"最终，哈伯德的愿望实现了一半。他又获得了几个机会。第一个机会主要是由于人员短缺，他在马萨诸塞州的尼庞西特（Neponset）找到一个职位，负责一艘被改造成巡逻船的拖网渔船。这艘船不会远离海岸，但哈伯德将其当作重返舰队的机会。

哈伯德被提升为海军上尉。在前往马萨诸塞州之前，他抽时间去了一趟洛杉矶和纽约[2]，还顺便去出版社见了坎贝尔。坎贝尔提到哈伯德似乎为自己的新职位感到高兴："他又去执行海上任务了[3]。这显然比较符合他的心态，让他有机会成为私掠船船长。"唐娜也这么想："哈伯德去某个猎潜舰上了[4]，约翰从来没见他这么高兴过。这大概是他所能得到的最接近海盗的职位了，不是吗？"

该职位与哈伯德以前写的小说有所联系，他为此感到高兴。他于6月25日抵达尼庞西特，受到全体船员的欢迎。哈伯德后来说这些船员都是有前科的人："他们的穗带很脏[5]，吊床也是污黑的。"像他自己塑造的英雄一样，哈伯德宣称他将这帮遭到排斥的人变成了有能力的水手——这完全是他想象出来的成就。实际上，哈伯德的工作进展顺利，

---

① 参见米勒《裸面弥赛亚》，第101页。——原注
② 参见 C.L. 穆尔（C. L. Moore）写给海因莱因的信，1942年7月2日，转引自帕特森《学习曲线》，第308页。——原注
③ 参见坎贝尔写给海因莱因的信，1942年6月25日。——原注
④ 参见唐娜·坎贝尔写给海因莱因的信，1942年7月2日。——原注
⑤ 参见赖特《拨开迷雾》，第43页。——原注

他还抽时间陪坎贝尔去坎布里奇拜访了一个科幻小说俱乐部①。到岗一个月后,哈伯德对这艘船进行了试航。

结果,他再也不能掌舵了。哈伯德重蹈在布里斯班的覆辙,被解除了职权。造船厂的人和被派到船上的人之间有嫌隙,哈伯德与一位军官发生了口角,还向华盛顿点名批评此人,导致他丢了差事。波士顿海军工厂的指挥官如此写道:"他的性格不适合②独立指挥。"

哈伯德抗议无果。他根本没有从之前的错误中吸取教训,结果很快又遇到了类似的情况,这表明他的性格中存在一个根本缺陷。但是,他又得到了一个机会。向长岛的海军接收站(Naval Receiving Station)报到后,哈伯德申请被派往迈阿密的猎潜舰训练中心(Submarine Chaser Training Center),结果得到批准。关于此事有一种混乱不清的传言,坎贝尔听到后产生了误解:"我有一种感觉③,罗恩用他的船换了一艘潜艇——与一艘纳粹潜艇两败俱伤。结果只有罗恩和他的船员生还,纳粹却没有。"

11月,哈伯德抵达迈阿密。有一个熟人看见他尿血④,他说那是在爪哇受伤所致,但真实原因并没有那么豪壮。哈伯德后来写道:"在佛罗里达迈阿密训练时⑤,我遇到了金杰(Ginger),这个女孩让我感到兴

---

① 参见沃纳《忆往昔》,第213页。在关于此行的一封信中,坎贝尔对波莉进行了罕见的当代描述,那是他和唐娜在波士顿第一次遇到波莉:"她和罗恩完全一样,都是颇具影响力的重要人物,非常引人注目……她讲话的时候像罗恩一样沉着聪慧,富有魅力……只有她这样的人才配得上罗恩,但是她的个性又过于强势,两人无法长时间保持亲密关系。"参见坎贝尔写给安东尼·布彻的信,1942年10月14日。——原注
② 转引自欧文《战争英雄罗恩》。——原注
③ 参见坎贝尔写给罗伯特·斯威舍的信,1942年10月21日。——原注
④ 参见阿塔克《一片蓝天》,第75页。——原注
⑤ 参见哈伯德《肯定法》。——原注

奋。她是个很随便的人，却假装很爱我。我从她那里感染了淋病……我去看了私人医生，这位医生用磺胺噻唑等药物给我治疗。"磺胺噻唑会导致血尿。

哈伯德也曾在别处对那段经历表示怀念："天啊，我能补觉了①。"他做得还不错，对坎贝尔夫妇说他以全班第一的成绩毕业了②——其实在25人中排第20名，被派到PC-815号（USS PC-815）上任指挥官。这艘猎潜舰是在俄勒冈州波特兰建造的。此地离他的妻子波莉所在的地方很近，但两人的婚姻实际上已经结束了。哈伯德还担心自己有淋病："我开始给自己服用③大量磺胺药物，恐怕已经影响到我的大脑了。"

1943年5月18日，PC-815号开往圣迭戈，这是哈伯德第一次担任指挥官，可以自己做决定。五个小时后，平静就被打破了。凌晨三点，在俄勒冈州米尔斯角（Cape Meares）附近，一名声呐员报告称前方500码处的水里有情况。哈伯德下令减速。他们以为在耳机中听到的声音是潜水艇的螺旋桨制造的噪声。出现潜水艇的可能性不大，但并非完全不可能——一年前有一艘日本潜艇炮轰过圣巴巴拉市的一个炼油厂。因此，他们采取了截击航向。

等距离够近时，哈伯德下令投射三枚深水炸弹。后来，他在报告中夸张地写道："船员们困倦不堪，心存怀疑④，但还是迅速无误地端起枪炮。包括指挥官在内，没有人敢轻易相信在这轮船的航道上会有敌方

---

① 参见阿塔克《一片蓝天》，第75页。——原注
② 参见坎贝尔写给海因莱因的信，1943年1月6日。——原注
③ 参见哈伯德《肯定法》。——原注
④ 参见哈伯德《瞭望角行动报告》（An Account of the Action Off Cape Lookout），https://www.cs.cmu.edu/~dst/Cowen/warhero/battle.htm（2017年12月引用）。——原注

潜水艇。此时,所有声呐员都在舰桥上,试图用回声测距设备和化学记录器证明前方并不存在什么潜水艇。"

他们继续在这片水域扫射,发起第二轮攻击,向一个物体射击。哈伯德在后来承认那可能只是一根浮木。上午九点,两艘小型飞艇加入搜查,之后不久,又有四艘船加入。哈伯德开始认为他们面对的是两艘不同的潜艇。他还宣称,次日,"舰桥和浮桥上的人全都"[1]看见一个潜望镜。当他们开火时,那个潜望镜就消失了。哈伯德又发起一轮攻击后,才收到返回的命令。

这整件事持续了68个小时。事后调查得出的结论是,当时根本没有潜水艇。只有小型飞船上的磁异常探测器发现了与此相反的证据,但那可能是由天然矿床触发的。战争结束后,没有发现任何有关日本潜水艇在该地区活动的记录,也没有找到任何残骸。哈伯德觉得那是美国海军不想引起当地人恐慌,他始终认为自己击沉了"两艘日本潜艇,却没有获得表扬"[2]。

哈伯德没有受到纪律处分,他当时是有些草率,但是并不鲁莽。6月,PC-815号开往圣迭戈西南方的一群岛屿。哈伯德当时得了咽喉炎,他下令进行四轮射击训练,然后在那里抛锚过夜。他后来说那天"过得非常艰难"[3]。如果他不在,任何人驾驶这艘猎潜舰他都不放心。哈伯德还允许自己的手下在站岗时从船上抛出目标进行射击。

哈伯德不知道的是,这些岛屿其实属于墨西哥。墨西哥政府提出控

---

[1] 参见哈伯德《瞭望角行动报告》(*An Account of the Action Off Cape Lookout*),https://www.cs.cmu.edu/~dst/Cowen/warhero/battle.htm(2017 年 12 月 引用)。——原注
[2] 参见哈伯德《肯定法》。——原注
[3] 转引自欧文《战争英雄罗恩》。——原注

诉，当月月底成立了调查委员会。哈伯德怯怯地说："我当时根本不知道①自己侵入了墨西哥的领海。"为了保护他，他手下的人也撒谎了②。但是他已经没有机会了。由于擅自进行射击练习和抛锚停泊，哈伯德受到警告处分，然后于7月初调离。

哈伯德总共在自己的船上当了80天的指挥官。一份健康报告给他的评分低于平均水平，说他"缺乏基本的判断力、领导力及合作能力"③。这是哈伯德犯的最后一个错误，他被派往圣迭戈的签发办事处（Issuing Office），等待美国海军对他的处置。到签发办事处后，哈伯德诉苦说自己有种种病痛，他因此住院三个月。他在后来承认那都是他为了逃避惩罚而编出来的④。哈伯德于10月出院，然后被派往大陵五号（Algol），在这艘两栖武装货船上担任领航员。

哈伯德再也不会担任独立的海军指挥官。在某种程度上，他没有将自己创作的故事变成现实。更准确地说，现实并不像他的小说那么好控制。哈伯德不得不接受现实，回到他唯一得到过认可的职业中："我的解救之法就是听之任⑤……积累小说、堆积故事、增加字数，总之，就是沿着我曾经有过的一条成功之路走下去。"

如果哈伯德认为他去军队里服役对杂志界来说是一种损失的话，那他完全没有想错，至少在他最亲密的合作者眼中是这样的。珍珠港事件发生后，坎贝尔在《惊奇科幻》的1942年2月刊中简要说明了这场战争对他手下的作家有什么影响。他首先提到了哈伯德，接着是海因莱因。

---

① 转引自欧文《战争英雄罗恩》。——原注
② "我的船员为了我在调查法庭上撒谎。"参见哈伯德《肯定法》。——原注
③ 转引自欧文《战争英雄罗恩》。——原注
④ 参见哈伯德《肯定法》。——原注
⑤ 参见米勒《裸面弥赛亚》，第110页。——原注

关于海因莱因，他如此写道："我不知道他是否①还能继续创作，我非常怀疑他不会继续写下去。"

从宣战的那一刻起，坎贝尔就知道他手下可用的作家可能会减少。袭击事件发生后，坎贝尔在给杰克·威廉森的一封信中列举了他可能会失去的作家，最后还写道："这样的话，可以稳定供稿的主要作家就剩德坎普②、你和范沃格特了。"他将德坎普列入其中，有点为时过早了。威廉森根据这位主编的创意写了几篇关于反物质的小说，然后也去新墨西哥州报到服役了。

许多作家会因为健康原因而免服兵役。如果身体好的话，他们可能根本不会当作家。没过多久，坎贝尔就发现连那些逃过兵役的作家都难以保住。德尔雷伊被列为4-F，他为了离女朋友近点，搬到了圣路易斯，在麦克唐纳飞行器公司（McDonnell Aircraft）当起了金属工人③，投稿数量屈指可数。同样也因身体问题而免服兵役的斯特金去牙买加开旅馆了④，多年间只是偶尔才会创作。

最后只剩下一位可靠的作家。坎贝尔在《惊奇科幻》中写道："A. E. 范沃格特是加拿大人⑤；他的状态可能不会改变；如果有什么变化的话，就是他的工作量会增加。"战争爆发前，海因莱因威胁说要封

---

① 参见坎贝尔编"未来"栏目，载于《惊奇科幻》，1942年2月，第35页。——原注
② 参见坎贝尔写给杰克·威廉森的信，1941年12月9日，转引自威廉森《奇迹之子》，第135页。——原注
③ 参见莫斯科维茨《明日探求者》，第183页。——原注
④ 参见戴维斯（Davis）《西奥多·斯特金的作品》（*The Work of Theodore Sturgeon*），第24页。——原注
⑤ 参见坎贝尔编"未来"栏目，载于《惊奇科幻》，1942年2月，第35页。——原注

笔时，坎贝尔向他提出一个前所未有的要约："我想和你签订①一份为《惊奇科幻》供稿的合约。我愿意每月从你那里购买价值二三百美元的小说。换言之，就是完全开放。"

范沃格特因视力不好而被取消入伍资格，他接受了这项提议。坎贝尔想要反映全球危机的小说，但是他心里也有更广阔的发展空间："我真的想稍微改变一下科幻流的方向②，而你、德尔雷伊和另外一两位作家是有能力做出这种改变的最佳人选……近一两年最优秀的小说中有些太硬，缺乏弹性，我想做的就是让科幻小说避开这种实际情况。"

坎贝尔对这些结果很满意，但是他还在继续寻找新的人才。在1942年8月刊中，他告诉读者："过去几个月③，我有点忙。除了编辑杂志的日常工作，还要找几位新作家，帮助某些准作家变成非常优秀的作家。"坎贝尔偶尔会幸运地发现一位作家，但是他更喜欢比较系统地处理这个问题，瞄准那些跟他已经发现的作家还差一两个级别的人。

有一个明显的来源是未来派，但是即便坎贝尔想要他们的作品，他们大多数人也没时间写作。唐纳德·沃尔海姆因心脏杂音而无法服役，他当时在埃斯杂志社④（Ace Magazines）工作。1942年，西里尔·科恩布鲁斯被征召入伍。他去向波尔道别，结果两人喝得酩酊大醉，还用剃刀划破自己的手，莫名其妙地发誓说要杀死罗伯特·朗兹主编。第二天早上，他们在同一张床上醒来，宿醉未消，满身是血。两人脸色苍白地

---

① 参见范沃格特《A.E.范沃格特的反思》（Re·ections of A. E. van Vogt），第65页。——原注
② 参见坎贝尔写给A.E.范沃格特的信，1942年6月12日。——原注
③ 参见坎贝尔编"未来"栏目，载于《惊奇科幻》，1942年8月，第98页。——原注
④ 参见耐特《未来派》，第132页。——原注

面面相觑，科恩布鲁斯说："弗雷德，我想我该走了①。再见，打一场漂亮仗。"

坎贝尔对来日文学社更感兴趣。安东尼·布彻刚刚在他的推理小说《火箭冲向太平间》②（Rocket to the Morgue）中对来日文学社表示纪念。这个圈子里有几位对坎贝尔来说最有价值的供稿人，分别是因小儿麻痹症而残疾的克利夫·卡特米尔，还有作家夫妻亨利·库特纳（Henry Kuttner）和凯瑟琳·L. 穆尔，两人是通过共同的朋友H. P. 洛夫克拉夫特结识的③。穆尔已经是一位受人尊敬的作家，而海因莱因认为库特纳是替代他的最佳人选。坎贝尔最终同意了："他相貌平平，身材矮小④，看起来很弱。我以前不明白凯瑟琳·穆尔究竟看上他什么了。我在这里收回那句话，他显然具有真正的特性和价值。"

更重要的是在坎贝尔主编的建议下⑤，库特纳和穆尔开始合作，轮流以刘易斯·帕吉特（Lewis Padgett）之名进行创作。他们的巅峰之作为《扭捏作态》（Mimsy Were the Borogoves）和《当树枝折断时》（When the Bough Breaks），这两篇出色的小说对婚姻和孩子们的内心生活有着不同寻常的兴趣。这是一条极有前途的发展路线，但坎贝尔并没有继续采用，部分是由于这条路线似乎与战争无关。然而在珍珠港事件发生后，库特纳和穆尔是对《惊奇科幻》贡献最大的两位作家。

海因莱因的圈子里还有一位作家也渴望为坎贝尔供稿，那就是因

---

① 参见耐特《未来派》，第134页。——原注
② 这本书中对海因莱因、哈伯德和杰克·威廉森进行了露骨的描述。布彻从来没见过哈伯德，其实是根据别人的形容对他进行描述的。参见坎贝尔写给罗伯特·斯威舍的信，1942年10月21日。——原注
③ 参见莫斯科维茨《明日探求者》，第311页。——原注
④ 参见坎贝尔写给罗伯特·斯威舍的信，1942年左右"周五"。——原注
⑤ 参见潘兴《山丘外的世界》，第589页。——原注

视力不好而不符合征兵条件的雷·布拉德伯里。海因莱因和莉·布拉克特都指导过布拉德伯里，而库特纳则以师徒关系对他进行过最严格的训练，还开玩笑地威胁他不要再写那些华而不实的散文，否则就要杀了他[1]。布拉德伯里卖给"零概率"专栏两篇小说，在"分析试验室"的投票中位列第一。他似乎就要成功打入《惊奇科幻》杂志了，时机应该也是完美的。

然而，布拉德伯里并没有成功。1942年秋，他的经纪人提交了《蛹》（*Chrysalis*）。这篇超人小说的创意正好符合坎贝尔主编的胃口。坎贝尔认为布拉德伯里"已经彻底掌握了写作技巧"[2]，但还是要求他做一些修改。布拉德伯里按照穆尔和库特纳的建议完成了修改，坎贝尔总算让这篇小说通过了[3]。一年后，布拉德伯里卖给坎贝尔《小玩意》（*Doodad*），这是他模仿范沃格特的小说创作的一篇小作品，但是之后，他再也未在这本杂志上发表一篇小说。尽管他将《百万年郊游》（*The Million-Year Picnic*）和《火星是天国》（*Mars Is Heaven*）等在将来会成为里程碑的作品先拿给坎贝尔过目[4]，但是都被这位主编退回了。

坎贝尔两次提高稿酬，但还是难以找到小说，同时还有些别的问题也让他心烦意乱。《惊奇科幻》在一个非常糟糕的时机扩大了尺寸，之后不久就发生了珍珠港事件，所以这本杂志并没有吸引到新的广告商，放在通俗杂志旁边也没能增加销量。出版了16期后，该杂志又恢

---

[1] 参见埃勒（Eller）《成为雷·布拉德伯里》（*Becoming Ray Bradbury*），第70页。——原注
[2] 参见埃勒《成为雷·布拉德伯里》，第72页。——原注
[3] 《蛹》后来刊登在《惊异故事》1946年7月刊。——原注
[4] 参见莫斯科维茨《明日探求者》，第365页。——原注

复了以前的尺寸。1943年年末，杂志尺寸再次缩小，问题是战时定量配给①——大版面需要用电铸印版法，这种方法会消耗金属，而且分配给这家公司的纸还被反复缩减。

坎贝尔负责两本杂志，其中《未知》比《惊奇科幻》脆弱。他曾经希望这本杂志的销量会超过《惊奇科幻》②，结果其发行量却低于《惊奇科幻》，导致对纸张的利用效率很低——为了填满报摊上的空间，每期陈列的杂志印数必须相同③，因此，退货率也比较高。为了争取时间，坎贝尔宣布减少这本杂志的印数④，消除广告，下一期杂志将会印成袖珍本大小。

这根本没有实现。《未知》在1943年10月刊后停刊，其用纸也分配给了《惊奇科幻》。从商业角度来看，这个决定直截了当，但是从情感上来说却是毁灭性的。不久后，阿西莫夫来拜访坎贝尔，这位主编连提都没提过此事。几周后，海因莱因告知阿西莫夫《未知》"在整个非常时期内"⑤停刊了。阿西莫夫在日记中写道："我认为那是永远停刊的意思⑥。"这样写并没有错。

为了让那本比较脆弱的杂志能够维持下去，坎贝尔终结了自己最喜欢的作品，部分是因为他相信科幻小说还能在战争中发挥作用。这是一

---

① 参见坎贝尔写给海因莱因的信，1943年1月6日。——原注
② 参见坎贝尔写给罗伯特·斯威舍的信，1939年4月4日。——原注
③ 参见坎贝尔写给A.E.范沃格特的信，1943年4月4日。——原注
④ 参见坎贝尔《小盒子》（*In Small Boxes*），载于《未知世界》（*Unknown Worlds*），1943年10月，第6页。——原注
⑤ 参见阿西莫夫《记忆犹新》，第390页。——原注
⑥ 参见阿西莫夫《记忆犹新》，第390页。由于这本杂志停刊，阿西莫夫的《作家！作家！》好几年都不能发表，布拉德伯里的小说《使者》（*The Emissary*）也陷入悬而未决的状态。参见坎贝尔写给雷·布拉德伯里的信，1951年8月2日。——原注

个实验室，他手下的作家可以在里面塑造未来的情景。安东尼·布彻在回信中对那些厌倦了悲观战争故事的读者如此写道："我们越写轴心国获胜的巧妙诡计①……那些诡计就越不容易成功。"

坎贝尔主编当然相信这点。他在《未知》上耗费了大量精力，这本杂志的停刊促成了他的下一步行动，他决心彻底证明科幻体裁的价值。《惊奇科幻》1942年4月刊中有一篇名为《太会猜》（*Too Good at Guessing*）的社论。坎贝尔在这篇社论中引用了一位不愿透露姓名的供稿人所说的话："我正在做机密的研究工作②，我的实验室里也有人在做着别的秘密工作。如果我写一篇小说，根据我的技术背景得出合理准确的猜测，我可能会描述其中某个人实际上正在研发的东西。人们自然会感觉机密材料泄露了。我很想写，但是又怕我可能会猜对，所以还是不要写比较好。"

坎贝尔提到《惊奇科幻》杂志可能会在无意中发现一个重要的秘密。他这么说可能有点自以为是，但也并非完全不可能。最后，他在这篇社论中说他们目前只会让自己写那种比较脱离现实的小说："结果就是③在将来，我们会试着更大胆地猜测，把我们的故事背景设在更远的未来，或者避开那些可能会导致准确猜测的主题……仅此一次，我们发现还是猜错比较明智！"

这是一种谨慎的声明，同时也表明他相信科幻小说是创意的试验场，还相信这种体裁会为战备做出他所希望的那种贡献。坎贝尔在1941年1月刊中说，在由创新智慧决定胜负的冲突中，与美国为敌将会是一

---

① 参见安东尼·布彻写给《惊奇科幻》的信，载于《惊奇科幻》，1943年6月，第162页。——原注
② 参见坎贝尔《太会猜》，载于《惊奇科幻》，1942年4月，第6页。——原注
③ 同上。

件非常可怕的事①。珍珠港事件后，他又重述了相同的观点："我们是世界上科研潜力最高的国家②……如果你必须袭击美国，那就用骑兵和战棍，千万别用机械作战！"

起初，海军工厂好像是坎贝尔一直在等待的机会。他在给斯威舍的信中激动地写道："那里的整个机构③都在制造我们谈论了十几年的小装置，还有几百种我们尚未想到的装置。"海军工厂大多数工程师的工作并不是这个，肯定不像阿西莫夫、海因莱因或德坎普的作品，但是坎贝尔仍然梦想着它可能会变成的样子。

"闯入"④海军工厂的计划失败后，坎贝尔开始认真思考为自己设计一个类似的地方。他觉得自己会成为优秀的研究主管，而且《惊奇科幻》中也有现成的场所。斯特里特与史密斯出版社给了坎贝尔较大的自由，只要发行量尚可，他就不用向任何人汇报。问题依然是如何使军方官僚机构通过他的创意，但坎贝尔认为他可以将这件事交给海因莱因——海因莱因的工作已经超负荷了。

有一种可能的方法是在杂志中刊登技术问题，向读者征求建议。这也是斯科尔斯于1942年1月向海因莱因游说的关键内容，工作邀请只是题外话：

《惊奇科幻》和《惊异故事》的作家与读者中⑤，肯定有

---

① 参见坎贝尔《发明》，载于《惊奇科幻》，1941年1月，第5-6页。——原注
② 参见坎贝尔《科幻与战争》（Science-Fiction and War），载于《惊奇科幻》，1942年3月，第6页。——原注
③ 参见坎贝尔写给罗伯特·斯威舍的信，1942年3月30日。——原注
④ 参见坎贝尔写给A.E.范沃格特的信，1942年8月24日。——原注
⑤ 参见巴迪·斯科尔斯写给海因莱因的信，1942年1月14日，转引自威索基《惊人的战争》，第188页。——原注

很多人在以前被称为疯子,他们正在逐渐成为"有创意的人",将来可能还会成为"祖国的救星"……写一篇文章在所有科幻杂志上发表,提出对这些创意的需求,这难道不是个好主意吗?

坎贝尔不会说得比这更好。他在海军工厂谋取职位的机会早就消失了,但他依然对这种前景充满热情。7月,他在给海因莱因的信中写道:"我不得不试着间接帮忙[①]……如果我多了解普遍问题,甚至在杂志中讨论这些普遍问题,建议读者发挥想象力,看他们能提出什么解决方案,也许就能做些有用的事情了。"

作为例子,坎贝尔提出了自己的想法——为某些工业性作业在实验室中填充氩气,已经用氦做过了。然后他征求更多的建议:"大家可以提出一系列或者几个至少可以让我仔细考虑一下的问题吗?"坎贝尔请弗莱彻·普拉特写一篇文章,论述"有技术头脑的人发挥想象力可能会解决美国海军的问题"[②]。他还告诉莱斯琳,这位作家已经"得到海军授权[③],海军正在协助他选择可用的材料"。

这篇文章根本没有发表,《设计之战》(*The Battle of Design*)也是如此。在《设计之战》中,坎贝尔希望就战时工程问题展开讨论。问题出在审查上[④],海军乐于接受,可陆军却以有安全风险为由拒绝了。就这样,坎贝尔主编没有公共论坛了,但他依然想发挥作用。第一次与科幻迷戴蒙·耐特见面时,坎贝尔说他正在考虑离开《惊奇科幻》杂志去做研究工作:"要知道,我是一名核物理学家[⑤]。"

---

① 参见坎贝尔写给海因莱因的信,1942年7月21日。——原注
② 参见坎贝尔写给海因莱因的信,1942年10月9日。——原注
③ 参见坎贝尔写给莱斯琳·海因莱因的信,1942年11月20日。——原注
④ 参见坎贝尔写给海因莱因的信,1943年10月12日。——原注
⑤ 参见戴蒙·耐特《寻找奇迹》(*In Search of Wonder*),第18页。——原注

坎贝尔确定了两种进攻计划。他在1942年11月刊中称他本来想参军，结果却遭遇"阻挠"，然后又说：

> 但我经营着一个非官方的招聘办公室[①]。我知道有一个地方急需拥有工科学位和少量经验的年轻工程师，至少要有一个学位……这是一个可以真正报效国家的机会。这样，你受过的训练就会得出最大的结果，尤其是你那训练有素的想象力——这比工程训练还要罕见。

作为这种问题的例子，他提到了"切实可行地研发"高空太空服。增压服计划[②]确实存在，不过，在海军工厂工作的作家都没有参与这个计划，而且有相反的传言。坎贝尔主编将他收到的回信转寄给了海因莱因，但是并没有证据表明有人因此而被录用。

坎贝尔还有一个策略是在私人通信中征求作家的意见。海因莱因对这种做法表示支持，他还找了威尔·詹金斯（Will Jenkins），这位杰出的发明家以默里·莱因斯特尔（Murray Leinster）之名写科幻小说。詹金斯回了"一封经过仔细斟酌的长信进行详尽的阐述[③]，列出了所有我认为有助于打赢这场战争的富有想象力的花招"。这三个人组成了非正式的三人小组进行头脑风暴，其中，海因莱因在海军工厂，坎贝尔在杂志社，詹金斯在战时新闻处（Office of War Information）。

詹金斯与地下抵抗运动有联系，对化学阴招特别感兴趣，工厂工人

---

① 参见坎贝尔编"未来"栏目，载于《惊奇科幻》，1942年11月，第42页。——原注
② 参见威索基《惊人的战争》，第170-171页。——原注
③ 参见威索基《惊人的战争》，第191页。——原注

可以用那些阴招对纳粹搞破坏。坎贝尔认为这是一个完美的地方,可以想出该领域可能会用的东西,从而获得荣誉,所以他提出了削弱机翼支柱和破坏锅炉的方法①。而维利·莱则提出了一个"邪恶的"建议②,即用飞机向德国投掷毒漆藤或日本丽金龟。坎贝尔主编还连珠炮似的向海因莱因提出自己的建议③,包括用照明弹破坏攻击飞行员的夜视能力,用磁性炸弹标记潜水艇,但没有一个被认为是可行的④。

坎贝尔因那些一夜之间就可以解决巨大工程问题的小说而出名,他变得越来越没有耐心。他说不出一个明显有影响力的案例,将想法寄给海因莱因也使他陷入一种他曾经希望甩掉的脆弱境地。像哈伯德一样,他为一种过时的英雄主义观念所累。海因莱因已经学会了在官僚机构中尽其所能地耍花招,而坎贝尔则冒险寻找捷径,结果并没有找到,《未知》也是如此。

1943年8月,坎贝尔就是在这种心情下收到了作家克利夫·卡特米尔寄来的一封信。卡特米尔在信中推销一篇关于幽灵船玛丽·西莱斯特

---

① 参见坎贝尔写给海因莱因的信,1942年6月左右"周五"。——原注
② 参见坎贝尔写给海因莱因的信,1943年2月2日。——原注
③ 坎贝尔在给海因莱因的信中提出了这些建议以及别的建议,写信日期分别为1942年6月左右"周五"、1942年7月9日、1942年8月11日、1943年2月2日和1944年2月10日。海因莱因后来说使用交流电动机作为飞机的电源是坎贝尔提出的最好的建议,已经纳入考虑了。他还鼓励坎贝尔:"这个建议好极了,约翰。"参见海因莱因写给坎贝尔的信,1945年8月2日。——原注
④ 还有一种调查途径使坎贝尔一时激动起来。奥地利物理学家费利克斯·埃伦哈夫特(Felix Ehrenhaft)宣布他发现了"磁单极子",这种粒子可用于研制发电机、发动机等与那些以电力为基础的设备类似的机器。坎贝尔称之为比铀裂变还要伟大的发现,但是这些结果始终无法复制。参见坎贝尔《超级保守》(Super Conservative),载于《惊奇科幻》,1944年4月,第5-6页;《科学的滩头阵地》(Beachhead for Science),载于《惊奇科幻》,1944年5月,第103-117页。——原注

号（Mary Celeste）的小说。坎贝尔不喜欢这个创意，但是他心里还有一个故事前提。自从听说哥伦比亚大学有一立方英尺的铀，他一直密切关注着原子能方面的实验，因此，他在给卡特米尔的信中写道：

> 也许可以根据这种想法写一篇小说[1]……我说的不是理论，而是事实：分离出的 U-235 数量足以进行初步的原子能研究，等等。他们用新的原子同位素分离法从普通铀矿石中提取出 U-235，现有的 U-235 数量以磅计。他们还没有把提取出来的 U-235 全部放到一起，或者还没有把大部分 U-235 放到一起……他们担心这种能量会产生无比猛烈的爆炸……连周围的物质都会引爆……那就严重了。

这封信有三页，列出了一篇小说的大纲，其内容与同盟国和轴心国情况相似，轴心国在战败前威胁说要引爆原子弹。坎贝尔在最后写道："现在你可能会发现这篇小说采用寓言的形式比较好——将这场战争放在别的星球上，与地球类似的情况笼罩着那个星球。我想这篇小说可能就是一位特工的冒险故事，他被派去扭转战局——去摧毁那颗原子弹。"

卡特米尔在回信中很谨慎，他说这个创意的"预言太露骨[2]，可能会显得荒谬。还有一种潜在的危险，其中提出的行动手段可能真的会被采用"。实际上，他不确定自己能否想出一种可信的外星背景，还就这

---

[1] 参见伯杰（Berger）《惊奇调查》（*The Astounding Investigation*），第 132 页。坎贝尔断言分离出来的铀"数量以磅计"，这话说得为时过早——橡树岭到 1944 年秋天左右才会拥有如此大的数量。参见伯杰《有效的魔法》（*The Magic That Works*），第 69 页。——原注

[2] 参见伯杰《惊奇调查》，第 132 页。——原注

门科学提出了一系列问题，"当然，由于社会、军事或政治原因，要注意什么该说什么不该说。"

坎贝尔的回信长达两页半。他似乎确信外星背景会避开任何审查问题："审查机构不会在外星球的事情上找麻烦①，他们可能会对当地发生的事情有所反应……局势的发展就像在地球上一样。"坎贝尔建议卡特米尔研究一下《日暮》中那个类似地球的世界，看一下《爆炸总会发生》在技术方面的写作手法。他还建议给主人公塑造一条卷尾，表明他不是人类。

卡特米尔还是迟疑不定，但他不会拒绝一篇肯定能卖出去的小说。他写得很快，9月的第一周就交稿了。结果，《生死界线》（*Deadline*）发表在2月11日前出版的1944年3月刊上。大部分读者对其评价不高，有一位读者称之为"平平无奇的奇幻小说"②。结果，这篇小说在"分析试验室"的投票中排在最后一名。但坎贝尔心里有一群特定的读者。

他早就怀疑政府在研制原子弹。坎贝尔上大学时写的最早的小说都围绕着核能的发现，可是当那一刻终于到来的时候，他却成了局外人。如果他晚几年从麻省理工学院毕业，可能就会参与其中了③，但是现在，他只是一位"有组织的科幻迷"。

因此，坎贝尔打破了自己仅有的一条规则。他曾经说过《惊奇科幻》不会刊登任何可能泄露国防机密的内容，现在却故意刊载这样一篇小说，公然将其与有史以来最重要的军事计划相提并论。坎贝尔没有尝

---

① 参见伯杰《惊奇调查》，第132页。——原注
② 参见M. 埃尼曼（M. Eneman）写给《惊奇科幻》的信，载于《惊奇科幻》1944年7月，第151页——原注。
③ "在美国自1941年以来，几乎所有的核物理学家都是毕业后就直接进入曼哈顿计划。"参见坎贝尔《西班牙原子》（*Spanish Atoms*），载于《惊奇科幻》，1946年9月，第5页。——原注

试向审查人员澄清此事，就像他对类似作品所做的那样。这是一种鲁莽的行为，其鲁莽程度超过了哈伯德做过的任何事。但这也是他唯一能引爆的炸弹。

人们马上就感觉到其影响了。曼哈顿计划的工作人员中有许多科幻迷，关于《生死界线》的消息很快就传开了。到最后，新墨西哥州原子武器实验室的员工们都公然在食堂里谈论这篇小说。卡特米尔塑造的装置与正在研发的设计几乎毫无相似之处，不过这并不重要。爱德华·特勒（Edward Teller）在后来被誉为"氢弹之父"，他回忆说，洛斯阿拉莫斯的反应是"惊讶"[1]。

但是有一个人根本不是科学家，《生死界线》却给他留下了最深刻的印象。他是一位安全官员[2]。当其他人在午餐时间讨论这篇小说时，他就静静地听着，而且会做笔记。如果坎贝尔希望得到关注，那么他即将取得出乎意料的成功。

---

[1] 参见本福德（Benford）《科学家笔记：科幻世纪》（*A Scientist's Notebook: The Science Fiction Century*），第 133 页。——原注

[2] "爱德华·特勒记得有一位安全官员明显感兴趣，他会做笔记，却不怎么说话。"参见本福德《科学家笔记：科幻世纪》，第 134 页。——原注

第9节 从《生死界线》到广岛(1944—1945)

> 原子物理学……可以在一天之内[1],在霎时间结束这场战争,这是毋庸置疑的。但是战后是否会出现一个令人担忧的世界,这方面存在相当大的疑问。
>
> ——摘自约翰·W.坎贝尔主编的《惊奇科幻》1943年8月刊

克利夫·卡特米尔将《生死界线》的故事背景设在凯瑟星(Cathor),心轴(Sixa)和盟同(Seilla)这两个派系之间的全球战争对该星球造成了严重破坏。小说中的主人公是一个间谍,其任务是深入敌军据点,找到一位正在研制终极武器的科学家,摧毁这件终极武器,以免其被引爆。他成功地拆除了这颗原子弹,使里面的铀分散开来:"它会降落、散开,那些现在将要继续活下去的人永远都不会察觉。"

这无疑是一篇低劣的小说,可能连最不挑剔的读者都认为"心轴"和"盟同"这样的名字过于幼稚,根本不符合《惊异故事》的要求,更不必说《惊奇科幻》了。然而,这篇小说的肤浅本身也算是一种叙事策略。主人公的尾巴、那些幼稚的交战图,乃至没有人类角色的星球——《惊奇科幻》杂志很少使用这种套路,种种线索都表明这并不是一篇简单的小说。很明显,其发表并不是为了娱乐,所以里面必然有一些隐含的信息。

---

[1] 参见坎贝尔《非通信无线电》(*Noncommunication Radio*),载于《惊奇科幻》,1943年8月,第7页。——原注

即便没有任何科学背景也能看出这整篇小说都是一个谈论原子弹的借口。卡特米尔描述原子弹所用的语言是直接从坎贝尔的信件中抄过来的,甚至包括"我说的不是理论,而是事实"这句。小说中提到原子弹中含有16磅铀,其中每磅铀的爆炸威力为5万吨炸药当量,同时还对其设计进行了深入探讨:

> 两个铸铁半球夹住橙色的镉合金部分。我看到雷管在一个镉合金的小罐子里,罐中有一个含有少量镭的铍暗盒,还有一个威力足以炸开镉壁的小型爆炸物。然后,如果我说错了,请纠正我,好吗?粉末状的氧化铀一起在中央腔内流动。镭将中子射入这堆铀中,接下来的反应就由 U-235 完成。

几十年后,坎贝尔会说在朱利叶斯·罗森伯格和埃塞尔·罗森伯格(Julius and Ethel Rosenberg)这对间谍夫妻受审前,这是曾经发表过的最详细的核装置描述[1]。实际上,16磅铀[2]还不足以引发链式反应——代号为小男孩的原子弹用了140磅铀,而且组装的方法也太慢了。真正的原子弹必须用炸药将一团铀射向另一团,而在坎贝尔的设计中,中央腔内的铀粉末还没爆炸就把铁壳熔穿了。

这也不是U-235第一次出现在小说中。正如坎贝尔在阿西莫夫的《金

---

[1] 参见坎贝尔写给简·赖斯(Jane Rice)的信,1956年4月23日。——原注
[2] 关于《生死界线》中原子弹的详细评论参见威索基《惊人的战争》,第124-126页。——原注

乌人》中增添了多余的心理学内容，他也经常无缘无故地在许多小说中[①]插入关于裂变反应的内容。但是《生死界线》引发的那些食堂谈话引起了反间谍部队（Counterintelligence Corps）的注意，其特异性足以在这个负责洛斯阿拉莫斯安全问题的机构中拉响警报[②]。

1944年3月8日，也就是《生死界线》发表一个月后，特工阿瑟·E.赖利（Arthur E. Riley）到东42街（East Forty-Second Street）122号的查宁大厦（Chanin Building）询问坎贝尔——《惊奇科幻》杂志社最近才迁到此地。这正是坎贝尔主编希望激起的那种反应。如果他只是将这篇小说提交给审查办公室，远远不会得到这种程度的关注。他似乎对此次调查感到受宠若惊，欣然回答了这位特工提出的问题，仿佛是在面试曼哈顿计划中的某个职位。

坎贝尔承担了全部责任，说他写信将这个创意告诉了"毫无技术知识"[③]的卡特米尔。赖利在他的报告中写道："坎贝尔曾于1933年在麻省理工学院攻读原子物理学课程，所以原子衰变的题材[④]对坎贝尔来说并不新奇。"坎贝尔有一群具备科学素养的读者，所以这位主编还说他经常利用出版刊物资源及其"有技术头脑的密友和同事"[⑤]的作品。他给赖利看了一本讨论核裂变的期刊[⑥]，甚至还描述了《差强人意的办

[①] 其中包括西奥多·斯特金的《阿特南进程》（Artnan Process）、杰克·威廉森的《碰撞轨道》（Collision Orbit）、莱斯特·德尔雷伊的《登月记》和《第五种自由》（Fifth Freedom）以及乔治·O.史密斯的《反冲》（Recoil）。——原注
[②] 下面的描述大部分细节都来自伯杰《惊奇调查》和西尔弗伯格《反思：克利夫·卡特米尔事件》（Re·ections: The Cleve Cartmill Affair）。——原注
[③] 参见西尔弗伯格《反思：克利夫·卡特米尔事件1》（Re·ections: The Cleve Cartmill Affair: One），第7页。——原注
[④] 同上。
[⑤] 参见伯杰《惊奇调查》，第128页。——原注
[⑥] 参见雷诺兹《小说工厂》（The Fiction Factory），第264页。——原注

法》^①的故事情节。

如果坎贝尔是希望给赖利留下好印象，那么他并没有完全成功。赖利在报告中称坎贝尔"有点自大"^②，该判断在这位主编堂而皇之却又不失准确地说"我是《惊奇科幻》"^③时得到了证实。坎贝尔也提供了卡特米尔的地址，同时还提出要废止《惊奇科幻》杂志的瑞典版，因为该版本极有可能落入德国人的手中。据说，纳粹火箭计划主任沃纳·冯布劳恩^④（Wernher von Braun）确实在用假名和瑞典的通信地址购买这本杂志。不过，坎贝尔和赖利在当时绝不可能知道此事。

赖利也开始关注威尔·詹金斯，因为有人曾看见他与坎贝尔和贝尔实验室的一位工程师共进午餐。由于无法获得安全许可，詹金斯从战时新闻处辞职了，他在之前也遇到过麻烦。詹金斯有一篇作品是《四艘小船》^⑤（*Four Little Ships*），他应美国海军的要求对其进行了改写，似乎是因为这篇小说的情节与那些机密的扫雷技术有相同的地方。坎贝尔没有将《生死界线》提交给审查机构，却提交了《四艘小船》。他之所以刊载这篇小说，很可能只是因为想看看会有什么反应。

---

① 参见雷诺兹《小说工厂》（*The Fiction Factory*），第 264 页。——原注
② 参见西尔弗伯格《反思：克利夫·卡特米尔事件 2》（*Re·ections: The Cleve Cartmill Affair: Two*），第 8 页。——原注
③ 参见伯杰《惊奇调查》，第 127 页。——原注
④ "在战争时期，沃纳·冯布劳恩只能通过假名字和瑞典的中性通信地址获得他珍爱的订阅本。"参见弗雷德里克·波尔《惊奇：坎贝尔时代 第 2 部分》（*Astounding: The Campbell Years, Part 2*），2009 年 12 月 7 日，http://www.thewaythefutureblogs.com/2009/12/astounding-campbell-years-part-2（2017 年 12 月引用）。1951 年 11 月 30 日，坎贝尔在给约翰·L. 内诺维克（John L. Nanovic）的信中写道："算上冯布劳恩，他在德国研发了 V-2 导弹，现在在白沙（White Sands）。他在战争期间也坚持阅读《惊奇科幻》——花了很多钱，费了很多事。"
⑤ 参见威索基《惊人的战争》，第 88-89 页。——原注

赖利约见了詹金斯。他到达这位作家的家中后,两人去屋顶密谈了。"告诉我,你读过①克利夫·卡特米尔的小说《生死界线》吗?"

詹金斯说他读过。当赖利问他有什么看法时,他回道:"一篇很不错的小说,其中的科学真实可信,相当准确。"

当时的气氛很紧张。赖利停顿了片刻,然后说道:"我们想知道的是,是不是有人泄密了?"

詹金斯并不像坎贝尔那样为自己受到关注而高兴。他后来写道:"这时候,我的头发竖了起来,分叉的发丝快像鞭绳一样裂开了。"

在赖利进一步追问时,詹金斯承认了他和他女儿曾经"做过几次实验②,想要获取大量铜原子"。1942年,詹金斯曾将10克自以为是纯铜同位素的东西带到坎贝尔的办公室。那是他用自制的设备分离出来的,具有明显的商业潜力。坎贝尔开玩笑说他应该试试铀③,但是詹金斯还得证明它有用。他将样本交给阿西莫夫④,请他在哥伦比亚大学的质谱仪上检测一下,但是并没有什么结果。

这是赖利第一次听说阿西莫夫这个人,结果将他的名字和军衔误记为"阿奇莫夫上尉"(Lt. Azimoff)。赖利在进一步调查中注意到了德坎普和海因莱因。海因莱因和卡特米尔是朋友,因此被标记为值得关注的人。实际泄密的可能性似乎不大,但是还有其他值得关注的原因:"在知情人士看来⑤,《生死界线》这篇小说包含的不仅仅是原子物理学这门学术课程,其中还揭示了1940年以来形成的某些研发成果。"赖利

---

① 参见斯托林斯(Stallings)和埃文斯(Evans)《默里·莱因斯特尔》(*Murray Leinster*),第93—94页。——原注
② 参见伯杰《惊奇调查》,第128页。——原注
③ 参见坎贝尔写给罗伯特·斯威舍的信,1942年左右"周五"。——原注
④ 参见伯杰《惊奇调查》,第128页。——原注
⑤ 参见西尔弗伯格《反思:克利夫·卡特米尔事件1》,第7—8页。——原注

在最后建议提醒坎贝尔遵守自愿性新闻检查制度（Voluntary Censorship Code），该制度限制出版物中关于秘密武器的探讨。

在加利福尼亚州，特工R. S. 基洛（R. S. Killough）正在调查卡特米尔。卡特米尔居住在曼哈顿海滩，原子计划中有一些科学家也住在这里。他的邮件受到监视，所有的回信地址都被记录下来。邮差也透露这位作家在赖利来访后不久就收到了坎贝尔主编写来的一封信。该邮差还说，卡特米尔似乎不愿提起纸浆杂志，反而更愿意谈论他在《科利尔》（Collier's）杂志中发表的一篇小说。有人问起《生死界线》时，他只说了一句："糟透了。"①

起初，卡特米尔说《生死界线》的情节是他自己构思出来的，但是后来分别接受了基洛和特工D. L. 约翰逊（D. L. Johnson）的询问后，他的说法就变了。约翰逊写道："这篇小说的情节大部分②都是他直接从约翰·坎贝尔的来信中抄过来的……只有很少的部分是他根据自己的常识构思出来的。"在接下来的会面中，卡特米尔给约翰逊看了他和坎贝尔的往来信件。约翰逊提到，《生死界线》中的技术内容几乎是一字不差地从坎贝尔主编的信件中抄过来的。

5月6日，橡树岭的区情报官W. B. 帕森斯（W. B. Parsons）寄给华盛顿特区的安全主管约翰·兰斯代尔中校（Lieutenant Colonel John Lansdale）一份备忘录。帕森斯表示担心这篇小说会"引发公众猜测"，建议告诉斯特里特与史密斯出版社"这种详尽描述秘密武器的小说③不利于国家安全，因其会引起泛滥的谣言"。他还建议取消该出版社的邮寄特权，那就相当于扼杀《惊奇科幻》杂志。

---

① 参见伯杰《惊奇调查》，第130页。——原注
② 参见伯杰《惊奇调查》，第131页。——原注
③ 参见伯杰《惊奇调查》，第134页。——原注

坎贝尔使《惊奇科幻》陷入险境，其危险程度可能出乎他的意料。兰斯代尔将这份备忘录转给了新闻检查局（Office of Censorship）的副局长杰克·洛克哈特（Jack Lockhart），但洛克哈特不愿意采取严厉的措施。他并不喜欢《生死界线》，但还是觉得为这篇小说而惩罚《惊奇》杂志是不民主的："我不敢冒险[1]进入这个领域……人们可能会发现，此等行为更有可能输掉一场战争，而非打赢这场战争。"

那个月晚些时候，帕森斯找H. T. 温塞尔（H. T. Wensel）谈话。温塞尔在美国工程部橡树岭区办事处（United States Engineer District Office in Oak Ridge）担任技术顾问，他认为"引起曼哈顿计划相关人员关注的文章[2]容易导致过多的猜测"。像坎贝尔一样，反情报部队对曼哈顿计划科学家的关注显然要超过对普通读者的关注。那些科学家专注于技术方面，很少停下来考虑道德问题。

最后，他们决定依靠《惊奇科幻》杂志自愿配合，洛克哈特要求坎贝尔保证不会"再刊登1943年6月28日的特别要求所涉主题的相关内容"[3]，这就限制了出版社对"原子击破[4]、原子能、原子裂变和原子分裂"的探讨。坎贝尔在后来声称他获得了该指令的豁免，轻描淡写地说：

> 我们和其他许多杂志一起收到了原子能审查通知[5]，但我回信说，原子弹从多年前开始就是我们的惯用套路，如果我们

---

[1] 参见西尔弗伯格《反思：克利夫·卡特米尔事件2》，第9页；伯杰《惊奇调查》，第135页。——原注
[2] 参见伯杰《惊奇调查》，第135页。——原注
[3] 参见伯杰《惊奇调查》，第134页。——原注
[4] 参见伯杰《惊奇调查》，第132页。——原注
[5] 参见《1945年凶事预言家》，载于《纽约客》"城中话题"，1945年8月25日，第15页。——原注

突然弃之不用，我是说，《惊奇科幻》杂志突然停止使用这个套路，只会显得十分可疑。美国陆军也表示了相同的想法，他们可能认为根本不会有人信以为真。

实际上，坎贝尔立刻就开始审查小说了。有时候，他将其看作一种荣誉，还在给斯威舍的信中骄傲地写道："有一个年轻人猜得太准了①，由此导致的调查引来了审查机构对《惊奇科幻》的普遍关注。我们现在所接受的审查的严重程度不亚于纪实杂志，因为我们喜欢'胡乱'猜想。"这种素材原本就是经常由坎贝尔提供，所以并不是很难删除。坎贝尔本质上是在审查他自己。他甚至还向读者暗示："毫不夸张地说，真正的好创意②，那些我们想要讨论和描写的创意已经用到战争中了。"

在某种程度上，坎贝尔无法确定哪种说法对《惊奇科幻》的夸赞程度比较大，可能是它得到了特别豁免，也可能是它猜得太准，甚至引来了更严厉的审查。不过，这都不是真的。根本没有这种豁免，《生死界线》只是迫使坎贝尔遵守现有的规定。实际上，他决定两者兼用，根据对象而改换说法。

后来有一个传说③称坎贝尔在办公室的墙上挂着一幅地图，他在上面用大头针标记订阅者的地址——有些大头针可疑地聚集在圣达菲（Santa Fe）的一个邮箱周围。赖利并没有注意到这幅地图，所以坎贝尔松了一口气。这个故事或许是杜撰的，但是他很可能产生过怀疑。坎

---

① 参见坎贝尔写给罗伯特·斯威舍的信，1944年"夏"。——原注
② 参见坎贝尔编"基本实情"栏目，载于《惊奇科幻》，1945年1月，第149-150页。——原注
③ 参见布雷克（Brake）和胡克（Hook）《不同的引擎》（*Different Engines*），第101页。——原注

贝尔在战后写道:"当时各大行业杂志出版公司①都知道正在建设橡树岭的事,而且对其目的了如指掌。"毫无疑问,他留意着杂志销量的地域分布,发现有大量《惊奇科幻》杂志在橡树岭国家实验室(Oak Ridge National Laboratory)附近的药房里②售出。

无论如何,坎贝尔在《生死界线》上赌赢了。他对政府正在做的事有一种预感,然后抛出诱饵,成功地验证了这种预感。坎贝尔对这个结果感到满意,根本不知道他差点就把《惊奇科幻》杂志毁掉了。尽管说了那些话,做了那些事,他还是没能闯入其中。不过,坎贝尔即将有机会做出他第一个真正的贡献。

1943年年末,船务局(Bureau of Ships)无线电部门的安装及维修科发现一个问题:声呐设备手册③严重过时,有些根本没有手册,其中包括那种导致哈伯德遇到两艘假想潜艇的声呐。此时出这种问题再糟糕不过。声呐在这场战争中是一种至关重要的武器,整个舰队都安装了声呐设备,操作人员却没有必要的手册可用。

1944年2月,国防研究委员会将这个援助请求传给了圣迭戈的加利福尼亚大学战争研究处(University of California Division of War Research)。为了便于接触作家,最终决定将该计划的总部设在纽约,由麦格劳希尔公司(McGraw-Hill)的主编基思·亨尼④(Keith Henney)负责运营。亨尼具有无线电背景,他也是科幻迷。要找人负责写作的时

---

① 参见坎贝尔《变性原子》(*Denatured Atoms*),载于《惊奇科幻》,1946年7月,第5页。——原注
② 参见德坎普《科幻手册》(*Science Fiction Handbook*),第70页。——原注
③ 该计划的相关信息主要来自《加利福尼亚大学战争研究处完工报告》(*Completion Report of the UCDWR*),收录于加州大学圣迭戈分校特色馆藏,加利福尼亚大学战争研究处报告,1号箱,第144-145页。——原注
④ 参见史密斯《乔治·O.史密斯的世界》(*Worlds of George O.*),第26页。——原注

候,他联系了坎贝尔。

关于《生死界线》的调查正在收尾,坎贝尔可能就希望该调查会带来这种工作机会,不过,这种机会的到来可能并不是由于调查,而是不顾调查的结果。仅此一次,坎贝尔的经验有了用处。国防研究委员会在开战之初拒绝了他的服务,现在他们终于来找他了,所以他感到很高兴。

坎贝尔立即开始招募作家。海因莱因非常想加入,但是坎贝尔主编说没有用:"我们照旧①无法将恰当的针插到恰当的人身上,无法在接近恰当的反应时间得到恰当的反应。"坎贝尔对海因莱因说他希望"最终会看到你神采奕奕地出现在奴隶兵营中",但是调令根本没有下来。

有些作家就比较幸运了。海因莱因后来以为斯特金②参与了该计划,但实际上,斯特金当时还在国外。不过,坎贝尔确实聘用了海因莱因圈子里的L·杰罗姆·斯坦顿③(L. Jerome Stanton)和最近从《惊奇科幻》杂志中发现的作家乔治·O.史密斯(George O. Smith)。史密斯出生于1911年,是一位无线电工程师,他写的是坎贝尔喜欢的那种技术含量很高的小说。这位主编邀请他每月在新泽西州过一个周末④。坎贝尔当时是《大众科学》⑤(Popular Science)杂志的电子学文章自由撰

---

① 参见坎贝尔写给海因莱因的信,1944年6月18日。——原注
② 参见海因莱因为斯特金《上帝之躯》(*Godbody*)写的引言,第11页。——原注
③ 参见坎贝尔写给海因莱因的信,1944年6月18日。一年后,斯坦顿于1945年7月28日到了那里,当时有一架小飞机撞到了帝国大厦上。参见哈丽雅特·蒂尔(斯坦顿)[Harriet Teal (Stanton)]发给本书作者的电子邮件,2017年8月27日。——原注
④ 参见史密斯《乔治·O.史密斯的世界》,第4—5页。——原注
⑤ 坎贝尔的署名出现在1942年11月到1946年5月发表的20篇文章上。

稿人,他让史密斯在地下室里做项目①。唐娜开玩笑说史密斯将她当作"一朵娇花②,而非女汉子"。

加入声呐组后,史密斯搬到了斯科奇普莱恩斯的房子里③,睡在折叠沙发上。当时,莱斯琳的外甥们还住在那里,所以非常拥挤,但是坎贝尔主编很高兴有一位电气工程师任他支配。同时,史密斯也对唐娜熟悉起来。坎贝尔很少在家里喝酒,但是他不介意自己的妻子请朋友们来办鸡尾酒会。有一天晚上,史密斯来楼上④方便,唐娜请他参加鸡尾酒会。三个小时后,坎贝尔发现他还在厨房里调酒。史密斯后来说道:"约翰·坎贝尔的问题⑤就是他没有可取的恶习。"

声呐手册组不断扩大,最终在帝国大厦占据了整整一层楼⑥,工作人员中有四位主编、十位物理学家⑦、十位工程师、十三位修改人员、四位制图员、三十一位文书,还有一位海军上尉对撰写结果进行审查。他们分布在"两个大房间和几十个小房间中"⑧。坎贝尔很快就忙得不

---

① 其中包括坎贝尔在一篇文章中描述的远程婴儿监控,里面还有几张照片是皮迪在婴儿床上睡觉时,唐娜在扬声器旁听着。参见坎贝尔《完成你的载波接收机》(Completing Your Carrier-Current Receiver),载于《大众科学》,1945年3月,第192-194页。——原注
② 参见唐娜·坎贝尔写给海因莱因的信,1943年左右"周二"。——原注
③ 参见唐娜·坎贝尔写给海因莱因和莱斯琳·海因莱因的信,1944年8月19日。——原注
④ 参见史密斯《乔治·O.史密斯的世界》,第27页。——原注
⑤ 转引自A·伯特伦·钱德勒(A. Bertram Chandler),载于邦松(Bangsund)《坎贝尔:澳大利亚的敬意》(JWC: An Australian Tribute),第7页。——原注
⑥ 参见海因莱因为斯特金《上帝之躯》写的引言,第11页。——原注
⑦ 参见《加利福尼亚大学战争研究处完工报告》,收录于加州大学圣迭戈分校特色馆藏,加利福尼亚大学战争研究处报告,1号箱,第145页。——原注
⑧ 参见坎贝尔写给海因莱因的信,1944年6月18日。——原注

可开交了,"像乒乓球一样①匆匆"往返于两份工作之间。

他的团队创作了十三份手册②,涉及整个海军中的反潜舰艇、驱逐舰和潜艇上所用的设备。坎贝尔忙得根本没有时间去度假,但是这份新工作也使他得以刊载他多年来都想发表的关于军事问题的文章。这篇名为《需要发明》③(Inventions Wanted)的文章中提供了科学研究处(Office of Scientific Research)和国家发明者委员会(National Inventors Council)列出的技术愿望清单。由于发表得太晚,这篇文章并没有产生什么有意义的影响。但是它终究发表了,这本身就是一个小小的胜利。

坎贝尔可能希望这份工作会给他带来更广泛的研究职位,结果并没有如愿。半年后,他就半途而废,辞职了:"我无法兼顾④国防研究委员会和斯特里特与史密斯出版社,再过五个月左右,我参与的计划就该结束了。"管理写作工厂并不是坎贝尔为自己设想的职位,他早就开始展望战争的结束了。唐娜怀了他们的第二个孩子。此时,坎贝尔开始参与一项更加有趣的工作,他认为这完全是海因莱因的功劳。

1944年上半年,海因莱因刚做完手术,一直在休养。他于9月回到工作岗位上。此时,一个重要人物走进了他的生活中——弗吉尼亚·格斯滕菲尔德上尉(Lieutenant Virginia Gerstenfeld)从华盛顿特区的海军航空局(Bureau of Aeronautics)调了过来。格斯滕菲尔德出生于1916年,拥有化学背景和强烈的爱国主义情怀,未婚夫在太平洋。在为祖国服务

---

① 参见坎贝尔《作家介绍》,载于《空路画报》,1946年12月,第106页。——原注
② 参见《加利福尼亚大学战争研究处完工报告》,收录于加州大学圣迭戈分校特色馆藏,加利福尼亚大学战争研究处报告,1号箱,第145页。——原注
③ 参见坎贝尔《需要发明》,载于《惊奇科幻》,1944年10月,第5-6页。——原注
④ 参见坎贝尔写给罗伯特·斯威舍的信,1944年11月30日。——原注

时，唯一让她感到遗憾的是不能亲自上阵。在格斯滕菲尔德调来的第一天，海因莱因好笑地看着她说："上尉，你的衬裙露出来了①。"格斯滕菲尔德听后，窘迫地跑进卫生间里去修那根断开的带子。

尽管存在分歧，但两人还是成了好朋友。格斯滕菲尔德被称为金妮（Ginny），她聪明又迷人，但是并不喜欢科幻小说——她是共和党人。10月27日，罗斯福总统来海军工厂视察时，她都不想见他。海因莱因对此提出异议："他可是你的总司令！"②然后他就自己过去了，还为罗斯福的健康状况感到担忧。阿西莫夫当时也在人群中③，看见总统从他的豪华轿车里探出头来时，阿西莫夫声嘶力竭地欢呼起来。

海因莱因很快就被引进了另一个计划。随着战场转移到太平洋，神风特攻的威胁引起了美国海军的担忧。进入秋季后，海军情报处（Office of Naval Intelligence）请海因莱因组队进行头脑风暴，寻找不落俗套的应对方法。海因莱因曾经受过枪炮官训练，而且熟悉航空技术背景，所以是组织人才和评估创意的理想人选。这与坎贝尔的梦想很接近，所以海因莱因请这位主编加入。不过，他也讲清楚了谁是负责人。

这个团队的核心人物有坎贝尔、斯坦顿、德坎普、普拉特和乔治·O. 史密斯。詹金斯根本没从中学毕业，所以未能成为正式成员。但他是这些人中最足智多谋的发明家，成了这个团队的非正式顾问。海因莱因还让坎贝尔邀请了斯特金。斯特金是10月从圣克罗伊（St. Croix）回来的，他患上了抑郁症。

值得注意的是，阿西莫夫并不在其中。不像海因莱因和坎贝尔，他

---

① 参见帕特森《学习曲线》，第330页。——原注
② 参见海因莱因写给特德·卡内尔的信，1945年5月13日，转引自帕特森《学习曲线》，第333页。——原注
③ 参见阿西莫夫《记忆犹新》，第407页。——原注

满足于保持低调，逐步在他所进行的研究上取得进展，而且他也没有其中大部分人都有的技术背景或军事背景。如果经常出现在海因莱因的社交圈中，他可能就成为这个团队的一分子了。但是几乎就像在未来派中一样，阿西莫夫因他的年轻、习惯和性格而显得与众不同。

哈伯德当时也在。上半年，他一直在波特兰等着大陵五号的改造完成。作为这艘船的导航官，哈伯德在海上度过了平静的两个月，但是这个职位与他当海盗的幻想没有什么共同之处。他的上级还提到他"喜怒无常①，他的感情经常受到伤害"。等这艘货船于10月4日驶向马绍尔群岛时，哈伯德已经离开了。

他去了普林斯顿，与海因莱因的弟弟克莱尔②（Clare）一道在军事政府学院（School of Military Government）参加了一项为期四个月的培训计划。邀请哈伯德加入神风小组后，坎贝尔骄傲地写道："哈伯德将赤手空拳地跟随第一批登陆艇登陆③，但是他会穿着海军军官的制服，负责被困在新形成的滩头阵地的平民。"而哈伯德依旧在疯狂地编故事。他可能没成为真正的英雄，但假装自己是个英雄却很容易。

哈伯德不失时机地给自己的经历添枝加叶，声称他曾经险遭意外，差点因一台甲板炮而失明，还说他曾经乘船穿过阿留申群岛。他利用自己想象的战争创伤来解释他为何精神状态脆弱，同时也吸引女人④，而他的朋友们都乐于相信他。坎贝尔惊讶地写道："就在被分配到现在的工作之前，哈伯德指挥着⑤一艘攻击货船在塞班岛助战。他的船被击沉

---

① 参见米勒《裸面弥赛亚》，第111页。——原注
② 参见海因莱因写给坎贝尔的信，1944年11月22日。——原注
③ 参见坎贝尔写给罗伯特·斯威舍的信，1944年11月30日。——原注
④ 在《肯定法》中，哈伯德试图劝阻自己不要这样做："女人并不在意你的伤，充满活力的健康体魄才是打动芳心的通行证。"
⑤ 参见坎贝尔写给罗伯特·斯威舍的信，1944年11月30日。——原注

五次,他受伤四次。他就是那位负责给巴丹半岛上的麦克阿瑟派船的海军军官。"

坎贝尔从来没有接近过军队,所以很容易被误导。但是其他人也从未质疑过哈伯德,反而颇为尊敬他,因为他是他们当中唯一见过军事行动的人。海因莱因似乎渴望将自己的战时希望寄托在哈伯德身上,连他也被骗了,还在多年后写道:"罗恩在这场战争中很忙碌①,被击沉四次,屡次受伤。"听到哈伯德说他的双脚在战斗中骨折过,海因莱因对自己让他走到邻居的公寓去过夜的事感到内疚。

大约在这时,哈伯德与莱斯琳发生了性关系②。海因莱因显然对这件事表示支持,哈伯德在后来说:"他几乎是强迫我和他的妻子睡觉。"③莱斯琳对这段关系的看法并无记录可循。不过,她后来宣称海因莱因和哈伯德④有过亲密的身体接触,但是这种说法并没有在其他地方得到证实。海因莱因之所以逼莱斯琳做这种事,可能是因为对哈伯德的同情。不过,如果海因莱因知道哈伯德担心自己的淋病会复发⑤,或者知道哈伯德同时也跟他们夫妻的一位朋友有染⑥,他可能就不会这么想了。

这群人每周六在海因莱因的公寓里碰头,跟各式各样的海军军官通宵讨论各种提议,第二天早上还请他们在海军情报处的熟人过来听他

---

① 参见海因莱因为斯特金《上帝之躯》写的引言,第13页。——原注
② 参见弗吉尼亚·海因莱因写给小威廉·H.帕特森的信,1999年10月1日。帕特森认为这件事发生于战后,但是《肯定法》中明确地提到这件事发生于费城:"在普林斯顿逗留期间,我感到疲惫不堪……在费城与一位作家朋友共度周末。当时,他几乎是强迫我和他的妻子睡觉。"
③ 参见哈伯德《肯定法》。——原注
④ 参见帕特森《学习曲线》,第538页。——原注
⑤ 参见哈伯德《肯定法》。——原注
⑥ "与此同时,我还和一个名叫弗恩(Ferne)的女人有染。"参见哈伯德《肯定法》。阿西莫夫在《记忆犹新》第412页提到"海因莱因夫妇有一位朋友叫弗恩(Firn,原文如此)"。——原注

们的建议。海因莱因对此感到高兴,因为可以直接通过这条渠道将最有希望的设想送到弗吉尼亚州汉普敦水道的海军武器站(Naval Weapons Station)进行检验。由于没有旅馆房间可住,该团队的成员有的睡在床上,有的睡在沙发上,有的睡在地板上,但空间还是不够,所以有人住到了也在这条街上的海因莱因的导师家里。

这个团队的想法没有一个被付诸实践①,但是这种社交聚会却获得了显著的成功。每个周日的下午,公务结束后,他们就开始玩乐。哈伯德等人会表演喜剧小品。有一次,斯特金想当杂技演员。最后在表演后空翻时差点撞到天花板。哈伯德在观看的时候赞不绝口:"我好像看见②一个骨瘦如柴的孩子穿着过大的小丑服,和小丑们一起从那辆小车里挤出来,直接开始表演他那套动作。"

坎贝尔夫妇也举办聚会,参加者是像海因莱因、斯坦顿、库特纳和穆尔这样的人。在聚会中,坎贝尔主编请客人们看着阴极射线管荧光屏③上的乐曲起伏对着麦克风低声吟唱。一次聚会上有乔治·O.史密斯、斯特金,还有哈伯德,哈伯德在火边唱歌了。坎贝尔回忆道:"他的男中音低沉悦耳④,演唱歌曲时极有感染力,当他唱完时……让人明显感觉到随时都会响起掌声……唐娜也有一副相当不错的歌喉,丝毫不

---

① 德坎普建议使用键盘来指定目标,但这种做法速度太慢,所以不可行。E.E.史密斯写信力荐一种巨大的霰弹枪夹或者增大空中势力。最具创意的想法来自詹金斯,他提议利用声波或者能够照亮天空的镁颗粒探测飞机。参见威索基《惊人的战争》,第218-220页。——原注
② 参见海因莱因为斯特金《上帝之躯》写的引言,第13页。还有一次,房间里的尘卷风引起了哈伯德的注意,他随口说道:"啊,这就是小猫。"海因莱因从这句话中获得创意,几年后写出了《我们美丽的城市》(Our Fair City)这篇小说。参见帕特森《学习曲线》,第336页。——原注
③ 参见A.伯特伦·钱德勒,载于邦松《坎贝尔:澳大利亚的敬意》,第6页。——原注
④ 参见坎贝尔写给罗伯特·斯威舍的信,1944年11月30日。——原注

会破坏这样的夜晚。"

一个月后,在新墨西哥州当天气预报员的杰克·威廉森来到费城。12月2日,海因莱因夫妇准备了一顿牛排和土豆晚餐来招待威廉森、阿西莫夫夫妇、德坎普夫妇和哈伯德。用完餐后,他们又去了一位朋友的家里。那天晚上,格特鲁德一反常态地穿了一条暴露的连衣裙。阿西莫夫骄傲地说,哈伯德和海因莱因都"对她着迷了"[1]。

但是真正给这次聚会带来活力的人其实是哈伯德。德坎普的级别比他高[2],这点让他感到不悦。他在房间中最显眼的位置讲了几个故事,还弹着海因莱因的吉他唱了《十五个人争夺死人箱》(*Fifteen Men on a Dead Man's Chest*),而其他人"像猫一样安静地"坐着。阿西莫夫后来写道:"多年后[3],哈伯德成了闻名世界的人物,却并非因为科幻小说和吉他弹奏。但不管他做什么,我只记得他在那天晚上的样子。"他们再也没有见过面。

当时的贵宾威廉森却有着截然不同的感想:"我记得哈伯德的眼睛[4]呈淡蓝色,非常警惕。不知怎么的,我总会联想到老西部的枪手。他说话的时候,眼睛紧盯着我,好像要看看我到底相信了多少。其实没多少。"

1945年1月,哈伯德被调往蒙特雷的海军民政集结地(Naval Civil Affairs Staging Area)。他在出发前送给海因莱因一盒糖块[5],海因莱因被这份礼物感动了。他建议哈伯德去帕萨迪纳市找他通过美国火箭学会

---

[1] 参见阿西莫夫《记忆犹新》,第412页。——原注
[2] 参见德坎普《黄铜之城的罗恩》。——原注
[3] 参见阿西莫夫《记忆犹新》,第413页。——原注
[4] 参见威廉森《奇迹之子》,第85页。——原注
[5] 参见帕特森《学习曲线》,第339页。——原注

（American Rocket Society）结识的火箭专家杰克·帕森斯，哈伯德说他会的。

计划是继续将哈伯德派驻到国外，结果却因他的健康问题而中断。4月，他被诊断出患有十二指肠溃疡。哈伯德后来称自己在当时"恐怕是一个毫无希望的瘸子"①，欣然以此为借口避免出国。他被送到了奥克兰的奥克诺尔海军医院（Oak Knoll Naval Hospital），直到战争结束都在病号名单上。

1944年的圣诞节，莱斯琳·海因莱因的妹夫马克·哈伯德②被日本人杀害。三年前，当菲律宾群岛的吕宋岛被占领时，他一直跟基思和他们的两个儿子住在这座岛上，做着工程师的工作。为了防止自己的金矿落入敌手，他将其炸毁，然后隐藏在灌木丛中，用临时拼凑的无线电装置收听新闻。他还自己蒸馏酒精，为那些无线电装置提供燃料。

马克·哈伯德是处于最佳状态的能人典范，却没有得到他应有的结局。他得了疟疾，体重降到了100磅以下。后来，他被交给了日本侵略者，在比利比德监狱（Bilibid Prison）遭受了长期的折磨后被处死。后来，他被授予紫心勋章。海因莱因也会在某一天如此写道："人就是这样去瓦尔哈拉殿堂的。"③但是家里的人在数月后才得知他的死讯。

1945年2月，库特纳和穆尔来到费城。他们跟阿西莫夫、海因莱因

---

① 参见哈伯德《我的人生哲学》（*My Philosophy*），1965年。——原注
② 1961年9月6日，海因莱因在写给波尔·安德森的一封信中提供了马克·哈伯德在战争期间的行动信息。哈伯德的服役编号是2032296。他的死亡细节通过许多消息来源得到证实，包括数据库"太平洋战俘名单"（Pacific POW Roster）http://www.mansell.com/pow_resources/pacific_pow_roster.html（2017年12月引用）。——原注
③ 参见海因莱因写给波尔·安德森的信，1961年9月6日，转引自帕特森《学得更好的人》（*The Man Who Learned Better*），第431页。——原注

夫妇和德坎普夫妇去一家餐厅吃饭,那里的服务极其差劲[1],一直被他们拿来当笑话——他们当中有个人想要一把餐叉,结果服务员就在附近一张餐桌上的脏餐具里找了一把。更让库特纳担忧的是,他们看到的海因莱因夫妇的状态:"这些天,你们俩似乎都紧绷着[2]……你们俩都过度紧张……我们很担心,你们可能很快就会突然爆发。"

4月12日,罗斯福总统逝世。海因莱因和莱斯琳戴着黑臂纱去上班,阿西莫夫也来办公室找海因莱因说他在听到这个消息时的沮丧心情:"你知道的,我从未失去过家人。"[3]但是战争正进入最后阶段。阿西莫夫一直用他挂在办公室里的地图记录军队动向。在欧洲胜利日,海因莱因将这幅地图取下来[4],换成了太平洋战场的地图。

不久之后,他们收到了马克·哈伯德的死讯。莱斯琳极度悲痛,因工作和忧虑而疲惫不堪,酗酒越来越严重,而海因莱因却帮不上任何忙。随着战争接近尾声,他的情绪变得难以控制。他遇到一群海军陆战队员,其中有个人缺了一条腿,还有一个人的身体"只剩了刚好能坐着的部分"[5]。看到他们后,他去浴室里锁上门,哭了15分钟。

8月6日在广岛投放了原子弹,这个日子比海因莱因预言的时间晚一天[6]。听到这个消息后,海因莱因说:"战争到此结束了。"[7]一周半

---

[1] 参见阿西莫夫《记忆犹新》,第416页。——原注
[2] 参见亨利·库特纳写给海因莱因的信,1945年2月8日,转引自帕特森《学习曲线》,第340页。——原注
[3] 参见海因莱因写给特德·卡内尔和艾琳·卡内尔(Irene Carnell)的信,1952年4月2日,转引自帕特森《学习曲线》,第346页。——原注
[4] 参见海因莱因写给特德·卡内尔的信,1945年5月13日,转引自帕特森《学习曲线》,第347页。——原注
[5] 参见海因莱因写给坎贝尔的信,1945年6月3日。——原注
[6] 参见詹姆斯《莱斯琳记事》,第25页。——原注
[7] 参见帕特森《学习曲线》,第354页。——原注

后，他写了辞职信，提到了战争结束的事和他的健康问题。但是他心里还有一个计划，就在日本宣布投降之前，他在一篇备忘录里对这个计划进行了描述。

该备忘录名为《NAMC研究计划初步建议书》（*Tentative Proposal for Projects to Be Carried On at NAMC*），真正的主题是火箭——就像在伦敦大量投放时那样，导弹加原子弹的部署形成一种可怕的组合，也是科幻小说中最担心的事。海因莱因建议美国海军组织一次登月任务，因为技术问题基本上是一样的。他还强烈暗示，他是准备得最充分的带头人。

阿西莫夫对原子弹的反应则比较务实。消息传来时，他正在家里看书，而格特鲁德在熨衣服。听到广播里的公告时，阿西莫夫并未感到震惊。从他不明智地在哥伦比亚大学向哈罗德·尤里提到铀那天起，他就知道会发生这种事。当时，他思虑的是征兵的事。

阿西莫夫在海军工厂走到了死胡同里。那里有一位海军少校喜欢暗讽他的俄罗斯血统[1]。同时，阿西莫夫也知道他根本没有晋升机会。海因莱因悄悄挫了一下这位军官的锐气："我间接传话给他[2]，让他知道艾萨克过去几个月写纸浆小说所赚的钱比杰出化学师的工资还要高。只有金钱才能给这个笨蛋留下深刻的印象，我知道这会惹怒他。"

其实，写作成了阿西莫夫最引以为傲的事。坎贝尔还想要《基地》系列小说，而阿西莫夫也同样决定利用新提高的稿酬。他本来满足于使用自己经过验证的公式，但是有一天，坎贝尔却出人意料地要求他颠覆谢顿计划（Seldon Plan）。谢顿计划是对未来的详细预测，也是整个系

---

[1] 参见阿西莫夫《记忆犹新》，第414页。——原注
[2] 参见海因莱因写给坎贝尔的信，1945年6月3日。——原注

列的基础。

阿西莫夫惊骇地说"不行，不行"①，但是他不会拒绝写一篇肯定能卖出去的小说。结果创作出了《骡子》（*The Mule*），这是他迄今为止最好的作品。其结尾是一种科幻体裁中所见过的最精彩的转折式结局。其中的反面人物是一个徒有虚名的变异通灵者，为这个似乎经常拘泥于心理历史学的系列引入了一种受欢迎的机会元素。坎贝尔手下最优秀的两位作家现在不相伯仲了。

然而，阿西莫夫对征兵的担忧依然存在。上一年，海军工厂宣布他们正在评估所有员工的状况。几天后，阿西莫夫被列为1A。他的第一反应就是想成为一名军官，所以他去了海军采购处（Naval Procurement Office）。他们叫他摘掉眼镜读墙上的海图，他回道："什么海图？"②

阿西莫夫的视力太差，暂时不用入伍了。但是他们仍然在考虑让"身体有轻度缺陷"③的员工上战场。海军工厂的生活越来越轻松，员工们开始销毁作战剩余物资，用压缩机把无线电设备压扁④，用刀子把飞行夹克割碎。海因莱因和德坎普准备离开。阿西莫夫哪儿也去不了，但是他很乐观地认为他能够返回哥伦比亚大学。

1945年9月7日，在犹太新年的前夜，格特鲁德打电话告诉阿西莫夫他被征入伍的消息。阿西莫夫知道这件事其实并没有那么悲惨，因为战争早就结束了，但他还是感到痛苦。他不禁想，如果上三年级时他没有说出自己的真实年龄，那在记录中他就是26岁，根本不符合征兵条件。

阿西莫夫设法将他入伍的时间推迟了一个月，和格特鲁德搬回了

---

① 参见阿西莫夫《记忆犹新》，第415页。——原注
② 参见阿西莫夫《记忆犹新》，第401页。——原注
③ 参见阿西莫夫《记忆犹新》，第421页。——原注
④ 参见德坎普《时间与机遇》，第191页。——原注

纽约。10月15日,他带着《证据》的创意去找坎贝尔,这篇小说讲的是一个外表像人类的机器人的故事。阿西莫夫提前对坎贝尔说,他可能要等从美国陆军退役后才能开始写这篇小说。坎贝尔主编带他去跟贝尔电话公司的几位朋友共进午餐。他们点了牛排,而阿西莫夫却点了罐炖肉菜,因为牛排太贵了。坎贝尔似乎还是老样子,他没有告诉阿西莫夫唐娜走了——他们的朋友中很少有人知道这件事。

听乔治·O.史密斯说了投放原子弹的消息后,坎贝尔说:"天啊①!开始了。"他以一种冷酷的正义感来对待此事。坎贝尔在1945年11月的社论中说,他们所知道的文明已经不存在了,但他忍不住发出满意的声音:"在第一颗原子弹爆炸后的几周里②,邻居们突然意识到科幻爱好者并不像人们所想的那样是疯狂的空想家,而是附近的专家,这种令人满意的情况不在少数。"

坎贝尔这是在说他自己。随着原子时代的到来,坎贝尔被誉为先知,这个角色是他自己精心安排的——他事先将《生死界线》安放在《惊奇科幻》杂志中,就是为了策划他职业生涯中最著名的逸事,在事后可以用来举例说明科幻体裁能够预见未来。其实,坎贝尔根本没有什么预言,但是大多数读者都忽略了这一点,反而为他们新发现的关联感到欢欣鼓舞。不久以后,作家尚·戴维斯(Chan Davis)觉得有必要对科幻迷们进行谴责:"与你们的生命确实有危险相比③,你们更感兴趣的似乎是安森·麦克唐纳预言你们的生命会有危险。"

电话马上就来了。有一个广播电台请唐纳德·沃尔海姆对此事发表

---

① 参见史密斯《乔治·O.史密斯的世界》,第266页。——原注
② 参见坎贝尔《原子时代》(*Atomic Age*),载于《惊奇科幻》,1945年11月,第5页。——原注
③ 转引自伯杰《有效的魔法》,第74页。——原注

评论，沃尔海姆叫他们去找坎贝尔，因为坎贝尔"这种人会滔滔不绝地谈论①科学和伪科学的可能性"。《华尔街时报》和左翼报纸《午后》（*PM*）都想请坎贝尔主编就"原子能经济学"②发表看法。坎贝尔还与亨利·霍尔特出版社③（Henry Holt）签约撰写一本关于原子弹的书。《纽约客》"城中话题"专栏甚至还有一篇名为《1945年凶事预言家》（*1945 Cassandra*）的文章对坎贝尔进行了简要介绍，他在这篇文章中谈到了下一场战争：

> 每座大城市④都将在30分钟内被夷为平地……纽约将成为一堆废渣，根本不可能存在庞大的政府……在一场国际原子弹大战中，原子弹在地面上爆炸后，许多幸存者都会产生突变。他们会生下怪胎、超人或通灵者。

一场关于未来的辩论即将来临，但坎贝尔却为家里的问题分心了。1942年，他的妹妹劳拉离开第一任丈夫⑤，决定嫁给美国驻外事务处一位名叫威廉·克里格（William Krieg）的官员。他们订婚时，克里格在里斯本，后来调到了尼日利亚拉各斯。在战争最激烈的时候，劳拉勇敢

---

① 参见沃尔海姆《宇宙创造者》（*The Universe Makers*），第1页。——原注
② 参见坎贝尔写给海因莱因的信，1945年8月8日。——原注
③ 参见坎贝尔写给海因莱因的信，1945年8月8日。——原注
④ 参见《1945年凶事预言家》，载于《纽约客》"城中话题"，1945年8月25日，第16页。——原注
⑤ "我们发现约翰的妹妹给我们介绍了一个几乎是前妹夫的人。无论如何，她还有一个人选，在尼日利亚拉各斯担任副领事。"参见唐娜·坎贝尔写给海因莱因的信，1942年1月1日。——原注

地越过大西洋①去找他。

坎贝尔写道，劳拉接下来"在家里完全崩溃②，患上了精神忧郁症"，也就是今天所说的躁郁症。她住院治疗，似乎还接受过电击疗法③。坎贝尔在杂志中给予电击疗法好评④，他说这种疗法能让患者达到遭受情感创伤半年后的状态，但这件事也使他心情沉重。

唐娜也有自己的问题。1945年3月22日，她和坎贝尔的第二个女儿莱斯琳在没有并发症的情况下出生了。他们用莱斯琳·海因莱因的名字给她取名，所以毫无疑问，海因莱因夫妇就是这个孩子的教父和教母。然而，由于战争，加上要照顾两个孩子，而且丈夫的工作量又太大，唐娜开始感到痛苦。虽然只是为了人际交往，但她喝的酒还是越来越多。每天下午，她会跟另外几位年轻的母亲喝到微醺⑤，有时候还会跟乔治·O. 史密斯和斯坦顿一起出去⑥，让坎贝尔看孩子。她曾经挖苦地说："肯定是我的生活方式⑦毁了他的健康。"

但是也有更阴暗的因素，其中有些至今依然不太清楚。唐娜怀孕后，斯特金跟他们夫妇一起生活了几周。他后来暗示说，那是为了人身

---

① 参见威廉·劳伦斯·克里格（William Laurence Krieg）的讣告，载于《萨拉索塔先驱论坛报》（*Sarasota Herald-Tribune*），2010年12月5日。——原注
② 参见坎贝尔写给阿西莫夫的信，1955年12月8日。——原注
③ 参见莱斯琳·兰达佐寄给本书作者的电子邮件，2016年7月31日。——原注
④ 参见坎贝尔《未来的科学》（*Science to Come*），载于《惊奇科幻》，1945年8月，第6页。——原注
⑤ 参见唐娜·坎贝尔写给海因莱因和莱斯琳·海因莱因的信，1945年7月左右"周日"。——原注
⑥ 参见唐娜·坎贝尔写给海因莱因和莱斯琳·海因莱因的信，1944年11月8日。——原注
⑦ 参见唐娜·坎贝尔写给海因莱因的信，1944年9月10日。——原注

安全——唐娜"当时受到外界的威胁"①,坎贝尔去杂志社时,他就去当她的保镖。唐娜对坎贝尔不断发展的想法也持怀疑态度,她在给海因莱因夫妇的信中写道,他正在经历"性格上的改造或重建之类的②,我等着看结果。"她还补充道:

> 这 31 年中,我似乎有相当一部分时间都在等待着某个人或某件事。所以如果有朝一日,我决定像维利·莱的火箭一样起飞,向四面八方散射燃烧的粒子,然后再重重地坠落到地球上,请不要感到惊讶。

接受治疗时,她在给海因莱因的信中写道:"我也患上了一种产后精神病③。我会告诉你我是在努力克服还是在助长这种病症。"战争结束后,精神病医生叫她去度假。9月27日,唐娜动身前往波士顿,她丢下两个孩子,打算离开四到六周。坎贝尔告诉海因莱因:

> 她对任何责任都怀有强烈的反感④,决心去做她想做的事……我陷入一种微妙的境地,试图从她那里得到一些有关她那些计划的数据。让她感到憎恶的是责任和"逼迫";如果我试着让她告诉我这是怎么回事,她会很自然地对此表示不满,认为我这是想要左右她的决定。她承受的压力太多了,应该休

---

① 参见西奥多·斯特金的演讲,密歇根州罗穆卢斯第三次秘密会议"约翰·W. 坎贝尔"讨论组,1978年11月4日,录音由科幻口述历史协会档案室提供。——原注
② 参见唐娜·坎贝尔写给海因莱因的信,1945年7月12日。——原注
③ 参见唐娜·坎贝尔写给海因莱因的信,1945年4月9日。——原注
④ 参见坎贝尔写给海因莱因的信,1945年10月10日。——原注

息一下。

到波士顿后，唐娜遇见了乔治·O. 史密斯[①]，他当时正在水下信号公司（Submarine Signal Company）工作。唐娜离开两周后，坎贝尔收到她寄来的一封信，那封信"很正常，但毫无人情味[②]"。坎贝尔把孩子交给家里的女佣玛格丽特（Margaret），开始摆弄自己的唱机，沉迷于工作之中——上一年，他已经被任命为斯特里特与史密斯出版社所有刊物的科学主编[③]。斯特金在写作中遇到了瓶颈，他来坎贝尔家的地下室里住了十天。斯特金在写作的同时请坎贝尔主编进行审阅，最终创作出了《铬头盔》[④]（The Chromium Helmet）。这篇小说讲的是企图把大脑变成一种高效机器的故事。

11月，唐娜回来了。坎贝尔在给海因莱因的信中写道："唐娜的情绪并没有好多少[⑤]，还有很大的改善空间。目前，原子弹之类的威胁根本吓不倒她。她有一种根深蒂固的观点，就是原子弹的自由使用将会大大改善世界，还希望第一颗原子弹降落时，她就在附近。"坎贝尔正在为战后时代做准备，他在1945年12月刊中写道："请注意[⑥]，在《惊奇科幻》1944年3月刊中刊载的小说《生死界线》中，原子弹所用的基本原理被称为保险装置。"

唐娜回来了，但是情绪低落。她在给海因莱因的信中写道："如果

---

① 参见坎贝尔写给海因莱因的信，1945年10月10日。——原注
② 参见坎贝尔写给海因莱因的信，1945年10月10日。——原注
③ 参见坎贝尔写给海因莱因的信，1945年11月10日。——原注
④ 参见戴维斯《西奥多·斯特金的作品》，第26页。——原注
⑤ 参见坎贝尔写给海因莱因的信，1946年1月3日。——原注
⑥ 参见坎贝尔《原子动力装置：原子弹诞生记》（Atomic Power Plant: The Making of the Bomb）引言，载于《惊奇科幻》，1945年12月，第100页。——原注

最终成功拯救了这个可怕的小世界，应该如何处理①它和那些无足轻重的小人物……我不仅不在乎明天世界是否会爆炸，我还希望上帝让它明天就爆炸。我宁愿成为飞溅的碎片，而不愿被溅到。"由于运气好，她会从爆炸中活下来："我会死于过度劳累，到死都要保存你和约翰讨论过的那些动物的可食用部分。"

几个月后，出现了一个奇怪的结尾。1946年1月20日，记者艾尔弗雷德·M. 克莱因（Alfred M. Klein）在《费城记录》（*Philadelphia Record*）报上发表了一篇名为《奇幻人生》（*Stranger Than Fiction*）的报道。报道中描述了一个位于费城海军工厂的秘密研究实验室，工作人员是海因莱因、德坎普和"阿奇莫夫"（Azimov）三位科幻作家。他们的任务是要建造"你们在纸上塑造的某些超级武器②和原子动力飞船"。

这篇文章错误百出，提到他们根本没有想出什么切实可行的方案，还在最后写道："然而，海因莱因、德坎普和阿奇莫夫现在已经离开，又回去写小说了，在小说中发明东西要容易得多。"整篇文章中只提到一个引用来源，那就是坎贝尔。

德坎普怒不可遏。他打电话向坎贝尔表示不满，还愤怒地对海因莱因说这位主编"要么是喝醉了，要么是怀有敌意，要么就是粗心大意而致"③。看到这篇文章后，海因莱因"勃然大怒"④，要求坎贝尔对报

---

① 参见唐娜·坎贝尔写给海因莱因的信，1945年9月21日左右。——原注
② 参见艾尔弗雷德·M. 克莱因《奇幻人生》，载于《费城记录》，1946年1月20日。转载于德坎普《时间与机遇》，第186-188页。——原注
③ 参见L. 斯普拉格·德坎普写给海因莱因的信，1946年2月4日，转引自威索基《惊人的战争》，第178页。——原注
④ 参见海因莱因写给L. 斯普拉格·德坎普的信，1946年2月13日，转引自帕特森《学习曲线》，第380页。——原注

社说他们误引了他的话。还有传闻说这三位作家联合起诉了。德坎普寄去一封信表达自己的愤怒，然后就感到满足了。在报社刊载了他的回应后，他并没有采取进一步行动。

后来，这篇文章的作者克莱因①说他的消息是从坎贝尔那里得来的，还说他的笔记是由一位年轻的见习记者整理成文的。坎贝尔反过来指责克莱因，说他只跟克莱因谈了十分钟，而且是在另一位主编的办公室里跟他见面的，思想根本不集中。实际上，坎贝尔的引语几乎是真实的，因为这篇文章中有一段关于《生死界线》的描述提到坎贝尔声称他已经获准继续刊载关于原子弹的小说，只有他才会说这种话。

如果其余的内容也是坎贝尔告诉克莱因的——他很有可能这么做了，那就是他幻想的海军工厂可能会有的样子。坎贝尔依然坚信科幻小说本来可以在战争中发挥更大的作用，而且为此无中生有。他还在别的地方宣称军舰上的操作室②设计灵感源自E. E. 史密斯的透镜人系列小说，宣称《惊奇科幻》杂志"帮助美国海军③设计了十几种至关重要的小系统和小装置"。这些往好了说是添枝加叶的结果，往坏了说就是彻头彻尾的谎言。

这感觉有点像哈伯德，也反映出这场战争根本没有达到他们两个的期望。哈伯德渴望得到的是荣誉，而坎贝尔并不反对邀功，同时也希望科幻小说能够在这种情况下发挥应有的作用，他认为这是注定的事情。实际上，结果证明科幻小说的作用并没有坎贝尔所希望的那么大，但是战争结束后，他又看到了一个机会。广岛事件发生之前，他就在《惊奇科幻》中写道：

---

① 参见德坎普《时间与机遇》，第188页。——原注
② 参见威索基《惊人的战争》，第138页。——原注
③ 参见坎贝尔写给罗伯特·斯威舍的信，1945年9月12日。——原注

我们现在的文化已经完了①。它可能会对人类的生活方式、思考方式和反应方式有所了解，这样在它废弃后，取而代之的就会是一种可以防止战争的文化体系；但也有这样的可能，它的下一次重大失败会引发一场战争，在这场战争中，"狼来了"这个古老的警报不再是虚惊一场——他们真的会拥有不可阻挡的武器。

原子弹是一场技术上的胜利，同时也表明了海因莱因在《差强人意的办法》中所预见的一个事实，那就是，现有的社会和政治体系无法胜任控制原子弹的任务。坎贝尔已经开始采取行动，要将社会学变成科幻小说的一个领域，而且他早就明白了，下一个前沿将会在大脑里。

坎贝尔没能对战争产生直接影响，但是他毕生的工作已经明了了。在未来的世界中，权力的基础将会是头脑，而非工业力量。坎贝尔所进行的研究工作无法达到生产原子武器所必需的规模，但是要在心理学上取得突破，只要有他能够支配的那些资源就行。

其实，只要有两个人在一个安静的房间里就行。坎贝尔断定，科幻小说能够使人类免受原子弹之害——这次的计划将会是他能够控制的。1945年11月11日，他在给哈伯德的信中写道："科幻小说要想引领世界的话，最好行动起来！"②

---

① 参见坎贝尔《未来的科学》，载于《惊奇科幻》，1945年8月，第6页。——原注
② 参见坎贝尔写给哈伯德的信，1945年11月21日。——原注

CHAPTER FOUR

第四章

双 脑 人

(1945—1951)

　　为了小说的目的,科幻的艺术[①]在于对读者隐瞒已经确定的科学事实、几乎确定的科学假说、科学猜想和那些远远超出人们猜想的富有想象力的推断之间的区别。这种技术的危险在于,如果一位科幻作家写得太多太快太流畅……他可能最终会成功地对自己隐瞒事实和想象之间的区别。

　　——摘自早川一荣1951年夏所著《等等:普通语义学评论》(*ETC.*)

[①] 参见早川一荣《从科幻小说到小说科学》(*From Science-Fiction to Fiction-Science*),载于《等等:普通语义学评论》,1951年夏。——原注

第10节　黑魔法与原子弹（1945—1949）

> 这本书中谈到了卡巴拉生命之树的原质和路径，谈到了精神和咒法，谈到了神、圆和境界等许多可能存在也可能不存在的东西。这些是否存在无关紧要。通过做某些事，某些结果会随之而来；苦口婆心地警告学生们，不要把客观现实或哲学有效性归因于任何一件事。
>
> ——摘自阿莱斯特·克劳利（Aleister Crowley）著作《咒语》（Liber O）

1945年年底，这三位因战争而颠沛流离的作家进入了一个彻底改变后的世界。在珍珠港事件发生前，他们的职业发展轨迹截然不同，很大程度上取决于他们对坎贝尔的反应。然而，就在他们似乎要进入下一个阶段的时候，三人的发展轨迹被打断了，他们转向了别的发展路线，而且在战争结束后也无法恢复动乱前的生活。

返乡生活本来就够难应付的了，结果还有些错综复杂的情况。让他们聚到一起的坎贝尔也在不断地发展着。坎贝尔手下有一位作家很快就发现，战争给他带来的影响还没有完全结束。有一位因外部世界中的动荡和自己生活中的剧变而分心。还有一位产生了他自己和其他人在很长一段时间内都无法完全理解的改变。

1945年11月1日，阿西莫夫在费城的陆军新兵训练中心接受心理测试，结果被告知他患有"特定情境下的紧张焦虑症"。阿西莫夫觉得这是世界上最不会让他感到惊讶的消息。那天下午晚些时候,他向一位中士宣誓入伍。中士问集合的新兵是否有什么问题,阿西莫夫觉得有必要开个传统玩笑:"有问题,中士①——怎么脱掉这身鸡装?"

那位中士听后翻了个白眼。阿西莫夫被送上了开往马里兰州米德堡(Fort Meade)的火车,然后从米德堡前往弗吉尼亚州李营区(Camp Lee)。给格特鲁德打电话的时候,他哭了起来。后来,他学会了按照军事规格整理床铺,还展现出了出人意料的射击天赋。不过,他在士兵的智力测验——陆军普通分类测验(Army General Classification Test)中得分很高,所以无论如何,他最后都会做文职工作。

等到休假的时候,阿西莫夫搭便车到华盛顿的火车站,然后乘火车前往纽约。12月30日,他在父亲的糖果店里遇到了刚退伍的波尔。波尔骄傲地说他在智力测验中得了156分,然后问道:"你呢?"②

阿西莫夫无法撒谎,他的成绩是有史以来最高的。"我得了160分,弗雷德。"

"该死!"波尔说道。他从未想过阿西莫夫可能会撒谎。

阿西莫夫仍然想离开军队。在离开纽约前,他看到一篇文章中说从事研究的化学家可以退伍。但是退伍申请提交六周后才会出结果,在那之前,他可能会被困在任何地方。阿西莫夫不想被困在基本训练中,所以他决定等一等。与此同时,他和基地图书管理员成了朋友,此人给了他一台打字机,让他可以开始写一篇新的机器人小说。

1946年2月9日,阿西莫夫去里士满参加劳军联合组织活动,跟一个"很漂亮的姑娘"③跳舞了。他们约定第二天再见面,所以他在城里

---

① 参见阿西莫夫《记忆犹新》,第 432 页。——原注
② 参见阿西莫夫《记忆犹新》,第 446 页。——原注
③ 参见阿西莫夫《记忆犹新》,第 452 页。——原注

过夜了。"我很清楚自己当时想做什么,而且可能会做成。"阿西莫夫回忆道,"我想她是愿意的。"然而,到她的公寓做了一些试探性的举动后,阿西莫夫听到自己在说:"我得走了。"女孩很吃惊,但还是让他走了。此时,阿西莫夫急于回到格特鲁德的身边,外遇就是对她的背叛。他一回到基地就提交了退伍申请。

有传言说阿西莫夫将被派去参加十字路口行动(Operation Crossroads),也就是预定在马绍尔群岛的比基尼环礁(Bikini Atoll)进行的原子弹试爆。该行动将由海军指挥,但是陆军想去研究辐射对食物和设备的影响,而其中的一位"专家"就是阿西莫夫。听到这个消息后,阿西莫夫感到不舒服,想着如果他当初在基本训练中提交了退伍申请,他们根本不会考虑让他参加这次行动。

3月15日,阿西莫夫乘运兵舰抵达夏威夷,这是他自离开俄罗斯以来第一次在海上航行。两个月后,由于军队对他的退役状态有误解,让他得以提前一天逃离了比基尼。当时,海因莱因和坎贝尔正在通过他们对原子弹的反应进行自我定义,只有阿西莫夫差点就参与核试验了,可他却不想跟核试验扯上关系。坎贝尔在给海因莱因的信中写道:"艾萨克一点也不喜欢原子弹[①]。他怕是正在接近这样的状态,他对原子弹的理解成功地把自己吓坏了。"

更准确地说,在阿西莫夫看来,原子弹是一种破坏性力量,会妨碍他恢复自己想过的那种生活。坎贝尔本身就是那个世界的重要组成部分。再次休假的阿西莫夫回到纽约几天后,于6月11日来拜访坎贝尔,他第一次带上了自己的父亲。后来,在和坎贝尔共进午餐时,阿西莫夫向这位主编推销短篇小说《消失无踪》。要等他在军队的情况明了

---

① 参见坎贝尔写给海因莱因的信,1946年3月12日。——原注

后，他才能开始写这篇小说，但是他不喜欢来找坎贝尔的时候没有新的创意。

7月，阿西莫夫的退伍申请终于得到批准，他搬回了布鲁克林，还要尽力改掉在服役时养成的随口说脏话的习惯[1]。那年夏天晚些时候，有人出价250美元想要买下他的小说《证据》的版权[2]，坎贝尔说这个价格似乎很合理。后来得知对方是奥森·韦尔斯，阿西莫夫高兴地同意了，但是并没有什么结果。韦尔斯永远地拥有了这篇小说，使之无法再出售，可坎贝尔主编当时并没有提到这点。他对杂志之外的权利态度很随便，这很快就会引起其他的问题。

9月23日，阿西莫夫注册成为哥伦比亚大学的研究生。他仍然认为战争年代"侵扰了"[3]他的生活，对波尔哀叹说他的朋友们"迷失在成功机构和主编职位等迷宫般的东西里"[4]，而他却回到了学校里，好像什么都没变似的。不过，他的写作事业继续蓬勃发展。坎贝尔以500美元买下了他新写的《基地》系列小说《你找到了》（*Now You See It*）。次年在费城举办的世界科幻大会上，阿西莫夫受到了名人待遇。

《激动人心的奇异故事》主编小萨姆·默温（Sam Merwin, Jr.）当时也出席了这场大会。几个月前，他请阿西莫夫写一篇小说，阿西莫夫立刻开始创作《与我偕老》（*Grow Old with Me*），讲的是一个未来社会对所有年满60岁的公民施行安乐死的故事。然而到了9月，默温却说必须从头重写。阿西莫夫当时正在为自己的论文和跟格特鲁德要孩子的事感到焦虑。听到默温的话后，他大发雷霆，拿起手稿咆哮道："去死

---

[1] 参见阿西莫夫《幽默宝库》，第415页。——原注
[2] 参见阿西莫夫《记忆犹新》，第482页。——原注
[3] 参见阿西莫夫《记忆犹新》，第491页。——原注
[4] 参见阿西莫夫写给弗雷德里克·波尔的信，1947年7月8日。——原注

吧!"①之后再也没向默温投过稿。

坎贝尔也退回了《与我偕老》,他说这篇小说缺少连载的自然断点——这可能是一种圆滑的说法,其实是在说与他最好的作品相比,这篇小说退步了。阿西莫夫的职业前途也悬而未决。那年早些时候,他参加了美国化学学会的一次会议,在登记表中写道:"凡是和原子弹有关的工作②都不感兴趣。"他没有接受任何面试就离开了。到了1月,他开始担心起来,但总算是在最后一刻获得了博士后研究员的职位。

作为研究的一部分,阿西莫夫经常要准备邻苯二酚这种白色蓬松化合物的溶液。有一天,他漫不经心地想:"如果它就在遇水前溶解会怎样呢?"③他突然想到,可以模仿学术论文来设计这篇小说的框架,配上参考文献和图表。这个故事前提间接探讨决定论,迎合了坎贝尔对心理学的兴趣。所以当阿西莫夫向坎贝尔推销时,这位主编笑着说:"试试吧。"

阿西莫夫写成了《硫代噻肟再升华的内时性》(*The Endochronic Properties of Resublimated Thiotimoline*)。由于担心在他答辩前发表这篇小说不太好,所以他要求用一个笔名。这篇小说发表在1948年3月刊中。当时,他跟另外两名学生在实验室里,其中一人说:"艾萨克,你在新出版的《惊奇科幻》中发表的那篇讽刺化学的文章真有趣。"④

"谢谢。"阿西莫夫说道。他顿了一下,然后问道:"你怎么会认为那篇文章是我写的?"

那个学生假装在考虑这个问题:"嗯,看到你的署名时,我就想,

---

① 参见阿西莫夫《记忆犹新》,第508页。——原注
② 参见阿西莫夫《记忆犹新》,第505页。——原注
③ 参见阿西莫夫《记忆犹新》,第497-498页。——原注
④ 参见阿西莫夫《记忆犹新》,第517-518页。——原注

'哎呀，我敢打赌这是他写的。'"

另一名研究生盯着他说："就要论文答辩了，别告诉我你在一篇讽刺化学的文章里署上了自己的名字。"

阿西莫夫吓坏了，他打电话问坎贝尔为什么没有按照他们之前说好的用笔名发表这篇文章。坎贝尔主编的解释很简单："我忘了。"

后来，阿西莫夫怀疑坎贝尔是故意忘记的。这篇文章成了他写过的最受欢迎的小说，至少是最受公众欢迎的。坎贝尔说读者们去图书馆查文中虚构的出处了，化学家们对这篇文章特别感兴趣。阿西莫夫不喜欢这种关注，这只会弄得他更加为自己的答辩担忧。

5月20日，阿西莫夫答辩的日子到了。在他讲完后，有一位教授问道："阿西莫夫先生，请说一下[①]，硫代噻肟这种化合物有什么热力学特性？"

阿西莫夫忍不住笑了起来。他出来五分钟后，教授们一个个来找他握手。据格特鲁德说，他有大半夜都没睡，自己在床上咯咯笑，反复说着："阿西莫夫博士。"他终于拿到了博士学位。

6月，阿西莫夫开始了他的博士后研究，也是在同一天开始写《红桃皇后的竞赛》(*The Red Queen's Race*)。这是他最好的小说之一，讲的是一位科学家为自己研制原子弹的事感到内疚。那年晚些时候，他去了《惊奇科幻》位于新泽西州伊丽莎白市的狭窄的新办公室。坎贝尔想再要一篇《基地》小说，但阿西莫夫对这个系列感到厌倦了。由于是最后一篇，坎贝尔主编要求把它写成长篇小说，最终以1000美元买下了《你没找到》(*And Now You Don't*)，这是阿西莫夫见过的最高的稿酬。

但是，阿西莫夫的人生即将翻开新篇章。1949年年初，波士顿大学

---

① 参见阿西莫夫《记忆犹新》，第526页。——原注

医学院的比尔·博伊德（Bill Boyd）打来电话，为他推荐了一个职位。阿西莫夫从未考虑过进入学术界，但还是去了医学院。当被问到他能否教大一新生生物化学时，他回道："当然可以。"[1]阿西莫夫没有告诉他们他对生物化学一无所知，但他认为以后可以补上。

在波尔的帮助下，双日出版社（Doubleday）的沃尔特·I. 布拉德伯里（Walter I. Bradbury）买下了《与我偕老》，然后将其改名为《苍穹微石》。阿西莫夫在海德拉俱乐部（Hydra Club）见过布拉德伯里。海德拉俱乐部是接替未来派的科幻作家组织，其中包括德尔雷伊、斯特金和朱迪思·梅里尔（Judith Merril）。阿西莫夫说梅里尔是"这样的女孩[2]，有男人拍她的屁股时，她也会拍那个男人的屁股"。这是他的经验之谈，但是他弱化了事实——实际上，梅里尔抓住了他的裤裆[3]。

5月底，阿西莫夫和格特鲁德搬到了波士顿。这是他生平第一次心甘情愿地换一种生活。阿西莫夫仍然认为他不能以写作为生，而且对自己依赖一位主编的做法心存疑虑："我心里有一个疑问[4]，不知道我那些小说的成功有多少属于我，又有多少属于坎贝尔……那么，如果坎贝尔出了什么事的话，我会如何呢？如果他辞职了，被解雇了或者去世了，我会怎样呢？到时候，我有没有可能会突然发现自己根本不是什么作家？"

战争结束后，阿西莫夫被直接放到了陆军里，陷入了一个他拼命想要逃脱的体系。海因莱因的问题与阿西莫夫相反。1945年8月，他结束

---

[1] 参见阿西莫夫《记忆犹新》，第552页。——原注
[2] 参见阿西莫夫《记忆犹新》，第510页。——原注
[3] 参见朱迪思·梅里尔所作署名脚注，载于阿西莫夫《记忆犹新》，第653页。——原注
[4] 参见阿西莫夫《记忆犹新》，第556页。——原注

了在海军工厂的生活,将一些家具留给①坎贝尔,准备弄清楚自己在战后世界的位置。离开之前,他还向弗吉尼亚·格斯滕菲尔德道别了。金妮回忆道:"他在费城的一个街角吻了我,然后就走了②。那是我们第一次接吻。"

海因莱因和莱斯琳将东西装上他们的雪佛兰,然后向西开去。他们在圣达菲见到了海因莱因的朋友罗伯特·科诺格(Robert Cornog)。科诺格是一位参与过曼哈顿计划的物理学家,他将海因莱因夫妇介绍给几位科学家。海因莱因惊讶地发现他们将他视为政治权威:"那些制造原子弹的人③十分严肃地问我们接下来应该如何实现他们的社会目标。"为了表示感谢,科诺格送给他们一大块半透明的绿色玻璃,那是在阿拉莫戈多引爆原子弹后的产物。莱斯琳根本不敢碰。

9月11日抵达洛杉矶后,海因莱因忙于为自己的火箭计划与人通信。他也重新联系上了杰克·帕森斯,这位工程师是帕萨迪纳市喷气推进实验室的创始人之一。帕森斯是东方神殿教(Ordo Templi Orientis/O.T.O.)的成员,该团体与神秘学者阿莱斯特·克劳利有关。帕森斯会寄钱给克劳利,他也是科幻迷。海因莱因、威廉森和卡特米尔④都参加过东方神殿教的集会,德坎普称这个团体为"从外向者手中夺取控制权的阴谋"⑤。

莱斯琳的身体依然不好,体重一度低于80磅。她和海因莱因去穆

---

① 参见帕特森《学习曲线》,第357页。——原注
② 参见帕特森《学习曲线》,第358页。——原注
③ 参见海因莱因写给亨利·桑(Henry Sang)的信,1945年9月15日,转引自帕特森《学习曲线》,第360页。——原注
④ 参见帕特森《学习曲线》,第374页;彭德尔(Pendle)《奇异天使》(*Strange Angel*),第171页。——原注
⑤ 参见德坎普《黄铜之城的罗恩》。——原注

列塔温泉（Murietta Hot Springs）度假。10月，当时在海军医院疗养的哈伯德也去了。他没有回去找波莉，反而去了洛杉矶，在埃莉诺酒店①（Eleanor Hotel）暂住期间听说了军队要让他复员的消息。海因莱因夫妇回到月桂谷后，哈伯德搬来和他们住在一起。海因莱因建了一个共享工作区，用门板和两个旧包装箱给哈伯德做了一张书桌，还规定要保持安静，违反者需要交25美分的罚款。

哈伯德根本无法写作。他故意夸大自己的伤势，既然不再是屋里最引人注目的，他就安于成为受伤最重的人。但他确实患有溃疡，因药物治疗而阳痿抑郁②，结果暴露了一种他以前掩饰得很好的弱点。德坎普在给阿西莫夫的信中写道："他总是那样③……战争消磨了他的意志，他都不再为这种行为操心了。"

在海因莱因眼中，哈伯德无疑是一名受伤的老兵。海因莱因当时正在设法阻止莱斯琳喝酒，但是当哈伯德偷偷带酒回家时，海因莱因却原谅了他。海因莱因后来回忆道："我……在1945年到1946年初照顾了他几周④，设法让他远离麻烦。只有经常和他在一起，我才能使他平静下来。"

但是在写作方面，海因莱因对哈伯德的评价依然很高，还将"学得更好的人"⑤这个情节公式的发现归功于哈伯德，他在整个职业生涯

---

① 参见欧文《战争英雄罗恩》。——原注
② "激素会让我的性欲进一步降低，我差点阳痿。"参见哈伯德《肯定法》。——原注
③ 参见彭德尔《奇异天使》，第271页。——原注
④ 参见海因莱因写给坎贝尔的信，1953年3月28日。——原注
⑤ 参见海因莱因《论臆想小说的写作》（On the Writing of Speculative Fiction），载于埃希巴赫（Eshbach）《远方的世界》（Of Worlds Beyond），第15页。——原注

中都不知不觉地使用过这个公式。有人说哈伯德在修订①《献给生存者》，海因莱因请哈伯德和自己的朋友约翰·阿维尼一起组织科学家反对原子弹。最后无果而终，哈伯德又回到了医院里。

海因莱因勤奋地写关于原子武器的文章，还聘用了哈伯德举荐的经纪人勒顿·布莱辛格姆（Lurton Blassingame）。尽管布莱辛格姆做了多番努力，但海因莱因写的那些文章还是没能发表。布莱辛格姆希望海因莱因继续写小说，他和哈伯德一致认为海因莱因"为纸浆杂志供稿是大材小用"②。同时，坎贝尔也在邀稿。当时，原子弹正渐渐将科幻小说推入主流，坎贝尔也希望《惊奇科幻》杂志更上一层楼，可海因莱因却断定他不能再为《惊奇科幻》供稿了。

在两人的冲突中，核心是海因莱因作品的版权，这是多年来争论的焦点。战争结束后，为了推广自己的火箭计划，海因莱因想要获得《爆炸总会发生》和《差强人意的办法》的版权③，但坎贝尔对此事避而不谈，所以唐娜问道："你刚刚拒绝给他版权，却说从来没拒绝过他，这是什么意思？"④海因莱因威胁说要直接去找斯特里特与史密斯出版社的副社长亨利·罗尔斯顿（Henry Ralston）。这个最后通牒确实奏效了，但只是对那两篇小说而言。

1946年年初，海因莱因要求让渡所有的附属权利。坎贝尔对此事处理不当⑤，将他们的通信拿给罗尔斯顿看。他似乎不愿意挑战自己的上级。出版社告诉海因莱因，他们不会在没有明确报价的情况下转让任

---

① 参见帕特森《学习曲线》，第374页。——原注
② 参见勒顿·布莱辛格姆写给哈伯德的信，1945年11月5日，转引自帕特森《学习曲线》，第370页。——原注
③ 参见海因莱因写给坎贝尔的信，1946年2月6日。——原注
④ 参见海因莱因写给坎贝尔的信，1946年2月16日。——原注
⑤ 参见坎贝尔写给海因莱因的信，1946年2月4日。——原注

何权利,也就意味着海因莱因不能把他的小说卖给电影公司。这比任何个人问题都更加让他烦恼,而坎贝尔未能理解这一点。海因莱因称坎贝尔为"超级剪嘴鸥"①——这是一个劳工俚语,旧指过分支持管理层的人。他在给德坎普的信中写道:"我不指望再卖给他小说了。"②

与此同时,海因莱因想到他可以通过为男孩们创作青少年小说来赚钱,同时也可以接触更广泛的读者。他从小喜欢看霍雷肖·阿尔杰和汤姆·斯威夫特的书,因此构思出了《年轻的原子工程师与月球的征服》(The Young Atomic Engineers and the Conquest of the Moon),强调努力和教育的价值。他还给自己定了几条规矩:"永远不要为他们简化语言③。不要简化词汇和智力概念……任何恋爱角色和女性角色都不该只是跑龙套的。"

最重要的是,他想避开纸浆杂志。威尔·詹金斯曾经对他说④,只要写得够好,任何小说都能卖给通俗刊物,所以他看准了《星期六晚邮报》。海因莱因更喜欢称科幻小说为"臆想小说"⑤。像坎贝尔一样,他依然相信科幻小说可以改变世界:"市场就在那里⑥,是由战争创造的……我可以满足自己的渴望,去说教和宣传,接触更多的读者,同时也赚点钱。"

---

① 参见海因莱因写给小劳埃德·比格尔(Lloyd Biggle, Jr.)的信,1976年9月30日,转引自帕特森《学得更好的人》,第518页。——原注
② 参见海因莱因写给L. 斯普拉格·德坎普的信,1946年2月13日,转引自帕特森《学习曲线》,第380页。——原注
③ 参见海因莱因为《伽利略号火箭飞船》所作新增项目备注,1967年4月2日,收录于加州大学圣克鲁兹分校海因莱因档案室。——原注
④ 参见阿什利《时间机器》,第195页。——原注
⑤ 参见海因莱因《论臆想小说的写作》,载于埃希巴赫《远方的世界》。——原注
⑥ 参见海因莱因写给约翰·阿维尼的信,1946年5月10日,转引自帕特森《学习曲线》,第390页。——原注

整个夏天，海因莱因都在创作《地球上的绿色山丘》。他曾经将其看作给坎贝尔的"绝笔"[1]，坎贝尔也在《惊奇科幻》杂志中提到过该作品[2]，结果却被《星期六晚邮报》买下来了。这件事对整个科幻体裁来说是一个里程碑。阿西莫夫听说后，心里满是"嫉妒"[3]。但是海因莱因却为没有将该作品寄给他的老朋友而感到遗憾："刚开始时，约翰对我照顾良多，可我却如此伤害他的感情，我对此深感遗憾[4]。"更好的是，斯克里布纳出版社（Scribner）的艾丽斯·达格利什（Alice Dalgliesh）买下了他的青少年小说，要将其更名为《伽利略号火箭飞船》（*Rocket Ship Galileo*），出版精装本。

　　海因莱因原本对自己的成就感到满意，但是这种心情都被复杂的个人问题破坏了。6月，莱斯琳开门后，发现金妮拿着手提箱站在门外。他们原以为金妮会在秋天来做客，结果她在3月就复员了。她的婚约告吹了，而海因莱因还是像以前一样对她着迷。海因莱因在他和莱斯琳一起给金妮写的信中塞了一张手写的卡片，莱斯琳可能从未见过这张卡片，上面写着："我一直对你念念不忘。"[5]

　　莱斯琳酗酒越来越严重。海因莱因把家里的酒都倒进水槽里，在金妮发现莱斯琳拿着酒瓶豪饮后，他又找了找藏酒的地方。当时，他们

---

[1] 参见帕特森《学习曲线》，第402页。——原注
[2] "海因莱因想要讲述一位太空之路盲人歌者（The Blind Singer of the Spaceways）的故事；你可能记得海因莱因的小说中提到过几首此人所作的诗歌。"参见坎贝尔编"未来"栏目，载于《惊奇科幻》，1943年4月，第65页。——原注
[3] 参见阿西莫夫《记忆犹新》，第489页。——原注
[4] 参见海因莱因写给亨利·库特纳和凯瑟琳·库特纳的信，1946年10月26日，转引自帕特森《学习曲线》，第404页。——原注
[5] 参见海因莱因和莱斯琳·海因莱因写给弗吉尼亚·格斯滕菲尔德的信，1947年3月9日，转引自帕特森《学习曲线》，第411页。——原注

夫妻都在看精神病医生。莱斯琳不会开车①，所以海因莱因送她去看预约的医生，然后等她结束。金妮搬进来后，那种情况的性质变得不容忽视。一位朋友回忆道："莱斯琳睡在工作室里②，而鲍勃去和那个狐狸精在主卧室里寻欢作乐。金妮是个处女，但她学得很快。"

当莱斯琳终于要求金妮离开时，可能只是加快了结果的到来。金妮在她给海因莱因的第一封情书中写道："亲爱的③，我好想你。今天没有和你一起散步，没有看见你的样子，没有听见你那甜美的声音。"家里只剩下了海因莱因和莱斯琳，而莱斯琳却无法出门。海因莱因绝望了，晚上睡不着觉，他自己也感到很痛苦："在过去的18个月里④，我想死的次数比我想活下去的次数还要多。"

有一天，莱斯琳对海因莱因说，她曾经用一种充满象征意义的姿态触摸过科诺格送给他们的那块放射性玻璃，企图用这种方式自杀。其实，那块玻璃锁在安全的地方，但这个插曲激发了海因莱因已经在心里酝酿了好几个月的事。他们夫妻本来计划一起去亚利桑那州，海因莱因却突然说他打算自己去。莱斯琳搬到了表亲家里，海因莱因对他的律师说他想离婚。他们分开的日期是1947年6月20日。

海因莱因对这件事表示遗憾："我只是一个普通人⑤，遇到了无法解决的问题。"莱斯琳反而在给杰克·威廉森的信中写道："鲍勃觉得

---

① 参见弗吉尼亚·海因莱因写给小威廉·H.帕特森的信，2000年1月8日。——原注
② 格雷斯·杜根·桑（Grace Dugan Sang），转引自帕特森《学得更好的人》，第484页。——原注
③ 参见弗吉尼亚·格斯滕菲尔德写给海因莱因的信，1947年4月左右。——原注
④ 参见海因莱因写给约翰·阿维尼的信，1947年3月15日，转引自帕特森《学习曲线》，第415页。——原注
⑤ 参见海因莱因写给安东尼·布彻的信，1957年3月27日。——原注

全都怪我①,也许他是对的。但突然要打破15年的习惯和交往,我一时无法适应。"时机也很重要。金妮正好是单身,而海因莱因在最近将他的作品卖给了《星期六晚邮报》和斯克里布纳出版社。莱斯琳有很多问题,一直在拖他的后腿,所以他一有机会就摆脱了她。

海因莱因和金妮搬到了加利福尼亚州奥海镇(Ojai)。他准备将《地平线之外》出版成书,所以开始对其进行修订,删掉了某些为坎贝尔添加的元素。7月,他给阿西莫夫写了一封信,信中没有提到莱斯琳,所以格特鲁德断定他们已经分手了。阿西莫夫原本不信,后来由德坎普证实了此事。阿西莫夫写信对海因莱因的家庭问题表示同情,海因莱因回信说他没有什么家庭问题。阿西莫夫回忆道:"我认为他的意思是他的婚姻问题②已经通过分手解决了,所以就没再说什么。"

其实,海因莱因的情况仍未得到解决。莱斯琳对别人说海因莱因虐待她,但同时也暗示要和解。海因莱因意识到他必须留在洛杉矶确保她办完离婚手续。在城里,他避开朋友们,还买了一辆"地鼠洞"(Gopher Hole)旅行拖车。这辆拖车太小了,他不得不把书放在汽车后备箱里。就这样,海因莱因搬到了圣费尔南多谷(San Fernando Valley)的一个旅行拖车停车场里。

9月,举行了离婚听证会,但是海因莱因要过一年才能再婚。这种不确定性造成了损失,自从离开莱斯琳后,他就没有发表过新的作品。1948年,出现了好转的迹象。《大都会》的导演弗里茨·朗(Fritz Lang)向海因莱因提议合作拍摄一部关于月球之旅的电影。海因莱因先去纽约见了坎贝尔,然后去了洛杉矶。但是,他与朗的合作最终不了了

---

① 参见莱斯琳·海因莱因写给杰克·威廉森的信,1947年8月18日,转引自詹姆斯《莱斯琳记事》,第27页。——原注
② 参见阿西莫夫《记忆犹新》,第499页。——原注

之，因为他信不过此人的左翼政治立场。不过，他与制片人乔治·帕尔（George Pal）达成了一个比较成功的协议。

海因莱因觉得可以向金妮求婚了，还提议去科泉市（Colorado Springs）生活，他在十几岁时去过那个地方。海因莱因为这个电影项目写了一份"遗嘱"，建议万一他有何意外，就由杰克·帕森斯出任技术顾问。然后，他就去科罗拉多州找金妮团聚了。为了避开当地报纸的通告，他们决定在城外举行婚礼，于1948年10月21日在新墨西哥州边界附近结婚。

海因莱因时来运转。发表了第二篇青少年小说《太空军官候补生》[①]（Space Cadet）后，他开始明白针对年轻读者的作品是发挥其才能的理想场所——他把技术教育看作通往星空的捷径。这些书旨在激励学生学习科学和工程，达到了可以想象得到的最好的宣传效果。海因莱因的其他著作都不能如此充分地利用他的天赋，也不能对未来产生如此深远的影响。

与《惊奇科幻》的版权纠纷[②]最终得以解决，海因莱因想写一篇小说来感谢坎贝尔。坎贝尔主编对业余无线电感兴趣——他后来会为《爱好者杂志》撰写这方面的文章[③]，所以两人就据此探讨新的创意[④]。几个

[①] 这篇小说的名字将被借用于电视剧《太空军官候补生》（Tom Corbett），但也只是借用名字。参见帕特森《学得更好的人》，第55页。——原注
[②] 参见坎贝尔写给海因莱因的信，1948年8月10日。——原注
[③] 坎贝尔为《无线电业余爱好者杂志》（The Radio Amateurs' Journal）1955年6月刊和7月刊写过几篇文章，还有一篇文章是《如何成为业余爱好者》（How to Be an Amateur），载于《业余无线电73》（Amateur Radio 73），1960年10月，第34-37页。他的呼号是W2ZGU。——原注
[④] 参见海因莱因写给坎贝尔的信，1948年12月3日。——原注

月前,《惊奇科幻》杂志刊载了一位科幻迷的来信[①],此人在信中声称要对未来一年中发行的某期杂志进行评论。其中有一篇当时并不存在的小说是海因莱因以笔名安森·麦克唐纳发表的《海湾》(Gulf),他提出只要能说服其他作家合作,他们就可以真的这么做。

坎贝尔很喜欢这个想法,所以海因莱因开始着手创作。"海湾"这个名字几乎可以指任何情节。当海因莱因征求金妮的建议时,她提出了一个关于"火星毛克力"(Mowgli)的情节,主人公是一个被火星上的外星人养大的人类孤儿。海因莱因完成了第一章和最后一章的初稿,然后就结局征求坎贝尔的意见:"还有一个办法是让他成为救世主[②],要么悲惨失败,要么大获成功。"

坎贝尔主编很感兴趣,但这个创意似乎太大了,不适合只写成一个短篇小说。海因莱因将其放到一边,然后问金妮是否还有别的想法。金妮提醒海因莱因说他们曾经有过这样的讨论:当他问"超人有何特质"[③]时,她的回答是"他们的脑子比人类好"。与此同时,有一家出版社想要出版未来史小说[④]的精装书,所以海因莱因开始创作《出卖月

---

① 参见理查德·A. 霍恩(Richard A. Hoen)写给《惊奇科幻》的信,载于《惊奇科幻》,1948年11月,第111-112页。——原注
② 参见海因莱因写给坎贝尔的信,1949年1月27日。——原注
③ 参见弗吉尼亚·海因莱因所作注释,载于海因莱因《坟墓里的怨声》(Grumbles from the Grave),第52页。——原注
④ 沙斯塔出版社(Shasta Press)的厄尔·科沙克(Erle Korshak)出版过以下作品具有里程碑意义的版本:坎贝尔所著《有谁去那里》和《亚萨神族的斗篷》、哈伯德所著《睡眠的奴隶》、海因莱因所著《出卖月亮的人》、《地球上的绿色山丘》和《2100年起义》(Revolt in 2100)。不过,这三位作家以及阿西莫夫都曾偶尔对他的商业行为不满。参见哈伯德写给海因莱因的信,1949年3月8日和3月31日;海因莱因写给坎贝尔的信,1949年4月11日;阿西莫夫写给波尔的信,1949年10月18日;坎贝尔写给艾伦·S. 波特(Allen S. Porter)的信,1954年5月;坎贝尔写给雷蒙德·F. 琼斯的信,1954年10月28日。——原注

亮的人》，该书将成为整个未来史系列的基石。

1949年2月17日，有一个人又露面了。海因莱因收到了哈伯德的短笺，两人之前只是偶尔通信。哈伯德当时住在佐治亚州萨凡纳（Savannah），他写信向海因莱因借50美元，用来去参加一场关于津贴的听证会："你拒绝也没关系①，但是如果你同意的话，我就用你的名字来给我塑造的下一位英雄命名。"

海因莱因给哈伯德寄去了这笔钱，还说是金妮从她的杂货预算中抽出来的："她不会拒绝一位船友②。至于我，部分是由于我记得你肋骨塌陷，在海水中漂浮的样子。"海因莱因还补充说他知道哈伯德在紧急关头是可靠的，其可靠程度要高于他的某些朋友。

3月3日，哈伯德在还钱时多给了海因莱因一美元。海因莱因又把那一美元还回去了："哪个浑蛋③都不能在还钱时给我利息。"哈伯德在回信中对海因莱因表示感谢，还说他正在努力写一本关于心理学的书，他在前一年曾经提过这个项目："即便它让你发疯④也不要起诉。我警告过你的！"

1945年战争结束时，哈伯德一直在奥克诺尔海军医院接受治疗，但通常是在门诊就诊。他平常不是在医院，就是去洛杉矶，而不去华盛顿。当时，波莉带着他们的两个孩子住在华盛顿。有一次，哈伯德戴着墨镜，拄着拐杖，在艺术家卢·戈德斯通⑤（Lou Goldstone）的陪同下出现在帕萨迪纳市南奥兰治格罗夫大道（South Orange Grove Avenue）

---

① 参见哈伯德写给海因莱因的信，1949年2月17日。——原注
② 参见海因莱因写给哈伯德的信，1949年2月19日。——原注
③ 参见海因莱因写给哈伯德的信，1949年3月4日。——原注
④ 参见哈伯德写给海因莱因的信，1949年3月8日。——原注
⑤ 参见彭德尔《奇异天使》，第252页。——原注

杰克·帕森斯的豪宅中。帕森斯是哈伯德的小说迷，他邀请哈伯德搬进去。

这栋宅邸有三层楼，十一间卧室，还有一座东方神殿教的神殿。帕森斯将其全都租出去，还在招租广告中明确要求："不能信上帝。"①哈伯德立刻就住进去了。他坐在厨房里展示胸口上的伤疤，自称是在南美洲热带雨林中受箭伤后留下的。还有人无意中听到他说，赚钱的最佳方式②就是创建一种宗教——虽然海因莱因和哈伯德打赌说他做不到③的传闻无疑是杜撰的。

哈伯德还在这栋豪宅上留下了比较私人的印记。帕森斯的妻子舍他而去，投入了另一位神秘学者的怀抱。然后，帕森斯开始与妻子同父异母的妹妹萨拉·诺思拉普④（Sara Northrup）交往。萨拉当时18岁，长得很美。帕森斯鼓励她和其他男人上床，其中包括哈伯德。哈伯德后来说，有一次聚会，他喝醉了，醒来后⑤发现萨拉就躺在他身边。帕森斯有时会露出嫉妒之意，但是他在给阿莱斯特·克劳利的信中提到哈伯德时措辞很热情："虽然没有接受过任何正式的魔法训练⑥，但他对这个领域有着大量的经验和了解……我需要一个魔法搭档。我脑子里有很多实验要做。"

12月5日，哈伯德彻底退伍了。他没有回家，反而又去了帕萨迪纳市的豪宅——他在寻找某些答案，而帕森斯给他的答案似乎极有可能成

---

① 参见赖特《拨开迷雾》，第51页。——原注
② 参见米勒《裸面弥赛亚》，第119页。——原注
③ 参见帕特森《学习曲线》，第563页。——原注
④ 萨拉的中间名是伊丽莎白，她和帕森斯住在一起时，朋友们都叫她"贝蒂"。参见米勒《裸面弥赛亚》，第117页。——原注
⑤ 参见米勒《裸面弥赛亚》，第172页。——原注
⑥ 参见米勒《裸面弥赛亚》，第120页。——原注

功。罗伯特·科诺格当时也住在这栋豪宅里，海因莱因偶尔会来做客。哈伯德也和萨拉再续前缘，有人看到他们在屋里缠绵，"就像海星附在蛤蜊上一样"①。有一天早上，哈伯德和帕森斯在击剑②时，萨拉突然提剑刺向哈伯德的脸。哈伯德当时没有戴面罩，他被吓了一跳，但还是将萨拉挡开，轻轻叩击她的鼻尖。

帕森斯痴迷于创造月童，也就是克劳利在《法之书》（The Book of the Law）中提到的婴儿反基督教者或伪基督（Antichrist），需要召唤一个女人充当巴比伦大淫妇的角色来产子。哈伯德对这个项目充满热情。他后来称克劳利为"很好的朋友"③。他们从未见过面，却都以理查德·弗朗西斯·伯顿爵士为榜样，因为神秘学者称伯顿为"精神冒险和物质冒险的完美先驱"④。哈伯德总是处处争先，可以充分发挥其才能的魔法自然也不例外。不久后，他就开始假装成他在《未知》上发表的小说中的人物，那些小说无一例外都是以主人公的转变为结局的。

1946年1月4日晚上9点，帕森斯和哈伯德准备好法器和护身符，开始举行所谓的巴巴伦召唤仪式（Babalon Working）。这场仪式持续了11天。有一天晚上，哈伯德称他在厨房里感到有什么东西把他手里的蜡烛撞掉了。帕森斯写道："听见他的喊声后⑤，我们看到一束大约七英尺高的棕黄色的光……我挥动魔法剑时，那束光就消失了。接下来，哈伯德的右臂整晚都动弹不得。第二天，据说哈伯德看到了帕森斯的一位宿

---

① 参见彭德尔《奇异天使》，第 255–256 页。——原注
② 参见彭德尔《奇异天使》，第 256 页。——原注
③ 参见哈伯德：费城博士学位课程（Philadelphia Doctorate Lectures），1952 年 12 月 5 日。——原注
④ 参见克劳利《阿莱斯特·克劳利自传》（The Confessions of Aleister Crowley），题辞。——原注
⑤ 参见帕森斯《巴巴伦之书》（The Book of Babalon），http://www.sacred-texts.com/oto/lib49.htm（2017 年 12 月引用）。——原注

敌的灵魂,他扔出几把飞刀,将其赶走了。"

三天后,帕森斯和哈伯德到了莫哈韦沙漠(Mojave Desert),那是火箭工程师帕森斯最喜欢的冥想之地,位于两条巨大的输电线路的交叉点。帕森斯感到身上的电压都消失了,然后对哈伯德说:"好了。"① 回到豪宅时,他们发现一个名叫马乔里·卡梅伦②(Marjorie Cameron)的女人。帕森斯后来说,卡梅伦遇到过车祸,忘了自己是谁。其实,她本身就是一个了不起的人,只是对这栋豪宅感到好奇,所以才请朋友送她过来。

帕森斯和哈伯德还为联合企业(Allied Enterprises)签署了一项协议。该企业将从事"各种各样富有弹性"③的活动,参与者将分享所有收益,包括哈伯德所有的写作收入。帕森斯出了两万美元,相当于他的大部分积蓄,而哈伯德只出了1200美元,萨拉作为第三位合伙人却一分钱都没出。作为一种可能的投机,他们商讨着要在东海岸购买游艇,然后倒卖。2月底,哈伯德动身去调查这个市场。

哈伯德回来后,宣称自己看到了一种神秘的幻象,所以他们开始举行月童仪式的后半部分。音乐在房间里弥漫着,身穿白衣的哈伯德和身穿黑衣的帕森斯准备好了圣坛。就在他们打碎潘神神像的那一刻,这家宾馆的屋顶起火了。第二天晚上,卡梅伦也参加了他们的仪式,在深红色的长袍下面什么都没穿。她和帕森斯发生性行为时,哈伯德满头大汗

---

① 参见彭德尔《奇异天使》,第263页。——原注
② 卡梅伦后来嫁给帕森斯,成为秘界著名人物,与肯尼思·安格(Kenneth Anger)导演等艺术家共事。参见彭德尔《奇异天使》,第263页和第303页。——原注
③ 参见米勒《裸面弥赛亚》,第122页。——原注

地高呼:"欲望①属于她,激情属于你。将汝视作奸淫之兽。"

帕森斯觉得成功了,可是当他将他们所做的事告诉克劳利后,这位神秘学者却说了几句泄气的话:"我以为我的想象力是最病态的②,极为病态,但现在看来,好像不是这样的。我一点都不懂你的意思。"克劳利在给东方神殿教首领卡尔·杰默(Karl Germer)的信中写道:"帕森斯或哈伯德之类的人似乎③在创造月童。想到这些蠢货的白痴行为,我简直要发疯了。"

大约在这时,哈伯德创作了一份名为《肯定法》的文件,他显然希望借助录音机用一系列的笔记给自己催眠。文件每页的日期各不相同,但有些条目指向他跟帕森斯交往频繁的那段时间。他是这样描述帕森斯的:

> 我对杰克·帕森斯可能怀有的厌恶之情④都源自一个通灵实验。这种厌恶是愚蠢的。他是我的朋友和战友……我对杰克·帕森斯只有友情……杰克也是内行。你把他当作朋友来喜欢和尊敬。他不能因为你的所作所为而生气。你不会错怪他,因为你喜欢他。

哈伯德怕自己会伤害这位朋友,而这种担心并不是没有根据的。4月底,哈伯德从他们的联合基金中取出一万美元,和萨拉去了佛罗里达,据说是去买一艘游艇。实际上,他心里另有打算。哈伯德在此前写

---

① 参见帕森斯《巴巴伦之书》,http://www.sacred-texts.com/oto/lib49.htm(2017年12月引用)。——原注
② 参见米勒《裸面弥赛亚》,第126页。——原注
③ 同上。
④ 参见哈伯德《肯定法》。——原注

信给海军人事部部长,申请去南美洲和中国。他还激起了莱斯琳的外甥们对一场涉及"中国、刀枪"①的冒险活动的兴趣。海因莱因对此感到愤怒:"我真搞不懂罗恩最近的活动②……就我所知,他似乎在搞什么大骗局,而非理顺自己的职业,然后安顿下来。"

听到这些传言后,克劳利给杰默打电话说:"我怀疑罗恩在搞骗局。"③克劳利完全有理由担忧,因为此时,他主要靠洛杉矶神殿的资金生活。帕森斯登上了前往迈阿密的火车。抵达迈阿密后,他发现自己的两个合伙人贷款买了三艘船。当有人打来电话说哈伯德和萨拉已经启航了,他才找到其中一艘船的行踪。帕森斯在他的房间里施放了一个魔法圈来召唤风暴,迫使哈伯德和萨拉在巴拿马运河返回。无论是不是由魔法所致,哈伯德照旧出海不利。

达成和解后,帕森斯就回帕萨迪纳市去了,萨拉和哈伯德再也没见过他。几年后,哈伯德声称美国海军令他调查帕森斯,从而"驱散美国的黑魔法"④,但是这方面的任何成功显然都没有得到承认。哈伯德没钱了,他威胁说如果萨拉不跟他结婚的话,他就自杀。后来,萨拉说在迈阿密的时候,哈伯德开始殴打她⑤。她当时并不知道哈伯德还没跟他的第一任妻子离婚,和他在1946年8月10日举行了婚礼。

11月25日,哈伯德在新泽西州的坎贝尔家留宿⑥。看到他的样子

---

① 参见帕特森《学习曲线》,第409页。——原注
② 参见海因莱因写给约翰·阿维尼的信,1946年5月10日,转引自帕特森《学习曲线》,第387页。——原注
③ 参见米勒《裸面弥赛亚》,第128页。——原注
④ 参见米勒《裸面弥赛亚》,第114页。——原注
⑤ 参见赖特《拨开迷雾》,第60页。——原注
⑥ 参见哈伯德所写的一封信,1946年11月26日,转载于哈伯德《戴尼提:信件与日记》(*Dianetics: Letters & Journals*),第8页。——原注

时,坎贝尔大为吃惊:"他当时得了精神性神经病,一直在颤抖①,几乎要崩溃了。退役时,他就有了这种发抖的毛病。他还受过几处重伤,身体状况也不好。他说的话有些自相矛盾,有时条理不清。"他还在别处说过,哈伯德租住的房间里"充满了紧张的气息②,像在进行某种秘密活动"。

他们讨论了几个新项目。哈伯德还试图重新博得海因莱因的青睐。他承认因莱斯琳外甥的误会而遭海因莱因嫌恶,但还是"衷心而又热烈地"③恭贺海因莱因成功打入《星期六晚邮报》。海因莱因始终没有回信,但在他的文件夹里,这封信上所附的一张便笺表明了他的看法:"我再也不相信你了④……即便波莉不会看重你胸前那些绶带,我也会看重。虽然你是假绅士,但确实是真英雄。我会给你钱帮你摆脱困境,但我不想让你进我的家门。"

次年,哈伯德和萨拉搬到了华盛顿,离他在布雷默顿的家只有15英里。萨拉终于得知她的丈夫还没有跟波莉离婚,因为波莉在4月提交了离婚申请。此后,他们前往奥海镇,哈伯德因旅行拖车欠款未还而被捕。7月,海因莱因也搬到了奥海镇,目前还不清楚他是否与哈伯德有交集,但两人的生活都很混乱,有着奇怪的相似之处——他们都再婚了,后来都离开奥海镇,在圣费尔南多谷的旅行拖车中定居下来。

---

① 参见坎贝尔写给海因莱因的信,1953年3月24日。——原注
② 参见坎贝尔写给阿特·库尔特(Art Coulter)的信,1953年8月28日。——原注
③ 参见哈伯德写给海因莱因的信,1946年12月4日。——原注
④ 参见帕特森《学习曲线》,第409页。几个月后,海因莱因告诉坎贝尔,哈伯德指责他剽窃《地球上的绿色山丘》。他提醒坎贝尔注意哈伯德提交的作品中是否有诽谤内容,最后说道:"罗恩在过去一年的行为有很多都让我难以理解。我就将其看作一位患有战争疲劳症且受过伤的老兵的行为,不跟他计较。"参见海因莱因写给坎贝尔的信,1947年2月14日。——原注

哈伯德开始比较稳定地创作。他在战后发表的第一篇重要作品是《空中堡垒》（*Fortress in the Sky*），作为封面故事刊登在《空路与科学前沿》（*Air Trails and Science Frontiers*）的1947年5月刊上。当时，坎贝尔是该杂志的主编。哈伯德在《空中堡垒》中的署名是B. A. 诺思罗普上校（Capt. B.A. Northrop），很可能是坎贝尔主编建议他使用的——这个笔名会让人想起萨拉的娘家姓，就像坎贝尔曾以唐·A. 斯图尔特之名进行创作，海因莱因曾以安森·麦克唐纳之名进行创作一样。这篇文章表示，原子弹出现后，陆地或海军基地的概念就过时了，月球成为最后一个坚不可摧的阵地，进而提出一个相当奇特的说法：

> 在世界各地[①]，许多人考虑火箭的事已经有一段时间了。我记得作家兼工程师L. 罗恩·哈伯德曾于1930年低调地研发并测试了一种火箭发动机，这种发动机显著优于V-2导弹的推进装置，其复杂性却比V-2导弹的推进装置小很多。

坎贝尔没有对哈伯德在19岁时进行过火箭研究的说法提出质疑，因为他在哈伯德未发表的小说《月球是地狱》中，找到了大量的科学资料。其中还论述了"重力计"[②]或从月球向地球发射导弹的优势，给海

---

① 参见哈伯德以"B.A. 诺思罗普上校"之名所著《空中堡垒》，载于《空路与科学前沿》，1947年5月，第70页。——原注
② "第一个战略优势可以称为'重力计'，堪比在战列舰航行的日子里非常值得拥有的气压计……重力计在六比一的比例中很重要，因为导弹的初速度要达到每秒六英里才能离开地球，但是只要达到每秒一英里的速度就能离开月球。"参见哈伯德以"B.A. 诺思罗普上校"之名所著《空中堡垒》，载于《空路与科学前沿》，1947年5月，第25页。海因莱因在《太空军官候补生》中简单提到过重力计，他将会在《严厉的月亮》中详细阐述这个概念。——原注

因莱因留下了深刻的印象。数年后,海因莱因会对这种想法进行详细的阐述。

更加重要的是于1947年在《惊奇科幻》上连载的《核武危机》(*The End Is Not Yet*)。这是哈伯德于多年后写的第一篇小说,他似乎在为自己测试不同的身份或者未来。其中一个人物发现一种新型精神能量,一个成为世界上最著名的作家,还有一个撰写权威的心理学著作。坎贝尔回忆道:"我之所以买下这篇小说,很大程度上是因为[①]我感觉应该推罗恩一把,让他重新站起来。这篇小说……很一般。这是我第一次买下一篇我心里并不喜欢的小说。"

1947年8月,曾经为海因莱因和坎贝尔提供过服务的洛杉矶科幻迷和经纪人福里斯特·J.阿克曼与哈伯德签订了委托合约。阿克曼想让哈伯德向两位想要进入出版业的商人推销他的心理学著作《王者之剑》,但哈伯德拒绝了:"我断然[②]摇头拒绝了。"哈伯德的工作并没有解决他自身的问题。他写信向退伍军人管理局求助,因为他存在"长期抑郁[③]和自杀倾向"。

哈伯德写得越来越多,迅速为《惊奇科幻》完成了一系列粗制滥造的作品,其中的主人公叫玛士撒拉医生(Ole Doc Methuselah),许多情节都是由萨拉提出来的[④]。在阿克曼的催促下,哈伯德开始参加洛杉矶科学奇幻协会(Los Angeles Science Fantasy Society)的集会。这是他第一次长期接触科幻迷,他们成了他一直缺少的受众。哈伯德还展示了他

---

① 参见坎贝尔写给海因莱因的信,1953年3月24日。——原注
② 参见哈伯德写给拉塞尔·海斯(Russell Hays)的信,1948年7月15日,转载于哈伯德《戴尼提:信件与日记》,第17页。——原注
③ 参见米勒《裸面弥赛亚》,第138页。——原注
④ 参见科里登《弥赛亚抑或疯子》,第310页。——原注

为治疗自己的抑郁症而学习的催眠技巧。他没能给自己催眠,却在给别人催眠时做得非常好,打三声响指就能使对方进入催眠状态。

A. E. 范沃格特也经常参加洛杉矶科学奇幻协会的集会。他在帕森斯的豪宅中见过哈伯德,对此人印象深刻。有一位科幻迷讲述了一个奇怪的梦,哈伯德说那是他的"灵魂在闲逛"①时造成的。范沃格特并不相信,但开始怀疑可能发生了别的什么事。他通过另一位催眠师找到一个人,此人说哈伯德给他植入了一个催眠后的命令,然后残忍地玩弄他。虽然这段记忆本身是假的,却证明了哈伯德的名声越来越大。

哈伯德从这些反应中受到鼓舞,然后拓展到其他治疗领域:"我去好莱坞正中间②租了一间办公室,请了一位护士,然后用毛巾包住头,打扮成大师的样子。"哈伯德后来写道,在治疗自卑情结、过敏和口吃等问题时,他会让治疗对象"扭动身体"③,还宣称他设计了一种心理疗法,可以治愈八成患者④。

1948年夏,哈伯德因开空头支票的罪名被圣路易斯奥比斯波县(San Luis Obispo County)治安官逮捕。此后不久,他前往纽约参加皇后区科幻联盟的集会⑤。哈伯德似乎正在恢复,对海因莱因说他的战争终于结束了:"我不再每次听到出租车的喇叭声都往桥上冲⑥。"哈伯德还撒谎说他的作品获得了古根海姆奖(Guggenheim Fellowship),说他希望"在《王者之剑》的基础上写一本书"⑦。

---

① 参见米勒《裸面弥赛亚》,第142页。——原注
② 参见赖特《拨开迷雾》,第68页。——原注
③ 同上。
④ 参见哈伯德写给拉塞尔·海斯的信,1948年7月15日,转载于哈伯德《戴尼提:信件与日记》,第17页。——原注
⑤ 参见哈伯德写给海因莱因的信,1948年9月25日。——原注
⑥ 同上。
⑦ 参见哈伯德写给海因莱因的信,1948年11月24日。——原注

与坎贝尔夫妇一起过完感恩节后①,哈伯德和萨拉开始寻求环境的改变。1949年2月,他们到了佐治亚州萨凡纳。在向海因莱因借钱的时候,哈伯德和萨拉住在一个木质纸浆厂附近②,正在撰写《王者之剑》。他对阿克曼说这本书中有些信息是讲如何"在不知不觉中强奸女性"③,还说他也不清楚自己是想利用这本书来废除天主教还是想创建自己的宗教。哈伯德最后说道:"真不知道我为什么突然又鼓起勇气去做这件事,而且还放任自流。可能是对人类抱有大爱,也可能是对人类怀有大恨。"

3月,萨拉去看望心脏病发作的母亲④,所以哈伯德有几周是独自度过的。1949年4月13日,他分别写信给美国精神病学会⑤(American Psychiatric Association)、美国心理学会(American Psychological Association)和巴尔的摩老年医学学会⑥(Gerontological Society),说他已经治疗了20位患者,让他们连出生前的事情都记起来了。哈伯德称他正在免费治疗几名罪犯、几个孤儿和一个考试不及格的男生。他还对海

---

① 参见哈伯德写给海因莱因的信,1948年11月24日。——原注
② 参见哈伯德写给海因莱因和弗吉尼亚·海因莱因的信,1949年3月3日。——原注
③ 参见哈伯德写给福里斯特·J.阿克曼的信,1949年1月13日。——原注
④ 参见哈伯德写给海因莱因的信,1949年3月31日。——原注
⑤ 参见赖特《拨开迷雾》,第84页。哈伯德在一篇未发表的手稿中提到,他曾经在美国精神病学会与一个名叫戴维斯(Davies)的人交谈过。这篇手稿为《评戴尼提》(*A Criticism of Dianetics*),保存在坎贝尔的缩微胶片夹《坎贝尔信件全集》(*The Complete Collection of the JWC Letters*)中。在这篇文章中,哈伯德还宣称他曾经跟一个人交谈过,而且可以确定此人是詹姆斯·B.克雷格(James B. Craig),这位神经学家"主要负责在萨凡纳圣约瑟夫医院(St. Joseph's Hospital)建立精神科病房"。参见《南十字》(*Southern Cross*)(佐治亚州萨凡纳),1952年4月26日。——原注
⑥ 参见哈伯德写给老年医学学会的信,1949年4月13日,转载于哈伯德《戴尼提:信件与日记》,第19-21页。——原注

因莱因说，如果他开始收诊费的话，"当地的精神病医生[①]会让我死在某条后巷里，虽然他们现在都是我的热心好友。"

4月底，哈伯德提到，他要搬到华盛顿特区[②]，还不确定要去多久。三周后，他在华盛顿特区申请了结婚证，要和一个名叫安·詹森（Ann Jensen）的女人[③]结婚。结果，詹森在第二天就取消了申请。除此之外，我们对詹森一无所知。不过，人们很容易认为她就是哈伯德口中那个在萨凡纳帮他做笔录的女孩——她不会写字，但是"非常漂亮"[④]。这是他最后一次尝试摆脱萨拉，因为她代表着一段他想要忘记的过去，就像莱斯琳代表海因莱因想要忘记的过去一样。哈伯德曾经寄信给帕森斯[⑤]，说可以把萨拉还给他。

哈伯德相信自己已经靠意志力走出抑郁症的深渊了。他试图让专业团体对他的工作感兴趣，结果没有成功。不过，还有最后一种可能。5月，哈伯德为他的研究联系了坎贝尔，坎贝尔主编的回应就是邀请他和萨拉到新泽西州[⑥]。由于个人原因，坎贝尔对哈伯德要说的事非常感兴趣。他跟许多作家都是远程合作，跟哈伯德本来也可以这样，可他却在早期就决定要把此人留在身边。

[①] 参见哈伯德写给海因莱因的信，1949年4月21日。——原注
[②] 参见哈伯德写给海因莱因的信，1949年4月30日。——原注
[③] 参见赖特《拨开迷雾》，第72页。——原注
[④] 参见哈伯德写给海因莱因的信，1949年3月31日。——原注
[⑤] 参见彭德尔《奇异天使》，第287页。——原注
[⑥] 参见米勒《裸面弥赛亚》，第148页。——原注

第 11 节　现代心理健康科学（1945—1950）

> 控制论是这个时代的重大新观念[①]。在我看来，哈伯德……已经掌握了控制论，但掌握的方式不好；也就是说，他搞错了。产生控制论观点的创造性思维可能难免会在该领域积累的大量文献中形成畸形的内容。
> ——摘自伊薇特·吉特尔森（Yvette Gittleson）主编的《美国科学家》（*American Scientist*）1950 年 10 月刊

作为《空路画报》的新主编，坎贝尔为这本杂志的 1946 年 12 月刊写了一篇名为《比基尼资产负债表》（*Bikini Balance Sheet*）的文章。他概述了马绍尔群岛[②]试爆原子弹的情况，还讨论了民防问题，用一整页的篇幅刊载了一张地图，说明假若新泽西州遭到核攻击会有什么样的后果。爆炸的中心是坎贝尔家在斯科奇普莱恩斯的房子。他请读者在各自的路线图上画一个类似的圆圈："大城市[③]不一定是冲击中心，你所在的小镇可能是更好的瞄准点。"

在战后的几年里，坎贝尔的处境很特殊。他的事业蓬勃发展，却是

[①] 参见伊薇特·吉特尔森《碰撞中的圣牛》（*Sacred Cows in Collision*），载于《美国科学家》，1950 年 10 月，第 603-609 页。——原注
[②] 坎贝尔在后来写道，他曾经收到过亲自去观察试爆的邀约，结果却拒绝了。参见坎贝尔写给小威廉·R. 伯克特的信，1965 年 9 月 14 日。——原注
[③] 参见坎贝尔《比基尼资产负债表》，载于《空路画报》，1946 年 12 月，第 35 页。——原注

建立在一种威胁之上的，这种威胁能在一瞬间毁灭他和他所爱的人。科幻之外的世界都看着他，想知道他的想法。现在，他得到了自己期盼已久的地位，却无法让人安心。迪克森·哈特韦尔在《空路画报》的1946年2月刊中发表了一篇简介，描述了坎贝尔的典型瞬间：

> 如果你想知道这个世界有多糟糕[1]，我建议你花几分钟时间，怀着越来越深的忧郁情绪倾听原子先生的话……与其说是原子先生谈及未来的语气，倒不如说是他所说的内容使他成为风云人物。因为是他在原子弹问题上抢了世界媒体的风头，比那些媒体早了不是几个小时，也不是几周，而是好几年。

坎贝尔在接受哈韦尔（Harwell）的采访时发表了令人震惊的言论——推测未来十年内可能会爆发核战争，还在他家的地下室里摆姿势照相，一只手拿着烙铁，另一只手拿着一根点燃的香烟。

他似乎在从威胁文明的力量中汲取能量，甚至青春。"35岁[2]的坎贝尔有那种如猫般的特殊体格，这种体格使某些男人显得比实际年龄年轻十岁。"哈韦尔如此写道。他还补充说，坎贝尔"似乎是原子能的人形化身"。坎贝尔很喜欢这个比喻，说不定就是他建议哈韦尔这样写的。坎贝尔在《空路画报》上为自己发表了一篇简介，他说："尽管要参加各种各样的活动[3]，但坎贝尔已经娶妻生子，邻居们认为他的两个

---

[1] 参见迪克森·哈韦尔《原子先生》，载于《空路画报》，1946年2月，第20页。——原注
[2] 参见迪克森·哈韦尔《原子先生》，载于《空路画报》，1946年2月，第21页。——原注
[3] 参见坎贝尔《作家介绍》，载于《空路画报》，1946年12月，第106-107页。——原注

孩子是靠原子能运作的。"

除此之外,坎贝尔基本上没有提过自己的家人。"问及私生活时[1],他不是一言不发,就是断然拒绝。"哈韦尔如此说道。坎贝尔只在自己的简介里简单地提及唐娜:"坎贝尔夫人[2]早已在地下室的实验室里安于现状,那里回荡着构思各种科学创意时的阵痛。"坎贝尔的大部分闲暇时间都在他的工作室里度过的,唐娜感觉自己被排除在外,这并不是什么新鲜事。关于《空路画报》的摄影师,她写道:"我从他那里用一个小时了解到的斯特里特与史密斯出版社的人事信息比从约翰那里用八个小时了解到的信息还多[3]。"

只是在一次采访中听坎贝尔谈论原子能的威胁,哈韦尔都感到疲惫,而唐娜却是每天都得听。《空路画报》上那张地图暗示着,他们家至少在一方面已经成了核爆点——原子弹在坎贝尔主编的思想中占主要地位,这是前所未有的。像莱斯琳·海因莱因一样,唐娜因战争而心力交瘁,丈夫的痴迷也让她难以忍受。坎贝尔反而感到困惑,不知道唐娜为何没有为他目前的职位而高兴:"我努力了15年[4]才争取到一份可观的收入,不是为了弄得我们两个都痛苦。"

如果说是原子弹给他们带来了稳定的经济条件,那么,这只会助长坎贝尔对原子弹的痴迷。原子弹的问题几乎出现在他的所有社论中,使得《惊奇科幻》看起来就像核能工业的贸易机构。起初,探讨的主要是

---

[1] 参见迪克森·哈韦尔《原子先生》,载于《空路画报》,1946年2月,第21页。——原注
[2] 参见坎贝尔《作家介绍》,载于《空路画报》,1946年12月,第107页。——原注
[3] 参见唐娜·坎贝尔写给海因莱因的信,1945年9月21日左右。——原注
[4] 参见坎贝尔写给海因莱因的信,1946年1月3日。——原注

技术。在午餐时间，物理学家汉斯·贝特①（Hans Bethe）曾经告诉坎贝尔，铀是唯一的核燃料，但他还是继续琢磨这个问题，最终在1946年1月刊中发表了一段离题的话：

> 铀反应②的威力确实很强大，但卢瑟福勋爵（Lord Rutherford）在1930年发现了另一种元素，其威力几乎比相同重量的铀大一倍，用的还是便宜的锂和普通的氢。温度要达到几百万度，它才会开始反应，但广岛U-235原子弹将会是绝佳的引信，可以启动这种更猛烈的爆炸。

坎贝尔预见的不仅是氢弹，还有俄罗斯人将会在七年后采用的氢化锂方法。在许多方面，这是他能做出的最高明的猜测。

然而不久，坎贝尔就转向了社会科学及其对核武器的影响。他在1946年4月写道："心理学的发展速度③必须超过核子物理学。"A. E. 范沃格特在《非A世界》（*The World of Null-A*）中对这些问题进行了最为大胆的探索，这篇小说的第一部分在广岛被炸毁时出现在报摊上。《非A世界》是科日布斯基和低俗连载小说的疯狂组合。坎贝尔在给海因莱因的信中对它大加赞赏，而海因莱因却没那么喜欢这篇小说："我不想看一个不懂普通语义学的人④创作关于普通语义学的作品。"但他似乎

---

① 参见坎贝尔写给约瑟夫·P. 马蒂诺（Joseph P. Martino）的信，1965年9月22日。——原注
② 参见坎贝尔《是这样吗》（*But are We*），载于《惊奇科幻》，1946年1月，第6页。——原注
③ 参见坎贝尔《有待取得的进展》（*Progress To Be Made*），载于《惊奇科幻》，1946年4月，第6页。——原注
④ 参见海因莱因写给坎贝尔的信，1946年11月5日。——原注

也对自己没能第一个到达那里而感到一种特有的愤怒。

战争结束后，坎贝尔曾经试图将那群作家重新聚到一起，结果成败参半。他在1946年2月刊中说，海因莱因以及曾在"爪哇、澳大利亚①、阿拉斯加州、夏威夷和塞班岛"服过役的哈伯德很快就有时间写作了，结果证明他言之早。海因莱因将会因他们的版权纠纷而被《惊奇科幻》杂志拒之门外，而哈伯德则得了抑郁症，有一年多都无法写作。坎贝尔只得去找别的作家，不过，他再也没有时间，也无意从零开始培养新人了。

坎贝尔有一个重大发现是亚瑟·C. 克拉克。克拉克于1917年出生在英格兰。由于地理上的距离，坎贝尔主编根本无法对他进行塑造。克拉克卖出的第一篇小说《救援队》（*Rescue Party*）几乎是在无意之中迎合了坎贝尔的偏见，其中，人类与外星人相遇的情节暗示着人类会占优势。但是，坎贝尔退回了他的优秀作品《不让夜幕降临》②（*Against the Fall of Night*），这篇小说是一次大胆的尝试，旨在将唐·A. 斯图尔特的小说基调延续到战后时代。加上还有外国版权的问题③，所以克拉克这篇最重要的作品将会在别处发表。

有几位作家也提交了值得注意的作品。威尔·詹金斯创作了《第一次接触》（*First Contact*）和《名为乔的逻辑》（*A Logic Named Joe*），前者基于坎贝尔提供的一个预期到冷战的创意④，后者是有史以来为数不多的预见到互联网的小说之一。C. L. 穆尔以劳伦斯·奥唐

---

① 参见坎贝尔编"未来"栏目，载于《惊奇科幻》，1946年2月，第116页。——原注
② 参见克拉克《惊奇年代》，第109页。——原注
③ 参见亚瑟·C. 克拉克写给坎贝尔的信，1952年1月1日。——原注
④ 参见哈里森（Harrison）与奥尔迪斯（Aldiss）《惊奇——类比读者》（*The Astounding—Analog Reader*），第 x 页。——原注

奈（Lawrence O'Donnell）之名进行创作，她的杰作《人间好时节》（*Vintage Season*）讲的是时空旅行者以游客的身份去看过去发生的灾难。坎贝尔甚至在一位科幻迷的催促下①刊登了E. E. 史密斯的《透镜人之子》（*Children of the Lens*）。该科幻迷陈述的理由是，E. E. 史密斯是《惊奇科幻》最受喜爱的作家之一，即便他的作品显得落伍了，杂志社也应该尊敬他。

有些作家则是更直接地面对原子时代。1947年在费城的一次会议期间，将于次年嫁给弗雷德里克·波尔的作家朱迪思·梅里尔在酒店套房举办的聚会中醉醺醺地堵住坎贝尔："约翰，我也写了一篇非常好的小说②，对你来说太好了。"

坎贝尔当时也喝醉了："你说的对，要是真那么好的话，我们给的稿费就不够。"尽管梅里尔的《唯有母爱》（*That Only a Mother*）结尾凄凉，讲的是一位母亲不愿承认她的变异女儿天生没有四肢的故事，但坎贝尔还是在看过之后买下了这篇小说。

同时，坎贝尔也在设法摆脱原子末日的题材③。读者们发现到处都有这方面的内容。随着读者群的扩大，坎贝尔开始另寻他法来处理这种

---

① 参见雷斯尼克（Resnick）《永远是迷》（*Always a Fan*），第132页。"在1967年世界科幻大会第三届纽约会议（NyCon Ⅲ）上见到坎贝尔时，我很笼统地问了他这件事，以免冒犯他。他喃喃地说可能跟埃德·伍德（Ed Wood）这位科幻迷有点关系，然后就走开了。"参见迈克·雷斯尼克（Mike Resnick）发给本书作者的电子邮件，2017年8月18日。——原注
② 参见耐特《未来派》，第185页。——原注
③ 参见坎贝尔编"基本实情"栏目，载于《惊奇科幻》，1948年9月，第155页。——原注

素材[1]。多年来,他一直希望自己能成为一本技术杂志的编辑。此时,《空路画报》给他带来了一个机会。包括少年尼尔·阿姆斯特朗[2]在内的业余爱好者们如饥似渴地阅读这本航模期刊,制造靠汽油或橡皮筋飞行的小型飞机。随着模型生意在战后每况愈下,这本杂志的收益越来越少,最终作为侧重于航空的科学月刊重新推出。

坎贝尔一直在为改变而努力,他于1946年夏成为《空路画报》的主编。未来派的创始成员约翰·米歇尔[3]当时也在这家杂志社,但他很不喜欢坎贝尔,所以马上就辞职了。作为新主编,坎贝尔在他发表的第一篇社论中告诉读者:"是与这个世界一起学习进步,还是不知所措地落在后面,这取决于我们每个人[4]。"这种措辞对《惊奇科幻》来说很熟悉,可对一本航模杂志来说却是剧烈的转变。坎贝尔在这本杂志中填充了心理学与核武器方面的内容:"我们已经可以控制原子武器了[5]——现在需要控制的是人。"

坎贝尔感到捉襟见肘。因此,在1946年年底,他请参与过声呐项目和神风项目的L. 杰罗姆·斯坦顿[6]担任副主编。斯坦顿在后来加入《惊

---

[1] 在关于原子主题的最佳小说中,有些为女性作品,其中包括威尔玛尔·R. 夏伊拉斯(Wilmar R. Shiras)的《隐藏》(*In Hiding*),主人公是一位与年轻的坎贝尔相似的变异神童——他会把课本从头到尾读一遍,也卖小说给纸浆杂志。——原注

[2] 参见瓦格纳(Wagener)《人类的一大步》(*One Giant Leap*),第35页。——原注

[3] 参见耐特《未来派》,第156页。——原注

[4] 参见坎贝尔《空路与新前沿》(*Air Trails and New Frontiers*),载于《空路画报》,1946年9月,第22页。——原注

[5] 参见坎贝尔《最伟大的力量》(*The Greatest Power*),载于《空路画报》,1946年12月,第26页。——原注

[6] 参见史密斯《乔治·O. 史密斯的世界》,第67-68页。斯坦顿的名字最早见于《空路画报》1947年2月刊的刊头。

奇科幻》杂志社，阅读一堆自发寄来的稿件，然后将最好的小说转交给坎贝尔，而塔兰特则继续挥动她的蓝铅笔，负责删改和审查。有一次，乔治·O.史密斯提交的某篇小说中有一则暧昧的黄色笑话，讲的是"原始的滚珠轴承捕鼠器"①——公猫。坎贝尔和斯坦顿这两个男人传阅过后，想当然地认为塔兰特会将其删掉。结果她并没有那么做，所以这则笑话被刊登出来，从而出了名。不过，这件事也表明坎贝尔的注意力在当时分散得有多严重。

坎贝尔很喜欢编辑《空路画报》，但这本杂志未能引起广告商的兴趣。在其失去科学性后，坎贝尔于11月辞职了。有传言说《未知》要重新开始发行了，哈伯德也对海因莱因说他希望这本杂志会再次给他带来奇幻小说的市场："不要告诉别人②，我对那些小玩意厌恶透顶。"但《未知》始终没有重新发行。没有这本杂志，《惊奇科幻》所承受的压力只会更大，从而反映出坎贝尔性格的各个方面。

不过，坎贝尔手下唯一尚存的杂志业绩很好，印数比战争期间增加了数万本③。他借机更改它的标志，"惊奇"两字小得几乎看不见，而"科幻"两字却写得很大。坎贝尔就这样改变了杂志的名字，这是他从20世纪30年代晚期就一直想做的事。一年半后，他安排专门为《惊奇科幻》杂志出售广告④，而不是为出版社的所有杂志出售，使图书出版商能够直接接触到读者，也是首次将科幻社群确定为一个独特的群体。

---

① 参见史密斯《乔治·O.史密斯的世界》，第137-138页。这篇小说是《赛鼠》（*Rat Race*），载于《惊奇科幻》，1947年8月。——原注
② 参见哈伯德写给海因莱因的信，1948年9月25日。——原注
③ 参见坎贝尔编"未来"栏目，载于《惊奇科幻》，1947年12月，第82页。——原注
④ 参见坎贝尔《惊奇科幻》，1948年4月，第35页，1948年5月，第148页。——原注

坎贝尔是最先从科幻小说的精装书市场获益的人之一，有几家出版社出版了他的作品集，这在一定程度上弥补了他的一次重大失败。坎贝尔在他的整个职业生涯中都在思考原子的问题，最具权威性的声明《原子故事》(The Atomic Story)是他在婚姻处于白热化状态时创作的。他曾希望这本书能很快出版，结果却因纸张和印刷机短缺而推迟了。《原子故事》最终于1947年出版，错过了最重要的时机。坎贝尔抱怨说亨利·霍尔特出版社推迟这本书的出版，"骗"得他[1]损失了几千美元。

这是一本可读性很强的科普作品，但是却忽略了原子弹背后之人的品性，所以变成了一种超科学史诗，其中的主角不是人类，而是粒子。坎贝尔又用一篇《生死界线》故事提升了他的资历，还在终章重温了熟悉的领域：

> 心理学与核子物理学这两门尚不完整的科学[2]现在面对原子弹……心理学还远远不够先进，不能让所有人都过上理智的、平衡的、宽容的生活。到目前为止，这对生存并不是至关重要的；但在不久的将来，可能会成为至关重要的。

坎贝尔写道，我们需要"全面重组[3]文明模式"，最后几行简直是戴尼提的序言："我们必须了解原子力[4]。但先对人类多加了解才是明智的，因为人类是一种更加强大的力量，可以随心所欲地扭曲原子能。"

1949年4月9日，斯特里特与史密斯出版社停止发行旗下的大部分纸

---

[1] 参见坎贝尔写给罗伯特·斯威舍的信，1947年10月1日。——原注
[2] 参见坎贝尔《原子故事》，第280页。——原注
[3] 参见坎贝尔《原子故事》，第296页。——原注
[4] 参见坎贝尔《原子故事》，第297页。——原注

浆杂志，集中出版像《小姐》这样的通俗刊物。阿西莫夫的父亲从收音机上听到了这个消息，然后告诉了他①。当时，阿西莫夫以为自己该封笔了。第二天，他得知《惊奇科幻》是唯一没有停刊的纸浆杂志。坎贝尔保住了这本杂志，部分是由于他的读者大部分都有大学学位②，平均月薪400美元，而且几乎都是男性。坎贝尔引起了他们的注意，他觉得自己保住这本杂志是有原因的，即便他个人要为此付出代价。

正如斯特金的《微观宇宙之神》在40年代初成为《惊奇科幻》的标志一样，也有一篇小说象征着这个过渡的时刻。T. L. 谢雷德（T. L. Sherred）于1947年5月发表了《E为努力》（*E for Effort*），讲的是两个人发明了一种拍摄过去的技术。起初，他们利用这种技术为好莱坞制作古装史诗电影，但很快就意识到这种装置也导致各个国家无法保密。"如果要避免原子战争使世界的面貌和命运变得暗淡无光"，这是一种至关重要的发明。

总之，由于重点稍有变化，原本使人忘却现实的娱乐形式成了拯救人类的方法——坎贝尔坚信科幻小说可以成为这种方法。但是基调已经变了。《微观宇宙之神》中的结局是小人族超越了人类所有的技术，而《E为努力》的结局则是主人公们被忌惮其成就的政府逮捕杀害——然后，战争就爆发了。

1949年，乔治·O. 史密斯离婚了，他在费城郊区的印第安皇后区（Indian Queen）做无线电工程师。有一天下午，他正在收拾屋子，家里的门铃响了。开门看到唐娜·坎贝尔时，史密斯惊呆了。唐娜是从80英里外的斯科奇普莱恩斯开车过来的，她没有把时间浪费在闲聊上，开口

---

① 参见阿西莫夫《记忆犹新》，第556页。——原注
② 参见坎贝尔编"分析实验室"栏目，载于《惊奇科幻》，1949年7月，第161页。——原注

就说:"乔治,给我调一杯好喝的烈酒!"①

乔治听唐娜倾吐她的故事。唐娜说坎贝尔对哈伯德的新型心理疗法着迷了②,但她非常不赞同这种疗法:"有些人没有受过医学或心理学方面的学术教育,就去摆弄她口中那个精神病学的'分支'。凡是这种人,她都不看好③。"这不是唐娜第一次和她丈夫产生分歧,可这个分歧却将她推进了另一个男人的怀抱。

接下来的一年中,他们在众目睽睽之下搞婚外情。每周五,史密斯都乘火车去韦斯特菲尔德接唐娜到印第安皇后区。周日则是反过来的。史密斯回忆道:"只要屋里干净,还有东西吃,约翰就满足了……唐娜出门时,他尤其开心,这样在他接受戴尼提治疗时就不会有人摇着食指劝阻,也不会有人摇头表示反对了。"

坎贝尔在后来会说他们的婚姻早就出问题了,因为唐娜"这几年对有我的未来毫无兴趣④"。坎贝尔患有顽固性皮肤病,他不怪自己工作过度,却怪"妻子不称职⑤",还说他们早在1949年5月就约定要结束这种状态了。唐娜反而说戴尼提"在这种非常糟糕的情况下只是一根导火线而已⑥"。

哈伯德可能不是造成坎贝尔和唐娜分手的人,但唐娜不在,他确实

---

① 参见史密斯《乔治·O.史密斯的世界》,第213页。——原注
② 史密斯说他和唐娜与哈伯德夫妇打过桥牌。此人也称哈伯德在跟坎贝尔讨论戴尼提之前曾经说过他"不想让约翰把这当成他的下一个爱好",直到他准备将其泄露出去。从哈伯德搬到新泽西州和坎贝尔首次提及其工作的时间来看,这种说法不大可信。参见史密斯《乔治·O.史密斯的世界》,第138页。——原注
③ 参见史密斯《乔治·O.史密斯的世界》,第213页。——原注
④ 参见坎贝尔写给海因莱因的信,1950年7月27日。——原注
⑤ 参见坎贝尔写给埃里克·弗兰克·拉塞尔的信,1958年4月6日。——原注
⑥ 参见唐娜·坎贝尔写给海因莱因和弗吉尼亚·海因莱因的信,1950年5月8日。——原注

从中受益了——也受益于坎贝尔的其他脆弱点。1948年,《惊奇科幻》杂志社迁到了①新泽西州伊丽莎白市,坎贝尔就这样离开了纽约的家。当时,他父亲正在德国②重建电信系统,而劳拉和她的丈夫被派驻③到委内瑞拉。坎贝尔比以往更孤独——哈伯德准备利用这一点。

5月底,哈伯德与萨拉抵达伊丽莎白市,搬到了坎贝尔主编在阿伯丁路(Aberdeen Road)为他们找的房子里④,离杂志社只有三英里。不久之后,坎贝尔看了《王者之剑》。他并不喜欢这篇作品,说它"再假不过"⑤,但哈伯德的样子打动了他:"火花又回来了⑥,是真的。他谈话时思路清晰,条理清楚。他又在思考了。他告诉我他已经找到了心理问题的秘密——更重要的是,他发现了自己的能力。"

在最新的版本中,哈伯德的理论基础是大脑分为两半——分析性思维和反应性思维。前者是完全理性的,但可能会受无意识中植入的记忆或"障碍"影响,此类经历储存在反应性思维中。人在紧张时,反应性思维会压过理性思维——如果一位患者在处于麻醉状态时听到医生说"他最好去死"⑦,他会把这句话当成一种命令。哈伯德的疗法目前还没有名字,其目的是要先获取这些记忆——其中有些记忆发生在患者出生之前,然后再将破坏性的行为模式都抹掉。

坎贝尔在做阑尾手术时听到医生们在讨论他的身体情况,所以他

---

① 参见坎贝尔写给哈伯德的信,1948年4月21日。——原注
② 参见坎贝尔写给罗伯特·斯威舍的信,1948年4月5日。——原注
③ 同上。
④ 参见米勒《裸面弥赛亚》,第148页。——原注
⑤ 参见坎贝尔写给西里尔·沃斯珀(Cyril Vosper)的信,1970年4月30日。——原注
⑥ 参见坎贝尔写给海因莱因的信,1953年3月24日。——原注
⑦ 参见坎贝尔写给约瑟夫·温特的信,1949年7月,转引自温特《一位医生关于戴尼提的报告》(*A Doctor's Report on Dianetics*),第4页。——原注

支持这种疗法,但结果却证明催眠术和麻醉疗法都对他不起作用。他后来给出了一个可能的理由:"我从1938年就知道哈伯德①撒谎的技术高超;如果没有亲自有意识地进行多方核对,他说的话全都不可信。由于存在这种障碍,他要将我催眠几乎是不可能的事!"但是,他也想相信这是他就原子弹发表的那些消极声明中所缺少的积极因素。多年来,他一直在说这个问题,哈伯德的疗法似乎可以帮他解决——虽然他们的依据只是坎贝尔认为哈伯德治好了他自己。

他们决定让医务人员参与进来,这样他们在介绍自己的案例时就会更有说服力。上一年,《惊奇科幻》刊载了密歇根医生约瑟夫·温特(Joseph Winter)所写的一篇关于内分泌学的文章。坎贝尔早就对这个学科着迷了,温特将之誉为身心的接口:"当内分泌学达到巅峰时,这个世界将会变得非常好②——没有侏儒,没有不育的女人,没有阳痿的男人,没有同性恋,没有精神病,也没有忧愁。我没有开玩笑!"

7月,坎贝尔写信邀请温特加入他们的新项目:"L.罗恩·哈伯德碰巧也是一位作家③,他一直在做心理研究……从根本上说,他是个工程师。他从启发式视角对精神病学的问题进行探索——从而得到结果。"温特欣然接受。出于类似的原因,他曾经研究过科日布斯基,而且对一种说法很感兴趣——哈伯德既治疗过精神病,又治疗过哮喘和溃疡等疾病。

继坎贝尔之后,哈伯德也给温特写了一封信:"我的虚荣心希望④

---

① 参见坎贝尔写给雷蒙德·F.琼斯的信,1953年10月10日。——原注
② 参见约瑟夫·温特《内分泌学很难》(Endocrinology is Tough),载于《惊奇科幻》,1948年10月,第120页。
③ 参见坎贝尔写给约瑟夫·温特的信,1949年7月,转引自温特《一位医生关于戴尼提的报告》,第3页。——原注
④ 参见温特《一位医生关于戴尼提的报告》,第8页。——原注

你能为我十一年间所进行的无偿研究工作带来赞扬,而我的人性却希望……这门科学能得到尽可能明智而广泛的利用。"哈伯德说自己是"一位训练有素的数学家",有时却一反常态地谦虚道:"你所建议的那些文章从别人的笔下出来会比从我的笔下出来更容易让人接受。"

与此同时,坎贝尔在7月底有了突破——借助电唱机上摆成金字塔形的镜子所产生的闪光,他想起了自己出生时的痛苦记忆。据哈伯德说,他们甚至还跟坎贝尔主编的母亲确认过这件事:"我们将他母亲所讲的片段[1]与他所讲的片段逐字逐句、逐个细节、逐个名字进行了比较,并对其进行录音。"坎贝尔的母亲在分娩过程中昏过去了。他开始相信他母亲也收到过一个记忆障碍,当时医生说:"你很快就会忘记这一切[2]。"而这句话一直是她的口头禅之一。

他们的合作越来越紧密,还经常通过电话进行治疗。据说,哈伯德发现有一句话可以"自动刺激"[3]任何人的记忆障碍。当坎贝尔听到他在电话中说这句话时,这位主编立刻从家里走了出来:"到他的住处要用七分钟,我是勉强控制着自己走过去的。当时,我的手脚不由自主地颤抖着,胃里也因恐惧而难受,同时还有心悸,直冒冷汗,就是一种精神严重崩溃的状态。"

坎贝尔觉得哈伯德的疗法对他有好处——瘦了20磅,鼻窦炎似乎也消失了,他甚至还将这种疗法用在自己的孩子身上。莱斯琳已经四岁了,患有皮肤瘙痒症[4]。据说,坎贝尔只用三分钟就给她治好了。当时,九岁的皮迪从自行车上摔下来,膝盖都破皮了。坎贝尔将其看作进

---

[1] 参见哈伯德《戴尼提》,第126页。——原注
[2] 参见坎贝尔写给海因莱因的信,1949年9月15日。——原注
[3] 同上。
[4] 同上。

行一个实验的机会:"我对她那个破得最严重的膝盖用了这种方法[1]。结果那个膝盖比另一个早痊愈了三天左右,而且不出五分钟就完全不痛了。"但唐娜仍然拒绝接受这种治疗。

坎贝尔希望在自己的神风队中扩大这个圈子,所以开始联系其他人。7月,他对海因莱因讲了他们的治疗工作,又在1949年9月15日兴奋地写道:

> 我坚信这种技术[2]可以治愈癌症……这肯定是世界上最伟大的故事——远远超过原子弹,因为这是一个控制人类思想的故事,可以将思想释放出来加以利用——而控制原子能的就是人类的思想。不过,这是一个必须传播的故事,快速传播……不过可恶的是,鲍勃,达到世界理智的关键现在就在罗恩·哈伯德的脑子里,甚至没有足够的书面记录!

海因莱因谨慎地回道:"你要明白[3],虽然我思想开放,但还是必须以科学的怀疑态度对待这个问题。如果哈伯德是对的,那么他这项发现就会使原子弹看起来像花生一样。"

与此同时,坎贝尔招来了一个叫唐·罗杰斯(Don Rogers)的人。罗杰斯就职于西电公司(Western Electric),是一位"非常出色"[4]的工程师。10月,在杜鲁门总统宣布苏联测试过核装置的第二周,温特也来到新泽西州。在他观察的第一个疗程中,他看着哈伯德使坎贝尔回想起

---

[1] 参见坎贝尔写给海因莱因的信,1949年9月15日。——原注
[2] 同上。
[3] 参见海因莱因写给坎贝尔的信,1949年10月1日。——原注
[4] 参见坎贝尔写给海因莱因的信,1949年11月4日。——原注

了自己出生前某段时期发生的事①。在用听诊器听坎贝尔的胸部时,温特开始为坎贝尔的健康感到担忧。他还吃惊地发现,那段记忆一释放出来,坎贝尔主编似乎就恢复正常了。

温特断定哈伯德的疗法本质上是一种催眠术,但他愿意亲自试一下。当时,哈伯德和怀着身孕的萨拉住在附近的贝伊黑德镇(Bay Head)。温特搬进了他们租住的小屋里,然后开始治疗,每天躺在沙发上三个小时。像坎贝尔一样,温特也跟自己的父亲老约瑟夫·温特②(Joseph Winter, Sr.)同名。在位于密歇根的家乡,温特曾经是个赫赫有名的人物。治疗的过程有时很痛苦:"我做过几次噩梦,梦见有人卡着我的喉咙③,还梦见我的生殖器被人割掉了。"

在早期的治疗工作中,他们以疯狂的试验为主。坎贝尔一度试图用画在唱机转盘上的螺旋形图案④对受试者进行催眠——让人想起哈伯德在一篇关于玛士撒拉医生的小说⑤中曾经提到过的那种装置。他们还试过东莨菪碱⑥加大剂量苯巴比妥或阿米妥钠的方法,但是对坎贝尔都不起作用。服用过这些药物后,他有时会呼呼大睡;有时被唤醒进行治疗,可他却始终清醒,无法进入催眠状态。

他们经常为术语争论不休。几年前,为了避免出现误导联想的风险,坎贝尔曾经提议在讨论心理健康问题时造几个新词,比如"nam"

---

① 参见唐·罗杰斯写给乔恩·阿塔克的信,1984 年 7 月 20 日。——原注
② 参见坎贝尔写给劳拉·克里格的信,1953 年 5 月 20 日。——原注
③ 参见温特《一位医生关于戴尼提的报告》,第 11 页。——原注
④ 参见史密斯《乔治·O. 史密斯的世界》,第 213 页。——原注
⑤ 参见哈伯德《陛下的异常》(*Her Majesty's Aberration*),载于《惊奇科幻》,1948 年 3 月,第 126–140 页。——原注
⑥ 坎贝尔在 1953 年 10 月 10 日写给雷蒙德·F. 琼斯的信中和在 1953 年 11 月 4 日写给比尔·鲍尔斯的信中描述过他跟温特与哈伯德用药的事。——原注

和"env"①。目前,他们将"障碍"换成了"norn"②——北欧神话命运三女神之一的名字,坎贝尔主编在大半辈子中都对北欧神话非常感兴趣,后来又换成了更具临床性的"记忆痕迹"。"清新者"(Elear)是指记忆痕迹被成功清除后,拥有全面回忆且免于心身疾病的人;患者则被称为"待清新者"(Preclear)。

坎贝尔称哈伯德的方法为"经验法则"③。他们逐渐加以改善,将其变成一种被称为"听析"(Auditing)的方法。典型的听析是在一个安静的房间里进行,先让患者坐在扶手椅里。不允许吸烟这点肯定让坎贝尔很恼火。听析员沿着事件的时间轨迹分析患者的记忆,反复重温那些事件,直到将其中的情感释放出来。他们特别强调包括堕胎未遂在内的产前创伤,最终目标是抹掉在怀孕后不久就产生的最早的记忆痕迹。

这是一个相当有效的谈话治疗体系,与坎贝尔的谈话风格有许多共同之处——坎贝尔在与人交谈时,一再向对方强调要质疑他们的假设。该体系与哈伯德的催眠术也有许多共同之处。坎贝尔将其比作一篇小说的构思过程④,有时感觉像要将他提高读者智力的方法制度化。哈伯德对此并没有那么擅长,目击者在后来提到他很少遵从自己的程序:"他说了很多话⑤,却不会听析……他不得不采用一种黑魔法催眠术。"

坎贝尔对这种技术越来越有信心,所以请科幻迷们到他家的地下室里进行治疗,甚至还有一些轻松的时刻。哈伯德养了一只名叫摩托艇女

---

① 参见坎贝尔《可能还需要译员》(*Interpreters May Still Be Needed*),载于《惊奇科幻》,1941年6月,第6页。——原注
② 坎贝尔在1953年5月15日写给老约翰·W.坎贝尔的信中谈及北欧神话。《逃离暗夜》和《亚萨神族的斗篷》等早期小说中可见北欧神话的影响。——原注
③ 参见坎贝尔写给海因莱因的信,1949年9月15日。——原注
④ 参见坎贝尔写给海因莱因的信,1949年11月4日。——原注
⑤ 参见科里登《弥赛亚抑或疯子》,第190页。——原注

伯爵（Countess Motorboat）的花斑猫，坎贝尔主编老是踢这只猫。"所以我就对这只猫施了催眠术①，每次约翰·W. 坎贝尔坐下来，它都会过去扯开他的鞋带。"还有一次，坎贝尔的女儿莱斯琳从她玩玩具的地方站起身来，走到房间的那头去踢哈伯德的小腿。她回忆道："可能是因为我不喜欢被人忽视。"②

哈伯德显然相信自己的理论，那些理论相当于将他那些靠直觉操控情感的方法形式化了。但是他给自己留有选择的余地，下半年都在创作电影《火箭飞船X-M》③（*Rocketship X-M*）的剧本。他说，海因莱因正在和乔治·帕尔制作《登陆月球》④（*Destination Moon*），所以制片方希望从这部影片的宣传中受益；还说，如果《火箭飞船X-M》做得够好，他们可能也会将玛士撒拉医生改编成电影。同时，哈伯德还创作了几个短篇小说以及连载小说《去超太空》（*To the Stars*）。7月，他在给海因莱因的信中写道："没什么真正有趣的事⑤。坎贝尔很开心，业内很平静，轨迹很模糊。"

在此期间，这群人认为他们正在为一份专业期刊准备论文，坎贝尔希望也能在《惊奇科幻》上发表一篇。关于这些文章的最早暗示出现在1949年12月刊中，坎贝尔写道：

---

① 参见哈伯德《圣山特别简报课程》（*Saint Hill Special Briefing Course*），1965年4月27日。——原注
② 参见莱斯琳·兰达佐寄给本书作者的电子邮件，2016年7月31日。——原注
③ 参见帕特森《学得更好的人》，第43页。哈伯德在1949年11月14日写道："我正在写电影剧本。"转载于哈伯德《戴尼提：信件与日记》，第22页。他对剧本所作的贡献并未署名，不过有一句台词确实带有他的印记："如今，甚至有可能在月球上建立一个无懈可击的基地来控制世界和平。"——原注
④ 参见哈伯德写给海因莱因的信，1949年12月30日。——原注
⑤ 参见哈伯德写给海因莱因的信，1949年7月18日。——原注

> 这篇文章讲的是关于心理的科学[1]，关于人类思维的科学，而非心理学——心理学不算科学。不是普通语义学，而是一门全新的科学，名字叫戴尼提。戴尼提所研究的内容正是一门关于思维的科学应该研究的内容……相关文章正在准备中。

据考，这是首次使用"戴尼提"，据说该词是由"通过心灵"的希腊语衍生而来。值得注意的是，坎贝尔并没有提到哈伯德的名字——虽然这位作家在他的小说《真空罐》（*A Can of Vacuum*）中发表了声明。他也没有明确地说这些文章会在《惊奇科幻》中发表，表明作者身份和发表刊物仍在讨论当中。

不久之后，温特回密歇根过感恩节。他的儿子乔伊也与他同名。六岁的乔伊（Joey）看了一个鬼片，然后就开始怕黑了，他不愿意自己去楼上："楼上有鬼[2]。"

温特决定运用他的新技能："你为什么怕鬼呢？"

"鬼会掐人。"乔伊说道。温特叫他躺下，然后让他闭着眼睛描述鬼的样子："鬼穿着白色的长围裙，头上戴着一顶白色的小帽子，嘴上有一块白布。"

乔伊开始扭来扭去。温特问这只鬼叫什么名字，乔伊喘着粗气答道："比尔·肖特（Bill Short）。"给他接生的产科医生也叫比尔·肖特。在温特的要求下，乔伊将这件事重复讲了十几遍，然后就放松下来了。他再也没有怕过黑。

温特回到新泽西州后，他们准备着手发表。温特向《美国医学会

---

[1] 参见坎贝尔编"未来"栏目，载于《惊奇科幻》，1949年12月，第80页。——原注
[2] 参见温特《一位医生关于戴尼提的报告》，第14-16页。——原注

杂志》（*Journal of the American Medical Association*）非正式地投了一篇文章[1]，结果因缺乏证据而被退稿。他们说这篇文章可能更适合心理疗法期刊。温特针对《美国精神病学杂志》（*American Journal of Psychiatry*）修改了自己的文章，结果还是因类似的理由被退稿。

《惊奇科幻》是他们最后的选择。坎贝尔显然担心在这本杂志中发表可能会更难以让读者认真对待这篇文章——多年后，他告诫一位记者[2]不要在科幻杂志中发表研究报告，这个标签将会持续几十年。坎贝尔决定不以合著者的身份出现，这个决定将会产生重大影响。他还让哈伯德找人写一篇反驳文章，与这篇文章一起发表。

哈伯德说找不到听他话的医生，所以他和温特伪造了一篇《评戴尼提》[3]，署名是根本不存在的医学博士欧文·R. 库茨曼医生（Dr. Irving R. Kutzman）。哈伯德称这篇文章包括四位精神病医生的评论，他先是咨询了这几位医生，然后利用自己完美的记忆力"仔细……回想[4]他们说过的话"。哈伯德还说他安排了"一位精神病学高手"来写这篇文章，这涉及一种观点：清新者可以故意制造心理错觉来自娱自乐。

这篇文章出人意料地直白——哈伯德说："这篇文章绝不是为了逗人笑[5]，它也确实不好笑。"文中预测之后很多人对戴尼提提出异议，包括有人会指责说它只是对现有的概念进行重新包装。"库茨曼"说哈伯德只有13个月的数据——其实并没有那么多，还说没有证据表明会产

---

[1] 参见温特《一位医生关于戴尼提的报告》，第18页。——原注
[2] 参见坎贝尔写给乔治·F. 福布斯（George F. Forbes）的信，1971年5月11日。——原注
[3] 这份未发表的手稿是本书作者在坎贝尔的缩微胶片夹《坎贝尔信件全集》第2卷中发现的。——原注
[4] 参见哈伯德写给坎贝尔的信，1949年12月9日。——原注
[5] 同上。

生任何永久性的改善。

该文章从未发表过，也未出现过任何反驳文章。这表明哈伯德已经彻底放弃与《惊奇科幻》杂志社的合作了。但坎贝尔尚未放弃那个希望，他想方设法要找到一家声誉好的出版社。他最终成功地找到了医学出版公司赫米蒂奇出版社（Hermitage House）的阿特·塞波斯（Art Ceppos），在圣诞节前后签订了一份合同①。他们希望在4月之前出版这本书——哈伯德赶在一个月内完成了初稿，结果却因为要添加五万字的新内容而延迟②。

坎贝尔发布的通告激起了科幻迷们对这本书的期待，而且这种期待越来越大，渗透到了更广泛的文化中。1950年1月30日，专栏作家沃尔特·温切尔（Walter Winchell）写道："4月会出现一种名为戴尼提的新科学③。这门新科学结合自然科学的不变性，研究领域为人类的心理。从种种迹象来看，这门科学将会给人类带来巨大的变革，正如第一位穴居人对火的发现和利用。"

3月8日，萨拉生了一个女儿，取名为亚历克西斯·瓦莱丽（Alexis Valerie）——萨拉在后来称，哈伯德曾经踢过她的肚子④，企图让她流产。为了避免植入什么记忆痕迹，温特医生在接生时默不作声。哈伯德骄傲地说，作为全世界第一个戴尼提宝宝，这孩子异常警觉⑤。温特也有同感："这孩子的发育速度大大加快⑥……其性情要比普通孩子平和

---

① 参见坎贝尔写给海因莱因的信，1950年1月25日。——原注
② 参见坎贝尔编"未来"栏目，载于《惊奇科幻》，1950年8月，第60页。——原注
③ 参见沃尔特·温切尔《在纽约》（*In New York*），载于《纽约每日镜报》（*New York Daily Mirror*），1950年1月31日。——原注
④ 参见赖特《拨开迷雾》，第84页。——原注
⑤ 参见哈伯德写给海因莱因的信，1950年3月28日。——原注
⑥ 参见温特《一位医生关于戴尼提的报告》，第218页。——原注

得多，受惊和发脾气的倾向也比普通孩子小。"

哈伯德确实有理由高兴，但坎贝尔就没那么开心了。坎贝尔为《给待清新者的忠告》（*Advice to the Pre-Clear*）这本书写了一篇附录，却没有署名。他在其中列出了患者所面临的各项挑战：

> 如果有人试图阻止[①]某个人接受治疗，不是需要此人在"按键"命令上失常，就是有什么需要隐瞒……有孩子的女人可能会担心这种疗法最终会用到她的孩子身上，因为可能会暴露很多信息，而这些信息是她的丈夫或社会"永远都不该知道的"。

这是坎贝尔的经验之谈。他的妻子依然拒绝支持戴尼提，而且反对对她和他们的孩子进行听析。科学教后来称其敌人为压抑者，而唐娜·坎贝尔就是最早的压抑者。

《未知领域：心灵》（*Terra Incognita: The Mind*）标志着戴尼提首次不祥地出现在发表的文章中。刊载这篇文章的杂志不是《惊奇科幻》，而是探险俱乐部的官方期刊《探险家杂志》（*The Explorers Journal*）的1950年冬春刊。在这篇简短的文章中，哈伯德首次公开对戴尼提进行了介绍，还说他发明这种方法是为了帮助探险队长甄别有心理问题的队员，同时也是一种野外急诊医学。

这篇文章证明了戴尼提的教义可以根据目标受众的不同而改变。对哈伯德来说，先在《探险家杂志》中发表这篇文章也是一件很重要的事。这个友好的领域不受坎贝尔支配，他可以按照自己喜欢的方式设计自己的作品——他喜欢自视为冒险家和实干家。这篇文章并没有引起什

[①] 参见坎贝尔《给待清新者的忠告》，载于哈伯德《戴尼提》，第431页。——原注

么明显的反应,但是却使哈伯德看清了他希望吸引什么样的读者。他想要吸引探险家和阅历丰富的人,结果却吸引了科幻迷。

但是其中有一句话最吸引人,从中可以窥见这种疗法的起源:"虽然除类比的目的以外,戴尼提并不将大脑看作①电子计算机,但它并不是普通语义学和控制论所属的那类科学,而是在两者之间形成一座桥梁。"实际上,在哈伯德到新泽西州之前,普通语义学和控制论都没有在他的作品中起过什么重要作用。此处提到这两个领域,说明温特——尤其是坎贝尔对其观点的形成产生了深刻的影响。

戴尼提与普通语义学的联系是极其自然的。哈伯德在后来写道:"有一次,鲍勃·海因莱因坐下来②对我讲了整整十分钟的科日布斯基,科日布斯基的哲学思想非常巧妙。我相当了解他的作品。"哈伯德在《非A世界》中也见到了这种思想,他写道:"有了非A,范沃格特③这个年轻人将会非常惊人!"萨拉在20世纪40年代末阅读了《科学与理智》,她回忆道,她丈夫对此感到兴奋:"他成了科日布斯基的忠实追随者。"④

像坎贝尔一样,哈伯德也没能看完科日布斯基的任何一本著作⑤,他的普通语义学知识主要是靠温特和萨拉获得的。普通语义学在几个方面为戴尼提开了先河。科日布斯基曾经写道,当前的事件可能会激发以前的痛苦记忆⑥,这种疗法可能会包括在治疗中重温那些事件。哈伯德

---

① 参见哈伯德《未知领域:心灵》,载于《探险家杂志》,1950年冬春刊。——原注
② 参见赖特《拨开迷雾》,第74页。——原注
③ 参见哈伯德写给海因莱因的信,1949年3月31日。——原注
④ 参见科里登《弥赛亚抑或疯子》,第286页。——原注
⑤ 参见赖特《拨开迷雾》,第74页。——原注
⑥ 参见科里登《弥赛亚抑或疯子》,第286-288页。——原注

也暗指科日布斯基所描述的现象是心理地图与潜在现实相混淆的结果："分析性思维进行差运算①，反应性思维进行恒等运算。"

控制论的影响更加深远。作为一门学科，控制论出现于诺伯特·维纳的作品中。维纳是坎贝尔在麻省理工学院的老师，在第二次世界大战期间设计了高射炮。此人发现一架原型高射炮在锁定目标时会剧烈摆动，他有一位同事将之比作"目的颤抖"②，也就是精细运动中可能发生的无意识的颤抖。因此，维纳开始研究反馈现象，意图与结果之间的差异会产生反馈给系统的信息——这个概念最早形成于贝尔实验室。

维纳开始研究伺服传动系统，也就是利用消极反馈来纠正自己的机器，比如恒温器和海军转向系统。1948年，他根据"航行"的希腊语创造了"控制论"这个术语，然后在其里程碑式的著作《控制论：或关于在动物和机器中控制和通信的科学》副标题中给出了该领域的定义。毫无疑问，坎贝尔很熟悉维纳的研究，同时也与贝尔实验室有联系。这本书出版后，他可能会迫不及待地去阅读。哈伯德到伊丽莎白市的时候，杂志社已经在准备发表一篇关于控制论的文章了③。

其影响立竿见影。《肯定法》中保存了一个关于《王者之剑》的迷人细节："这本书里原本有一处错误④，你已经用精神力使其化为乌有。这是关于人类思维活动的电子理论。人类的物质头脑确实是这样运作的没错，但你自己的思维却不是这样运作的。""电子理论"显然出现在哈伯德的早期作品中，但这种理论使他很苦恼，所以到中间版本时

---

① 参见哈伯德《戴尼提》，第336页。——原注
② 参见维纳《控制论》，第127页。——原注
③ 参见E.L.洛克（E.L. Locke）《控制论》，载于《惊奇科幻》，1949年9月，第78-87页。
④ 参见哈伯德《肯定法》。——原注

就完全消失了。1949年3月31日，在给海因莱因的一封信中，哈伯德转而专注于他所说的情绪标度，即人类情感的复杂等级。他还骄傲地提到了这种情绪标度的好处："我一夜能来上八次①。"

他没有提到大脑和电脑之间的任何关系。四个月后，在坎贝尔写给海因莱因的信中，这个类比突然出现在最前列。坎贝尔先是提到他去听了维纳的同事沃伦·麦卡洛克（Warren McCulloch）所做的讲座，然后说道："从根本上来说，大脑②就像电子数字积分计算机所属的那种继电器计算机。"在随后的一封信中，他又提到了这点："人脑就是一台计算机③，这台二进制数字计算机复杂无比，绝对拥有尚未实现的功能。"对此进行了详细的论述后，他才写道："现在我们来看看罗恩的作品。"

坎贝尔分得很清楚，强烈暗示计算机的类比是他自己的贡献，尽管只是重提先前抛弃的"电子理论"。在给温特的一封信中，哈伯德称对他产生影响的主要是心理分析、催眠和基督教科学派④。而坎贝尔则给海因莱因列出了更多："基督教科学派、天主教神龛⑤、伏都教仪式、本地巫医工作、欧洲传统巫术以及现代心理学学说。"根本没有控制论。

不到一年之后，控制论就随处可见了。1949年秋创造的戴尼提这个术语诱发了控制论的产生，而"清新"类似于将加法机"清零"⑥。

---

① 参见哈伯德写给海因莱因的信，1949年3月31日。——原注
② 参见坎贝尔写给海因莱因的信，1949年7月26日。——原注
③ 参见坎贝尔写给海因莱因的信，1949年9月15日。——原注
④ 参见温特《一位医生关于戴尼提的报告》，第9页。——原注
⑤ 参见坎贝尔写给海因莱因的信，1949年9月15日。——原注
⑥ "通常来说，大脑远远未能清除过去的记录。"参见维纳《控制论》，第143页。——原注

这两种理论都将大脑与计算机相提并论——维纳将"焦虑性神经症"[①]描绘成会耗尽大脑容量的循环过程，而戴尼提会唤起"恶魔电路"[②]这种会耗尽大脑生命力的寄生记忆。然而没有迹象表明哈伯德在来新泽西州之前读过维纳的著作，所以并不清楚他究竟有没有读过。在《评戴尼提》中，哈伯德称维纳为"沃纳博士"（Dr. Werner）。

简而言之，戴尼提中浮现控制论元素时，坎贝尔正在跟哈伯德针对读者们进行定位。他的主要作用就是在已有的基础上增添一层科学，这是他对许多作家都做过的事。坎贝尔对《戴尼提》进行了有效的编辑，他对这本书的影响意义重大，就像他对刊登的小说所造成的影响一样。萨拉后来谈及坎贝尔时说："他是一位了不起的主编。"[③]

如果控制论的角度主要来自坎贝尔，这在很大程度上是由于他想如此介绍戴尼提疗法。1950年5月30日，坎贝尔写信给《精神病学》杂志的编辑主任，提到了"一种可以解释人为何有两层思维的新型逻辑理论"[④]。前面近三页的内容中都没有提到哈伯德，而是在后面总结了《惊奇科幻》中一篇定义完美计算机的文章，进而转向戴尼提。坎贝尔称戴尼提的产生与"控制论的建议"无关，虽然后者"确实会得出相似的结论"。

实际上，两者的关系微不足道，但这并不妨碍他提出相反的说法。他要么是故意误解控制论的观点，要么就是将其看作说服怀疑论者的修辞切入点。他坚持把戴尼提看作一种实用性控制论。坎贝尔甚至联系了

---

① 参见维纳《控制论》，第176页。——原注
② 参见哈伯德《戴尼提》，第86页。——原注
③ 参见科里登《弥赛亚抑或疯子》，第307页。——原注
④ 参见坎贝尔写给海伦·斯威克·泰珀（Helen Swick Tepper）的信，1950年3月30日。——原注

维纳本人，称他这位老师肯定会"非常有兴趣[1]从控制论的角度为戴尼提的研究工作提出新的发展方向"。他还在最后写道："戴尼提的进一步研究对你的项目会有很大帮助。"

坎贝尔也联系了他的邻居克劳德·香农（Claude Shannon），这位数学家已经在贝尔实验室创建了信息论领域。香农鼓励沃伦·麦卡洛克去见哈伯德："如果你像我一样如饥似渴地读科幻小说[2]，就会发现他是科幻领域最好的作家之一……他最近在做非常有趣的工作，将经过改良的催眠术用于治疗。你肯定会发现罗恩这个人很有意思……不管他的疗法是否有价值。"麦卡洛克去旅行了，所以无法安排会面，但是他给哈伯德写信了。哈伯德对香农的引荐表示感谢。

哈伯德接纳了坎贝尔的贡献，最终将其据为己有。1950年3月28日，他在给海因莱因的信中提到了电子恶魔："它们是寄生的[3]，会耗尽计算机电路。"哈伯德在别处说，戴尼提是对他在30年代构想出的"电子计算机观点"[4]的回归，但是他也发出了警告："对戴尼提来说，电脑的概念[5]只是有用而已，并非至关重要，所以即便清除这个概念，戴尼提也依然站得住脚。"他说得没错。与其说控制论是该理论不可分割的一部分，倒不如说是一种品牌推广。到最后，他几乎会将其全部移除。

在这本书中也可以见到坎贝尔在其他方面所起的作用。他负责几个

---

[1] 参见克兰（Kline）《控制论运动》（*The Cybernetics Movement*），第92页。——原注
[2] 参见索尼（Soni）与古德曼（Goodman）《善于思考的人》（*A Mind at Play*），第201页。——原注
[3] 参见哈伯德写给海因莱因的信，1950年3月28日。——原注
[4] 参见哈伯德《戴尼提》，载于《惊奇科幻》，1950年5月，第53页。——原注
[5] 参见哈伯德《戴尼提》，第70页。——原注

关键部分。在一条篇幅很长的脚注[1]中,他利用计算机类比来解释分析性思维如何能不出错。他还写了一篇关于这种科学方法的附录,署名为"核物理学家约翰·W. 坎贝尔",同时对贝尔实验室的工程师表示感谢。坎贝尔也撰写了《给待清新者的忠告》,哈伯德在多年后谈及这篇附录:"可以把它撕掉[2]。这本来就不是我写的,是《惊奇科幻》主编约翰·W. 坎贝尔写的,他年纪越大越令人惊奇。"

坎贝尔主编甚至匿名出现在至少两个案例研究中。一个是关于他出生时发生的事,还有一个则是他祖母在他生病时看着他的记忆。得出的结论为:

> 由于这个记忆痕迹[3],我们这位患者得了鼻窦炎,而且易患肺部感染。也许他很不幸,娶了一位与他的母亲或祖母极为相似的妻子……即使他的妻子认为鼻窦炎和肺部感染令人厌恶到想离婚,反应性思维也不断地键入这个记忆痕迹。妻子越讨厌他,该记忆痕迹越键入。这样可能会要人命。

由此可以窥见坎贝尔当时那种令人不安的心理状态。在写这段文字时,他的婚姻已经结束了。

唐娜最终离开了坎贝尔,关于这件事有两种不同的说法。据乔治·O. 史密斯说,他乘火车到达每周与唐娜幽会的地点后,唐娜说是时候向她的丈夫摊牌了。两人去了斯科奇普莱恩斯的坎贝尔家,坎贝尔见

---

[1] 载于哈伯德《戴尼提》,第44页。——原注
[2] 参见哈伯德《圣山特别简报课程》,1961年8月10日。——原注
[3] 参见哈伯德《戴尼提》,第107-108页。——原注

到他们时似乎很意外："你们不是应该偷偷摸摸地①去费城吗？"

"是的，"唐娜说道，"但这种事迟早都是要结束的。"

坎贝尔假装听进去了："那你想让我怎么做？"

谁也劝不住唐娜："约翰，我要离婚，我想嫁给乔治。"

她可能希望坎贝尔大吵大闹，但坎贝尔并不愿意吵闹："你问过乔治的意见吗？"

"约翰，只有在维多利亚时期那些愚蠢的言情小说里，男人才会跪着单手扪心，恳求他的爱人与他携手步入婚姻的殿堂。"

坎贝尔瞥了沉默不语的史密斯一眼："好吧，那就如你所愿，但你们可能不会有什么结果。"

"约翰，即便没有结果，也是我们的错，只是我们两个的错。"唐娜说道，"外部干预无济于事。"

坎贝尔看了看手表："现在给布鲁斯（Bruce，他们的家庭律师）打电话太晚了。改天吧，我会联系他看看有什么办法的。你们去费城吧，路上请不要在纽霍普（New Hope）停留。如果有人在酒后开车，我会很紧张。"

坎贝尔的说法截然不同。1950年3月9日，他在给海因莱因的信中写道："唐娜大发雷霆。"②据坎贝尔说，唐娜在2月初就决定离开他了。他记得她说过："如果不离开这里③，我会发疯的，真的会发疯，大疯特疯。"看到这份离婚声明时，唐娜冷冷地说："这就是按字数付稿酬

---

① 参见史密斯《乔治·O. 史密斯的世界》，第214页。——原注
② 参见坎贝尔写给海因莱因的信，1950年3月9日。坎贝尔将离婚的事归因于一段关于唐娜之父的产前记忆所植入的记忆痕迹。据说，她母亲曾经在怀孕期间说："如果失去乔治，我会死的。"——原注
③ 参见唐娜·史密斯写给海因莱因和弗吉尼亚·海因莱因的信，1952年1月20日。——原注

的影响。"①

据坎贝尔说,唐娜在2月7日开车带着皮迪和莱斯琳去了波士顿。几天后,坎贝尔去找她,带回了车子和女儿。他将离婚的事告诉皮迪时,很怕这个孩子会精神崩溃。幸好有哈伯德在,他对皮迪进行听析,消除了她的情感负荷②,不过她还是继续嘟嘟囔囔地走来走去:"那个乔治!"在莱斯琳发现他们离婚的事后③,坎贝尔也对她进行了同样的治疗。

在坎贝尔看来,正是因为唐娜拒绝接受治疗,两人的婚姻才走到了尽头。他认为唐娜不让女儿们接受听析是因为担心可能会暴露什么:"我想知道她究竟对皮迪和莱斯琳做过什么④她认为绝对永远都不能说出来的事。"坎贝尔警告海因莱因说,如果海因莱因写信给唐娜,"她肯定也会长篇大论地对你说⑤我如何将自己当上帝,如何给她施加压力,戴尼提有多不可靠,有多危险致命,会将人逼疯。"这是第一次想要对批评戴尼提者提出质疑的有记录的尝试,却不是最后一次。这封信中还有一段让人不寒而栗的内容:

> 所以我们能纠正她的唯一方法就是使用武力;把她绑起来,用氧化亚氮面罩麻醉她,然后对她用深度催眠疗法,几个小时后就可以解除阻止她接受戴尼提疗法的命令了。然后,我们就能纠正她了。

---

① 参见唐娜·史密斯写给海因莱因和弗吉尼亚·海因莱因的信,1952年1月20日。——原注
② 参见坎贝尔写给海因莱因的信,1950年3月9日。——原注
③ 参见坎贝尔写给罗伯特·斯威舍的信,1950年9月7日。——原注
④ 参见坎贝尔写给海因莱因的信,1950年3月9日。——原注
⑤ 同上。

坎贝尔在给罗伯特·斯威舍的信中也写过类似的内容:"如果当时的情况对我造成了严重干扰[1],可能就不会这样了。植入记忆痕迹很容易达到预期的效果。"虽然坎贝尔并未将此付诸行动,我们却可以从中看到他的性格中有一面接近哈伯德最糟糕的状态。

无论如何,坎贝尔过去的生活已经结束了,这可能就是他为拯救世界所要付出的代价。不过在唐娜看来,分手"当然是一个相对理性的人在无法忍受的情况下会做出的举动"[2]。她去和史密斯一起生活了,坎贝尔则请了一位女管家来帮他看孩子。他将皮迪和莱斯琳看作对其婚姻不幸的补偿。每天晚上给这两个孩子盖好被子后,他就开始研究戴尼提,一直做到半夜。像哈伯德与海因莱因一样,他也即将进入一个新的阶段,但与之不同的是,此时的他孤身一人。坎贝尔根本无从得知,他开创的黄金时代即将结束。

---

[1] 参见坎贝尔写给罗伯特·斯威舍的信,1950年9月7日。——原注
[2] 参见唐娜·史密斯写给海因莱因和弗吉尼亚·海因莱因的信,1952年1月20日。——原注

第 12 节　戴尼提的盛行（1950—1951）

> 如果有人想要垄断戴尼提①，请放心，他想这么做的原因与戴尼提无关，而是为了牟利。
>
> ——摘自 L. 罗恩·哈伯德的著作《戴尼提》

当《戴尼提：一门科学的发展》（*Dianetics: The Evolution of a Science*）最终在《惊奇科幻》的1950年5月刊中发表时，坎贝尔首先要做的就是让他的读者们相信这不是开玩笑。这在一定程度上是他自己的错。看到《硫代噻肟再升华的内时性》大获成功后，某些作家也创作了一系列恶搞文章，导致读者们产生了一些轻微的混淆，坎贝尔已经下令将来要称此类故事为"特辑"②（Special Features）。

涉及戴尼提时，坎贝尔却陷入了尴尬的境地。他在1949年12月刊发表的通告中写道："这不是一篇恶搞文章。"③这篇文章发表时，他觉得有必要重复一遍："我想要向各位读者极为明确地保证④，这篇文章不是恶搞或开玩笑什么的，而是一篇全新的科学论文直接明确的陈

---

① 参见哈伯德《戴尼提》，第 168 页。——原注
② 参见坎贝尔编"分析实验室"栏目，载于《惊奇科幻》，1949 年 10 月，第 57 页。——原注
③ 参见坎贝尔编"未来"栏目，载于《惊奇科幻》，1949 年 12 月，第 80 页。——原注
④ 参见坎贝尔《关于戴尼提》（*Concerning Dianetics*），载于《惊奇科幻》，1950 年 5 月，第 4 页。——原注

述。"约瑟夫·温特在引言中再次强调了这点:"坎贝尔希望①各位读者不会混淆戴尼提与硫代噻肟等科学恶搞。这太重要了,不能误解。"

他们的一再否认并没有完全成功,许多科幻迷还是将其看作一种噱头②,而且这篇文章本身也缺乏细节。其开场白显然是为了吸引杂志的核心读者:"最优计算机③是我们许多人都研究过的课题。如果要造一台最优计算机,你会如何设计呢?"接着列举了一台理想的计算机应该具备的13个属性,与坎贝尔在1949年11月29日给海因莱因的信中所列举的17项极为相似。坎贝尔当时在信中强烈暗示这部分是他自己写的。

此时,哈伯德将其接过来,自称用11年的时间观察了"满洲(Manchuria)赫哲族(Goldi)的巫医④、北婆罗洲(North Borneo)的萨满、苏人(Sioux)的巫医、洛杉矶异教团体和现代心理学……就是这种零碎的东西,无数零零碎碎的东西"。这篇文章反映了这种混杂的影响,将分析性思维比作"加了润滑油的通用自动计算机"⑤,暗指恶魔电路,还引用了克劳德·香农与沃伦·麦卡洛克的话。哈伯德并没有对戴尼提疗法进行实际的描述,但他的结语可能是《惊奇科幻》在战

---

① 参见约瑟夫·温特给《戴尼提》写的引言,载于《惊奇科幻》,1950年5月,第43页。——原注
② "许多科幻迷认为我比帕尔默更胜一筹,引入了新的谢弗主义。"参见坎贝尔写给杰克·威廉森的信,转引自威廉森《奇迹之子》,第184页。他指的是"谢弗推理"(Shaver Mystery),也就是《惊异故事》中一系列由雷蒙德·A.帕尔默主编代笔的文章,据说其中描述了一种地下文明,与H.P.洛夫克拉夫特的作品相似。——原注
③ 参见哈伯德《戴尼提》,载于《惊奇科幻》,1950年5月,第44页。这部分内容的作者可能是坎贝尔。——原注
④ 参见哈伯德《戴尼提》,载于《惊奇科幻》,1950年5月,第48页。——原注
⑤ 参见哈伯德《戴尼提》,载于《惊奇科幻》,1950年5月,第60页。——原注

后时期的格言:"天上有繁星①,地上的军火库里有原子弹。它会是哪个呢?"

这期杂志中也有《戴尼提:现代心理健康科学》的广告。此书预定于4月19日由赫米蒂奇出版社发行,结果却延迟到了5月9日。坎贝尔写道,为了如期发行,出版社正在"竭尽全力"②。终于拿到这本书时,读者们发现它非常奇怪,时而引人入胜,时而令人费解。书中的语气前后不一致,表明是匆匆写就,然后仓促出版的。

莫名其妙的是,他们将这本书献给了威尔·杜兰特。此人是海因莱因和阿西莫夫最喜欢的历史学家③,此前跟戴尼提毫无关系。那些继续往下看的人会发现有关听析的最早的全面描述以及对堕胎企图的关注,其中关于性行为的露骨描述肯定让许多读者都大吃一惊:"母亲说④:'啊,我不能没有它。太棒了。啊,真好。啊,再来!'父亲说:'来吧!来吧!你真好!你真棒!啊!'"

有时候,哈伯德像是在引导坎贝尔:"戴尼提之所以谈到战争⑤,是因为心理科学和原子弹之间实际上存在着竞争。"在某段文字中,他讲了自己的经验之谈:"在最近的战争中,有些士兵⑥回家时会假装自己受过伤。在接受治疗时,他们担心听析员会发现这件事或者向民众

---

① 参见哈伯德《戴尼提》,载于《惊奇科幻》,1950年5月,第87页。——原注
② 参见坎贝尔写给海因莱因的信,1950年1月25日。——原注
③ 参见帕特森《学习曲线》,第39页;阿西莫夫《记忆犹新》,第425页。哈伯德也于1965年在《我的人生哲学》中提到杜兰特,http://www.lronhubbard.org/articles-and-essays/my-philosophy.html(2017年12月引用)。——原注
④ 参见哈伯德《戴尼提》,第265页。——原注
⑤ 参见哈伯德《戴尼提》,第406页。——原注
⑥ 参见哈伯德《戴尼提》,第348-349页。——原注

揭发他们。这名士兵可能没有在战争中受伤,但是会有这样一个记忆痕迹,他在其中对自己所抱怨的损伤表示同情。他想用一个精彩的故事博得人们的同情,同时也知道自己在说谎。"

然而,与其后的典型作品相比,这本书中的文字整体上还是比较克制的。哈伯德称之为临时理论,可能会进行修订。他还在最后预言戴尼提会过时:"20年或100年后①,本卷中提出的治疗技术将显得过时。若结果并非如此,那么笔者对其同胞的创造力的信任就毫无道理了。"他的最后一句话是号召大家行动起来:"看在上帝的分儿上②,赶快着手搭建一座更好的桥梁吧!"

实际上,这本书被视为一场正在进行的科学革命的开端。前一年,哈伯德曾试图创建一个名为美国高级疗法研究所③(American Institute of Advanced Therapy)的组织,但是到1950年4月设立哈伯德戴尼提研究基金会④(Hubbard Dianetic Research Foundation)时,它才正式成立。该组织有两个办事处,分别为哈伯德在贝伊黑德的小屋和坎贝尔在斯科奇普莱恩斯的住宅。其董事会成员有哈伯德、萨拉、唐·罗杰斯、阿特·塞波斯以及C. 帕克·摩根⑤(C. Parker Morgan)。摩根是一位律师,曾经是联邦调查局的一名特工,他接受过坎贝尔的治疗。温特卖掉自己的诊所,和家人搬到了新泽西州联合市(Union)。他将担任医务主任,财务主管将由坎贝尔担任⑥。

---

① 参见哈伯德《戴尼提》,第408页。——原注
② 参见哈伯德《戴尼提》,第410页。——原注
③ 参见哈伯德写给美国司法部长的信,1951年5月14日。——原注
④ 参见米勒《裸面弥赛亚》,第153页。——原注
⑤ 在1950年3月9日写给海因莱因的一封信中,坎贝尔详细阐述了他对"帕克"的治疗。——原注
⑥ 参见威廉森《奇迹之子》,第184页。——原注

该基金会的当务之急是宣传。到5月底,《戴尼提:现代心理健康科学》已经出版几周了,董事会成员们在华盛顿特区向读者做了一个介绍。温特认为进行得并不顺利:"专业人士①对戴尼提的基本原理表现出兴趣;然而,该主题的介绍方式使他们反感,尤其是毫无根据地暗示,在接受戴尼提之前,必须先否定自己以前的信仰。"

但消息还是传开了。他们在两周内收到了两千封来信②,每天还有几百封在源源不断地寄来。哈伯德称,其中只有三封信完全持反对意见。为了接待患者,基金会在伊丽莎白市的阿伯丁路租下了哈伯德和萨拉所住的那栋房子。当房东对前面所停的车子表示不满时,哈伯德给他发电报说:"你可能不高兴,但我很高兴③我有一本畅销书。"

那个月晚些时候,基金会借了一万美元的贷款,在莫里斯大道(Morris Avenue)租下米勒大厦(Miller Building)的顶层,然后将其分为18间诊疗室,在里面摆上"剩余的行军床④、剩余的海军讲堂座椅,还有几张价值20美元的金属板听析员办公桌。"还有一个办事处设在纽约东82街(East Eighty-Second Street)55号。准会员的年费是15美元,而整个疗程的费用是600美元,接纳所有申请者。

坎贝尔投身于他的新事业。据他说,全世界只有四位受过培训的听析员。作为其中之一,他所做过的免费听析时长比当时在世的任何人都

---

① 参见温特《一位医生关于戴尼提的报告》,第29页。——原注
② 参见哈伯德写的一封信,载于《惊奇科幻》的"基本实情",1950年8月,第152页。——原注
③ 参见哈伯德发给奥托·加布勒(Otto Gabler)的电报,转载于哈伯德《戴尼提:信件与日记》,第61页。——原注
④ 参见坎贝尔写给杰克·威廉森的信,转引自威廉森《奇迹之子》,第184页。——原注

多①,因为他觉得有必要全力以赴。他把两个女儿交给管家照顾②,早上八点到基金会讲课,然后是几个小时的治疗和"闲谈",直到半夜才回家。和哈伯德不同的是,坎贝尔不领薪水。虽然每周只有两天在杂志社,他还是开始感到力不从心。

然而,坎贝尔认为自己找到了毕生的工作,他真的相信戴尼提能带来奇迹:"天啊③,你说我为何认为戴尼提如此重要?老天,因为我知道它就是如此重要,因为我试过,结果是有帮助的。"他老是在信中讲他如何治疗好了"同性恋者、酗酒者④、气喘患者、关节炎患者和花痴"。基金会还没成立时,他就在给海因莱因的信中写道:"我们有同性恋的案例⑤。其中一个在我们这里接受了为期十天的治疗,三个月后就结婚了。过去15年,他都是同性恋。"

坎贝尔还担任该基金会的代言人,参加大学辩论赛⑥——据说罗格斯大学正在认真研究戴尼提。坎贝尔也向他的读者们推销戴尼提。在这篇文章发表后,有一则广告称:"《惊奇科幻》通常领先于科学,这不是第一次⑦,也不会是最后一次。"在对一封来信的回复中,坎贝尔解释了这篇文章发表在《惊奇科幻》杂志而非某本科学杂志中的原因,同时避免提及他们想在别处发表却未成功的事实:

---

① 参见坎贝尔写给唐·珀塞尔的信,1951年8月13日。——原注
② 参见坎贝尔写给海因莱因的信,1950年7月27日。——原注
③ 参见坎贝尔写给埃里克·弗兰克·拉塞尔的信,1958年5月9日。——原注
④ 参见坎贝尔写给杰克·威廉森的信,转引自威廉森《奇迹之子》,第184页。——原注
⑤ 参见坎贝尔写给海因莱因的信,1950年12月29日。——原注
⑥ 同上。
⑦ 参见《惊奇科幻》1950年8月刊的内封面广告。——原注

> 专业期刊①通常需要两年到四年的谨慎实验和考虑，尤其是涉及如此具有启示性的内容……就这样，这篇文章的发表挽救了很多人的生命，使许多人免于脑前额叶切除术等手术。

他希望专门为戴尼提创办一份期刊，但毫无疑问，这种关注对《惊奇科幻》有利。1949年，其发行量达到了七万五千份②，次年达到近十万份。《戴尼提》的销售速度也在加快，到夏季时，日销量超过一千册③。

不足为奇的是，在新泽西州之外的地区，第一个主要活动中心是洛杉矶。该组织在洛杉矶关注的焦点为A. E. 范沃格特。范沃格特每天都会接到哈伯德的电话，他家的电话会在早上七点响起。哈伯德会先聊一个小时，然后说："嗯，我先挂了④，还要上课。"哈伯德鼓励范沃格特参与其中，但是范沃格特拒绝了："除了写作，我对什么都不感兴趣。"

然后就开始有支票寄过来。哈伯德将范沃格特的地址给了潜在的申请者，所以范沃格特收到了五千美元的费用。十八天后，他被说服了，然后得到一册《戴尼提》。范沃格特将这本书从头到尾读了两遍。他选择的第一个测试对象是他妻子的妹妹⑤，在想起出生时的记忆时，她一碰到镊子就尖叫。接下来是福里斯特·阿克曼，他在战争中失去了自己的兄弟，戴尼提使他的悲痛得到了宣泄。

坎贝尔最近在杂志中推出了定向广告，戴尼提从中获益匪浅，在科

---

① 参见坎贝尔编"基本实情"，载于《惊奇科幻》，1950年8月，第158页。——原注
② 参见坎贝尔写给埃里克·弗兰克·拉塞尔的信，1952年1月7日。——原注
③ 参见哈伯德写给海因莱因的信，1950年7月14日。——原注
④ 参见范沃格特《A.E.范沃格特的反思》，第83页。——原注
⑤ 参见米勒《裸面弥赛亚》，第159页。——原注

幻迷社群中普遍被视为年度大事。听析逐渐成为一种室内游戏。不像心理分析，听析很简单，任何人都可以做。它的定位是要解决人们对电击疗法和脑叶切除术的合理担忧。像许多社会潮流一样，戴尼提利用一群现有的愿意接受的读者。这种疗法需要一位搭档，所以它鼓励读者去招揽其他人。用下一代的话来说，戴尼提像病毒一样疯狂传播。

尽管取得了这些成就，坎贝尔依然对唐娜的离开耿耿于怀，他在给海因莱因的信中写道：" 她有一对好孩子，有一个美好的家，有经济保障，她的丈夫从来没有在生气的时候对她动过手，连大声辱骂都没有。可她为什么要抛弃这些呢？如果你能找到一个合理的解释[①]，我将非常感兴趣。"海因莱因表示"深感遗憾[②]，但并不意外"，他主动提出要将坎贝尔主编的女儿们接过去照顾。坎贝尔提出一种可能性，如果唐娜接受戴尼提疗法，作为奖励，她可以来看皮迪："如果她成为清新者[③]，今年夏天你可能会见到她。"结果，坎贝尔的两个女儿到最后都没有去科泉市。

至于唐娜，她要在维尔京群岛待六周才能以"性格不合"为由离婚——在当时，不幸福的夫妻普遍选择这样做。她住在圣托马斯岛（St. Thomas）上的一家旅馆中，竟然感到很满足："我原本以为来这里后[④]，我会痛苦不堪，愁肠满腹，结果却发现根本没有那个时间。"她仍然对戴尼提怀有戒心，还警告海因莱因夫妇说，虽然这种疗法在某些情况下可能有帮助，但是"在几个想要拯救世界的疯子手中"[⑤]会变得

---

① 参见坎贝尔写给海因莱因的信，1950 年 3 月 9 日。——原注
② 参见海因莱因写给坎贝尔的信，1950 年 3 月 18 日。——原注
③ 参见坎贝尔写给海因莱因的信，1950 年 3 月 24 日。——原注
④ 参见唐娜·坎贝尔写给海因莱因的信，1950 年 6 月 3 日。——原注
⑤ 参见唐娜·坎贝尔写给海因莱因和弗吉尼亚·海因莱因的信，1950 年 5 月 8 日。——原注

很危险。

6月底,唐娜回到城里。女儿们将会跟父亲一起生活。为了让她们高兴,她和坎贝尔带她们去看了海因莱因为乔治·帕尔编写的电影《登陆月球》①。在电影院里,门卫穿着一身橙色的太空服②。坐在他们后排的一位十几岁的科幻迷还拍了拍坎贝尔的肩膀来打招呼,他的名字叫罗伯特·西尔弗伯格。

坎贝尔还遇见一个人,此人将在他的生活中扮演更加重要的角色。当月早些时候,温特的姐姐玛格丽特·卡尼(Margaret Kearney)到了新泽西州,大家都叫她佩格(Peg)。佩格出生于1907年3月15日,和弟弟一起在密歇根的尼戈尼(Negaunee)长大。他们的父亲曾经是当地一家银行的行长,还担任过三届市长。由于长着一头红发和一双蓝眼睛,她在艾恩伍德(Ironwood)上中学时得了一个"爱尔兰人"(Irish)的绰号③。

佩格在威斯康星大学④(University of Wisconsin)获得英国文学与哲学硕士学位,辅修了教育心理学。她短暂地教过英文辅导班,然后嫁给了一家面粉和饲料公司的老板埃弗雷特·卡尼⑤(Everett Kearney)。在经济大萧条时期,她组织当地的家庭主妇做了一项有利可图的生意,

---

① 参见罗伯特·西尔弗伯格发给本书作者的电子邮件,2016年9月20日。——原注
② 参见坎贝尔写给海因莱因的信,1950年7月27日。——原注
③ 参见坎贝尔写给特德·卡内尔的信,1957年8月5日。——原注
④ 佩格的教育背景信息参见坎贝尔写给E. N. 哥伦布(E.N. Columbus)的信,1952年4月25日;坎贝尔写给艾伯特·P. 克兰医生(Dr. Albert P. Kline)的信,1952年5月5日;坎贝尔写给吉布·霍金的信,1954年2月15日。——原注
⑤ 参见《埃弗雷特·卡尼是心脏病患者:著名商界人士周三去世》(*Everett Kearney is Heart Victim: Prominent Business Man Dies Wednesday*),载于《艾恩伍德环球日报》(*Ironwood Daily Globe*,密歇根),1951年10月4日。——原注

为布鲁克斯兄弟（Brooks Brothers）和阿伯克龙比菲奇（Abercrombie & Fitch）等服装公司织滑雪衫①。他们有两个十几岁的孩子，分别为乔和简。但他们的婚姻并不幸福，所以最近分开了。

到新泽西州后，佩格立即参与这项运动中来，开始教授课程，向基金会投资五千美元②。她还成了坎贝尔的听析搭档。佩格很胖，相貌平平，头顶别着黑色的辫子，但是也非常聪明。当坎贝尔嘲笑女性思维时，她回道："你对女性思维一无所知③，而且永远都不会知道。你从来没当过女人，现在不是女人，将来也不会成为女人。你对我说的事一无所知，那就乖乖听着吧。"

坎贝尔照办了。他惊讶地发现佩格有很强的听析能力④，而哈伯德与之相比就像幼儿园教师，所以他急于对哈伯德所有的设想提出质疑。坎贝尔离婚了，这即将成为众所周知的事。他和唐娜分手的消息渐渐传开了。4月，阿西莫夫从德坎普那里听说了这件事⑤。7月在纽约召开的海德拉大会⑥（Hydracon）上，大家都知道了这个消息，甚至有许多科幻迷都认为此事就是在那里发生的。8月19日，唐娜与乔治·O.史密斯在宾夕法尼亚州的米尔伯恩（Millbourne）结婚⑦。

虽然在一定程度上是时间问题，但坎贝尔开始相信佩格就是他一直想找的那种搭档。他后来写道，理想的听析员"要稳重睿智，诚实

---

① 参见坎贝尔写给海因莱因的信，1951年3月6日。——原注
② 参见坎贝尔写给唐·珀塞尔的信，1955年3月14日。——原注
③ 参见坎贝尔写给唐·珀塞尔的信，1954年1月23日。——原注
④ 参见坎贝尔写给雷蒙德·A.帕尔默的信，1954年3月17日。——原注
⑤ 参见阿西莫夫《记忆犹新》，第586页。——原注
⑥ 参见罗伯特·西尔弗伯格发给本书作者的电子邮件，2016年9月21日。——原注
⑦ 参见唐娜和乔治·O.史密斯的结婚启事，1950年8月19日，收录于加州大学圣克鲁兹分校海因莱因档案室。——原注

聪慧"①，然后补充道："这当然不太好找……如果在一个女人身上发现这种品格，你会很自然地想要扩大你们的关系，而不仅仅是'听析员'！"他还告诉一位记者："如果你开始和一个女人进行交叉听析②，而且取得了一定的成功，那么你们在一年内结婚的可能性就是千分之九百九十九。"

在坎贝尔的设想中，基金会不只是一个可以从事和教授戴尼提的地方，而且是该疗法产生的开明人士的智囊团。"清新者们"体现了科幻体裁一直以来的梦想。他们梦想着建立一个只有天才的社会，其预兆出现在《基地》系列小说中，更加显著地出现在海因莱因为《惊奇科幻》1949年11月的预言刊所创作的中篇小说《海湾》中。

海因莱因在他的小说中描述了一个"新人类"组织，该组织开发了一种脑力工程来提高自己的智力，用来对抗一种名为"新星效应"（Nova Effect）的武器——隐喻科幻小说和原子弹。这篇小说是海因莱因对《非A世界》的回应，同时也是他对哈伯德的回应，后者曾经以赞许的口吻提及一种只有清新者享有公民权的未来。在《海湾》中，有一个人物提出一种相似的观点，主人公回道："我承认我对民主、人格和自由有所偏爱。"

相比之下，坎贝尔并没有因这种前景而感到困扰。他对乔治·O.史密斯说："下一任总统③必须是清新者。"凡是不重视戴尼提的民族都注定要落后于那些重视戴尼提的民族。第一步是建立基金会，他已经凭

---

① 参见坎贝尔写给保罗·M.斯普林菲尔德（Paul M. Springfield）的信，1968年4月4日。——原注
② 参见坎贝尔写给"艾伦先生"（Mr. Allen）的信，1953年2月15日。——原注
③ 参见史密斯《乔治·O.史密斯的世界》，第232页。——原注

意志力使其从杂志上的文字变成了实际存在的东西。坎贝尔一直将《惊奇科幻》看作"很好的闲聊场所"[①]，他希望在伊丽莎白市让它更上一层楼，但前提是他能够使哈伯德相信最好的做法是提出尽可能多的观点供人们讨论。

坎贝尔把他自第二次世界大战以来所积累的全部信誉都赌上了，下一步行动就是要动员他手下那些作家。最早感受到其热情之力的作家中有一位是阿尔弗雷德·贝斯特（Alfred Bester）。作为一位多才多艺的优秀作家，贝斯特尔也在DC漫画和广播电视工作过，还在DC漫画公司写出了绿灯（Green Lantern）誓词最著名的版本。1949年末，他完成了《奥迪与伊德》（*Oddy and Id*）的创作，这篇小说深受弗洛伊德的影响。贝斯特尔将其寄给了坎贝尔，坎贝尔在次年年初打电话邀请他亲自到杂志社对几处修改进行商谈。

贝斯特尔很乐意过去，结果却失望地发现《惊奇科幻》杂志社位于伊丽莎白市的"偏僻地区"。到杂志社后，他找到了和塔兰特一起坐在小办公室里的坎贝尔。这位主编起身和贝斯特尔握手，在后者的印象中，他身材高大，出奇地心不在焉——唐娜前不久离开了，所以坎贝尔的心情很不好。"你不知道[②]，也无从得知，弗洛伊德完了。"

贝斯特尔盯着他道："坎贝尔先生，如果你指的是精神病学的对立学派，我想……"

坎贝尔立刻打断了他："不是。我是说，我们所知道的精神病学

---

① 参见坎贝尔编"分析实验室"栏目，载于《惊奇科幻》，1951年9月，第102页。——原注
② 参见阿尔弗雷德·贝斯特《我与科幻小说》（*My Affair with Science Fiction*），载于哈里森与奥尔迪斯《地狱制图员》（*Hell's Cartographers*），第58页。——原注

完了。"

"哦，得了吧，坎贝尔先生，"贝斯特尔迟疑地说道，"你肯定是在开玩笑。"

"我这辈子从来没有这么认真过。弗洛伊德被我们这个时代最伟大的一个发现摧毁了。"贝斯特尔表示不解时，坎贝尔主编给他讲了戴尼提的事："发现者是L.罗恩·哈伯德，他将因此获得诺贝尔和平奖。"

贝斯特尔简直不敢相信自己的耳朵："和平奖？为什么？"

"消除战争的人不该获得诺贝尔和平奖吗？"贝斯特尔仍然摸不着头脑，所以坎贝尔主编找出了哈伯德那篇尚未发表的文章的校样。"看看这个。"

贝斯特尔看了看那几页文字："现在就看吗？这也太多了。"

坎贝尔却又开始工作了。贝斯特尔开始看那些校样。他感到很无聊，但还是慢慢地看着，因为不想让这位主编发现他只是在快速浏览各页内容。当他放下那几页纸时，坎贝尔充满期待地看着他道："怎么样？哈伯德会获得和平奖吗？"

贝斯特尔不想得罪坎贝尔，所以要求将那些长条校样带回家再好好看看。坎贝尔主编拒绝了："你没有看进去。没关系，当一种新观点有可能颠覆自己的想法时，大多数人都会这样。"

"很有可能，但我不是这样的。我有甲亢。作为智力发达的灵长类动物，我对什么都感到好奇。"

"不，"坎贝尔说道，"你是甲减。这不是智力的问题，而是情感的问题。我们会对自己隐藏我们的情感历程，但戴尼提可以帮我们追溯过去的事，一直追溯到我们还是胎儿的时候。"

坎贝尔将贝斯特尔带到楼下的自助餐厅，那是一个没有窗户的地方，里面回荡着点餐的声音。贝斯特尔在坎贝尔主编对面坐下来，后者开始了一场毫无准备的听析:"回想一下,让自己变成清新者。记住!你会想起你母亲曾经想用纽扣钩把你打掉。因此,你一直对她怀恨在心。"

如果坎贝尔真希望对贝斯特尔进行听析,那么他选择的场所完全不像平常的治疗环境。贝斯特尔憋笑憋得颤抖起来,他终于想到了一条出路:"坎贝尔先生,你说得很对,但那些情感创伤让人难以忍受。我不能再这样下去了。"

"嗯,我看得出你在发抖。"坎贝尔说道。用完午餐后,他们回到办公室里。坎贝尔主编要求贝斯特尔把他的小说里提及弗洛伊德的内容都删掉。贝斯特尔同意了,他在事后喝了三杯双倍浓度的吉布森鸡尾酒才恢复过来。这位作家再也没向坎贝尔投过任何稿件,《惊奇科幻》杂志失去了科幻史上最伟大的作家之一。

大约在同一时期,坎贝尔和波尔也有过类似的交流。听到坎贝尔说母亲想用纽扣钩把自己打掉时,波尔回道:"确实有可能[①],但我不记得了,这对我来说不是什么问题。"

坎贝尔问他有没有得过偏头痛。波尔说没有,坎贝尔依然很淡定:"大多数人都有。我知道偏头痛是怎么产生的——是由胎内记忆引起的。因为母体的子宫里有这些带节奏的声音。有一种节奏很慢,"——他在办公桌上敲击出那种节奏,"还有一种很快,是她的心跳。"

恰好在这个时候,波尔开始感到一阵剧烈的头痛。"你做到了,约翰。"

---

① 参见弗雷德里克·波尔在英国泰恩河畔纽卡斯尔泰恩赛德影院(The Tyneside Cinema)的讲演,1978年6月26日,http://www.thewaythefu tureblogs.com/2011/04/me-and-alfie-part-6-john-w-campbell-dianetics(2017年12月引用)。——原注

坎贝尔似乎很满意："啊哈，现在我就给你治好。你多大了？"

"45岁。"实际上，他才30岁，坎贝尔主编肯定早就知道了。当坎贝尔问他45岁时发生过什么事，波尔答道："约翰，我不知道，还没发生呢。"

坎贝尔继续追问："你45个月大的时候发生过什么事？45天呢？45分钟呢？"

这次听析尝试并不成功，波尔走的时候，头还在一阵阵地痛着。不久之后，他在给坎贝尔的信中写道："对了，你用戴尼提诱发了我的头痛①。直到见过你后的第二天早上，我睡醒时头才不痛了。你那个疗法真是太厉害了！"

《戴尼提》出版后，坎贝尔开始更加积极地动员他手下那些作家。他写信向杰克·威廉森提出一个看情况付费的治疗计划："我知道②在人类整个成文和不成文的历史中，戴尼提即便不是唯一最伟大的发现，也是最伟大的发现之一。"在坎贝尔主编的圈子里，威廉森的心理分析经验比任何人都要多，他还没忘记哈伯德在费城给他留下的负面印象。他觉得戴尼提是"对弗洛伊德心理学的荒唐改编"③，所以拒绝参与其中。

埃里克·弗兰克·拉塞尔则比较圆通。他在给坎贝尔的一封信中开玩笑说哈伯德可以用那些发现摧毁所有宗教，但是他并不将戴尼提疗法当回事："如果精力够集中的话④，我能想出一个母亲给我喂奶的

---

① 参见弗雷德里克·波尔写给坎贝尔的信，1950年4月3日。——原注
② 参见坎贝尔写给杰克·威廉森的信，转引自威廉森《奇迹之子》，第184页。——原注
③ 参见威廉森《奇迹之子》，第183页。——原注
④ 参见埃里克·弗兰克·拉塞尔写给坎贝尔的信，1949年12月11日。——原注

画面……然而……我怀疑那纯粹是我想象出来的。有证据表明那可能是我的想象,因为我同样可以想出丽塔·海沃思(Rita Hayworth)或默娜·洛伊(Myrna Loy)给我喂奶的画面。"

还有些作家也持反对意见。德坎普觉得这种疗法很可笑,但坎贝尔认为他只是嫉妒哈伯德①。维利·莱则彻底离开了②,这让坎贝尔主编深感难过。德尔雷伊曾经发表过批判戴尼提的文章,因此被警告说坎贝尔再也不会买他的作品了。当时,他立即提交了一份新稿件。在杂志社,坎贝尔热情地跟他打招呼:"我们应该不会谈戴尼提的事③,对吧?"然后买下了那篇小说。

坎贝尔也没有引起诺伯特·维纳的兴趣。维纳委托他的律师去要求基金会别再把他列为准会员:"我和戴尼提没有任何关系④,也不赞成哈伯德先生鼓吹的那些观点。如果他采纳了我的任何想法,那是他自己的事,我自认为与他的想法没有任何关系。"维纳在后来称戴尼提"有损我作为诚实科学家的名声⑤"。

并非所有作家都持怀疑态度。威尔·詹金斯⑥只是觉得戴尼提有趣。有些作家在某种程度上对戴尼提感兴趣,其中包括罗斯·罗克林

---

① 参见德坎普《时间与机遇》,第221页。——原注
② 参见莱斯特·德尔雷伊在一次会议上的演讲,载于《轨迹》,1971年7月12日,第4页。——原注
③ 参见艾伦·埃尔姆斯(Alan Elms)对莱斯特·德尔雷伊的采访,加利福尼亚州阿纳海姆第二届洛杉矶会议(LACon Ⅱ),1984年9月3日,录音由科幻口述历史协会档案室提供。——原注
④ 参见克兰《控制论运动》,第92页。——原注
⑤ 同上。
⑥ 参见斯托林斯与埃文斯《默里·莱因斯特尔》,第92页。——原注

恩①、凯瑟琳·麦克莱恩②（Katherine MacLean）、纳尔逊·S.邦德③、詹姆斯·施米茨④（James Schmitz）、罗伯特·穆尔·威廉斯⑤（Robert Moore Williams）和詹姆斯·布利什⑥（James Blish）。在戴尼提最热衷的采纳者中，有一位是雷蒙德·F.琼斯，他在给坎贝尔的信中讲了他如何引导自己的妻子回想起她的诞生记忆："老兄，你说得没错⑦，戴尼提确实很奇妙。"

除了范沃格特，斯特金是对待戴尼提最认真的作家，坎贝尔亲自对他进行了听析⑧。斯特金在战争期间得过抑郁症，后来成了一位训练

---

① 参见门维尔（Menville）《罗斯·罗克林恩作品》（*The Work of Ross Rocklynne*），第10、16—17页。——原注
② 1974年，麦克莱恩依然将"戴尼提"列为她的兴趣之一，参见雷金纳德《科幻与奇幻文学，第二卷》（*Science Fiction and Fantasy Literature, Volume 2*），第985页。——原注
③ "你的戴尼提治疗效果良好，你获得了真正的身心放松，我对此感到高兴。"参见坎贝尔写给纳尔逊·S.邦德的信，1951年5月25日。——原注
④ "我手下的顶尖作家大部分都陷入了幻想，从此再也没有写过小说……雷·琼斯（Ray Jones）、詹姆斯·施米茨、内尔斯·邦德（Nels Bond）和鲍勃·威廉斯（Bob Williams）都在竭尽全力。"参见坎贝尔写给海因莱因的信，1950年7月27日。——原注
⑤ "鲍勃·威廉斯使当地一位精神病医生——圣路易斯精神科的首席精神病医师，对戴尼提产生了兴趣。"参见坎贝尔写给海因莱因的信，1950年7月27日。——原注
⑥ "我个人在我自己、我妻子和一位朋友（杰罗姆·比克斯比，Jerome Bixby）上试用了这种疗法，还没有取得很大进展。不过到目前为止与那些说法相符……这很可能是本世纪或任何世纪最重要的发现。"参见詹姆斯·布利什《戴尼提：通向未来的大门》（*Dianetics: A Door to the Future*），载于《星球故事》（*Planet Stories*），1950年11月，第102页。布利什在这篇文章中称坎贝尔为"政府核物理顾问"。——原注
⑦ 参见雷蒙德·F.琼斯写给坎贝尔的信，1950年5月26日。——原注
⑧ 参见西奥多·斯特金的演讲，密歇根州罗穆卢斯第三次秘密会议"约翰·W.坎贝尔"讨论组，1978年11月4日，录音由科幻口述历史协会档案室提供。——原注

有素的听析员。他在几十年中一直捍卫着戴尼提的核心理念，说它是一种"前所未有的综合体①，该疗法完全可行，切实有效。其背后的东西……其背后的蓝图合理又可靠。"

但真正有价值的人是海因莱因和阿西莫夫。其中，海因莱因似乎是更明显的选择——他有多年的普通语义学研究经验，而且曾多次打听哈伯德的研究："如果它对你有那么大好处的话②，对我应该也会有好处。我以自己的方式从这场战争中走了出来，很高兴我没有被击中。"他也乐于接受坎贝尔的说法："我听哈伯德说过③几次这样的活动……但是与他写的那些信相比，你的信看起来信息含量更大。"

坎贝尔在回信中强行推销，还使用了一些浮夸的言辞："我极为郑重地向你保证④，以我现在的知识，我能在一个小时内把大多数普通人变成杀人狂，也能以同样快的速度把一个人变成精神病。"但他也犯了一个策略错误，那就是随意否定科日布斯基，称普通语义学为一种低估潜意识重要性的游戏。

海因莱因不会愿意接受这一点，但他仍然表示支持："我非常想⑤对戴尼提多加了解，了解由你和罗恩以外的人所收集的资料。"海因莱因不止一次问坎贝尔戴尼提对他的鼻窦炎、他的眼睛和他的"未分配恐惧"⑥有何帮助，但坎贝尔并未回复。海因莱因甚至还试图让军方介入此事⑦。坎贝尔则认识到了海因莱因的支持会产生怎样的影响："比

---

① 参见戴维斯《西奥多·斯特金的作品》，第31页。——原注
② 参见海因莱因写给哈伯德的信，1949年3月26日。——原注
③ 参见海因莱因写给坎贝尔的信，1949年8月1日。——原注
④ 参见坎贝尔写给海因莱因的信，1949年9月15日。——原注
⑤ 参见海因莱因写给坎贝尔的信，1950年9月19日。——原注
⑥ 参见海因莱因写给坎贝尔的信，1951年4月5日。——原注
⑦ 参见海因莱因写给坎贝尔的信，1951年2月26日。——原注

如①,在介绍戴尼提时,你能做得远远比哈伯德好。"

海因莱因的参与受到距离的限制。他曾经到好莱坞担任《登陆月球》的顾问,那是他在1949年卖出的剧本。海因莱因与他的合著者相处得不好,但他尊重欧文·皮切尔(Irving Pichel),这位导演将另一位编剧所写的大部分内容都删掉了——但是留下了那个从布鲁克林来的滑稽助手,阿西莫夫看到后感到很恼火②。这个结果是有缺陷的,却标志着科幻小说开始转入面向大众的电影,所以海因莱因于1950年2月离开后是有理由高兴的。

当戴尼提运动引起轩然大波时,海因莱因回科泉市住了几个月,建造了一栋可以在其中赤身裸体的私密房屋——他是一个狂热的裸体主义者。同时,他也在创作《星际归途》和《傀儡主人》。青少年小说《星际归途》的大纲中有一个根据哈伯德塑造的配角,海因莱因称之为"戴尼提上尉"③(Captain Dianetic)。《傀儡主人》是一篇关于外星寄生虫的小说,其中有一个人物酷似坎贝尔:"他有一种独特的天赋,能够根据不熟悉的令人难以置信的事实进行逻辑推理,就像根据司空见惯的事进行逻辑推理一样轻松……在我见过的所有人中,只有他能够一心一意地做这件事。"

金妮警告海因莱因五年之内不要用戴尼提做任何事,所以海因莱因对坎贝尔说他没有选择:"我很想尝试一下④,但是没有一个人可以做我的搭档。"罗伯特·布洛克在几年后因其创作的《惊魂记》(Psycho)而成名。海因莱因在给他的信中写道:"我试着躺在沙发

---

① 参见坎贝尔写给海因莱因的信,1950年12月29日。——原注
② 参见阿西莫夫《记忆犹新》,第601页。——原注
③ 参见帕特森《学得更好的人》,第506页。——原注
④ 参见海因莱因写给坎贝尔的信,1950年9月19日。——原注

上①,向自己提问,但是没有人回答。"很可能是海因莱因过于多疑,而且对哈伯德过于熟悉,所以才无法信奉戴尼提。但是戴尼提可能也会满足他的控制欲,如果他推迟几个月再离开洛杉矶的话,结果可能就会截然不同了。

阿西莫夫则比较抗拒,但是他的作品中也出现过关于戴尼提的主题。根据坎贝尔的建议,《基地》和机器人小说成了探索精密科学心理学这个概念的媒介。阿西莫夫的第一部长篇小说《苍穹微石》出现了突触放大器(Synapsizer),这种机器可以用来将普通人变成天才。但他自然也很谨慎,当坎贝尔在1949年9月19日对他提到"哈伯德对业余精神病学的涉猎"②时,他就"冷漠地无动于衷地"听着。

阿西莫夫当时正在波士顿大学忙于癌症研究。像海因莱因一样,他也在机缘巧合之下离开了科幻迷圈,结果从中受益。4月13日,在去费城的途中,他跟德坎普讨论了一下那篇文章:"我和斯普拉格③都没有丝毫兴趣。我认为那是胡言乱语。"几天后,阿西莫夫见到了坎贝尔。他的抗拒让坎贝尔感到很沮丧,这位主编最后说道:"该死的,阿西莫夫④,你天生抱有怀疑态度。"

阿西莫夫的回答很简单:"幸亏我天生如此,坎贝尔先生。"

6月,阿西莫夫去参加一场会议,津津有味地听了一段演讲,德尔雷伊在演讲中"毫不留情地对戴尼提进行了非常理性的抨击⑤"。阿西莫夫提到坎贝尔并不在场。他在当时仍然是同坎贝尔合作最密切的作

---

① 参见海因莱因写给罗伯特·布洛克的信,1950年11月30日,转引自帕特森《学得更好的人》,第50页。——原注
② 参见阿西莫夫《记忆犹新》,第570页。——原注
③ 参见阿西莫夫《记忆犹新》,第587页。——原注
④ 同上。
⑤ 参见阿西莫夫《记忆犹新》,第595页。——原注

家,却避免直接与这位主编接触。几年前,波尔要求担任阿西莫夫的经纪人,代理他投给《惊奇科幻》的小说。起初,他拒绝了:"我想要保持跟坎贝尔的亲密关系①。"

阿西莫夫最终接受了这个提议,但他还是在1950年1月给波尔的信中写道:"所有投给杂志的小说②都要先给坎贝尔,这是必须的。"但是科幻体裁的局面正在改变。就在一个月前,安东尼·布彻和J.弗朗西斯·麦科马斯(J. Francis McComas)推出了后来众所周知的《奇幻与科幻杂志》(The Magazine of Fantasy & Science Fiction),大胆地融合了《惊奇科幻》与《未知》。雷·布拉德伯里的《火星纪事》宣告了一位重要人才的崛起,他是在没有得到坎贝尔任何支持的情况下成长起来的。

阿西莫夫本人也从科幻小说成为主流的运动中受益匪浅。格言出版社(Gnome Press)的主编马丁·格林伯格与阿西莫夫签约,要出版他的机器人小说集,并提议称之为《我,机器人》。阿西莫夫回复说不行,因为伊恩多·宾德(Eando Binder)在20世纪30年代发表过一篇同名小说。此时,格林伯格说道:"去他的伊恩多·宾德。"③阿西莫夫也对海因莱因的成功感到嫉妒:"那感觉就像胃疼一样④,似乎破坏了我当科幻作家的所有乐趣。"

还有一位重要的参与者也即将出现。阿西莫夫很喜欢霍勒斯·戈尔德在《未知》中发表的作品,后来听说他要创办一本名为《银河》(Galaxy)的杂志,戈尔德想要购买阿西莫夫的一篇小说,所以阿西莫夫去他的公寓拜访他。两人本来聊得很愉快,戈尔德却突然走开了。阿

---

① 参见阿西莫夫写给弗雷德里克·波尔的信,1949年11月21日。——原注
② 参见阿西莫夫写给弗雷德里克·波尔的信,1950年1月6日。——原注
③ 参见阿西莫夫《记忆犹新》,第591页。——原注
④ 参见阿西莫夫《黄金》(Gold),第248页。——原注

西莫夫以为戈尔德去厕所了,所以当这位主编的妻子请他离开时,他感到不解:"是我做错了什么吗?"①

"不是,他不舒服。"伊夫林(Evelyn)解释说,戈尔德由于战争创伤而患上了恐旷症,所以他无法长时间外出或与陌生人交谈。阿西莫夫感到很尴尬。就在他要离开的时候,电话响了。伊夫林去接电话,然后将听筒递给阿西莫夫:"找你的。"

"谁知道我在这儿?"阿西莫夫去接电话,结果发现是戈尔德从隔壁房间打来的。他们又谈了一个小时。阿西莫夫得知戈尔德只有这样才能自在地交谈,他开始害怕这位主编没完没了的电话——虽然他可能也会认为这扭曲地反映了他对封闭空间的喜爱。

撇开其他不谈,这就是另一个市场,同时也提醒人们阿西莫夫在科幻界仍然是一个重要人物。8月,波尔告诉阿西莫夫说戈尔德想要连载他的小说《繁星若尘》。阿西莫夫担心坎贝尔会有什么想法,但后来考虑到《惊奇科幻》目前充斥着戴尼提,他最终还是同意了。就是在这个时候,坎贝尔失去了阿西莫夫,虽然没有彻底失去,却会永远改变两人的合作关系。

8月31日,阿西莫夫开车去伊丽莎白市与坎贝尔和艺术家休伯特·罗杰斯共进晚餐。罗杰斯对坎贝尔主编说戴尼提都是胡扯。阿西莫夫回忆道:"我当时没有开口②,因为罗杰斯显然不需要帮手。"那天晚些时候,他见到了戈尔德,戈尔德亲手交给他一本《银河》创刊号。那是他见过的给人印象最深的一期科幻杂志。

海因莱因也收到了戈尔德的信。戈尔德将《银河》的前两期寄给他,然后买下了一篇被《大都会》(*Cosmopolitan*)退回的文章,后来

---

① 参见阿西莫夫《记忆犹新》,第592页。——原注
② 参见阿西莫夫《记忆犹新》,第602页。——原注

L. 罗恩·哈伯德在洛杉矶，摄于1950年，加州大学洛杉矶分校图书馆数字馆藏提供

还同意连载《傀儡主人》。海因莱因对这段经历感到不悦，因为戈尔德"喜欢小题大做和修修改改"①，而且长期拖欠稿费。他那样改写海因莱因的小说，把这位作家吓坏了。

不过，这是最能说明问题的一点。尽管戈尔德有些个人问题②，而且喜欢对来稿进行大量修改，但阿西莫夫和海因莱因都愿意为他供稿。他们是坎贝尔手下最好的两位作家，跟这位主编建立了长期合作关系。就在这种关系变得脆弱时，《银河》来招揽这两位作家，而《奇幻与科幻》也准备出手。他们会将坎贝尔手下最好的作家一个个抢走。这个时机③就同

---

① 参见海因莱因写给勒顿·布莱辛格姆的信，1951年10月13日，转引自帕特森《学得更好的人》，第70页。——原注
② 坎贝尔在后来为了转载戈尔德最初在《惊奇科幻》上发表的小说而与之发生争执，还在《银河》中发文暗讽那些小说的"心理倾向"："霍勒斯·戈尔德……患有急性恐旷症和仇外症……多年的心理治疗显然是不成功的；他现在正致力于发展自己的治疗理论，试图解决自己的问题。"参见坎贝尔写给史蒂文·G. 范登堡（Steven G. Vandenberg）的信，1956年9月19日。——原注
③ 相比之下，F. 奥林·特里梅因于1940年创办敌对杂志《彗星》（Comet）时，并没有争取到坎贝尔手下的大部分作家："不，永远都不会是特里梅因。斯普拉格给我讲了很多特里梅因是怎样对待他的。我对此深恶痛绝，几乎感同身受。"参见海因莱因写给坎贝尔的信，1941年2月17日。阿西莫夫称他在特里梅因那里也有过类似的痛苦遭遇，参见《记忆犹新》，第283-284页。——原注

当初坎贝尔成为《惊奇科幻》负责人的时机一样重要。这意味着坎贝尔在进入人生的下一个阶段时，周围基本上不会有海因莱因和阿西莫夫的身影。同时，他也将失去哈伯德。

1950年8月，哈伯德是带着英雄归来的光环飞回洛杉矶的。虽然比任何人都对自己的成功感到意外，他还是投身于对戴尼提的推广。他最近刚完成《睡眠的主人》（Masters of Sleep），这是他在那个时期创作的为数不多的小说之一，其中有一个堕落的精神病医生"没有读过任何关于戴尼提的文章"。在故事的结尾，这个反派人物接受了脑叶切断术。

8月10日，哈伯德在圣殿礼堂（Shrine Auditorium）面对六千名不守规矩的观众举行了一场大型集会。他曾考虑过宣布萨拉[①]是世界上第一位清新者，结果这个荣誉却落到了索尼娅·比安卡（Sonya Bianca）身上。比安卡是波士顿人，正在攻读物理学。据说，她"完全回想起了[②]自己人生中的每个片段"。然而，当大家开始提问时，她连哈伯德的领带颜色都记不起来。事后，福里斯特·阿克曼感到失望，但哈伯德只是拍着他的肩膀说："啊，福里[③]（Forry），我要降低克拉克·盖博的薪水。"

五天后，洛杉矶基金会在卡萨（Casa）正式开业。卡萨曾经是州长官邸，位于南胡佛街（South Hoover）和亚当斯大道（Adams Boulevard）。每天早上在破晓时分，范沃格特会打开办公室。一个小时后，哈伯德会来见讲师们。学生们八点到，然后哈伯德开始给数百受众讲课，做示范。他善于演讲，口齿伶俐得让某些人反感。坎贝尔

---

① 参见科里登《弥赛亚抑或疯子》，第308页。——原注
② 参见米勒《裸面弥赛亚》，第166页。——原注
③ 参见米勒《裸面弥赛亚》，第167页。——原注

对海因莱因说："当罗恩想那么做的时候，他能表现出自信之人所喜爱的性格。"

哈伯德享受着众人的关注，还有其中的金钱回报。有一天，一位银行经理给范沃格特打电话说哈伯德想开一张五万六千美元的支票。范沃格特回道："他说了算。"① 还有一次，萨拉很喜欢某家林肯（Lincoln）经销商②展出的汽车，哈伯德立刻就给她买了一辆。哈伯德得到了他想要的一切——名利和尊重。但是不同于坎贝尔将基金会看作自己的真正使命，他表现得好像这是一种随时都可能结束的好运。

不久，基金会在华盛顿特区、芝加哥、火奴鲁鲁和堪萨斯城开设了分部。在哈伯德于10月造访的伊丽莎白市，赚钱的速度与花钱的速度一样快。该基金会的创始人在备忘录中写道："基金会一直尽其所能地花用所收资金③。"作为财务主管，坎贝尔似乎无动于衷。尽管对那些高管心存羡慕，坎贝尔仍常常将杂志的行政工作交给塔兰特，给人留下他脱离实际的感觉——有一位访客觉得他"冷漠，不热诚"④。

坎贝尔同时还专注于他眼中的突破。他和佩格在治疗中逐渐背离传统的技术⑤，转而专注于情感和本能。剩下的大部分工作都落在温特身上。有两个患者得了精神病后，温特开始担心起来。当时进行的真正研究只是对"古克"（Guk）的研究。古克是一种维生素和安非他命的混合物，据说有助于听析。温特称之为"惨淡而又昂贵的失败"⑥。

---

① 参见米勒《裸面弥赛亚》，第167页。——原注
② 参见科里登《弥赛亚抑或疯子》，第307页。——原注
③ 参见哈伯德写给基金会工作人员的信，1950年11月22日，转载于哈伯德《戴尼提：信件与日记》，第89页。——原注
④ 参见"安迪"（Andy）写给"查理"（Charlie）的信，1950年7月8日，转载于哈伯德《戴尼提：信件与日记》，第85页。——原注
⑤ 参见坎贝尔写给海因莱因的信，1951年11月20日。——原注
⑥ 参见温特《一位医生的报告》，第189页。——原注

最终，温特断定自己别无选择，只能辞职。紧接着，赫米蒂奇出版社的阿特·塞波斯也辞职了。他们的离开标志着有人首次公开叛离基金会。哈伯德越来越偏执，他对此事做出回应，宣称温特与塞波斯想要夺权，所以他将这两个人赶走了。他认为美国医学会[①]（American Medical Association）和中央情报局在监视他，还对当时和他有染的员工芭芭拉·克洛登（Barbara Klowden）说："你不知道成为目标是什么感觉[②]。"

哈伯德去新泽西州待了不到一周。回到加利福尼亚州后，他因将小女儿亚历克西斯单独留在车上而被捕，但他却将此事归咎于萨拉。他们还结识了阿道司·赫胥黎，这位作家记得他们带着咖啡和蛋糕到他家时显得"拘谨有礼"[③]。赫胥黎和他的妻子接受了听析，据说效果微乎其微："结果证明我是完全抗拒的——我根本无法踏上时间轨道，也无法在潜意识中产生记忆痕迹……在此期间，玛丽亚（Maria）取得了一些成功。"

但基金会的问题依然存在。范沃格特艰难地应付着基金会的财务状况——花费了上百万美元，债台高筑。为了维持下去，他采取了裁员措施。哈伯德一回来就雇用新员工，导致他们又回到了最初的境况。范沃格特依然忠心不贰，正当海因莱因和阿西莫夫等作家逐渐走入主流的时候，他却因戴尼提而停止写作，彻底削弱了他在科幻界的地位。

哈伯德的个人生活在崩溃。他怀疑妻子对他不忠，所以安排了一次四人约会，其中有他自己、萨拉、克洛登和一位名叫迈尔斯·霍利斯特

[①] 参见阿塔克《一片蓝天》，第 116 页。——原注
[②] 参见米勒《裸面弥赛亚》，第 168 页。——原注
[③] 参见贝德福德（Bedford）《阿道司·赫胥黎》（*Aldous Huxley*），第 498-499 页。——原注

(Miles Hollister)的讲师。不管他的计划是什么,结果都事与愿违。萨拉开始和霍利斯特有了暧昧关系。霍利斯特英俊潇洒、才华横溢。哈伯德对他心怀怨恨,所以开除了他那两位有共产主义嫌疑的朋友。坎贝尔非常支持。霍利斯特到伊丽莎白市指责基金会的受托人中饱私囊,结果却遭到他们的嘲笑,然后他就离开了。坎贝尔写道,"我们认为他需要某种强化治疗。"①

然而,在霍利斯特离开后,坎贝尔决定亲自查明那些谣言的真相,因此,基金会设立了道德委员会。有人担心"黑戴尼提"会将戴尼提歪曲成一种洗脑的方式,但这次调查主要是延续哈伯德针对共产主义的指控。坎贝尔主编的"调查过程很简单,就是收集所有能收集到的怨言②,在开会时播放出来,对那些信息进行查验,找到谣言的源头"。协助他进行调查的是前联邦调查局特工C. 帕克·摩根,此人的调查方法包括"撬办公桌和翻废纸篓"③。

坎贝尔告诉海因莱因:"当时的调查轰轰烈烈④,令人作呕。"他助长了怀疑的气氛,违犯者都被送去接受强化听析。最后,摩根向联邦调查局指控阿特·塞波斯曾试图利用基金会的邮寄名单宣传共产主义:"成立了许多俱乐部⑤。摩根认为这些俱乐部将会成为共产主义在全国范围内渗透的温床,因为它们的成立是有组织、有计划的。"

关于前世也有越来越多的争论。戴尼提总是鼓励研究对象回想受孕

---

① 参见坎贝尔写给海因莱因的信,1951年3月6日。——原注
② 同上。
③ 同上。
④ 同上。
⑤ 参见纽瓦克特工主管写给联邦调查局局长的联邦调查局办公室备忘录"哈伯德戴尼提研究基金会,法人组织,内部安全",1951年3月21日。——原注

的那一刻,坎贝尔将其视为一种有效的问诊,还提到他女儿早产了两个月:"出生的瞬间有什么魔力?"①有些研究对象甚至回想起更久之前的事,似乎找回了前世的记忆。董事会投票反对进行此类研究②,哈伯德却乐于继续下去,还登广告说要招募一位志愿者在年底进行关于前世的研究③。

真正的骚动发生在洛杉矶。哈伯德对克洛登说他的妻子吃了过量的安眠药,但萨拉后来说那是哈伯德逼她吃的④。据说在圣诞节前后,哈伯德曾经粗暴地掐过萨拉的脖子,导致她的耳朵里有一根导管破裂。1951年1月,新泽西州医疗检验委员会⑤(New Jersey Board of Medical Examiners)对基金会提起诉讼,指控其无证进行医疗教学。哈伯德让两个学生开车将他的财物送到加利福尼亚州,其中一个学生是欧内斯特·海明威的儿子格雷格(Greg Hemingway)。他还请航空快递运送摩托艇女伯爵⑥,也就是那只曾经攻击过坎贝尔鞋子的猫。

哈伯德在棕榈泉(Palm Springs)与萨拉、亚历克西斯和他的助手理查德·德米尔(Richard de Mille)会合。德米尔是美国导演塞西尔·B.德米尔(Cecil B. de Mille)的侄子和养子,这也是哈伯德喜欢名人姓氏的早期例证。他依然虐待萨拉,导致萨拉最终带着孩子离开了。哈伯德喝得酩酊大醉,咆哮着说他看到了证据,霍利斯特、温特和塞波

---

① 参见坎贝尔写给海因莱因的信,1949年7月26日。——原注
② 参见哈伯德《生存的科学》(Science of Survival),第85页。——原注
③ 参见哈伯德写给基金会的备忘录,1950年12月30日,转载于哈伯德《戴尼提:信件与日记》,第97页。——原注
④ 参见米勒《裸面弥赛亚》,第185页。——原注
⑤ 坎贝尔称此举"合法,却又不仅仅是合法"。参见坎贝尔写给海因莱因的信,1950年12月29日。——原注
⑥ 参见发给基金会的电报,1951年2月5日,转载于哈伯德《戴尼提:信件与日记》,第94页。——原注

斯密谋要夺走基金会。他曾经振作过一段时间,刚好可以发起一场运动。而现在,他快要崩溃了。虚构的库茨曼医生曾经说过,根本没有证据表明有什么改善会是长久的。

约翰·桑伯恩(John Sanborn)是开车将哈伯德的财物送到加利福尼亚州的学生之一。2月24日,他在卡萨看着亚历克西斯。晚上十点左右,11个月大的亚历克西斯突然醒了。桑伯恩试着去哄她,她却抬起头来小声说:"别睡觉。"①

桑伯恩感到毛骨悚然,将亚历克西斯放回到床上。一个小时后传来敲门声。开门后,他发现来者是哈伯德的助手弗兰克·德雷斯勒(Frank Dressler),后者似乎拿着一把枪。"哈伯德先生来了。"德雷斯勒说道,"他来接亚历克西斯。"

哈伯德到后,带上孩子就离开了。他将亚历克西斯放在棕榈泉的韦斯特伍德保姆登记处(Westwood Nurses Registry),然后去萨拉的住所,逼她上了车。德米尔开车载着他们离开时,萨拉对着她的丈夫尖声喊叫,后者反击道:"如果你真的爱我,早就自杀了。"②他们停车等红灯时,萨拉想要跳下车,但哈伯德掐着她的喉咙把她拽了回去。后来,他们放下德雷斯勒,继续前往圣贝纳迪诺(San Bernardino)。哈伯德想在那里找一位医生证明他的妻子精神失常了,结果没有找到。

萨拉威胁说要报警,所以他们越过州界进入亚利桑那州,最后到了尤马国际机场(Yuma International Airport)。哈伯德说只要萨拉在一份声明上签字,说她是自愿跟哈伯德走的,他就放她走。萨拉哭着同意了。哈伯德和德米尔下车,留下一张纸条,上面写着亚历克西斯所在的

---

① 参见科里登《弥赛亚抑或疯子》,第305页。——原注
② 参见《作家受到离婚起诉》(*Author Sued for Divorce*),载于《威奇托灯塔报》(*Wichita Beacon*),1951年5月4日。——原注

那家中介的名字。萨拉开车返回洛杉矶。

哈伯德则立刻去一个电话亭给德雷斯勒打电话，命令他赶在萨拉前面把孩子接走，找一对夫妻开车将她送到新泽西州。接着，他飞到芝加哥。那里有位心理医生给了他一份健康证明，他非常高兴。哈伯德还抽时间给萨拉打了个电话，萨拉回忆道："他说，他把亚历克西斯切碎①扔到河里，看着她的小胳膊小腿顺着河流漂走了。还说是我的错，他这么做是因为我离开了他。"

哈伯德去当地的联邦调查局办公室告发霍利斯特，说他是共产主义者。接着，他乘飞机到纽约，然后乘出租车前往伊丽莎白市，那是他和坎贝尔最后一次见面。坎贝尔后来称②他在2月辞职了，大约就是哈伯德来找他的时候，显然是想把他离开的日期延后。实际上，他并没有表示他打算离开③，反而还跟佩格讨论他的工作。由于《惊奇科幻》杂志社又迁回了城里，佩格每周帮坎贝尔看两天孩子④，同时还在纽约看诊⑤。佩格离婚的事情解决后，他们希望立刻结婚。

在伊丽莎白市，哈伯德滔滔不绝地对坎贝尔主编说洛杉矶基金会的共产主义活动，还提出了一个更加令人吃惊的指控："在加利福尼亚州的时候，乔（温特）一直散布谣言⑥说我是同性恋。"坎贝尔信以为

---

① 参见赖特《拨开迷雾》，第89页。——原注
② 参见坎贝尔写给詹姆斯·F. 平卡姆（James F. Pinkham）的信，1951年7月2日。——原注
③ 坎贝尔对哈伯德的热情可能减退了，但是他仍然相信戴尼提。几个月前，皮迪和妹妹在冰上玩时摔断了腿，据说坎贝尔对她进行了两个小时的听析，她的腿就不痛了。参见坎贝尔写给海因莱因的信，1950年12月29日。——原注
④ 参见坎贝尔写给海因莱因的信，1951年5月27日。——原注
⑤ 参见坎贝尔写给R. 凯尔曼（R. Kelman）的信，1951年2月15日。——原注
⑥ 参见坎贝尔写给玛吉·温特（Marge Winter）的信，1955年10月18日。——原注

真，所以当哈伯德建议让基金会成员们签名发誓效忠美国并将他们的指纹寄到联邦调查局时，他没有提出任何异议。

3月6日，坎贝尔在给海因莱因的信中写道："私下告诉你①，戴尼提似乎遭到了一个共产主义小组的攻击，他们不是在玩弹珠游戏。"这位主编表示相信，有六个人密谋反对哈伯德，他们的主要目标是萨拉："她有三次被下药毒打。"对于哈伯德的不稳定状态，他没有流露出丝毫关心。创始人不在的时候，坎贝尔实际上就是新泽西州的负责人，他坚持认为他可以静静地继续他的工作。

然而在伊丽莎白市，哈伯德给联邦调查局写了一封信，信中提到15个共产主义嫌疑者的名字，其中包括霍利斯特和萨拉。他还主动提交基金会所有成员的指纹进行分析。回信中有J. 埃德加·胡佛（J. Edgar Hoover）的签名，结语很温和："我谨感谢你②向本局提供的信息。"四天后，哈伯德对一位特工说阿特·塞波斯正在组织一个名为双蛇杖基金会（Caduceus Foundation）的敌对组织。那位特工得出的结论是哈伯德

萨拉·哈伯德在一个监护权听证会上，摄于1951年4月，南加州大学数字图书馆（USC Digital Library）提供

---

① 参见坎贝尔写给海因莱因的信，1951年3月6日。——原注
② 参见J. 埃德加·胡佛写给哈伯德的信，1951年3月9日。——原注

"精神不正常"①。

亚历克西斯到伊丽莎白市后,哈伯德立刻和德米尔飞到坦帕市(Tampa)。从坦帕市到哈瓦那后,他雇了两名当地妇女看孩子,把亚历克西斯放在一张罩有铁丝网的婴儿床上②。4月12日,哈伯德从报纸上看到萨拉已经提起诉讼,想要回他们的女儿。这远非什么好宣传。海因莱因冷淡地说:"看到罗恩和另一个男人'绑架'了萨拉的报道③……我想,戴尼提并没有使其创始人变得稳重起来。"

哈伯德的溃疡发作了,他说那是温特和萨拉对他催眠的结果④。4月23日,萨拉诉请离婚,指控他存在"有计划的虐待行为"⑤。此时,他只看到一条出路。哈伯德给他在堪萨斯州威奇托(Wichita)的富有支持者唐·珀塞尔(Don Purcell)发了一封电报,后者立刻派来一架飞机,还有一名保姆。哈伯德带着亚历克西斯登上飞机,叫德米尔留下来把他口述的新书内容写下来。

次月,哈伯德给美国司法部长写了一封信,在信中自称是"一位研究原子和分子现象的科学家⑥"。他称温特为"美国陆军医疗队(U.S. Army Medical Corps)的一位退伍军官,患有精神神经症",暗示温特可能要对基金会一名医疗主任的死亡负责,同时暗示格雷格·海明威也参与了这个阴谋。哈伯德还宣称萨拉与"洛斯阿拉莫戈多斯"(Los Alamo Gordos)的科学家过从甚密——显然是指罗伯特·科诺格。

---

① 参见联邦调查局给古巴哈瓦那法律专员的航邮代电,1951年4月27日。——原注
② 参见赖特《拨开迷雾》,第90页。——原注
③ 参见海因莱因写给坎贝尔的信,1951年8月15日。——原注
④ 参见米勒《裸面弥赛亚》,第184页。——原注
⑤ 参见《戴尼提作者发疯妻子起诉》(*Dianetics Author Crazy, Wife Charges*),载于《洛杉矶镜报》(*Los Angeles Mirror*),1951年4月23日。——原注
⑥ 参见哈伯德写给美国司法部长的信,1951年5月14日。——原注

哈伯德戴尼提研究基金会在成立一年后严重受损。坎贝尔也离开了。他的辞职日期还不清楚,但可能不早于3月的第二周。5月底,坎贝尔总结了一下当时的形势:

> 最早的成员们①都有了不同的方向,各自深入开发戴尼提的某一个方面……哈伯德想要发展专业听析业务,温特医生在研究身心障碍,而我在研究戴尼提的哲学发展……结果导致原来的哈伯德基金会分崩离析。

坎贝尔可能不看好哈伯德,但他看好戴尼提,这种信念依然没有动摇。接下来的一周,他在给海因莱因的信中写道:"鲍勃,我可以告诉你②,你难免要接受戴尼提;对你这样一个有心理倾向的人来说,这是不可避免的。首先,只有对你的心灵进行探索,你才能充分意识到你已经在使用的那些写作方法,找到你使用的那些技巧。"哈伯德可能已成过去,但坎贝尔式戴尼提依然存在,他和佩格还在对其进行研究。

基金会不复存在。坎贝尔助长了哈伯德的妄想性幻想,在基金会的毁灭中起了不小的作用。他后来承认自己没有做好承担责任的准备:"我还不能胜任这项工作③。结果就是我没能使罗恩·哈伯德认识到他自己的局限性。"后来,坎贝尔说他之所以辞职,是因为无法忍受"极为

---

① 参见坎贝尔写给哈里·B. 穆尔(Harry B. Moore)的信,1951年5月25日。——原注
② 参见坎贝尔写给海因莱因的信,1951年5月27日。——原注
③ 参见坎贝尔写给阿特·库尔特的信,1953年8月28日。——原注

不当的管理"①和哈伯德的自以为是："我背离了哈伯德的理念②……当时，他开始误以为自己是基督复临——他似乎并没有放弃这种错觉。"

这些因素可能都发挥了作用，却使坎贝尔所能助长的哈伯德的恶化程度减到最小。由于距离遥远，坎贝尔避开了哈伯德的过分行径，直到后者的行为再也无法忽视时才离开。他到最后也没有成为负责人，登记的名字是哈伯德。坎贝尔曾经希望按照自己的想法管理基金会，结果却像战争期间一样受挫。他所能掌控的照旧只有《惊奇科幻》杂志，连他的鼻窦炎也复发了③。

但坎贝尔也看到了前进的道路。他会严格审视心理，这是哈伯德一直不愿尝试的研究，单他和佩格两个人就可以完成。坎贝尔在给海因莱因的信中写道："我和佩格④的研究成果超越了罗恩和他那本书中的内容，同样也超过了标准的精神病治疗技术。"不管他是否愿意，在接下来的几年里，他都会将整个科幻界拖入这个正在他面前展开的陌生世界。

1951年5月28日，坎贝尔对阿西莫夫说他和哈伯德绝交了。阿西莫夫一点也不惊讶。他在后来回忆道："我了解坎贝尔，也了解哈伯德⑤。任何运动都不能有两位弥赛亚。"

6月，哈伯德和萨拉的离婚已成定局。作为和解的一部分，萨拉在一份文件上签了字，说她在公共场合发表的关于她丈夫的言论全都是假的："我希望和我的女儿过一种安静有序的生活⑥，远离那些毁掉我这

---

① 参见坎贝尔写给T. 斯科特（T. Scott）的信，1965年2月15日。——原注
② 参见坎贝尔写给戴维·帕尔特（David Palter）的信，1971年5月12日。——原注
③ 参见加德纳（Gardner）《风潮与谬误》（*Fads and Fallacies*），第280页。——原注
④ 参见坎贝尔写给海因莱因的信，1951年3月6日。——原注
⑤ 参见阿西莫夫《记忆犹新》，第625页。——原注
⑥ 参见米勒《裸面弥赛亚》，第193页。——原注

段婚姻的扰乱影响。""扰乱"的英文没有出现在任何标准字典中,却经常出现在哈伯德的作品里。

哈伯德依然相信,只要打破那些共产主义者对萨拉所施的符咒,她马上就会回到他身边。离开法院后,他带萨拉去接亚历克西斯,然后开车去威奇托机场。哈伯德在路上说他不想放弃她们。"你要坐飞机[1]离开了,对吧?"

"嗯,我必须听从他们的决定,"萨拉说道,"去坐飞机。"

在机场停车后,哈伯德说他不想把萨拉交给精神病医生。"我不会让你走的。"

萨拉直接跳下车,把手提箱和亚历克西斯的衣服都丢在车上,只带着女儿和钱包跑过机场。她最终登上飞机,永远离开了哈伯德。作为世界上第一个戴尼提宝宝,亚历克西斯丢了一只鞋。

---

[1] 参见赖特《拨开迷雾》,第94页。——原注

第五章

最后的进化

（1951—1971）

普通作家[①]与其说是科学家或高深的预言家，不如说是舞台魔术师，他们可以创造令人信以为真的错觉。实际上，一旦你真正开始写一部小说，故事本身比未来学更重要……你甚至可能会发现自己选择的是最不可能发生的事情，而不是最可能发生的事情，只是因为你想出人意料。

——杰克·威廉森

[①] 参见拉里·麦卡弗里（Larry McCaffery）对杰克·威廉森的采访，载于《科幻研究》（*Science Fiction Studies*），1991 年 7 月。——原注

第 13 节　根本解决方案（1951—1960）

人在过去塑造了机器①，但机器在将来会塑造人……人已经学会如何逃离巡航机了，还得学会控制机器，不然就会被击垮。
——摘自约翰·W. 坎贝尔写给《惊奇科幻》1938 年 4 月刊的一封信

1951年5月21日，坎贝尔从韦斯特菲尔德开车前往伊丽莎白市，在路上载了三个想要搭便车去看《怪形：异世界来客》（*The Thing from Another World*）的少年②。他们想要请坎贝尔签名，结果谁都没有笔。这几个少年后来说，他们的父母绝不会相信他们去看这部电影时搭的正是原创作者的车。至于坎贝尔，他并没有告诉他们其中的怪物设计灵感就源自他自己的母亲。

1950年，在本·赫克特（Ben Hecht）与查尔斯·莱德勒（Charles Lederer）两位作家的敦促下，霍华德·霍克斯（Howard Hawks）导演的制片公司温切斯特电影公司（Winchester Pictures）以1250美元买下了《有谁去那里》的版权③。范沃格特本来希望为其编写剧本④，结果编剧一职却落到了莱德勒头上。霍克斯和赫克特也做出了他们的贡献，但是

---

① 参见坎贝尔以阿瑟·麦卡恩之名写给《惊奇科幻》的信，载于《惊奇科幻》，1938 年 4 月，第 151 页。——原注
② 参见坎贝尔写给海因莱因的信，1951 年 5 月 27 日。——原注
③ 参见坎贝尔写给海因莱因的信，1950 年 3 月 9 日。——原注
④ 参见 A.E. 范沃格特写给坎贝尔的信，1950 年 3 月 29 日。——原注

并没有署名。这部影片由克里斯琴·尼比（Christian Nyby）执导，但霍克斯总是在片场，还索要大部分导演费，导致后来在成片负责人的归属问题上产生了许多分歧。

《怪形》几乎完全舍弃了坎贝尔构造的故事情节，将故事背景从南极洲转为阿拉斯加州。霍克斯更偏向于他最喜欢的主题——一群人陷入险境。与飞行员、女孩和记者等他所能理解的人物类型相比，他对科学家并没有那么大兴趣，因此使其沦落为忘恩负义的陪衬。但也有一些引人注目的画面——片头字幕中燃烧的字母；工作人员在冰上站成一圈，摆出飞碟的轮廓；外星人在门口现身的骇人场景；还有对世人发出的最后警告："注意天上。"

阿西莫夫认为这是有史以来最难看的电影之一[1]。坎贝尔则比较大度："他们的想法可能是对的[2]，《有谁去那里》的主题有点强，不适合直接搬到荧幕上。"他在别处写道："我觉得[3]在最初的版本中，即便导演和演员都同样有所克制，但还是会使大约百分之十的普通观影者在半数时间中歇斯底里地尖叫，这是真的，不是开玩笑。"这位主编在资金上参与不足，但当阿西莫夫对此表示同情时，他只是回道："它有助于科幻小说在圈外人中的传播[4]，这才是最重要的。"

就连《怪形》在全国各地的影院上映时，坎贝尔也是越来越内敛，帮助他的人是他最忠诚的搭档。1951年6月15日，佩格·卡尼（Peg Kearney）佩戴珍珠和花束，穿着一袭灰色礼服嫁给了坎贝尔。坎贝尔

---

[1] 参见阿西莫夫《科幻小说之父》（*The Father of Science Fiction*），载于哈里森《惊奇科幻》，第 xi 页。——原注
[2] 参见坎贝尔写给纳尔逊·S. 邦德的信，1951 年 5 月 25 日。——原注
[3] 参见坎贝尔写给 P. 斯凯勒·米勒的信，1951 年 6 月 28 日。——原注
[4] 参见阿西莫夫《黄金时代之前》，第 912 页。——原注

说他母亲"最大的愿望就是在我们结婚前把佩格赶走"①,有一天晚上还在家里发生了激烈的争吵,导致他不得不送母亲回家。尽管如此,坎贝尔还是和佩格举行了婚礼。他母亲随后意识到,佩格是不会受人摆布的,而这正是他儿子想要的妻子。

入秋后,他们搬到了新泽西州芒廷塞德(Mountainside)果园路(Orchard Road)1457号②。那是一栋新建的平房住宅,镶有雪松木壁板,还有一间宽敞的地下室可以容纳坎贝尔的电子工坊和佩格的工作室——她在后来创业,开始用邮寄的方式卖刺绣用品③。他们需要空间。除了12岁的皮迪和7岁的莱斯琳,坎贝尔现在还有两个十几岁的继子女,分别为17岁的乔和16岁的简。在佩格的第一任丈夫④于10月去世后,他们的关系更加亲密了。

起初,这个重组家庭似乎有了一个良好的开端。坎贝尔对海因莱因说那两个孩子"完全接纳我了"⑤,结果却证明他当时过于乐观了。那年晚些时候,乔去找威廉斯,等他回来后,他们就开始频繁地争吵。乔患有

佩格·坎贝尔在她结婚当天,摄于1951年6月15日,莱斯琳·兰达佐提供

---

① 参见坎贝尔写给劳拉·克里格的信,1953年10月8日。——原注
② 参见坎贝尔写给海因莱因的信,1951年10月5日。——原注
③ 参见坎贝尔写给乔治·O.史密斯的信,1965年5月10日。——原注
④ 参见《埃弗雷特·卡尼是心脏病患者:著名商界人士周三去世》,载于《艾恩伍德环球日报》(密歇根),1951年10月4日。——原注
⑤ 参见坎贝尔写给海因莱因的信,1951年10月5日。——原注

哮喘①，他的病情因压力而恶化，但坎贝尔认为他只是在利用哮喘来演戏。乔后来主修政治学②，坎贝尔认为这是一种反叛行为③，就因为他曾公开质疑这些领域根本没有科学可言。

坎贝尔对社会科学的怀疑反映在他和佩格的研究中。起初，他们将其作为自己在基金会所做研究的延伸，甚至每月都将最新情况寄给佛罗里达一家独立的戴尼提简报④。在《惊奇科幻》的1951年10月刊中，坎贝尔主编煞费苦心地与哈伯德保持距离，同时也将成功的部分功劳归于自己。他写道，戴尼提"远没有哈伯德所想的那么神奇⑤，但是……又比他所实现的神奇得多……需要大量地发展"。

关于哈伯德本人，坎贝尔私下是这样说的："他现在的状况⑥不太好，他坚定地认为我和乔·温特等原本支持他的人都成了他最大的敌人。"关于他们在过去的交往，坎贝尔在给温特的信中写道："佩格非常讨厌罗恩⑦……因为他拿我的心灵做实验，也拿别人的心灵做实验。"范沃格特来做客时，问坎贝尔是否认为哈伯德曾经对他催眠，进而让他推广戴尼提。坎贝尔说，如果有的话，也是哈伯德对他自己催眠⑧，让

---

① 参见坎贝尔写给约瑟夫·温特的信，1953年6月21日。——原注
② 参见约瑟夫·卡尼（Joseph Kearney）在威廉姆斯学院年鉴中的记录，1955年，第41页。——原注
③ 参见坎贝尔写给吉布·霍金的信，1955年4月10日。——原注
④ 该简报为《弧光》，由威廉·斯威格特（William Swygard）与多萝西·斯威格特（Dorothy Swygard）出版。参见坎贝尔写给詹姆斯·F. 平卡姆与R.M.史蒂文斯（R.M. Stevens）的信，1951年7月2日。——原注
⑤ 参见坎贝尔《评估戴尼提》，载于《惊奇科幻》，1951年10月，第6/169页。——原注
⑥ 参见坎贝尔写给海因莱因的信，1951年11月20日。——原注
⑦ 参见坎贝尔写给约瑟夫·温特的信，1953年10月12日。——原注
⑧ 参见坎贝尔写给约瑟夫·温特的信，1953年10月12日。范沃格特在《我的生活是我最好的科幻小说》（My Life Was My Best Science Fiction Story）中对此进行了描述，载于格林伯格《奇幻人生》，第195-196页。——原注

他自己相信是这样的。

然而没过多久,坎贝尔和佩格就有了自己的发展方向。他在杂志中写道:"但是,一个人要获得完全的幸福,就必须实现深刻的自我理解①,而这种深刻的自我理解要在某人的帮助下才能实现,那人要对这个人有热烈的私人情感依恋。"这种说法直接源于他的私生活。在他的婚姻和基金会接连瓦解之后,他准备摒弃他所知道的一切,而佩格也非常愿意帮助他从头开始重建人格。

坎贝尔说,这是"一种自杀协议"②。每周有50个小时,他们直面最痛苦的记忆,尤其是关于第一段婚姻的痛苦记忆,每两天用打字机写出十页笔记③。坎贝尔说要把那些笔记整理成书,结果除了几篇他自己用的文章,根本没有出现过什么有用的手稿。他更喜欢在谈话中、在社论中和在给作家们写的越来越长的信件中进行暗示。那些暗示全都是从他和佩格一起度过的夜晚中流露出来的。佩格对其职业生涯后半段的影响就像唐娜对其职业生涯前半段的影响一样深刻,从而也在整体上对科幻小说产生了深远的影响。

坎贝尔的两个女儿接纳了她们的继母。每天晚上,在她们上床睡觉后,佩格和坎贝尔就去私室里,边干活边交谈。佩格刺绣④,坎贝尔则盘腿坐在长枕上,他们一直谈到凌晨两点。后来,他开始服用20毫克苯

---

① 参见坎贝尔《评估戴尼提》,载于《惊奇科幻》,1951年10月,第168页。——原注
② 参见坎贝尔写给詹姆斯·H. 施米茨(James H. Schmitz)的信,1970年2月20日。——原注
③ 本书作者查看了他们的听析笔记摘要,这份笔记最终达到1800页,装订后放在64个文件夹里,标记的日期主要是1951年10月到1953年11月,1954年到1956年的内容则比较少。参见吉姆·吉尔伯特(Jim Gilbert)发给本书作者的电子邮件,2018年1月30日。——原注
④ 参见本书作者对莱斯琳·兰达佐的采访,2016年7月29日。——原注

丙胺①，戴尼提集团曾经用这种苏醒剂辅助听析。他和佩格的讨论使他觉得自己好像被棒球棒打昏了头，然后，他就睡得很沉。有几次，他感觉自己"心里的弦绷得太紧了"②，担心自己会有心理缺陷，甚至担心自己会死掉。

佩格是唯一有能力对抗坎贝尔的人，阿西莫夫称其为"包住铁拳的天鹅绒手套"③。结婚后，佩格曾经问过坎贝尔："你觉得怎么样？"④他们的研究集中在这个问题上。坎贝尔在接下来的十年里都坚信自己即将取得突破。他相信自己拥有救世主般的能力，这点与哈伯德无异，两人的想法听起来也出奇地相似。有一天晚上，坎贝尔在床上坐起来，"脸上露出喜气洋洋的神色"⑤。他震惊地发现自己体内蕴藏着20亿年的遗传记忆，还说："佩格，我在本质上是不朽的！"

结果，坎贝尔很快就转到了奇怪的方向。由于逻辑没能阻止他过去的生活分崩离析，所以他开始将重点放在直觉上。他觉得直觉只不过是地表显示，下面是一个巨大的大陆，蕴藏着尚未开发的力量。"超能力"一词⑥最早出现在杰克·威廉森于1950年创作的一篇小说中，但坎

---

① 参见坎贝尔写给雷蒙德·F.琼斯的信，1954年10月28日。——原注
② 参见坎贝尔写给阿西莫夫的信，1957年9月21日。——原注
③ 参见阿西莫夫《阿西莫夫论科幻》，第199-200页。——原注
④ 参见坎贝尔写给"柯蒂斯夫人"（Mrs. Curtis）的信，1952年12月13日。——原注
⑤ 参见坎贝尔写给海因莱因的信，1951年3月6日。——原注
⑥ 参见杰克·威廉森《最伟大的发明》（The Greatest Invention），载于《惊奇科幻》，1951年7月，第56-96页。有人说"超能力"是"特异功能电子学"的合成词，但该词最初由威廉森创造，是从心灵异能的单位"异能值"（Psion）派生出来的。参见威廉森《奇迹之子》，第189页。——原注

贝尔主编早在多年前就对心灵感应和千里眼产生了兴趣[1]。戴尼提集团在过去高度重视超能力[2]，哈伯德不在的时候，坎贝尔开始对其进行更仔细的研究。他在给埃里克·弗兰克·拉塞尔的信中写道："我知道瞬移、空中飘浮以及心灵促动等自发性超能力现象的一般概念[3]。此外，我知道进行预知的一般基本规律。"

坎贝尔还认为他有能力把自己的意志强加于人。有一天在办公室里，坎贝尔对阿西莫夫说他将无法从椅子上举起手来。阿西莫夫的脸上掠过惊恐的神色："他的胳膊动弹不得。他试了，不像一个被催眠的人，他当时是有意识地想要打破魔咒。他完全清楚自己的情况。他不是被催眠了，而是被施了魔法，一种令人恐惧的古老魔运。"最终，坎贝尔主编允许阿西莫夫再次抬起胳膊[4]，阿西莫夫才得到解脱，但他从未提起过这件事。坎贝尔也同样震惊："吓死我了。"

1952年在芝加哥的世界科幻大会上，坎贝尔开始向"不同的作家和关键的科幻迷"[5]暗示自己对超能力感兴趣。不久之后，他首次在社论中提到了这个词[6]，称超自然力量只会在传统实验中引入噪声，而科幻小说则在超自然力量研究中占有优势。然而就像戴尼提一样，他想要

---

[1] 坎贝尔曾经在第二期《未知》中写道："这群默默无闻的人拥有某种意想不到的力量，可以直接感知到远方的事物，在心灵感应中达到心心相印，通过千里眼直接感知到事物的真相。这件事有那么奇怪？"参见坎贝尔以唐·A. 斯图尔特之名所著《陌生的世界》(*Strange Worlds*)，载于《未知》，1939年4月，第162页。——原注
[2] "对心灵感应和超感知觉进行了详尽的测试，而且每次都找到了解释，不需要读心术或透视眼。"参见哈伯德《戴尼提》，第320页。——原注
[3] 参见坎贝尔写给埃里克·弗兰克·拉塞尔的信，1952年10月1日。——原注
[4] 参见坎贝尔写给戈特哈德·冈瑟的信，1954年6月5日。——原注
[5] 参见坎贝尔写给老约翰·W. 坎贝尔的信，1953年5月18日。——原注
[6] 参见坎贝尔《不明智的知识》(*Unwise Knowledge*)，载于《惊奇科幻》，1953年10月，第6-7页与第160-162页。——原注

以一种读者能够接受的方式来介绍这种研究："等我自己能演示这些现象[1]，能够传达每一步演示所涉及机制的确切性质时，我才准备将其说出来。"

坎贝尔向一位不知名的记者透露了他的计划。1953年5月，他父亲在佛罗里达萨拉索塔（Sarasota）养老，因中风而导致左半身瘫痪[2]。在继母的催促下，他在多年后首次开始和父亲频繁通信。坎贝尔写的信常常显得情绪化，他还在因小时候的待遇而心怀怨恨，但同时也努力使自己的新兴趣给父亲留下深刻的印象："我是认真的[3]；这不是游戏，也不是业余爱好。有人会成为新的牛顿或爱迪生，这个领域有待开发。我有最好的小研究组织可以对任何人想过的高能思维进行研究：那就是科幻小说的作家和读者们。"

坎贝尔计划称他的主要项目为机缘公司[4]（Serendipity Inc.），该项目的起源出人意料。斯特里特与史密斯出版社的社长杰拉尔德·史密斯（Gerald Smith）在与癌症长期斗争后离开了这家公司，其继任者阿瑟·Z. 格雷（Arthur Z. Gray）出奇地愿意接受另类的想法。他不仅鼓励坎贝尔发展对超能力的兴趣，还把坎贝尔介绍给了一群想要投资超能力的商人。1954年，他对坎贝尔讲了韦尔斯福德·帕克这个人的事[5]。

帕克是安大略贝尔维尔的一位发明家，曾经花了20年时间研究他所说的探金器。对该机器最重要的测试是在几年前进行的。当时，寻宝人

---

① 参见坎贝尔写给埃里克·弗兰克·拉塞尔的信，1952年10月1日。——原注
② 参见坎贝尔写给劳拉·克里格的信，1953年5月5日。——原注
③ 参见坎贝尔写给老约翰·W. 坎贝尔的信，1953年5月18日。——原注
④ 参见坎贝尔写给吉布·霍金的信，1954年7月21日。——原注
⑤ 参见坎贝尔写给阿瑟·Z. 格雷的信，1954年5月25日。——原注

梅尔·查普尔[①]（Arthur Z. Gray）聘请帕克在橡树岛（Oak Island）上用他的仪器探金。这一小片陆地位于新斯科舍附近的海域中，从19世纪起就有传言说该岛是海盗的藏宝之地。但查普尔并没有找到什么宝藏，反而损失了3万多美元。

1954年春，坎贝尔和格雷前往贝尔维尔进行调查。坎贝尔检查了帕克的机器，那是一个外面带刻度盘的盒子，有各种各样的"电容器、真空管[②]、电线、电池"，还有一对由操作者手持的探测杆。据说，把某种矿物样本拿到附近时，探测杆就会转向那个方向，连可能有矿藏之地的照片都能引起这样的反应。

坎贝尔深信不疑："帕克不是傻瓜[③]，而是一位务实的杰出实验者。他发现了一种新的基本宇宙原理。"他推论说，探金器利用了所有人类中都存在的一种"冲动场"，也就是说，真正的探测器是操作者，而非探金器。他认为这种机器的最佳商业应用就是成为无线电的替代品。他们要做的就是制造一种可以互相探测到的设备，他估计不出两年就能完成。

坎贝尔愿意拿自己的钱去冒险。格雷的投资集团已经投入15万美元用于各种研究[④]。坎贝尔也投资了[⑤]，他买下了帕克万能接头有限公司（Parker Universal Contact Co., Ltd.）的一万股股票。他想要成为富翁，不仅仅是为了那些显而易见的原因，也为了证明他的正当性。坎贝尔

[①] 参见芬南（Finnan）《橡树岛的秘密》（*Oak Island Secrets*），第71页。——原注
[②] 参见坎贝尔写给阿瑟·Z.格雷的信，1954年5月25日。——原注
[③] 同上。
[④] 参见坎贝尔写给老约翰·W.坎贝尔的信，1954年6月24日。——原注
[⑤] 参见阿瑟·Z.格雷写给坎贝尔的信，1954年7月7日。——原注

当了大半辈子的主编，每年的收入为一万六千美元①。他对妹妹说："一个大疯子②要想成为天才，就必须是百万富翁，所以我要成为百万富翁。"

帕克的设备似乎是坎贝尔一直在寻找的重大发现，但有一个更加重要的考验即将到来。时隔六年，坎贝尔即将再次见到海因莱因，这不是一次普通的重逢。海因莱因仍然是坎贝尔所认识的最好的作家。坎贝尔现在还像以前那样迫切地想要招徕海因莱因——不是为了帕克机（Parker Machine），他要将帕克机留给那些投资者，而是为了戴尼提，为了他和佩格所进行的研究计划。这次会面将是坎贝尔最好的机会。

海因莱因和金妮最近环游世界回来了。在纽约和阿西莫夫共进晚餐后，金妮身体不适，所以乘飞机回科泉市了，而海因莱因则于次日前往芒廷塞德，"就是为了让约翰有机会③给我讲讲他在做的事情。"坎贝尔在信中描述过他的研究，但海因莱因感到费解："我不了解你的方法④，不了解你的研究方式，也不了解你究竟想干什么。我要到东边来才能弄清这些问题！"

1954年5月26日，海因莱因到达时，发现只有坎贝尔在家——坎贝尔安排佩格和女儿们外出了。这本身就令人吃惊，海因莱因从未见过佩格，也有很多年没见过他的教女了，但坎贝尔不想受到任何干扰。他将海因莱因领进地下室，没有问他的旅行情况，反而立刻开始讲他准备好的内容，向海因莱因倾诉他的痴迷。

海因莱因根本无法理解。听到坎贝尔说他正在研究距离的新定义

---

① 参见坎贝尔写给老约翰·W.坎贝尔的信，1953年5月18日。——原注
② 参见坎贝尔写给劳拉·克里格的信，1954年11月11日。——原注
③ 参见海因莱因写给G.哈里·斯泰恩的信，1954年7月18日。——原注
④ 参见海因莱因写给坎贝尔的信，1952年12月4日。——原注

时，海因莱因提出质疑，结果却被告知他的数学知识还不够，所以无法理解。坎贝尔后来称海因莱因也对他说过同样的话："他说我没有权利说[1]我是核物理学家，因为我没有足够的高等数学知识。"坎贝尔含糊地提到帕克机，可当海因莱因要求他多讲一点时，他却说那些详情是机密。

他们还重新就普通语义学展开了争论，坎贝尔在后来说他"大约五分钟后"[2]就将其抛诸脑后了。两人的讨论变得激烈起来。海因莱因觉得坎贝尔并没有认真研究过普通语义学，他一度表示反对："那不是我说的[3]，是科日布斯基说的。"坎贝尔反击道："磁带录音机会证明说那些话的是你的声音，不是科日布斯基的声音。你不需要对你引用的任何权威人士的话负责吗？"

回到厨房后，坎贝尔拍着海因莱因的胸口[4]说这项研究就像原子弹竞赛一样重要，还说海因莱因之所以缺乏严肃的社会目标是因为他没有孩子。这是一个沉重的打击。海因莱因想要孩子，但金妮从他们的医生那里了解到她丈夫不能生育。她从未告诉过他，但这件事在他们的生活中留下了一个缺憾。海因莱因强迫性地反复在他的小说中提到父亲的问题，他根本无法接受这种缺憾。

海因莱因忍无可忍。四个小时只是和佩格进行一次听析的时间，却超出了海因莱因的承受能力。他给他们在新墨西哥州研究火箭的朋友G.哈里·斯泰恩写了一封信，信中提道："他对我说教[5]，当着我的

---

① 参见坎贝尔写给戈特哈德·冈瑟的信，1954年6月5日。——原注
② 参见坎贝尔写给雷蒙德·F.琼斯的信，1954年6月15日。——原注
③ 同上。
④ 参见海因莱因写给坎贝尔的信，1955年1月6日。——原注
⑤ 参见海因莱因写给G.哈里·斯泰恩的信，1954年7月18日。——原注

面说的话前后矛盾,然后又迅速收回。他反复说我不懂,还说他做的那种研究很难,我没有耐心去做。一遍又一遍地说他的研究多么重要,多么具有革命性。"

两人不欢而散。海因莱因告诉斯泰恩:"胡扯了四个小时后①,我觉得自己受到了侮辱——不仅我的智商受到了最愚蠢的侮辱,我的人格和情感也受到了侮辱——他反复说我连简单的话都听不懂,还说我是个懒鬼,因为我没有放下一切去追随他!"坎贝尔则告诉斯泰恩:"那天晚上②,我学到了很多;而他却不愿意学习,所以什么都没学到。"

在斯泰恩看来,坎贝尔是"要将鲍勃拉进去"③,在这个过程中,他明确表示必须孤注一掷。发人深省的是,坎贝尔从未如此激烈地向阿西莫夫推销过戴尼提,因为阿西莫夫缺乏类似的使命感。海因莱因不喜欢这种压力:"我希望约翰会让我们的关系成为一段普通的友谊④,不要坚持让他的朋友们成为他的信徒。"他在给斯泰恩的另一封信中大吐苦水:"至于太空飞行⑤,到底是谁在为实现这个目标而辛苦工作?是你们这群忍受风沙的人……还是在新泽西州坐在安乐椅上发号施令的约翰·坎贝尔。"

那年早些时候,坎贝尔已经阅读过神经生理学家W. 格雷·沃尔特

---

① 参见海因莱因写给G.哈里·斯泰恩的信,1954年7月27日,转引自帕特森《学得更好的人》,第118页。——原注
② 参见坎贝尔写给戈特哈德·冈瑟的信,1954年6月5日。——原注
③ 参见坎贝尔写给G.哈里·斯泰恩的信,1954年9月7日。——原注
④ 参见海因莱因写给G.哈里·斯泰恩的信,1954年7月18日。——原注
⑤ 参见海因莱因写给G.哈里·斯泰恩的信,1954年7月27日,转引自帕特森《学得更好的人》,第118页。——原注

所著《活着的大脑》①（*The Living Brain*），其中描述了闪光灯如何引起癫痫发作。他想起了自己利用镜子的经历，所以在地下室里用闪烁的荧光灯造了一台"恐慌生成器"。他在家人身上试用时，佩格喉咙发紧，乔有了哮喘的感觉，皮迪感到头痛，但坎贝尔只为此担忧了十秒钟。他骄傲地指出，他有"免疫力"。

坎贝尔对自己的母亲不像以前那么无动于衷了，虽然她还是和以前一样难对付。有一次，她来看坎贝尔，惹得他勃然大怒，所以他决定采取行动。他和佩格所做的听析导致他变得说话直白，不留情面，和海因莱因说话时也是如此。坎贝尔给他的母亲和继父写了一封信，言辞粗暴得令人吃惊，篇幅长达九页："我要像一个成年人评判另一个成年人那样来评判母亲②。我认为她不可靠。"坎贝尔说她让自己小时候过得很痛苦，说她没有朋友，还说她是"恶毒的泼妇"。

那是1954年10月。第二周，就在他母亲66岁生日前——他母亲的双胞胎妹妹是在六年前去世的，飓风黑兹尔（Hurricane Hazel）扫过新泽西州。家里的灯熄灭了，电话也不通了，他母亲觉得不舒服。丈夫开车将她送到医院③，她后来死于冠状动脉血栓形成和动脉硬化。然而，坎贝尔在给西奥多·斯特金的信中提出了另一种观点：

> 我认为，导致她死于心脏病发作的诱因④是我阻止她针对

---

① 参见坎贝尔写给W.格雷·沃尔特博士的信（未寄出），1953年5月1日。几年后，威廉·S.巴勒斯（William S. Burroughs）、伊恩·萨默维尔（Ian Sommerville）与布里翁·吉辛（Brion Gysin）从这本书中获得灵感，制造了一种名为梦境机器的类似装置。参见巴勒斯《言辞抹除》（*Rub Out the Words*），第46-48页。——原注
② 参见坎贝尔写给多萝西·米德尔顿的信，1954年10月9日。——原注
③ 参见坎贝尔写给老约翰·W.坎贝尔的信，1954年11月2日。——原注
④ 参见坎贝尔写给西奥多·斯特金的信，1956年9月7日。——原注

佩格……我连续三次使她无计可施，一次比一次厉害……第四次，我更进一步，在特定的事例中告诉她，是什么迫使她这样做的。一周后，她就去世了。

坎贝尔似乎真的相信是他害死了他的母亲，仿佛他终于发现了母亲的一个弱点，就像他在《怪形》中塑造的主人公们对待受她启发而设计出的怪物一样。

坎贝尔的妹妹也在渐渐走出他的生活。1952年，劳拉在被派驻危地马拉期间皈依基督教①，她变得非常虔诚。而坎贝尔终生都是不可知论者，最近才开始称自己为"自然神论者"②。他不断地数落劳拉的新信仰："你已经找到了光明③，而且知道我是从外层的黑暗里说话，所以我说的话肯定没什么价值。"他还在这封信中更加直白地写道："基督教已经失败了。"④

皈依基督教后，劳拉给她的儿子劳伦斯（Laurence）读小说《狮子、女巫与魔衣橱》（*The Lion, the Witch, and the Wardrobe*）。想到儿子喜欢狮子阿斯兰（Aslan）胜过耶稣，她觉得不安，所以联系了这部小说的作者C. S. 刘易斯（C. S. Lewis）。刘易斯在回信中安慰她道："他肯定是个非常出色的孩子。"⑤劳伦斯在后来开始与刘易斯通信，余生都将其视为良师益友。但他和舅父坎贝尔却没么亲近，虽然坎贝尔和

---

① 胡珀（Hooper），载于刘易斯《书信集》（*Collected Letters*），第602页。——原注
② 参见坎贝尔写给"皮斯"的信，1953年2月10日。——原注
③ 参见坎贝尔写给劳拉·克里格的信，1954年8月10日。——原注
④ 同上。
⑤ 参见C.S.刘易斯写给菲林达（劳拉）·克里格[Philinda（Laura）Krieg]的信，1955年6月6日，转引自刘易斯《书信集》，第602-603页。——原注

刘易斯都是臆想小说作家,都用他们的立场建议读者如何生活,而且到了中年,他们的信念都会受到意外悲剧的考验。

1955年6月6日,年过四十岁身体发福的约瑟夫·温特[1]自己将一台沉重的摩托艇发动机搬到了卡车的车厢里。他觉得胸口痛,却没有去治疗。等弄清楚他患了心脏病的时候,已经太迟了。两天后,温特在新泽西州恩格尔伍德(Englewood)去世,丢下了他的妻子和孩子们。多年之后,哈伯德提及他去世的事:"有些人去世[2]是因为他们攻击过我们,比如乔·温特医生,他只是意识到自己的所作所为,然后就死了。"

温特的去世让坎贝尔和佩格大感震惊,导致他们开始实施那个拖延已久的行动方案。十几年中,他们实际上都将海因莱因看作皮迪和莱斯琳的教父。即便是在海因莱因夫妇离婚后,这个非正式的约定也依然存在。在温特去世的第二天,坎贝尔给艺术家弗兰克·凯利·弗里亚斯[3]打电话说,如果他或佩格有什么意外,希望这位密友能做他那几个孩子的监护人。

一周后,在6月17日周五,乔·卡尼[4](Joe Kearney)在芒廷塞德的继父家里早早起床。上周,他拿到了威廉姆斯学院(Williams College)的学士学位,所以有理由对自己的未来感到乐观。他以全班第十六名的

---

[1] 温特的死亡细节摘自:坎贝尔写给吉布·霍金的信,1955年6月8日;坎贝尔写给阿西莫夫的信,1958年4月6日;坎贝尔写给约瑟夫·古德维奇(Joseph Goodavage)的信,1965年1月23日。——原注
[2] 参见哈伯德《正义手册》(*Manual of Justice*),第8页。——原注
[3] 参见坎贝尔写给弗兰克·凯利·弗里亚斯与波莉·弗里亚斯(Polly Freas)的信,1955年6月10日。——原注
[4] 乔·卡尼的事故信息摘自:坎贝尔《设计缺陷》,载于《惊奇科幻》,1955年10月,第85-94页;坎贝尔写给吉布·霍金的信,1955年6月17日;坎贝尔写给老约翰·W.坎贝尔的信,1955年6月18日;坎贝尔写给G.哈里·斯泰恩的信,1955年6月19日;坎贝尔写给德怀特·韦恩·巴特奥的信,1955年6月20日;坎贝尔写给戈特哈德·冈瑟的信,1955年6月20日。——原注

乔·卡尼，摄于1955年，威廉姆斯学院院史室和特色馆藏提供

优等生身份毕业，还获得了福特基金会（Ford Foundation）的奖学金，秋天要去哈佛攻读社会学。早在两年前，他就给阿西莫夫留下了深刻的印象，后者认为他是"一个很迷人很聪明的年轻人"[1]。

吃过早饭后，乔开着他的普利茅斯轿车动身前往芝加哥去找他的未婚妻，然后要去西北大学（Northwestern）上暑期班。佩格当时在为弟弟伤心，但她从儿子身上得到了安慰，还参加了他的毕业典礼。坎贝尔在给一位朋友的信中写道："这对佩格来说是件好事[2]；她的世界中有一个人可能消失了，但也有一个人做得非常好。"

那是一个晴朗的早晨，乔在路上度过了一段美好的时光。出发五个小时后，到了中午时分，他沿着宾州收费公路（Pennsylvania Turnpike）在新巴尔的摩小镇（New Baltimore）中穿行，速度为法定时速70英里。在他正前方有一辆速度略慢的铰接式卡车，上面载有20吨熔渣，那是金属从矿石中熔炼后剩下的玻璃状废料。

乔以很高的速度撞了上去。卡车车厢剐掉了普利茅斯的引擎盖，猛地撞到了挡风玻璃上。他只来得及从方向盘上抬起左手挡住自己的脸。他的头盖骨被压碎了，除此之外，只有一条手臂骨折和一些擦伤。如果

---

[1] 参见阿西莫夫写给坎贝尔的信，1953年1月10日。——原注
[2] 参见坎贝尔写给吉布·霍金的信，1955年6月8日。——原注

他当时趴到副驾驶座上,可能就活下来了。人行道上没有留下打滑的痕迹,表明他根本没有踩过刹车。

这起事故发生在圣约翰浸礼会教堂(St. John the Baptist Church)的加尔默罗会修道院附近。该教堂俗称为收费公路教堂(The Church of the Turnpike),俯瞰着这条公路,有一组混凝土台阶沿着山坡通向公路。几位修道士赶紧来救人,帮忙的还有一位路过的医生。乔再也没恢复意识,但他并没有立即死亡。十分钟后,出血扩散到大脑的运动区,他的心脏和肺才停止跳动。

前一天,乔接受了常规体检——他有一位同学被诊断出患有白血病,所以他也安排了一次体检。有人在他的行李中发现了维生素的处方。他的医生接到通知后,给坎贝尔夫妇打了个电话。

电话铃响起的时候,佩格并不在家,她出去买菜了。她回来后,只看了一眼丈夫那已经苍白的脸色,就知道出事了。

她问出了什么事,坎贝尔盯着她看了好一会儿。"真是苦了你了,宝贝[①]。你最好先坐下来。"

佩格立刻想到了不可思议的事情:"怎么了?不是乔吧?他出事了?"

坎贝尔尽可能直截了当地告诉她:"在收费公路上当场死亡。他撞到了卡车上。"

"不,"佩格说道,她的第一直觉是不相信地否定,"不可能……"

坎贝尔自己也感到震惊,他一直在想如何把这个消息告诉佩格,最后故意把它说得很平淡。他直接将这件事告诉她,就是希望她能进行否

[①] 参见坎贝尔写给戈特哈德·冈瑟的信,1955年6月21日。——原注

认。他将其比作滑移机制,比如汽车的离合器,这种机制可以防止更大的破坏。他在一封信中叙述了当天发生的事件,将其效果比作科幻小说的效果:"它让人未雨绸缪①。"

那天下午晚些时候,医生给佩格开了镇静剂。坎贝尔回忆道:"服药后,佩格并没有犯困②,而是有点欣快……一切都显得没那么重要了。"在事故发生后的日子里,佩格有很多时间都和简在一起。简和乔的未婚妻一起在韦尔斯利学院上学。最难熬的时刻是有人从宾夕法尼亚州贝德福德寄来了她儿子的私人物品,其中包括他的钢表带,已经扭曲变形了。坎贝尔写道:"佩格大为震惊③,她还没有完全想通,但我并不感到吃惊,这完全符合我已经想象出的完整画面。"

但坎贝尔也经受了一种煎熬。他在三天中着魔般地重温那次撞车事故,就像死的人是他一样:"这整段经历④包括在公路上开车、卡车撞到挡风玻璃上、情感冲击、物理冲击,然后又是在公路上开车。"他在自己的车里变得紧张起来:"我不敢像往常那样开车去火车站,因为我现在知道,某种至今还未察觉的危险正潜伏着。"

坎贝尔越想这次事故越难以理解。官方解释说是因为乔打瞌睡了,但坎贝尔不肯相信。前一天晚上收拾行李时⑤,乔还提到了长途驾驶疲劳的风险,所以他睡了八个小时。上路前,还检查过那辆普利茅斯。撞车后,乔的心脏还在跳动,这意味着他并没有丧失驾驶能力。

不可避免的结论是,这起撞车事故是由某种外部因素造成的。事故

---

① 参见坎贝尔写给哈里·斯泰恩的信,1955年6月19日。——原注
② 参见坎贝尔写给戈特哈德·冈瑟的信,1955年6月21日。——原注
③ 参见坎贝尔写给戈特哈德·冈瑟的信,1955年6月28日。——原注
④ 同上。
⑤ 参见坎贝尔《设计缺陷》,载于《惊奇科幻》,1955年10月,第88页。——原注

发生还不到一天，坎贝尔就开始相信自己找出了那种因素。害死乔的是公路催眠[1]——一种由驾驶行为造成的恍惚状态。车轮的声音、发动机的嗡嗡声和单调的风景都为灾祸创造了条件。

在得出这个解释后，坎贝尔对开车的恐惧马上就消失了，但也导致了更深层次的良心危机。在解决公路催眠的问题时，他利用了事故发生前就已经掌握的信息，从而得出了一个可怕的结论："我本来可以提醒乔的[2]。我本来可以救他的命。我确实解决了这个问题，这证明我本来可以在几周前就解决的。"坎贝尔决定，除非他能心平气和地对自己说"我对乔的死感到内疚"，否则他永远都不会得到安宁。

这种说法并不合理，却指明了前进的方向。坎贝尔将会对那种害死继子的看不见的危险进行报复，他将其拟人化为小说中那种反派人物："如你所见，我要向害死乔的凶手复仇[3]。"后来，他在给阿西莫夫的信中写道："乔·卡尼牺牲了[4]。我们正在探索当前的人类心理机制与高能量、高性能、持续运转时间极长的机器运转之间存在什么样的关系，乔召唤了一个强大到无法对付的恶魔，结果被它害死了。"

坎贝尔的整个职业生涯都在为这场战斗做准备，他立即开始寻找盟友："我想要团结这批人[5]，走上为乔复仇之路。"他从各方寻求

---

[1] 坎贝尔首次提及公路催眠是在乔去世后的第二天，参见坎贝尔写给老约翰·W. 坎贝尔的信，1955 年 6 月 18 日。最早载有该词的出版物见格里菲思·W. 威廉斯（Griffith W. Williams）《公路催眠：我们最新的危险》(*Highway Hypnosis: Our Newest Hazard*)，载于《大观》(*Parade*)，1949 年 8 月 21 日。——原注
[2] 参见坎贝尔写给戈特哈德·冈瑟的信，1955 年 6 月 28 日。——原注
[3] 参见坎贝尔写给老约翰·W. 坎贝尔的信，1955 年 8 月 1 日。——原注
[4] 参见坎贝尔写给阿西莫夫的信，1956 年 1 月 20 日。——原注
[5] 参见坎贝尔写给戈特哈德·冈瑟的信，1955 年 6 月 21 日。——原注

帮助①,其中有县议会、公路管理处、三大汽车公司,还有他手下的作家,包括威尔·詹金斯,不过他明显没能使海因莱因参与其中。为了动员那些作家和读者,他努力写了一篇名为《设计缺陷》②(Design Flaw)的文章。当这篇文章在10月刊中发表时,阿西莫夫将其看作坎贝尔写过的最有力的文章③。

有一个转折配得上坎贝尔的故事。他认为公路催眠对高智商人群的影响不成比例——一个人越能集中注意力,陷入恍惚的风险就越高,也就是说,公路催眠会害死"那些好人"④。为了克服公路催眠,心理学必须服从工程学科:"要解决这个问题⑤,必须阐明其中所涉及的基本心理机制……不管是心理学家、信息论专家,还是非洲巫医,我们一点都不在乎解决之人的身份;唯一的考量就是,这个问题必须解决。"

坎贝尔很少允许自己在杂志上显得如此脆弱。在这篇文章发表后,读者纷纷来信,提出可能的解决方案。坎贝尔对这些讨论表示欢迎,但同时也告诫读者不要忽视大局:"要解决这个问题,有必要采取务实的

---

① 参见坎贝尔写给戈特哈德·冈瑟的信,1955年6月21日;坎贝尔写给吉布·霍金与伯纳德·I.卡恩的信,1955年6月22日;坎贝尔写给辛格尔顿·希勒上尉(Capt. Singleton Shearer)的信,1955年6月27日;坎贝尔写给老约翰·W.坎贝尔的信,1955年7月26日。——原注
② 这篇文章与G.哈里·斯泰恩的一篇小说同名,那是他以李·科里(Lee Correy)之名创作的,发表在《惊奇科幻》1955年2月刊中。坎贝尔在读过《活着的大脑》后设计出了故事情节——制导面板的闪烁会导致一系列的飞机事故,于1954年4月10日写信告诉斯泰恩。事故发生后,坎贝尔于1955年6月19日写信给斯泰恩,在信中提道:"我的继子乔·卡尼死在宾州收费公路上,他亲身验证了《设计缺陷》中的基本机制。"——原注
③ 参见阿西莫夫《阿西莫夫论科幻》,第200页。——原注
④ 参见坎贝尔《设计缺陷》,载于《惊奇科幻》,1955年10月,第94页。——原注
⑤ 同上。

试错方法①，但是也有必要从根本上解决'什么是催眠'的问题。"他知道这个项目需要综合从汽车设计到公路规划等许多学科。现在他怀疑，在开始研究之前，还需要集中解决"思维的本质是什么"的问题。

然后，坎贝尔开始慢慢退缩，这是必然的结果。事故发生六周后，坎贝尔在给一位朋友的信中写道："我已经放慢了反催眠运动的速度②，这是有原因的。如果做不到心中有数，不知道所做之事是否会有效果，那么试图让某人做某事就是没有意义的。到目前为止，人们对催眠了解甚少，所以尝试做某事纯粹是在试错。"其中所涉及的问题似乎难以理解："要给'现实'下定义③，以便我们能够区分'现实''幻觉''幻想'和'错觉'，其中包括从根本上解决'思考'过程的本质问题。"

坎贝尔几乎是马上就从他的运动中分心了，他一贯如此——缺乏成为真正科学家的耐心，往往会为了下一个诱人的可能性而突然放弃某些项目。但乔的死亡对他来说太痛苦了，所以他无法彻底放弃。坎贝尔断定，答案是超能力，因为超能力可以充当大脑客观数据的来源④。然后就向"基本心理机制"迈出了一小步，该机制将会阐明其继子的死因。这在科幻小说的历史中是一个转折点，虽然再也没有人提起过乔，但他提供了不言而喻的动机，到最后都萦绕其中。

帕克机已经失败了，但帕克拒不提供帕克机研究的关键细节。他们

---

① 参见坎贝尔编"基本实情"栏目，载于《惊奇科幻》，1956年2月，第152页。——原注
② 参见坎贝尔写给德怀特·韦恩·巴特奥的信，1955年7月27日。——原注
③ 同上。
④ "我们必须研究超能力，因为只有超能力才是源于主观力量的客观可见的现象……超能力现象代表可以客观观察的主观现象。"参见坎贝尔《我们必须研究超能力》(*We Must Study Psi*)，载于《惊奇科幻》，1959年1月，第162页。——原注

又去了一次贝尔维尔①，然后，这个计划就逐渐被搁置了。继子出事后不久，坎贝尔从亨利·格罗斯上校②（Colonel Henry Gross）那里得到一条比较有希望的线索。格罗斯是宾夕法尼亚州一个团体的成员，该团体想要卖超能力机器。在格罗斯的提醒下，坎贝尔注意到了盖伦·希罗尼穆斯（Galen Hieronymus）的研究。这位佛罗里达发明家研制的仪器乍一听也像矿物探测器，但与帕克不同的是，他实际上已经为这项设计申请了专利。

坎贝尔没有联系希罗尼穆斯，而是自己组装了这套设备。其外形是一个扁平的盒子，一端有拾波线圈，中间有旋钮，螺旋铜线上夹着一块触板。根据专利说明书，将矿物样本放在线圈附近——坎贝尔用的是一大块铅，然后转动旋钮，使一块棱镜旋转起来，同时用另一只手轻触触板。据说，当棱镜与样本发出的辐射对齐时，触板应该有黏黏的感觉。

组装好后，坎贝尔叫来了当时才10岁的幺女莱斯琳。女儿们已经习惯在家里帮他做实验了，这次似乎也没什么不同。"你轻触这块塑料板③，同时转动旋钮，直到感觉塑料板起了变化为止。"

"感觉起了变化？"莱斯琳问父亲，"什么意思？什么样的变化？"

"嗯，应该是你告诉我。"坎贝尔答道，"可能会突然感觉它像小猫一样毛茸茸的，也可能会感觉它好像变成了一个碗，不再是平的。你来转旋钮，然后告诉我。"

莱斯琳照做了。一分钟后，她说道："感觉有点像柏油。如果我用力按的话，手指可能会被粘住。"

坎贝尔变得兴奋起来。他打电话给佛罗里达的希罗尼穆斯，两人

---

① 参见坎贝尔写给韦尔斯福德·帕克的信，1954年11月1日。——原注
② 参见坎贝尔写给盖伦·希罗尼穆斯的信，1956年6月19日。——原注
③ 参见坎贝尔《Ⅰ型灵能机》（*Psionic Machine—Type One*），载于《惊奇科幻》，1956年6月，第106-107页。——原注

又想出了一个试验①。像帕克一样，希罗尼穆斯称这台机器可以对照片起作用，还说可以用来远距离杀灭害虫。坎贝尔给他寄去一棵樱桃树的快照，还有一根带几片叶子的小树枝。结果让坎贝尔大为惊奇："不出三天，上面所有的黄褐天幕毛虫都掉了下来，死了，正如他所预料的那样。"多年以后，坎贝尔对作家波尔·安德森说他就是从那时开始认真对待超能力的："我亲眼所见。"②

坎贝尔为公布结果做好了准备，甚至在他私下冒险进入奇怪的领域时也是如此。希罗尼穆斯透露说这台机器在核试验期间停止运转了③，坎贝尔对此颇感兴趣。不过，最奇怪的发现是这位主编自己做出的——即使拔掉插头，这台机器也能运转。因此，他做了一系列实验。提及这些实验时，他隐晦地写道："我的坎贝尔机④是从希罗尼穆斯机衍生而来的。它也能运转，只是其设计基础过于离奇，导致希罗尼穆斯机显得平平无奇。"

但坎贝尔还不准备将其公之于众，反而继续请作家们试用希罗尼穆斯机，其中有一位最不可能接受它的作家。1956年3月28日，阿西莫夫将他的小说《裸阳》送到坎贝尔主编家，后者要求他测试这台机器。他应该拒绝的，可又觉得有必要迁就坎贝尔。不过，他在后来承认："我不再相信⑤他的判断严格完整了。"

阿西莫夫转动旋钮，却没有任何发黏的感觉。然而过了一会儿，指尖就冒汗了。他迟疑地说道："坎贝尔先生，这块板感觉有点滑⑥。"

---

① 参见坎贝尔写给波尔·安德森的信，1968年3月18日。——原注
② 同上。
③ 参见坎贝尔写给克劳德·香农的信，1957年5月22日。——原注
④ 参见坎贝尔写给"弗雷医生"（Dr. Frey）的信，1956年5月26日。——原注
⑤ 参见阿西莫夫《欢乐如故》，第53页。——原注
⑥ 同上。

"啊哈！"坎贝尔把刻度盘上的读数记了下来，"没有发黏！"

在1956年6月刊中，坎贝尔对希罗尼穆斯机进行了详细的描述，还说他希望将来能发表类似的文章："我们刊载的文章[①]将非常不权威，非常不可靠，非常不连贯，还会被严重曲解。"然而，他在超感知觉的研究上划清了界限，因为超感知觉太不可靠，根本无法进行测试。相比之下，有《惊奇科幻》杂志作为实验数据的交换中心，任何人都可以造出一台设备。

次年在2月刊中，坎贝尔将他在发表第一篇文章之前就已经在秘密研制的坎贝尔机[②]公布于众。那是"符号版"希罗尼穆斯机。除了盒子外面有一个毫无意义的开关和一个指示灯，它不使用任何电子零件。坎贝尔将其余的组件都换掉了。他用墨水画了一个电路图，用一张纸做了块触板，然后从佩格的针线筐里找了一段尼龙线，将所有的零件连接起来。结果依然能运转。

坎贝尔得出的结论是，重要的是各部分之间的关系，而不是机制本身。这听起来很离奇，他对此感到高兴。然而，他从未对这两种版本进行过明显的测试，而且拒绝了进行测试的要求，坚称自己只是个业余爱好者："我不必为自己的直觉辩护[③]，也不必做任何你认为我应该做的实验。"当初帕克就是因这种态度而激怒了他。坎贝尔不愿意受人压制，结果破坏了认真调查这个问题的所有尝试。

许多人持怀疑态度。有一位科幻迷问坎贝尔，希罗尼穆斯机是否像

---

① 参见坎贝尔《超能力问题》(*The Problem of Psionics*)，载于《惊奇科幻》，1956年6月，第5页。——原注
② 参见坎贝尔《无法证实的猜测》(*Unprovable Speculation*)，载于《惊奇科幻》，1957年2月，第54-70页——原注。
③ 参见坎贝尔《无法证实的猜测》，载于《惊奇科幻》，1957年2月，第70页。——原注

阿西莫夫那些关于硫代噻肟的文章一样只是个玩笑①。这个暗示似乎吓坏了坎贝尔主编。贝尔飞机公司（Bell Aircraft）和兰德公司②（RAND Corporation）寄来询价书，克劳德·香农也提出要对其进行测试③，但始终没找到合适的时机。坎贝尔很快就转到了别的事情上，希罗尼穆斯本人也感到这位主编迟迟不接受他的作品。坎贝尔说，这台符号机器之所以能运转是因为墨水有传导力量的能力，但涉及严肃的研究时，它就"毫无"④价值了。

关于超能力的文章和故事在《惊奇科幻》中占据主导地位，影响了这本杂志的质量。有时候，坎贝尔似乎脱离了小说——他更感兴趣的是自己在贝尔实验室、哈佛大学计算机实验室（Harvard Computer Lab）和麻省理工学院的人脉⑤，但他还在继续给作家们提供创意⑥。他对

---

① 罗宾·约翰逊（Robin Johnson）所写，载于邦松《坎贝尔：澳大利亚的敬意》，第10页。——原注
② 参见坎贝尔写给盖伦·希罗尼穆斯的信，1957年2月4日。——原注
③ 参见坎贝尔写给G.哈里·斯泰恩的信，1957年7月31日。——原注
④ 参见希罗尼穆斯《物质辐射能的故事》（The Story of Eloptic Energy），第123-124页。——原注
⑤ "贝尔实验室、通用电气（G.E.）实验室、杜邦（DuPont）、普强（Upjohn）、立达（Lederle）、布鲁克海文国家实验室（Brookhaven）和麻省理工学院等都对我表示欢迎。"参见坎贝尔写给海伦·坎贝尔（Helen Campbell）的信（未寄出），1953年5月11日。他经常去坎布里奇，经常通信的人中有在麻省理工学院教授本科创造力课程的约翰·阿诺德、发明家与前摔跤手迈克·米哈拉基斯（Mike Mihalakis），还有哈佛与塔夫茨大学（Tufts）的德怀特·韦恩·巴特奥，这位杰出的实验工作者于1967年不幸去世。——原注
⑥ 这个时期根据坎贝尔的创意完成的作品包括雷蒙德·F.琼斯所著《噪声级》（Noise Level）以及马克·克利夫顿与弗兰克·赖利（Frank Riley）所著《他们宁愿是对的》（They'd Rather Be Right）。克利福德·西马克所著小说《帝国》改写自坎贝尔主编早期未卖掉的一篇小说："《帝国》基本上是改写约翰所构思的情节。我可能采纳了他的一些创意和情节，但是没有用他的文字。当然，我也设法使他塑造的人物人性化。"西马克，转引自柯里（Currey）《科幻与奇幻作家》（Science Fiction and Fantasy Authors），第446-447页。——原注

阿西莫夫讲了一个人能在空中飘浮的故事前提，后者将其写成了《信念》（Belief）。他们又发表了《硫代噻肟的微观精神病学应用》（The Micropsychiatric Applications of Thiotimoline），其中提出了一种将心理学变成"精密科学"的方法。这篇文章刻意模仿戴尼提，坎贝尔将其刊载出来，也许是一种微妙的报复行为。

20世纪50年代初出现了几部经典著作，其中包括哈尔·克莱门特（Hal Clement）的《重力使命》（Mission of Gravity）。但这个年代最著名的小说是汤姆·戈德温（Mission of Gravity）的《冷酷的平衡》（The Cold Equations），讲的是一位飞行员为了防止自己的救援飞船坠毁而被迫抛掷一名偷渡少女的故事。在戈德温的初稿中，结局是这名少女活了下来。坎贝尔主编严厉地说道："你骗了我①。我接受的是飞船不能带着那名偷渡者着陆——你说这是条件，结果却是哄骗我，做了你说不能做的事。"他让戈德温反复改写结局，直到那名少女死去才罢手。

坎贝尔偶尔会想回到小说上，《月球是地狱》②终于刊载出来了。他还在时隔多年后，新写了一篇名为《理想主义者》③（The Idealists）

---

① 参见坎贝尔写给汤姆·戈德温的信，1953年10月29日。在这篇小说提交时，坎贝尔已经对"贬抑观点法"产生了兴趣，该方法要对某种看似站不住脚的观点做出解释。《冷酷的平衡》旨在削弱人类牺牲不可接受的前提："所以我们故意忍痛牺牲一个年轻漂亮的女孩……让读者接受这种设定是合理的！"参见坎贝尔写给德怀特·韦恩·巴特奥的信，1954年8月13日。——原注
② 劳埃德·埃希巴赫（Lloyd Eshbach）的幻想出版社（Fantasy Press）于1951年出版这部小说时只对其进行过极少的修订。——原注
③ 该选集是指雷蒙德·J.希利（Raymond J. Healy）所编《九个时空传说》（Nine Tales of Space and Time），纽约，亨利·霍尔特出版社，1954年。坎贝尔这篇小说没有对读者产生明显的影响，但是他将其看作对科幻体裁的重塑，比得上他以唐·A.斯图尔特之名发表的作品："直到动笔写这个故事的前一天，我还在学习新的基本哲学要素。"参见坎贝尔写给雷蒙德·J.希利的信，1953年10月10日。——原注

的小说，收录在一本原创文集中。但是，坎贝尔更喜欢为他人提供创意。在寻找可靠的作家时，他结识了两个不太可能的人[1]。罗伯特·西尔弗伯格当时正在哥伦比亚大学读书。1955年，作家哈伦·埃利森将他介绍给了邻居兰德尔·加勒特（Randall Garrett），后者向西尔弗伯格提议合写一部连载小说。他们开始按照坎贝尔对人类和外星人的偏好拟定故事大纲。当大纲完成时，加勒特说要亲自去推销。

西尔弗伯格惊讶地来到坎贝尔主编在东45街（East Forty-Fifth Street）的办公室，在这里可以看到联合国大楼。加勒特郑重地说："这是罗伯特·西尔弗伯格[2]，一位优秀的新晋科幻作家。"坎贝尔听了他们的创意，接着颠倒了他们的故事前提——主人公不该是人类科学家，应该是外星人，还让他们将其写成一系列中篇小说。西尔弗伯格带着其中的第一部来杂志社时，坎贝尔当场就买下来了。

看到西尔弗伯格时，坎贝尔主编想起了那位毕业于哥伦比亚大学的犹太神童，从而意识到西尔弗伯格可能也是一位可造之才："鲍勃·西尔弗伯格（Bob Silverberg）是个好孩子[3]，我喜欢这个年轻人，就像当初喜欢艾萨克·阿西莫夫一样……鲍勃需要时间和经验；艾萨克在20年前也是如此。"至于西尔弗伯格，他简直不敢相信自己会有这种好运："约翰·坎贝尔竟然买了我的小说，我想想就兴奋[4]……我翻来覆去地想着这件事，整晚都没有睡着。"

---

[1] 参见西尔弗伯格《异时空》(*Other Spaces, Other Times*)，第41-43页。——原注
[2] 参见罗伯特·西尔弗伯格与本书作者往来的电子邮件，2016年9月20日。——原注
[3] 参见坎贝尔写给E.E.史密斯的信，1959年5月26日。——原注
[4] 罗伯特·西尔弗伯格所写，载于索尔斯坦（Solstein）与穆斯尼克（Moosnick）《坎贝尔科幻小说的黄金时代》(*JWC's Golden Age of Science Fiction*)，第29页。——原注

简·卡尼，摄于20世纪50年代初，莱斯琳·兰达佐提供

还不到一年，西尔弗伯格和他的搭档实际上就开始通过将坎贝尔提供的创意写成小说[1]来维持生计了。兰德尔·加勒特经常去芒廷塞德拜访这位主编，成了他家的常客。加勒特是得州人，留着大胡子，在科幻界是出了名的酒鬼和性侵者[2]，所以他可能是最不像坎贝尔的人，但出人意料的是，这两个人走得越来越近。有一次去拜访坎贝尔时，加勒特结识了简·卡尼。

加勒特开始和坎贝尔的继女交往，这个发展非常惊人，他很快就向简求婚了。简从学校回来过暑假时遇见了加勒特。大约两周后，她就爱上了他。起初，坎贝尔是赞成的。他对心理很感兴趣，却看不到加勒特的个人问题。后来，简和加勒特宣布订婚，预定来年8月举行婚礼，当时，他似乎还为两人的结合感到高兴。

私下里，加勒特对自己的意图直言不讳[3]。他向西尔弗伯格夸耀说他跟简在一起很自由，还公然嘲笑她的长相——她很瘦，近乎骨瘦如

---

[1] "我自己亲手写与确保西尔弗伯格与加勒特完全按照我的方式写有什么区别呢？"参见E.E.史密斯写给坎贝尔的信，1959年4月20日。——原注

[2] "听着被加勒特捏屁股的那些女人的尖叫声……就可以知道他的行踪。"参见弗兰克·赫伯特《兰德尔·加勒特》(*Randall Garrett*)，载于加勒特《兰德尔·加勒特最佳小说选》(*The Best of Randall Garrett*)，第135页。——原注

[3] 参见罗伯特·西尔弗伯格发给本书作者的电子邮件，2016年9月21日。——原注

柴，坎贝尔曾随口在一封信中说她"胸部发育不良"[1]。加勒特说他愿意忽视这些缺点，成为坎贝尔主编的姻亲，从而获得那种声望。他将之视为自己的大好机会。

1956年秋，有一次去麻省理工学院时，坎贝尔对阿西莫夫说了简和加勒特订婚的事，以为会得到他的恭喜。可阿西莫夫并没有表示恭喜，反而突然沉默下来。他们当时坐在一辆光线昏暗的汽车里，坎贝尔看不清他的表情。"怎么了，艾萨克？[2]你不赞成吗？"

阿西莫夫左右为难。他喜欢加勒特，还在大会上和此人开过玩笑，但他最终因忠于坎贝尔而动摇。"我确实不赞成。兰德尔很有才气，慷慨至极，也善良至极。但我不知道他是否适合你的女儿。"

听了阿西莫夫的话，坎贝尔对加勒特的态度变了，也可能是他意识到了那些自始至终都显而易见的问题，旋即开始对简和加勒特的婚约表示反对。当加勒特承诺要改变他的行为时，坎贝尔将其当作自己的新项目，在家里对加勒特进行了为期三个半月的治疗[3]，其中有几次听析还录音了。这位主编坚持要播放一盒磁带的录音[4]给阿西莫夫听，阿西莫夫表示这不关他的事，但他的反对根本没用。坎贝尔还说，加勒特"猜到"[5]阿西莫夫诋毁他的事了，结果，这两位作家疏远了好几年。

治疗结束后，婚约就解除了。但是几个月后，坎贝尔愉快地联系上加勒特，要给他提供一个故事创意："我很久[6]没有收到过你的信了，不知道你是否还在写作。"简去了湾区（Bay Area），后来嫁给了加州

---

① 参见坎贝尔写给约瑟夫·温特的信，1953年5月7日。——原注
② 参见阿西莫夫《欢乐如故》，第78页。——原注
③ 参见坎贝尔写给伯纳德·I.卡恩的信，1957年2月20日。——原注
④ 参见阿西莫夫《欢乐如故》，第78—79页。——原注
⑤ 参见阿西莫夫《欢乐如故》，第79页。——原注
⑥ 参见坎贝尔写给兰德尔·加勒特的信，1957年11月11日。——原注

大学伯克利分校生物化学系主任的儿子约翰·艾伦（John Allen）。最终，他们离婚了。坎贝尔在后来说，简爱上了她遇见的前两个能够启发思维的男人，一个是"懒鬼"，还有一个是"不折不扣的废物"[1]。

在坎贝尔看来，皮迪和莱斯琳的情况比较好。两姐妹中，皮迪任性冲动，难以管教。她的学习成绩不好，而且有点胖。坎贝尔并不总是极有耐性去教导自己的孩子，但他能非常搞笑。听到皮迪说脏话后，他对她说，等她的个子高到可以够到门框顶上时才能开始说脏话。六年后，皮迪向坎贝尔提起这个约定，还证明她能够到门框顶上了。坎贝尔回道："嗯，该死的[2]，你能够到了。"然而，皮迪对坎贝尔的各种事业都毫无兴趣，她最终去了俄亥俄州立大学。

坎贝尔说在他的几个女儿中，莱斯琳"最聪明，最体贴"[3]，他最喜欢这个女儿。但她并不喜欢科幻小说，反而喜欢马。1958年4月4日，她在公路旁的田野里骑着朋友的马，没有用马鞍[4]。他们和公路之间隔着一排灌木和荆棘。她骑的马毫无预兆地跳过隔离带跃到车流中，结果撞到一辆汽车，从那辆车的引擎盖上滚过去，断了一条腿。莱斯琳被混凝土分隔带绊到，如果她摔得很重的话，这可能就是一起致命的事故了。

但莱斯琳并没有摔倒，只是一只脚踝骨折，臀部留下了一块意大利晚霞般的颜色[5]。坎贝尔来到医院，冲进她的病房，开门见山地问道：

---

[1] 参见坎贝尔写给莱斯琳·坎贝尔的信，1965年10月17日。——原注
[2] 参见坎贝尔写给里克·库克（Rick Cook）的信，1970年9月24日。——原注
[3] 参见坎贝尔写给阿西莫夫的信，1962年1月1日。——原注
[4] 参见本书作者对莱斯琳·兰达佐的采访，2016年7月29日。——原注
[5] 参见坎贝尔写给卡尔·A.拉森（Carl A. Larson）的信，1969年12月9日。——原注

"发生了什么事?"① 他利用从哈伯德那里学来的一种技巧,迫使莱斯琳讲出这件事的每个细节,直到她厌烦为止。这个方法似乎奏效了——第二天早上,她的脚踝几乎不痛了。

"莱斯琳的开端正常。"② 坎贝尔曾经如此写道。他的意思只是说,她母亲给她带来的心理障碍比较少。唐娜早已和乔治·O.史密斯搬到泽西海岸(Jersey Shore),于1952年生了一个儿子,起名为道格拉斯(Jersey Shore)。海因莱因曾经以一种奇怪的错误姿态将唐娜所有的信③都寄给坎贝尔,其中有些提到了她的婚姻生活。唐娜始终都没有原谅他这种背信行为。坎贝尔不喜欢他们那种放荡不羁的生活方式,也不喜欢别人提醒他和唐娜离婚的原委。因此,当怀疑论者马丁·加德纳④(Martin Gardner)提到唐娜是由于戴尼提才离开坎贝尔时,坎贝尔指责他是个学术骗子:"他的创造力不足⑤,根本当不了科学家,所以才成了一名顶礼膜拜的科学信徒。"

坎贝尔渴望突破杂志的局限⑥,因此踏入了陌生的领域。他在寻找

---

① 参见本书作者对莱斯琳·兰达佐的采访,2016年7月29日。——原注
② 参见坎贝尔写给雷蒙德·F.琼斯的信,1953年4月29日。——原注
③ 参见弗雷德里克·波尔《罗伯特·海因莱因的妻子(和欲望)第一部分》[*The Wives (and Drives) of Robert Heinlein, Part 1*],2010年5月17日,http://www.thewaythefutureblogs.com/2010/05/the-wives-and-drives-of-robert-heinlein-part-1(2017年12月引用)。——原注
④ "多年前,哈伯德开始给坎贝尔治疗鼻窦炎时,坎贝尔第一次接触到戴尼提,进而将戴尼提介绍给全世界。他也离过婚,后来娶了温特医生的姐姐。但他的鼻窦炎依然没有好。"参见加德纳《风潮与谬误》,第280页。——原注
⑤ 参见坎贝尔写给西奥多·斯特金的信,1958年6月19日。——原注
⑥ 坎贝尔还在他的工作室里鼓捣了几年"波形发生器",希望能借此发财。由于技术限制,他不得不对其进行相应的缩减,然后于1956年申请了专利,但是没有任何实际应用。美国专利"电子放电装置"(*Electron Discharge Apparatus*),J.W.坎贝尔,1956年7月9日,专利号2954466。——原注

"一种可以引爆刻板思维的炸药",仍然继续探索超能力和信仰疗法①等伪科学②,还与持怀疑态度的熟人发生了冲突。德坎普说著名的灵媒优萨匹亚·帕拉迪诺(Eusapia Palladino)已经被人揭穿是个骗子时,坎贝尔大声回道:"胡说!"③坎贝尔曾经尝试主持广播选集系列④《探索明天》⑤(Exploring Tomorrow),结果并不成功——因为他不是用戏剧性的方式表达自己的想法,而是对听众说教。还不到一年,这档节目就被取消了。

他在努力吸引更多受众的过程中也犯了同样的错误。1957年10月

---

① 坎贝尔接受过宾夕法尼亚州信仰疗法术士布林克尔医生(Doc Brinker)和超能力研究者柯蒂斯·厄普顿的治疗。厄普顿也治疗过坎贝尔的妹妹劳拉。参见坎贝尔给L.H.瓦伦多夫医生(Dr. L.H. Wallendorf)的信,1956年10月29日;坎贝尔写给莱斯琳·坎贝尔的信,1967年2月8日;坎贝尔写给阿西莫夫的信,1958年6月10日;坎贝尔写给柯蒂斯·厄普顿的信,1960年1月21日。——原注

② 其中包括哈里·霍克西(Harry Hoxsey)创立的草药癌症疗法,此人的研究受到美国食品药品监督管理局(Food and Drug Administration)的谴责。参见坎贝尔写给老约翰·W.坎贝尔的信,1957年8月26日。——原注

③ 参见德坎普《时间与机遇》,第222页。——原注

④ 在过去,坎贝尔曾经给《超越明天》(Beyond Tomorrow)节目推荐过小说——其中包括海因因的《安魂曲》,做过《X维度》(Dimension X)与《X-1》(X Minus One)的顾问,担任过《地球人》(The Planet Man)的自由编辑。他还就一部名为《未知》(The Unknown)的电视剧与制片人克莱门特·富勒(Clement Fuller)有过通信往来,但没有什么结果。参见坎贝尔写给克莱门特·富勒的信,1952年3月5日。——原注

⑤ 该节目从1957年12月4日至1958年6月13日在相互广播公司(Mutual Broadcasting System)播出。"坎贝尔到最后往往只是重述每集的主题或寓意,即便那些观点在小说中已经显而易见……坎贝尔的才华及其对科幻小说的巨大贡献是毋庸置疑的,但是,当电台主持人显然不是他的专长。"参见德福雷斯特(DeForest)《随书广播》(Radio by the Book),第190-191页。——原注

4日，俄罗斯发射了伴侣号卫星①。因此，坎贝尔创立了一个针对"业余绅士"的研究机构——星际探索协会②（Interplanetary Exploration Society）。这也是一种尝试，要在现实世界中发起一项他可以监管的运动。建立该协会的部分灵感可能源自哈伯德，因为他在这方面的努力取得了荒谬的成功。坎贝尔说服阿西莫夫来参加1958年12月10日在美国自然历史博物馆举行的成立大会③。阿西莫夫到会场时，发现那个可容纳400人的房间里只有50位与会者。

阿西莫夫讲了几句开场白，然后坐在与坎贝尔合作过的公共关系专家F. 达赖厄斯·贝纳姆④（F. Darius Benham）旁边，听坎贝尔开始讲话。这位主编照旧不知道怎么同圈外人交流。片刻之后，贝纳姆故意大声说："这都是什么啊？⑤他这样会毁了这个俱乐部的，我们可不是来听他说这个的。"阿西莫夫脸红了，可坎贝尔只能继续讲下去。星际探索协会再也没有在纽约举行过活动，但阿西莫夫去参加过一个波士顿分会的四次会议。有一场会议在植物园里举行⑥，结果参会者都没有找到彼此，然后这个分会就悄然解散了。

---

① "我们在卫星升空后的第一次谈话中一致认为，人们将做出反应，认为科学已经赶上科幻小说。"参见德尔雷伊《科幻世界》（The World of Science Fiction），第371页。碰巧在伴侣号卫星发射的同时，许多杂志赖以生存的经销商美国新闻公司（American News Company）解散了，导致十几本杂志在其后的两年中破产。《惊奇科幻》熬过来了，但其发行量下降了近一半。——原注
② 参见坎贝尔《业余爱好者协会》（Society for Amateurs），载于《惊奇科幻》，1958年7月，第5-7页——原注。
③ 参见阿西莫夫《欢乐如故》，第140-41页。——原注
④ 参见坎贝尔写给F. 达赖厄斯·贝纳姆的信，1957年7月24日与1957年8月12日。——原注
⑤ 参见阿西莫夫《欢乐如故》，第141页。——原注
⑥ 参见阿西莫夫《欢乐如故》，第234页。——原注

坎贝尔还剩下《惊奇科幻》杂志。由于有这条退路，他常常不愿意去冒更大的风险。然而，他仍然在寻求方向上的改变。1959年似乎又出现了一个机会。当时，斯特里特与史密斯出版社被康泰纳仕集团（Condé Nast）收购①，新东家塞缪尔·I.纽豪斯（Samuel I. Newhouse）对《小姐》更感兴趣，但他也留下了《惊奇科幻》，因为这本杂志有小幅盈利。这件事促使坎贝尔与过去断然决裂。

坎贝尔仔细考虑了很久，他的信件中也有相关的暗示。数年前，他在给海因莱因的信中写道："你们很多人②都抨击过我在讨论中使用类比的事。"坎贝尔一直都喜欢将科幻小说当成未来的"类比模拟器"。他在1960年1月刊中毫无预兆地宣布③将《惊奇科幻》杂志更名为《类比：科学事实与科幻》（*Analog: Science Fact & Fiction*）。

科幻迷们认为惊奇感是科幻小说的核心，而这个新名称则相当于表明惊奇感并不重要，所以反响非常消极。坎贝尔在次月写道："我已经收到了许多评论④，有人愤怒地咆哮，也有人温柔地哀号。迄今为止，没有人称赞这种变化。"他说以前的名称"毫无助益"，还说新名字会阐明该杂志的本质：

> 现在，大多数人都不知道类比这个词。用这个名称的话，我们一下子就能告诉他们这本杂志是干什么的，而以前的名称

---

① 参见《继承交易》（*Inherited Deal*），载于《时代周刊》，1959年8月31日；梅尔（Maier）《纽豪斯》（*Newhouse*），第43-45页。——原注
② 参见坎贝尔写给海因莱因的信，1953年3月31日。——原注
③ 参见坎贝尔编"未来"栏目，载于《惊奇科幻》，1960年1月，第82页。——原注
④ 参见坎贝尔编"未来"栏目，载于《惊奇科幻》，1960年2月，第37-53页。——原注

却会误导他们……实际上，我们在这本杂志上刊载的科幻小说是对即将到来的科学事实的很好的类比……我们赢得了类比的名号；既然赢得了，我们就有权利冠以此名！

并非每个人都赞同坎贝尔的推论。阿西莫夫觉得这位主编抛弃了一个"充满回忆和传统的名字"[1]。很久以后，他写道："坎贝尔改了杂志的名字，所以我一直都无法原谅他。"[2]

---

[1] 参见阿西莫夫《欢乐如故》，第197页。——原注
[2] 同上。

第 14 节　异乡诸异客（1951—1969）

> 在极端环境压力下[①]，动物会进入恐慌状态，断然做出与其正常行为模式截然不同的激烈行为。这也适用于人……根据所有已知因素，当生存概率为零时，就该加入未知因素了。
>
> ——约翰·W. 坎贝尔

十年间，坎贝尔与他那三位最重要的合作者密切合作，对其事业格局的形成产生了极为重要的影响。三人都在20世纪50年代经历了转型，也进入了未知的领域。这相当于一场实时进行的测试，测试科幻小说的核心假设——科幻小说在作家和读者身上培养出来的技能将使他们为迎接未知的未来而做好准备。

尽管有很多缺点，但坎贝尔还是产生了匡正和激励作用。哈伯德、海因莱因和阿西莫夫在很大程度上是沿着他制定的路线发展起来的。在他不在的情况下，三人都在各自的圈子里成了权威人士，从而产生一种循环。这个循环促使他们变得更像他们本来的样子。他们分离开来，控制着世界的不同部分——问题是他们将如何利用这种情况。

1951年4月在威奇托，身穿热带套装的哈伯德从一架飞机上走出来。他的文件和家具也从伊丽莎白市运到了堪萨斯州，其中有些属于佩

[①] 参见坎贝尔《恐慌的价值》（*The Value of Panic*），载于《惊奇科幻》，1956年8月，第4页。——原注

格·坎贝尔[①]，所以她要追讨赔偿。一位发言人称，之所以选择堪萨斯州是因为"在地理上，此地是美国最中心的位置之一[②]"。哈伯德的最新著作《生存的科学》删除了大部分由坎贝尔添加的控制论内容，取而代之的是对情绪标度的强调。他在用自己的方式重新定义戴尼提。

哈伯德的新赞助人唐·珀塞尔在石油和房地产行业发了财，威奇托成为第二基金会的总部。然而，那年夏天晚些时候，一个新来的人打破了这种局面。19岁的休斯敦女孩玛丽·休·惠普（Mary Sue Whipp）有一位朋友从《惊奇科幻》上读到了关于戴尼提的文章。在那位朋友的劝说下，她来到威奇托，成了哈伯德的情人和听析搭档。还有一位听析员也深受哈伯德青睐，那就是佩里·沙普德莱纳[③]。这位科幻迷在后来开始坚信一个名为罗恩·豪斯[④]（Ron Howes）的人是世界上第一个真正的清新者。哈伯德认为沙普德莱纳这是在挑战他的权威，所以两人分道扬镳了。

与此同时，珀塞尔联系了坎贝尔[⑤]，但后者并不想卷入其中。哈伯德则在1951年写道："在我早期交往的人中，有两位[⑥]是约翰·W.坎贝尔和J. A. 温特。考虑到他们的知识太浅，偏差太大，无法满足戴尼提所需的这种自由，所以我不愿意让他们写这方面的文章，导致他们对此心

---

① 参见坎贝尔写给唐·珀塞尔的信，1955年3月14日。——原注
② 参见《戴尼提集团因不被人需要而离开伊丽莎白市》（Dianetics Group to Quit City Because 'We're Not Wanted'），载于《伊丽莎白日报》（Elizabeth Daily Journal），1951年4月3日。——原注
③ 沙普德莱纳在后来保存并出版了坎贝尔的很多信件，在《戴尼提和科学教的诞生》（During the Dawn of Dianetics and Scientology）一书中描述了他与哈伯德交往的经历。——原注
④ 参见阿塔克《一片蓝天》，第124页。——原注
⑤ 珀塞尔给坎贝尔的第一封信写于1951年7月28日。在接下来的几年里，两人偶尔通信。——原注
⑥ 参见米勒《裸面弥赛亚》，第187页。——原注

怀怨恨。范沃格特为基金会做出了那么多牺牲,可哈伯德却说他是"戴尼提的大敌①……多年来都假装参与其中"。

哈伯德乐于成为威奇托唯一的权威②,而珀塞尔只不过是给他提供资金的人。后来,这位商人终于意识到自己很容易受到债权人的索赔,断定自己别无选择,只能申请破产。哈伯德对此做出反应,辞职后在城市的另一端创建了竞争性的哈伯德学院(Hubbard College),而珀塞尔以略高于六千美元的价格收购了基金会的资产,其中包括"戴尼提"一词的所有权。

哈伯德学院维持了六周,其高潮是一场大会。与会者们在这场大会上看到了心灵电仪表(E-meter),那是一个连着两个锡罐的金属盒。纸浆小说作家沃尔尼·马西森③(Volney Mathison)在一个讲座中听到哈伯德说他需要心灵电仪表,然后就设计出了这种装置。被试者双手各握一个锡罐,该装置会通过追踪此人的皮肤电反应来测量其情绪压力——很像范沃格特在《非A世界》中所描述的测谎仪④。

这正是哈伯德想要的装置。在伊丽莎白市,听析期间会读取脑电图仪上的读数⑤,但心灵电仪表更容易使用,哈伯德将其吹捧为一种测量主观精神力量的工具。惊人的是,也是类似的念头使超能力对坎贝尔产

---

① 参见哈伯德写给美国联邦调查局的信,1953年7月11日。——原注
② 在这个时期拜访哈伯德的人中,有一个名叫德尔·克洛斯(Del Close)的少年,他在后来被誉为现代即兴喜剧的奠基人之一。参见约翰逊《最有趣的人》(*The Funniest One in the Room*),第28-29页。克洛斯在自传《德尔与埃尔罗恩》(*Del and Elron*)中详细描述了这次邂逅,载于连环漫画杂志《废土》(*Wasteland*),1988年8月,第1-8页。——原注
③ 参见马西森《电心理测验》(*Electropsychometry*),第101-103页。——原注
④ "他几乎立刻拿着一个小测谎仪出来了,紧紧握着那两个把手。"范沃格特《非A世界》,载于《惊奇科幻》,1945年9月,第26页。——原注
⑤ 参见温特《一位医生关于戴尼提的报告》,第185页。——原注

生了吸引力。提及心灵电仪表时，坎贝尔写道："对于那些有足够的敏感性和智慧来解读其读数的治疗师而言，它的作用非常大①。"

哈伯德还宣布戴尼提已经被一种名为科学教派哲学的理论所取代。他说"戴尼提"这个词是出版社强加给他的②，它的本名是科学教派哲学。这一变化在一定程度上是受到该团体法律状况的启发，但它标志着方向上的真正改变。可能是由于模仿控制论的戴尼提太容易让人想起坎贝尔，所以即便是在商标纠纷解决之后，它也没有得到重视。1952年4月，哈伯德科学教协会（Hubbard Association of Scientologists）在凤凰城成立。

科学教开始集中于将个体看作"希坦"（Thetan）的概念，该词第一次出现是在哈伯德于5月和他的新妻子玛丽·休进行的一次听析中③。希坦一词由希腊字母表的第八个字母"希塔"派生而来，是一种生命能量，这种不朽的存在会随着时间的推移而占用无数的身体。将其能量释放出来，就能拥有心灵感应和空中飘浮等能力，还能完全想起前世的记忆。在其创始人的教义中，后者已经决定性地移到了核心位置。

这是一个关键的变化，这种变化是由哈伯德周围的男男女女引起的。哈伯德从来都不太喜欢科幻小说，但是他的追随者喜欢。在凤凰城加入的信徒在为他们的前世进行听析时也会下意识地利用科幻小说的套路——连哈伯德都承认前世可能是"建立在阅读和想象之上的幻

---

① 参见坎贝尔写给 A.S. 巴奇利（A.S. Budgely）的信，1963 年 9 月 10 日。——原注
② 参见哈伯德科学教协会写给亚利桑那州凤凰城商业改进局（Better Business Bureau）的信，1954 年 6 月 12 日。——原注
③ 2014 年，该录音带的一段录音被人泄露给"地下掩体"（The Underground Bunker），https://tonyortega.org/2014/06/17/rare-tape-reveals-how-l-ron-hubbard-really-came-up-with- scientologys-space-cooties（2017 年 12 月引用）。——原注

想"①。信徒们给哈伯德提供素材，而哈伯德则加以充实，然后反馈给那些信徒。他在其中起到编辑的作用，类似于坎贝尔和他手下那些作家的关系。

　　果不其然，哈伯德的理论迅速发展，吸引了他仅有的受众。他在《听析内容》（*What to Audit*）中写道，脱离肉体的希坦会到火星上的植入站②报到。几年后，他发表了十几个带有科幻元素的前世案例研究③，那些案例显然是其追随者自愿提供的。哈伯德甚至声称他对E. E. 史密斯进行过听析④，后者的小说被重新解释为真实事件——只是哈伯德在回顾过去，而非展望未来，结果形成了一种可以追溯到数百万年前的宇宙论。

　　哈伯德在费城分会做过一系列讲座，而在他最忠实的支持者中，有一位就是费城分会的会长海伦·奥布赖恩（Helen O'Brien）。哈伯德高度赞扬威廉·博莱索的著作《12个与神为敌者》，他在与杰克·帕森斯来往的日子里第一次遇见这本书，非常重视其中关于穆罕默德（Muhammad）的章节。他随着博莱索称穆罕默德为一个出于实际原因而创立一个宗教的"小镇助推者"⑤，其中有一句话可能也深深打动了

---

① 参见哈伯德《生存的科学》，第85页。——原注
② "大多数人的报到之地是火星。有些女人向太阳系里其他地方的站点报到。偶尔会有关于地球报到站的事件发生。这些报到站由屏障保护。地球上最后一个火星报到站建在比利牛斯山（Pyrenees）中。"参见哈伯德《人类历史》（*A History of Man*，原名《听析内容》），第110页。——原注
③ 参见哈伯德《你有前世吗》（*Have You Lived Before This Life?*）。——原注
④ 参见雷恩（Raine）《惊奇历史》（*Astounding History*），第15页。——原注
⑤ 1952年12月9日，在为费城博士课程授课（Philadelphia Doctorate Course）时，哈伯德说："穆罕默德决定在堪萨斯州、中东等类似地区推动小镇的发展。"博莱索却说："穆罕默德'推动家乡的发展'，这个概念将揭开其生活和教义中的许多模糊之处。"参见博莱索《12个与神为敌者》，第125页。——原注

他:"现在撬动其地位的杠杆①是他自己的皈依者、他自己的过去,是那些被选中的狂热信徒。"

哈伯德曾经让奥布赖恩制造一种用声音诱导催眠的机器②,这让人想起他所写的一篇关于玛士撒拉医生的小说③。1953年4月10日,他写信给奥布赖恩,信中提到了另一种发展:

> 我期待着你从宗教的角度做出反应④……要在宾夕法尼亚州或新泽西州坚持下去,就必须制定一套宗教章程。不过,我肯定能坚持下去。我们研究的是当下的存在,心理疗法研究的是过去和大脑。老兄,那是宗教,不是心理科学。

将这场运动重新定位为宗教,也带来了潜在的税收和法律利益。不可否认的是,哈伯德的研究正慢慢进入神秘领域。新泽西州、加利福尼亚州和华盛顿特区的教会很快就合并了,哈伯德也要求现有的分会开始转变。

这是一个关键时期,其背后的原因比看上去要复杂得多。据许多目击者说,哈伯德在过去的十年里表达过类似"要想富,先创教"⑤的

---

① 参见博莱索《12个与神为敌者》,第137页。——原注
② 参见米勒《裸面弥赛亚》,第214页。——原注
③ 参见哈伯德《稳妥的投资》(A Sound Investment),载于《惊奇科幻》,1949年6月,第36—57页。——原注
④ 参见厄本(Urban)《科学教派》(The Church of Scientology),第65页。——原注
⑤ 参见米勒《裸面弥赛亚》,第119/134页。俄亥俄州的哈伦·埃利森在当时还是一个十几岁的少年,竟然说哈伯德在那晚提出这一想法时,他也在场。参见塞格罗夫(Segaloff)《点燃的引信》(A Lit Fuse),第119页。——原注

说法。然而，多年来，他并没有在这方面做出认真的努力。哈伯德曾经将戴尼提说成是一种新的心理科学，他最初的目标是赢得医疗机构的支持。如果哈伯德从一开始就打算创立一种宗教，那么他采用了一种非常迂回的方法。

值得注意的是，坎贝尔在多年后说道："事实上[①]，最初不是罗恩而是我建议将其从心理疗法重组为宗教。因为只有宗教才被允许是业余的。"与之相似的是，哈伯德也曾说是他将真实人物引入了科幻小说，两人都将对方的创新归功于自己。坎贝尔的说法无法证实，但他在包括《第六纵队》到《基地》系列的小说中提出了科学家异教团体的概念。

特许经营的决定几乎立即得到了回报。某些文化力量把人们吸引到诸如超觉静思（Transcendental Meditation）和统一教团（Unification Church）等有争议的运动中，而科学教也受益于同样的文化力量，它的成员不断增加，所有收入的十分之一都转给了哈伯德。他还在疯狂地写新书，其中包括《关于辐射》（*All About Radiation*）。他在这本书中得出了与坎贝尔相似的结论，防止核战争的方法在于"更好地控制"[②]和"改变人类及其国家政府的状态"。

哈伯德用他新获得的财富在英格兰苏塞克斯（Sussex）买下了前斋浦尔大君（Maharajah of Jaipur）的庄园圣希尔庄园（Saint Hill Manor），于1959年开始居住在那里。所有迹象表明，他相信自己的研究。哈伯德和给他生了四个孩子的玛丽·休每天都在他的书房里进行几个小时的听析，这是坎贝尔一直想要的那种研究小组。他们得出的理论吸引了威

[①] 参见坎贝尔写给 G. 哈里·斯泰恩的信，1956 年 5 月 16 日。——原注
[②] 参见哈伯德《关于辐射》，第 120/149 页。——原注

廉·S.巴勒斯，这位作家告诉艾伦·金斯伯格："科学教[①]当然会吸引宇宙中所有的生物。你看，它很有用。"

有时候，哈伯德显得很多疑。他要求所有工作人员都必须接受心灵电仪表的检查，在最坏的情况下，还会宣布某个冒犯他的人为压抑者。1961年8月，哈伯德写信给肯尼迪总统，提出可以用科学教的教义来训练宇航员。后来，他开始相信这封信激发了两年后对教会的突击搜查。哈伯德在信中表示愿意与总统当面讨论当时的情况，但是有一个前提："如果得蒙肯尼迪总统接见[②]，与总统讨论这个令国内外政府颇感尴尬的问题，必须保证我的人身安全。"

在心情比较畅快的时候，哈伯德会想起他以前的合作者。1964年10月29日，哈伯德写信给坎贝尔，说他在《类比》上的一则广告中见到了这位主编的照片。他请坎贝尔代他向塔兰特问好，最后写道："一切顺利[③]，我们不停地获得成功。"坎贝尔本人将科学教看作"知识垃圾"[④]，对这个教派的批评越来越多。1965年，澳大利亚调查委员会（Australian Board of Inquiry）说其"邪恶"，在报告中称："哈伯德有些说法[⑤]是……他去过范艾伦辐射带，去金星上检查过一个植入站，还上过天堂。"

哈伯德在考虑加大赌注。他认为自己的前世是塞西尔·罗德兹（Cecil Rhodes），所以试图在罗德西亚（Rhodesia）增加影响力，结果

---

① 参见威廉·S.巴勒斯写给艾伦·金斯伯格的信，1959年10月30日，转引自巴勒斯《言辞抹除》，第3页。——原注
② 参见哈伯德《L.罗恩·哈伯德第二份声明》（*A Second Statement by L. Ron Hubbard*），1963年1月6日。——原注
③ 参见哈伯德写给坎贝尔的信，1964年8月29日。——原注
④ 参见坎贝尔写给西里尔·沃斯珀的信，1970年4月30日。——原注
⑤ 参见赖特《拨开迷雾》，第111–112页。——原注

并没有成功。然后，他将思绪转向大海，因为大海一直是他的初恋。关于一个神秘海洋计划（Sea Project）的谣言流传开来。1966年9月，他阐明了自己的计划。哈伯德公开从教派辞职，却还在暗中控制着它。他宣布要再次去探险，买下了魔法师号（Enchanter）双桅帆船，随后又买了一艘拖网渔船和一艘机动游艇。

1967年年初，哈伯德乘飞机到摩洛哥，带着19名船员扬帆起航。他边吃药边酗酒，同时也在创作他职业生涯中最大胆也最赚钱的小说，这篇小说后来被称为《运作中的希坦》（*OT III/Operating Thetan*），也叫《火之墙》（*The Wall of Fire*）。哈伯德说，写这篇小说的过程是非常危险的，弄坏了他一个膝盖、一条腿和背部："这是精心安排的[①]，可以杀死任何发现其确切真相的人……我非常确信，我是第一个试图获得那种材料而没有丧命的人。"

那些手写稿仍然是一个严守的秘密，中心人物是银河联盟（Galactic Confederation）残暴的独裁者兹努（Xenu）。数百万年前，兹努面临人口过剩的危机，在他的子民中抓了几群人，给他们注射了一种乙醇和乙二醇的混合剂，然后将其运送到地球上。当时，地球名为提基雅克（Teegeeack）。他将这些人扔到火山里，然后用原子弹将其炸毁，留下了脱离肉体的希坦。那些希坦至今还依附在毫无戒心的人类身上。

哈伯德在两行字的间隔中塞进了事后产生的想法，对他写的内容加上了他自己的评论："非常像太空歌剧。"[②]这与他发表的小说大不相同。在他以前写的小说中，银河帝国很少发挥重要作用，只是描绘一种背景。从其追随者的圈子里产生的影响循环达到了逻辑高潮，他现在开

---

① 参见阿塔克《一片蓝天》，第173页。——原注
② 兹努小说的原始手稿复件参见 https://www.cs.cmu.edu/~dst/OTIII（2017年12月引用）。——原注

始全心全意地接受这些形象。如果他们想要科幻小说的话，哈伯德照旧下定决心要超越他们所有人。

虽然包括威廉·S. 巴勒斯①在内的教会成员愿意花几十年的时间来了解其中的秘密，但《运作中的希坦》文档内容暂时是保密的。不过，这些内容在以可见的方式向外扩散。哈伯德的船员们为后来被称为大海团（Sea Org）的组织签了十亿年的合同。在乘坐魔法师号绕着加那利群岛航行时，哈伯德会给他的船员讲自己前世在马卡布（Marcab）文明中开赛车的故事来逗他们开心。他口中的马卡布社会酷似五十年代的美国社会。

哈伯德自称船长，他实现了当船长的梦想，有了自己的船队，但科幻小说还是不肯放开他。船员们去寻找他在前世埋藏的财宝，结果并没有找到。还有传闻说科西嘉的山里藏着一个天空站。实际上，哈伯德的虐待行为越来越严重。如果冒犯他的人是年仅5岁的孩子，他会将其关进锚链舱以示惩罚；其他"作恶者"则被扔进水里，有些人差点溺死。

哈伯德最初的目的是要寻找一个安全港，结果变成了持续多年的漫无目的的航行。大海团成了一种生活方式，但是在陆地上，他那些幻想变得更为持久。在科学教的洛杉矶总部，工作人员模仿兹努的银河战士，穿着白色制服和银色靴子②，每天晚上聚集在屋顶上寻找敌船，他们监视着天上的情况。谈及笃信宗教的冒险家时，博莱索曾经说过：

---

① 巴勒斯在通信中清楚地提及运作中的希坦："撇开银河联邦和兹姆（Zmus，原文如此）不谈，哈伯德的做法也许有些道理……希坦到底是如何联络和控制这些身体的？是直接叫它们吗？如果是的话，用什么字眼呢？它们有名字吗？有日期吗？它们会被控制着经历所谓的枪击、冻结和爆炸事件吗，就仿佛是一名听析员在控制着体内的寄生虫经历这些事件？"参见威廉·S. 巴勒斯写给约翰·库克（John Cooke）的信，1971年10月25日，转引自巴勒斯《言辞抹除》，第374页。——原注
② 参见阿塔克《一片蓝天》，第190页。——原注

"他们生活在这个小小的地球上[1]就像生活在某个小岛上一样,他们会在晚上点起火来,要吓走嘈杂的星际黑暗。"

1952年6月17日,杰克·帕森斯[2]收到一份订单,是一家为电影提供特效的烟火公司要订购一批炸药。他在自己用作实验室的车房里工作时,把正在混合化学物质的咖啡罐弄掉了,结果他的双腿被炸烂了,他的右臂也被炸掉了。在帕森斯被宣布死亡几小时后,他的母亲露丝(Ruth)吞下一瓶镇静剂自杀了。帕森斯当时37岁。

海因莱因是从他俩一个共同的朋友那里听到这个消息的。次年,他参加了罗恩·豪斯举办的一个聚会[3]。豪斯就是那个被佩里·沙普德莱纳誉为世界上第一个清新者的人,他今生最大的成就就是在多年后发明了简易烤炉[4](Easy-Bake Oven)。豪斯在科泉市成立了一个名为人类学协会(Institute of Humanics)的组织,在晚上对他的客人进行听析。范沃格特也参加了那个聚会,他已经疏远了哈伯德,但对戴尼提还是很感兴趣。海因莱因说他在当晚见到的人中有这样一种模式:"罗恩是蠢货[5],罗恩是个疯子,可他却是一个真正信仰(One True Faith)团体的先知。"

海因莱因感到自己与这个科幻界脱节了,部分是由于地理距离。除

---

[1] 参见博莱索《12个与神为敌者》,第117页。——原注
[2] 关于帕森斯的死亡,最完整的描述参见彭德尔《奇异天使》,第1f页。——原注
[3] 参见帕特森《学得更好的人》,第94页。——原注
[4] 参见巴里·M.霍斯特曼(Barry M. Horstman)《简易烤炉发明者罗纳德·豪斯去世,享年83岁》(*Ronald Howes, inventor of Easy-Bake Oven, dies at 83*),载于《辛辛那提问询报》(*Cincinnati Enquirer*),2010年2月19日。——原注
[5] 参见海因莱因写给乔治·O.史密斯的信,1953年5月10日左右,转引自帕特森《学得更好的人》,第94页。——原注

了乔治·O.史密斯和唐娜·史密斯①等朋友偶尔来访,他和金妮在科罗拉多州,大部分时间都只有他们两个人。1953年,他们开始环游世界,从南美洲到非洲,中途在特里斯坦达库尼亚(Tristan da Cunha)停留。海因莱因在这座孤岛上给哈伯德寄了一封信,因为此地的邮戳与众不同。接着,他们去了新加坡、雅加达、悉尼和新西兰。海因莱因将新西兰的社会主义经济斥为"假乌托邦"②,在这个由冷战定义的世界里,他正在对他年轻时献身的经济理想失去耐心。

这次旅行还使海因莱因免于遭受麦卡锡主义最坏的影响,他是从海外的报纸上看到相关报道的。像阿西莫夫和坎贝尔一样,海因莱因也不支持乔·麦卡锡(Joe McCarthy),称麦卡锡为"令人作呕的杂种"③。但考虑到其他国家对待持不同政见者的方式,他觉得左派的愤怒被夸大了:"谢天谢地,我生活在一个自由的国度。在这个国度里,最让无辜者害怕的也只不过是诽谤、负面宣传、声誉受损,还有就是在某些情况下,求助于《美国宪法第五修正案》(*Fifth Amendment*)可能会导致失业。"

在别处,海因莱因把行使反对自证其罪权利的证人称为"叛徒"④和"糨糊脑袋"。他的反应出奇地冷漠,尤其是在《登陆月球》的导

---

① 史密斯夫妇于1952年和1957年左右拜访过海因莱因夫妇。参见海因莱因写给勒顿·布莱辛格姆的信,1952年7月16日,转引自帕特森《学得更好的人》,第81页;道格·史密斯发给本书作者的电子邮件,2017年10月11日。——原注
② 参见海因莱因写给罗伯特·A.W.朗兹(Robert A.W. Lowndes)的信,1956年3月13日。——原注
③ 同上。
④ 参见海因莱因《皇家流浪汉》(*Tramp Royale*),第63页。——原注

演欧文·皮切尔①、《火箭飞船X-M》未署名的编剧多尔顿·特朗博②（Dalton Trumbo）、科幻作家尚·戴维斯③和作品给阿西莫夫的《潮流》带来灵感的伯恩哈德·J.斯特恩④等人成为红色恐慌（Red Scare）的受害者后。回国后，海因莱因就不与朋友们交往了，其中包括安东尼·布彻，因为此人的政治主张比他的偏左。

1954年5月26日，海因莱因在芒廷塞德和坎贝尔发生了争执。事后，坎贝尔主编给他寄来一张汤姆·莱勒（Tom Lehrer）的唱片⑤，当作给他赔不是的礼物，但他们永远都不会和好如初了。斯克里布纳出版社的艾丽斯·达格利什要求海因莱因修改他的青少年小说，这也让他感到恼火。他的经纪人勒顿·布莱辛格姆指出，达格利什只是想出版学校和图书馆可以接受的书，但海因莱因很难做出区分。这与阿西莫夫形成了鲜明的对比，阿西莫夫的主编对他说："艾萨克，你的书非常合适⑥，图书管理员对此很有把握，连看也不看就会买下来，而我们也不想做什么让他们失望的事。"

阿西莫夫接受了这个逻辑，而海因莱因则希望有朝一日能彻底忽视那些主编，即便在他们提供他急需的控制措施时也是如此。不过，他还在继续写青少年小说，其中包括《星际迷航》，这可能是他针对年

① 参见霍伯曼（Hoberman）《幽灵大军》（*An Army of Phantoms*），第52-54页。——原注
② 参见霍伯曼《幽灵大军》，第126页。——原注
③ 戴维斯是《惊奇科幻》的多产投稿人，因拒绝回答众议院非美活动调查委员会（House Un-American Activities Committee）的问题而被判六个月监禁。参见德贝茨（De Baets）《历史思想审查》（*Censorship of Historical Thought*），第569页。——原注
④ 参见普赖斯（Price）《威胁人类学》（*Threatening Anthropology*），第137-138页。——原注
⑤ 参见海因莱因写给坎贝尔的信，1954年8月30日。——原注
⑥ 参见阿西莫夫《欢乐如故》，第117页。——原注

轻读者写得最好的小说，讲的是一所学校组织学生到异星球旅行，结果成了严峻的生存考验。坎贝尔没有录用《星际迷航》，但他买下了《双星》，这篇短小精悍、引人入胜的连载小说获得了雨果奖（Hugo Award）。后来，海因莱因夫妇到纽约过了一周，然而两人并没有见面。海因莱因对坎贝尔的挑衅感到厌烦[①]："至少有一半的时间[②]，我都不知道那些争论是怎么回事。"

前妻也让海因莱因感到心烦意乱，因为她在给他们的朋友寄那些他认为是"恶意中伤的"信件。莱斯琳的第二任丈夫是个虐待狂。他们搬到加利福尼亚州斯托克顿市（Stockton）后，莱斯琳多次中风，导致她只能坐在轮椅上。她那些措辞最恶毒的信件都是在这个时期写的，其中还有几封是给唐娜的[③]。这意味着她将会因自己一生中最糟糕的时期而受到后人的评判。海因莱因更关心自己的安危："真正让我担心的只有一件事[④]，就是有朝一日，她可能会从床上下来，乘长途车来这里。我被这种可能性吓坏了。"

1956年，海因莱因创作了《进入盛夏之门》[⑤]和《银河系公民》。

[①] 海因莱因不愿与坎贝尔合作，这显然是一个选择的问题，而不是能力的问题。当西奥多·斯特金写信请求经济帮助时，海因莱因寄给他一张支票和一封信，信中满是他知道《惊奇科幻》肯定会买的故事创意。参见帕特森《学得更好的人》，第125页。——原注

[②] 参见海因莱因写给坎贝尔的信，1956年7月17日。——原注

[③] 参见唐娜·史密斯写给海因莱因的信，1952年1月20日。——原注

[④] 参见海因莱因写给勒顿·布莱辛格姆的信，1952年2月12日，转引自帕特森《学得更好的人》，第77页。——原注

[⑤] 1957年5月11日，坎贝尔在给阿西莫夫的信中提及这部小说："即便鲍勃只用一只手，写出的小说也能胜过业内大多数人用双手写出的小说。天啊，真希望这浑蛋能把插在口袋里的那只手拿出来！"最后，布彻为《奇幻与科幻杂志》买下了这部小说，阿西莫夫感叹道："这是你做过最好的事。在我看来，这是谁也没做过的最好的事情……我喜欢《进入盛夏之门》，也喜欢你。"参见阿西莫夫写给海因莱因的信，1956年8月25日。——原注

《进入盛夏之门》是一部关于时间旅行的成人小说,属于他最好的作品之一;《银河系公民》则是一部青少年小说,讲的是一个年轻的奴隶成为间谍的故事。坎贝尔退回了前者,但买下了后者[①],借此机会就奴隶制度本身谈了几点看法。达格利什则担心这本小说对宗教的处理会给图书出版带来问题,导致海因莱因产生了比平时更大的反应:"做两处改动诚然很容易[②],也不重要,却把我弄得晕头转向,让我损失了十天的工作时间。"

实际上,是海因莱因在改变,他觉得青少年小说是他最重要的作品。伴侣号卫星的发射使他"大为震惊"[③],导致这种感觉变得更加强烈。由于对未来的担忧,他写出了有趣的《穿上航天服去旅行》,讲的是一个男孩代表人类站上国际法庭的故事。这是他写过最奇怪也最感人的小说。坎贝尔受其逗引[④],但是并没有坚持争取。当达格利什要求淡化其中的暴力色彩时,从海因莱因的反应可以看出他的想法有了怎样的演变:"我认为[⑤]在未来五年中,我们国家继续存在的机会充其量也只有一半……所以我不想再留情。"

他的决心即将受到考验。1958年4月5日,金妮将海因莱因摇醒,给他看了报纸上刊登的一则要求单方面停止核试验的广告。海因莱因将其看作一种向苏联投降的没有骨气的行为。作为回应,他写了《谁是帕特里克·亨利的继承人》(Who Are the Heirs of Patrick Henry·),在这则

---

① 参见坎贝尔写给海因莱因的信,1957年4月5日。——原注
② 参见海因莱因写给勒顿·布莱辛格姆的信,1957年5月17日,转引自帕特森《学得更好的人》,第142页。——原注
③ 参见海因莱因写给巴迪·斯科尔斯的信,1957年10月9日,转引自帕特森《学得更好的人》,第145页。——原注
④ 参见坎贝尔写给海因莱因的信,1957年12月23日。——原注
⑤ 参见海因莱因写给艾丽斯·达格利什的信,1957年12月24日,转引自帕特森《学得更好的人》,第147页。——原注

广告中暗指埃莉诺·罗斯福和精神病学家埃里希·弗罗姆等支持禁令的人在宣传共产主义："不管是有意还是无意，他们[①]宁愿被奴役也不愿死亡。"

金妮告诫海因莱因："如果登出这则广告，我们将会失去城里一半的朋友。你知道吗[②]？"海因莱因将复印件寄给他认识的每个人，结果反应冷淡。坎贝尔对这种做法完全持怀疑态度[③]，而阿西莫夫则支持禁令。在他的一篇文章的影响下，莱纳斯·鲍林写了一篇论文，这篇论文在后来促使大气层核试验暂停。因此，阿西莫夫写道："所以我在禁止核试验方面也起了很小的作用[④]，这让我很高兴。"他从未与海因莱因讨论过这个问题。海因莱因发起的运动只是成功地将几百人的签名放到了艾森豪威尔的办公桌上。

然而，这标志着他的观点发生了变化。海因莱因很快就写出了时间旅行小说《你们这些还魂尸》（*All You Zombies*），但他的心思在别处。由于他的努力遭到巨大的阻力，他对此耿耿于怀，构思了一部小说，其中提到服兵役是获得完整公民权的条件。在他最好的作品中，有几篇的灵感就源自这部小说——关于新兵训练营的部分是他写过最经久不衰的情节，但其中的论点也被故意歪曲了。如果《星船伞兵》中的敌人不是外星虫子，而是人类的话，善恶观念就不会那么绝对，这部小说的影响也会截然不同。

但这是为了使读者有所反应，而且海因莱因清楚地知道会有什么

---

① 参见海因莱因《谁是帕特里克·亨利的继承人》，载于《衍生宇宙》，第392页。——原注
② 参见帕特森《学得更好的人》，第153页。——原注
③ 参见坎贝尔写给海因莱因的信，1958年6月10日。——原注
④ 参见阿西莫夫《欢乐如故》，第10页。——原注

反应,不过,他可能低估了其激烈程度。斯克里布纳出版社退回了《星船伞兵》,而坎贝尔也没有录用,与其说是由于小说的主题,不如说是由于它的表达方式。仅此一次,坎贝尔以异乎寻常的先见之明告诉勒顿·布莱辛格姆:"鲍勃是从一个十分有奉献精神的爱国者的角度来讲这个故事,我担心这会在许多读者中引发相当大的反爱国主义情绪①。"

在海因莱因的父亲去世后不久,《星船伞兵》由帕特南出版社(Putnam)出版,他以前的小说从来没有像现在这样把读者分成两派。海因莱因并不感到意外,他说:"虔诚的评论家②会允许对任何主题进行任何猜测,只要它符合新正统观念的不成文假设就行。"然而在内心深处,他觉得这种反应证明其他作家暗地里对他怀恨在心,但这部小说也为他赢得了雨果奖。

这场争论释放了海因莱因内心的某些东西。他又开始写那篇关于火星毛克力(Martian Mowgli)的小说,尽管它是"我这辈子有过的最好的小说设定③",但在过去十年中,他多次尝试都未能将其写完。海因莱因在其中写了很多他就如何生活提出的建议,"忽略篇幅和禁忌"④,还有一张某个宗教运动的照片表明了他对哈伯德的密切关注。这部作品成了最接近于唤醒读者生活中的真实可能性的科幻小说。《异乡异客》于次年获得雨果奖,海因莱因在颁奖典礼上受到了雷鸣般的掌声欢迎。

---

① 参见坎贝尔写给勒顿·布莱辛格姆的信,1959 年 3 月 4 日。——原注
② 参见海因莱因写给西奥多·斯特金的信,1962 年 3 月 5 日,转引自帕特森《学得更好的人》,第 185 页。——原注
③ 参见海因莱因写给西奥多·斯特金的信,1955 年 2 月 11 日,转引自帕特森《学得更好的人》,第 125 页。——原注
④ 参见海因莱因写给勒顿·布莱辛格姆的信,1960 年 10 月 21 日,转引自帕特森《学得更好的人》,第 203 页。——原注

海因莱因坚持说他只是想提出问题，但不可否认的是，他的小说越来越有说教意味。他在接下来创作的小说《火星少年》（*Podkayne of Mars*）表面上是青少年小说，其实是给父母的教训。为了让女主人公活下来，海因莱因极不情愿地对小说进行了修改，但她最后还是死了。海因莱因不太愿意在《光荣之路》（*Glory Road*）上妥协，这部作品是他对哈伯德笔下那些普通人在幻想世界中所发生的故事的拆析，他仿佛是要一劳永逸地告诉人们正确的做法。坎贝尔觉得这篇小说违反它与读者的约定："我以为会拿到一个长篇小说①，结果却是冗长的说教。真是疯了。"海因莱因自认为心中有数，这个分歧导致他们在很长的时间中都没有通信往来。

在事业的初期，海因莱因受科幻小说吸引是因为可以在其中表达他的政治观点；现在，这种念头又成了他思考的重心。《法纳姆的永久业权》（*Farnham's Freehold*）的构思在某种程度上是为了回应坎贝尔关于奴隶制的观点。同时，他用自己的自由主义观点结合哈伯德所著《空中堡垒》中的重力计，写成了《严厉的月亮》。这部作品将一句流行语引入了更广泛的文化中："天下没有免费的午餐。"②这是一个激动人心的故事，但坎贝尔觉得它篇幅太长，不适合连载，所以在他给海因莱因的最后一封为人所知的信中忍痛将其退回③。这篇小说也获得了雨果奖，这是海因莱因第四次获得此奖，巩固了他作为当代最受欢迎的科幻作家的地位。

就政治信仰而言，海因莱因喜欢巴里·戈德华特，认为他是一位

---

① 参见坎贝尔写给海因莱因的信，1962年8月12日。——原注
② 1964年12月，杰里·波奈尔向海因莱因介绍了这句习语。参见帕特森《学得更好的人》，第264页。——原注
③ 参见坎贝尔写给海因莱因的信，1965年7月6日。——原注

进步的自由主义者:"如今的核心问题①不再是个人的剥削,而是国家的生存……我认为提高最低工资是无法解决这个问题的。"海因莱因称他的观点始终如一,而国内其余的人却转向了左派。这充其量也就是虚伪,他优先考虑的事确实变了。正如阿西莫夫所说,在没有其他强烈个性的情况下②,海因莱因的信仰变得更像他妻子的信仰了。

如果将有问题的观点包装成他支持的安全政策,海因莱因也愿意忽略那些问题,比如戈德华特投票反对《民权法案》(*Civil Rights Act*)。他谨慎地对约翰·伯奇协会(John Birch Society)表示支持:"鲍勃·韦尔奇(Bob Welch)的方法③很幼稚,所以我觉得他不值得支持。但是,如果必须在约翰·伯奇协会及其敌人之间选一个,我知道自己应该站在哪边。我会站在约翰·伯奇协会那边,因为我的敌人站在他们的对立面。"约翰·伯奇协会曾经在莱纳斯·鲍林做演讲④时示威抗议,阿西莫夫当时也去听那个演讲了。

1965年,海因莱因夫妇离开了科泉市。金妮有些健康问题,坎贝尔曾在不经意间指出是"心理"⑤问题。她认为那是由高海拔造成的,所以他们搬到了加利福尼亚州圣克鲁兹的大学城,第一次接触到了反主流文化。海因莱因将反主流文化斥为"寄生在'正直'文化中的赘生

---

① 参见海因莱因写给雷克斯·海因莱因(Rex Heinlein)的信,1960年12月4日,转引自帕特森《学得更好的人》,第206页。——原注
② 参见阿西莫夫《艾萨克·阿西莫夫》,第76页。阿西莫夫错误地推断其政治观点转变的时间为1946年,当时,海因莱因提出杜鲁门总统应该任命一位共和党人作为继任者,为以后重新掌权打下基础。阿西莫夫误解了这个提议:"这是他变得保守的第一个迹象。"参见阿西莫夫《记忆犹新》,第488页。——原注
③ 参见海因莱因写给多萝西娅·福克纳(Dorothea Faulkner)的信,1961年7月27日。——原注
④ 参见阿西莫夫《欢乐如故》,第238页。——原注
⑤ 参见坎贝尔写给海因莱因的信,1957年5月3日。——原注

物①。"他年轻时也吸过大麻②，可还是说麦角酸酰二乙胺这种迷幻药"和别的毒品差不多③，除对服用者有点用以外，不会产生任何有价值的结果"。但嬉皮士们欣然接受《异乡异客》，这部小说的销量在60年代末激增。

这证明了海因莱因所冒的风险是正确的，他再也不会受那些主编控制了。海因莱因没有孩子，所以他新获得的声望似乎就是他影响未来的最佳机会。不过，人们将他视为大师这件事也让他喜忧参半。他在《异乡异客》中创造了"神交"这个词，用来描述一种深切到不可言传的共情，可是实际上，他却谨防误解。他那部最著名的小说被认为是关于自由性爱的宣言，可他却在给一位读者的信中写道："如果一个男人和一个女人④彼此相爱，几乎可以肯定的是，他们也会感到肉体上的吸引。在这种情况下，如果他们选择要对此做点什么，最安全的形式就是契约婚姻。"

1953年4月22日，阿西莫夫与他在波士顿大学结识的一个女人在霍华德·约翰逊饭店（Howard Johnson's）共进午餐，她还邀请了一位女性朋友。阿西莫夫照旧厚颜无耻地调情，结果震惊地发现那个女孩会从容不迫地"以彼之道还施彼身"⑤。后来，阿西莫夫将他的朋友送到了

---

① 参见海因莱因写给伊丽莎白·普赖斯（Elizabeth Price）的信，1967年11月11日，转引自帕特森《学得更好的人》，第277页。——原注
② "我可能太循规蹈矩了，从来没有吸过大麻，但罗伯特年轻的时候吸过。"参见弗吉尼亚·海因莱因写给利昂·斯托弗（Leon Stover）的信，1982年2月。——原注
③ 参见海因莱因写给伊丽莎白·普赖斯的信，1967年11月11日，转引自帕特森《学得更好的人》，第277页。——原注
④ 参见海因莱因写给玛丽·布朗（Marie Browne）的信，1968年12月18日，转引自帕特森《学得更好的人》，第294页。——原注
⑤ 参见阿西莫夫《记忆犹新》，第681页。——原注

她与别人约好见面的地方。他刚认识的这个女人请他开车送她回坎布里奇，他答应了。到她家后，她请阿西莫夫上去。

"这就等于她引诱了我。"后来，阿西莫夫如此写道。这是一种性觉醒，就是海因莱因年轻时与玛丽·布里格斯在火车上经历的那种——只是发生在阿西莫夫三十多岁的时候。结果，他开始急不可待地弥补失去的时间。有一天，波尔在波士顿公园（Boston Common）附近的一家旅馆遇到了阿西莫夫，阿西莫夫"左顾右盼①，咧着嘴笑，还主动说他以前经常带他那些女友来这里"。在一个聚会上，阿西莫夫告诉一个女人他不喝酒也不抽烟，那个女人问道："那你到底做什么？"②阿西莫夫答道："我和很多女人上床，女士。"

婚外情使阿西莫夫更加自信，但他并不打算离开格特鲁德。格特鲁德在1951年8月20日生下了他们的第一个孩子戴维。阿西莫夫在辛勤创作。他在写纪实作品的同时，也效仿海因莱因开始写青少年小说，有一个系列的主人公是太空游侠戴维·"勒基"·斯塔尔（David "Lucky" Starr），用的是他儿子的名字。他在坎贝尔那里的地位就不那么清楚了。时隔九年，坎贝尔又开始给他退稿了，退回了他的两篇稿件。阿西莫夫回忆道："我想远离他的念头越来越强烈了③，但是，由于爱的纽带，由于记着他为我所做的一切，我在过去一直无法和他决裂。"

在极少听取坎贝尔意见的情况下，阿西莫夫写的前三篇小说感觉

---

① 参见弗雷德里克·波尔《继续追忆艾萨克·阿西莫夫》（*Our continued reminiscences of Isaac Asimov*），2010年11月10日，http://www.thewaythefutureblogs.com/2010/11/isaac-asimov-part-6（2017年12月引用）。——原注
② 参见阿西莫夫《欢乐如故》，第279页。——原注
③ 参见阿西莫夫《记忆犹新》，第669页。——原注

像倒退了，没有达到他那些最佳作品的水准，但他正在慢慢得心应手起来。霍勒斯·戈尔德建议他写一篇推理小说，讲一个侦探及其机器人搭档的故事，结果就是《钢穴》。阿西莫夫将这篇小说的背景设在一个地下城市，反映了他对封闭空间的偏爱。这是一个重大的进步。随后创作的《永恒的终结》是他写得最好的一篇小说，也是对《基地》系列的秘密否定——将一个类似的科学家组织形容成一群"精神变态者"。坎贝尔退回了这篇小说①。

后来，波尔的文学代理公司关闭了，阿西莫夫没了代理人，他觉得自己并不是很需要代理。然而在1954年5月25日，他与多年不见的海因莱因夫妇共度了一个晚上，勒顿·布莱辛格姆也在。当时距海因莱因与坎贝尔发生冲突的日子还有一天。在某个时刻，海因莱因悄悄透露他在布莱辛格姆手下的收入是以前的五倍。阿西莫夫动心了，但是吃晚餐时，命运从中作梗，那位经纪人的妻子从他的盘子里拿了一只虾吃。阿西莫夫总是把食物看作他的特殊财产，他当时就决定永远都不与布莱辛格姆签约。

1955年，格特鲁德生下了他们的女儿萝宾（Robyn）。阿西莫夫叫她罗比，与他笔下那个最著名的机器人同名，但他说这只是个巧合。同时，他在波士顿大学被提升为副教授。然而，他和格特鲁德的婚姻却出现了裂痕。两人经常当着朋友的面为钱吵架②，格特鲁德经常提到离婚，阿西莫夫也讨厌她抽烟③。阿西莫夫开始认为他们在一起的生活是失败的："这么多年来，我都没有使她幸福过④，也不知道怎样才能使

---

① 参见坎贝尔写给阿西莫夫的信，1955年2月20日。——原注
② 参见怀特（White）《艾萨克·阿西莫夫》，第156页。——原注
③ 参见阿西莫夫《艾萨克·阿西莫夫》，第106-108页。——原注
④ 参见阿西莫夫《欢乐如故》，第32页。——原注

她幸福。"

阿西莫夫将这种不满情绪发泄到了他的工作中。1956年，他们搬到了马萨诸塞州西牛顿。阿西莫夫在他的办公室里贴上了火箭飞船的图片，还有写着"工作天才"[①]和"伟大情人"的贴纸。他在给海因莱因的信中写道："格特鲁德总是抱怨[②]，说我打字的时候，她就只能看到我的后脖颈。"他在别处坦白说，只要不写作，他就会"非常难受"[③]："我喜欢待在阁楼上贴着墙纸的房间里。整个银河系我都去过了，还有什么可看的？"

阿西莫夫还在卖给坎贝尔小说[④]，但两人进行过一段关于种族的交流（稍后探讨），结果弄得阿西莫夫非常不舒服，所以他在寻找别的市场。罗伯特·朗兹主编接受了他的条件："我会给他写一篇小说[⑤]，就像在给《惊奇科幻》写一样。作为交换，如果他喜欢这篇小说的话，就要按《惊奇科幻》的价格付给我稿酬，也就是每个字四美分。"阿西莫夫为朗兹创作了《最后的问题》，在其中提出了一个令人难忘的解决宇宙死亡问题的方法。在他的短篇小说中，《最后的问题》（*The Last Question*）成了他最喜欢的一篇，他不再关心这篇小说在什么地方发表了。

阿西莫夫为青少年创作科学书籍，同时也为《惊奇科幻》写文章。在这个过程中，他开始意识到他可以靠写作和演讲来养活自己。阿西莫

---

① 参见弗里德曼《与艾萨克·阿西莫夫的对话》（*Conversations with Isaac Asimov*），第14页。——原注
② 参见阿西莫夫写给海因莱因的信，1955年1月27日。——原注
③ 参见阿西莫夫写给海因莱因的信，1955年2月5日。——原注
④ 其中有一篇小说是《鹅肝酱》（*Paté de Foie Gras*），是根据佩格提供的故事前提创作而成的。参见坎贝尔写给约翰·波默罗伊（John Pomeroy）的信，1956年9月19日。——原注
⑤ 参见阿西莫夫《欢乐如故》，第52页。——原注

夫与医学院院长的关系没有以前那么好了。他最终提出继续留在学院，但是不授课也不领薪水。不过，他坚持要求保留职称，因为他知道，如果失去这个职称的话，不仅他父亲会失望，坎贝尔也会失望[①]，后者喜欢自己的作家中有位教授。

就在离开医学院时，阿西莫夫在他的事业上取得了突破。被坎贝尔退回的《丑小孩》(*The Ugly Little Boy*)成了他个人最喜欢的小说之一。同时，他自己的兴趣也在改变，特别是在伴侣号卫星升空后："我很自责[②]，我明明有能力成为一名伟大的科学作家，却将过多的时间花在科幻小说上。"阿西莫夫将重点转移到了纪实作品上，一本接一本地创作科学书籍，开始有效地定义新兴的科普体裁。

他的生活也即将在其他方面发生改变。1959年5月1日，阿西莫夫去参加推理作家协会(Mystery Writers Association)举办的晚宴，同桌有一个女人长着一张小巧玲珑的面孔，戴着一副眼镜，下巴小小的。多年以前，他们在一场大会上见过面，她还请阿西莫夫签名了。当时，阿西莫夫得了胆结石，感觉很不舒服。"你叫什么名字？"[③]

"珍妮特·杰普森(Janet Jeppson)。"她说道。阿西莫夫为了找点话说，就问她在做什么工作。珍妮特曾就读于斯坦福大学和纽约大学医学院，她说自己是一名精神病医生。

阿西莫夫将书递还给她，"很好，我们上床吧。"

他当然没有心情乱搞，只是下意识说出来的。不过，这句话加上他那不悦的样子给珍妮特留下了不好的印象。然而，在推理作家协会的晚

[①] 参见波尔·安德森《纪念》，载于《艾萨克·阿西莫夫科幻小说》，1992年11月，第9—10页。——原注
[②] 参见阿西莫夫《欢乐如故》，第106页。——原注
[③] 参见阿西莫夫《欢乐如故》，第66页。——原注

宴上，他们过得很愉快。晚宴结束时，阿西莫夫转身对珍妮特说："希望今晚可以共度良宵。"①

32岁的珍妮特还是单身，听到阿西莫夫的话后，她很吃惊："你难道不想和你的朋友们留在这儿吗？"

"此刻，只有你是我的朋友。"阿西莫夫说道。他们去珍妮特的公寓里聊到下半夜，之后开始通信。阿西莫夫一来纽约就给她打电话。

阿西莫夫和其他主编走得越来越近②，同时和他以前的导师也有交集。1959年，阿西莫夫到底特律参加世界科幻大会。他在去吃早餐的路上遇到了坎贝尔和佩格。佩格对他说："看到至少还有一个人保持合理的作息时间，我很高兴③。"

其实，阿西莫夫彻夜未眠地"说笑、捏女孩"，但他不想让佩格失望，"我一直如此，佩格。"

然而，阿西莫夫也更清楚坎贝尔的缺点了。他曾经告诉古生物学家乔治·盖洛德·辛普森（George Gaylord Simpson）："假如你遇到一个人④，他问你的研究领域是什么，而你告诉他你是当今世界上最伟大的古脊椎动物学家，当然，事实如此。假如听到这话后，你遇到的那个人用闪亮的眼睛注视着你，接着给你讲了五个小时的古脊椎动物学，他全都讲错了，但不知何故，你却无法加以辩驳。那你遇到的人就是坎贝尔。"

阿西莫夫偶尔为《惊奇科幻》写文章，但他越来越相信自己有能力

---

① 参见阿西莫夫《欢乐如故》，第154页。——原注
② "我想，最初肯定是坎贝尔留下的印记，但我倾向于将主编们视为安全人物。"参见阿西莫夫《欢乐如故》，第250页。——原注
③ 参见阿西莫夫《欢乐如故》，第173页。——原注
④ 参见阿西莫夫《欢乐如故》，第235页。——原注

做好自己的工作。他的技能和性格——他的记忆、他对旅行的厌恶、对封闭空间的偏爱以及对从别处得来的素材进行改写的能力都加在一起，使他的工作效率格外高，所以他开始梦想着要出版100本书。他对格特鲁德提到这个梦想时，格特鲁德表示反对："你迟早会后悔[①]不该浪费那么多年的时间来写100本书，到时候可就悔之晚矣。"

"但是对我来说，生活的真髓就是写作。"阿西莫夫回道，"其实，如果我确实能出版100本书，然后就死了，我的遗言很可能是'才100本！'"

阿西莫夫的创作也影响了他和孩子们的关系。戴维在学步的时候会带着一个玩具打字机[②]到阁楼上去假装工作，但是长大后，他并不喜欢父亲写的那些书："听起来太像你了。"[③]戴维与别的小孩合不来，阿西莫夫夫妇为此咨询了精神病医生和神经病医生[④]。将戴维送到康涅狄格州纽黑文市的寄宿学校后，阿西莫夫将他的爱转给了一群年轻门生，其中包括哈伦·埃利森（Harlan Ellison）。连他喜爱的萝宾都感觉到他的忠心分成了两半。有一天，萝宾问他："假如你必须在我和写作之间选一个[⑤]，你会怎么选？"

"我当然会选你啊，亲爱的。"阿西莫夫说道，但是萝宾看到他犹豫了。

在海因莱因成功打入反主流文化时，阿西莫夫正逐渐成为主流文化

[①] 这段交流摘自阿西莫夫《作品100号》(*Opus 100*)，第xiv页；阿西莫夫《欢乐如故》，第221页。——原注
[②] 参见阿西莫夫写给海因莱因的信，1956年8月25日。——原注
[③] 参见阿西莫夫《欢乐如故》，第362页。——原注
[④] 参见阿西莫夫《艾萨克·阿西莫夫》，第175页。——原注
[⑤] 参见阿西莫夫《欢乐如故》，第221页。——原注

中的名人[1]。他喜欢上了黑框眼镜和浓密的络腮胡，余生都会保持这副面容。当他遇到约翰·厄普代克时，这位小说家只是咧嘴一笑："阿西莫夫，说说吧[2]，你是怎么写出那么多书的？"阿西莫夫仍然受科幻迷们喜爱。他还掌握了一种非正式文体，让读者觉得他在向他们倾诉。当科幻小说不断发展的时候，他让这种体裁看起来和30年代一样亲近。

但阿西莫夫的名声也有不那么吸引人的一面。他还在捏女人的屁股，导致一位朋友的妻子厉声说道："天啊，阿西莫夫[3]，你怎么老是这样？痛死了。而且也很可耻，你不知道吗？"然而，他并没有设法改变自己的行为。1962年，在世界科幻大会召开前，厄尔·肯普（Earl Kemp）主席邀请阿西莫夫就"捏臀部的正能量"发表一段演讲。肯普高兴地说："当然了，我们会提供一些适合的臀部[4]供演示之用。"阿西莫夫回绝了。不过，他补充道："当然了，如果所讨论的臀部特别引人注目的话，你在很短的时间内就能说服我[5]发表这个演讲，即便是在大会开始后也没关系。"

这不仅仅是一个玩笑。朱迪思·梅里尔说，阿西莫夫在年轻的时候被称为"百手之人[6]……偶尔会让人感到不快，可是似乎没有什么办法能让他知道这一点"。几十年后，阿西莫夫在模仿作《敏感的邋遢老人》（*The Sensuous Dirty Old Man*）中写道："因此，问题不是该不该

---

[1] 连索尔·贝娄1964年的小说《赫索格》都简要地提及阿西莫夫，把他看作整个科幻界的代表空间："是推理小说（约瑟芬·铁伊），还是科幻小说（艾萨克·阿西莫夫）？"

[2] 参见阿西莫夫《欢乐如故》，第413页。——原注

[3] 参见怀特《艾萨克·阿西莫夫》，第151页。——原注

[4] 参见厄尔·肯普写给阿西莫夫的信，1961年12月11日。——原注

[5] 参见阿西莫夫写给厄尔·肯普的信，1961年12月14日。——原注

[6] 参见阿西莫夫《记忆犹新》，第653页。——原注

摸女孩①，而是应该在什么时间什么地方怎样摸女孩。"哈伦·埃利森记得："每当我们和一个年轻女人一起上楼时②，我必定要走在她的后面，以防艾萨克抓她的屁股。时代不同了，艾萨克那么做并没有任何意思，他就是那副德行。"

阿西莫夫还有在主编办公室里"拥抱所有年轻女士"③的习惯。因此，双日出版社的蒂姆·塞尔迪斯（Tim Seldes）亲切地告诉他："你想做的就是亲吻④女孩，拨打对方付费的电话。欢迎你这么做，艾萨克。"还有一家出版社，无论他什么时候去，那里的女人们都会找借口离开大楼⑤，塞利·戈德史密斯⑥（Cele Goldsmith）主编也说他会绕着办公桌追她。阿西莫夫觉得人们普遍认为他是"无害的"⑦，觉得科幻迷们通常会欣然接受他的关注："我会亲吻每个想要我签名的年轻女人⑧，结果高兴地发现，她们在那个活动中往往会积极配合。"在20世纪50年代末的一次大会上，一位与会者惊奇地回忆道："阿西莫夫……没有和我的约会对象握手⑨，而是握住了她的左胸。"

听到波尔对自己的行为提出质疑时，阿西莫夫回道："就像老

---

① 参见阿西莫夫《敏感的邋遢老人》，第108页。——原注
② 参见塞格罗夫《点燃的引信》，第181页。——原注
③ 参见阿西莫夫《记忆犹新》，第678页。——原注
④ 参见阿西莫夫《欢乐如故》，第253页。——原注
⑤ 参见戈登·范格尔德（Gordon Van Gelder）发给本书作者的电子邮件，2017年12月6日。这段趣闻逸事的提供者是已故的沃克公司（Walker & Company）前主编露丝·卡温（Ruth Cavin）。——原注
⑥ 参见达文（Davin）《神奇伙伴》（Partners in Wonder），第4页。——原注
⑦ 参见阿西莫夫《记忆犹新》，第678页。——原注
⑧ 参见阿西莫夫《欢乐如故》，第175页。——原注
⑨ 参见爱德华·L.弗曼（Edward L. Ferman）的采访，载于普拉特《梦想家》第二卷，第246页。——原注

话说的那样①，有很多人扇你耳光，但也有很多人和你上床。"有时候，他似乎感觉到自己过界了，曾经写信给作家米尔德里德·克林格曼（Mildred Clingerman），为他"那些令人难以忍受的习惯举止"②道歉。阿西莫夫对待女性的方式通常是不可原谅的，有时可能更严重，但这并没有影响其他男人对他的喜爱，也没有影响他作为科幻体裁大师的地位。阿西莫夫在创作电影《奇幻的航程》（*Fantastic Voyage*）的小说版时，错过了和拉奎尔·韦尔奇（Raquel Welch）见面的机会，这让他颇为遗憾。在亚瑟·C. 克拉克和斯坦利·库布里克（Stanley Kubrick）编写《2001太空漫游》（*2001: A Space Odyssey*）的剧本时，阿西莫夫还为这部作品接受了电视采访，但是他的镜头在最后都被剪掉了。

阿西莫夫和坎贝尔疏远了，但他没有忘记这位主编对他的知遇之恩。在坎贝尔作为贵宾出席的一场大会上，已经和阿西莫夫重归于好的兰德尔·加勒特提到了机器人三定律："艾萨克说是约翰发明的③，约翰说是艾萨克发明的。要我说，他们两个说得都对，三大定律是他们合力发明的。"阿西莫夫也这么认为。几年后，《基地》三部曲作为有史以来最优秀的系列小说荣获一项特殊的雨果奖，他在发表感言时只是简单地说："我要感谢约翰·W. 坎贝尔先生④，他对《基地》系列的贡献至少和我一样多。"

阿西莫夫的名声越来越大。美国联邦调查局甚至对他进行了短暂的

---

① 参见弗雷德里克·波尔《继续追忆艾萨克·阿西莫夫》，2010年11月10日，http://www.thewaythefutureblogs.com/2010/11/isaac-asimov-part-6（2017年12月引用）。——原注
② 参见阿西莫夫写给米尔德里德·克林格曼的信，1956年9月5日。——原注
③ 参见阿西莫夫《欢乐如故》，第304页。——原注
④ 参见阿西莫夫写给坎贝尔的信，1966年10月10日。——原注

调查①,怀疑他是一名共产主义间谍。不过,这些指控从未得到证实。但是他的科学创作为他带来了名利,他依靠的是理性的名声。有一天晚上,萝宾说她看见一个飞碟②。阿西莫夫听后就走了出去,结果惊恐地看到一个金属圆盘悬在空中。后来发现那是固特异公司的小型飞艇,他说不出地松了一口气。萝宾记得:"他差点心脏病发作③,以为自己的事业快失败了。"

父亲为阿西莫夫感到骄傲,很喜欢炫耀儿子写的书,却不让任何人碰那些书。1968年,父母退休到佛罗里达养老,不愿意坐飞机的阿西莫夫感觉自己可能再也见不到父亲了,他确实再也没有见过,朱达·阿西莫夫于1969年8月4日去世。

当时,格特鲁德和萝宾在欧洲,戴维去上学了。阿西莫夫一生都在努力以父亲为榜样,每天都像还在糖果店一样。他不想打扰自己的妻子和孩子们,所以独自开车去纽约参加父亲的葬礼。

8月11日,正当阿西莫夫伤心难过的时候,珍妮特·杰普森打来了电话,还答应和他一起吃午餐。后来,他们去了康科德(Concord)的睡谷墓园(Sleepy Hollow Cemetery),在爱默生的墓前停了片刻。爱默生曾经在100多年前写过:"倘若繁星千年一现,人类必将坚信、崇拜。"

两个月后,还不到50岁的阿西莫夫出版了他的第100本书。

1969年3月,海因莱因和金妮飞到里约热内卢参加一个电影节,在

---

① 根据《信息自由法案》(*Freedom of Information Act*)公布的阿西莫夫在美国联邦调查局的档案。参见 https://www.muckrock.com/foi/united-states-of-america-10/fbi-file-on-isaac-asimov-8300(2017年12月引用)。——原注
② 参见阿西莫夫《欢乐如故》,第397页。——原注
③ 参见戴夫·伊茨科夫(Dave Itzkoff)《试着见见邻居》(*Trying to Meet the Neighbors*),载于《纽约时报》,2007年3月11日。——原注

那里遇见了罗曼·波兰斯基①（Roman Polanski）导演。那年晚些时候，他观看了阿波罗11号的发射，称之为"这辈子最棒的精神体验"②，还对新闻节目主持人沃尔特·克朗凯特（Walter Cronkite）说："这是人类历史上最伟大的事件③……今天是元年的元旦。"

在这个时刻，现实和科幻似乎近在咫尺。阿西莫夫和波尔参加了一个由《迷离时空》（*The Twilight Zone*）的导演罗德·塞林（Rod Serling）主持的电视讨论会④，《类比》也派了一位代表⑤到佛罗里达。有一个人没有活着看到这个时刻，那就是维利·莱。他一生都怀着火箭梦，却在火箭发射三周前去世了。坎贝尔参加了他的葬礼⑥。他们因戴尼提产生了分歧，始终未能言归于好，坎贝尔心里充满了遗憾。

坎贝尔是在家里观看登月过程的，他称之为"有史以来最棒的节目"⑦，他说没有作家预料到登月过程会在电视上播出，还告诉读者："对于像我这样在40多年中一直在讨论、考虑、想象和设想这件事的人

---

① "在大使馆的一个聚会上，罗曼·波兰斯基发现了海因莱因，然后将他介绍给自己的妻子，也就是美得令人惊艳的莎伦·泰特。她一直在欧洲拍电影，趁着休息时间和丈夫一起来参加活动。金妮照旧去应酬了。"参见帕特森《学得更好的人》，第301页。给帕特森提供信息的人显然是弗吉尼亚·海因莱因，但是也有消息来源表明泰特于1969年3月24日乘飞机去了欧洲，并没有记录表明她当时去过里约热内卢。参见布廖西《杀人王曼森》（*Helter Skelter*），第281-282页。——原注
② 参见帕特森《学得更好的人》，第307页。——原注
③ 参见帕特森《学得更好的人》，第309页。——原注
④ 该讨论会的视频可在网上找到，https://www.youtube.com/watch·v=tFkqGDEAi_4（2017年12月引用）。——原注
⑤ 这位记者是麻省理工学院的研究生拉塞尔·塞茨（Russell Seitz）。参见坎贝尔编"未来"栏目，载于《类比》，1969年12月，第155页。——原注
⑥ 莱斯特·德尔雷伊所写，载于《轨迹》，1971年7月12日，第4页。——原注
⑦ 参见坎贝尔《1969年7月20日》（*7/20/69*），载于《类比》，1969年11月，第4页。——原注

来说，有相当大的成就感。"

7月24日，尼尔·阿姆斯特朗、巴兹·奥尔德林（Buzz Aldrin）和迈克尔·柯林斯（Michael Collins）返回地球。第二天，当报纸报道飞船降落时，查尔斯·曼森（Charles Manson）指使三名手下去抢劫加利福尼亚州的贩毒者加里·欣曼（Gary Hinman），将其刺死了。8月9日，嫁给罗曼·波兰斯基的女演员莎伦·泰特（Sharon Tate）被曼森家族（Manson Family）杀害，还有四人也同时遇害。莎伦·泰特当时怀着八个月的身孕。

两个月后，海因莱因收到一封信，来信者是一个叫"安妮特（Annette）或纳内特（Nanette）"①的女人。她在信中称警方的直升机正在追捕她的朋友。金妮被信中的语气吓到了，她提醒丈夫要小心："亲爱的，这比疯狂的科幻迷邮件还可怕②。这绝对是疯了，千万别跟它扯上关系。"据说，此人是曼森家族的成员凯瑟琳·"吉普赛"·沙雷（Catherine "Gypsy" Share），化名米农·米内特（Minon Minette）。

1970年1月8日，《旧金山先驱考察家报》（San Francisco Herald-Examiner）在头版刊登了一则报道，标题为"曼森的蓝图·声称泰特案嫌疑犯利用了科幻情节"（Manson's Blueprint · Claim Tate Suspect Used

---

① 参见帕特森《学得更好的人》，第313页。帕特森认为写信的人是利奈特·"斯奎基"·弗罗姆（Lynette "Squeaky" Fromme），但有一个曼森家族的内部人士说："吉普赛（凯瑟琳·沙雷）还有一个化名是米农·米内特，她花时间给罗伯特·海因莱因写了几封信，想看看他是否愿意帮忙把我们保释出来……海因莱因给她回了一封信，承认他在年轻时做过一些恶作剧，但是不像《异乡异客》中的人物，他无法提供任何其他类型的法律或经济支持。不过，他深表同情。"参见莱克（Lake）与赫尔曼（Herman）《家族成员》（Member of the Family），第336页。——原注
② 参见帕特森《学得更好的人》，第313页。——原注

Science Fiction Plot）。当月晚些时候，《时代周刊》发表了一篇文章，开头是：

> 在精神病患者的头脑中①，事实和幻想自由地交织在一起……在曼森被起诉后的几周里，与此案有关的人发现他可能是按照书中的情节杀人的。该书就是罗伯特·A. 海因莱因的《异乡异客》，这本富有想象力的科幻小说长期受嬉皮士欢迎。

曼森在后来否认②读过《异乡异客》，但不可否认，这本小说在他的圈子里并不陌生。1968年，曼森的儿子出生后，他母亲给这个孩子起名叫瓦伦丁·迈克尔（Valentine Michael），与小说中那个从火星来的人同名。后来，海因莱因至少又收到过两封曼森家族成员的来信③。

几年前，曼森在一个更为重要的程度上接触到了另一位科幻作家的作品。在麦克尼尔岛联邦监狱（McNeil Island Federal Penitentiary），曼森交代说他信奉的宗教是"科学教"，说他在从"科学教这个心理

---

① 参见《火星模型》（*A Martian Model*），载于《时代周刊》，1970年1月19日，第44-45页。——原注
② 参见 J. 尼尔·舒尔曼（J. Neil Schulman）《曼森与海因莱因》（*Manson and Heinlein*），载于写给《洛杉矶时报》的信，1991年1月20日。1969年10月，曼森在死亡谷国家公园（Death Valley National Park）内的巴克农场（Barker Ranch）被捕，后来在此地发现一本《异乡异客》。参见吉福德《罗伯特·A. 海因莱因：读者的伴侣》，第247页。——原注
③ "几周前，有一位科幻迷从加利福尼亚州独立城（Independence）的监狱里寄来一封信。罗伯特怀着慷慨之情，想要为这个给他写信的女孩做点什么，结果发现她是曼森家族的成员。所以如果我们像莎伦·泰特一样在床上被人砍死，那就是由于曼森家族的人写来的三封信。"参见弗吉尼亚·海因莱因写给勒顿·布莱辛格姆的信，1970年1月7日，转引自海因莱因《坟墓里的怨声》，第240-241页。——原注

健康新团体"①中寻找深刻见解。他在回忆录中写道："在一位狱友的影响下，我开始对科学教感兴趣②。跟他和另一个人在一起，我变得沉迷于戴尼提和科学教……有时候，我会试着向狱友艾伦·卡皮斯（Alan Karpis）灌输我通过科学教学到的东西。"

曼森接受过大约150个小时的听析。1968年，去拜访科学教的一个分会时，他问接待员："成为'清新者'后做什么？"③他有些手下也接受过听析，但检察官文森特·布廖西（Vincent Bugliosi）认为这与其犯案没有任何关联。海因莱因和哈伯德对曼森造成的浅表影响在很大程度上证明了他们所取得的文化地位。作为另一名信徒的代表律师，莱斯利·范霍滕（Leslie Van Houten）谈及他的当事人："那个女孩疯了④，简直就像科幻小说里的情节。"

然而，科幻小说也造成了较深的影响。曼森代表面对势不可当的文化变革而产生的转变冲动的精神变态边缘，科幻小说为其提供了方便的词汇，正如数十年后日本奥姆真理教⑤的建立在一定程度上受到了阿西莫夫所著《基地》系列的影响一样。但曼森家族似乎对其更加卓越的表现无动于衷，在他们生活的牧场上，有一个女人说："今天有人登上月球了。"⑥另一个女人回道："那是假的。"

---

① 参见布廖西《杀人王曼森》，第200页。——原注
② 参见曼森《不道德的人》（*Manson in His Own Words*），第70页。——原注
③ 参见布廖西《杀人王曼森》，第318页。——原注
④ 参见布廖西《杀人王曼森》，第291页。——原注
⑤ "在一次采访中，村井秀夫（Hideo Murai）实事求是地说奥姆教的长期计划是以《基地》系列为蓝本的。"参见戴维·E. 卡普兰（David E. Kaplan）与安德鲁·马歇尔（Andrew Marshall）《世界尽头的邪教》（*The Cult at the End of the World*），载于《连线》（*Wired*），1996年7月1日。——原注
⑥ 参见吉恩（Guinn）《曼森》（*Manson*），第229-230页。——原注

第15节　黄昏（1960—1971）

> 每个人类灵魂①都有一个唯一的常数值"a"，而虚指数"b"是常变量……在生命周期结束时，灵魂会抛弃它的负特征值，而采用一种特征值为实数的新波形……已知这种变化伴随着保角变换，但是……在细节上有分歧。
>
> ——摘自约翰·W.坎贝尔著《论天使的本质》（*On the Nature of Angels*）

就在《惊奇科幻》杂志宣布更名之前，坎贝尔在1959年12月刊中给读者留下了一个诱人的暗示："我看到了某个小装置的照片。"②那是诺曼·L.迪安（Norman L. Dean）的智慧结晶。迪安是一位专门从事抵押评估的主管，他在闲暇时间制造了一种装置，还在1956年获得了专利。然而尽管他尽了最大的努力去说服美国航空航天局、海军研究所（Office of Naval Research）和参议院太空委员会（Senate Space Committee），但他们还是对这项发明不屑一顾。坎贝尔写道："根据我所学过的物理知识，这就是无稽之谈。"

这将是坎贝尔主编最后一次强烈的挑衅。1959年秋，迪安找到了

---

① 参见坎贝尔《论天使的本质》，载于《类比》，1971年9月，第160页。——原注
② 参见坎贝尔《极微弱的交互作用》（*The Ultrafeeble Interactions*），载于《惊奇科幻》，1959年12月，第160页。——原注

坎贝尔。结果，坎贝尔对它产生了极大的兴趣。在研究过几张照片后，他开车前往华盛顿特区，要亲眼看看那个装置。那是"一个由旋转偏心锤、螺线管和离合器构成的古怪装置[①]"，由电动发动机驱动。迪安称，通过不断改变每个偏心锤的重心，整个装置将会上升。将其放在体重秤上打开，刻度盘上的读数似乎会下降。据说，用六对偏心锤就可以使其从地面上升起来，但有效的模型已经不存在了。

在进一步调查后，坎贝尔开始相信迪安发明了一种惯性太空驱动器——该装置无须推进燃料也能飞行。他确定自己拿到了令人震惊的东西，还为此在1960年4月刊中发表了一篇很长的文章。在深入讨论细节之前，他用了七页文字来论证这不仅仅是一个技术问题，而是一个充满感情和政治色彩的问题。事实上，没有人测试过迪安驱动器（Dean Drive），这才是真正的丑闻。不过，坎贝尔主编也表明了自己的观点："我相信真正的太空驱动器[②]已经被发明出来了，其模型已经过测试，而且获得了专利。"

阿西莫夫在坎贝尔主编的办公室里见过迪安[③]，他对此表示怀疑。贝尔实验室的约翰·R. 皮尔斯[④]（John R. Pierce）和机器人学家马文·明斯基[⑤]（Marvin Minsky）等人均持怀疑态度，据他们说，更有可能的是，这种装置与体重秤的弹簧产生了共鸣，导致其重量看似减轻了。在空军测试失败后，坎贝尔说这证明了他的观点——政府早已对其

---

① 参见坎贝尔《极微弱的交互作用》（*The Ultrafeeble Interactions*），载于《惊奇科幻》，1959年12月，第160页。——原注
② 参见坎贝尔《太空驱动问题》（*The Space-Drive Problem*），载于《惊奇科幻》，1960年6月，第100页。——原注
③ 参见阿西莫夫《欢乐如故》，第196页。——原注
④ 参见哈里森《哈里·哈里森！哈里·哈里森！》（*Harry Harrison! Harry Harrison!*），第264页。——原注
⑤ 参见耐特《寻找奇迹》，第50页。——原注

处以私刑[1]，现在才进行迟来的审判。在一场大会上，他就这个问题发表演讲的时候，看到了坐在前排的德坎普。"斯普拉格！"[2]

德坎普抬头看了一眼，他有一种不好的预感，"什么事？"

"你在海军工厂工作过，所以了解应变仪。"坎贝尔说道，"嗯，应变仪是一种复杂的现代设备，对不对？可海军却没有用这种精确的现代设备测试迪安驱动器，他们用的是一种简陋的悬挂装置，只有一根绳子、几个滑轮和一个弹簧秤。这证明他们根本不想得到有利的结果，不是吗？"

德坎普本来可以告诉他弹簧秤是用来测量那些不能直接测量的力的，测试迪安驱动器用普通的秤就行了，但坎贝尔已经开始说别的了。

在接下来的几年里，坎贝尔继续维护迪安驱动器及其似乎证明了的物理学新原理[3]。很少有人对此感兴趣，连最细致的有效模型构建尝试都一再失败——驱动器往往在它似乎要做什么有趣之事的时候突然飞散，坎贝尔怀疑发明人隐瞒了设计中的几个方面。迪安像韦尔斯福德·帕克一样拒绝按规矩办事，也像坎贝尔一样拒绝接受任何决定性的测试。

---

[1] 参见坎贝尔《科学私刑》(*Scientific Lynch Law*)，载于《类比》，1961年10月，第4—5页和第176—178页。——原注
[2] 参见德坎普《时间与机遇》，第222页。——原注
[3] 参见威廉·O. 戴维斯博士（Dr. William O. Davis）《第四运动定律》(*The Fourth Law of Motion*)，载于《类比》，1962年5月，第83—104页。——原注

当坎贝尔对探测术①和占星术②等陷入痴迷时，他开始远远落后于已经成为《银河》主编的波尔。在他们两人中，坎贝尔在开发新声音方面遇到更多的困难——他发现的作家往往停留在越来越重视纪实作品的《类比》中③，所以波尔不再敬畏他了。然而，有些时候又像时间还停留在过去。有一天，在做完演讲后乘飞机回家的路上，坎贝尔碰碰波尔的肩膀说："弗雷德，你在科幻小说方面做得真好。"波尔听后脸红了。

坎贝尔也被新浪潮孤立了，这一代实验型作家将他的创新视为理所当然。坎贝尔坚持认为读者需要英雄——他刊载了安妮·麦卡弗里（Anne McCaffrey）的《龙骑士》（*Dragonrider*）系列，感觉像在努力夺回输给奇幻小说的地盘。他拒绝录用那些对超能力进行负面描述的小说，结果惹恼了菲利普·K. 迪克："坎贝尔认为我的作品④不只是没有价值，而是'胡说八道'，这是他的原话。"迪克只卖给坎贝尔一篇小

---

① 坎贝尔开始相信用探测术介绍超能力胜过用希罗尼穆斯机，因为探测术更容易演示。一根自制的探测棒可以找到地下水管，其可靠性给作家波尔·安德森留下了深刻的印象，但他的女儿指出，草地上有明显的凹陷。参见本书作者对阿斯特丽德·贝尔（Astrid Bear）的采访，2016年8月19日。——原注
② 坎贝尔刊登由占星家约瑟夫·F. 古德维奇（Joseph F. Goodavage）预测的天气预报，后者曾经准确地预言肯尼迪将死在任上："巧合的是，（木星和土星在土象星座中）合相时在任的每一位美国总统要么去世，要么在卸任前遇刺身亡……约翰·F. 肯尼迪于1960年木星和土星在摩羯座中合相时当选总统。"参见约瑟夫·F. 古德维奇《第一科学》（*The First Science*），载于《类比》，1962年9月，第109-110页。他的第一个占星术天气预报发表在1962年10月的《类比》中。——原注
③ 戴蒙·耐特认为这是故意采用的一种策略："他有意识地培养了一些拥有边缘创作技能的技术型作家……坎贝尔是在开发一批他确定自己能雇用的新人。"转引自韦斯特法尔（Westfahl）《神奇的机制》（*The Mechanics of Wonder*），第285-286页。——原注
④ 参见迪克《少数派报告》，第379页。——原注

说①，而坎贝尔从未刊载过理查德·马特森和厄休拉·勒古恩等后起之秀的作品，其中也包括拉里·尼文（Larry Niven）。尼文回忆道："比起我的创意，他更喜欢自己的创意②。"

坎贝尔主编也在渐渐与成名作家失去联系。早在1957年，他就写道："斯普拉格·德坎普的作品无法登上杂志了③，杰克·威廉森差不多出局了，鲍勃·海因莱因大约还有百分之三十的成功率。只有艾萨克·阿西莫夫迅速成长起来，可以保持领先地位。"现在连阿西莫夫也没有幸免，坎贝尔在私下称之为"书本知识的拥护者④，他很喜欢宣传"。他当众哀叹："伟大的老作家们⑤……在创作时不会听那个专横独裁、不愿配合的坎贝尔摆布……他们讨厌我向他们灌输新观念和新想法，还为他们缺乏惊奇感而怪我！"

坎贝尔尤其对海因莱因感到失望，认为他几十年来都"拒绝与科幻迷们讨论他的创意"⑥。坎贝尔认为海因莱因被其作品中的含意吓到了，他在给E.E.史密斯的信中写道：

  他被超能力吓坏了⑦。他有预知能力，却不想知道。在那

---

① 参见《冒名顶替》，载于《惊奇科幻》，1953年6月，第58—70页。迪克说坎贝尔让他反复修改，还说他"宁愿为每字一美分的稿酬写几篇初稿即成的小说，也不愿花时间为坎贝尔修改一篇小说，尽管后者的稿酬比较高。参见达文《神奇伙伴》，第147页。——原注
② 参见本书作者对拉里·尼文的采访，2016年8月20日。——原注
③ 参见坎贝尔写给戈特哈德·冈瑟的信，1957年7月29日。——原注
④ 参见坎贝尔写给小威廉·R.伯克特的信，1968年7月1日。坎贝尔只是称阿西莫夫为"一位化学教授"，但从上下文来看，他的身份显而易见。——原注
⑤ 载于罗杰斯《〈惊奇〉安魂曲》，坎贝尔，第xxi页。——原注
⑥ 参见坎贝尔写给"斯普林"的信，1957年5月30日。——原注
⑦ 参见坎贝尔写给E.E.史密斯的信，1959年4月11日。——原注

该死的东西成为现实之前,还可以创作《差强人意的办法》。

现在,他想远离任何可能会成为现实的东西!

坎贝尔还告诉另一位记者,即使把《异乡异客》给他,他也不会录用:"比起写科幻故事,海因莱因更关心的是[①]推销他的性乱交哲学。"坎贝尔补充道,如果他试图给海因莱因提供什么创意,对方会认为自己"要限制他的艺术创造力"[②]。坎贝尔可能说对了——海因莱因对他的老主编不屑一顾,还对布莱辛格姆说他不想再费力地读完"向我解释我的小说为什么不好的长达十页的傲慢侮辱[③]"。

坎贝尔还和斯特金就基因问题进行了"非常激烈的"争论[④]。在一场大会期间,他把斯特金带入一个私人房间,关上门将他痛骂了一顿。他们在50年代末之后再也没有见过面。他甚至和西尔弗伯格闹翻了,在后者看来,他已经"没资格"当主编了[⑤]。1967年在一场大会期间,西尔弗伯格于午夜时分排练时,看到坎贝尔拿着一瓶苏格兰威士忌独自坐在他的宾馆客房里。坎贝尔看起来情绪低落。他给西尔弗伯格倒了一杯酒,问西尔弗伯格、阿西莫夫和斯特金为什么不给他投稿了。西尔弗伯格直言不讳地说:"我不能代表艾萨克和特德[⑥],但我觉得自己无法再

---

① 参见坎贝尔写给F.W.奥特上校(Col. F.W. Ott)的信,1967年2月23日。——原注
② 同上。
③ 参见海因莱因《坟墓里的怨声》,第152页。——原注
④ 参见西奥多·斯特金的演讲,密歇根州罗穆卢斯第三次秘密会议"约翰·W.坎贝尔"讨论组,1978年11月4日,录音由科幻口述历史协会档案室提供。——原注
⑤ 罗伯特·西尔弗伯格所写,载于索尔斯坦与穆斯尼克《坎贝尔科幻小说的黄金时代》,第26页。——原注
⑥ 罗伯特·西尔弗伯格与本书作者往来的电子邮件,2016年9月20-21日。——原注

接受你的想法了。"

然而，几乎是出于偶然，坎贝尔发现了一篇小说，这将成为他刊载过的最著名的作品。1959年，偶尔给杂志投稿的记者弗兰克·赫伯特开始构思一个名为《沙丘》（*Dune Planet*）的系列。四年后，他将其提交给坎贝尔，后者买下了这部作品。坎贝尔主编对其中的哲学和阿拉基斯（Arrakis）这个沙漠世界的生态学并不是特别感兴趣，而是将其看作一篇超人小说，集中评论能预见未来的少年保罗·阿崔迪（Paul Atreides），因为阿崔迪很像他几年前就想写的"像神一样受人崇拜的少年"。

坎贝尔在录用通知书中告诉赫伯特："恭喜①！你现在是一个15岁超人的父亲了！"他重复了自己最喜欢的观点，说根本没办法想象出超人的行为方式和思维方式，然后称赞赫伯特效仿范沃格特在《斯兰》中所采用的方法，也就是展现尚未发育完全的超人。为了将来要写的小说，他建议赫伯特限制保罗的天赋，但赫伯特回绝了，所以这位主人公的能力基本上保持不变。

坎贝尔和赫伯特从未见过面，但他们经常写信或打电话讨论这篇小说。坎贝尔主编审阅了赫伯特对后面几部分的提议，买下了《沙丘的先知》（*Prophet of Dune*），然后要求他进行了几处小改动和说明。他有一条建议对整个系列产生了至关重要的影响，那就是挽救在初稿中死去的保罗的妹妹艾莉雅（Alia）："顺便说一下，看到她去世，我很难过②，非杀死她不可吗？"

不过总的来说，这个系列基本上保留了赫伯特的构思。坎贝尔为续篇提供了一些创意③，包括保罗受到外星种族挑战，但赫伯特拒绝采用

---

① 参见坎贝尔写给弗兰克·赫伯特的信，1963年6月3日。——原注
② 参见坎贝尔写给弗兰克·赫伯特的信，1964年1月22日。——原注
③ 参见坎贝尔写给弗兰克·赫伯特的信，1964年3月25日。——原注

这个提议。第二年,《类比》荣获雨果奖。当时坎贝尔主编不在,领奖的人是赫伯特。他提到这次获奖主要是因为《沙丘》受到了热烈的欢迎。

1968年,赫伯特提交了《沙丘救世主》,坎贝尔却对主人公的处理方法表示反对:"保罗就是个大傻瓜[①],肯定不像神;他毁了自己,毁了他所爱的人,也毁了整个银河系。"经过修订后,他仍然心存疑虑:

> 这次,我们的中心人物保罗[②]成了一颗无助的棋子,身不由己地受毁灭性的残酷命运摆布……然而,科幻小说家在过去几十年的反应一直都十分明确,那就是他们需要英雄,而非反英雄。

最后,这个续篇卖给了《银河》,坎贝尔就这样失去了对赫伯特的职业生涯造成影响的机会,而这位作家的小说将会为科幻小说侵入畅销书排行榜铺平道路。

坎贝尔主编骄傲地将他获得的八个雨果奖摆在办公室里,而且他的杂志销量仍然是业内最高的,这两件事都让他感到安慰。坎贝尔一如既往地保持着海因莱因所说的他对商人"有点目瞪口呆的崇拜"[③]——虽然怀疑安·兰德"有点像同性恋"[④],但他很喜欢此人创作的《阿特拉斯耸耸肩》。人们普遍认为在出版社被康泰纳仕集团收购后,他的观点

---

① 参见坎贝尔写给弗兰克·赫伯特的信,1968年夏,转引自赫伯特《沙丘之路》(*The Road to Dune*),第293页。——原注
② 参见坎贝尔写给勒顿·布莱辛格姆的信,1968年10月15日。——原注
③ 参见海因莱因写给坎贝尔的信,1942年1月4日。——原注
④ 参见坎贝尔写给埃里克·弗兰克·拉塞尔的信,1958年5月9日。——原注

变得更加根深蒂固了。实际上,更换东家并没有对他造成影响[1],他还开玩笑说,是他雇用这家公司来传播他的想法[2],而不是反过来。

坎贝尔曾经告诉他父亲,这本杂志"被仔细删改,以迎合那些最一本正经的人[3]——而我正忙着锯掉支撑这整个疯狂结构的桩基"。然而,他对资本主义的看法只是表面上的。在列克星敦大道(Lexington Avenue)的格雷巴大楼(Graybar Building)里,坎贝尔可能和《时尚》(Vogue)杂志的戴安娜·弗里兰(Diana Vreeland)有过交集,他与公司的上司有同感。有一位科幻迷对坎贝尔说他写了一篇小说,但不确定是否适合这本杂志,坎贝尔正色说道:"康泰纳仕出版公司什么时候[4]雇你来《类比》杂志做编辑决策了?"

但坎贝尔的性格中更令人不安的一面正变得越来越难以忽视。1968年,世界科幻大会在伯克利的克莱尔蒙特酒店(Claremont Hotel)举行。大楼里热得难受,附近还有反战者在示威——当风向合适时,科幻迷们可以闻到催泪瓦斯的气味。其中有一名与会者是一位名叫艾伦·迪安·福斯特[5](Alan Dean Foster)的大四学生,他看见坎贝尔大发议论,对越南战争表示支持。坎贝尔主编在这个问题上的立场已经发生了变化——他曾经说越南还没有准备好接受民主[6],后来却签署了一份声

---

[1] 除了新名称,对该杂志最明显的影响是从 1963 年 3 月到 1965 年 3 月出版较大的开本,进行短暂的试验。——原注
[2] 参见坎贝尔写给罗纳德·E. 格雷厄姆(Ronald E. Graham)的信,1969 年 9 月 8 日,转载于邦松《坎贝尔:澳大利亚的敬意》,第 86 页。——原注
[3] 参见坎贝尔写给老约翰·W. 坎贝尔的信,1953 年 5 月 15 日。——原注
[4] 参见博瓦《坎贝尔与现代科幻表现风格》。——原注
[5] 参见本书作者对艾伦·迪安·福斯特的采访,2016 年 8 月 29 日。——原注
[6] 参见坎贝尔《保留主义》(Keeperism),载于《类比》,1965 年 7 月,第 5-6 页和第 159-162 页。——原注

明表示支持美国的干预①。讨论结束后，他笑着提出要改变立场，就像德尔雷伊曾看到他在纳粹入侵苏联后改变立场一样。

寻找坎贝尔的还有格雷戈里·本福德②（Gregory Benford）。本福德是劳伦斯放射实验室（Lawrence Radiation Laboratory）的一名博士后，曾经写过一篇关于速子的论文——速子为假想的超光速粒子，还提出要就这个问题写一篇文章。坎贝尔曾经在杂志上写过关于速子的轻蔑之辞③，但本福德在酒店的酒吧里找到他，再次提出这个想法。令本福德失望的是，坎贝尔似乎没有领会其中的物理原理，而本福德当时也怀着恶作剧的心情。在坎贝尔主编提到他上大学时学过德语后，本福德换成了另一种语言。坎贝尔只是盯着他看。

令本福德印象更深的是，在他们谈话的过程中，坎贝尔抽了五支烟，还点了两杯加柠檬的马丁尼酒——他现在在公共场合喝得越来越多了，不过他并没有因此而愿意接受本福德的提议。交谈过后，本福德给坎贝尔寄了一份他就该问题写的论文，还附上了一张纸条："也许这样会更清楚。"坎贝尔没有回复。一年后，本福德又试了一次，坎贝尔主编回复说速子对《类比》来说"有点太深奥了"④。

但他所做的另一项声明更加让本福德震惊。前一年，坎贝尔用不

---

① 在《银河》1968年6月刊上的一则广告中，签名支持美国留在越南的有海因莱因、德坎普、威廉森等数十人。在反战声明上签名的人还要更多，其中包括阿西莫夫、布拉德伯里、德尔雷伊和吉恩·罗登贝瑞。——原注
② 参见2016年8月18日在密苏里州堪萨斯城第二届美国中部大会（Mid-AmeriCon II）坎贝尔会议奖（Campbell Conference Awards）颁奖晚宴上的演讲。——原注
③ "大多数科学家也不了解速子，而且很多人似乎觉得没什么可了解的！"参见坎贝尔编"基本实情"栏目，载于《类比》，1968年6月，第167页。——原注
④ 参见坎贝尔写给格雷戈里·本福德的信，1970年3月5日。——原注

赞成的眼光看待纽瓦克的暴乱，他说那是黑人想要"不劳而获"①的一个例子。在伯克利提到外面的骚乱时，坎贝尔主编说："这个国家的问题②就是不知道如何对付黑鬼。"

如果当时有人问起，坎贝尔可能就会解释说他心里对"黑人"这个词有一种特殊的定义。两年前，他在一封信中写道："有一种东西叫黑鬼③，就像有西班牙佬、意大利佬、法国佬和犹太佬一样。有意大利血统的流浪汉是意大利佬，有犹太血统的流浪汉是犹太佬——有黑人血统的流浪汉就是黑鬼。"在此之前，坎贝尔对种族的态度都是其作品的无声背景。到了60年代，他的恶毒态度都浮到了表面上。

几十年前在杜克，坎贝尔的种族观点就已经开始强硬起来。他曾经在给波尔·安德森的信中写道：

并非所有的人都是平等的④。南方白人说："黑人不是人！"那是他的经验之谈。我去过那里，波尔；他们不是一般意义上的人。他们是下等白痴和上等白痴……有能力的黑人会向北或向西迁移到他能有所成就的地区。

坎贝尔补充道，有些年轻的黑人女孩"只能当奴隶，纯粹的奴隶，否则我绝不会允许她们出现在我的家里……对待她们就该如同对待家畜

---

① 参见坎贝尔《难以解决的问题》（*Impossible Problem*），载于《类比》，1967年11月，第178页。——原注
② 参见格雷戈里·本福德的发言，密苏里州堪萨斯城第二届美国中部大会"明天的世界就是今天"（The World of Tomorrow is Today）讨论组，2016年8月20日。——原注
③ 参见坎贝尔写给里斯·丹利·基尔戈（Reese Danley Kilgo）的信，1966年8月31日。——原注
④ 参见坎贝尔写给波尔·安德森的信，1956年2月14日。——原注

一样。"

坎贝尔对民权运动的反应越来越强烈。阿西莫夫说他反对种族隔离，坎贝尔在回信中写道："如果你否认种族差异的存在[1]，就无法解决种族差异的问题。"然后，他转换成近乎人身攻击的状态："艾萨克，为什么所有种族都应该是一样的？这样的话，就不需要绞尽脑汁去理解另一种智慧存在了？这样的话，只需要制定出一套对错价值观就行了？这样的话，不需要做基本的评估，人们就能区分好人和坏人了？"

在某种程度上，坎贝尔在抨击阿西莫夫的进步主义，因为他在其他许多问题上都站在了相反的立场，但他也表达了自己的真实感受。1955年年底，他在给阿西莫夫的信中写道：

> 结果就是[2]"你是否想让你女儿嫁给一个黑人"这个老问题真是一个很好的哲学问题。现在，我能给出的唯一答案就是："我对遗传学了解太少，无法在理解的基础上给出答案，无法算出未来几代人的风险与收益。"

在另一封信中，坎贝尔考虑了他是否会因为一个人的肤色而"谴责"此人的问题："从根本上说，我不得不回答[3]'是'。他的肤色是由基因决定的，不是他选择的，但他的心理—情感模式也是由基因决定的……如果他无法选择自己的肤色，为什么要指望他能选择自己的心理—情感模式呢？"

对于一个以质疑他人的信仰为荣的人来说，坎贝尔的种族观点未经

---

[1] 参见坎贝尔写给阿西莫夫的信，1955年12月2日。——原注
[2] 参见坎贝尔写给阿西莫夫的信，1955年12月21日。——原注
[3] 参见坎贝尔写给阿西莫夫的信，1956年1月20日。——原注

检验，令人毛骨悚然。他一直相信智慧是人类生活中最重要的因素。按照这个逻辑，一个群体的社会地位低下肯定是由统计上的劣势造成的。阿西莫夫对这种观点的耐心只能到此为止。与海因莱因决裂还不到两年，坎贝尔差点也与他手下最忠实的作家决裂。阿西莫夫在后来写道："我觉得坎贝尔认为自己①是在履行苏格拉底作为牛虻的职责……有时我真希望手边能有一杯毒芹——当然是给他的。"

佩格救了他们。在两人针锋相对了几个月之后，她开始插手干预："再不收手，你们的友谊就毁了②。这种争执不值得赔上一段友谊。"他们停止争吵，坎贝尔得以免于彻底疏远阿西莫夫——不过，这件事也使得阿西莫夫更容易在职业生涯的关键时刻为其他主编供稿。他们的分歧偶尔会重新浮现。1957年，在给阿西莫夫写信时，坎贝尔正沉迷于一种扭曲的心理历史学，他说尽管附近有埃及，但非洲人是唯一一个从未发展出"高阶文明"③的种族："黑人不会向榜样学习。"

坎贝尔的观点也开始感染杂志。1955年，他已经刊登了波尔·安德森的《漫漫归乡路》（*The Long Way Home*），这篇连载小说讲的是一个奴隶不愿获得自由，还说她现在的生活更好。安德森把这看作一个次要的情节点，但坎贝尔主编把它当作一种"新的异端邪说"④。在和海因莱因讨论《银河系公民》时，他写道："奴隶制是一种有用的教育制度⑤；它在一个种族的发展中占有一席之地，正如父母的专横在个人的教育发展中占有一席之地一样。"

---

① 参见阿西莫夫写给汤姆·科尔（Tom Cole）的信，1989年6月13日。——原注
② 参见阿西莫夫《阿西莫夫论科幻》，第199页。——原注
③ 参见坎贝尔写给阿西莫夫的信，1957年10月12日。——原注
④ 参见安德森《一个宇宙》（*All One Universe*），第70页。——原注
⑤ 参见坎贝尔写给海因莱因的信，1957年4月5日。——原注

海因莱因回道，他没有时间详细回复坎贝尔这封"有趣的信"[①]。不像阿西莫夫，他知道不该上钩。然而，他从未忘记过这件事，而且从中获得灵感，写出了《法纳姆的永久业权》。这篇小说的构思在某种程度上也是一种回应。其中的人物——包括主人公的酒鬼妻子，被一颗原子弹炸进了一个黑人奴役白人的未来世界中，强调奴隶制对任何人都更好这一观点是荒谬的。遗憾的是，他笔下的黑人统治阶级也干同类相食的勾当，偏离了他想要表达的观点。这本书整体上是令人沮丧的失败之作。

海因莱因的经历可能表明了科幻小说在种族问题上必须走的一条窄路，坎贝尔则没有这种困扰，种族问题开始频繁出现在他的社论中。1960年，他向读者提供了自己对奴隶制的定义："奴隶制是这样一种制度[②]，奴隶群体在主人群体的强迫下学习他们不想学的东西。"不久以后，他就开始说黑人和白人在智力方面有着不同的钟形曲线。有一次去杂志社时，作家哈里·哈里森（Harry Harrison）忍不住生气地对坎贝尔和哈里·斯泰恩大喊大叫："先生们，不能把生活中的每件事都简化[③]成钟形曲线！"他们回道："是不能！"

坎贝尔的整个人生中都有一种压抑感，所以他对要求社会公正的呼

[①] 参见海因莱因写给坎贝尔的信，1957年4月18日。——原注
[②] 参见坎贝尔《难以想象的原因》（*Unimaginable Reasons*），载于《惊奇科幻》，1960年7月，第176页。——原注
[③] 参见哈里森《哈里·哈里森！哈里·哈里森！》，第265页。——原注

声无动于衷①。随着60年代的发展，他变得更加反动了。1962年，他还因自己被开了一张不公平的交通罚单②而发表了八页的社论。三年后，他对警察的看法就截然不同了：

> 警察的职责③是对缺乏自律的人进行惩戒……对于认为不该存在纪律的人来说，这就是一种折磨。这是故意造成的痛苦——至少是情绪沮丧的痛苦。因此，警察显然很残忍……统计数据显示，黑人缺乏自律。

这段文字相当令人不快。在考虑坎贝尔的遗产时，核心问题总是他的观点对他刊载的小说有何影响。他当然对多样性不感兴趣："稍微想一下④，你就会明白为什么科幻小说里很少提到黑人；我们没有理由说：'看啊！看啊！看啊！我们在小说里用黑人了！看这个黑人。你看，他在太空船上！'"这意味着默认的主人公应该是白人男性——这一立场甚至可能在他看来都没有问题。

坎贝尔在别处说他在阅读一篇稿件时，根本不知道这位作家的种

---

① "当然，一个杰出的黑人很容易就会觉得他所有的麻烦都是种族偏见。他从来没有当过杰出的高加索人，所以不可能体会到杰出的白人同样会遭到婉言拒绝，也同样会遭受彻底挫败。"参见坎贝尔《无变异进化》（*Evolution Without Mutations*），载于《惊奇科幻》，1957年6月，第162页。1957年5月22日，坎贝尔在给海因莱因的信中写道："艾萨克·阿西莫夫在反犹主义的压力下受了很多年的苦……最后才发现他所遭受的是反智主义！"——原注
② 参见坎贝尔《这不是我的工作》（*It Ain't My Job*），载于《类比》，1962年1月，第4-5页和第173-178页。——原注
③ 参见坎贝尔《心理学突破》（*Breakthrough in Psychology*），载于《类比》，1965年12月，第159-160页。——原注
④ 参见坎贝尔写给罗恩·斯托洛夫的信，1969年5月1日。——原注

族是什么:"如果黑人作家极少的话①,仅仅是因为极少有黑人既希望在公开竞争中写作又有能力在公开竞争中写作。"坎贝尔经常吹嘘他的杂志在黑人社区中的销量很高,他将其归功于"尽量减少种族问题"②的政策,但他从未想过,少数族裔作家之所以缺乏,可能是因为缺少与他们相似的人物,也没想过他作为主编有能力或有义务来解决这种情况。

这些假设影响了他对有史以来最重要的黑人科幻作家塞缪尔·R. 德拉尼(Samuel R. Delany)的态度。坎贝尔退回了德拉尼提交的几篇小说,但他很看重德拉尼的才能,反复说:"这个人会写③,而且有很多好创意。"德拉尼在一场大会上和坎贝尔有过短暂的会面。1967年,在首次获得星云奖(Nebula Award)后,他提交了小说《新星》(*Nova*)。回想起这篇小说被拒的情形,他说:"坎贝尔……觉得他的读者④无法与黑人主角⑤产生共鸣……除此以外,他非常喜欢这篇小说。"

---

① 参见坎贝尔写给罗恩·斯托洛夫的信,1969年5月1日。——原注
② 参见坎贝尔写给埃莉诺·瓦克纳格尔(Elinore Wackernagel)的信,1952年7月29日。——原注
③ 参见坎贝尔写给亨利·莫里森(Henry Morrison)的信,1965年9月29日和1966年10月17日。——原注
④ 参见德拉尼《种族主义与科幻小说》(*Racism and Science Fiction*)。在次年的星云奖颁奖礼(Nebulas)上,德拉尼再次获奖,促使阿西莫夫大胆地开了一个尴尬的玩笑:"要知道,奇普(Chip),就因为你是黑人,我们才投票决定把这些奖给你。"——原注
⑤ 两个明显的例外是麦克·雷诺兹(Mack Reynolds)创作的连载小说《黑人的负担》(*Black Man's Burden*)和《非国界非种族亦非出身》(*Border, Breed Nor Birth*),分别于《类比》的1961年12月刊和1962年7月刊中开始连载。雷诺兹回忆道,这两篇小说讲的是北非一群黑人激进分子,"是在坎贝尔的建议下创作而成,其中有一大部分内容都是基于他的想法"。抛开种族,大多数人物都很像坎贝尔的风格。参见麦克·雷诺兹《迷途的黑羊》(*Black Sheep Astray*)引言,载于哈里森《惊奇》,第202页。——原注

坎贝尔对其他少数民族也表达了类似的看法。1966年,在克利夫兰举行的世界科幻大会上,他遇到了很早就起来抽烟的年轻科幻迷乔·霍尔德曼①。看着他的俄克拉荷马大学运动衫,坎贝尔发表了一段关于美洲原住民的演讲——他认为美洲原住民与黑人不同,他们不能被奴役,所以就死了。30年代,他曾经在杂志中写道:"澳大利亚的土著种族②是……毫无自尊的无用乞丐,他们处于白人文明的边缘。"

关于同性恋的问题,坎贝尔患有他那个时代所共有的同性恋恐惧症,他的信中满是"娘娘腔""兔子"和"男妖"等字眼。1958年,他在给阿西莫夫的信中写道:

> 艾萨克,我的朋友③,想想兔子,想想娘娘腔。通常你能从多远的地方认出一个白黑混血儿,就能从多远的地方认出兔子。我承认,与兔子相比,你能从更远的地方认出一个像炭一样黑的黑人,却不能从那么远的地方认出一个正常的白黑混血儿。当然,我知道有很多娘娘腔在表面上看不出来,但那只是"暂时的"。

坎贝尔在他的社论中说同性恋是文化衰落的标志④。他以为戴尼提能治好同性恋,还在给海因莱因的信中赞许地提到了"成功"案例:

---

① 参见本书作者对乔·霍尔德曼的采访,2016年8月20日。——原注
② 参见坎贝尔《没有其他种族》(*No Other Race*),载于《惊奇科幻》,1939年5月,第50页。——原注
③ 参见坎贝尔写给阿西莫夫的信,1958年11月13日。——原注
④ 参见坎贝尔《正常情况:爆炸》(*Situation Normal: Explosive*),载于《惊奇科幻》,1957年11月,第158页。——原注

"天啊①！你应该听听同性恋背后的真相——要把人类的性冲动扭曲到如此严重的程度，需要多么难以形容的暴力啊。"

说到女人②，坎贝尔对女权主义者不屑一顾，他说她们要求平等的权利，但拒绝放弃"女孩的特权"③。他认为，男人和女人的思维方式天生就是不同的，女人最大的贡献就是问："亲爱的，你确定吗？"④他在别处写道："在任何印欧语系的文学作品中，没有一个女人获得过⑤一流的能力。"但他也刊载过女性作家的作品，比如莉·布拉克特、C. L. 穆尔、简·赖斯、朱迪思·梅里尔、威尔玛尔·H. 夏伊拉斯（Wilmar H. Shiras）、凯瑟琳·麦克莱恩、凯特·威廉（Kate Wilhelm）、波林·阿什韦尔⑥（Pauline Ashwell）、安妮·麦卡弗里，还有艾丽斯·布拉德利·谢尔登（Alice Bradley Sheldon），坎贝尔只知道她叫小詹姆斯·蒂普特里（James Tiptree, Jr.）。

坎贝尔欣赏伊斯兰教⑦，但他对犹太人的感情更为复杂。阿西莫夫坚定地写道："我是犹太人，但他从未让我因此而感到不自在，一次都

---

① 参见坎贝尔写给海因莱因的信，1950年3月9日。——原注
② 作家莱斯利·F. 斯通（Leslie F. Stone）称坎贝尔在1938年对她说："我不相信女人有能力写科幻小说，我也不赞成！"虽然他在当时持有这种观点，但是很快就有了相反的经历。参见达文《神奇伙伴》，第144-145页。——原注
③ 参见坎贝尔写给杰克·沃德哈姆（Jack Wodham）的信，1971年6月28日。——原注
④ 参见坎贝尔写给波尔·安德森的信，1953年3月28日。——原注
⑤ 参见坎贝尔写给阿西莫夫的信，1954年1月20日。——原注
⑥ 坎贝尔很喜欢阿什韦尔的第一篇小说《不想上学》（*Unwillingly to School*），但是读者对其反应冷淡，令他感到气馁："反应不太热烈，我们的读者似乎对十几岁女孩特有的思维缺乏热情。"参见坎贝尔写给海因莱因的信，1962年3月25日。——原注
⑦ 参见坎贝尔写给雷蒙德·F. 琼斯的信，1954年3月17日。——原注

没有①。"不过,坎贝尔主编也曾顺带称莫特·韦辛格是"一个相当不错的犹太小男孩"②。他还大张旗鼓地要求米尔顿·A. 罗思曼使用笔名李·格雷戈尔。兰德尔·加勒特曾经开玩笑地建议西尔弗伯格使用笔名"卡尔文·M. 诺克斯"(Calvin M. Knox),想当然地认为坎贝尔主编偏爱外邦人的名字,却没有告诉他中间的首字母代表"摩西"。多年后,西尔弗伯格向坎贝尔透露了这件事,后者回道:"你听说过艾萨克·阿西莫夫吧?"③

当坎贝尔试图表现出没有偏见的样子时,有时会事与愿违。有一天,在与笔名为威廉·坦恩(William Tenn)的作家菲利普·克拉斯(Philip Klass)共进午餐时,坎贝尔在他的翻领上看到一枚军用别针,然后就问他是否见过集中营,克拉斯回答说见过。坎贝尔显然很感兴趣,在点餐之前,他把手覆在克拉斯的手背上:"菲尔(Phil),我想告诉你一件事④,我一直认为犹太人是超人。"

"请不要这么说。"克拉斯说道。坎贝尔问为什么,他解释道:"因为这是种族主义。现在我什么也不想听——我无法容忍任何种族主义的提法。"

坎贝尔还是不懂,"你没听明白,我说的是'超'——超人。"

克拉斯说无论正都是种族主义,但坎贝尔没有听懂他的意思。后来,坎贝尔当着克拉斯的面讲述了他对那次谈话的看法:"这个人没听到前缀。我说的是'超'。他没听到这个前缀。"他始终都不明白克拉斯当

---

① 参见阿西莫夫《阿西莫夫早期作品》,第203页。——原注
② 参见坎贝尔写给罗伯特·斯威舍的信,1937年3月7日。——原注
③ 参见罗伯特·西尔弗伯格与本书作者往来的电子邮件,2016年9月20日。——原注
④ 菲利普·克拉斯所写,载于索尔斯坦与穆斯尼克《坎贝尔科幻小说的黄金时代》,第29-30页。——原注

时为什么会感到不舒服。

与坎贝尔关系最紧张的犹太作家必然是好斗的哈伦·埃利森。埃利森曾经在20世纪50年代末写信向坎贝尔主编抱怨《惊奇科幻》中关于超能力的内容过多[1]，几年后又请坎贝尔为他那部开拓性的选集《危险影像》(*Dangerous Visions*)写一篇小说。坎贝尔回绝了，他说有一篇"恐怖小说"[2]，但是他写不了，即使能写，他也会将其留给自己的杂志。

埃利森认为坎贝尔不喜欢他是因为他是犹太人，而两人共同的朋友本·博瓦则认为更多是因为他们性格不合[3]。在《危险影像》中，埃利森嘲笑坎贝尔主编的圈子里都是唯唯诺诺的作家[4]；还提到"约翰·W. 坎贝尔以前主编的杂志[5]叫《惊奇科幻》，刊载的是科幻小说，现在主编的杂志叫《类比》，刊载了很多示意图"。而坎贝尔则称埃利森为"破坏性而非建设性"[6]天才："比起平台，他更需要一个口套[7]。"

博瓦最终说服埃利森用笔名提交他们合作完成的《布里洛》(*Brillo*)，结果寄出去的时候一不小心写成了他们两个的真名。埃利森原本深信会被退回来，所以在听说坎贝尔主编录用了这篇小说后，他感到欣喜若狂："他竟然买了？"[8] 博瓦在后来对坎贝尔表示感谢："哈

---

① 参见哈伦·埃利森写给坎贝尔的信，1958 年 4 月 15 日。——原注
② 参见坎贝尔写给哈伦·埃利森的信，1965 年 12 月 6 日。——原注
③ 参见本书作者对本·博瓦的采访，2016 年 9 月 15 日。——原注
④ 参见哈伦·埃利森《危险影像》，第 512 页。——原注
⑤ 参见哈伦·埃利森《危险影像》，第 21 页。——原注
⑥ 参见坎贝尔写给佩里·沙普德莱纳的信，1969 年 6 月 30 日。——原注
⑦ 参见坎贝尔写给安东尼·刘易斯(Anthony Lewis)的信,1971 年 6 月 28 日。——原注
⑧ 参见博瓦《未来犯罪》(*Future Crime*)，第 152 页。——原注

伦一直都希望得到您的认可。"①不过，这位作家的感觉可能并非完全不对。1966年，坎贝尔提到埃利森：

> 我不知道这是不是小个子的过度防备态度②，但他是一个出口伤人的小瘪三。他这种人就该叫"犹太佬"；爱因斯坦、迪斯雷利（Disraeli）等成千上万的犹太人已经证明，这不是种族问题，而是个人问题。

随着这个年代的消逝，坎贝尔的政治立场越来越强硬，他拥有反射性的逆反思维，与许多读者的进步倾向相抵触。阿西莫夫说他站错队了，还将民权运动比作坎贝尔曾经维护过的事业：

> 约翰，我想你其实③是站在我这边的。一旦看清黑人是一个面对着大白人国独裁主义的另类民族，你就会冲出来支持黑人，因为从戴尼提到克力生物素④，你都坚定地遵循过这些标准。

克力生物素是一种癌症疗法的替代品，曾经短暂地引起坎贝尔的注意。如果阿西莫夫真希望坎贝尔会以同样的热情从事民权运动，那他会失望的。1968年，坎贝尔在一篇社论中说民主党人与共和党人变得难以区分，最后还宣布了一个令人吃惊的消息，说他要投票支持乔治·华莱

---

① 参见本·博瓦写给坎贝尔的信，1970年1月9日。——原注
② 参见坎贝尔写给乔·波耶的信，1967年10月23日。——原注
③ 参见阿西莫夫写给坎贝尔的信，1963年9月30日，转引自阿西莫夫《艾萨克·阿西莫夫敬上》，第99-101页。——原注
④ 参见坎贝尔《完全确定》（*Fully Identified*），载于《类比》，1964年1月，第7/95页。——原注

士:"我希望有机会投票支持一种不同的做法!"①私下里,坎贝尔认为他有权投反对票。不过,他也承认华莱士是"一个糟糕的选择"②。

最后几年,坎贝尔都在攻击肯特州立大学(Kent State)的抗议者③和生态学家蕾切尔·卡森④(Rachel Carson)等目标。他的逆反思维曾经是创作小说的原动力,现在却开始限制他的言论,限制他发表的内容。作家迈克尔·穆考克(Michael Moorcock)将坎贝尔视为"一本极为庸俗的秘密法西斯杂志"⑤的主编。考虑到坎贝尔终生都在对抗法西斯主义,这非常具有讽刺意味。尽管坎贝尔相信新的思维方式,但他还是对自己无法控制的变化怀有敌意。反主流文化和他一样对变革与另类观点感兴趣,但是对超人和超能力机器不感兴趣。

当周围的地区在发生坎贝尔早已预言的剧变时,他却固执己见,失去了参与当时最重要的社交谈话的机会。他的言论是否反映了他的真实感受,这个问题仅次于它们所造成的损害。库尔特·冯内古特在他的小说《黑夜母亲》⑥中讲述了一个美国特工冒充纳粹宣传员的令人难忘的故事。他在结尾写道:"我们就是自己假装成的那种人,所以我们必须注意自己要假装成怎样的人。"他给这个人物起的名字肯定引起了许多

---

① 参见坎贝尔《政治熵》(Political Entropy),载于《类比》,1968年11月,第178页。——原注
② 参见坎贝尔写给利·阿特金森(Leigh Atkinson)的信,1968年10月31日。——原注
③ 参见坎贝尔《新石器时代》(The New Stone Age),载于《类比》,1970年9月,第4—7页和第175—178页。——原注
④ 参见坎贝尔《致命毒药》(Deadly Poison),载于《类比》,1971年2月,第162页。——原注
⑤ 参见穆考克《星舰冲锋队》(Starship Stormtroopers),转载于《鸦片将军及其他故事》(The Opium General and Other Stories)。——原注
⑥ 霍华德·W.坎贝尔在《第五屠宰场》(Slaughterhouse-Five)中也有短暂露面。——原注

读者的共鸣：霍华德·W. 坎贝尔（Howard W. Campbell, Jr.）。

当坎贝尔的读者已经在流失的时候，他还在减少读者，甚至也开始疏远那些崇拜他的科幻迷。有一位科幻迷是美国科幻作家协会的志愿编辑巴里·马尔兹伯格（Barry Malzberg）。马尔兹伯格当时29岁，他在一生中的大部分时间都是坎贝尔的崇拜者。1969年6月18日，他决定以他的职位为借口来拜访坎贝尔主编。

马尔兹伯格和坎贝尔的谈话持续了三个小时，简直是一场灾难。他们大部分时间都在争论，凯·塔兰特也听得到。在这间办公室里，只有塔兰特始终保持不变。几年前，她因心脏病发作[①]休息了几个月，却突出了她的不可或缺——五个人才能做完她一个人所做的事。

塔兰特边听边忍住笑。马尔兹伯格请坎贝尔理解他的批评者，因为他们很关心技术带来的困境：" 在接下来的50年里，这些在科幻小说中都将是至关重要的问题[②]，必须探讨受害者的问题。"

坎贝尔主编拒绝让步。"我对受害者不感兴趣。"他冷静地说道，"我对英雄感兴趣，必须如此。科幻小说是解决问题的媒介。人是一种好奇的动物，想知道事物是如何运作的，只要有足够的时间，就能找到答案。"

"但并非每个人都是英雄。"马尔兹伯格说道，"并非每个人都能解决问题。"

"那些人不适合科幻小说。如果不涉及成功或成功之路，那就不是科幻小说。主流文学讲的是失败，是一种失败文学。科幻小说是挑战和发现。"坎贝尔的脸上放着异彩。"我们将在一个月后登上月球，是科

[①] 参见坎贝尔写给威尔·詹金斯的信，1962年4月9日。——原注
[②] 参见马尔兹伯格《夜之引擎》，第73f页。——原注

幻小说让这一切成为可能的。是不是很棒？谢天谢地，我能活着见到这一天。"

"登月不是科幻小说，是技术进步的结果……"

坎贝尔打断了马尔兹伯格："就是由于科幻小说才会有登月的事。这无可争议。"

马尔兹伯格看到他们的谈话没有像他希望的那样展开，他结结巴巴地说他得走了。他站起来和坎贝尔主编握手，接着向塔兰特点点头，然后就逃一般地离开了。在走廊里按下电梯的按钮时，一股沮丧的情绪袭来，他不禁颤抖起来。

不一会儿，坎贝尔从拐角走过来，可能是要去卫生间。有一个瞬间，两人只是面面相觑。最后，坎贝尔主编的眼睛闪闪发光。

"别在意，孩子，"坎贝尔轻声说道，"我就喜欢将它们混为一谈。"

尽管《类比》在竞争对手面前节节败退，但人们越来越意识到，科幻小说的未来可能根本不在杂志上。1966年9月8日，美国全国广播公司播出了《星际迷航》的首播集，该剧在许多方面都是坎贝尔所代表的传统的延伸。制作人吉恩·罗登贝瑞在十几岁时因特里梅因时代的《惊奇科幻》而对科幻小说产生极大的兴趣[1]。罗登贝瑞从自己的收藏品中拿出纸浆杂志封面，让他的艺术导演从中寻找灵感。他认为阿西莫夫和海因莱因[2]对他产生了影响。当需要聘请一位写作人员时，他求助于现有的科幻作家队伍。

在某种程度上，这只是常识而已。但在另一个层面上，罗登贝瑞把自己定位为坎贝尔的接班人——在一种有可能接触到更多受众的媒体中

---

[1] 参见亚历山大（Alexander）《〈星际迷航〉创造者》（*Star Trek Creator*），第31页。——原注
[2] 参见亚历山大《〈星际迷航〉创造者》，第188页。——原注

组织安排人才。他有可能会聘请的作家①包括海因莱因、阿西莫夫和埃利森,其中,埃利森在后来创作了经典的《永恒边界之城》(*The City on the Edge of Forever*)。罗登贝瑞签约聘用了罗伯特·布洛克、斯特金和范沃格特。其中,范沃格特会写大纲,但不能在电视的范围内进行创作②,而在《竞技场》(*Arena*)中,柯克(Kirk)与一个外星人展开殊死搏斗的情节则归功于弗雷德里克·布朗(Frederic Brown)在《惊奇科幻》中发表的小说。

罗登贝瑞为科幻体裁力量中心的转变奠定了基础,尽管这种发展并不明显。在1966年的世界科幻大会上,他试播了《囚笼》(*The Cage*)。当放映开始时,前排有一个人没有安静下来,罗登贝瑞大声说道:"喂,老兄,别说话了③,这是我的影片。"那个人安静下来了。此时才有人告诉罗登贝瑞说他刚才训的人是艾萨克·阿西莫夫。罗登贝瑞想要道歉,但阿西莫夫很快就认错了。

阿西莫夫对该剧的印象不是很好:"没有在我心里唤起任何预知的感觉④。"几个月后,他在《电视指南》(*TV Guide*)中取笑某集中出现的一个错误,导致科幻迷们纷纷义愤填膺地来信谴责,其中包括珍妮特·杰普森。阿西莫夫又看了一下,然后写了一个比较积极的看法。他与罗登贝瑞也有通信往来。罗登贝瑞询问如何更好地利用威廉·沙特纳⑤(William Shatner),阿西莫夫回道:"柯克和斯波克(Spock)的团队最好能团结一点⑥,让他们一起积极面对各种威胁,偶尔让其中一人

---

① 参见亚历山大《〈星际迷航〉创造者》,第238页。——原注
② 参见亚历山大《〈星际迷航〉创造者》,第239页。——原注
③ 参见亚历山大《〈星际迷航〉创造者》,第266页。——原注
④ 参见阿西莫夫《记忆犹新》,第404页。——原注
⑤ 参见亚历山大《〈星际迷航〉创造者》,第280-281页。——原注
⑥ 参见亚历山大《〈星际迷航〉创造者》,第282页。——原注

救另一人的命。"罗登贝瑞在回信中写道:"我会听从你的建议①……这样就只有一个主角了,那就是团队。"

虽然不太愿意,但海因莱因也被卷入了《星际迷航》的轨道。在看过剧中由戴维·杰罗德(David Gerrold)编写的《毛球族的麻烦》(*The Trouble with Tribbles*)一集后,工作室的调查公司注意到毛球族这种繁殖迅速的长毛外星物种与海因莱因在《滚石家族游太空》中塑造的"平面猫"相似。海因莱因同意放弃索赔,但是收到脚本后,他觉得自己"过于慷慨了,这还是委婉的说法"②。尽管如此,海因莱因还是承认他借鉴了埃利斯·帕克·巴特勒所著《猪总归是猪》一书中的基本概念③。坎贝尔在关于彭顿和布莱克的小说《长生术》中描述了一种"生殖力旺盛"的生物,这与之有一定的相似之处。

1967年,随着取消计划的传言四起,罗登贝瑞起草了一份电报,要求公布阿西莫夫的名字④,电报中说太空计划"迫切"需要这部连续剧所提供的宣传。同时,罗登贝瑞也在考虑获得《我,机器人》的版权⑤,还找到阿西莫夫,请他写一部衍生小说。阿西莫夫在谈到这部剧可能面临的结局时写道:"我最难过的⑥是科幻作家要眼睁睁看着一个成人市场对他们关上大门。我相信他们可以为其他节目供稿,但肯定不能达到同样的满意度。"这就说明了罗登贝瑞在多大程度上担负起了坎贝尔曾经在出版界所扮演的角色。

---

① 参见亚历山大《〈星际迷航〉创造者》,第283页。——原注
② 参见海因莱因写给哈伦·埃利森的信,1967年12月29日,转引自帕特森《学得更好的人》,第289页。——原注
③ 参见帕特森《学得更好的人》,第289页。——原注
④ 参见亚历山大《〈星际迷航〉创造者》,第301页。——原注
⑤ 参见亚历山大《〈星际迷航〉创造者》,第331/357页。——原注
⑥ 参见亚历山大《〈星际迷航〉创造者》,第313页。——原注

这部剧暂时保住了，坎贝尔也开始参与其中。1968年1月23日，他在给罗登贝瑞的信中写道："我自然要参加《星际迷航》的宣传活动[1]，因为它是世界上第一个也是唯一一个真正的科幻节目，而且平均质量很高……我正在写几封信，但我也想到了一些可能会有所帮助的方法。"他建议向孩子们出售带有毛毡火神耳的冬帽，罗登贝瑞把这个概念传达给了市场营销部门："他们经常只是给旧太空玩具[2]贴上《星际迷航》的标签。"

两人的年龄相差十岁，但他们继续保持着联系。坎贝尔提出一个故事创意，讲的是来自不同星球环境的外星人之间的贸易问题[3]。1968年，在伯克利大会结束后，他去洛杉矶拜访德西露制片公司[4]（Desilu Studios），在《星际迷航》没有拍摄的日子参观了这个摄影场。后来，坎贝尔去罗登贝瑞的公寓欣赏这位制片人收藏的活动装置，还提出要送他一块卡里罗镜[5]（kallioscope）——一种可以产生彩色图案的钢化玻璃。

他们的政治分歧经常显现出来。10月，罗登贝瑞写道，他受邀去参观了企业号（USS Enterprise）航空母舰，这让他百感交集：

> 嗯，这周[6]……我不会戴我的和平奖章，不会将越南和纽伦堡审判相提并论。当餐厅服务员给我端来咖啡时，我会很高

---

[1] 参见坎贝尔写给吉恩·罗登贝瑞的信，1968年1月23日。——原注
[2] 参见亚历山大《〈星际迷航〉创造者》，第342页。——原注
[3] 同上。
[4] 参见坎贝尔写给波尔·安德森的信，1968年11月19日。——原注
[5] 参见坎贝尔写给J. 拉塞尔·塞茨（J. Russell Seitz）的信，1968年9月19日。——原注
[6] 参见亚历山大《〈星际迷航〉创造者》，第343页。——原注

兴菲律宾群岛为我的舒适创造了这个矮小可爱的棕色人种。

坎贝尔照例写了一封很长的回信。他在信中表示，奴隶制①在某些情况下可能是有益的。像海因莱因一样，罗登贝瑞对这种说法避而不谈："我看不出奴隶制已经消失的迹象②。"

在《星际迷航》被挪到周五晚"死亡档期"后，罗登贝瑞从日常事务中抽身而退。他在给坎贝尔的信中写道："我想，是时候将《星际迷航》③抛诸脑后了。"坎贝尔悲叹道，这部剧已经无法区分奇幻和科幻了，因此"毁了曾经播出过的唯一一部好科幻剧④"。他认为电视台是故意要扼杀这部剧，于是告诉罗登贝瑞："我恐怕不能再像以前那样用《类比》⑤支持《星际迷航》了，它几乎已经彻底脱离科幻领域了。"这是一种迹象，表明科幻体裁的规模越来越大，根本不是某一个人可以掌控的，包括罗登贝瑞。

坎贝尔主编没有资格担任那个角色。他喜欢把自己想得比一般人强——他的小说总是将智力和力量联系在一起。他还接受了哈伯德的论点，即大多数疾病都是由心理引起的。有一天，和斯特金在麦迪逊大道散步⑥时，坎贝尔坚定地说他对自己的细胞结构有很大的控制力，所以不会死。随着坎贝尔的年龄增长，这种观点越来越站不住脚。他被诊断

---

① 参见亚历山大《〈星际迷航〉创造者》，第347-348页。——原注
② 参见亚历山大《〈星际迷航〉创造者》，第348页。——原注
③ 参见罗伯（Robb）《〈星际迷航〉简介》（*A Brief Guide to Star Trek*），第62页。——原注
④ 参见坎贝尔写给波尔·安德森的信，1969年1月13日。——原注
⑤ 参见坎贝尔写给吉恩·罗登贝瑞的信，1969年2月20日。——原注
⑥ 参见西奥多·斯特金演讲，密歇根州罗穆卢斯第三次秘密会议"约翰·W.坎贝尔"讨论组，1978年11月4日，录音由科幻口述历史协会档案室提供。——原注

出患有重症高血压①,还有痛风②,尿酸沉积在他的足部,形成了覆盆子大小的结节瘤,而且有痛感③。

在家里,坎贝尔坐在有轮子的凳子上挪动④,还在地下室的楼梯平台上放了一把椅子,因为他再也不能一路走上来而不休息了。他和佩格开始在底层生活,但他仍然每周往返纽约两次。在一只胳膊感到疼痛后⑤,他被诊断出患有脊柱关节炎。这种病在某种程度上是由他那装有手稿的沉重公文包造成的,所以他就将公文包换到了另一只手上。他无法从富尔顿街(Fulton Street)的火车站走到地铁站⑥,即便只隔着一个街区也要叫出租车。1968年,去伯克利参加大会时,本福德看见他在大厅里摔倒了⑦。在最后一次见面时,波尔·安德森发现他残废得厉害⑧,需要人帮他穿上大衣。

坎贝尔的许多健康问题都是由吸烟造成的。他对肺癌与吸烟的关系表示怀疑,说烟草甚至可能会抑制癌症⑨,还说那些对烟草敏感的人会不由自主地吸烟。最后,他在1969年7月刊中写道:

---

① 参见莱斯琳·兰达佐发给本书作者的电子邮件,2016年7月31日。——原注
② 1958年2月17日在给阿西莫夫的一封信中,坎贝尔首次提到他可能患了痛风。但是到1965年年底,他才开始经常在信中提起这件事。——原注
③ 参见佩格·坎贝尔写给A.E.范沃格特的信,1971年8月3日。——原注
④ 参见莱斯琳·兰达佐发给本书作者的电子邮件,2016年7月31日。——原注
⑤ 参见坎贝尔写给托妮·汤普森(Toni Thompson)的备忘录,1966年9月26日,收录于布朗大学(Brown University)《类比:科幻与科学事实》(*Analog Science Fiction & Fact*)编辑记录3号箱。——原注
⑥ 参见莫斯科维茨《约翰·W.坎贝尔的内心世界》,第3页。——原注
⑦ 参见格雷戈里·本福德的发言,密苏里州堪萨斯城第二届美国中部大会"明天的世界就是今天"讨论组,2016年8月20日。——原注
⑧ 参见安德森《走向无限》(*Going for Infinity*),第185页。——原注
⑨ 参见坎贝尔《吸烟与肺癌之间可能存在的关系》(*Possible Relationships Between Smoking and Lung Cancer*)编者按,载于《类比》,1964年5月,第83页。——原注

吸烟不会上瘾①，戒烟也不会引起任何戒断症状……去年，我的亲友、医生和邻居们终于不再劝我戒烟了。我终于获得了选择的自由，所以决定试着戒烟。我确实这么做了，现在大约一天抽两支烟——我发现我真的很喜欢在吃完早餐后抽一支，有时在吃完晚餐后也抽一支。

坎贝尔后来澄清说，他曾经挑衅性地断言吸烟不会"上瘾"，这在他的情况中只是意味着需要进一步的研究。但他也低估了这种情况。医生说他不戒烟就会死掉②，同时也承认一天吸两支烟不会对他的肺部造成进一步损害，但他很难坚持这种养生法。在短片《与约翰·W.坎贝尔共进午餐》（Lunch with John W. Campbell）中，坎贝尔在康莫多雷酒店（Hotel Commodore）与哈里·哈里森和戈登·R.迪克森（Gordon R. Dickson）讨论一篇小说，在整个过程中，他的手里始终拿着一支烟。

坎贝尔尝试过大麻③，认为大麻应该合法化，但他对其他毒品大多持怀疑态度。他保持着滴酒不沾的名声，但由于疾病带来的痛苦，他喝酒越来越多，身体不好也对他的性格造成了影响④。他在给弗兰克·赫

---

① 参见坎贝尔《私行死刑的暴民哲学》（The Lynch-Mob Philosophy），载于《类比》，1969年7月，第176页。——原注
② 参见格林《我们和约翰·W.坎贝尔的五天》（Our Five Days With John W. Campbell）。——原注
③ 参见坎贝尔写给H.R.罗尔斯顿（H.R. Ralston）的信，1962年4月16日。他还说他尝试过一位正在研究的"一种非洲巫医药"。——原注
④ 作家约翰·布伦纳（John Brunner）认为坎贝尔将他列入了杂志的黑名单作为报复，因为他曾经在1965年的一个专题讨论会上和坎贝尔有过争论。他最后写道："约翰是一个懂得记仇的人。"参见约翰·布伦纳写给乔治·海（George Hay）的信，转引自《坎贝尔信件全集第一卷》（The John W. Campbell Letters, Vol. 1），第5页。——原注

伯特的信中写道："痛风严重的人很难做到耐心、宽容和宽恕①。"在最后十年的大部分时间，他饮酒，疏远他手下那些作家，还有他写社论的语气，都反映出他的身体在渐渐衰退。

坎贝尔有时给人的印象是孤独的。1970年3月，他独自前往卡纳维拉尔角（Cape Canaveral）观看卫星发射。酒店客满了，所以他最后和作家约瑟夫·格林（Joseph Green）住在一起，后者就职于肯尼迪航天中心（Kennedy Space Center）的教育办公室。坎贝尔面带病容，但最终，他勉强爬了一段楼梯，到一个观察台上观看发射，看着火箭飞向遥远黑暗的地平线②。

在芒廷塞德，读者们偶尔会来坎贝尔家，他仍然是罗杰·埃伯特③（Roger Ebert）等人的偶像，埃伯特在上大学时向他推销过一篇文章，称他为"我的英雄"④。去参加大会时，他仍然在自己的套房里用啤酒和椒盐卷饼⑤招待科幻迷，而佩格则在角落里织东西。但他似乎经常被人遗忘。1971年在月球大会（Lunacon）上，爱好者杂志主编阿尼·卡茨⑥（Arnie Katz）看见坎贝尔走进房间问一群年轻的科幻迷有没有见过萨姆·莫斯科维茨，听到他们说没见过，他就慢悠悠地走了。没有一个人认出他。

---

① 参见坎贝尔写给弗兰克·赫伯特的信，1971年2月8日。——原注
② 参见格林《我们和约翰·W. 坎贝尔的五天》。——原注
③ 参见罗杰·埃伯特写给坎贝尔的信，1962年4月17日。在一封日期为4月23日的信中，坎贝尔要求看这篇文章，但始终没有刊登到杂志上。——原注
④ 参见罗杰·埃伯特《阳光》（*Sunshine*），载于《芝加哥太阳时报》（*Chicago Sun-Times*），2007年7月19日。——原注
⑤ 参见艾伦·埃尔姆斯对本·博瓦的采访，加利福尼亚州阿纳海姆第二届洛杉矶会议，1984年9月1日，录音由科幻口述历史协会档案室提供。——原注
⑥ 约翰·福伊斯特（John Foyster）所写，载于邦松《坎贝尔：澳大利亚的敬意》，第79页。——原注

坎贝尔和佩格早就不在夜间探讨心理的本质了，但他们的关系依然充满活力。曾经有一个人来坎贝尔家做客时问起他们结婚多久了，听到答案后，他惊叹道："天啊，你们说话的样子[1]就像刚认识似的！"但通常只有他们两个。坎贝尔的父亲在1960年去世了。简嫁给了缅因州科尔比学院（Colby College）平面艺术系的版画匠伊恩·罗伯逊（Ian Robertson），他们的儿子贾斯廷（Justin）也出生于缅因州。他们后来搬到了芝加哥，最后又搬到了阿拉巴马州。

1962年，现在被称为琳恩（Lynn）的皮迪嫁给了一家轮胎公司的结算经理詹姆斯·哈蒙德（James Hammond）。她在俄亥俄州教阅读补习班[2]，也在那里生下了他们的女儿玛格丽特（Margaret）。坎贝尔以塔兰特为榜样[3]，建议莱斯琳去迪安专科学校（Dean Junior College）攻读秘书课程。莱斯琳听从父亲的建议，毕业后找到了一份行政秘书的工作。1970年，她嫁给了贾斯珀·兰达佐（Jasper

约翰·W.坎贝尔和他的女儿莱斯琳·坎贝尔，莱斯琳·兰达佐提供

---

① 佩格·坎贝尔所写，载于坎贝尔《坎贝尔最佳科幻小说选》（*The Best of JWC*），第306页。——原注
② 参见坎贝尔写给波尔·安德森的信，1967年12月5日。——原注
③ 参见坎贝尔写给莱斯琳·坎贝尔的信，1964年11月6日。——原注

Randazzo）。次年，他们到芒廷塞德做客。当莱斯琳去看望唐娜时①，她的父亲和丈夫在厨房的餐桌旁聊得很投机。几个小时后，她回来时发现他们还在聊着。

一周后，也就是1971年7月11日，坎贝尔感觉不舒服②，他的背和胃都痛。当天下午，他的医生来看他，没有发现什么异常。7点45分，他没有吃晚餐，而是端着一盘饼干和一杯牛奶坐在扶手椅上看他最喜欢的电视节目——当地西班牙语频道播出的职业摔跤比赛③。

佩格下楼到她的工作室去了。大约15分钟后，她听不到坎贝尔的动静，所以担心地叫了他一声。但坎贝尔并没有回应。她从地下室上来，发现坎贝尔已经去世了。自和佩格结婚以来，这是他第一次没有把谈话进行到底。

坎贝尔享年61岁，死于主动脉瘤——他的腹主动脉壁非常薄，因其破裂而导致大量内出血，这是重症高血压可能会造成的后果之一。据佩格说，他就像"一颗行走的定时炸弹"④。

那天晚上早些时候，萨姆·莫斯科维茨和他的妻子开车来过坎贝尔家⑤。莫斯科维茨的妻子是一位医生，后来说她预感到应该去看看坎贝尔。坎贝尔主编可能也意识到自己快走到头了，他平常都是到截稿日期

---

① 参见莱斯琳·兰达佐发给本书作者的电子邮件，2016年7月31日。——原注
② 关于坎贝尔的去世，最完整的记述见莫斯科维茨《约翰·W.坎贝尔的内心世界》，第2页。——原注
③ 坎贝尔喜欢摔跤可能是因为这项运动会让他想起老友迈克·米哈拉基斯，米哈拉基斯在成为发明家之前是职业摔跤手。参见坎贝尔写给迈克·米哈拉基斯的信，1971年5月11日。——原注
④ 参见莱斯琳·兰达佐发给本书作者的电子邮件，2016年7月31日。——原注
⑤ 参见本书作者对斯坦利·施米特（Stanley Schmidt）的采访，2016年5月13日。——原注

才交社论①，但就在他去世前不久，他一下子给了塔兰特三篇社论，还悄悄地积攒了很多存稿，足以让杂志维持到年底。

坎贝尔去世后的第二天，塔兰特回到办公室里，把他去世的消息打出来通知记者。消息很快传开了，但发人深省的是，阿西莫夫是从莱斯特·德尔雷伊的妻子朱迪琳恩（Judy-Lynn）那里间接听到这个消息的。他最后一次见坎贝尔是在4月举行的一场大会上，当时，佩格在角落里用钩针织东西，而坎贝尔主编则滔滔不绝地谈论精神病学。"那天晚上，与他握手告别时，我从来没有想过②我再也见不到他了……他是一颗固定的北极星，整个科幻界都围绕着他旋转，永恒不变。"

7月14日，阿西莫夫接上德尔雷伊夫妇③、戈登·R.迪克森，还有哈里·哈里森，他睡在阿尔冈昆（Algonquin）旅馆迪克森房间的地板上④。他们开车前往韦斯特菲尔德参加坎贝尔的追悼会。当他们到达时，哈里森想知道坎贝尔在哪里。有人告诉他坎贝尔不在那里，他问道："我知道他不在⑤，可他在哪儿呢？"

坎贝尔已经火化了。有一群科幻名人出席了他的追悼会，其中包括阿西莫夫、德坎普、德尔雷伊、迪克森、哈里森、哈尔·克莱门特、凯利·弗里亚斯、菲利普·克拉斯和乔治·O.史密斯。阿西莫夫背诵了《诗篇》中的第二十三个诗节，史密斯也念了一个诗节。哈里森编辑过坎贝尔的社论集，他念了"其中一篇极差的社论"⑥。

---

① 参见本书作者对斯坦利·施米特（Stanley Schmidt）的采访，2016年5月13日。——原注
② 参见阿西莫夫介绍哈里森的文章，载于《惊奇科幻》，第xiv页。——原注
③ 参见阿西莫夫《欢乐如故》，第573页。——原注
④ 参见哈里森《哈里·哈里森！哈里·哈里森！》，第268页。——原注
⑤ 同上。
⑥ 同上。

随后，哀悼者们聚到芒廷塞德坎贝尔家用晚餐。他们坐在折叠椅上，佩格播放了一段坎贝尔的录音①，让他可以发表自己的悼词——即使是去世后，也要由他说了算。莱斯琳的丈夫说②很遗憾，他不了解坎贝尔。有人回道，从来没有人真正了解过坎贝尔。

不久后，阿西莫夫又恢复老样子，开始讲一个关于鹦鹉的下流笑话③。讲完后，突然想起自己在什么地方，阿西莫夫脸红了，他哽咽着说："佩格，对不起。"④

"艾萨克，请继续讲吧，"佩格轻声说道，"我希望大家能开心点。"

科幻迷们开始慢慢意识到他们失去了什么。听到坎贝尔的死讯时，作家劳伦斯·詹尼弗（Laurence Janifer）对巴里·马尔兹伯格说："科幻界没了良心⑤，没了中心，我们以前都在为他写作。现在再也没有人对我们发火了。"坎贝尔资助过的中世纪重现组织复古协会⑥（The Society for Creative Anachronism）为纪念他举行了一场悼念已故名人的游行。但海因莱因和哈伯德明显保持沉默。

---

① 菲利普·克拉斯所写，载于索尔斯坦与穆斯尼克《坎贝尔科幻小说的黄金时代》，第65页。——原注
② 参见莱斯琳·兰达佐发给本书作者的电子邮件，2016年7月31日。——原注
③ 参见萨姆·莫斯科维茨为《明日探求者》手写的注释，收录于《萨姆·莫斯科维茨文集》，得州农工大学系列八：主题档案3～150号箱，"约翰·W. 坎贝尔"。人们很容易认为这个笑话就是那则带以下笑点的笑话："伊格内修斯修士，放下你的念珠吧。我们的祈祷得到了回应！"参见阿西莫夫《幽默宝库》，第401页。——原注
④ 参见阿西莫夫《阿西莫夫论科幻》，第201页。——原注
⑤ 参见马尔兹伯格《夜之引擎》，第66页。——原注
⑥ 参见艾伦·埃尔姆斯和保罗·皮尔逊（Paul Pearson）对埃利奥特·肖特（Elliot Shorter）的采访，加利福尼亚州阿纳海姆第二届洛杉矶会议，1984年9月2日，录音由科幻口述历史协会档案室提供。——原注

坎贝尔并没有完全消失——他在事业上的冲劲使他的想法在他死后依然存在。他写了许多封未寄出的信，其中包括一篇小说的退稿通知，这篇小说就是乔·霍尔德曼在后来发表的《千年战争》[①]。塔兰特给那些信加上附注，陆续将其寄了出来。在坎贝尔去世的时候，他留在打字机里的那页纸上有一句话是："永远不知道[②]什么时候某个古怪的问题会把完全错误的东西变成正确的答案。"

坎贝尔还在杂志上发表了他去世后的告别之作。1971年9月刊中的短篇小说《论天使的本质》是他写的最后一篇小说。坎贝尔提出灵魂是一个复数，其中变量b代表罪恶的程度。他说，没有人知道一个人死后究竟是善还是恶，所以最好"保持我们的灵魂b值[③]尽可能接近零"。

坎贝尔的遗产建立在他20年前取得的成就之上，这并不是他想要的结局，但他始终都相信它的重要性。坎贝尔在去世前几个月的一次谈话中，张开双臂说："这是科幻体裁[④]。它吸纳了所有时间，从宇宙诞生之前到太阳和行星的形成，到太阳和行星的毁灭，进而到宇宙的热寂以及热寂之后。"然后，他把双手分开一英寸，"这是英语文学——整个科幻体裁中最微小的一部分。"

他写的最后一篇社论是关于类星体的，发表在1971年11月刊中。结尾写道："要知道，黑洞是只能进不能出的[⑤]，全都是不归路。"

---

① 乔·霍尔德曼发言，星云会议（Nebula Conference）"约翰·W. 坎贝尔的遗产"（The Legacy of John W. Campbell）讨论组，2016年5月13日。——原注
② 参见坎贝尔写给哈罗德·施瓦茨贝里（Harold Schwartzberg）的信，1971年7月13日。——原注
③ 参见坎贝尔《论天使的本质》，载于《类比》，1971年9月，第160页。——原注
④ 参见哈里森《惊奇-类比读者》，第8-10页。——原注
⑤ 参见坎贝尔《那些不可能的类星体》（*Those Impossible Quasars*），载于《类比》，1971年12月，第178页。——原注

葬礼结束几周后，阿西莫夫在代顿（Dayton）接受了一个电台节目的电话采访，然后回答听众的提问。有一个女人打电话来问："你认为对科幻小说贡献最大的人是谁[①]？"

阿西莫夫很想轻松地笑着说"我"，然而，他最终说了实话："约翰·坎贝尔。"

"很好，"电话那头的年轻女人说道，"他是我父亲。"

[①] 参见阿西莫夫《欢乐如故》，第575页。——原注

后　记　地平线之外

　　努力向前看[1]，发现可能性并提出警告，这本身就是一种充满希望的行为……明日是今日之子。通过思想和行为，我们对这个孩子施加很大的影响，虽然我们不能完全控制它。不过，最好想一想，最好把它塑造成好孩子，最好对任何孩子都这样做。

　　　　　　　　　　——奥克塔维亚·E. 巴特勒（Octavia E. Butler）

　　1972年12月4日，史特丹号（SS Statendam）远洋邮轮[2]载着乘客们从纽约驶往佛罗里达去见证最后一次载人登月任务的发射。同行的嘉宾有阿西莫夫、海因莱因、波尔、斯特金、哈里·斯泰恩、本·博瓦、马文·明斯基、诺曼·梅勒（Norman Mailer）、凯瑟琳·安妮·波特（Katherine Anne Porter），还有担任主持人的休·唐斯（Hugh Downs）。出席的还有新闻界人士，由于波特最著名的那本书的书名，他们中的很多人觉得有必要将此行称为"一船愚人"[3]。

　　该计划是科学讲师理查德·C. 霍格兰（Richard C. Hoagland）的主

---

[1] 参见奥克塔维亚·E. 巴特勒《预测未来的几条规则》（*A Few Rules for Predicting the Future*），载于《本质》（*Essence*），2000年5月，第166页。——原注
[2] 此行的细节主要摘自维纳《死亡圈偷渡者》（*A Stowaway to the hanatosphere*）；阿西莫夫《欢乐如故》，第621-624页；帕特森《学得更好的人》，第336-338页。——原注
[3] 参见阿西莫夫《欢乐如故》，第622页。——原注

意,数年后,此人会成为出了名的阴谋论者,痴迷于火星之脸。邮轮和会议加在一起的票价超过一千美元。不久,人们就清楚地看到,这个名为超越阿波罗之旅(Voyage Beyond Apollo)的冒险项目在财务上已经失败了——船上只有100位付费乘客,运营史特丹号的荷美邮轮公司(Holland America)最后会损失25万美元。

起初,这种经历似乎不值这个价钱。第二天晚上,在放映《2001》的时候,波涛汹涌的大海使人们趴在栏杆上呕吐不止。活动组织得很混乱,嘉宾们公开表示不知道应该怎么做[1]。但是也有难忘的时刻,其中一个讨论组中有梅勒和阿西莫夫,这两位来自布鲁克林的犹太作家以前也有过交集。阿西莫夫在纽约乘电梯时,目光被身旁的人吸引住了:"先生,有没有人说过[2]你长得像诺曼·梅勒?"

这位美国最著名的作家面无表情地回答道:"有啊,偶尔会有人这么说。"

现在他们在太空问题上交锋了。梅勒抱怨美国航空航天局把人类历史上最伟大的成就变成了"极其无聊"[3]的奇观。和坎贝尔一样,他对不涉及电磁频谱的交流可能性很感兴趣,还说宇航员应该在月球上进行心灵感应实验。

阿西莫夫的回答很圆滑:"用科学方法研究超自然现象,必然会使其变成自然现象。"

梅勒做出回应,详细阐述了他的"死亡圈"理论,即一个由死者灵魂居住的大气层。他还在一次讨论中指出,公众开始对太空旅行漠不关心,不再将其看作一种冒险——这也许是他说过的最有见地的话。

---

[1] 参见本书作者对雷克斯·韦纳的采访,2017年8月19日。——原注
[2] 参见阿西莫夫《欢乐如故》,第587页。——原注
[3] 参见韦纳《死亡圈偷渡者》。——原注

在阿波罗17号发射的那天晚上,史特丹号停泊在卡纳维拉尔角附近的水域中,在远方有闪电划过的黑暗天空下等待着。由于一系列的延误,发射推迟到了下半夜,但火箭最终升空了。梅勒和唐斯与两个逃票者吸着大麻烟,天空亮成了暗铜色,星星也消失了。

波尔回头瞥了一眼,看见阿西莫夫、海因莱因和斯特金[①]站在一起,闪烁的火光照亮了他们的脸。雷鸣般的响声震得船身开始颤动。海因莱因将其比作原子弹爆炸[②]。与之相比,雷克斯·韦纳(Rex Weiner)的反应则更让阿西莫夫感到震惊,这位地下出版商站在他的身后,神志不清地喊着:"天啊[③],天啊。"

船继续驶向维尔京群岛。梅勒在维尔京群岛下船,会议气氛稍微缓和下来——在船上的科幻作家中,记者们最感兴趣的是梅勒。卡尔·萨根与琳达·萨根(Linda Sagan)取而代之,此行的后半段过得很愉快。海因莱因发表了演讲,但他在上台前才得知只能讲15分钟[④],比他预期的时间少一半。阿西莫夫觉得他讲的内容"有点跑题"[⑤]。

"超越阿波罗之旅"这个名字比任何参与者所知道的都要贴切。梅勒与阿西莫夫发生争执时,记者汤姆·沃尔夫[⑥](Tom Wolfe)正在佛罗

---

① 参见弗雷德里克·波尔《愚蠢之船 第3部分:阿波罗17号》(*The Ship of Foolishness, Part 3: Apollo 17*),2010年11月24日,http://www.thewaythefutureblogs.com/2010/11/the-ship-of-foolishness-part-3-apollo-17(2017年12月引用)。——原注
② 海因莱因做出该比喻是在1972年的纪录短片《超越阿波罗之旅》,观看地址为 https://www.youtube.com/watch·v=JTrzxIh8jX8(2017年12月引用)。——原注
③ 参见阿西莫夫《欢乐如故》,第623页。2017年8月19日,雷克斯·韦纳在接受本书作者采访时证实了这件事。——原注
④ 参见帕特森《学得更好的人》,第338页。——原注
⑤ 参见阿西莫夫《欢乐如故》,第624页。——原注
⑥ 参见沃尔夫《合适人选》(*The Right Stuff*),第 ix 页。——原注

里达试图说服几位宇航员开口讲述他们的经历——回顾过去，这一周标志着科幻界与知识界之间的对话达到一个高潮。在这部剧的最后一幕，科幻体裁对世人的想象力产生了最深远的影响，当时在场的某些作家有理由怀疑自己是否能活着看到接下来会发生的事。

1970年1月，海因莱因由于腹膜炎未经治疗而入院。在做结肠切除手术时，医生给他输入了五位献血者的血。手术过后，他感到恶心，浑身无力。海因莱因新创作的小说《我不会害怕魔鬼》（*I Will Fear No Evil*）讲的是一位亿万富翁在临终前将自己的大脑移植到了女秘书的身体里，其中有一个配角名为麦坎贝尔法官（Judge McCampbell）。他知道这篇小说必须删减三万字①，但他太累了，无法对其进行修改。出版的结果令人反感，就是一个极端古怪加自以为是的组合，关心其中人物的读者根本看不出这篇小说在讲什么。

到年底时，海因莱因感觉自己的身体好了，可以继续写作了。为了给未来史系列收尾，他大胆构思出一篇名为《时间足够你爱》的小说，中心人物是《玛士撒拉之子》中长生不死的主人公拉撒路·龙。女人们都求着给此人生孩子，他那超人般的生育能力是无子的作者渴望有个孩子的结果。这篇小说是海因莱因创作的最后一部主要作品，其中有些怀旧色彩是向哈伯德致敬，他始终将哈伯德视为战争英雄②。拉撒路的化名为"医学博士拉斐特·休伯特（Lafayette Hubert）"。他还提到一位名叫莱夫（Lafe）的海军军官，也有些熟悉的特征：

---

① 参见海因莱因写给格雷戈里·本福德的信，1973年10月31日。——原注
② "幸亏罗伯特从未看过米勒的《裸面弥赛亚》，他非常相信哈伯德，没发现哈伯德是个大骗子。"参见弗吉尼亚·海因莱因写给小威廉·H.帕特森的信，1999年7月17日。——原注

> 他的头发是那么红,连火神洛基都会引以为傲。莱夫想勒死那只科迪亚克棕熊……徒手抓住了它……请注意,他根本无须如此。如果不是莱夫的话,我就在这个世界上消失了。大家想听莱夫和那只熊还有阿拉斯加鲑鱼的故事吗?

《时间足够你爱》可能是海因莱因投入精力最多的一篇小说,后来也成为他的第一本精装版畅销书。

世人注意到了海因莱因,喜欢《异乡异客》的读者也会去找海因莱因其他的著作,一种获利丰厚的连锁反应随之而来。他新获得的财富大部分都花在了他自己和他母亲的医药费上——他母亲于1976年去世。他也帮助菲利普·K.迪克付住院费,后者心怀敬畏地在给他的信中写道:"我想给你写封信,在写这封信的时候,我激动得发抖[1]……你让我们的领域成为一个配得上成人读者和作家的领域。"

尽管有这样的感谢信,但海因莱因还是因科幻迷的批评而感到伤心,不过,有些事分散了他的注意力。他认为手术中所输的血液救了他的命,所以花了大半年的时间研究一篇关于血液科学的文章,同时也征求了阿西莫夫的意见。海因莱因对阿西莫夫表示钦佩,说他是一个多才多艺的人:"要是连艾萨克都不知道答案[2],那也别去查《不列颠百科全书》了,他们肯定也不知道。"有一次,海因莱因去喷气推进实验室观看维京号(Viking)航天器的发射——此地肯定让他想起了杰克·帕森斯。作家杰里·波奈尔告诉他,那里有一半的科学家都是受他的小说

---

[1] 参见菲利普·K.迪克写给海因莱因的信,1974年2月11日,转引自帕特森《学得更好的人》,第358页。——原注

[2] 参见汤姆·柯林斯(Tom Collins)《今晚我遇见海因莱医》(*Tonight I Met Robert Heinlein*),载于《瞬态》(*Transient*)31号,1974年,转引自帕特森《学得更好的人》,第607页。——原注

罗伯特·A.海因莱因、L.斯普拉格·德坎普和凯瑟琳·德坎普以及艾萨克·阿西莫夫在星云奖颁奖礼上，摄于1975年，杰伊·凯·克莱因提供 经加州大学河滨分校图书馆特色馆藏与校史室许可使用

吸引才做这行的。

海因莱因无疑是三大科幻作家之一，另外两位分别是克拉克和阿西莫夫。海因莱因批评克拉克，说他从未塑造过一个令人难忘的人物[①]。有一次，阿西莫夫开玩笑地说他们三人中应该死一个，好为后人腾出位置。海因莱因回道："让其他作家去死！"[②]但他很难维持以前的工作效率。1978年，他得了脑血栓，医生要求他戒烟。海因莱因当时正拿着一支没有点燃的香烟，他默默地把那支烟放回了烟盒里。

海因莱因做了颈动脉搭桥手术，病情有所好转，然后接着写《兽之数》（The Number of the Beast）。这篇奇幻小说借鉴了哈伯德的《太空打字员》，其中有一个反派人物的化名为"L. 罗恩·奥利米"（L. Ron O'Leemy），是由海因莱因的笔名莱尔·门罗变换而来。海因莱因以50万美元的价格将《兽之数》卖给了福西特（Fawcett），他需要用这笔钱来支付手术费用。这篇小说出版后，他与哈伯德有过几次书信往来，后

---

① 参见弗吉尼亚·海因莱因写给小威廉·H.帕特森的信，1999年11月7日。——原注
② 参见麦卡利尔（McAleer）《幻想家》（Visionary），第223页。——原注

者充满感情地写道:"现在他们指责我们这些老家伙①是社会预言家。实际上,我很高兴他们终于意识到这一点了。"

海因莱因已经成为一位支持科幻体裁的政治家,还在众议院老龄化与科学技术特别委员会(House Select Committees on Aging and Science and Technology)为空间技术在老年人中的应用作证——他说他希望能活着买到一张去月球的商业票②。他还将自己的作品定位于未来的读者。在《衍生宇宙》文集的自传内容中,他极力贬低自己与主编们的关系,说艾丽斯·达格利什"不喜欢"他③,但是喜欢他那些书的销量,还说《第六纵队》"是唯一一部明显受到约翰·W.坎贝尔影响的小说④"。

作家乔治·R. R. 马丁⑤请海因莱因为一部书写一篇引言,向坎贝尔致敬。海因莱因回电拒绝了,他说坎贝尔主编从来没教过他什么。与之形成鲜明对比的是阿西莫夫,他答应为马丁写一篇文章,即便他的个人感情比他在书中表达的要矛盾得多:"有时我觉得⑥,如果我不是如此坚持在自己的作品中提到坎贝尔,他就会永远从人们的脑海中消失。同样,我经常想,当我去世时,人们会感到一阵惋惜,然后我的名字也会消失。"

海因莱因同样强烈地否认了坎贝尔对他的影响,尽管这个问题对大多数读者来说几乎无关紧要。他的话带有一丝个人的辛酸。虽然在所有

---

① 参见哈伯德写给海因莱因的信,1980年12月24日,转载于哈伯德《文学信函》,第168页。——原注
② 参见海因莱因《衍生》(Spinoff),载于《衍生宇宙》,第511页。——原注
③ 参见海因莱因《衍生宇宙》,第207/354页。——原注
④ 参见海因莱因《衍生宇宙》,第93页。——原注
⑤ 参见本书作者对乔治·R.R.马丁的采访,2016年8月19日。——原注
⑥ 参见阿西莫夫《艾萨克·阿西莫夫》,第529页。——原注

作家中，不管其在世与否，海因莱因获得的赞誉都是最多的，但他还是有怀才不遇的感觉。他疏远了纸浆杂志，说他将小说分期连载[①]只是为了钱。有时，他很像哈伯德。哈伯德坚称他写科幻小说只是为了资助他的研究，还系统地将以前的合作者都从他的传记中抹去了。

坎贝尔的继任者也有争议。这位主编去世后，《类比》开始寻找接替他的人，传闻中的候选人包括哈里·哈里森、波尔·安德与弗雷德·波尔[②]（Fred Pohl）。阿西莫夫推荐的是德尔雷伊，因为他的"能力和性格"[③]最接近坎贝尔，但出版社想找一个年轻人。第二个人选是本·博瓦，他得到了这份工作。后来，康泰纳仕集团副总裁鲍勃·拉帕姆[④]（Bob Lapham）说，他读过所有竞争者的小说，只能看懂博瓦的作品。

博瓦要付出很大努力才能赶上坎贝尔。接管《类比》后，他与威尔·詹金斯见了一面，后者说："我们在这里吃了一顿丰盛的午餐[⑤]，却没有想出一个绝妙的故事构思。"随着时间的推移，他可以应付自如了。正是在他的引导下，人们才意识到，如果没有坎贝尔，这本杂志会是什么样子。1978年，博瓦离职了。他将这本杂志交给斯坦利·施米特，开始担任《奥秘》（Omni）的主编。对海因莱因来说，这本杂志自然像一个家，但是看到《衍生宇宙》的负面评论稿时[⑥]，他告诉博瓦，如果不撤销这篇评论，他就再也不为博瓦供稿了。结果博瓦没有撤销，

[①] 参见海因莱因《衍生宇宙》，第276页。——原注
[②] 参见《轨迹》，1971年7月30日，第1页。——原注
[③] 参见阿西莫夫《欢乐如故》，第581页。——原注
[④] 参见艾伦·埃尔姆斯对本·博瓦的采访，加利福尼亚州阿纳海姆第二届洛杉矶会议，1984年9月1日，录音由科幻口述历史协会档案室提供。——原注
[⑤] 参见斯托林斯与埃文斯《默里·莱因斯特尔》，第93页。——原注
[⑥] 参见阿列克谢·潘兴（Alexei Panshin）《衍生宇宙》，载于《奥秘》，1981年4月，第32-34页。博瓦在1981年7月刊中刊登了一篇由杰克·威廉森撰写的更加积极的文章。——原注

所以他再也没有为博瓦供过稿。

1981年4月13日,莱斯琳·海因莱因由于中风在莫德斯托(Modesto)去世,她的骨灰撒到了大海里。海因莱因已经几十年没有和她联系了,他可能都不知道她去世了。如果知道的话,他可能会想,莱斯琳和坎贝尔去世了,他在创作初期的直接见证人都不在了。

海因莱因晚年最难忘的时期根本不涉及写作。杰里·波奈尔是国家空间政策公民咨询委员会(Citizens Advisory Council on National Space Policy)的主席,该委员会成员松散,由作家、科学家和公众人物组成,他们为罗纳德·里根总统准备战略防御白皮书。该委员会最接近坎贝尔的梦想——建立一条通往权力殿堂的直接通道。海因莱因热切地参与其中——里根会让他想起巴里·戈德华特,所以他钦佩这位总统,还首次注册为共和党人。

不出两年,国家空间政策公民咨询委员会的工作似乎得到了回报。1983年3月23日,里根发表讲话,提议建立防御盾来防御导弹袭击:"我呼吁给我们提供核武器的科学界把他们的才能用于人类与世界和平事业——给我们提供使这些核武器失效与废弃的手段。"该计划的官方名称为战略防御倡议(Strategic Defense Initiative),但是该计划显然有虚构的前兆,为了向其致敬,人们很快就称之为星球大战计划(Star Wars)。

无论是在国际舞台上还是在科幻体裁中,该公告和首轮测试都导致紧张局势升级。有一位著名的怀疑论者是阿西莫夫,他说:"我不认为星球大战计划是可行的[1],也不认为有人会把它当回事。该计划只是一

---

① 参见威廉·J.布罗德(William J. Broad)《科幻作家运用想象力展开国防辩论》(*Sci-Fi Authors Use Their Vision In Defense Debate*),载于《纽约时报新闻服务》(*New York Times News Service*),1985年5月2日。——原注

个让俄罗斯人破产的工具,但是我们也会破产的。这非常像约翰·韦恩(John Wayne)式的对峙。"1984年9月17日,亚瑟·C. 克拉克告诉参议院外交关系委员会(Senate Foreign Relations Committee),星球大战计划背后的原则是"技术滥用"①,海因莱因对此狂怒不已。

当两位作家去拉里·尼文家参加一个聚会时,事态发展到了紧要关头。克拉克为《类比》写过一篇关于该主题的评论文章,称"一桶钉子"②就能摧毁轨道激光站。航空航天工程师马克斯·亨特(Max Hunter)在聚会中提起这件事,克拉克满不在乎地回道:"马克斯,我的天体力学知识可都是跟你学的③。"

"亚瑟,我教给你的知识还不够。"亨特如此回道。参加聚会的人向克拉克提出了一连串尖锐的问题,他承认了几个技术错误。然而,讨论仍然是诚恳的,依然集中在科学上,克拉克坚持他的政治观点。

海因莱因不太愿意放手。正式会议结束后,到了休息吃午餐的时间。此前一直保持沉默的海因莱因用一种令其他人震惊的语气告诉克拉克,他无权给美国人提建议。克拉克回忆道:"他指责我是典型的英国人,说我太傲慢④。他的语气非常恶毒。我真的很伤心,非常难过。"

克拉克说他在道德上反对这个计划,海因莱因建议他避免卷入与他无关的事情。克拉克觉得这些问题会影响到地球上的每一个人,但他最后以和解的口吻告诉海因莱因:"我无法改变自己是英国人的事⑤,但

---

① 参见麦卡利尔《幻想家》,第253页。克拉克是通过录音发表讲话的。——原注
② 参见亚瑟·C.克拉克《太空时代的战争与和平》(*War and Peace in the Space Age*),载于《类比》,1983年7月,第163页。——原注
③ 参见帕特森《学得更好的人》,第445页。——原注
④ 参见麦卡利尔《幻想家》,第255页。——原注
⑤ 参见麦卡利尔《幻想家》,第256页。——原注

我会试着改变那种傲慢的态度。"

克拉克从未改变立场，这次交锋实际上终结了他和海因莱因的友谊。他写过几封和解信，还给海因莱因寄过一张两只公象打架的照片，所附的纸条上写着："这会让你想起什么吗？"[1] 他在后来回忆道："我对这件事感到难过[2]，但是并没有感到怨恨，因为我意识到鲍勃病了，他的行为不像我所认识的那个极为彬彬有礼的人。"

这可能最接近事实。海因莱因的健康状况迫使他鼓足了全身的勇气，同时也耗尽了他用来控制身体其他部位的能量，正如战争暴露了哈伯德身上一直存在的一种弱点，正如痛风和高血压暴露了坎贝尔的阴暗面。阿西莫夫做了一个鲜明的对比：

> 海因莱因肯定觉得[3]他懂得更多，还会说服你同意他的观点。虽然坎贝尔也会这样，但是即便你最后不同意他的看法，他也总是泰然自若，满不在乎，而海因莱因在这种情况下则会怀有敌意……我不喜欢那些自认为比我懂得多并因此而对我纠缠不休的人，所以我开始躲着他。

阿西莫夫究竟支持哪边是毋庸置疑的。听到海因莱因对克拉克说的话后，他勃然大怒，还把书房里所有海因莱因的书都丢出去了[4]。

和海因莱因一样，哈伯德在过去30年的大部分时间里一直在思考

---

[1] 参见麦卡利尔《幻想家》，第256页。——原注
[2] 参见亚瑟·C. 克拉克《罗伯特·海因莱因》，载于近藤《安魂曲》，第264页。——原注
[3] 参见阿西莫夫《艾萨克·阿西莫夫》，第76页。——原注
[4] 参见本书作者对格雷格·贝尔（Greg Bear）的采访，2016年8月19日。——原注

核战争的威胁,他似乎同样无法将其与自己职业生涯的起起落落区分开来。一位朋友回忆道:"如果他的敌人追上了他[1],他们会给他带来很多麻烦,使他无法继续工作。那么,科学教就不会进入这个世界。即便没有核浩劫,也会有社会经济混乱。"

哈伯德在大西洋上航行多年。每当要欢迎外来者上船时,他们都会将墙上挂的哈伯德的肖像翻过去,还会将与科学教有关的材料藏起来。哈伯德坚称他已经与科学教断绝了联系,其实,科学教每周都会给他寄一万五千美元,他还是一如既往地参与其中。无论他去哪里,都有"信使"相随。那是一群身穿蓝色制服的少女,她们会传达他的命令,还会给他点烟。哈伯德从来没有碰过她们,但他显然对她们的忠诚感到满意。有一次在和家人吵架时,他竟然让其中一个女孩朝他女儿戴安娜(Diana)的脸上吐口水。

哈伯德还断然拒绝他和萨拉·诺思拉普的女儿亚历克西斯,他已经把萨拉从他的官方传记中删去了。当亚历克西斯联系哈伯德时,他派两名干事给她带去一封信。这封信是用打字机打出来的,为了防止被人跟踪,那台打字机只用了一次就丢弃了[2]。亚历克西斯惊讶地听到两名干事说,哈伯德当初和怀孕的萨拉结婚只是出于同情,他们强烈暗示她的生父是杰克·帕森斯。信上的署名是"你的好友,J. 埃德加·胡佛"[3]。亚历克西斯再也不想见哈伯德了。

哈伯德想要找一个避风港,结果没有找到。1972年,有传言称法国要以欺诈罪引渡他,所以他逃到了纽约,和两名员工躲在皇后区。值得注意的是,他还抽时间去了新泽西州拉姆森市(Rumson)的乔治·O. 史

---

[1] 参见米勒《裸面弥赛亚》,第296页。——原注
[2] 参见阿塔克《一片蓝天》,第222页。——原注
[3] 参见赖特《拨开迷雾》,第146页。——原注

密斯家,至少两次。魔术师詹姆斯·兰迪(James Randi)在史密斯家举办的科幻作家聚会上遇见过几次哈伯德。他回忆道,哈伯德独自坐在角落里喝酒,"样子很狼狈"①,其他客人都对哈伯德视而不见。

有一天,哈伯德让助理去查七个小矮人的名字②。1973年4月28日,他写下密令,制订了所谓的白雪公主计划③(Snow White Program),其中针对不同国家的项目均以这部迪士尼电影中的人物命名。这是一个大计划中的一环,目的是要打击科学教的敌人——包括记者,最终会成功地在美国禁毒署、司法部、联邦贸易委员会和国内收入署安插间谍。

到了9月,引渡的可能性似乎已经不存在了,哈伯德回到了他的船队中。后来,他在加那利群岛的一次摩托车事故中受伤——在碎石路上滑了一跤,导致肋骨和一只胳膊骨折,所有转折点的希望都破灭了。在此之前,他似乎已经偶尔可能享受他的财富;但现在,他被自己最嗜虐的倾向控制。在这个封闭的世界里,他拥有绝对的权力,这就放大了那种倾向,没有什么能阻止他成为最糟糕的自己。

哈伯德建立了一个内部古格拉劳改营——被排斥的人穿着黑色连衣裤工作服,吃的是残羹剩饭。这个劳改营不断扩大,包含了三分之一的船员④。在马德拉群岛(Madeira)的一个港口发生了不幸事件,双方都互相扔石头。此事过后,他决定去南卡罗来纳州。就在他们接近海岸时,科学教的情报部门发来一个令人抓狂的消息,警告哈伯德说,联邦特工正在码头上等着他们。哈伯德前往加勒比海,在那里见到了年迈的

---

① 参见本书作者对詹姆斯·兰迪的采访,2017年8月9日。——原注
② 参见赖特《拨开迷雾》,第151页。——原注
③ 关于该计划的报道经常称之为白雪公主行动(Operation Snow White),但科学教内部并不知道这种用法。参见托尼·奥尔特加(Tony Ortega)发给本书作者的电子邮件,2017年10月20日。——原注
④ 参见阿塔克《一片蓝天》,第206页。——原注

父亲。哈里·罗斯·哈伯德的妻子已经在1959年去世了。"这次旅行很愉快"①,不久他就去世了。

哈伯德自身的健康状况不断恶化,加上油价不断上涨,所以寻找一个永久的基地似乎是明智之举。佛罗里达州克利尔沃特(Clearwater)引起了他的注意。这个小镇的名字意为"清水",显然引起了他的共鸣。哈伯德希望能控制当地政府,但他不小心把自己的身份泄露给了他的裁缝,因为那名裁缝也是科幻迷。消息传开后,哈伯德慌忙逃往华盛顿特区,附近有一个科学教地区办事处。在街上收到科学教的传单时,他感到相当有趣。

在玛丽·休的指导下,白雪公主计划进展顺利。但该计划的干事变得鲁莽起来,当他们的活动暴露后,哈伯德别无选择,只得再次消失。他们开始寻找可以躲避传票送达员的地方,最后选定了加利福尼亚州拉昆塔(La Quinta)的橄榄树农场(Olive Tree Ranch)。他们的儿子昆廷(Quentin)明显变得越来越不稳定:"他说有人②从外太空来了,还说了我们要如何应对。"昆廷向一位员工承认他曾经为一位朋友伪造听析结果,然后离开了农场。

1976年10月28日,有人发现昆廷开的一辆白色的旁蒂克(Pontiac)轿车停在拉斯维加斯的麦卡伦机场(McCarran Airport)外。发动机在运转着,有一条真空吸尘器软管从排气管伸到一扇车窗里。昆廷还活着,但是再也没有恢复知觉。两周后,他在医院里去世,当时才22岁。听到这个消息后,玛丽·休尖叫了十分钟,哈伯德则勃然大怒:"这个傻孩子!"③

---

① 参见米勒《裸面弥赛亚》,第329页。——原注
② 参见米勒《裸面弥赛亚》,第347页。——原注
③ 参见米勒《裸面弥赛亚》,第342页。——原注

昆廷自杀后，气氛变得更阴郁了。据说，玛丽·休的狗是清新者，只要有人认为它们的主人不好，它们就会对其咆哮。哈伯德则开始沉迷于一种净化体内毒品的系统。他暗示，只有那些经过净化的人才能在即将到来的核浩劫中活下来："这就产生了一种有趣的可能性[①]，即只有科学教信徒才能在经历过核战争严重后果的地区发挥作用。"

1977年7月8日，联邦特工拿着大锤突袭了洛杉矶和华盛顿特区的科学教教会，这显然是对白雪公主计划的报复。哈伯德意识到他必须和妻子拉开距离。一周后，他在三名信使的陪同下于夜间溜出拉昆塔，最后到了内华达州的斯帕克斯（Sparks）。就像波莉和萨拉一样，一旦玛丽·休变成累赘，哈伯德就准备抛弃她，他已经不用等待可以替代她的人了。

哈伯德被孤立了。时隔多年，他又开始写小说了。有一个关键因素是《星球大战》上映，成了他最喜欢的电影之一[②]。这是科幻体裁对主流文化的终极入侵——即使约瑟夫·坎贝尔在其中的功劳比约翰·坎贝尔大。哈伯德觉得他比任何人都更有资格为文化提供所需的素材。他开始写一部中篇小说，后来将其改编成剧本。这篇名为《群星起义》（*Revolt in the Stars*）的小说是兹努的故事加上公然利用乔治·卢卡斯（*Revolt in the Stars*）的太空歌剧的产物。

哈伯德试图把这个剧本卖给制片公司，但没有成功，于是他想自己制作。1978年年初，他回到拉昆塔，拍摄了一系列片花。这些影片使他可以沉溺于他所喜欢的血腥场景——演员们全身都是假血，拍完后要把衣服剪下来才行。但他总是发现拍出的影片有问题，所以很少放映。其

---

① 参见阿塔克《一片蓝天》，第259页。——原注
② 哈伯德最喜欢的电影包括《星球大战》《Diva》《公民凯恩》《第五屠宰场》和《巴顿将军》。参见阿塔克《一片蓝天》，第353页。——原注

中一名摄影师是十几岁的少年戴维·密斯凯维吉①（David Miscavige），哈伯德只信任几个人，而他是其中之一。

1978年8月15日，华盛顿特区的一个大陪审团就与白雪公主计划有关的28项罪状起诉玛丽·休与另外八位科学教信徒。不久之后，哈伯德患了肺栓塞，在沙漠中拍摄时晕倒了。一位高级案例主管被请出来对他进行治疗。在听析的过程中，哈伯德承认他一直受"某种对权力和金钱贪得无厌的欲望"②驱使。

哈伯德好转起来。但是又有一名科学教干事去了联邦调查局，所以他又消失了。1979年3月，在夜幕的掩护下，他带着一小队员工到达圣哈辛托山区（San Jacinto Mountains）的一个小镇，在那里定居下来。每天早上，哈伯德都在他的新房子里对自己进行听析，向信徒们讲述他过去的生活，其中有些故事取自他以前写的小说③。

10月，被告们各承认一项指控，玛丽·休被判处五年监禁和一万美元罚款。哈伯德搬进了一套昂贵的蓝鸟（Blue Bird）房车，一直流浪到1983年，然后在加利福尼亚州的克雷斯顿（Creston）买下了曾经属于演员罗伯特·米彻姆（Robert Mitchum）的农场。表面上看来，他似乎脱离了科学教，只在他的生日和每年年初发表声明。

然而，哈伯德仍然在遥控科学教。在哈伯德的命令下，迅速晋升的密斯凯维吉开始了一场大规模的改组。他罢免了玛丽·休，驱逐了她的

---

① 参见阿塔克《一片蓝天》，第264页。——原注
② 参见米勒《裸面弥赛亚》，第356页。——原注
③ "还有一次，哈伯德乘坐一艘发生故障的飞船降落在地球上。当时地球上还没有生命，他意识到生命的潜力，从别的星球带回种子，使地球孕育生命。"基马·道格拉斯（Kima Douglas），转引自米勒《裸面弥赛亚》，第360页。这让人想起哈伯德《宇宙之王》（*The Emperor of the Universe*），载于《惊悚故事》（*Startling Stories*），1949年11月，第132-141页。——原注

孩子，还监督驱逐了大量冒犯者。科学教曾经有五万教徒①，现在人数减少了一半。密斯凯维吉仔细研究过哈伯德。正是通过此人，大海团的偏执文化在其创始人去世后还继续存在。

令人难以置信的是，许多被赶走的人都不愿责怪哈伯德，他们认为哈伯德不是死了就是进了监狱。事实上，他"深入参与"②密斯凯维吉的行动，每周下达命令，主要是为了让更多资金流入他的私人账户。但实际上，哈伯德仍处于孤立状态，他对此做出的反应是专注于写作，就像阿西莫夫以埋头创作的方式来面对自己的麻烦一样。两人都把自己定义为多产的怪物，哈伯德是带着复仇的心情回到小说中的。

哈伯德又修改过《群星起义》，但是在看清这部电影不太可能拍成后，他把精力转到了别的方向。基于700页的手写笔记③，他用八个月的时间写了一部近50万字的长篇小说。哈伯德宣布小说名为《人类：濒危物种》④，但它最终由圣马丁出版社（Man: The Endangered Species）以《地球杀场：公元3000年的英雄史诗》的名字出版，封面上那个肌肉发达的人物与哈伯德有着明显的相似之处。

后来，权威人士米特·罗姆尼⑤（Mitt Romney）称之为他最喜欢的小说。由于哈伯德的隐遁和健康问题，人们猜测这本书可能并非出自他笔

---

① 参见阿塔克《一片蓝天》，第349页。——原注
② 参见《劳伦斯·H·布伦南宣言》（*Declaration of Lawrence H. Brennan*），新罕布什尔州梅里马克县（Merrimack County），2008年5月6日。——原注
③ 参见哈伯德《作家：通俗小说的塑造者》（*Writer: The shaping of Popular Fiction*），第143页。——原注
④ 参见《作者简介》（*About the Author*），哈伯德《前人类》（*The Were-Human*）注释，载于《幻想之书》（*Fantasy Book*），1981年10月，第43页。——原注
⑤ 参见吉姆·鲁滕伯格（Jim Rutenberg）《罗姆尼喜欢哈伯德的小说》（*Romney Favors Hubbard Novel*），政党会议，载于《纽约时报》，2007年4月30日，https://thecaucus.blogs.nytimes.com/2007/04/30/romney-favors-hubbard-novel（2017年12月引用）。——原注

下。但其中的第一部分几乎是直接改写《鹿皮军》的内容，这就消除了那些怀疑。书中的主人公是黄毛的最新化身，身穿皮衣，脚蹬鹿皮鞋，生活在人类最后的遗迹中。一千年前，贪婪的外星人塞库洛（Psychlos）入侵，摧毁了人类。他们看不见的统治者是卡特里斯特（Catrists），所以真正的反派人物是"塞库洛卡特里斯特"（Psychlo Catrists）。

在引言中，哈伯德时而吹捧坎贝尔，时而诋毁他，通常是在同一个句子里。整本书就像在疯狂地驱除这位主编的影响。范沃格特没有看完这本书[1]，但他还是在推介中称之为"杰作"。海因莱因则在一封信中写道："罗恩，这部小说很不错[2]。我希望精装本的销量能达到百万册。"圣马丁出版社也怀有类似的希望。科学教承诺要买五万册。在它登上畅销书排行榜之后，虔诚的科学教信徒约翰·特拉沃尔塔[3]（John Travolta）表示有兴趣出演这部电影。

哈伯德并没有就此结束。在完成《地球杀场》后，他立即着手写一部更加庞大的小说。密斯凯维吉亲自[4]用银行储物箱将这部小说送到了作家服务部（Author Services），也就是科学教中负责处理创始人文学作品的附属机构。《地球使命》的字数超过了100万，编辑们都不愿意碰它，只是随意地把它分割成十本书，构成极为庞大的"十部曲"。

《地球使命》第一册《入侵者计划》于1985年10月上市。和以前一样，科学教信徒们一抱一抱地购买，这些书将会回收到商店里，有时还

---

[1] 参见米勒《裸面弥赛亚》，第366页。——原注
[2] 参见海因莱因写给哈伯德的信，1982年12月16日，转载于哈伯德《文学信函》，第169页。——原注
[3] 参见赖特《拨开迷雾》，第209页。——原注
[4] 参见罗伯特·沃恩·扬（Robert Vaughn Young）《L. 罗恩·哈伯德的〈地球使命〉》（L. Ron Hubbard's Mission Earth），2000年2月19日，http://www.lermanet.com/cos/MissionEarth.htm（2017年12月引用）。——原注

贴着价格标签①。哈伯德从未听说过这些策略，得知自己又写了一本畅销书，他感到由衷的满足。三个月后，哈伯德去世了。

1970年2月12日，阿西莫夫录了一集《迪克·卡维特秀》②（The Dick Cavett Show）。他坐在沙发上，旁边是一位迷人的英国女演员。阿西莫夫一如既往。当卡维特开玩笑地说他风流时，他回道："我是挺风流的③。"然后转向那位小明星："亲爱的，说到风流，今晚下节目后你有什么安排吗？"

卡维特配合地说道："拜托，艾萨克，别在我的节目上发情。"观众笑了起来。但随后，阿西莫夫开始担心起来。录制结束后，他打电话将这件事告诉格特鲁德，希望第二天晚上节目播出时她不会生气，但是没有用。不久，她又开始说要离开他。

这个电视节目播出后的第二周，格特鲁德去看望她的母亲，暗示说她可能不会回来了。她以前也做过类似的威胁——由于患了关节炎后④，她的情绪很低落。但是这次，阿西莫夫决定把她的话当真。他去找律师，正式写信陈述他想要离婚的意图。这个决定看似突然，却反映了多年来他内心中愈加强烈的信念，就像海因莱因当初与莱斯琳分手一样——只不过，阿西莫夫花了快十年的时间。

阿西莫夫在他的第100本书出版后不久就做出了选择，这并非偶然。100本书是他个人的一个里程碑，格特鲁德却对其不屑一顾。然

---

① 参见罗伯特·W. 韦尔科斯（Robert W. Welkos）与乔尔·萨佩尔（Joel Sappell）《昂贵的策略继续制造畅销书》（Costly Strategy Continues to Turn Out Bestsellers），载于《洛杉矶时报》，1990年6月28日。——原注
② 参见阿西莫夫《欢乐如故》，第521页。阿西莫夫没有说出这位女演员的名字，本集节目的人名单中只提到两位嘉宾，另一位是幽默作家萨姆·利文森（Sam Levenson）。——原注
③ 同上。
④ 参见阿西莫夫《艾萨克·阿西莫夫》，第335页。——原注

而，对于一个讨厌变化的人来说，离婚仍然是一个极端的举动。在马萨诸塞州，阿西莫夫无法在没有不当行为指控的情况下离婚，所以他搬到了纽约的一家酒店，珍妮特·杰普森正在那里等着他。在帮阿西莫夫打开行李时，她吞吞吐吐地说："你知道的，我的公寓[①]离这里不远。如果你在这里太寂寞的话，非常欢迎你去我家过周末。"

阿西莫夫高兴地接受了，最终搬去和珍妮特一起住，只将酒店房间当办公室。阿西莫夫曾经担心他写作会有困难，但当时还在世的坎贝尔买下了他在纽约完成的第一篇小说，在他们的合作关系结束时给予他和开始时一样的鼓励。珍妮特的研究领域是精神病学，当她见到坎贝尔时，后者竟然给她讲精神病学，所以她觉得这位主编"很气人——可是也很迷人[②]"。

坎贝尔去世后，阿西莫夫以《神们自己》成功地回归科幻界，这部小说给了他十多年来从未有过的写作乐趣。考虑到自己不写色情内容的名声，他决定在中心部分只写性——但对象是有三种性别的物种，而非两种。由于和坎贝尔相处的经历，阿西莫夫在过去不愿写外星人，现在却决心塑造出谁也没见过的最好的外星人。阿西莫夫在他职业生涯的大部分时间里都落后于海因莱因，当这部小说与《我不会害怕魔鬼》并列时，它有力地证明了阿西莫夫终于领先了。

《神们自己》也反映了阿西莫夫新获得的个人满足感。到1972年夏，阿西莫夫开始称珍妮特为他的未婚妻。次年11月，在他母亲去世后不久，他与格特鲁德最终确定离婚——还为此付出了高达五万美元的律师费。阿西莫夫与珍妮特结婚后，他们搬进了一套可以看到中央公园美

[①] 参见阿西莫夫《欢乐如故》，第533页。——原注
[②] 参见阿西莫夫《欢乐如故》，第565页。——原注

景的豪华公寓——但他恐高，很少冒险到阳台上去。

阿西莫夫最好的小说之一《200年的机器人》（*The Bicentennial Man*）紧随其后，他的事业继续蓬勃发展——他会与伍迪·艾伦①（Woody Allen）、保罗·麦卡特尼②（Paul McCartney）和史蒂文·斯皮尔伯格③（Steven Spielberg）等人讨论项目。1976年，出版商乔尔·戴维斯（Joel Davis）告诉阿西莫夫，他想与一位名人创办一本科幻杂志。《艾萨克·阿西莫夫科幻小说》成功发行，在这本杂志的封面上，阿西莫夫的脸很显眼。后来，戴维斯双倍下注，收购了《类比》。

阿西莫夫和女儿保持着亲密的关系，却和儿子疏远了。阿西莫夫的儿子拒绝去上大学，然后成立了一个信托基金。他们很少通电话。阿西莫夫把他的注意力集中在年轻人身上，他可以更自在地给他们当导师。就女人而言，珍妮特知道他的所作所为，但是她容忍了。有一次，阿西莫夫开玩笑说他在亲吻一个女人时被《纽约邮报》抓到了——那个女人其实就是珍妮特，她只是说："我一直告诉你要小心④。"

阿西莫夫唯一的痛处就是他的健康状况。1977年5月，他感到

---

① 艾伦与阿西莫夫见面讨论电影《傻瓜大闹科学城》（*Sleeper*）的剧本，请他出任技术指导，但该职位最终由本·博瓦担任。参见阿西莫夫《欢乐如故》，第625-626页。——原注

② 麦卡特尼想合拍一部电影，其中有"两个音乐团体，一个是真的，一个是外星人假冒的"。阿西莫夫写了一个大纲，但后来被要求从头开始重写，他"礼貌地退出来了"。参见阿西莫夫《欢乐如故》，第693页。——原注

③ 斯皮尔伯格请阿西莫夫参与电影《第三类接触》（*Close Encounters of the Third Kind*）的制作，但阿西莫夫不愿参与这部"美化飞碟"的电影。参见《欢乐如故》，第716页；克拉克·泰勒（Clarke Taylor）《艾萨克·阿西莫夫与科幻小说》（*Isaac Asimov and Science Fiction*），载于《洛杉矶时报》，1988年2月7日。阿西莫夫称之为"烂片"，参见阿西莫夫《阿西莫夫论科幻》，第292页。——原注

④ 参见阿西莫夫《艾萨克·阿西莫夫》，第340页。——原注

胸口痛，但还是坚持要走着去体检。他的医生保罗·埃瑟曼（Paul Esserman）狂怒不已，心电图显示他在那个月早些时候得过冠心病。"要是严重的话①，"埃瑟曼说道，"上周你就死了，可能就是在你跑着上楼来我的办公室的时候。"

阿西莫夫的病情正在好转，但死亡的可能让他心事重重。1980年，小说家马丁·艾米斯（Martin Amis）见到了阿西莫夫，他说："我原以为阿西莫夫会滔滔不绝，谈笑风生②，但他却露出一种烦躁不安的神情，仿佛在默默地做着心算。"阿西莫夫现在是名人了。吉恩·罗登贝瑞为《星际迷航：无限太空》（*Star Trek: The Motion Picture*）征求他的意见，还将他列为特别顾问。在电影院里看到自己的名字时，阿西莫夫疯狂地鼓掌，导致某人在过道上说："阿西莫夫在为自己的名字鼓掌③。"

《星球大战》成功后，电影公司开始更加严肃地看待科幻小说。当导演约翰·卡彭特（John Carpenter）有机会翻拍《怪形：异世界来客》时，他开始热衷于回归《有谁去那里》的故事前提。化妆师罗布·博汀（Rob Bottin）设计了无与伦比的现场特效，将其恐怖场景搬上荧幕④。1982年首映时，《怪形》的反响不佳——哈伦·埃利森斥之为"令人厌恶的特效垃圾片，毫无意义，毫无人性，犹如高速公路上的撞车事

---

① 参见阿西莫夫《欢乐如故》，第775页。——原注
② 参见艾米斯《拜访纳博科夫人》，第220页。——原注
③ 参见阿西莫夫《艾萨克·阿西莫夫》，第367页。——原注
④ "比尔·兰开斯特（Bill Lancaster）创作了这个剧本，讲的是暗影中的怪物，这是好莱坞的陈词滥调。直到今天，大家仍在谈论它。是罗布·博汀说：'不，要让它走到光中才行。这样的话，观众真会着迷的，因为怪物就在他们面前。'我不确定，但还是那么做了。"参见埃里克·鲍尔（Erik Bauer）对约翰·卡彭特的采访，载于《创意编剧》（*Creative Screenwriting*），2014年7月22日，https://creativescreenwriting.com/the-thing（2017年12月引用）。——原注

故[①]"。但它的名声却随着时间的推移而增长,成了最能让坎贝尔的名字留存下来的作品。

至于阿西莫夫,不断出版的是他的科幻小说,而非他的纪实作品。出版商们还想要更多,有人出了一大笔预付款,请他写一部新的《基地》小说,这是他第一次要在没有坎贝尔的情况下面对这个问题。《基地边缘》淡化了心理历史学的概念,这部回归之作成了阿西莫夫的第一本畅销书,正如类似的作品使海因莱因和哈伯德登上了畅销榜一样——但不用任何人命令,人们就去买阿西莫夫这本小说了。科幻小说总是偏爱年轻人,这三个人都想证明他们仍然举足轻重。

在接下来的九年里,阿西莫夫用他的文字处理机写了200本书,其中包括几本新的《基地》和机器人小说。他的动脉变窄了,所以他不得不要求周围的人走慢点,同时也更加急于写作。几年前,芭芭拉·沃尔特斯(Barbara Walters)曾问过阿西莫夫,如果只剩下六个月的生命,他会做什么。阿西莫夫答道:"加快打字速度[②]。"

1983年,医生建议阿西莫夫做三根心脏搭桥。在手术当天,他告诉保罗·埃瑟曼:"听着,我的大脑必须有充足的氧气[③]。只要不过分,我的身体怎样都无所谓,但我的大脑绝对不能受到任何损害。你必须向所有参与手术的人解释,我的大脑不同寻常,必须加以保护。"

埃瑟曼医生让阿西莫夫放心,后来还告诉他,搭桥手术完美成功。当阿西莫夫在恢复室睁开眼睛时,埃瑟曼请他背诵一首五行打油诗来测试他的机能。阿西莫夫开口道:

---

① 参见埃利森《我的声音有点尖锐》(*An Edge in My Voice*),第293页。——原注
② 参见阿西莫夫《艾萨克·阿西莫夫》,第205页。——原注
③ 参见阿西莫夫《艾萨克·阿西莫夫》,第484页。——原注

> 有一个叫保罗的老医生①
> 下体非常小……

埃瑟曼插嘴说他似乎没事。然而,第二天,阿西莫夫发烧了②,他好像熬不过去了。结果才过了几天,他就退烧了。医生们以为是术后炎症,没有意识到这是一种更严重的症状。阿西莫夫在手术中输血,感染了艾滋病病毒。

1973年,国际天文学联合会(International Astronomical Union)批准了一项提议,以约翰·W. 坎贝尔的名字命名火星上的一个陨石坑。卡尔·萨根说,他们这样向坎贝尔、H. G. 威尔斯、埃德加·赖斯·巴勒斯和斯坦利·温鲍姆等人致敬,就是承认了"科幻小说的功劳③,科学家们现在已经对其做出了部分回报"。世界科幻协会(World Science Fiction Society)设立了坎贝尔最佳新人奖(Campbell Award for Best New Writer),堪萨斯大学科幻研究中心(Center for the Study of Science Fiction)也设立了坎贝尔纪念奖最佳小说奖(Campbell Memorial Award for Best Science Fiction Novel)。

一年后,乔治·O. 史密斯在电子行业工作了几十年后退休了。他希望能有更多的时间和唐娜在一起,但在他们共同退休12天之后,唐娜突

---

① 参见阿西莫夫《艾萨克·阿西莫夫》,第486页。——原注
② 珍妮特·阿西莫夫,载于阿西莫夫《美好人生》,第251页。——原注
③ 参见卡尔·萨根《在科幻小说中成长》(Growing Up with Science Fiction),载于《纽约时报》,1978年5月28日。1968年10月10日,坎贝尔写信给萨根,提议在坎布里奇见面,但不清楚他们到底有没有见面。——原注

然病倒①,住院治疗。1974年5月25日,她去世了。

坎贝尔去世后,佩格卖掉了她在芒廷塞德的刺绣生意②和房子,然后搬到阿拉巴马州,以便离简近一点。1979年8月,她在缅因州的度假屋里因心脏骤停在睡梦中去世。

1973年,凯·塔兰特离开《类比》杂志社,退休后去了霍博肯。她于1980年3月去世。据报道,在她退休前的几年,她曾经在吃午餐的时候对一群吃惊的作家说:"就我个人而言,我根本不在乎③你们写的东西,但是有青少年会看这本杂志。"

1986年1月19日,哈伯德向他的信徒们发出了最后的信息。他承诺,"即便我们会从这个星球上离开也不要紧"④,大海团永远都会存在。他在最后写道:"我将会去探路,去执行最早的港口调查任务。希望大家继续支持我。目前的服役期还剩不到十亿,希望大家能再次报名——老手很有价值!"署名是"L. 罗恩·哈伯德上将"。

三天前,哈伯德中风了。他知道自己快死了,于是修改了遗嘱,穿着睡衣喃喃自语:"我们把这件事做完吧⑤。我的头好痛!"1月24日,哈伯德在他的蓝鸟房车里去世。当时有几名信徒陪着他,给出的死因是脑血管意外。他的骨灰被撒在大海中,因为按照他的教义,将骨灰撒在

---

① 乔治·O. 史密斯所写,载于雷金纳德《科幻与奇幻文学 第二卷》,第1080页。——原注
② 参见乔治·O. 史密斯《纪念:玛格丽特·温特·坎贝尔》(*In Memoriam: Margaret Winter Campbell*),载于《艾萨克·阿西莫夫科幻杂志》(*Isaac Asimov's Science Fiction Magazine*),1980年2月,第10-11页。——原注
③ 参见迈克尔·库兰德(Michael Kurland)发给本书作者的电子邮件,2017年11月8日。——原注
④ 参见哈伯德《3879号旗令:大海团与未来》(*Flag Order 3879: The Sea Org & The Future*),1986年1月19日。——原注
⑤ 参见赖特《拨开迷雾》,第225页。——原注

水中可以释放出宿主体内的希坦。

1月27日，在好莱坞帕拉丁音乐厅（Hollywood Palladium），密斯凯维吉站在哈伯德的画像前向人们宣布了这个消息："L. 罗恩·哈伯德丢弃了他在今生用了74年10个月11天的身体①。他曾经借助这具身体存在于这个宇宙中，但现在它已经没用了，事实上还成了他的绊脚石，他必须摆脱这具身体的束缚才能去做他必须做的事。我们所知道的L. 罗恩·哈伯德并没有消失。虽然大家可能会感到悲伤，但是要知道，他过去没有悲伤，现在也不悲伤。他只是走到了下一步。"

1986年1月28日，哈伯德的讣告刊登了出来。就在当天，挑战者号（Challenger）航天飞机爆炸，给美国的太空计划带来了毁灭性的打击。哈伯德在遗嘱中给科学教留下了数百万美元，给玛丽·休和他的几个孩子留下的钱则比较少。小L. 罗恩·哈伯德和亚历克西斯什么也没有得到，不过，他们后来接收了他的庄园②。

哈伯德真正的遗产在别处。在三个偏远的大院里③，人们计划在设计成能抵御核爆炸的地下保险库里保存他的作品——包括他的小说④。那些作品被写在钢板或档案纸上，然后装在钛盒里。可以想象，它们可能会比人类文明所产生的大多数作品都更持久。假如只有哈伯德的作品留下来了，未来的几代人很可能会看那些作品。但可能只有他们会看。

1986年7月26日，金妮听到浴室里有声音。海因莱因一年前被诊断

---

① 参见米勒《裸面弥赛亚》，第372-373页。——原注
② 参见阿塔克《一片蓝天》，第356页。——原注
③ 保存哈伯德作品的计划在《永久保存》（Preservation for Eternity）中有详细描述，参见《国际科学教新闻64》（International Scientology News 64），第26-39页。——原注
④ 参见本书作者对查克·贝蒂（Chuck Beatty）的采访，2017年8月28日。——原注

出患有肺气肿。她走进去，发现他的鼻孔大量出血——血顺着他的胸腔流下来，弄脏了他身上的睡衣。经过一系列住院治疗后，他做了鼻动脉结扎手术。手术似乎很顺利，所以金妮写道："现在唯一要担心的①就是输血可能会导致肝炎和艾滋病。"

他们搬到了卡梅尔（Carmel），此地离医院比较近，但海因莱因显然再也不会写作了——他在此前出版过几部小说，其中包括《穿墙猫》（The Cat Who Walks Through Walls），主人公是科林·"基勒"·坎贝尔上校（Colonel Colin "Killer" Campbell）和他的叔叔乔克（Jock）。在他们离开之前，金妮问海因莱因是否后悔没有孩子。海因莱因安抚她说不后悔，但她提出这个问题本身就表明没有孩子始终是他们的一件心事。

在新家安顿下来后，海因莱因考虑开展一项活动，打算动员珍妮·柯克帕特里克（Jeane Kirkpatrick）竞选总统。他认为这位外交官对待共产主义的态度比乔治·H·W·布什（George H. W. Bush）强硬。然而，他主要将重点放在如何恢复健康上。得知切除颈动脉体可以治疗肺气肿时，他没有咨询医生就冲动地决定要试一下："我要做②。"这是他最后一次试图控制局面。

1988年1月5日，他在洛杉矶接受了手术。起初，他的呼吸似乎轻松了点，但后来就开始虚弱起来，最后累到下不了床。三周后，他有了充血性心力衰竭的迹象。更多的医院治疗接踵而至，导致他比以往更加疲惫不堪。随着医药费的增加，他于4月第五次住院治疗，要用助行器，还要借助鼻导管呼吸。

---

① 参见弗吉尼亚·海因莱因的通函，1986年8月18日，转引自帕特森《学得更好的人》，第454页。——原注
② 参见帕特森《学得更好的人》，第461页。——原注

5月8日,在家里吃过早餐后,海因莱因说他想睡一会儿。金妮去她的书桌上处理他们的信件,保姆过来说她丈夫已经没反应了——海因莱因在睡梦中死去,享年80岁。正如他所愿,他的骨灰以海军最高荣誉撒在太平洋中。后来,金妮给他写了一封信:"现在你知道那个大谜团的答案了①,但我不知道。你会遵守诺言在隧道的那头等我吗?还是那边什么都没有?"

金妮还告诉海因莱因,人们从各地寄来吊唁信,包括阿西莫夫,"他还是老样子,信口开河"②。然而,她后来回忆道:"罗伯特去世后③,我没有收到艾萨克的只言片语——没有短信,也没有电话,什么都没有。"

艾萨克·阿西莫夫与珍妮特·阿西莫夫(Janet Asimov),摄于1987年,斯坦利·施米特提供

做过三根心脏搭桥后,阿西莫夫开始更仔细地阅读报纸上的讣告。他认识的许多作家都不在了。西奥多·斯特金于1985年去世,两年后,C. L. 穆尔也去世了。兰德尔·加勒特患了脑炎,在生命的最后八年里,他大部分

---

① 参见弗吉尼亚·海因莱因写给海因莱因的信,1988年6月29日,转引自帕特森《学得更好的人》,第470页。——原注
② 参见帕特森《学得更好的人》,第473页。——原注
③ 参见弗吉尼亚·海因莱因《关系》(Relationships),传记文章,收录于加州大学圣克鲁兹分校海因莱因档案室。——原注

时间都处于毫无反应的状态①,最终于1987年12月31日去世。

阿西莫夫的动作也越来越迟缓。在人生的大部分时间里,他都不假思索地依赖于自己的活力。但是现在,他的腿脚因为肾病而肿胀。阿西莫夫"全身瘫痪"②,下不了床。他开始想,要是能睡着再也不醒来该有多好——但他也担心珍妮特和萝宾会伤心。

世人还在索求阿西莫夫的隐私,他以不同的谨慎程度保护的隐私。有一次,他去见电影制片人布莱恩·格雷泽(Brian Grazer)。十分钟后,珍妮特打断了他们的谈话:"很明显,你对我丈夫的作品不够了解③,不能谈这件事。这是在浪费他的时间。我们走了。"不过,当历史上智商最高的女人玛里琳·沃斯萨万特④(Marilyn vos Savant)请阿西莫夫在她的婚礼上陪她走进礼堂时,虽然他们只是在门萨协会(Mensa)偶然相识的,但阿西莫夫还是同意了。

1989年12月,阿西莫夫在一次长达三小时的见面会中发表演讲,签名售书,结果第二天早上发现自己几乎动弹不得。他在床上躺了三周,双腿像树干一样,不得不穿拖鞋走路。1月,阿西莫夫告诉他的医生保罗·埃瑟曼,他想安静地死去。埃瑟曼却给他订了一间病房,然后解释道:"嗯,你可能已经为死亡做好了准备⑤,但我还没准备好让你走。"

---

① 参见马克·科尔(Mark Cole)《科幻小丑王子:兰德尔·加勒特狂野不羁的内心世界》(*The Clown Prince of Science Fiction: Inside the Wild and Undisciplined Mind Of Randall Garrett*),载于《科幻网评》(The Internet Review of Science Fiction),2009 年 9 月,http://www.irosf.com/q/zine/article/10578(2017 年 12 月引用)。——原注
② 参见阿西莫夫《艾萨克·阿西莫夫》,第 533—534 页。——原注
③ 参见格雷泽《好奇心》(*A Curious Mind*),第 99 页。——原注
④ 参见朱莉·鲍姆戈尔德(Julie Baumgold)《大脑王国》(*In the Kingdom of the Brain*),载于《纽约杂志》(*New York Magazine*),1989 年 2 月 6 日,第 41 页。——原注
⑤ 参见阿西莫夫《艾萨克·阿西莫夫》,第 538 页。——原注

阿西莫夫在医院和家里的床上度过了那个冬天。他的心脏杂音导致循环系统问题、呼吸急促和肾脏问题。他的二尖瓣似乎也感染了，引起了是否要做手术的讨论。与此同时，珍妮特开始担心另一种可能性。她多年来一直在阅读有关艾滋病的文章，她怀疑丈夫的健康问题可能与艾滋病有关。

阿西莫夫接受了检测，结果呈阳性[1]，所以取消了瓣膜手术。起初，他想公开这件事，但医生告诫他不要这样做。人们普遍对艾滋病抱有偏见——部分是由里根政府对危机的无情反应造成的。阿西莫夫决定对自己的病情保密，主要是出于对珍妮特的关心，因为她的检测结果呈阴性。在接下来的两年里，他的健康状况慢慢衰退。有一次在住院时，他对本·博瓦说："我71岁半了[2]，我不喜欢这样。"

1990年，阿西莫夫得知格特鲁德死于乳腺癌[3]。他已经和儿子疏远了。在回忆录中提到儿子时，他写道："戴维最大的爱好[4]是把他喜欢的电视节目录下来，大量收藏。"戴维最终搬到了加利福尼亚州的圣罗莎（Santa Rosa），靠阿西莫夫的财产补贴生活。1998年，在阿西莫夫去世后，戴维因持有"索诺马县（Sonoma County）历史上最大的儿童色情收藏"[5]而被捕，在他的家中发现了数千个视频。他承认了两项罪名，被判处三年缓刑[6]。

---

[1] 珍妮特·阿西莫夫，载于阿西莫夫《美好人生》，第252页。——原注
[2] 参见本·博瓦《艾萨克》，载于《艾萨克·阿西莫夫科幻小说》，1992年11月，第15页。——原注
[3] 参见怀特《艾萨克·阿西莫夫》，第222页。——原注
[4] 参见阿西莫夫《艾萨克·阿西莫夫》，第176页。——原注
[5] 参见埃里克·布拉齐尔（Eric Brazil）《指控粉碎阿西莫夫之子的隐居生活》（*Charges Shatter Asimov Son's Reclusion*），载于《旧金山考察家报》（*San Francisco Examiner*），1998年3月15日。——原注
[6] PACER案件定位器搜索，2017年11月14日引用。——原注

1992年年初，完成《阿西莫夫又笑了》后，阿西莫夫变得更加孤僻。他72岁了，深信自己不会比父亲活得长，他父亲死时比他现在大一岁。阿西莫夫在《奇幻与科幻杂志》发表了一篇告别文章，他在其中写道："我一直渴望①死在工作中，头朝下趴在键盘上，鼻子夹在两个键之间。但事实并非如此。"他在有生之年出版的最后一本书《我们愤怒的地球》是与波尔合作完成的。波尔从阿西莫夫的职业生涯开始之前就在——现在，阿西莫夫的职业生涯差不多已经结束了。

阿西莫夫是在进出医院中度过他人生中最后几个月的。由于肾脏衰竭，他经常睡觉。有一次，他梦到自己上天堂里问："有打字机可以让我用吗②？"醒着的时候，他经常是痛苦的。但坎贝尔、哈伯德与海因莱因在痛苦时暴露了很多他们试图隐藏的东西，相比之下，阿西莫夫却依然保有他的幽默感。在他去世的前一天，珍妮特说："艾萨克，你是最棒的③。"阿西莫夫笑着耸耸肩，最后挑着眉毛点了点头。

一天后，阿西莫夫痛苦得说不出话来，连呼吸都会痛。他吃了止痛药。阿西莫夫去世时，珍妮特和萝宾陪在他身边。和其他人一样，他被火化了，骨灰也撒了。他说的最后一句话是"我也爱你"④。

据阿西莫夫自己统计，他出版了四百多本书，驱使他和其他作家一生的抱负似乎变成了看得见的形式。与坎贝尔不同的是，他从未想过要创造一种新人类，但他却做到了。与任何小说或创意相比，阿西莫夫更

---

① 参见阿西莫夫《永别了》(Farewell Farewell)，载于《奇幻与科幻杂志》(The Magazine of Fantasy and Science Fiction)，1992年8月，转引自阿西莫夫《艾萨克·阿西莫夫》，第551页。——原注
② 参见阿西莫夫《阿西莫夫又笑了》，第145页。——原注
③ 参见珍妮特·阿西莫夫《后记》，载于阿西莫夫《艾萨克·阿西莫夫》，第551-552页。——原注
④ 参见珍妮特·阿西莫夫《后记》，载于阿西莫夫《艾萨克·阿西莫夫》，第551页。——原注

令人难忘的是他体现了那种可以活在未来的人,即便这需要在当下做出很少有人会懂的牺牲。

阿西莫夫想活到下一个千年,虽然没能如愿,但他比其他几位作家都活得更久。如果他停下来想一想自己所处的未来,就会发现这个未来奇怪地反映了他的梦境。科幻小说中的创意和形象曾经是纸浆杂志严格保守的秘密,现在已经渗透到文化的各个角落,包括其精神生活和不可避免的现实。阿西莫夫也曾说过:"我们现在生活在科幻世界中[①]。"

这种解释很不可思议,甚至超越了心理历史学的说法。科幻小说把故事设定在未来或太空中,因为那里是故事发生的地方。《惊奇科幻》在其核心假设实现后才认真地以预言书自居,其中最准的猜测大多是偶然产生的。在那么多天马行空的猜想中,肯定有些是正确的——即使掌舵人经常走错方向。

然而,从原子能到太空竞赛再到计算机时代,未来会威胁到其诞生的杂志的存在。这样的未来感觉像科幻小说,主要是因为预言实现了。在科幻小说的激励下,无数读者进入科学领域,有意无意地致力于实现科幻小说的憧憬。太空原本是老套的冒险故事的背景,后来似乎成了人类的命运。坎贝尔和他手下的作家,无论男女,都是出卖月亮的人。

他们没有预测未来,而是创造了未来。阿西莫夫知道他本人就是他最惊人的作品。在家中的最后一周,有一天他醒来时情绪很激动:"我要……"[②]

珍妮特试图弄明白他怎么了,"要什么,亲爱的?"

---

① 阿西莫夫所写,载于索尔斯坦与穆斯尼克《坎贝尔科幻小说的黄金时代》,第21页。——原注
② 参见珍妮特·阿西莫夫《后记》,载于阿西莫夫《艾萨克·阿西莫夫》,第551页。——原注

"我要……"他似乎是突然说出了这句话,"我要……艾萨克·阿西莫夫!"

"嗯,"珍妮特轻声回道,她知道阿西莫夫快走了,"你就是。"

一种胜利的表情慢慢地在他脸上蔓延开来,"我就是艾萨克·阿西莫夫!"

珍妮特终生都未忘记他那种惊讶的语气。她温柔地对丈夫说:"艾萨克·阿西莫夫现在可以休息了。"

致　谢

> 我很了解艾萨克·阿西莫夫，超过我对任何在世之人的了解。还有什么可说的呢？
> ——摘自马丁·艾米斯所著《拜访纳博科夫夫人》(Visiting Mrs. Nabokov)

"越来越明显的是，我们需要对约翰·W. 坎贝尔进行长期客观的审视。"作家和评论家奥基斯·巴崔斯曾经写道，"但我们不太可能做到……很明显，无论时间长短，凡是为他工作过的熟人都无法对他保持客观的看法；我们最多只能期盼某位理想状态下的观察者将那群人所写的一系列回忆录合在一起阅读，可能会将其提炼成某种单一的结果——所有导致这种结果的人都会对其进行否认。"在写这本书的过程中，我尽我所能地扮演巴崔斯所说的"理想状态下的观察者"，但我很快就发现任何科幻历史都需要无数的妥协。没有一本书可以涵盖所有内容，我痛苦地意识到这本书忽略了一些观点，即使是涉及坎贝尔本人也是如此。但在某种程度上，我做到了，这完全是由于我在写这本书的过程中得到了很多人的帮助。

我衷心感激莱斯琳·兰达佐、约翰·哈蒙德（John Hammond）、凯蒂·哈蒙德（Katea Hammond）、贾斯廷·罗伯逊（Justin Robertson）与道格·史密斯。感谢约翰·约瑟夫·亚当斯（John Joseph Adams）、查尔斯·阿戴（Charles Ardai）、乔恩·阿塔克、阿斯特丽德·贝尔、格雷格·贝尔、查克·贝蒂、格雷戈里·本福德、本·博瓦、詹妮弗·布雷尔（Jennifer Brehl）、达米安·布罗德里克（Damien Broderick）、伊曼纽尔·伯顿（Emmanuelle Burton）、迈克尔·卡萨特（Michael Cassutt）、汉克·戴维斯（Hank Davis）、塞缪尔·R.德拉尼、戴维·德雷克（David Drake）、理查德·菲德扎克、艾伦·迪安·福斯特、吉姆·吉尔伯特、马修·贾尔斯（Matthew Giles）、詹姆斯·冈恩（James Gunn）、玛丽·格思里（Marie Guthrie）、盖伊·霍尔德曼（Gay Haldeman）、乔·霍尔德曼、比尔·希金斯（Bill Higgins）、迈克尔·库兰德、蕾切尔·洛夫特斯普林（Rachel Loftspring）、肖娜·麦卡锡（Shawna McCarthy）、巴里·N.马尔兹伯格（Barry N. Malzberg）、乔治·R.R.马丁、杰斯·内文斯（Jess Nevins）、安娜莉·纽威茨（Annalee Newitz）、拉里·尼文、约翰·奥尼尔（John O'Neill）、托尼·奥尔特加、克里斯·欧文、阿列克谢·潘兴、贾森·庞廷（Jason Pontin）、马克·庞廷（Mark Pontin）、已故的杰里·波奈尔、曼尼·罗瓦利诺（Manny Robalino）、萨曼莎·拉贾拉姆（Samantha Rajaram）、詹姆斯·兰迪、迈克·雷斯尼克、谢利·卢卡斯·罗兰兹（Cheri Lucas Rowlands）、杰米·托德·鲁宾（Jamie Todd Rubin）、亚沙尔·萨格海（Yashar Saghai）、罗伯特·西尔弗伯格、萨姆·史密斯（Sam Smith）、哈丽雅特·蒂尔、戈登·范格尔德、莉迪亚·范沃格特（Lydia van Vogt）、希拉·威廉斯、雷克斯·韦纳、特德·怀特（Ted White）、埃德·威索基（Ed Wysocki）等许多人提供的见解和建议以及对我的鼓励。特别感谢《类比》的特雷弗·夸克利（Trevor Quachri）与埃米莉·霍克戴（Emily Hockaday）。

1966年，雪城大学要求坎贝尔提供几份文件，他在回信中写道："任何想要成为传记作家的学者都很难找到关于我的有用资料！我根本没有保存记录！"幸运的是，结果证明这种预言大错特错。已故的佩里·沙普德莱纳为保存坎贝尔的信件所做的努力是我不可或缺的出发点。同时，我也从得州农工大学的皮拉尔·巴斯克特（Pilar Baskett）与温迪·麦基（Wendy Mackey）、约翰·贝当古（John Betancourt），东新墨西哥大学（Eastern New Mexico University）的吉恩·邦迪（Gene Bundy），雪城大学的阿莱西亚·切凯蒂（Alessia Cecchet）、朱莉娅·钱伯斯（Julia Chambers）、尼科莱特·A. 多布罗沃尔斯基（Nicolette A. Dobrowolski）、凯利·德怀尔（Kelly Dwyer）与杰克林·霍伊特（Jacklyn Hoyt），加州大学河滨分校的扎伊达·德尔加多（Zayda Delgado）与杰西卡·盖泽（Jessica Geiser），加州大学圣迭戈分校的科琳·加西亚（Colleen Garcia），布朗大学的杰克·加德纳（Jake Gardner），哈佛大学的萨洛米·戈梅斯·乌佩吉（Salomé Gomez Upegui）与苏珊·哈尔佩特（Susan Halpert），麻省理工学院的纳撒尼尔·哈吉，海因莱因奖信托基金会（Heinlein Prize Trust）、加州大学洛杉矶分校的朱莉安娜·詹金斯（Julianna Jenkins），印第安纳大学布鲁明顿分校（Indiana University Bloomington）的马德琳·凯泽（Madeline Keyser），威廉姆斯学院的凯蒂·纳什（Katie Nash），高级数据解决方案（Advanced Data Solutions）的卡罗尔·奥洛斯基（Carol Orloski），橡树园公共图书馆（Oak Park Public Library）的黛比·雷法恩（Debbie Rafine）、迈克尔·拉夫尼茨基（Michael Ravnitzky），圣迭戈州立大学（San Diego State University）的罗伯特·C. 雷（Robert C. Ray），杜克大学的吉恩·罗斯（Jean Ross），海因莱因档案室（Heinlein Archives）的乔·鲁尔，波士顿大学霍华德·戈特利布档案研究中心（Howard Gotlieb Archival Research Center）的劳拉·拉索（Laura Russo）、约翰·塞尔策，《轨迹》的阿利·索格（Arley Sorg）以及布莱尔学院的安·威廉斯那里得到了宝贵的帮助。

我最大的希望是这本书能激发人们对科幻史展开更广泛的讨论。无数的研究和传记还没有写出来,有很多都将是关于那些与约翰·W.坎贝尔截然不同的重要人物。我在此所尝试的只是其中的一个方面,但这似乎是迈向全面考量的必要一步,其存在主要归功于三个人。一位是斯坦利·施米特,我在15年前第一次向《类比》投稿时,他买下了我的稿件。另一位是我的经纪人戴维·哈尔彭(David Halpern),他鼓励我创作一部纪实作品,支持我的每一步工作。还有一位是我的主编朱莉娅·谢费茨(Julia Cheiffetz),她清楚地认识到这是怎么回事。同时也要感谢凯西·罗宾斯(Kathy Robbins)、莉萨·凯斯勒(Lisa Kessler)、珍妮特·奥希罗(Janet Oshiro)等罗宾斯办公室(Robbins Office)的每一个人,肖恩·纽科特(Sean Newcott)、伊莱扎·罗森伯里(Eliza Rosenberry)、汤姆·皮托尼亚克(Tom Pitoniak)、玛丽·布劳尔(Mary Brower)等戴伊街图书出版社(Dey Street Books)与哈珀柯林斯出版集团(HarperCollins)的各位员工,创新艺人经纪公司(CAA)的乔恩·卡西尔(Jon Cassir),感谢普洛伊·西里潘特(Ploy Siripant)与塔维斯·科伯恩(Tavis Coburn)所设计的惊人封面。如往常一样,我要感谢我的家人和朋友,特别是我的父母、我的兄弟以及其他所有人;感谢最好的妻子和最好的女人薇琳(Wailin);感谢我的女儿比阿特丽克斯,我在她身上看到了未来。

出版后记　每页都是重生

自2014年出版第一本科幻书以来，我一直以一个科幻工作者自称，但说来惭愧，几年来，毫无建树，没有为中国科幻做出多少有价值的东西，更谈不上贡献。好在，这本书能稍稍缓解一下我的尴尬，大概我又能自称科幻工作者了。

最初看到书稿的时候，心中十分惊喜，也十分忐忑。惊喜在于，这段历史的价值终于得到了关注，而且如此详细、如此认真。忐忑在于，在信息大爆炸的时代，人们会不会关心一个六七十年前的故事。

本书记叙的四个人物，在科幻领域大名鼎鼎。但如果仅仅把他们放在科幻领域来讨论，未免太狭隘了一些。他们，在全世界有几亿的读者。这也就不难理解，为什么有人称他们为"神一样的人"。最初，我想当然认为本书，科普属性会更浓郁些，充斥着大量的人物、地点、时间、事件，能告诉我们发生了什么事情。直到真正开始阅读才发现，其中内容的广度和深度，远超我所想。

亚历克·内瓦拉-李先生，写出来他们被称为"神"的一面，也写出来他们作为人的一面。作者阅读了几乎能找到的一切书信、访谈、历史档案，随处可见的摘录足以证明这一点。而他的冷静更赋予了本书活力。他呈现了看到的一切，记录了四巨匠的成长、列数了他们的成就，同时也毫不避讳地写出了他们的不幸、孤独……这所有的文字中，不仅记录着他们的思想、胸襟、人格，也蕴含着他们的失落、执念、矛盾……

也正因此，我更喜欢叫这本书为"当神成为人"。

从决定到签约，再到寻找译者，这种焦虑如影随形，直到拿到译稿，才有所缓解。

《惊奇——科幻黄金时代四巨匠》这本书的翻译难度很高，时代距离和空间距离，都与我们甚远，其中更充斥着大量的行业术语和专业名词。毕业于大连理工大学外国语学院的孙亚南女士，具有数年的翻译经验，以及极高的职业素养。她不但按时完成了翻译，而且丝毫没有影响原著的通俗、生动，以及准确。交稿时，对于其中非专业研究者无法考证的名字、名词，也一一罗列，提醒于我。只名词翻译，就有2400条。只是我资历浅薄，研究不深，虽然竭尽所能，仍不敢奢望本书毫无错误。如发现错误，烦请指正，不胜感激。

书的出版过程中，很多人都给予了真挚与无私的帮助。《科幻世界》主编姚海军先生，百忙之中，为本书做了序言；南方科技大学的教授吴岩先生，劳心费力；三丰老师，为保证翻译质量，查阅了无数资料……此外，我还劳烦了很多科幻作家阅读本书，并撰写寄语。这些寄语，您已经看到。

感谢参与其中的每个人，没有你们的支持、鼓励、指摘，这本书的出版无从谈起。也感谢这本书，让我的名字能与你们的名字出现在一起。

你想经历什么，就是想成为怎样的人！

你经历了什么，就会成为怎样的人！

如果你是一位作者，请记得他们经历了一个创作者需要面对的一切，他们付出了同伟大同样大的代价。我们也选择了同样的生活方式，也许其中就有我们需要的答案。

如果你只是一位读者,那可以看看他们的生死,他们的伟大和精彩,他们的孤独和痛苦,他们的苦闷和牺牲。毕竟,除了选择的生活方式不同,我们都生而为人。

　　当历史走到现在,故事就结束了。此时此刻,故事中的人、讲故事的人、听故事的人相遇了。希望多年之后,这份相遇,对您来说,依然清晰而美好。

中作华文　张海龙

注　释

　　对于海因莱因、哈伯德与阿西莫夫的许多事件和生活细节，有几本著作让我受益匪浅，分别是小威廉·H. 帕特森的《罗伯特·A. 海因莱因：与他的世纪对话》（*Robert A. Heinlein: In Dialogue with His Century*）、拉塞尔·米勒的《裸面弥赛亚》以及艾萨克·阿西莫夫的《记忆犹新》《欢乐如故》与《艾萨克·阿西莫夫》。为了控制注释的长度，我主要是在直接引用或者原始出处可能不清楚的情况下援引这些不可或缺的作品。

　　我参考的信件主要来自《坎贝尔信件全集》的微缩胶卷以及加州大学圣克鲁兹分校的海因莱因档案室。在引用信件时，我通常会加以纠正，使用规范的拼写和标点符号。在引用小说中的内容时，由于存在大量不同的版本，所以我尽量避免引用特定的页码，除非所涉及的作品因模糊不清或绝版等原因而难以获得。

　　与哈伯德的写作生涯有关的几段短文是从我以前的文章《兹努悖论：L. 罗恩·哈伯德的小说与科学教的形成》（*Xenu's Paradox: The Fiction of L. Ron Hubbard and the Making of Scientology*）中摘录的。

参考书目

Aldiss, Brian. *Billion Year Spree*. Garden City, NY: Doubleday, 1973.

Alexander, David. *Star Trek Creator: The Authorized Biography of Gene Roddenberry*. New York: Roc, 1994.

Amis, Kingsley. *New Maps of Hell*. New York: Arno, 1975.

Amis, Martin. *Visiting Mrs. Nabokov*. London: Jonathan Cape, 1993.

Anderson, Poul. *All One Universe*. New York: Tor, 1997.

——. *Going for Infinity*. New York: Tor, 2002.

Ashley, Mike. *Gateways to Forever: The Story of the Science-Fiction Maga- zines from 1970 to 1980*. Liverpool: Liverpool University Press, 2007.

——. *The Time Machines: The Story of the Science-Fiction Pulp Magazines from the Beginning to 1950*. Liverpool: Liverpool University Press, 2000.

——. *Transformations: The Story of the Science Fiction Magazines from 1950 to 1970*. Liverpool: Liverpool University Press, 2005.

Asimov, Isaac. *Asimov Laughs Again*. New York: HarperCollins, 1992.

——. *Asimov on Science Fiction*. Garden City, NY: Doubleday, 1981.

——. *Before the Golden Age*. Garden City, NY: Doubleday, 1974.

——. *The Early Asimov*. Garden City, NY: Doubleday, 1972.

——. *I. Asimov: A Memoir*. New York: Doubleday, 1994.

——. *In Joy Still Felt*. New York: Avon, 1980.

——. *In Memory Yet Green*. New York: Avon, 1979.

———. *Isaac Asimov's Treasury of Humor*. Boston: Houghton Mifflin, 1971.

———. *It's Been a Good Life*. Amherst, NY: Prometheus, 2002.

———. *Opus 100*. Boston: Houghton Mifflin, 1969.

———. *Opus 200*. Boston: Houghton Mifflin, 1979.

———. *Opus 300*. Boston: Houghton Mifflin, 1984.

———. *The Sensuous Dirty Old Man*. New York: Signet, 1971.

———. "The Sword of Achilles." *Bulletin of the Atomic Scientists*, November 1963, 17–18.

———. *Yours, Isaac Asimov: A Lifetime of Letters*. Edited by Stanley Asimov. New York: Doubleday, 1995.

Asimov, Isaac, ed. *The Hugo Winners, Volumes One and Two*. Garden City, NY: Doubleday, 1962.

Atack, Jon. *A Piece of Blue Sky*. New York: Lyle Stuart, 1990.

Bangsund, John. *John W. Campbell: An Australian Tribute*. Canberra, Aus- tralia: Parergon, 1972.

Bedford, Sybille. *Aldous Huxley*. New York: Knopf, 1974.

Benford, Gregory. "A Scientist's Notebook: The Science Fiction Century." *Fantasy & Science Fiction*, September 1999, 126-137.

Berger, Albert I. "The Astounding Investigation." *Analog Science Fiction/ Science Fact,* September 1984, 125-136.

———. *The Magic That Works: John W. Campbell and the American Response to Technology*. San Bernardino, CA: Borgo, 1993.

Bleiler, Everett F. *Science-Fiction: The Gernsback Years*. Kent, OH: Kent State University Press, 1998.

Bolitho, William. *Twelve Against the Gods*. New York: Simon &

Schuster, 1929.

Bova, Ben. *Future Crime*. New York: Tom Doherty, 1990.

——. "John Campbell and the Modern SF Idiom." *Fantasy Review*, July/August 1986, 13–16.

Brake, Mark, and Neil Hook. *Different Engines: How Science Drives Fiction and Fiction Drives Science*. Basingstoke, Hampshire, England: Macmil- lan, 2008.

Bretnor, Reginald, ed. *Modern Science Fiction: Its Meaning and Its Future*. New York: Coward-McCann, 1953.

Budrys, Algis. *Benchmarks Continued*. Reading, England: Ansible Editions, 2014.

——. *Benchmarks Revisited*. Reading, England: Ansible Editions, 2013.

Bugliosi, Vincent, with Curt Gentry. *Helter Skelter*. New York: Norton, 2001.

Burks, Arthur J. *Monitors*. Lakemont, GA: CSA Press, 1967.

Burroughs, William S. *Rub Out the Words: The Letters of William S. Bur- roughs 1959–1974*. Edited by Bill Morgan. New York: Ecco, 2012.

Campbell, John W. *The Atomic Story*. New York: Henry Holt, 1947.

——. *The Best of John W. Campbell*. Edited by Lester del Rey. Garden City, NY: Doubleday, 1976.

——. *Collected Editorials from Analog*. Edited by Harry Harrison. Garden City, NY: Doubleday, 1966.

——. *The Complete Collection of the John W. Campbell Letters*. Edited by Perry A. Chapdelaine, Sr. Franklin, TN: AC Projects, 1987. Microfilm.

——. Introduction to *The Black Star Passes*. Reading, PA: Fantasy Press, 1953.

———. Introduction to *Cloak of Aesir*. Chicago: Shasta, 1952.

———. Introduction to *The Man Who Sold the Moon by Robert A. Heinlein*. New York: Signet, 1979.

———. *The John W. Campbell Letters, Volume 1*. Edited by Perry A. Chap- delaine, Sr., Tony Chapdelaine, and George Hay. Franklin, TN: AC Projects, 1985.

———. *The John W. Campbell Letters with Isaac Asimov and A. E. van Vogt,. Vol. 2*. Edited by Perry A. Chapdelaine, Sr. Fairview, TN: AC Projects, 1993.

Carr, John F. *H. Beam Piper: A Biography*. Jefferson, NC: McFarland, 2014.

Carter, Paul A. *The Creation of Tomorrow: Fifty Years of Magazine Science Fiction*. New York: Columbia University Press, 1977.

Chapdelaine, Perry A. *During the Dawn of Dianetics and Scientology*. North Charleston, SC: CreateSpace, 2015.

Clarke, Arthur C. *Astounding Days: A Science Fictional Autobiography*. New York: Bantam, 1989.

Corydon, Bent. *L. Ron Hubbard: Messiah or Madman?* Fort Lee, NJ: Barricade, 1992.

Crowley, Aleister. *The Confessions of Aleister Crowley*. New York: Penguin, 1989.

Currey, L.W. *Science Fiction and Fantasy Authors*. Boston: G. K. Hall, 1979.

Davin, Eric Leif. *Partners in Wonder: Women and the Birth of Science Fiction, 1926–1965*. Lantham, MD: Lexington, 2006.

Davis, Matthew. "The Work of Theodore Sturgeon." *Steam Engine Time,* March 2012, 15–66.

De Baets, Antoon. *Censorship of Historical Thought: A World Guide, 1945–2000.* Westport, CT: Greenwood, 2002.

De Camp, L. Sprague. "El-Ron of the City of Brass." *Fantastic*, August 1975.

———. *Time and Chance: An Autobiography.* Hampton Falls, NH: Donald M. Grant, 1996.

De Camp, L. Sprague, and Catherine C. de Camp. *Science Fiction Handbook, Revised.* Philadelphia: Owlswick Press, 1975.

DeForest, Tim. *Radio by the Book: Adaptations of Literature and Fiction on the Airwaves.* Jefferson, NC: McFarland, 2008.

Del Rey, Lester. *Early Del Rey.* Garden City, NY: Doubleday, 1975.

———. *The World of Science Fiction.* New York: Ballantine, 1979.

Delany, Samuel R. "Racism and Science Fiction." *New York Review of Science Fiction,* August 1998.

Dick, Philip K. *The Minority Report.* New York: Citadel Press, 2002.

Doctorow, Cory. *Information Doesn't Want to Be Free.* San Francisco: Mc-Sweeney's, 2014.

Eller, Jonathan R. Becoming Ray Bradbury. Champaign: University of Illinois Press, 2011.

Ellison, Harlan. *Again, Dangerous Visions.* New York: Signet, 1973.

———. *Dangerous Visions.* New York: Berkley, 1967.

———. *An Edge in My Voice.* New York: Open Road Media, 2014.

Eshbach, Lloyd. *Of Worlds Beyond.* Chicago: Advent, 1964.

Finnan, Mark. *Oak Island Secrets.* Halifax, Novia Scotia: Formac, 2002.

Franklin, H. Bruce. *Robert A. Heinlein: America as Science Fiction.* Oxford: Oxford University Press, 1980.

Freas, Frank Kelly. *The Art of Science Fiction.* Norfolk, VA: Donning, 1977.

Freedman, Carl, ed. *Conversations with Isaac Asimov.* Jackson: University Press of Mississippi, 2005.

Gardner, Martin. *Fads and Fallacies in the Name of Science.* Mineola, NY: Dover, 1957.

Garrett, Randall. *The Best of Randall Garrett.* Edited by Robert Silverberg. New York: Timescape, 1982.

Gifford, James. *Robert A. Heinlein: A Reader's Companion.* Aurora, CO: Nitrosyncretic, 2000.

Gingrich, Newt. *To Renew America.* New York: HarperCollins, 1995.

Grazer, Brian. *A Curious Mind.* New York: Simon & Schuster, 2015.

Green, Joseph. "Our Five Days With John W. Campbell." *Challenger,* Winter 2005–2006.

Greenberg, Martin H., ed. *Fantastic Lives: Autobiographical Essays by No- table Science Fiction Writers.* Carbondale: Southern Illinois University Press, 1981.

Guinn, Jeff. *Manson: The Life and Times of Charles Manson.* New York: Simon & Schuster, 2014.

Gunn, James. *Isaac Asimov: The Foundations of Science Fiction.* Oxford Oxford University Press, 1982.

Hagedorn, Ann. *Savage Peace.* New York: Simon & Schuster, 2007.

Harrison, Harry. *Harry Harrison! Harry Harrison!* New York: Tor, 2014.

Harrison, Harry, editor. *Astounding: John W. Campbell Memorial Anthology.* New York: Random House, 1973.

Harrison, Harry, and Brian Aldiss, eds. *The Astounding-Analog Reader.* Garden City, NY: Doubleday, 1972.

———. *Hell's Cartographers.* New York: Harper & Row, 1975.

Hartwell, David G. *Age of Wonders: Exploring the World of Science Fiction.* Rev. ed. New York: Tor, 1996.

Hartwell, David G., and Milton T. Wolff, eds. *Visions of Wonder.* New York: Tor, 1996.

Heinlein, Robert A. *Expanded Universe.* New York: Ace, 1980.

———. *Grumbles from the Grave.* Edited by Virginia Heinlein. New York: Del Rey, 1989.

———. Introduction to *Godbody* by Theodore Sturgeon. New York: D. I. Fine, 1986.

———. *Tramp Royale.* New York: Ace, 1992.

Herbert, Frank. *The Road to Dune.* Edited by Brian Herbert. New York: Tor, 2005.

Hieronymus, T. Galen. *The Story of Eloptic Energy.* Lakemont, GA: Institute of Advanced Sciences, 1988.

Hoberman, J. *An Army of Phantoms: American Movies and the Making of the Cold War.* New York: New Press, 2011.

Hubbard, L. Ron. *All About Radiation.* Los Angeles: Bridge, 1989.

———. *Dianetics: Letters & Journals.* Los Angeles: Bridge, 2012.

———. *Dianetics: The Modern Science of Mental Health.* New York: Hermitage House, 1950.

———. *Early Years of Adventure: Letters & Journals*. Los Angeles: Bridge, 2012.

———. *Have You Lived Before This Life?* Los Angeles: Bridge, 1990.

———. *A History of Man*. Los Angeles: Bridge, 2007. Previously titled *What to Audit*.

———. *Literary Correspondence: Letters & Journals*. Los Angeles: Bridge, 2012.

———. *Master Mariner: At the Helm Across Seven Seas*. Los Angeles: Bridge, 2012.

———. "Science Fiction and Satire." Introduction to *The Invaders Plan*. Los Angeles: Bridge, 1985.

———. *Science of Survival*. Los Angeles: Bridge, 2001.

———. *Writer: The Shaping of Popular Fiction*. Los Angeles: Bridge, 2012.

Hutchisson, James M. *The Rise of Sinclair Lewis, 1920–1930*. Pennsylvania State University Press, 1996.

James, Robert. "More Regarding Leslyn." *The Heinlein Journal,* July 2002, 11–13.

———. "Regarding Leslyn." *The Heinlein Journal,* July 2001, 17–36.

Johnson, Kim. *The Funniest One in the Room*. Chicago: Chicago Review Press, 2008.

Kline, Ronald R. *The Cybernetics Movement*. Baltimore: Johns Hopkins University Press, 2015.

Knight, Damon. *The Futurians*. New York: John Day, 1977.

———. *In Search of Wonder.* Chicago: Advent, 1996.

Kondo, Yoji, ed. *Requiem: New Collected Works by Robert A. Heinlein and Tributes to the Grand Master.* New York: Tom Doherty, 1992.

Lake, Dianne, and Deborah Herman. *Member of the Family: My Story of Charles Manson, Life Inside His Cult, and the Darkness That Ended the Sixties.* New York: William Morrow, 2017.

Lewis, C. S. *The Collected Letters of C. S. Lewis, Volume III: Narnia, Cambridge, and Joy 1950–1963.* Edited by Walter Hooper. New York: HarperOne, 2007.

McAleer, Neil. *Visionary: The Odyssey of Sir Arthur C. Clarke.* Baltimore: Clarke Project, 2012.

Maier, Thomas. *Newhouse: All the Glitter, Power, and Glory of America's Richest Media Empire and the Secretive Man Behind it.* Boulder, CO: Johnson, 1997.

Malzberg, Barry N. *The Engines of the Night.* Garden City, NY: Doubleday, 1982.

Manson, Charles. *Manson in His Own Words.* New York: Grove, 1988.

Mathison, Volney G. *Electropsychometry.* Los Angeles: Mathison Psychometers, 1954.

Menville, Douglas Alver. *The Work of Ross Rocklynne.* San Bernardino, CA: Borgo, 1989.

Miller, Russell. *Bare-Faced Messiah.* London: Silvertail, 2014.

Moorcock, Michael. *The Opium General and Other Stories.* New York: Harper Collins, 1986.

Moskowitz, Sam. *The Immortal Storm.* Westport, CT: Hyperion, 1974.

———. "Inside John W. Campbell." *Fantasy Commentator*, Spring 2011, 1–157.

———. *Seekers of Tomorrow*. New York: Ballantine, 1967.

Nevala-Lee, Alec. "The Campbell Machine." *Analog Science Fiction and Fact*, July/August 2018.

———. "Xenu's Paradox: The Fiction of L. Ron Hubbard and the Making of Scientology." *Longreads*. https://longreads.com/2017/02/01/xenus-paradox-the-fiction-of-l-ron-hubbard. Accessed December 2017.

Olander, Joseph D., and Martin Harry Greenberg, eds. *Isaac Asimov*. New York: Taplinger, 1977.

———. *Robert A. Heinlein*. New York: Taplinger, 1978.

Owen, Chris. "Ron the 'War Hero': L. Ron Hubbard and the U.S. Navy, 1941–50." Carnegie Mellon University. https://www.cs.cmu.edu/~dst/Cowen/warhero. Accessed December 2017.

Page, Michael R. *Frederik Pohl*. Champaign: University of Illinois Press, 2015.

Panshin, Alexei. *Heinlein in Dimension*. Chicago: Advent, 1968.
Panshin, Alexei, and Cory Panshin. *SF in Dimension*. Chicago: Advent, 1980.

———. *The World Beyond the Hill: Science Fiction and the Quest for Transcendence*. Los Angeles: Tarcher, 1989.

Patrouch, Joseph F., Jr. The Science Fiction of Isaac Asimov. Garden City, NY: Doubleday, 1974.

Patterson, William H., Jr. "The Hermetic Heinlein." *The Heinlein Journal*, July 1997, 15–23.

———. *Robert A. Heinlein: In Dialogue With His Century: Volume 1,*

1907–1948: Learning Curve. New York: Tor, 2010.

———. *Robert A. Heinlein: In Dialogue With His Century: Volume 2, 1948–1988: The Man Who Learned Better*. New York: Tor, 2014.

Pendle, George. *Strange Angel: The Otherworldly Life of Rocket Scientist John Whiteside Parsons*. London: Weidenfeld & Nicholson, 2005.

Platt, Charles. *Dream Makers Volume II: The Uncommon Men and Women Who Write Science Fiction*. New York: Berkley, 1983.

Pohl, Frederik. *The Early Pohl*. Garden City, NY: Doubleday, 1976.

———. *The Way the Future Was*. New York: Del Rey, 1978.

Price, David H. *Threatening Anthropology: McCarthyism and the FBI's Surveillance of Activist Anthropologists*. Durham, NC: Duke University Press, 2004.

Raine, Susan. "Astounding History: L. Ron Hubbard's Scientology Space Opera." *Religion*, 2015, 66–88.

Reginald, Robert, Douglas Menville, and Mary A. Burgess. *Science Fiction and Fantasy Literature*. Detroit: Wildside Press, 2010.

Resnick, Mike. *Always a Fan: True Stories From a Life in Science Fiction*. Detroit: Wildside Press, 2009.

Reynolds, Quentin. *The Fiction Factory*. New York: Random House, 1955.

Rhodes, Richard. *The Making of the Atomic Bomb*. New York: Touchstone, 1986.

Rich, Mark. *C. M. Kornbluth: The Life and Works of a Science Fiction Visionary*. Jefferson, NC: McFarland, 2009.

Robb, Brian J. *A Brief Guide to Star Trek*. Philadelphia: Running Press,

2012.

Rogers, Alva. *A Requiem for Astounding*. Chicago: Advent, 1964.

Sagan, Carl. *Broca's Brain*. New York: Presidio Press, 1980.

Scithers, George H., Darrell Schweitzer, and John M. Ford, eds. *On Writing Science Fiction*. Philadelphia: Owlswick Press, 1981.

Segaloff, Nat. *A Lit Fuse: The Provocative Life of Harlan Ellison*. Framing- ham, MA: NESFA Press, 20117.

Silverberg, Robert. *Other Spaces, Other Times*. Greenwood, DE: NonStop, 2009.

———. "Reflections: The Cleve Cartmill Affair: One." *Asimov's Science Fiction,* September 2003, 4–8.

———. "Reflections: The Cleve Cartmill Affair: Two." *Asimov's Science Fic- tion,* October/November 2003, 4–9.

Silverberg, Robert, ed. *The Science Fiction Hall of Fame Volume One, 1929–1964*. Garden City, NY: Doubleday, 1970.

Smith, George O. *Worlds of George O*. New York: Bantam, 1982.

Solstein, Eric, and Gregory Moosnick. *John W. Campbell's Golden Age of Science Fiction: Text Supplement to the DVD*. New York: Digital Media Zone, 2002.

Soni, Jimmy, and Rob Goldman. *A Mind at Play: How Claude Shannon Invented the Information Age*. New York: Simon & Schuster, 2017.

Stallings, Billee J., and Jo-An J. Evans. *Murray Leinster: The Life and Works*. Jefferson, NC: McFarland, 2011.

Stover, Leon. *Robert Heinlein*. Boston: Twayne, 1987.

Strand, Ginger. *The Brothers Vonnegut*. New York: Farrar, Straus &

Giroux, 2015.

Sturgeon, Theodore. Introduction to *Roadside Picnic,* by Arkady and Boris Strugatsky. New York: Macmillan, 1977.

Urban, Hugh. *The Church of Scientology.* Princeton, NJ: Princeton University Press, 2011.

Van Vogt, A. E. *Reflections of A. E. van Vogt.* Lakemont, GA: Fictioneer, 1975.

Wagener, Leon. *One Giant Leap.* New York: Tom Doherty, 2005.

Warner, Harry, Jr. *All Our Yesterdays.* Chicago: Advent, 1969.

Weiner, Rex. "A Stowaway to the Thanatosphere." *Paris Review,* December 2012.

Weller, Sam. *The Bradbury Chronicles.* New York: Harper Perennial, 2006.

Westfahl, Gary. *The Mechanics of Wonder.* Liverpool: Liverpool University Press, 1998.

White, Michael. *Isaac Asimov: A Life of the Grand Master of Science Fiction.* New York: Carroll & Graf, 2005.

Widder, William J. *The Fiction of L. Ron Hubbard: A Comprehensive Bib- liography & Reference Guide to Published and Selected Unpublished Works.* Los Angeles: Bridge, 1994.

———. *Master Storyteller: An Illustrated Tour of the Fiction of L. Ron Hub- bard.* Los Angeles: Galaxy, 2003.

Wiener, Norbert. *Cybernetics, or Control and Communication in the Animal and the Machine.* New York: Technology Press, 1948.

———. *The Human Use of Human Beings.* New York: Avon, 1967.

Williamson, Jack. *Wonder's Child: My Life in Science Fiction.* New York,

Bluejay, 1984.

Winter, J. A. *A Doctor's Report on Dianetics.* New York: Julian Press, 1951. Winter, Nevin O. *A History of Northwest Ohio, Volume II.* Chicago and New York: Lewis, 1917.

Wolfe, Tom. *The Right Stuff.* New York: Bantam, 1980.

Wollheim, Donald A. *The Universe Makers: Science Fiction Today.* New York: Harper & Row, 1971.

Wright, Lawrence. *Going Clear: Scientology, Hollywood, and the Prison of Belief.* New York: Vintage, 2013.

Wysocki, Edward M., Jr. *An Astounding War.* North Charleston, SC: CreateSpace, 2015.

——. *The Great Heinlein Mystery.* North Charleston, SC: CreateSpace, 2012.

（说明：参考书目格式完全参照英文原版书。）